GOLDMANN

W0201254

Autorin

Barbara Cartland ist Historikerin, Bühnenschriftstellerin und Dozentin. Neben ihren vielen romantischen Liebesromanen hat sie auch eine Anzahl historischer und biographischer Werke veröffentlicht. Zu der Biographie ihres Bruders, der als erstes Parlamentsmitglied im Krieg gefallen ist, schrieb Winston Churchill das Vorwort. Durch die Heirat ihrer Enkelin Lady Di mit dem englischen Thronfolger Prinz Charles, rückte Barbara Cartland noch stärker in den Blickpunkt der Öffentlichkeit.

Außer dem vorliegenden Jubelband sind von Barbara Cartland als Goldmann-Taschenbücher bisher erschienen:

Auf den Flügeln der Liebe (6603) · Der blaue Saphir (9446) · Der Blitz der Liebe (41278) · Botin der Liebe (9420) · Dem König versprochen (9103) · Der Krone versprochen (9667) · Drache und Diamant (6668) · Das ferne Schloß (8472) · Fesseln der Liebe (6641) · Eine französische Affäre (41277) · Gefährliche Spiele (9668) · Geliebter Wildfang (9924) · Das Geheimnis der Moschee (9669) · Glück am sicheren Faden (8359) · Glück unter der Zirkuskuppel (9638) · Die goldene Gondel (41204) · Der griechische Prinz (6755).

Herrin der Liebe (6723) · Das Herz einer Frau (6708) · Inkognito in Monte Carlo (6632) · Keine Zeit für Zärtlichkeit (8827) · Königliche Liebe (9772) · Liebe kennt keine Grenzen (8925) · Liebestraum (8628) · Ein Lord aus Schottland (6828) · Mit Herz und Verstand (41280) · Melodie der Liebe (8395) · Persische Perlen (9961) · Roulette der Herzen (9960).

Schiff der Versuchung (6850) · Die schöne Reiterin (9597) · Die schöne Witwe (9396) · Sonne im Herzen (8861) · Ein spanischer Traum (9233) · Spiel der Herzen (6780) · Stern des Westens (8506) · Tanz weiter, mein Herz (8996) · Teuflische Machenschaften (9621) · Verlangen des Herzens (8958) · Die weiße Taube von Schloß Royal (9929) · Wenn die Heide blüht (9134) · Wer die Leidenschaft flieht (9198) · Zauberwalzer (41205)

BARBARA CARTLAND

Das Herz einer Frau
Keine Zeit für Zärtlichkeit
Sonne im Herzen

Drei Romane
in einem Band

GOLDMANN VERLAG

Umwelthinweis:
Alle bedruckten Materialien dieses Taschenbuches
sind chlorfrei und umweltschonend.
Das Papier enthält Recycling-Anteile.

Der Goldmann Verlag
ist ein Unternehmen der Verlagsgruppe Bertelsmann

»Das Herz einer Frau«
Copyright © 1979 by Barbara Cartland
»Keine Zeit für Zärtlichkeit«
Copyright © 1957, 1971 by Barbara Cartland
»Sonne im Herzen«
Copyright © 1987 by Barbara Cartland

Copyright © der deutschsprachigen Ausgabe 1993 by
Wilhelm Goldmann Verlag, München
Umschlaggestaltung: Design Team München
Umschlagillustration: norma, All Bey, Barcelona
Druck: Elsnerdruck, Berlin
Verlagsnummer: 11601
UK · Herstellung: Ludwig Weidenbeck/sc
Made in Germany
ISBN 3-442-11601-5

5 7 9 10 8 6 4

Das Herz einer Frau

Aus dem Englischen übertragen
von Angelika Hanke

Die englische Originalausgabe
erschien unter dem Titel
»Women Have Hearts«.

1

Als Kelda über den Flur ging, hörte sie jemanden weinen. Sie hielt inne, lauschte und stellte fest, daß das Schluchzen aus Yvette de Villons Zimmer kam. Kelda blieb stehen und mußte sich zwingen, nicht an die Tür zu klopfen und nachzusehen, was geschehen war.

Doch sie wußte, daß es nicht ihre Aufgabe war, sich in irgendeiner Weise in die Angelegenheiten der größeren Mädchen einzumischen. Mrs. Gladwin hatte ihr das in aller Deutlichkeit gesagt, als sie sie vom Dienstmädchen für all die Arbeiten, die sonst niemand verrichten wollte, zur Hilfslehrerin beförderte.

»Da du gut Klavier spielst«, hatte sie in jenem kalten Ton gesagt, den sie im Umgang mit Untergebenen immer annahm, »wirst du die Mädchen beim Üben beaufsichtigen, und du wirst auch im Klassenzimmer anwesend sein, wenn sie ihre Hausaufgaben machen. Das wird die Lehrerinnen etwas entlasten.«

Sie schwieg eine Weile, als ob sie nachdenken wollte, welche Last sie Kelda noch aufbürden könnte, dann fuhr sie fort: »Natürlich bleiben deine bisherigen Pflichten wie Waschen, Nähen und Stopfen bestehen. Aber du kannst das als eine Beförderung betrachten, für die du entsprechend dankbar sein solltest.«

»Vielen Dank, Madam«, antwortete Kelda mechanisch.

Ein kritischer Blick von Mrs. Gladwin traf sie. »Ich stelle fest, daß dein Kleid in der Taille zu eng ist«, sagte sie. »Es ist schon fast unanständig.«

»Ich bin leider herausgewachsen«, sagte Kelda.

»Dann mußt du es eben weiter machen.«

»Das habe ich bereits getan, Madam.«

»Ausreden, nichts als Ausreden, um wieder Geld auszugeben«, fuhr Mrs. Gladwin sie an. »Du kannst jetzt gehen.«

Zitternd vor Empörung hatte Kelda das Zimmer der Direktorin verlassen, und sie seufzte vor Erleichterung, als sie endlich im Flur war. Sie wußte, daß Mrs. Gladwin sie nicht mochte, selbst wenn sie mit ihrer Arbeit zufrieden war, und sie hatte sich immer nach dem Grund für diese Antipathie gefragt, bis eines Tages eines der größeren Mädchen sie aufklärte.

»Halt dich von dem Drachen fern, Kelda«, hatte das Mädchen gewarnt. »Sie wandelt auf dem Kriegspfad, und du weißt, daß sie es auf dich abgesehen hat, weil du so hübsch bist.«

Kelda war zu überrascht gewesen, um etwas zu entgegnen; aber als sie sich an jenem Abend endlich in ihre Dachkammer zurückziehen konnte, wo sie schlief, betrachtete sie sich in dem kleinen blinden Spiegel, der über der Kommode hing.

Bin ich wirklich hübsch? fragte sie sich und stellte überrascht fest, daß das zutraf.

Im Alter von fünfzehn war sie in Mrs. Gladwins Internat für höhere Töchter gekommen, nachdem sie drei Jahre in einem Waisenhaus verbracht hatte. Ihre Eltern waren bei einem Erdbeben in der Türkei ums Leben gekommen.

Philip Lawrence war Archäologe gewesen und hatte im Auftrag der National Geographic Society eine Forschungsreise in die Türkei unternommen. Es war ein großes Zugeständnis, daß man seinem Wunsch, seine Frau mitzunehmen, nachgab. Natürlich war es ausgeschlossen, auch noch die Reisekosten für eine dritte Person zu übernehmen, aber irgendwie hatte Philip Lawrence das Geld aufgebracht, um Kelda, ihr einziges Kind, mitnehmen zu können.

Für Kelda war es nichts Neues, die Eltern auf Reisen zu begleiten, und sie genoß jeden Augenblick. Doch dann kamen ihre Eltern bei einer Katastrophe ums Leben, und Kelda bereute es bitter, an jenem schrecklichen Tag nicht bei ihnen gewesen zu sein. Sie waren gerade von einer längeren Expedition zu dritt zurückgekommen, die Kelda so sehr erschöpft hatte, daß ihre Eltern sie am nächsten Tag in der billigen Pension zurückließen, wo sie die Nacht verbracht hatten. Als sie aufbrachen, schlief Kelda noch, und so weckten sie sie nicht.

Oft hatte Kelda heiße Tränen vergossen, nicht nur, weil sie ihre Eltern verloren hatte, sondern auch, weil sie nicht hatte Abschied nehmen können von den beiden Menschen, die sie am meisten liebte, die alles für sie bedeuteten.

Sie hatte nie herausgefunden, wer bestimmt hatte, sie in ein Waisenhaus in einem Londoner Vorort zu schicken. Sie vermutete, daß es einer der Missionare war, die sich ihrer angenommen hatten. Aber sie wußte es nicht genau, denn sie hatte unter einem schweren Schock gestanden, und alles war ihr so unwirklich erschienen, bis sie sich plötzlich als Fürsorgekind unter fünfzig anderen Waisen verschiedener Altersgruppen wiederfand, von denen die meisten seit ihrer Geburt im Heim waren.

Diese Kinder akzeptierten ihr Los in stoischer Gelassenheit, weil sie nie etwas anderes gekannt hatten. Aber für Kelda, die in Liebe und Geborgenheit aufgewachsen war, die die Kameradschaft ihres Vaters und das sanfte Wesen ihrer Mutter erfahren hatte, war es wie der Sturz in eine Hölle, aus der es kein Entrinnen gab.

Drei Jahre lang hatte sie erleben müssen, wie fast unerträglich entwürdigend es war, als Nichts angesehen und herumkommandiert zu werden, als ob man keine Gefühle hätte, schlechte und zudem unzureichende Nahrung zu bekommen und mit einem Dutzend anderer Kinder in einem Raum schlafen zu müssen, wo man im Winter vor Kälte zitterte und im Sommer vor Hitze fast nicht atmen konnte.

Kelda empfand es als unsägliche Erleichterung, als man sie mit fünfzehn aufforderte, ihren Lebensunterhalt selbst zu verdienen, und sie zu diesem Zweck in Mrs. Gladwins Internat schickte.

Hier spürte sie zumindest einen Hauch von Kultur und bekam für ihre Begriffe gutes Essen, auch wenn die Schülerinnen sich ständig darüber beklagten. Am wichtigsten war es für Kelda jedoch, daß sie jetzt in ihrer Schulbildung dort fortfahren konnte, wo sie beim Eintritt ins Waisenhaus stehengeblieben war. Die meisten Kinder im Waisenhaus konnten weder lesen noch schreiben. Zwar kam ein Lehrer, der sie täglich mehr oder weniger gut zwei Stunden lang unterrichtete, aber für fortgeschrittene Schüler oder solche, die wie Kelda außergewöhnlich intelligent waren, gab es keine Möglichkeit der Fortbildung.

Im Internat war es dagegen ein leichtes für sie, abends ein Schulbuch mit in ihr Zimmer zu nehmen. Wenn sie auch oft zu müde war, um alles, was ihr wissenswert erschien, aufzunehmen, so hatte sie sich im Lauf der Zeit doch so viel Wissen angeeignet, wie es den Vorstellungen ihres Vaters entsprochen hätte.

Die Lehrerinnen wechselten ständig, aber es gab doch immer eine oder zwei unter ihnen, die Kelda ihre eigenen Bücher zur Verfügung stellten oder sich die Zeit nahmen, um ihr Dinge zu erklären, die sie nicht verstanden hatte. Einer ältlichen Französin brachte sie heimlich nach dem Schlafengehen noch Kaffee ans Bett, und diese revanchierte sich, indem sie französisch mit ihr sprach.

»Du hast von Natur aus einen Pariser Akzent, Kind«, sagte sie, »aber du mußt die Verben üben. Die Engländer sind immer so schlampig mit den Verben.«

Damals konnte Kelda schon recht gut Französisch, aber sie war entschlossen, es eines Tages so fließend zu beherrschen wie ihre Muttersprache. Deshalb war sie weiterhin Mademoiselle eifrig zu Diensten und wurde schließlich mit der Bemerkung belohnt: »Jeder, der dich nicht anschaut, könnte dich für eine Französin halten; wenn man dich im Dunkeln sprechen hörte, könnte man glatt darauf hereinfallen.«

Ein solches Kompliment hatte Kelda noch nie in ihrem Leben gehört, und sie bewahrte es wie einen Schatz in ihrem Herzen.

Es war eine besondere Freude für sie gewesen, als Yvette de Villon vor zwei Jahren ins Internat gekommen war. Sie war Französin und entstammte, wie Kelda später herausfand, einer sehr angesehenen Familie.

Es wurde zwar nicht gern gesehen, daß Kelda sich mit den Schülerinnen anfreundete – sie sollte sie lediglich bedienen, ihre Kleider bügeln und ausbessern, falls sie nicht damit zurechtkamen –, aber mit Zähigkeit und Ausdauer gelang es ihr doch, die Gunst der hübschen Französin zu erringen und schließlich ihre Vertraute zu werden.

Dennoch fürchtete Kelda jetzt, sich aufgrund dieses Vertrauensverhältnisses zuviel herauszunehmen, und dachte daran, daß die oft unberechenbare Yvette in ihrem Kummer es ihr durchaus übelnehmen könnte, wenn sie sich ihr aufdrängte.

Was war wohl der Grund dafür, daß Yvette so weinte? Sie war anders als die anderen Mädchen, die oft weinten, wenn eine der Lehrerinnen verärgert reagierte, oder wenn sie anfangs vor Heimweh verzweifelt waren. Yvette war sehr stolz und hatte folglich auch keine Busenfreundin, an die sie sich in ihren Nöten, seien sie nun wirklich oder nur eingebildet, hätte wenden können.

Aber ihr Weinen klang jetzt so verzweifelt, daß Kelda es nicht länger ertragen konnte. Leise klopfte sie an die Tür, und nach einem Augenblick der Stille fragte Yvette mit zögernder und zitternder Stimme: »Wer – wer ist da?«

»Ich bin's, Kelda.«

»Komm rein!«

Kelda schlüpfte ins Zimmer. Der Raum war klein, wie alle Zimmer in dem Internat; aber hier herrschte eine sehr persönliche Atmosphäre, weil Yvette ihre vielen eigenen Dinge darin aufgestellt hatte. Auf dem schmalen Bett lag eine teure Spitzendecke, und den einzigen Stuhl im Zimmer schmückte ein hübsches Zierkissen. Die Schranktür stand offen und ermöglichte Kelda den Blick auf eine Fülle von Kleidern in leuchtenden Farben, die alle von teuren Pariser Modeschöpfern stammten.

Aber das Gesicht, das sich Kelda zuwandte, hatte kaum mehr Ähnlichkeit mit dem der sonst so attraktiven Yvette. Die Augen waren verquollen, die Nase war rot, Tränen liefen über ihre Wangen.

»Was ist passiert?«

Während Yvette sprach, sah Kelda, daß sie einen zerknitterten Brief in der einen Hand hielt und die andere ein tränendurchnäßtes Taschentuch zerknüllte.

»Ist jemandem, den du liebhast, etwas zugestoßen?« fragte Kelda.

Das war immer ihr erster Gedanke, wenn irgend jemand zutiefst unglücklich war; denn dann mußte sie jedesmal daran denken, wie ihr Vater und ihre Mutter starben und sie niemanden hatte, an den sie sich hätte hilfesuchend wenden können.

»Nein – das nicht«, antwortete Yvette.

Kelda kniete sich neben sie.

»Sag mir, was du hast«, sagte sie beruhigend. »Vielleicht

kann ich dir helfen.«

»Niemand kann – niemand kann helfen«, brachte Yvette mit schwacher Stimme hervor.

»Sag es mir doch«, bettelte Kelda leise.

»Ich – ich hab' einen Brief von – von meinem Onkel.«

»Und der hat dich so aus der Fassung gebracht?«

»Ich hasse ihn. Ich habe ihn immer gehaßt, und jetzt – jetzt soll ich bei ihm wohnen!«

Kelda erinnerte sich, daß Yvette wie sie selbst ein Waisenkind war. Aber sie hatte wenigstens zahlreiche Verwandte in Frankreich. Jedesmal, wenn sie in den Ferien nach Paris fuhr, wohnte sie bei Onkeln und Tanten, die, wie Kelda wußte, alle sehr beeindruckende Titel hatten und romantische Schlösser an der Loire und Villen im Süden besaßen.

Wenn Yvette ins Internat zurückkehrte, erzählte sie von der aufregenden Zeit, die sie verbracht hatte, von den vielen Bällen, auf denen sie gewesen war, und es war sehr merkwürdig, daß sie jetzt so verzweifelt schien.

Laut sagte Kelda: »Ich wußte gar nicht, daß du gegen irgend jemanden aus deiner Verwandtschaft Haß empfindest. Bei welchem Onkel sollst du denn wohnen?«

»Bei meinem englischen Onkel«, antwortete Yvette. »Er ist schrecklich, und wenn ich bei ihm wohne, werde ich Frankreich und alle – alle meine Freunde nie wiedersehen.«

Sie brach erneut in Tränen aus, und Kelda erhob sich, um ihr ein frisches Taschentuch aus der Kommode zu holen. Sie reichte es Yvette und sagte, während diese sich die Tränen trocknete: »Ich wußte gar nicht, daß du einen Onkel hast, der Engländer ist. Du hast ihn nie erwähnt.«

»Warum sollte ich auch? Ich sag' dir ja – ich hasse ihn. Aber meine Tante hat ihn nun mal geheiratet.«

»Und er lebt in England?« fragte Kelda weiter. »Das ist doch gar nicht so schlimm. Schließlich hast du ja genug Freundinnen hier in der Schule, die Engländerinnen sind.«

»Er lebt aber nicht in England«, erwiderte Yvette, »sondern in Senegal.«

Kelda brauchte ein paar Sekunden, um sich die Lage von Senegal in Erinnerung zu rufen.

»Du meinst doch nicht Senegal in Westafrika?«

Yvette nickte. »Mein Onkel lebt dort, weil er – weil er die Gesellschaft verabscheut. Er ist ein Einsiedler, ein Exzentriker. Warum soll ich nur mit so einem – mit so einem Menschen leben?«

Ihre Stimme klang verzweifelt.

»Gibt es irgendwelche Gründe, warum du ihm gehorchen mußt?« fragte Kelda zögernd.

»Lange vor ihrem Tod haben Mama und Papa ihn zu meinem Vormund erklärt«, antwortete Yvette. Sie tupfte sich die Augen trocken, bevor sie fortfuhr: »Damals lebte Tante Ginette noch. Da sie Mamas jüngere Schwester war, dachten sie wahrscheinlich, daß sie Mamas Platz einnehmen würde, falls ihnen etwas zustieß. Aber jetzt ist sie tot, und es bleibt nur Onkel Maximus, den ich immer gehaßt habe – und der mich bestimmt auch haßt.«

»Wenn das stimmte, warum sollte er dann wollen, daß du bei ihm wohnst?« fragte Kelda in ihrer praktisch denkenden Art.

»Wahrscheinlich will er mich in Afrika einsperren, wo ich keinen von meinen Freunden sehen, wo ich auf keinen Ball gehen kann und nichts habe, nichts, was mir Spaß macht, wo ich nur alt und – so verbittert werde wie er.«

»Woher weißt du, daß er das ist?« fragte Kelda.

»Ich bin ihm vor fünf Jahren einmal begegnet«, erklärte Yvette, »und einige meiner Verwandten haben ihn in letzter Zeit gesehen und sagen, er sei noch schlimmer geworden.«

Kelda wußte darauf keine Antwort, und Yvette fuhr fort: »Irgend etwas stimmt nicht mit ihm. Wenn man sich über ihn unterhält, verstummen plötzlich alle, sobald ich ins Zimmer komme. Aber ich habe schon oft meine Cousins lachend sagen hören, ich hätte zuviel Geld und würde vielleicht einmal ebenso zynisch werden wie Onkel Maximus.«

»Reich ist er also«, bemerkte Kelda. »Vielleicht möchte er dir sein ganzes Geld hinterlassen.«

»Ich will sein Geld nicht«, gab Yvette zurück. »Ich habe selbst genug. Mama und Papa haben mir alles vermacht, was sie besaßen. Ich darf nur noch nicht darüber verfügen, erst wenn ich einundzwanzig bin, und das dauert noch mehr als drei Jahre. Drei Jahre lang muß ich noch mit Onkel Maximus leben und ihn um jeden Pfennig bitten, den ich ausgebe.«

Es folgte eine solche Flut von Tränen, daß Kelda Yvette nur noch in den Arm nehmen und sie an sich drücken konnte.

»Vielleicht ist alles gar nicht so schlimm«, beruhigte sie die Freundin, »vielleicht ist es sogar ganz interessant, Senegal kennenzulernen.«

Sie erinnerte sich jetzt, daß ihr Vater ihr von Westafrika erzählt und gesagt hatte, er würde gern dorthin reisen. Einmal war Kelda mit den Eltern in Algerien gewesen, aber das war zu lange her, als daß sie sich genau hätte erinnern können. Sie wußte nur noch, daß es ein Land voller Sonne war und daß sie, ihr Vater und ihre Mutter vieles gesehen hatten, was ihnen Freude machte. Obwohl sie nur kurze Zeit in Algier verbrachten, hatte die Stadt sie fasziniert.

»Ich werde einmal in den Geographiebüchern nachsehen, was dort über Senegal steht«, sagte sie, »und dann werde ich es dir sagen. Wo genau lebt dein Onkel?«

»Es ist mir egal, wo er lebt«, antwortete Yvette gereizt. »Es wird genauso schrecklich sein wie er selbst, und ich werde jede Minute dort hassen!«

»Vielleicht ist es gar nicht so schlimm, wie du denkst«, versuchte Kelda sie zu beruhigen, »sag mir, wo er lebt.«

»Du kannst die Adresse selbst nachlesen«, antwortete Yvette und ließ den Brief, den sie in der Hand hielt, zu Boden fallen.

Kelda bückte sich und hob ihn auf. Dabei stellte sie fest, daß es sehr feines Briefpapier war mit einem beeindruckenden Wappen.

Sie wollte nicht neugierig erscheinen, aber als sie den Absender entzifferte und feststellte, daß der Brief aus Dakar kam, fiel ihr Blick auf die erste Zeile, die in einer sehr entschiedenen steilen Handschrift geschrieben war: »Meine liebe Nichte ...«

Die förmlicheAnrede befremdete Kelda zwar, doch sie sagte nur: »Ich bin sicher, in den Büchern viel über Dakar zu finden, und ich bin auch fast sicher, daß es in französischer Verwaltung ist. Also werden dort Franzosen leben, und du wirst nicht so einsam sein, wie du jetzt glaubst.«

»Ich will aber in Frankreich leben«, beharrte Yvette. »Ich will nach Paris, wo ich tanzen und auf all die herrlichen Bälle gehen kann, die mir zu Ehren gegeben werden, wenn ich Weihnachten aus der Schule komme.«

Kelda hatte schon öfter daran gedacht, daß Yvette, da sie Anfang des Jahres achtzehn wurde, entweder Weihnachten oder Ostern das Internat verlassen würde. Und da sie Yvette mochte, wußte sie, daß sie sie vermissen würde, zumal es sonst keine Schülerin gab, der sie ihre Zuneigung hätte schenken können.

»Ich weiß nicht, was ich ohne dich machen soll«, seufzte sie.

»Glaubst du, sie erlauben mir, noch sechs Monate länger hierzubleiben, wenn ich darum bitte?« fragte Yvette plötzlich.

Kelda schaute auf den Brief, den sie noch immer in der Hand hielt. Irgendwie spürte sie, ohne zu wissen, warum, daß eine geheimnisvolle Kraft von ihm ausging. Er strahlte unmißverständlich Autorität aus.

»Ich denke, wenn dir dein Vormund befiehlt, die Schule zu verlassen, mußt du ihm gehorchen«, sagte sie ruhig.

Yvette sprang auf.

»Warum sollte ich bei jemandem wohnen, den ich hasse?« fragte sie. »Warum kann er mich herumkommandieren, ohne mich überhaupt nach meinen Wünschen zu fragen?«

Sie hielt einen Moment inne, bevor sie fortfuhr: »Wahrscheinlich kennst du meine Antwort. Ich würde lieber in einer Dachkammer in Paris wohnen als in einem Palast in Dakar.«

»Hat er denn einen Palast?« fragte Kelda neugierig.

»Ich vermute es. Da er so reich und prunksüchtig ist, wird er sich gegenüber den armen Eingeborenen als Herrscher aufspielen.«

Kelda legte den Brief wieder auf den Tisch und widerstand der Versuchung, Yvette zu fragen, ob sie ihn lesen dürfe. Ich kann ihr nicht helfen, dachte sie traurig.

Sie wollte gerade versichern, wie leid ihr das alles tat, als ein Klopfen an der Tür die Mädchen hochschrecken ließ.

»Wer ist da?« fragte Yvette.

»Die Direktorin erwartet Sie in ihrem Büro, Fräulein de Villon«, antwortete eines der Dienstmädchen und ging weg, ohne eine Antwort abzuwarten. Die beiden hörten nur noch ihre schweren Schritte im Flur.

Yvette sah Kelda an. »Der Drachen wird wohl auch einen Brief erhalten haben, und ich wette, daß sie ihn ganz gierig verschlungen hat. Schließlich ist Onkel Maximus wer!«

Mrs. Gladwin war ein Snob. Ihr Bemühen, sich bei den Eltern einzuschmeicheln, deren Namen im *Debrett* auftauchten, war für ihre Schülerinnen eine ständige Quelle der Erheiterung. Aber Yvette schien jetzt gar nicht belustigt, sondern sagte ernst: »Du kannst sicher sein, daß der Drachen genau das von mir verlangt, was Onkel Maximus befiehlt.«

»Du gehst jetzt besser hinunter und hörst, was sie sagt«, riet Kelda. »Aber du solltest dir zuerst das Gesicht waschen.«

»Sie soll ruhig sehen, wie ich aussehe«, erwiderte Yvette. »Ich werde versuchen, sie zu überreden, daß sie an meine Verwandten in Frankreich schreibt und davon abrät, mich ans Ende der Welt zu schicken; doch ich bezweifle, daß sie das tun wird.«

»Ich halte das auch für sehr unwahrscheinlich«, stimmte Kelda zu. »Und selbst wenn deine Verwandten Einspruch erheben, haben sie doch vor dem Gesetz keinerlei Rechte.«

»Bisher hat sich Onkel Maximus nicht im geringsten für mich interessiert«, beschwerte sich Yvette. »Er hat mir nie zu Weihnachten geschrieben, nicht einmal eine Karte. Warum will er jetzt auf einmal, daß ich bei ihm wohne? Woher dieses plötzliche Interesse?«

»Ja, das ist wirklich seltsam. Vielleicht fühlt er sich einsam?«

»Einsam? Onkel Maximus? Mein Cousin Jacques hat angedeutet, daß er trotz seines Einsiedlerdaseins immer eine Geliebte hat.«

Keldas Blick verriet, daß sie schockiert war. »Ich kann nicht glauben, daß dein Cousin dir so etwas erzählt hat!«

»Nun ja, er hat es nicht wörtlich gesagt«, gab Yvette zu. »Er hat Onkel Maximus einmal besucht, als er auf dem Weg nach Kapstadt war, und seinem Bruder erzählt, er habe bei diesem Besuch eine sehr schöne Frau gesehen. Und da er nicht wußte, daß ich zuhörte, fügte er hinzu: ›Ich habe den Verdacht, daß sie eine *métisse* ist‹.«

Yvette runzelte die Stirn. »Weißt du, was eine *métisse* ist? Ich habe Tante Jeanne-Marie gefragt, aber sie wollte es mir nicht sagen.«

Kelda wußte, daß dies die Bezeichnung der Nachkommen von weißen Männern und eingeborenen Frauen war, aber das verschwieg sie Yvette. Statt dessen antwortete sie: »Ich werde es im Wörterbuch nachschlagen und dir dann sagen.«

»Das habe ich schon getan«, erwiderte Yvette, »aber es steht nicht drin. Es sei denn, ich habe es falsch buchstabiert.«

»Du mußt jetzt endlich zur Direktorin gehen«, drängte Kelda. »Du weißt, wie ärgerlich sie wird, wenn man sie warten läßt.«

»Was geht mich das an, wenn ich doch von hier fort muß?«

Kelda brachte Yvettes Haar in Ordnung und holte ihr ein frisches Taschentuch.

»Ich werde diese hier waschen«, sagte sie und nahm die beiden tränendurchnäßten Taschentücher. »Kann ich sonst noch etwas für dich tun?«

»Nichts«, antwortete Yvette, »es sei denn, du kannst Onkel Maximus verhexen, so daß er auf der Stelle tot umfällt.« Sie ging durch das Zimmer und blieb an der Tür stehen. »Das ist überhaupt eine Idee!« rief sie aus. »Ich glaube, in Afrika ist die Schwarze Magie sehr verbreitet. Sobald ich dort bin, werde ich einen Zaubermann aufsuchen und ihn fragen, ob er meinen Onkel aus dem Weg räumen kann.«

Kelda stieß einen leisen Schrei des Entsetzens aus. »So etwas darfst du nicht sagen! Ich weiß, daß du das nie tun würdest.«

»Sei dir da nicht so sicher«, erwiderte Yvette scharf und stürmte aus dem Zimmer den Gang hinunter.

Kelda seufzte und begann mechanisch, das Zimmer aufzuräumen. Yvette tat ihr leid. Sie selbst hatte allerdings keinen größeren Wunsch, als nach Senegal oder sonst irgendwohin zu reisen. Sie wußte jetzt, daß schwerer als alles andere das Gefühl zu ertragen war, im Gefängnis zu sein, eingesperrt, zunächst hinter den dunklen, graubraunen Mauern des Waisenhauses und nun im Internat.

Als ihre Eltern noch lebten, waren sie nie lange an einem Ort geblieben. Wenn Philip Lawrence einmal nicht auf einer wichtigen Expedition unterwegs war, unternahm er Vortragsreisen durch Englands Universitätsstädte, und Kelda konnte sich daran erinnern, sogar zweimal in Edinburgh gewesen zu sein. Ihre Reisen waren zwar selten bequem gewesen, aber es war immer spannend, unterwegs zu sein.

Am meisten hatte es Kelda begeistert, in fremde Länder zu reisen, auf dem Rücken eines Kamels oder eines störrischen Maultiers zu reiten oder in einem kleinen Boot mit einem großen Segel zu einer Stadt zu segeln, die anders nicht zu erreichen war.

»O Papa, ich vermisse dich«, flüsterte Kelda.

Die acht Jahre seit dem Tod ihrer Eltern waren wie ein Alptraum, und sie glaubte oft, jeden Augenblick erwachen zu müssen. Sie dachte daran, daß Yvette, noch nicht ganz achtzehn, ihren Weg in die Welt hinaus antreten würde, während sie selbst im Juli einundzwanzig würde und sich an ihrem Leben, so wie es jetzt war, vermutlich nie etwas änderte.

Ob sie wohl, wenn sie das Internat verließe, eine Stelle finden würde, die ihr mehr lag? Sie hatte oft darüber nachgedacht und war zu dem Resultat gekommen, daß dies höchst unwahrscheinlich war. In gewisser Weise klammerte sie sich auch an Mrs. Gladwin, weil sie hier wenigstens Kontakt zu Mädchen hatte, die aus gebildeten Familien stammten.

Nicht, daß die anderen oder Mrs. Gladwin sie als Gleichgestellte angesehen hätten. Letztere erinnerte sie immer wieder daran, daß sie aus einem Waisenhaus kam und nur ein Fürsorgekind war.

Zuerst hatte Kelda sich innerlich dagegen aufgelehnt, denn sie spürte, daß es ihre Pflicht wäre zu erwidern, ihr Vater sei ein Gentleman und ihre Mutter eine Lady gewesen, auch ohne Geld. Doch dann entschloß sie sich zu schweigen, denn solche Widerreden verschlimmerten nur ihre Lage, die ohnehin schon hart genug war.

Mrs. Gladwin hatte ein besonderes Vergnügen daran, sie zu demütigen, weil sie im Gegensatz zu den anderen Dienstmädchen nicht einfach gehen konnte und im Gegensatz zu den Lehrerinnen nie widersprach.

Deshalb erzog Kelda sich zur Selbstbeherrschung, versuchte

wegzuhören, wenn Mrs. Gladwin an ihr herumnörgelte, und bemühte sich zu übersehen, daß ständig Dankbarkeit von ihr erwartet wurde dafür, daß sie ein Dach über dem Kopf und etwas zu essen hatte.

Sicher, sie wurde schlecht bezahlt für ihre Dienste – sie erhielt etwa ein Viertel des Lohns der anderen Dienstmädchen –, aber sie wußte, daß sie daran nichts ändern konnte. Und selbst dieser geringe Lohn war längst überfällig. Da Kelda es haßte, zu fordern, was ihr zustand, weil das unweigerlich zu einer Predigt führte, wie dankbar sie für alles zu sein habe, hatte sie kein Wort darüber verloren.

Sie ging zu Yvettes Schrank, um die Tür zu schließen. Dabei fiel ihr Blick auf die Fülle von Kleidern, von denen Yvette viele erst zwei- oder dreimal getragen hatte.

Kelda dachte daran, wie hübsch ihre Mutter immer ausgesehen hatte, obwohl sie sich nie etwas Teures hatte leisten können. »Es ist nicht nur eine Frage des Geldes«, hatte sie ihr einmal erklärt. »Man muß Geschmack haben und wissen, was man tragen kann.«

Vielleicht hätte ich auch einen guten Geschmack, wenn ich einmal die Gelegenheit hätte, es auszuprobieren, dachte Kelda sehnsüchtig.

Ein Blick in den Spiegel genügte, um festzustellen, daß ihr graues Kleid aus grober Baumwolle sehr unvorteilhaft aussah und ärmlich wirkte. Und arm war sie ja wirklich! Natürlich hatte es Mrs. Gladwin ausgesucht, die von Anfang an darauf bestand, daß Kelda auch im Internat die gleichen grauen Kleider trug, die sie im Waisenhaus getragen hatte, anstatt ihr Kleider in helleren, freundlicheren Farben zu kaufen.

»Ach bitte, Mrs. Gladwin«, hatte sie vor einem Jahr gefragt, »könnte ich nicht, da ich sowieso ein neues Kleid brauche, ein blaues oder grünes bekommen?«

»Ich halte beide Farben bei deiner Stellung für unangebracht«, hatte die Direktorin bissig geantwortet. »Außerdem würde es schneller schmutzen.«

»Ich wasche meine Kleider jede Woche«, hatte Kelda schnell eingeworfen.

»Das halte ich für übertrieben«, widersprach Mrs. Gladwin,

entschlossen, Kritik zu üben. »Die Kleidung, die ich aussuche, ist die, die ich dir erlaube zu tragen. Keine Diskussion!«

Damit war Kelda entlassen. Als sie sich aus dem Büro schlich, wußte sie, daß ihre Hoffnung, man würde ihr erlauben, attraktiver auszusehen, eben immer nur eine Hoffnung bleiben würde.

Als sie nun die Schranktür schloß, malte sie sich aus, was sie kaufen würde, wenn sie es sich leisten könnte. Sicher würden Blau und ein zartes Grün ihr ebenso gut stehen wie ihrer Mutter. Denn Kelda hatte das gleiche hellblonde Haar, die gleichen großen, blaugrauen Augen, die die Farbe des Morgennebels hatten, und ihre Haut war rein und schimmernd, auch wenn sie von der schweren Arbeit blaß und abgemagert war.

Kelda betrachtete sich noch einmal kurz im Spiegel und wandte sich dann ab. Warum sollte sie etwas vortäuschen? Sie würde Grau tragen – grau wie die Jahre, die vor ihr lagen. Wenn Yvette doch nur wüßte, was für ein Glückskind sie war, von hier wegzukommen, gleich ob nach Senegal oder sonst irgendwohin.

Bis zum Abendessen gab es für Kelda noch eine Unmenge von Pflichten zu erfüllen. Eine der Aufgaben, die Mrs. Gladwin sich für sie ausgedacht hatte, war es, den Lehrerinnen das Abendessen zu servieren, das diese gemeinsam einnahmen.

Die Lehrerinnen hatten darauf bestanden, daß ihnen das Essen abends in einem eigenen Raum serviert wurde, denn dort konnten sie die Schulkost durch Delikatessen ergänzen, die sie sich selbst gekauft hatten oder die ihnen von Verwandten geschickt wurden.

Anfangs hatte sich Mrs. Gladwin einer solchen Neuerung widersetzt. Doch als sie schließlich einsehen mußte, daß sie keine vernünftigen Gegenargumente vorbringen konnte, rettete sie ihr Ansehen, indem sie anordnete, daß Kelda die Lehrerinnen bediente, ihnen das Essen aus der Küche brachte und hinterher abspülte, da alle Dienstmädchen angeblich zu viel zu tun hatten.

Kelda machte das nichts aus, denn auf diese Weise kam sie hin und wieder in den Genuß eines Leckerbissens, den ihr eine Lehrerin übrigließ – eine willkommene Abwechslung von der

Schulkost, die immer gleich schmeckte.

Als Kelda an diesem Abend in das Eßzimmer der Lehrerinnen trat, war dort eine angeregte Unterhaltung im Gang.

»Ich hab' zu ihr gesagt«, ereiferte sich gerade Miss Dawson, eine etwas ältere Lehrerin, »ich habe nicht die geringste Absicht, Mrs. Gladwin, während meiner Ferien zu irgendeinem entlegenen Fleckchen Erde zu reisen. Ich hasse das Meer, ich habe es immer gehaßt, und ich denke gar nicht daran, diese Insel jemals zu verlassen.«

Es folgte lautes Gelächter, während Kelda das schwere Tablett auf einem Beistelltisch absetzte.

»Und was hat sie da gesagt?«

»Sie hat mich kommentarlos gehen lassen und nach Miss Jenkins geschickt.«

»Haben Sie den Vorschlag angenommen, Jenky?« fragte jemand. »Erzählen Sie doch, wir sind ganz Ohr!«

»Natürlich nicht«, antwortete Miss Jenkins, die Sportlehrerin. »Ich verbringe meine Ferien mit meinem Verlobten zu Hause, und dafür würde ich sogar auf eine Fahrt zum Mond und zurück verzichten.«

Wieder folgte Gelächter. Kelda gab indessen die Suppe auf, stellte auf jeden Platz einen Teller.

»Bei wem hat sie es denn dann versucht?« wollte jemand wissen.

»Ich denke, sie ist uns der Reihe nach durchgegangen«, antwortete Miss Dawson. »Die Ashton hat mir, bevor sie heute abend ausging, gesagt, sie habe abgelehnt, und ich glaube, auch Miss Hart hat nein gesagt.«

»Mrs. Gladwin ist so eifrig darum bemüht, diesem adligen Herrn einen Gefallen zu tun«, sagte Miss Jenkins, »daß ich gar nicht verstehe, warum sie nicht selbst fährt oder Kelda schickt.«

Kelda zuckte zusammen, als ihr Name genannt wurde, und alle lachten.

»Ich habe ihr das sogar vorgeschlagen«, fuhr Miss Jenkins fort.

»Nicht möglich!« rief Miss Dawson aus. »Das war aber kühn. Wir alle wissen doch, was sie von Kelda hält.«

»Sie war so zornig, daß ich es einfach sagen mußte«, antwortete Miss Jenkins lachend. »Sie weiß genau, daß wir alle durchschauen, daß Kelda die einzige Person ist, die sie so von oben herab behandeln kann, als wäre sie der Kaiser von China. Keine von uns würde sich das gefallen lassen.«

»Das stimmt«, meinte Miss Dawson. »Ich habe mich oft gefragt, Kelda, warum du nicht weggehst.«

Kelda, die gerade den letzten Teller mit Suppe servierte, lächelte. »Die Antwort ist sehr einfach«, sagte sie. »Es gibt keinen anderen Ort, wo ich hingehen könnte.«

»Und wahrscheinlich fehlt dir auch das Geld«, fügte Miss Jenkins hinzu.

»Ich habe seit einem halben Jahr keinen Lohn mehr bekommen«, erklärte Kelda, »und selbst wenn ich ihn hätte, käme ich damit wohl kaum weiter als bis zum Piccadilly Circus.«

Alle lachten, als ob sie etwas Lustiges gesagt hätte.

»Das ist eine schreiende Ungerechtigkeit. Aber mach dir nichts daraus«, versuchte Miss Jenkins sie zu trösten, »vielleicht taucht eines Tages ein reicher Onkel auf, den du vergessen hast, und entführt dich nach Timbuktu. Man weiß ja nie, welch glücklicher Zufall noch auf einen wartet.«

»Ich kann ja weiter darauf hoffen«, antwortete Kelda. Dann nahm sie das Tablett und ging hinaus.

Als sie die Tür hinter sich schloß, hörte sie Miss Dawson sagen: »Es ist eine Schande, wie Mrs. Gladwin dieses nette Mädchen behandelt.«

»Das meine ich auch«, stimmte Miss Jenkins zu. »Aber wir können nichts daran ändern. Und ich nehme an, als Fürsorgekind hat Kelda trotz allem noch Glück gehabt, hier zu sein.«

Kelda wartete die Antwort darauf nicht mehr ab. Sie eilte zur Küche, ihre Schritte hallten durch den Flur und klangen in ihren Ohren wie ein Echo: »Fürsorgekind! Fürsorgekind!«

Sie war durch diese Worte gebrandmarkt, und wie sehr sie sich auch bemühte, daran würde sich nie etwas ändern. Sie würde ein Fürsorgekind bleiben, auf dem jeder nach Belieben herumtrampeln konnte, für sie gab es weder jetzt noch in Zukunft eine Hoffnung auf bessere Zeiten.

Als Kelda mit dem Abwasch fertig war, machte sie eine Tasse

Kakao und brachte sie zu Yvette hinauf. Damit verstieß sie zwar gegen die Hausordnung, aber sie dachte, daß die kleine Französin dann vielleicht besser einschlafen könnte. Denn sie wußte, daß deren Kummer sie wahrscheinlich dazu bringen würde, sich die ganze Nacht schlaflos von einer Seite zur anderen zu wälzen.

Kelda öffnete die Tür und sah Yvette mit düsterer Miene vor dem Spiegel sitzen.

»Ich bringe dir einen Kakao.«

»Das ist lieb von dir, Kelda. Ich konnte nämlich beim Abendessen keinen Bissen hinunterbekommen. Ich war zu unglücklich.«

»Bist du denn hungrig? Soll ich hinuntergehen und dir ein Sandwich holen?«

»Nein, ich will nichts essen, aber auf den Kakao freue ich mich. Ist viel Zucker drin?«

»Drei Löffel«, antwortete Kelda. »›Heiß und süß‹ war immer das Rezept meiner Mutter, wenn jemand unter einem Schock stand.«

»Einen Schock habe ich ganz sicher.«

»Was hat denn die Direktorin zu dir gesagt?«

»Nur das, was ich bereits wußte: daß ich von hier fortgehen und bei meinem Onkel leben muß. Er hat ihr Anweisungen gegeben, mich zu ihm zu schicken, als sei ich ein Päckchen, und mir eine der Lehrerinnen als Begleitung mitzugeben, damit ich heil bei ihm ankomme.«

»Die Lehrerinnen haben sich alle geweigert, dich zu begleiten.«

»Ich weiß«, sagte Yvette. »Mrs. Gladwin ließ mich nach dem gemeinsamen Abendessen noch einmal zu sich kommen und fragte mich, ob ich in England vielleicht irgendwelche Verwandte hätte, die mich nach Dakar begleiten könnten. ›Nein, Mrs. Gladwin‹, erwiderte ich, ›und wenn ich welche hätte, würden sie mich nicht hinbringen, denn sie mögen meinen Onkel genausowenig wie ich.‹«

Kelda mußte lachen.

»Bestimmt war sie über deinen Ton entsetzt.«

»Sie war außer sich«, gab Yvette zu. »Sie schaute auf ihre

lange Nase hinunter und sagte: ›So dürfen Sie nicht von Ihrem Onkel sprechen, Yvette. Bestimmt will er nur Ihr Bestes.‹ Ich erwiderte: ›Das Beste für mich, Mrs. Gladwin, wäre es, in Frankreich zu leben bei meinen Verwandten, die mich ebenso lieben wie ich sie. Ich will auf keinen Fall nach Senegal, und ich bin fest entschlossen, wegzulaufen.‹«

Kelda lachte voller Vergnügen.

»Wie mutig! Ich weiß nicht, woher du den Mut nahmst, so mit ihr zu sprechen.«

Yvette zuckte die Schultern. »Sie kann mir nichts Schlimmeres antun, als Onkel Maximus es ohnehin schon tut.«

»Was hat sie denn geantwortet?«

»Es folgte eine Predigt über Anstandsregeln. Angeblich schade ich nicht nur meinem Ansehen, sondern auch dem der Schule mit solchen ›vorlauten, undamenhaften Reden‹.«

Bei den letzten Worten ahmte Yvette Mrs. Gladwins Tonfall nach, und beide lachten.

»Und was hat sie noch gesagt?« fragte Kelda weiter.

»Sie fuhr mit ihren Belehrungen fort, bis ihr die Luft ausging«, erzählte Yvette. »Ich nutzte die Pause und sagte: ›Es überrascht mich gar nicht, daß keine der Lehrerinnen mich nach Senegal begleiten will, und auch ich sehne mich mit Sicherheit nicht danach, dort lebendig begraben zu werden. Wenn Sie keine Begleitperson für mich finden, schreiben Sie vielleicht meinem Onkel, es wäre am besten, wenn ich hierbliebe. Oder Sie schicken Kelda mit. Als Kind eines Forschers wird sie bestimmt nichts dagegen haben, ins finsterste Afrika zu reisen.‹«

Kelda schnappte hörbar nach Luft.

»Das hat Miss Jenkins auch vorgeschlagen. Und was hat Mrs. Gladwin dazu gesagt?«

»Ich habe ihre Antwort gar nicht erst abgewartet, sondern das Zimmer verlassen, während sie nach Luft schnappte wie ein Fisch auf dem Trockenen.«

»Sie muß außer sich gewesen sein«, sagte Kelda in einem so ängstlichen Ton, daß Yvette schnell hinzufügte: »O Kelda, hoffentlich habe ich sie nicht so verärgert, daß sie ihre Wut an dir ausläßt.«

»Hoffentlich nicht«, meinte ihre Freundin nur. Doch Kelda hatte Angst. Sicher mußte die Tatsache, daß gleich zwei Leute diesen Vorschlag gemacht hatten, Mrs. Gladwin derart erzürnt haben, daß sie sich eine unangenehme Strafe ausdenken würde.

Sie wechselte schnell dieses Thema, das sie so beunruhigte, und fragte: »Wann fährst du denn?«

»Zwei Tage vor Ferienbeginn. Mrs. Gladwin sieht das nicht gern, aber Onkel Maximus hat darauf bestanden, daß ich mit einem bestimmten Schiff komme, das auf dem Weg zum Kap der Guten Hoffnung in Dakar anlegt.«

»Das klingt alles sehr aufregend«, sagte Kelda träumerisch.

»Ich weiß, was du empfindest.« Yvettes Stimme klang traurig. »Ich wünsche mir so sehr, daß du mitkommst. Wenn die alte Dawson den Vorschlag angenommen hätte, wäre ich gestorben. Du weißt, wie sehr sie allen auf die Nerven geht.«

»Ich würde so gern mit dir kommen, aber du weißt ebensogut wie ich, daß das wie ein Griff nach den Sternen ist.«

»Das fürchte ich auch«, gab Yvette zu. »Aber du sagst doch auch, daß alle Lehrerinnen den Vorschlag abgelehnt haben.«

»Ja, das sagten sie beim Abendessen. Auch Miss Ashton, die heute abend ausgegangen ist, soll nein gesagt haben.«

»Wen soll der Drachen denn dann mit mir schicken?« fragte Yvette.

»Keine Ahnung. Vielleicht hat sie eine Freundin, die gern nach Afrika führe, oder vielleicht begleitet sie dich auch selbst.«

»Dann springe ich über Bord, das verspreche ich dir«, sagte Yvette entschieden. »Mit der alten Gladwin reise ich nicht, und dabei bleibt's!«

Während sie sprach, öffnete sich die Tür, und zur großen Überraschung der beiden Mädchen trat Mrs. Gladwin ein.

Es war sehr ungewöhnlich, daß sie nach dem Abendessen noch einmal aus ihren Gemächern hervorkam, und die Schlafzimmer der Schülerinnen suchte sie nur bei ihren Kontrollrundgängen auf, die einmal wöchentlich morgens stattfanden.

Dann machte sie die Runde, fest entschlossen, etwas zum Tadeln zu finden. Kelda hatte es sich selbst zur Aufgabe gemacht, schnell alles zu verstecken, was die Mädchen vergessen hatten und wovon sie annahm, daß es Mrs. Gladwins Mißbilligung provozieren würde. Obst und Süßigkeiten waren nämlich verboten, und alles, was in irgendeiner Weise dekorativ oder ein wenig ausgefallen war, lief Gefahr, konfisziert zu werden.

Als Mrs. Gladwin jetzt in das Zimmer trat, war ihr Erscheinen so überraschend und außergewöhnlich, daß Yvette sich erst nach einigen Augenblicken erhob.

Mrs. Gladwin aber starrte Kelda an.

»Ich hatte schon den Verdacht, dich hier zu finden, Kelda«, sagte sie. »Wie ich dir bereits gesagt habe, dulde ich keine Plauderstündchen auf den Zimmern der jungen Damen, denn das ist weder schicklich, noch gehört es zu deinen Pflichten. Wenn du sonst nichts zu tun hast, werde ich sicherlich etwas für dich finden.«

»Da Mademoiselle heute so außer sich war«, antwortete Kelda mit ihrer sanften Stimme, »habe ich ihr etwas Warmes zu trinken gebracht, da ich weiß, daß das manchmal die beste Medizin ist.«

»Wenn nötig, lasse ich den Arzt kommen«, sagte Mrs. Gladwin mechanisch.

Dann blickte sie Yvette scharf an.

»Ich vermute, Sie haben wieder geweint und ein ganz unnötiges Theater gemacht wegen der Pläne, die Ihr Onkel hinsichtlich Ihrer Zukunft hat.«

Yvette, deren Nerven schon so strapaziert waren, traten sogleich Tränen in die Augen, und Mrs. Gladwin fuhr fort: »Sie müssen lernen, sich zu beherrschen. Wie ich Ihnen schon so oft gesagt habe, ist Selbstbeherrschung das Resultat von gutem Benehmen und guter Erziehung.«

Yvette erwiderte nichts. Während sie ihr Taschentuch suchte, rollten zwei Tränen ihre Wangen hinab.

»Ich habe über die Schwierigkeit nachgedacht, wie Sie nach Dakar kommen«, sagte Mrs. Gladwin. »Deshalb bin ich gekommen, um Sie noch einmal zu fragen, ob Sie wirklich niemanden in England kennen, der bereit wäre, Sie auf dieser Reise zu begleiten.«

»Ich habe Ihnen bereits gesagt, Mrs. Gladwin, daß ich niemanden kenne«, antwortete Yvette.

»Gibt es nicht irgendeine Erzieherin von früher, die gegen eine – natürlich nicht sehr hohe – Bezahlung bereit wäre, als Ihre Anstandsdame mitzureisen?«

»Die Erzieherin, die ich hatte, bevor ich hierherkam, hat eine Stelle in Paris, wo sie die Kinder des Duc de Beauclaire unterrichtet. Ich bin ganz sicher, daß sie mich nicht begleiten könnte, selbst wenn sie es wollte, was ich stark bezweifle.«

Mrs. Gladwin überhörte die letzten Worte, die ganz offensichtlich unverschämt waren, und blieb nachdenklich in der Mitte des Zimmers stehen.

Kelda wäre gern an ihr vorbei durch die Tür geschlüpft, aber sie fürchtete, damit Mrs. Gladwins Zorn nur noch zu vergrößern. Deshalb bewegte sie sich nicht von der Stelle und wünschte, sie könnte sich in Luft auflösen, ohne die Aufmerksamkeit auf sich zu lenken.

»Nun gut«, sagte Mrs. Gladwin schließlich, als sie eine Entscheidung gefällt hatte, »wenn die Sache so ist, bleibt mir nichts anderes übrig, als Kelda mit Ihnen zu schicken.«

Sie hielt einen Augenblick inne, ohne auf Keldas und Yvettes überraschte Gesichter zu achten, und fuhr dann fort: »Als Fürsorgekind ist sie natürlich nicht mehr als eine Bedienstete, aber sie kann sowohl die Aufgaben einer Zofe als auch die einer ständigen Wächterin übernehmen.«

Da von keinem der beiden Mädchen eine Antwort kam, sagte sie wie zu sich selbst: »Natürlich werde ich sogleich ein Schreiben an die Schiffsgesellschaft senden, in dem ich die näheren Umstände erkläre, und ich bin sicher, daß der Name Ihres Onkels einen so großen Eindruck macht, daß man bestens für Sie sorgen wird.«

Mrs. Gladwin machte eine kleine Pause, bevor sie weitersprach: »Ich werde mich erkundigen, ob sich an Bord irgendwelche angesehenen Engländer befinden. Ich nehme an, daß die Schiffsgesellschaft einen der weiblichen Passagiere bittet, auf Sie aufzupassen und die Rolle der Anstandsdame zu übernehmen, bis Sie in Dakar ankommen. So ist es auch im Fall von Damen, die nach Indien reisen, üblich.«

Endlich gehorchte Yvettes Stimme ihr wieder. »Ich werde mit Kelda schon zurechtkommen.«

»Das will ich hoffen, obwohl ich schon meine Zweifel habe hinsichtlich ihrer Fähigkeiten, auf sich selbst aufzupassen. Und dann auch noch auf Sie...«, gab Mrs. Gladwin zurück. »Aber ich bin sicher, ja, ich bin ganz sicher, daß sich jemand an Bord finden läßt, dem man Sie, nachdem das Schiff von Southampton ausgelaufen ist, anvertrauen kann. Ich werde Sie persönlich hinbringen, so daß für Ihren Onkel kein Grund zur Besorgnis besteht.« Mrs. Gladwin verstummte und blickte in Keldas bleiches Gesicht mit den weitaufgerissenen Augen. »Und was dich angeht, Kelda«, sagte sie, »so kann ich dir versichern, daß du dieses Haus nie mehr betreten wirst, wenn du in dieser Aufgabe versagst und mein Vertrauen mißbrauchst.«

Ohne eine Antwort abzuwarten, wandte sich Mrs. Gladwin mit einem leichten Rascheln ihres Seidenpetticoats um.

»Gehen Sie zu Bett, Yvette«, sagte sie im Hinausgehen, »und sprechen Sie ein Dankgebet dafür, jemanden wie mich zu haben, der für Sie sorgt und dem Ihr Wohl am Herzen liegt.«

Dann war sie gegangen.

Einen Augenblick lang rührten sich weder Yvette noch Kelda von der Stelle. Fast schien es, als wären sie in Stein verwandelt.

Keldas Stimme war kaum mehr als ein Flüstern, als sie schließlich sagte: »Es – es ist nicht wahr. Ich kann nicht gehört haben, was... Ich muß geträumt haben.«

»Es ist wahr«, antwortete Yvette, »auch wenn ich es selbst kaum glauben kann. Und Kelda, wenn irgend etwas die Reise zu meinem Onkel erträglicher machen kann, so ist es der Gedanke, daß du mit mir kommst. Ja, ich werde ein Dankgebet sprechen, aber nur, weil ich ohne dich auf dieser Reise vor Kummer sterben würde!«

2

Als das Dampfschiff aus dem Hafen von Southampton auslief und auf den Ärmelkanal zusteuerte, krallte Kelda ihre Finger ineinander, um sich zu vergewissern, daß sie nicht träumte.

Sie konnte kaum glauben, daß es ihr möglich war, zumindest

für eine Weile das Elend hinter sich zu lassen, das sie im Internat ertragen mußte, und England den Rücken zu kehren, wo sie während der letzten acht Jahre nur Unglück, ja Verzweiflung gekannt hatte.

Nun wandelte sich alles, als sei sie von einem Zauberstab berührt worden.

Mindestens zwei Monate lang würde sie vor Mrs. Gladwins Nörgeleien sicher sein, würde nicht mehr ständig daran erinnert werden, daß sie nur ein Fürsorgekind war.

Im Gegensatz zu Yvette fand Kelda es bezaubernd, an Bord eines Schiffs zu sein.

Da Lord Orsett offensichtlich sehr reich und angesehen war, wurden ihnen zwei der besten Kabinen in der ersten Klasse zugewiesen, die durch eine schmale Tür miteinander verbunden waren.

Eine große Zahl dienstbeflissener Stewards wartete darauf, ihr Gepäck zu tragen und sie zu fragen, ob sie irgend etwas für sie tun könnten.

Keldas Gepäck wirkte gewiß jämmerlich neben dem riesigen Berg von Koffern, in die sie Yvettes Kleider, Hüte, Sonnenschirme und all die Dinge, auf deren Kauf Yvette noch in letzter Minute bestanden hatte, verstaut hatte.

»Wenn ich schon in den hintersten Winkel der Welt ziehen muß«, hatte die Französin zu Mrs. Gladwin herausfordernd gesagt, »dann will ich mich wenigstens nicht wegen meines Aussehens genieren müssen. Deshalb werde ich die Zeit bis zu meiner Abreise damit verbringen, einzukaufen.«

Und diesmal konnte Mrs. Gladwin kein vernünftiges Argument anführen, warum sie das nicht tun sollte. Da keine der Lehrerinnen abkömmlich war, hatte Kelda Yvette auf ihren zahlreichen Einkaufsbummeln begleitet, für die eine Kutsche gemietet wurde, da es Yvette natürlich nicht erlaubt war, ein öffentliches Verkehrsmittel zu benutzen.

Es war alles so aufregend, daß Kelda sich dabei ertappte, wie sie abends betete, daß ja nichts ihre Abfahrt nach Senegal verhindern möge, obwohl Yvette mit jedem Tag, der sie der Reise näher brachte, trübseliger wurde.

»Ich werde begraben sein – lebendig begraben«, wiederholte

sie immer wieder, und es gab nichts, was Kelda ihr zum Trost hätte sagen können.

Sie schrieb all ihre Verwandten in Paris an und bat sie, ein gutes Wort für sie einzulegen, aber sie antworteten ihr, daß sie nichts für sie tun könnten, da ihr Onkel in Senegal ihr Vormund war.

Kelda, die die Briefe las, hatte das Gefühl, daß Lord Orsetts Reichtum und seine Bedeutung allen Respekt einflößten.

»Warum ging er eigentlich nach Senegal?« fragte sie eines Tages.

Yvette zuckte die Achseln. »Ich wüßte keinen anderen Grund als den, daß er anders sein wollte als alle anderen.«

»Lebte er schon vor der Hochzeit mit deiner Tante dort?«

»Ich glaube nicht. Man hat mir erzählt, Tante Ginette sei sehr hübsch gewesen und habe Geselligkeit und Empfänge geliebt.«

»Es kommt mir wirklich seltsam vor, daß er sie nach Afrika gebracht hat.«

»Alles an Onkel Maximus ist seltsam«, sagte Yvette, »und ich werde nie begreifen, warum Mama ihn zu meinem Vormund machte.«

»Wahrscheinlich dachte sie, er würde sich vernünftig um dich kümmern und könnte es sich zudem leisten«, antwortete Kelda.

»Immer sprichst du von *seinem* Geld«, erwiderte Yvette scharf. »Hast du denn vergessen, daß ich eine reiche Erbin bin?«

»Nur, weil deine Eltern tot sind«, sagte Kelda sanft.

Yvette schwieg darauf, denn sie haßte es, über ihren Onkel zu sprechen, und Kelda wußte, daß das Wiedersehen mit ihm sie von Tag zu Tag mehr beunruhigte.

Es gab noch so viele Fragen, die sie stellen wollte, aber da sie wußte, daß sie ihre Freundin bedrücken würden, hielt sie es für das beste, damit zu warten, bis sie ihre Reise zu dem geheimnisvollen Verwandten angetreten hatten, eine Reise, die sie in einen nicht minder geheimnisvoll erscheinenden Teil Afrikas führen würde.

Kelda hatte jeden Reiseführer im Internat gewälzt, um etwas

über Senegal herauszufinden; in den vorwiegend englischen Geschichtsbüchern wurde sehr wenig über diese französische Kolonie berichtet, und die Geographiebücher beschränkten sich darauf, eine Karte des Gebiets zu zeigen und zu wiederholen, daß es den Franzosen gehörte.

Kelda fand jedoch heraus, daß es vier Jahre zuvor dem Generalgouvernement Französisch-Westafrika angeschlossen worden war und dem Generalgouverneur unterstand und daß die Einwohner einen Deputierten in das Pariser Parlament schickten.

Sie sehnte sich nach jemandem, der ihr dies alles erklären könnte, und es wurde ihr bewußt, daß sie jetzt das Wissen und die Welterfahrenheit ihres Vaters noch mehr vermißte als je zuvor.

Wie begeistert Papa davon wäre, daß ich wieder auf eine Expeditionsreise gehe, sagte sie zu sich selbst und fragte sich gleich darauf verzweifelt, wie lange ihre Exkursion wohl dauern würde.

Mrs. Gladwin hatte ganz entschieden auf ihrer Rückkehr nach England bestanden, sobald Yvette gut angekommen sei.

»Du mußt dir klar darüber sein, Kelda«, hatte sie mit ihrer unangenehmen Stimme gesagt, »daß du nur die Reisegefährtin von Mademoiselle sein darfst, weil ich sonst niemanden finden kann. Du wirst dich auf keinen Fall in den Haushalt des Lords einmischen, und du wirst so bald wie möglich zurückkommen.«

Dann hatte sie innegehalten und fast gehässig hinzugefügt: »Ich erwarte dich auf alle Fälle im Februar zurück.«

Kelda hatte zustimmend genickt, da ihr nichts anderes übrigblieb. Aber sie wußte, daß sie, sobald Mrs. Gladwin das Schiff verlassen hätte, jeden Abend darum beten würde, daß sie sie nie wiedersehen müßte und eine Ausrede finden würde, in Dakar oder anderswo zu bleiben, um dort ihren Lebensunterhalt zu verdienen.

Vielleicht gibt es Schulen, wo ich unterrichten kann, oder vielleicht kann ich in einem Geschäft bedienen, sagte sie sich.

Aber dann mußte sie lachen, als sie daran dachte, wie sie mit ihrem Vater und ihrer Mutter die einheimischen Basars und

Märkte besucht hatte, und es wurde ihr klar, daß die Möglichkeit, als weiße Frau dort beschäftigt zu sein, sehr unwahrscheinlich, wenn nicht gar ausgeschlossen war.

Doch jetzt befand sie sich erst einmal auf einem Schiff im Niemandsland, war unterwegs von Hafen zu Hafen, frei von allen Beschränkungen außer denen, die ihr eigenes Gefühl für Schicklichkeit ihr auferlegte.

Natürlich hatte Mrs. Gladwin der Schiffsgesellschaft geschrieben und nach einer Anstandsdame für Yvette gefragt. Der Zahlmeister hatte sie mit einem älteren Ehepaar bekannt gemacht, einem Methodistenprediger und seiner Frau, die nach einem Besuch bei ihren Kindern in England nach Südafrika zurückkehrten.

Da diese Leute selbst nur wenig besaßen, waren sie sehr dankbar dafür, daß ihre Gemeinde das Geld für die Überfahrt aufgebracht und, da sie schon älter waren, darauf bestanden hatte, daß sie erster Klasse reisten.

Sie waren ganz überwältigt, als Mrs. Gladwin gleich einem Schiff in voller Fahrt auf sie lossegelte, und eifrig hatten sie in alles eingewilligt, was sie von ihnen verlangte.

Kelda hatte sogleich gemerkt, daß die beiden viel zu zurückhaltend und bescheiden waren, um sich in die Angelegenheiten anderer einzumischen, und schon gar nicht, wenn jemand so hübsch war wie Yvette und offensichtlich von aristokratischer Herkunft.

Da sie Kelda in ihren grauen Kleidern für wenig mehr als für eine bessere Dienerin hielten, konnten sie mit ihr unbefangener reden. Aber nach zwei Tagen auf See fühlten sich beide unwohl, und so war es schließlich Kelda, die sich um sie kümmerte, und nicht umgekehrt.

Am ersten Abend an Bord begann Yvette sich für die anderen Passagiere zu interessieren. An diesem Abend war angekündigt worden, daß die Passagiere sich ihre Plätze selbst aussuchen konnten und die Sitze am Kapitäns- und Offizierstisch erst am nächsten Tag zugeteilt würden.

Kelda wußte noch von ihrem Vater, daß dies eine Vorsichtsmaßnahme seitens des Kapitäns war, um zu verhindern, daß eine bedeutende Persönlichkeit, die Anspruch auf einen Platz an seinem Tisch hatte, übersehen wurde und später kein Platz mehr frei war.

Sie hielt es für klug, den Obersteward beim Eintritt in den Speisesaal zu fragen, ob sie und Yvette einen kleinen Zweiertisch haben könnten.

»Warum hast du um diesen Tisch gebeten?« fragte Yvette.

»Auf diese Weise haben wir die Möglichkeit, uns umzuschauen«, erklärte Kelda. »Dann wissen wir gleich, wen wir meiden müssen.«

Ihre Freundin lachte. »Daran habe ich gar nicht gedacht. Aber ich sehe eine ganze Menge Leute, die in diese Kategorie fallen.«

»Mein Vater amüsierte sich immer über die Schiffslangweiler, die von Portsmouth bis Port Said immer wieder die gleichen Geschichten erzählen, und Mama ergriff gewöhnlich die Flucht vor all dem Gerede, wo jeder verunglimpft wird, der auch nur in etwa attraktiv ist, und wo die schlimmsten Verleumdungen verbreitet werden.«

Yvette lachte wieder. »Dann werde ich wohl diesmal das Opfer sein.«

»Falls das so ist, sei bitte vorsichtig«, warnte Kelda. »Vergiß nicht, daß ich für dich verantwortlich bin, und wenn du dich nicht angemessen verhältst, treffen mich die Vorwürfe.«

»Wer soll denn schon wissen, was ich treibe?« fragte Yvette. »Im übrigen schickt mich Onkel Maximus vielleicht mit Schimpf und Schande nach Paris zurück, wenn ich bei meiner Ankunft in Dakar einen schlechten Ruf habe.«

»Darauf würde ich nicht bauen«, erwiderte Kelda, »aber, liebste Yvette, denke daran, wie böse er auf mich sein wird. Und mich wird er nicht wie dich nach Paris schicken, sondern zurück zu Mrs. Gladwin.«

»Das müssen wir natürlich verhindern«, sagte sie. »Und ich bin fest entschlossen, Kelda, dich bei mir zu behalten, was immer Onkel Maximus dazu sagt.«

Doch diese Worte beglückten Kelda nicht so, wie sie es hätten tun sollen. Nach allem, was sie über Lord Orsett gehört hatte, war sie sicher, daß er nur das tun würde, was er wollte, und daß er jeden anderen dazu bringen würde, sich seinem

Willen zu unterwerfen.

Wenn er wünschte, daß sie abreiste, würde sie abreisen müssen, gleichgültig, was Yvette dazu sagte. Aber trotzdem betete Kelda weiter darum, daß irgendwer sie irgendwie davor bewahren würde, nach England zurückzukehren.

Gleich am ersten Abend war der jungen Französin ein gutaussehender junger Mann aufgefallen, und als sie ihn Kelda zeigte, sah diese, daß auch er sie bemerkt hatte.

Es kann wohl Zufall gewesen sein, aber Kelda vermutete eher eine Übereinkunft, als ihnen am nächsten Tag beim Mittagessen die Plätze am Kapitänstisch zugewiesen wurden und der junge Mann sich neben Yvette setzte.

Sie erfuhren, daß sein Name Rémy Mendès war, aber ansonsten sprachen sie nur ganz allgemein über das Wetter, über die Geschwindigkeit des Schiffs und über die Schwierigkeit, bei der geringen Anzahl junger Passagiere sportliche Wettkämpfe zu organisieren.

»Ich werde mich mit Dauerläufen um das Deck begnügen müssen«, sagte Monsieur Mendès, »aber Federball oder ein Spiel mit Wurfringen würden mich viel mehr reizen, obwohl ich glaube, daß letzteres ziemlich stark die Hände strapaziert.«

»Ich spiele Federball«, sagte Yvette, »doch leider nicht sehr gut.«

»Dann muß ich Sie zu einem Spiel herausfordern«, antwortete er spontan, was natürlich ganz in Yvettes Absicht lag.

Sobald das Essen vorüber war, gingen Yvette und Kelda in den Salon, da die Luft zu kalt und die See zu stürmisch war, um nach draußen aufs Deck zu gehen.

Als sie sich in einer Ecke des Raums niedergelassen und einen Kaffee bestellt hatten, kam Monsieur Mendès und bat, sich zu ihnen gesellen zu dürfen, was Kelda nicht im geringsten überraschte.

Yvette stellte sie jetzt ihrem Tischnachbarn vor, aber ein flüchtiger Blick auf ihre Kleider sagte ihm offensichtlich, daß sie lediglich die Anstandsdame war, und nach einer kurzen, förmlichen Verbeugung konzentrierte er seine ganze Aufmerksamkeit auf Yvette.

»Jetzt können wir uns einmal richtig unterhalten«, sagte er

in einem Ton, der deutlich machte, daß seine Worte nur für ihre Ohren bestimmt waren.

Seine dunklen Augen blickten in die von Yvette, und ohne Zweifel lag darin ein Ausdruck von Bewunderung und sogar Faszination.

Ich frage mich, ob ich etwas dagegen unternehmen sollte, dachte Kelda, aber sie hatte keine Ahnung, wie die Antwort lauten sollte.

»Fahren Sie nach Kapstadt?« wollte Monsieur Mendès wissen. »Es soll eine sehr hübsche Stadt sein; ich war allerdings noch nie dort.«

»Nein, ich fahre nach Dakar«, erwiderte Yvette.

»Nach Dakar?«

Zweifellos war Monsieur Mendès überrascht. Yvette sagte nichts, und so fragte er noch einmal: »Sagten Sie wirklich Dakar?«

»Ich soll dort bei meinem Onkel leben«, erklärte Yvette, »aber ich versichere Ihnen, ich ginge viel lieber nach Kapstadt.«

Kelda dachte im stillen, daß es ziemlich indiskret war, einem Fremden so rasch von ihren Sorgen zu erzählen.

Monsieur Mendès rief aus: »Mir ist es viel lieber, daß Sie nach Dakar fahren, denn das ist auch mein Ziel. Aber ich kann kaum glauben, daß ein so liebliches Geschöpf wie Sie zu einem so gottverlassenen Ort reist.«

»Wohnen Sie in Dakar?« erkundigte sich Yvette.

»Nur zeitweise, Gott sei Dank«, antwortete er. »Wie es der Zufall so will, bin ich noch weitere drei Monate als diplomatischer Gesandter beim Generalgouverneur tätig.«

Yvette klatschte in die Hände. »Aber das ist ja herrlich! Dann sehe ich Sie ja!«

»Dessen können Sie sicher sein«, sagte er. »Wer ist Ihr Onkel?«

»Lord Orsett.«

Wieder zeigte Monsieur Mendès Verwunderung. »Lord Orsett? Aber er empfängt nie Besuch, und ich hätte niemals vermutet, daß er eine so hübsche Nichte hat.«

»Erzählen Sie mir doch von Dakar«, bat Yvette. »Wie Sie sich sicher denken können, habe ich nicht die geringste Lust, dorthin zu gehen, wo ich doch die Möglichkeit hätte, in Paris zu leben.«

»Das kann ich verstehen«, sagte Monsieur Mendès. »Auch mir fehlt Paris, aber Gott sei Dank werde ich rechtzeitig zum Frühlingsanfang wieder dort sein.«

»Dann werden in den Champs-Élysées die Kastanien blühen«, sagte Yvette sehnsüchtig.

»Und die Blumen im Bois.«

»Und es wird Bälle und Feste geben«, fuhr Yvette träumerisch fort, »und ich hatte mir schon ausgemalt, wie ich bis zum Morgengrauen tanzen würde!«

»Das sollten Sie auch tun«, antwortete Monsieur Mendès. »Aber wie kommt es, daß Sie nach Dakar reisen?«

»Lord Orsett ist ein angeheirateter Onkel von mir und mein Vormund.«

»Soviel ich weiß, soll er mit einer Französin verheiratet gewesen sein. Wahrscheinlich ist das der Grund dafür, daß er als Engländer nach Dakar kam. Aber sie muß die Stadt doch genauso gehaßt haben, wie Sie sie hassen werden.«

»Was soll ich tun?« fragte Yvette. »Sagen Sie mir, was ich tun soll.«

»Eines kann ich Ihnen versprechen: Ich will mein möglichstes tun, um Ihnen Ihren Aufenthalt in Dakar angenehm zu machen.«

»Aber Sie fahren wieder weg.«

»Erst Mitte März, und bis dahin kann viel geschehen.«

Seine Worte erfüllten sie mit Scheu, und sie schlug die Augen nieder, so daß ihre dunklen Wimpern sich von dem blassen Gesicht abhoben.

Sie ist sehr hübsch, dachte Kelda. Kein Wunder, daß er die Augen nicht von ihr abwenden kann.

Gleichzeitig fragte sie sich, was Lord Orsett wohl sagen würde, wenn sie in Begleitung eines jungen Mannes in Dakar ankämen.

Von diesem Augenblick an war es ganz offensichtlich, daß Monsieur Mendès von Yvette zutiefst beeindruckt war und sie dieses Gefühl erwiderte.

»Er ist charmant, unterhaltsam und intelligent«, sagte Yvette am Abend ihres ersten Tages auf dem Schiff, als sie und Kelda sich auszogen, und am Abend des zweiten Tages gestand sie mit verträumten Augen: »Ich glaube, Kelda, ich bin im Begriff, mich zu verlieben.«

»Bitte, Yvette, sei vorsichtig«, bat Kelda. »Ich bin sicher, daß es in solchen Fällen unklug ist, etwas zu überstürzen. Wir wissen doch gar nichts über Monsieur Mendès. Vielleicht akzeptiert dein Onkel ihn nicht.«

»Ich bin überzeugt davon, daß Onkel Maximus niemanden außer sich selbst akzeptiert«, erwiderte Yvette stirnrunzelnd. »Aber ich werde alles herausfinden, was du wissen willst. Monsieur Mendès hat mich gebeten, ihn morgen vormittag auf Deck zu treffen, und wenn es nicht regnet, können wir uns ruhig unterhalten, ohne von alten Klatschbasen beobachtet zu werden, die uns während des Abendessens dauernd anstarrten.«

In Keldas Augen war es offensichtlich, warum die älteren Damen am Kapitänstisch mit hochgezogenen Brauen Yvette und Monsieur Mendès betrachteten: Die beiden waren ausschließlich aufeinander konzentriert.

Er machte keinerlei Anstalten, mit der Dame, die auf der anderen Seite neben ihm saß, ein Gespräch anzufangen, und da Yvette Kelda zur Tischnachbarin hatte, sah sie keinen Grund dazu, ihre Aufmerksamkeit von Monsieur Mendès abzuwenden.

Kelda war daher gezwungen, sich mit einem älteren Händler zu unterhalten, der, wie sie erfuhr, schon mehrmals Senegal bereist hatte, um Erdnüsse einzukaufen, die, so klärte er sie auf, zur Zeit das einzige lohnende Exportgut waren.

Er war fast taub. Kelda hätte ihn gern über Senegal befragt, aber es war ihr zu peinlich, weil sie ihm jede Frage mehrmals zuschreien mußte, bevor er sie verstand.

Trotz der mißbilligenden Blicke am Tisch änderten Yvette und Monsieur Mendès ihr Verhalten nicht. Am darauffolgenden Abend waren sie plötzlich zu Keldas Verwunderung verschwunden.

Sie konnte niemanden fragen, ob er die beiden gesehen hatte. So wanderte sie ruhelos von einem Raum zum anderen, aber nirgends gab es eine Spur von ihnen. Schließlich gab sie die

Suche auf und zog sich in ihre Kabine zurück.

Kelda wußte, daß Mrs. Gladwin dieses Verhalten mißbilligt hätte, aber sie sagte sich mit philosophischem Gleichmut, daß »das Herz nicht beschwert, was das Auge nicht sieht«.

Immerhin wies sie ihre Freundin zurecht, als diese nach Mitternacht zurückkam.

»Du hättest mir wenigstens sagen können, wo du hingehst«, sagte sie vorwurfsvoll.

»Ich wußte es ja selbst nicht«, meinte Yvette. »Monsieur Mendès gab mir ein Zeichen, ihm ins Schreibzimmer zu folgen, weil man dort ungestört ist.«

»Ich wäre nie darauf gekommen, dort nachzuschauen«, sagte Kelda.

»Wir haben uns ja auch vor dir versteckt«, gab Yvette ein wenig boshaft zu.

»Du weißt genau, daß du so etwas nicht tun solltest«, tadelte Kelda sie. Aber ihr Ton war milde, denn sie wußte, daß die Freundin ohnehin nicht auf sie hören würde, ganz gleich, was sie sagte.

»Ich amüsiere mich lediglich«, erklärte Yvette und setzte sich auf die Kante von Keldas Bett. In ihrem Kleid in Korallenrot mit dem gleichfarbigen Tüll, der ihre weißen Schultern durchscheinen ließ, sah sie außerordentlich hübsch aus.

»Du machst mir Sorgen«, warf Kelda ihr vor.

»Es gibt keinen Grund zur Beunruhigung«, erwiderte Yvette, »und, ehrlich gesagt, die Reise macht mir allmählich Spaß. Sogar der Gedanke, in Dakar zu leben, ist, zumindest was die nächsten drei Monate angeht, gar nicht mehr so erschreckend.«

»Aber stell dir vor, dein Onkel verbietet dir nach unserer Ankunft, Monsieur Mendès zu sehen.«

»Ich weiß, was du damit sagen willst, Kelda«, antwortete Yvette. »Aber ich habe alles Wissenswerte über ihn herausgefunden, und ich versichere dir, daß er ein ehrbarer Mann ist.«

»Nun, das ist ja auf alle Fälle beruhigend zu wissen.«

»Sein Vater ist Abgeordneter, und Rémy hat sich ebenfalls entschieden, Politiker zu werden.« Kelda überraschte es, daß sie ihn bereits beim Vornamen nannte. »Seine Familie gehört zwar nicht zur Aristokratie des Ancien régime wie meine

Großtanten, aber sie ist angesehen und reich.«

Yvette hielt einen Augenblick inne und fügte dann hinzu: »Onkel Maximus kann ihm wenigstens nicht vorwerfen, er sei hinter meinem Geld her.«

Kelda setzte sich im Bett auf.

»Yvette, du denkst doch nicht etwa an Heirat?«

»Er hat mich noch nicht um meine Hand gebeten«, antwortete Yvette, »aber er wird das noch tun. Er sagt, daß er mich liebt, und er ist auch von meiner Herkunft beeindruckt. Ich kann ihm zumindest bei der Verwirklichung seiner politischen Ambitionen förderlich sein.«

»Und du glaubst, daß das für ihn eine wichtige Rolle spielt?«

»Nicht, wenn er mich wirklich liebt«, sagte Yvette, »und das wird der Fall sein. Stell keine falschen Vermutungen an, Kelda. Er wird mich lieben!«

Kelda kam sich recht hilflos vor, da sie nichts über die Liebe wußte. Aus dem, was Yvette ihr im Internat anvertraut hatte, wußte sie, daß ihre Freundin schon mit einer ganzen Reihe junger Männer geflirtet hatte, wenn sie während der Ferien in Paris war. Sie hatte jedoch das Gefühl, daß es diesmal ernster war. Aber dann sagte sie sich selbst, daß ihre Gedanken absurd seien.

Schiffsromanzen waren bekanntlich sehr flüchtig, und wenn sie in Dakar ankamen, war Yvette bestimmt schon Monsieur Mendès überdrüssig und auf der Suche nach einem anderen.

In dem Buch, das sie las, bevor sie zu Bett ging, stand, daß es in Dakar praktisch keine weißen Frauen gab, und sie hatte sich vorgestellt, daß Yvette die freie Auswahl hätte unter zahlreichen Männern, die alle entzückt sein würden, einem so anziehenden Geschöpf aus der Welt, die sie zurückgelassen hatten, zu begegnen.

»Rémy Mendès sammelt politische Erfahrung«, erklärte Yvette. »Sein Vater hält dies für seine Laufbahn als Abgeordneter für sehr wichtig.«

»Ach, deswegen reist er nach Dakar?«

»Ja, als diplomatischer Gesandter, wie er sagt. In Algier hatte er schon einmal diese Position inne.«

Kelda hätte sehr gern mit ihm über Algier gesprochen, weil

sie selbst schon einmal dort gewesen war. Aber dann fiel ihr ein, daß unter den gegebenen Umständen Monsieur Mendès keinen Wert darauf legen würde, mit ihr zu sprechen, wenn er in der Zeit mit Yvette reden konnte.

»Natürlich sprachen meine Verwandten in Paris von einer Verbindung mit einer der großen Familien Frankreichs«, erzählte Yvette. »Sie dachten sogar schon an den jungen Duc de Fénéon.«

»Wenn das so ist«, wandte Kelda ein, »dann darfst du dich nicht zu sehr an Monsieur Mendès binden.«

»Wenn ich bei Onkel Maximus lebe«, antwortete Yvette, die das anscheinend auch gerade durchdachte, »besteht keine große Wahrscheinlichkeit, daß ich dem Duc oder sonst irgend jemandem begegne.«

»Ich kann mir nicht vorstellen, daß dein Onkel dich für immer in Dakar festnageln will«, hielt Kelda ihr entgegen. »Vielleicht macht er sich auch Gedanken über deine Zukunft und möchte mit dir darüber sprechen.«

Sie wußte wohl, daß die Familie gewöhnlich die Hochzeit arrangierte, besonders dann, wenn ein Mädchen so reich war und aus einer so angesehenen Familie stammte wie Yvette. In Keldas Augen war das ungerecht, fast barbarisch. Aber sie schwieg ihrer Freundin gegenüber, da sie sie nicht aufregen wollte. Und was sie selbst anging, so wußte sie ohnehin, daß es keine Aussicht auf Heirat gab, weder auf eine arrangierte noch auf eine Liebesheirat.

Kelda spürte, daß sie unter den gegebenen Umständen Yvette davon abhalten müßte, sich in einen jungen Mann zu verlieben, der von ihrer Familie noch nicht akzeptiert war, aber sie hatte keine Ahnung, wie sie das erreichen sollte.

An den beiden folgenden Tagen blieb Kelda auf Deck oder im Salon sich selbst überlassen, außer wenn sie sich zu dem Methodistenprediger und seiner Frau gesellte. Offensichtlich hielt kein anderer Passagier sie für bedeutend genug, um ihre Bekanntschaft machen zu wollen. Und daran, das wußte Kelda, waren ihre Kleider schuld.

Sie hatte lediglich ihre grauen Baumwollkleider dabei, die sie im Internat hatte tragen müssen, und als Zugeständnis an die kalte Jahreszeit hatte Mrs. Gladwin sie mit einem dicken schwarzen Wollcape ausgestattet, das sie ganz einhüllte.

Auf dem Kopf mußte sie immer noch den gleichen schwarzen Strohhut tragen, der denen aus dem Waisenhaus nachgebildet war. Er schmeichelte nicht im geringsten, da er das Gesicht größtenteils verdeckte und unter dem Kinn mit billigen schwarzen Bändern gehalten wurde.

Schwarze Handschuhe und praktische kurze Stiefel mit einem seitlichen Gummizug vervollständigten Keldas Ausstattung; was sie sonst noch besaß, paßte alles in eine kleine Tasche, die so schäbig aussah, daß selbst die Gepäckträger und Stewards sie verächtlich musterten.

Doch Kelda verschwendete keine Zeit mit Selbstmitleid. Ja, sie kam nicht einmal auf die Idee zu klagen.

Sie lauschte dem Meer, spürte den Wind und dachte mit übergroßer Freude daran, daß sie dem Sonnenschein entgegenfuhr.

Sie hatte das Gefühl, daß von dem Augenblick an, als ihr Vater und ihre Mutter starben, bis jetzt, wo sie ihrem Gefängnis entkam, ihr Herz in Kälte zusammengezogen gewesen war. Nun endlich atmete sie freier.

Kelda war intelligent genug, um zu wissen, daß auch die Tatsache, daß sie zum erstenmal seit acht Jahren nicht nur *genug* zu essen hatte, sondern die Speisen selbst wählen konnte, zu diesem neuen Glücksgefühl beitrug.

Zudem war es ein unvergleichlicher Luxus, nicht jeden Morgen um fünf Uhr aufstehen zu müssen, wie es sowohl im Waisenhaus als auch im Internat üblich gewesen war.

»Ich werde noch dick«, sagte sie zu Yvette, »wenn ich so wenig tue und so viel esse. Das ist etwas, was ich mir seit vielen Jahren nicht mehr leisten konnte.«

»Nun, ich habe eher das Gefühl, als ob ich nie mehr etwas essen wollte«, entgegnete Yvette, »und das ist ein weiterer Grund, warum ich glaube, daß ich verliebt sein muß.«

Als sie schließlich den Golf von Biskaya hinter sich gelassen hatten und die Westküste von Afrika entlangfuhren, *glaubte* sie nicht nur, daß sie verliebt war, sie wußte es.

Daß dies wirklich der Fall war, zeigte sich deutlich im Leuchten ihrer Augen und in dem Strahlen, das sie umgab, wenn sie und Rémy Mendès zusammen waren.

Kelda gab es schließlich auf, ihre Freundin zu bitten, vorsichtig zu sein und ihre Gefühle nicht zu offen zu zeigen. Sie verschwendete nur ihre Worte. Und als Yvette eines Nachts um eins in ihr Schlafzimmer kam, wußte sie sogleich, was geschehen war.

»Kelda, ich bin verlobt!« rief sie aus. »Rémy und ich werden Ostern in Paris heiraten.«

Kelda atmete tief ein und aus.

»Aber wenn nun Lord Orsett nicht seine Einwilligung zu dieser Heirat gibt?«

»Warum sollte er mich davon abhalten?« fragte Yvette. »Ich beabsichtige, den zukünftigen Präsidenten von Frankreich zu heiraten, und das muß selbst Onkel Maximus ein wenig beeindrucken.«

»Aber vielleicht ist er verärgert darüber, daß du eine so wichtige Entscheidung gefällt hast, ohne ihn vorher zu fragen. Möglicherweise ist er mit Monsieur Mendès nicht einverstanden.«

»Rémy sagt, er werde in die Fußstapfen seines Vaters treten, der in der Politik eine sehr wichtige Rolle spielt, und nachdem wir alles besprochen haben, muß ich feststellen, daß er noch viel reicher ist, als ich zuerst annahm. Wir werden ein Haus in Paris und einen Landsitz auf einem Gut seines Vaters besitzen, welches riesengroß ist. O Kelda, ich bin so glücklich!«

Ihre Stimme klang ekstatisch. Kelda umarmte die Freundin.

»Ich freue mich, Liebes, ich freue mich wirklich«, sagte sie. »Aber ich fürchte, daß ich ebensoviel Angst vor deinem Onkel habe wie du.«

»Ich habe keine Angst mehr vor Onkel Maximus«, entgegnete Yvette. »Rémy sagt, er werde für mich sorgen, mich beschützen und mich lieben bis an unser Lebensende. Was will ich mehr?«

»Ja, tatsächlich, was will man mehr«, stimmte Kelda zu.

Aber im Innern war sie doch beunruhigt.

Alles, was sie über Lord Orsett gehört hatte, deutete darauf hin, daß er keine Entscheidung akzeptieren würde, die ohne seine Billigung gefällt wurde, und schon gar nicht, wenn dies bedeutete, daß seine Nichte nur kurze Zeit bei ihm blieb.

»Vorher fahren wir alle zusammen nach Paris«, erzählte Yvette weiter, »da ich die Absicht habe, eine prachtvolle Aussteuer anzuschaffen, und das kostet Zeit.«

»Wir alle zusammen?« fragte Kelda.

»Du kommst mit«, erklärte Yvette. »Du weißt, daß ich ohne dich nicht auskomme, und du wirst Paris ebenso lieben wie ich.«

»Aber was werden deine Verwandten dazu sagen?«

»Um meine Verwandten brauchen wir uns nicht mehr zu kümmern«, sagte Yvette wegwerfend. »Nur Rémy zählt, und er ist dir sehr dankbar für dein taktvolles Verhalten.«

Am nächsten Tag stürmte Yvette, nachdem sie den ganzen Morgen mit Rémy verbracht hatte, vor dem Mittagessen in Keldas Kabine.

»Rémy hat eine Idee!« rief sie. »Und ich halte sie für sehr vernünftig.«

»Was ist es denn für eine Idee?« fragte Kelda und legte das Buch beiseite, das sie gerade las.

»Nun, du solltest dein Äußeres verändern.«

»Mein Äußeres verändern?«

»Ich habe Rémy erzählt, wer du bist«, erklärte Yvette. »Er ist überzeugt davon, von deinem Vater gehört zu haben. Jedenfalls ist er sehr davon beeindruckt, daß er an der National Geographic Society Vorträge gehalten hat. Diese steht nämlich in Frankreich in hohem Ansehen.«

Kelda fragte sich, was jetzt kommen würde.

»Rémy findet es abscheulich«, fuhr Yvette fort, »daß Mrs. Gladwin dich so schlecht behandelte und dich solche Kleider tragen ließ. Er sagt, daß er auf deine Unterstützung und Hilfe bei der Begegnung mit Onkel Maximus angewiesen ist. Deshalb mußt du wie eine bedeutende Persönlichkeit wirken, deren Meinung zählt.«

»Und wie soll ich das machen?«

»Rémy sagt, daß Menschen wie Onkel Maximus sich vom Äußeren sehr stark beeindrucken lassen. Er hat vorgeschlagen, und eigentlich hätte ich schon früher daran denken sollen, daß ich dir einige von meinen Kleidern gebe, damit man dir auch ansieht, daß du eine Dame bist.«

»Aber – aber das kann ich nicht«, sagte Kelda schnell, ohne zu überlegen.

»Und warum nicht?« fragte Yvette.

»Weil es deine Kleider sind – sie gehören dir –, und was würde Mrs. Gladwin dazu sagen?«

Yvette lachte.

»Mrs. Gladwin ist Hunderte von Meilen von uns entfernt, und mir persönlich liegt auch nichts daran, was sie sagen würde. Ich habe haufenweise Kleider dabei; und Rémy hat recht: Onkel Maximus muß meinen, daß du dem gleichen Stand angehörst, andernfalls wird er dir überhaupt nicht zuhören, wenn du etwas zu sagen hast.«

»Ich bezweifle ohnehin, daß er mir zuhört«, meinte Kelda bescheiden.

»Aber es ist wichtig, daß er das tut, zumindest glaubt das Rémy. Schließlich bin ich ja in deiner Obhut nach Dakar geschickt worden.«

»Selbst wenn ich anders aussähe – glaubst du nicht, daß Mrs. Gladwin ihn genau darüber informiert hat, wer ich bin und welche Stellung ich im Internat innehatte?« gab Kelda zu bedenken.

»Bestimmt«, antwortete Yvette mit einem boshaften Lächeln. »Du erinnerst dich doch, daß sie mir beim Abschied einen Brief für Onkel Maximus mitgab. Es ist ein Jammer, daß er ihn nie bekommen wird.«

»Was – was meinst du damit?«

»Ich werde ihn umgehend zerreißen und die Fetzen durch die Luke meiner Kabine ins Meer werfen.«

»Das kannst du doch nicht tun!« rief Kelda aus. »Es ist ein persönlicher Brief.«

»Bestimmt enthält er eine ganze Menge Lügen«, antwortete Yvette. »Aber das werden wir nie mit Sicherheit wissen, denn ich lese ihn nicht und gebe ihn auch dir nicht zum Lesen. Es würde dich nur traurig machen.«

Mit diesen Worten ging Yvette hinaus, und gleich darauf hörte Kelda sie nebenan herumstöbern.

»Ich hab' ihn gefunden!« rief sie wenig später.

Dann hörte man, wie Papier zerrissen wurde. Gleich darauf kam Yvette mit einem Papierkorb in der Hand in Keldas Kabine.

»Heute abend mache ich die Luke nicht mehr auf«, erklärte sie, »aber morgen früh werde ich zuallererst diese kleinen Fetzen ins Meer werfen. Und dann wird niemand, nicht einmal die Fische, jemals erfahren, was der Drachen über dich geschrieben hat.«

Kelda starrte die Freundin mit großen Augen an. »Ich bin sicher, daß – das unrecht ist.«

»Ganz im Gegenteil, das ist richtig so«, widersprach Yvette, »und da Rémy es für richtig hält, gibt es darüber gar keine Diskussion. Du bist frei, Kelda, befreit von der schrecklichen Alten und von allem, was sich in der Vergangenheit seit dem Tod deiner Eltern ereignete.«

»Ich – ich kann es kaum glauben«, sagte Kelda und merkte, daß ihr die Tränen in die Augen traten.

Yvette schlang plötzlich die Arme um sie und küßte sie.

»Ich hab' dich lieb, Kelda, und wenn ich ein neues Leben beginne, so tust du das auch. Wir werden alle sehr glücklich sein. Ich gehe jetzt schlafen, und morgen beginnen wir, über meine Aussteuer nachzudenken. Ich möchte hübsch sein für Rémy, wirklich hübsch.«

Als Kelda am nächsten Morgen aufstand – sie trug ein Nachthemd aus grobem Baumwollstoff –, kam Yvette in ihre Kabine.

»Ich habe dich gehört«, erklärte sie. »Ich war zu aufgeregt, um zu schlafen, und so habe ich schon eine ganze Menge Dinge aussortiert, die du tragen kannst, bis wir neue kaufen.«

»Ich weiß nicht, ob es richtig ist, sie anzunehmen«, erwiderte Kelda, aber Yvette hörte gar nicht zu.

Sie schleppte aus ihrer Kabine einen solchen Berg von Kleidern, Unterkleidern und Nachthemden an, daß es Kelda fast die Sprache verschlug und sie kaum ihre Dankbarkeit ausdrükken konnte.

»Das darfst du mir doch nicht alles geben!« wies sie die Freundin zurecht.

»Fürs erste hab' ich genug«, antwortete Yvette, »und ich

habe auch schon meiner Cousine in Paris, die mir immer bei der Auswahl meiner Kleider hilft, geschrieben und sie gebeten, so schnell wie möglich eine Anzahl Kleider nach Dakar zu schicken, die ich dort brauche.«

»Aber du hast doch erst ein paar Dutzend in London gekauft!« rief Kelda aus.

»Die Kleider aus London sind nie so schick wie die Sachen aus Paris«, erwiderte Yvette. »Und was für ein Glück für dich, daß ich so viel gekauft habe!«

Das stimmt, dachte Kelda, als sie die Kleider, die Yvette ihr gegeben hatte, ordnete. Sie konnte kaum glauben, daß sie nach all den Jahren wirklich »wie ein Mensch« aussehen würde, wie sie es nannte.

Die beiden hatten die gleiche Größe, aber Kelda war viel dünner als Yvette, und sie sah sofort, daß sie die Kleider in der Taille enger machen mußte. Yvette hatte zwar eine schlanke Taille und trug der Mode entsprechend enggeschnürte Kleider, aber Kelda war noch schlanker, und das, ohne nachzuhelfen.

Yvette bestand zwar darauf, daß Kelda zwei ihrer hübschen französischen Korsetts annahm, aber sie waren eigentlich überflüssig. Denn nach all den Jahren, in denen Kelda hart gearbeitet hatte, täglich dutzendmal unzählige Stufen hinauf- und hinuntergerannt war und dabei nie genügend zu essen hatte, war auf ihrem Körper kein überflüssiges Gramm Fett.

Dennoch wirkte die Rundung ihrer Brüste sehr weiblich, da sie jung war und vollkommen gebaut. Nackt sah ihr Körper aus wie die Statue einer griechischen Göttin, ohne daß sich Kelda dessen bewußt war.

Schließlich war sie angekleidet. Sie trug ein Unterkleid mit Spitzenbesatz und Seidenstrümpfe, darüber ein Kleid, das eine astronomische Summe in der Rue de la Paix gekostet hatte. Und sie hatte das Gefühl, daß sie vor lauter Scheu nicht in der Lage sein würde, ihre Kabine zu verlassen.

»So kann ich nicht hinausgehen«, sagte sie von Panik erfaßt. »Was werden die Leute sagen?«

»Welche Leute?« fragte Yvette. »Ich bezweifle, daß die Mumien da draußen dich überhaupt bemerken. Aber du siehst sehr hübsch aus, meine liebe Kelda, und wenn Rémy dich mir vorzieht, bring' ich dich um, das schwöre ich.«

Kelda lachte. »Das halte ich für sehr unwahrscheinlich. Aber, Yvette, ich – weiß nicht, wie ich dir danken soll.«

Sie konnte nicht weitersprechen, Tränen liefen ihr über die Wangen. Es waren ja nicht nur die wundervollen Kleider. Nachdem sie so lange als Fürsorgekind behandelt und immer wieder gedemütigt worden war, berührte diese Verwandlung sie in ihrem Innersten; sie fühlte sich wie ein Phönix und glaubte, sich aus der Asche des eigenen Ichs zu erheben.

Yvette nahm die Freundin in den Arm.

»Wenn du weinst, verdirbst du doch alles«, sagte sie. »Ich möchte, daß es Rémy bei deinem Erscheinen die Sprache verschlägt. Schließlich war es ja seine Idee. Laß uns gehen. Wir wollen dich vorführen. Er erwartet mich sicher schon.«

Kelda, die so verschüchtert war wie noch nie zuvor in ihrem Leben, folgte Yvette aus der Kabine zum vorderen Salon, wo Rémy Mendès bereits wartete.

Bei ihrem Eintreten weiteten sich für einen Augenblick seine Augen vor Verwunderung, er breitete die Arme aus und rief: »*C'est magnifique!* Wundervoll! Ich gratuliere, Yvette! So habe ich es mir vorgestellt.«

»Sie sind beide so gütig«, murmelte Kelda, die kaum sprechen konnte.

»Wir wollen uns setzen«, schlug Rémy Mendès vor, »und zwei Dinge feiern: Zuerst einmal, Mademoiselle Lawrence, trinken wir auf die Zukunft von Yvette und mir. Dann trinken wir auf Ihre Zukunft, die, so glaube ich, ganz anders aussieht, als Sie beim Besteigen des Schiffes dachten.«

»Wenn sie wirklich anders ist«, antwortete Kelda, »dann habe ich das ausschließlich Ihnen zu verdanken, Monsieur.«

»Wenn Ihre Heirat der unseren folgt, werde ich es mir als Verdienst anrechnen«, gab er zur Antwort.

Yvette klatschte in die Hände.

»Wie klug du bist!« rief sie aus. »Natürlich, wenn wir nach Paris gehen, suchen wir für Kelda einen Mann – einen sehr angesehenen und sehr reichen.«

»Genau wie ich«, fügte Rémy augenzwinkernd hinzu.

»So wundervoll wie du kann sonst keiner sein«, erwiderte

Yvette überzeugt.

»Sie sollen nicht an mich denken«, sagte Kelda leise. »Aber Sie wissen, was ich über Sie denke.«

Die beiden hatten für einen Augenblick vergessen, daß Kelda da war. Als Kelda jetzt ihr Glas Champagner zu ihnen erhob, kam es ihr vor, als hätte sie noch nie zwei Menschen so glücklich gesehen.

»Es ist wie im Märchen«, sagte sie Stunden später zu Yvette, als sie sich für das Dinner ein Abendkleid anzog, das in ihren Augen so schön war, daß Titania selbst es in einer Sommernacht hätte tragen können.

»Ja, wirklich«, stimmte Yvette zu, »und Rémy ist der Märchenprinz, und ich bin nicht nur seine Prinzessin, sondern auch deine gute Fee.«

»In diesem Kleid könnte ich sogar auf einen Ball gehen«, fuhr Kelda fort.

»Natürlich wirst du auf Bälle gehen! Wenn wir in Paris sind, gibt es jeden Abend einen Ball. Rémy liebt Tanzen ebenso wie ich, und er sagt, daß sein Vater den prunkvollsten Ball gibt, den Paris je erlebt hat, wenn wir unsere Verlobung bekanntgeben.«

Es gab so viel zu planen. Während sie Afrikas Küste entlangfuhren, war Yvette eifrig damit beschäftigt, alles aufzulisten, was sie in Paris kaufen wollte.

»Du kannst doch nie und nimmer zwanzig Sonnenschirme brauchen«, tadelte Kelda sie.

»Ich glaube kaum, daß zwanzig ausreichen«, entgegnete Yvette. »Schließlich brauche ich einen passenden zu jedem Sommerkleid, und du darfst nicht vergessen, daß bald nach unserer Hochzeit der Sommer beginnt.«

Erst als sie an diesem Abend allein war, wurde es Kelda wieder bewußt, daß sie wegen Lord Orsett beunruhigt war.

Zwar erschien er ihr nicht mehr ganz so furchterregend wie am Anfang, als sie sich in Southampton einschifften. Damals hatte sie jede Nacht verzweifelt geweint, wenn sie an ihn dachte und an Mrs. Gladwins ständig wiederholte Aufforderung, unverzüglich zurückzukommen, sobald Seine Lordschaft ihre Dienste nicht mehr benötigte.

Aber wenn Kelda ernsthaft nachdachte, konnte sie sich doch des Gedankens nicht erwehren, daß Lord Orsett wahrscheinlich glauben würde, Yvette sei zu jung, um zu wissen, was sie wollte.

Ihre Freundin wirkte ihrer Meinung nach zwar älter als die meisten Mädchen ihres Alters, da sie das gesellschaftliche Leben in Paris kennengelernt hatte und zudem selbstbewußt und intelligent war. Aber immerhin war sie noch nicht ganz achtzehn, und Kelda ahnte, daß diese Tatsache für Lord Orsett eine größere Rolle spielen würde als alles andere.

Sie war sicher, daß er nicht zu denen gehörte, die sich gründlich mit dem Charakter eines anderen Menschen auseinandersetzen, sondern daß er ganz oberflächlich über Menschen urteilte.

Und das, so vermutete sie, war auch Rémy Mendès' Meinung, auch wenn er zu taktvoll war, es auszusprechen. Denn sonst hätte er nicht darauf bestanden, daß sie ihr Äußeres veränderte.

Kelda war ihm von Herzen dankbar. Jetzt trug sie auch nicht mehr den strengen Haarknoten, den sie bei Mrs. Gladwin hatte tragen müssen, sondern hatte eine modische Frisur, die sehr feminin war. Sie wußte, daß sie jetzt ihrer Mutter viel ähnlicher war.

Zum erstenmal, seit Kelda allein dastand, fühlte sie sich frei, das zu tun, was sie wollte.

Bisher hatte man sie immer in die Rolle des Fürsorgekinds gedrängt, welches nie zeigen durfte, daß es von besserer Herkunft war und eine bessere Erziehung genossen hatte als die anderen Kinder im Heim, oder in die Rolle des Dienstmädchens im Internat, welches die Wünsche derer erfüllen mußte, die sich für etwas Besseres hielten.

Jetzt hingegen konnte sie sich gleichberechtigt mit Rémy Mendès und Yvette unterhalten, und es war ihr, als hätten sich die Jahre der Armut wie Wolken verzogen. Jetzt war sie die Tochter ihrer Eltern.

Fast glaubte sie, mit ihnen auf einer Expedition zu sein, mitten in einem Abenteuer, voller Lachen und Fröhlichkeit, da sie alle beieinander waren.

Jeden Abend dankte sie im Gebet für Yvettes Freundschaft und für diese Möglichkeit zur Flucht, die sie als Geschenk Gottes ansah.

»Bitte, lieber Gott, laß es so weitergehen«, betete sie. »Laß nicht zu, daß Lord Orsett alles verdirbt, indem er mich nach England zurückschickt, bevor ich die Möglichkeit habe, etwas anderes zu tun.

Und – bitte, wenn es möglich ist – laß mich mit Yvette nach Paris gehen – bitte – bitte!«

Diese Bitte kam aus tiefster Seele, denn es war Kelda fast unmöglich, diesem neuen Glück zu vertrauen, weil es so unerwartet gekommen war, wie der Sonnenschein an einem düsteren Tag.

Auch für Yvette betete sie, und sie wußte, daß sie der Freundin ewig dankbar sein würde.

»Sie ist verliebt«, sagte sie in ihrem Gebet. »Laß sie und Rémy einander immer lieben – bitte, lieber Gott –, gib, daß Lord Orsett ihnen erlaubt, bald zu heiraten.«

Dieses Gebet sprach sie nicht nur abends in ihrer Kabine, sondern im stillen immer, wenn sie die beiden zusammen sah.

Es gab keinen Zweifel mehr daran, daß deren Liebe immer stärker wurde, bis es ihnen schließlich schwerfiel, noch irgend jemanden außer den jeweils anderen wahrzunehmen.

Wenn Rémy Yvette ansah, war in seinen Augen eine Bewunderung zu lesen, die echt sein mußte, und Yvette liebte ihn so, daß Kelda, die die Freundin so gut kannte, merkte, daß ihre Gefühle nicht nur Teil ihres Herzens waren, sondern aus ihrer Seele kamen.

Sie sind sehr glücklich, dachte sie. Sie haben das gefunden, was alle Menschen suchen – den anderen Teil von sich selbst –, und nichts und niemand darf sie trennen.

Bei diesen Gedanken fühlte sie sich plötzlich stark, und sie war fest entschlossen zu kämpfen, falls es zum Kampf für den Bestand dieser Liebe kommen sollte.

3

Am frühen Nachmittag lief das Schiff im Hafen von Dakar ein.

Es war sehr warm, aber die sanfte Brise des Passatwinds bewegte die Wellen und verhinderte, daß die Hitze zu drückend wurde.

Kelda glaubte zu spüren, wie der goldene Sonnenschein ihren Körper durchrann, wie das letzte Eis in ihr schmolz und neue Lebenskraft geweckt wurde.

Jetzt, da der Zeitpunkt gekommen war, das Schiff zu verlassen, erschien es ihr unerträglich, auf Wiedersehen zu sagen.

Sie wollte immer weiterfahren, einem unbekannten Horizont entgegen. Da ihr ganzes Leben und ihr Äußeres sich geändert hatten, seit sie an Bord gekommen war, war ihr, als müsse sie sich von einem Ort verabschieden, der ihr die Sicherheit eines Zuhause gegeben hatte.

Und schließlich kam ja auch der Augenblick näher, in dem Yvette ihrem Vormund begegnen würde, und deshalb, das wußte Kelda, waren sie alle ein wenig ängstlich und nervös.

Ihre Freundin setzte zwar ein mutiges Gesicht auf und sagte, sie hätte keine Angst mehr, weil Rémy bei ihr wäre, aber Kelda entging es nicht, daß auch dieser aufgeregt war.

Zweifellos konnte er seiner zukünftigen Frau eine Menge bieten. Auf der anderen Seite war Kelda sicher, daß die Familie de Villon ihn seiner Abstammung wegen nicht als ebenbürtig akzeptieren würde; sie wußte, wie arrogant die französischen Adligen waren.

Doch zunächst war einmal die Frage, was Lord Orsett davon halten würde.

Für Kelda war es so aufregend, in Afrika zu sein und die Gelegenheit zu haben, ein Land zu besuchen, das sie nie zuvor gesehen hatte, daß sie sich immer wieder bei dem Wunsch ertappte, ihren Vater bei sich zu haben.

Die Küste, die sie entlanggefahren waren, war flacher, als sie gedacht hatte, und von Deck aus hatte sie Strände mit goldenem Sand und Kokospalmen gesehen.

Als sie sich dann Dakar selbst genähert hatten, konnte sie sehen, daß die Stadt auf einem Vorsprung lag, der in den

Atlantik hineinragte; sie sah mehr Häuser, als sie erwartet hatte. Diese waren von Bäumen schützend umgeben.

Der Kapitän hatte ihnen unterwegs erzählt, daß die Stadt an einem natürlichen tiefen Hafenbecken lag. Er hatte auch die Insel Gorée erwähnt, die nur eine Meile von Dakar entfernt liegt und von der er sagte, sie trage den Fluch des Sklavenhandels, durch den sie reich geworden sei.

Kelda erschauerte bei seinen Worten. Sie hatte über die Brutalität der Sklaverei gelesen, über die Not derer, die, unter Deck wie Tiere zusammengepfercht, in alle Welt verschleppt und verkauft wurden.

Sie versuchte, nicht an dieses Leid zu denken, sondern sich auf den Anblick von Dakar zu konzentrieren, als das Dampfschiff langsam in den Hafen einlief.

Yvette und Rémy gesellten sich zu Kelda, als sie an der Reling stand und auf die unten versammelte Menge schaute.

»Da unten wartet die Kutsche Seiner Lordschaft«, sagte Rémy leise.

Er deutete auf eine sehr hübsche offene Kutsche mit zwei Pferden, die mit einer weißen, am Rand verzierten Baumwollplane zum Schutz gegen die Sonne ausgestattet war.

Der Kutscher trug eine aufwendige Livree, die in der Hitze etwas fehl am Platz wirkte. Ein Diener, ebenso gekleidet, stand in der Menge und schaute zum Schiff empor. Offensichtlich versuchte er die zu erkennen, die er abholen sollte.

»Ist mein Onkel dabei?« fragte Yvette zögernd.

»Ich kann ihn nicht sehen«, antwortete Rémy, »und es sähe ihm auch gar nicht ähnlich, zum Schiff zu kommen, gleich welchen Gast er erwartet.«

Bei diesen Worten fiel Kelda wieder ein, daß Lord Orsett nachgesagt wurde, er führe ein sehr zurückgezogenes Leben. Sie hatte das beunruhigende Gefühl, daß er seinen Arm schon zu ihnen ausstreckte und die unbeschwerte Fröhlichkeit, in der sie die letzte Woche der Reise verbracht hatten, zerstörte.

Sie war so glücklich gewesen, so voller Lachen, weil sie sich ganz anders fühlte.

Wenn Kelda eines von Yvettes wunderschönen Kleidern anzog, meinte sie, nicht nur ihr Äußeres zu verändern, sondern auch ihren Charakter, ihre ganze Persönlichkeit.

Jetzt brauchte sie nicht mehr die intelligenten Bemerkungen zurückzuhalten, die ihr einfielen, jetzt konnte sie lachen, ohne einen Tadel zu befürchten, und was am wichtigsten war: Sie hatte ein ganz neues Selbstvertrauen gewonnen.

Da Yvette so freundlich zu ihr war, lebte Kelda nicht mehr in der ständigen Furcht vor dem, was der nächste Tag bringen würde, ob sie vielleicht ihre Arbeit verlieren würde.

Kelda schämte sich, lange Zeit so schwach und unterwürfig gewesen zu sein. Aber sie sah sich in all den Jahren ständig von der Möglichkeit bedroht, daß Mrs. Gladwin sie nach Belieben auf die Straße setzen könnte, ohne Empfehlungsschreiben und ohne Geld, um sie vor dem Verhungern zu bewahren.

Es ist leicht zu sagen, sie hätte davon ausgehen müssen, irgendwo Arbeit zu finden, da sie wußte, wie intelligent sie war. Aber wer hätte denn ein Fürsorgekind genommen, das keinerlei Empfehlung hatte?

Alles war jetzt anders: Yvette war jetzt eine wirkliche Freundin, sie selbst war so gekleidet, wie ihre Mutter es gern gesehen hätte, und wenn ihre Pläne nicht vereitelt würden, würden Yvette und Rémy sich um sie kümmern, und sie würde nie mehr ganz allein dastehen.

»Sie sind so freundlich – Sie und Yvette«, hatte Kelda am Abend zuvor gesagt, als sie wieder einmal auf ihre Zukunft anstießen.

Man hörte, daß sie den Tränen nahe war. Rémy hatte sie freundlich angelächelt.

»Wir wollen gut zu Ihnen sein, Kelda«, hatte er geantwortet, »und ich werde Ihnen immer dankbar für das sein, was Sie für meine zukünftige Frau getan haben.«

»Du weißt, daß ich dich liebhabe«, hatte Yvette hinzugefügt. »Und Rémy hat sich etwas für dich ausgedacht, wenn wir in Paris sind. Er ist überzeugt davon, daß eine seiner drei Schwestern glücklich wäre, wenn du ihren Kindern Englischunterricht gäbest.«

Kelda hatte kaum die Tränen zurückhalten können.

»Es ist, als ob ich plötzlich – in den Sonnenschein käme, nachdem ich Jahr um Jahr von dichtem Nebel umgeben war«, hatte sie geantwortet.

»Ihre Zukunft wird Sonnenschein sein«, hatte Rémy versichert. »Aber vergessen Sie nicht, daß morgen die Begegnung mit Lord Orsett bevorsteht.«

Für kurze Zeit hatte Schweigen geherrscht, als die drei jungen Leute daran dachten, was das möglicherweise für sie bedeutete.

»Wirst du uns zu seinem Haus begleiten?« hatte Yvette Rémy gefragt. »Dann wäre die Begegnung mit ihm nicht so furchtbar.«

»Das wäre bestimmt ein Fehler«, hatte er entgegnet. »Er würde mich für anmaßend halten. Ich werde ihm am Tag nach der Ankunft einen förmlichen Besuch abstatten. Ich glaube, es wäre auch falsch, wenn du ihm etwas von unserer Verlobung erzähltest, bevor ich ihn um Erlaubnis frage, um dich werben zu dürfen.«

»Ich werde alles tun, was du sagst«, hatte Yvette geantwortet, und Kelda konnte die Besorgnis in ihren Augen lesen.

Als sich jetzt das Schiff dem Kai näherte, klammerte sich Yvette verzweifelt an Rémys Arm.

»Wir sollten jetzt hinuntergehen und uns bereithalten, um an Land zu gehen«, schlug Kelda vor. »Und vergiß nicht, daß wir uns bei den freundlichen alten Leuten bedanken, die sich auf der Reise um uns kümmerten.«

Yvette konnte nicht umhin, hinzuzufügen: »Wir werden ihnen dafür danken, daß sie das nicht taten.«

Sie sagte dann aber doch ein paar nette Worte, die den Methodistenpfarrer und seine Frau erfreuten.

Nachdem sie sich stürmisch von Rémy verabschiedet hatte, wartete sie mit Kelda in ihrer Kabine, bis es an die Tür klopfte.

Die beiden Mädchen öffneten, und vor ihnen stand ein älterer, sehr korrekt gekleideter Mann, der erklärte, er sei im Auftrag von Lord Orsett gekommen, um sie an Land zu begleiten; ihr Gepäck werde später abgeholt, die Kutsche Seiner Lordschaft stehe bereit.

Als sie die Landungsbrücke hinuntergingen, versuchte Yvette, noch einmal einen Blick mit Rémy zu wechseln. Dann machte die Menge ihnen den Weg zur Kutsche frei.

Der Diener war den beiden Mädchen beim Einsteigen behilflich, dann stieg der Kutscher auf den Kutschbock, und die Pferde setzten sich in Bewegung.

Als sie durch die Alleen fuhren, hatte Kelda Gelegenheit, die Leute zu betrachten. Es fiel ihr auf, daß sie anders waren als die Menschen, denen sie in Algier begegnet war.

Was zuerst auffiel, waren die farbenprächtigen *boubous*, die weiten Gewänder der einheimischen Frauen. In prächtigem Blau, Purpur, Grün und Pink schritten sie die Straße entlang, bunte Tücher um den Kopf geschlungen, barfuß, die Handgelenke mit klirrenden Armreifen geschmückt.

Aber wenn die Frauen schon beeindruckend waren, dachte Kelda, so boten die Männer zweifellos einen prachtvollen Anblick. Sie waren sehr groß, hatten sehr breite Schultern, schmale Hüften, und sie gingen mit einer athletischen Anmut, die sie von allen anderen Rassen unterschied, die Kelda bisher gesehen hatte.

Papa könnte mir etwas über die verschiedenen Stämme erzählen, dachte sie. Und sie fragte sich, ob Lord Orsett ihr wohl nach ihrer Ankunft die Fragen beantworten würde, die sie so gern stellen würde.

Fast schweigend fuhren sie einige Zeit, bis sie die Häuser hinter sich gelassen hatten. Dann waren sie auf einem staubigen Weg, wenig mehr als ein Pfad, das Meer zu ihrer Linken.

Die Küste wurde steiler, schließlich kamen sie zu Klippen.

Plötzlich lag vor ihnen ein Bau, den Kelda zunächst für ein öffentliches Gebäude oder sogar für eine Moschee hielt.

Er war rundum von Bäumen und Gebüsch umgeben, abgesehen von der Seite, die zum Meer lag. Der Weg führte sie zu einem großen, mit Gold verzierten schmiedeeisernen Tor. Da wußte Kelda, daß sie am »Palast« angekommen waren, wie Yvette das Haus ihres Onkels genannt hatte. Es glich wirklich einem Palast, wie es so blendendweiß in der Sonne vor ihnen lag.

Fast glich es einem englischen Haus aus der Epoche von König George, aber die hohen schmalen Fenster und die vielen Ornamente gaben ihm ein östliches Gepräge.

Über dem Säuleneingang wehte eine Fahne, von der Kelda annahm, daß es Lord Orsetts persönliche Fahne war.

Als sie zu dem Eingang fuhren, fiel ihr auf, daß das weiße Haus inmitten der prächtigen roten Hibiskusblüten aussah, als stünde es in einem Flammenmeer.

»Das ist wirklich bezaubernd!« rief Kelda aus.

»Ich – ich habe Angst«, murmelte Yvette.

»Ich bin sicher, daß du keine Angst zu haben brauchst«, versuchte Kelda sie zu beruhigen, obwohl sie bei weitem nicht so zuversichtlich war, wie sie klang. »Dein Onkel hat zumindest einen ausgeprägten Sinn für Schönheit.«

Sie wußte, daß Yvette einwenden wollte, daß das kein sehr großer Trost war, doch in diesem Augenblick hielt die Kutsche an der Treppe, auf der ein roter Teppich ausgelegt war.

Im Eingang erschienen Diener in weißer Livree, auf die in Rot Lord Orsetts Wappen aufgestickt war.

Yvette stieg langsam aus, und Kelda folgte ihr. Sie war dankbar dafür, daß sie nicht die häßlichen Kleider trug, in denen sie nach Mrs. Gladwins Wunsch hier hätte erscheinen sollen. Statt dessen hatte sie für ihre Ankunft ein zartgrünes Kleid gewählt, in dem sie sehr jung und frühlingshaft wirkte.

Dazu trug sie einen Hut, der mit weißen Rosen und Blättern im gleichen Grün wie das Kleid geschmückt war. Kelda dachte, daß sie den perfekten Hintergrund zu Yvette bildete, die Pink trug, die Farbe, die Rémy am liebsten an ihr sah.

Yvettes Kleid war sehr aufwendig, fast schon zu aufwendig für Keldas Geschmack; doch sie konnte verstehen, daß ihre Freundin so vorteilhaft wie möglich erscheinen wollte. Rosen schmückten nicht nur ihren Hut, sondern sie kehrten auch auf dem kleinen Sonnenschirm wieder, der einen Griff aus pinkfarbenem Quarz hatte.

»Du siehst wunderschön aus, meine Liebe!« hatte Kelda zu Yvette gesagt und gedacht, daß Lord Orsett ein Herz aus Stein haben müsse, wenn er sich von seiner hübschen, reizenden Nichte nicht beeindrucken ließe.

Ein Diener, der offensichtlich den anderen vorstand, forderte die beiden auf französisch auf, ihm zu folgen, und führte sie durch eine große Halle.

Wie es bei den meisten großen Häusern in tropischen Gebieten der Fall ist, hatte auch dieses nach allen Seiten große Türen, die weit offenstanden, damit jede frische Brise hereinkam und das Haus auch zur heißesten Zeit angenehm kühl war.

Durch eine der Türen konnte Kelda das Blau des Meeres sehen. Da wußte sie, daß sie den Blick von Lord Orsetts Haus, das hoch oben auf den Klippen lag, genießen würde. Aber im Augenblick fragte sie sich besorgt, wie wohl der Besitzer sein würde, und konnte nichts anderes richtig würdigen.

Ein Diener öffnete eine Tür zu ihrer Linken, und Kelda erblickte einen Raum, der ihr riesengroß erschien, mit sechs hohen Fenstern, die zu einer Terrasse führten.

Die Markisen waren zum Schutz gegen die Sonne halb heruntergelassen. Der Raum selbst war kühl und lag im Halbdunkel, so daß es im ersten Moment schwierig war festzustellen, ob jemand darin war. Schließlich bemerkte Kelda, wie sich ein Mann am anderen Ende erhob, und wußte, daß es Lord Orsett war.

Yvette ging ihr voraus, sie folgte. Schon der erste Blick aus der Nähe sagte ihr, daß dieser Mann ganz anders war, als sie ihn sich vorgestellt hatte.

Aus Yvettes Erzählungen hatte sie geschlossen, daß er fünfzig wäre oder älter; tatsächlich war er viel jünger. Er trug einen weißen Anzug, war groß und breitschultrig und wirkte sehr aristokratisch und sehr attraktiv.

Er hatte scharfgeschnittene, markante Züge, doch in diesem Augenblick hatte sein Gesicht einen zynischen und strengen, fast grimmigen Ausdruck.

Lord Orsett betrachtete Yvette, und Kelda zitterte ein wenig, denn er musterte seine Nichte fast gleichgültig und ohne eine Spur von Zuneigung. Es war eine kritische Beurteilung, in der, so empfand sie es, etwas Unnatürliches und Unangenehmes lag.

»Herzlich willkommen in Dakar, Yvette«, sagte Lord Orsett, und seine tiefe Stimme klang kalt und unpersönlich. »Hoffentlich war die Reise angenehm.«

Yvette machte einen Knicks.

»Danke, sie war sehr angenehm, Onkel Maximus. Darf ich dir meine Freundin Kelda Lawrence vorstellen, die mich auf der Reise begleitete?«

Lord Orsett wandte seine Aufmerksamkeit Kelda zu, die

ebenfalls einen Knicks machte und es schwierig fand, seinem Blick standzuhalten. Sie zwang sich jedoch dazu.

»Freundin?« fragte er. »Ich gab der Frau, die das Internat leitet, die Anweisung, eine Lehrerin mit auf die Reise zu schikken.«

»Sie alle weigerten sich, so weit mitzukommen, bis – Afrika.«

Bevor Yvette das letzte Wort aussprach, machte sie eine kleine Pause. Kelda ahnte, daß sie fast »bis ans Ende der Welt« gesagt hätte und sich gerade noch rechtzeitig beherrscht hatte.

»Miss Lawrence zeigte da also mehr Entgegenkommen«, sagte Lord Orsett, aber es klang nicht sehr freundlich.

»Ich empfand es als besondere Auszeichnung, Mylord.«

»Kelda ist an das Reisen gewöhnt, Onkel Maximus«, fügte Yvette rasch hinzu, als ob sie seine Mißbilligung spürte. »Ihr Vater war Philip Lawrence, der bekannte Archäologe, und sie hat mit ihm zahlreiche Orte besucht, ehe er ums Leben kam.«

»Ach, wirklich?« Lord Orsett klang wenig interessiert, und beide Mädchen spürten seinen Ärger darüber, daß Yvette nicht von jemandem begleitet wurde, der älter war als Kelda.

»Ich lasse eine kleine Erfrischung kommen«, sagte er. »Es ist sehr heiß um diese Tageszeit, und die meisten Leute nehmen das zum Vorwand für eine Siesta.«

Sein Ton ließ vermuten, daß er sich eine solche Schwäche nie erlauben würde.

Bevor Yvette oder Kelda etwas antworten konnten, öffnete sich die Tür, ein Diener trat ein und trug ein Tablett mit alkoholischen Getränken, die mit Wasser verdünnt waren, und mit Süßigkeiten, die Kelda köstlich fand.

Sie nahmen Platz. Die Sitzmöbel waren groß und bequem, und Kelda war sicher, daß Lord Orsett sie persönlich ausgesucht hatte.

Sie schaute sich rasch im Zimmer um und stellte fest, daß der Besitzer des prächtigen Gebäudes auch im Innern Komfort und schöne Dinge liebte.

Der Raum war sehr geschmackvoll eingerichtet. An den Wänden hingen Gemälde, von denen Kelda annahm, daß sie außergewöhnlich waren. Es war auffallend, daß der Raum nicht mit Möbeln überladen war, wie es, soviel sie wußte, in den meisten englischen Häusern der Fall war.

Es gab ein paar wertvolle Stücke aus Porzellan und einige Skulpturen, die wohl von einheimischen Künstlern stammten, ansonsten aber herrschte in dem Raum mit den ausgewogenen Proportionen eine kühle Leere.

Kelda fiel es schwer, ihre Gedanken auf etwas anderes zu lenken als auf den Gastgeber.

Er hatte sich bequem zurückgelehnt, doch es wäre unmöglich gewesen, ihn zu ignorieren. Kelda hatte das Gefühl, daß von ihm Macht und Stärke ausgingen und noch etwas anderes, was sie ängstigte.

Sie versuchte zu analysieren, was es war. Schließlich deutete sie es als eine Art von Willensstärke, als die Entschlossenheit, den eigenen Willen durchzusetzen, so daß man sich von ihm wie von einem Magneten angezogen fühlte.

»Wie findest du ihn?« fragte Yvette wenig später, als sie auf ihren Zimmern waren.

»In meinen Augen ist er ungewöhnlich furchterregend«, antwortete Kelda, bevor sie ihre Worte bedenken konnte.

»Jetzt verstehst du also, wie ich mich fühle«, sagte Yvette. »Wie kann ich es ihm nur sagen, Kelda, daß ich mit Rémy verlobt bin, wie nur?«

»Ich würde nichts sagen, ehe Rémy ihm morgen seinen Besuch abstattet«, riet Kelda.

»Das ist sicher vernünftig«, seufzte ihre Freundin. »Ich habe das Gefühl, daß er uns wie Insekten unter seinem Fuß zertritt, wenn ich mit ihm streite.«

Das stimmt, dachte Kelda, hielt es aber für angebracht, ihre Meinung für sich zu behalten.

Plötzlich spürte sie, daß Yvette und sie irgendwie sehr klein und unbedeutend waren. Hier waren sie nun in Afrika, und wenn Lord Orsett nicht in ihre Wünsche einwilligte, waren sie praktisch seine Gefangenen in diesem Prachtbau, und es gab niemanden, den sie um Hilfe oder wenigstens um Rat hätten bitten können.

Aber schließlich dachte sie, daß sie sich vielleicht unnötig aufregte und daß sie Yvette auf keinen Fall in ihrer Furcht bestärken durfte.

Kelda ging zum Fenster und schaute hinaus. Wie erwartet, bot sich ihr ein ungewöhnlich schöner Ausblick.

Vor ihr lag der Atlantik, strahlend blau wie der Mantel der Madonna, und verlor sich am verschwommenen Horizont, wo sich Himmel und Meer trafen.

Links konnte Kelda die Insel Gorée sehen, rechts erstreckten sich im Anschluß an die Klippen die Strände mit goldenem Sand und grünen Kokospalmen.

Sie sah einige Fischer in spitzzulaufenden Booten, die, wie sie gelesen hatte, Pirogen hießen. Die Boote wirkten zerbrechlich. Es war ein romantischer Anblick, und Kelda fragte sich, ob sie wohl jemals mit hinausfahren könnte.

Hinter ihr saß Yvette auf dem großen und luxuriösen Bett, das zu dem prächtigen Raum paßte.

Kelda wandte sich vom Fenster ab. »Du hast mir nicht gesagt, daß dein Onkel so jung ist«, sagte sie. »Ich erwartete einen Mann, der vom Alter her mindestens dein Vater sein könnte.«

»Mir kommt er sehr alt vor.«

»Wie alt ist er denn?«

»Ich glaube sechs- oder siebenunddreißig«, antwortete Yvette, »und das ist schließlich recht alt.«

Kelda lächelte. »Er würde sich sicher nicht geschmeichelt fühlen, wenn er dich so hörte.«

»Ich glaube nicht, daß er sich etwas aus dem macht, was ich sage oder denke«, erwiderte Yvette gereizt. »Du siehst doch, wie er ist: gänzlich mit sich selbst und seiner Wichtigkeit beschäftigt. Rémy sagt, daß er bei keinem der jüngeren Leute in Dakar beliebt ist, da er eine so herablassende Art hat, aber er ist mit dem Generalgouverneur befreundet.«

»Ich vermute, daß er ihm gegenüber ebenfalls herablassend ist«, antwortete Kelda. »Ich frage mich, warum er hierbleibt, wo er doch Engländer ist. Schließlich ist es eine französische Kolonie.«

»Da auch meine Tante Französin war, vermute ich, daß er die Franzosen den Engländern vorzieht. Manche Leute sind so, weißt du.«

Yvette nahm mit dieser Bemerkung Kelda ein wenig auf den

Arm, denn sie hatte schon oft über deren Patriotismus und Stolz aufs Vaterland gespottet.

»Was haben denn die Engländer schon für dich getan, außer daß sie dich in ein Waisenhaus abschoben?« hatte sie einmal gefragt.

»Was sie auch tun oder unterlassen, ich bin und bleibe Engländerin«, hatte Kelda erwidert.

»Und ich Französin, Gott sei Dank!« hatte Yvette stolz gesagt.

»Wir sollten uns unsere Fahnen auf die Kleider nähen«, hatte Kelda vorgeschlagen, und beide hatten gelacht.

In bezug auf Lord Orsett hatte Kelda das Gefühl, daß er als Engländer eigentlich in seinem eigenen Land leben sollte. Bestimmt hat er Häuser und Güter in England, wenn er so reich ist, wie Yvette immer sagt, überlegte sie. Warum will er eigentlich sein Geld lieber in Dakar ausgeben?

Es war wohl sein Geheimnis, und Kelda gab im stillen die Hoffnung auf, jemals eine Antwort auf ihre Fragen zu bekommen.

»Hältst du es für richtig, daß wir hinuntergehen und uns mit Onkel Maximus unterhalten?« fragte Yvette.

»Das wäre wohl höflicher«, antwortete Kelda. »Außerdem würde ich auch gern die anderen Räume sehen, und vielleicht ist es kühl genug, daß wir auf der Terrasse sitzen und aufs Meer schauen können.«

»Ich hasse das Meer«, erklärte Yvette. »Ich möchte aus dem Fenster gucken und die Dächer von Paris sehen. Ich will mit Rémy zum Tanzen gehen. Ich möchte den Gesprächen und dem Gerede von Leuten zuhören, die das Leben genießen. Das ist etwas, was Onkel Maximus ganz gewiß nicht tut, wie du ja selbst siehst.«

»Aber warum bleibt er dann hier?« fragte Kelda.

»Nur er kann dir diese Frage beantworten, aber ich bezweifle, daß er die Wahrheit sagen würde.«

»Laß uns hinuntergehen und es versuchen«, schlug Kelda vor.

Sie gingen hinunter in die große Halle, wo der Erste Diener ihnen sagte, Seine Lordschaft habe ihn beauftragt, ihnen im

Haus alles zu zeigen, was sie sehen wollten. Danach wäre der Tee auf der Terrasse für sie bereitgestellt.

Die beiden waren sehr erleichtert, sich alles ohne die Begleitung ihres Gastgebers ansehen zu können.

Als sie von Raum zu Raum gingen – einer größer und prächtiger als der andere –, bestätigte sich Keldas Vermutung, daß Lord Orsett einen außergewöhnlich guten Geschmack hatte.

Es war ihm gelungen, die Gegenstände, die er aus Europa mitgebracht hatte, mit denen, die er entweder in Senegal zusammengetragen hatte oder die hier für ihn angefertigt worden waren, zu einem harmonischen Ganzen zusammenzufügen.

Über die vielen Schnitzereien, die sie sah, hätte Kelda gern mit einem gebildeten Menschen gesprochen, denn sie vermutete, daß sie sehr alt waren und in afrikanischen Mythen wurzelten.

Außerdem gab es Metallarbeiten, die Kelda sehr wertvoll erschienen, und Webarbeiten, von denen ein ganz besonderer Reiz ausging.

Bei vielen Dingen wäre sie gern stehengeblieben, um sie genauer zu betrachten, aber sie sah, daß Yvette sich langweilte, und sagte sich deshalb, daß ihr später ja noch viel Zeit bleibe.

So eilten sie weiter und kamen schließlich zu der Terrasse, wo ihnen mehrere Diener einen (fast) echten englischen Tee servierten.

»Glaubst du, daß Onkel Maximus hier jemals Leute einlädt?« fragte Yvette, als sie allein waren. »Es wäre ja Platz genug da.«

»Schließlich hast *du* mir gesagt, er lebe wie ein Einsiedler«, antwortete Kelda.

»Das haben sie in Paris erzählt; und Rémy hat gesagt, daß er, abgesehen von vereinzelten Einladungen beim Generalgouverneur, nirgendwohin zu gehen scheint.«

»Was macht er denn die ganze Zeit?«

Yvette zuckte die Achseln. »Vielleicht sitzt er nur da und vergräbt sich in seinem Haß auf alles und jeden oder befaßt sich mit einer ganz speziellen Magie.«

Kelda gab keine Antwort darauf, und Yvette fuhr fort: »Du hast doch nicht vergessen, daß ich Schwarze Magie gegen ihn anwenden will? Aber ich fürchte, es muß ein sehr starker und mächtiger Zauber sein.«

»Wollen wir hoffen, daß sich alle deine Wünsche erfüllen, ohne daß du zu solchen Mitteln greifst«, antwortete Kelda.

Insgeheim dachte sie, daß Lord Orsett wirklich ein sehr geheimnisvoller Mensch war, und sie hatte das Gefühl, daß sie und Yvette in seinem Haus wie abgeschnitten von der Welt waren, obwohl sie sich einzureden versuchte, daß der Gedanke lächerlich war.

Nach dem Tee war Lord Orsett immer noch nicht erschienen. Statt dessen kam der Erste Diener und teilte ihnen mit, daß die Koffer angekommen seien und gerade ausgepackt würden und daß das Abendessen auf acht Uhr festgesetzt sei.

Yvette antwortete nur mit einem Kopfnicken, um zu zeigen, daß sie verstanden hatte, aber Kelda fragte: »Wo können wir Seine Lordschaft vor dem Essen antreffen?«

»Ich werde an der Treppe warten, Mademoiselle, um Sie zu dem Raum zu geleiten, wo Seine Lordschaft Sie zu empfangen wünscht.«

»Danke«, sagte Kelda und stand auf, um mit Yvette hinaufzugehen.

Die Temperatur war jetzt angenehm. Da es noch früh im Jahr war, kam die Dunkelheit sehr rasch, und um fünf Uhr war es schon viel kühler, als es den ganzen Tag über gewesen war.

Kelda dachte plötzlich an das Weihnachtsfest, das sie auf See verbracht hatten. Die Schiffsbesatzung hatte sich zwar alle Mühe gegeben, es festlich zu gestalten, es wurden Feuerwerkskörper verteilt, und der Weihnachtsmann brachte allen Gästen kleine Geschenke; aber die meisten Passagiere waren zu alt oder zu langweilig, um ein fröhliches Fest daraus zu machen.

Kelda jedoch hatte es gefallen, wenn auch Yvette und Rémy zu sehr miteinander beschäftigt gewesen waren, um viel Interesse zu zeigen. So waren sie auch nicht zu dem Konzert gegangen, das im Salon gegeben wurde, aber später, als die Kapelle spielte, waren sie zum Tanz erschienen.

Im Sonnenschein von Dakar war es jetzt schwer, sich vorzustellen, daß in England noch Winter herrschte mit Schnee, Eis und Hagelstürmen. Wenn sie noch im Internat wäre, würde sie nachts in ihrer Dachkammer vor Kälte zittern, da Mrs. Gladwin ihr nie genug Decken gab.

Als Kelda und Yvette nach oben kamen, waren in jedem Zimmer zwei Dienstmädchen dabei, ihre Sachen auszupacken.

Es waren hübsche Negerinnen, die wie die englischen Dienstmädchen zur damaligen Zeit Baumwollkleider trugen. Den Kopf schmückten rote Tücher.

»Lord Orsett liebt bestimmt Farben«, bemerkte Kelda. »Obwohl zunächst alles weiß erscheint, ist in den Räumen doch viel Farbe, und das Rot an der Kleidung der Dienerschaft ist sehr auffallend.«

»Und was schlägst du vor?« fragte Yvette. »Sollen wir unsere Gesichter in den Regenbogenfarben schminken?«

»Das nicht«, erwiderte Kelda lächelnd. »Aber zieh dir heute abend eines von deinen farbenfrohen Kleidern an. Du weißt, daß wir einen guten Eindruck machen müssen.«

»Ich werde das kirschfarbene Tüllkleid tragen, das Rémy so gern mag.«

»Dann ziehe ich das blaue Chiffonkleid an, das du mir geschenkt hast.«

»Glaubst du, daß es für Seine Lordschaft vornehm genug ist?« spottete Yvette.

»Du bist die Hauptperson«, antwortete Kelda. »Ich bewundere mich selbst so sehr in den wunderbaren Kleidern, die du mir geschenkt hast, daß es mir gleichgültig ist, was Seine Lordschaft denkt.«

»Ich wünschte, ich könnte das gleiche von mir behaupten«, seufzte Yvette und fügte hinzu: »Stell dir mal vor, Kelda, wie schrecklich ich mich jetzt fühlen würde, wenn ich Rémy nicht begegnet wäre. Ich würde mir ausmalen, hier viele Jahre hindurch eingesperrt zu sein und mit keinem anderen sprechen zu können als mit Onkel Maximus.«

»Aber es gibt doch bestimmt noch mehr Europäer in Dakar.«

»Nur Männer. Und Rémy hat mir erzählt, daß Onkel Maximus grundsätzlich keine jungen Leute in sein Haus einlädt. Nur in Ausnahmefällen dürfen sie vielleicht hin und wieder als Begleiter des Generalgouverneurs mitkommen.«

Kelda sagte darauf nichts, aber sie verstand, was Yvette meinte. Jemand, der so voller Lebensfreude und Energie war, mußte es hier zweifellos höchst langweilig finden, und erst recht, wenn er vorher das vergnügte Pariser Leben kennengelernt hatte.

Als Kelda, fertig umgezogen für das Abendessen, noch einen Augenblick am Fenster stand, sah sie das Mondlicht, das die Wellen berührte und versilberte, und die Sterne, die den Himmel übersäten und wie Diamanten in der Dunkelheit funkelten. Und sie wünschte, daß sie lange in Dakar bleiben konnte.

Sie sagte ein kleines Dankgebet; denn was die Zukunft auch bringen würde, im Augenblick war alles anders als in den acht langen, elenden Jahren, die hinter ihr lagen.

Kelda und Yvette gingen die Treppe hinunter, und der Diener, der auf sie wartete, führte sie durch einen breiten, kühlen Gang zu einem Raum, in dem sie bei ihrem Rundgang durch das Haus nicht gewesen waren.

Er hatte hohe Fenster, die am Tage den Blick über das Land aufs Meer freigaben, aber jetzt war es zu dunkel, um draußen noch etwas zu sehen.

Kelda hatte nur Augen für den Raum selbst. Im Gegensatz zu den anderen war er überladen mit Bücherregalen an den Wänden; auch auf den Tischen und sogar auf dem Boden stapelten sich die Bücher.

»Ich dachte, du würdest vielleicht gern mein Studierzimmer sehen, wo ich die meiste Zeit verbringe«, sagte Lord Orsett, zu Yvette gewandt, »deshalb habe ich euch heute abend hierher gebeten. Ich glaube allerdings nicht, daß ich dich in Zukunft oft hierher einladen werde.«

»Und warum nicht?« fragte Yvette.

»Weil ich hier arbeite.«

»Und woran arbeitest du?«

»Ich schreibe eine Geschichte der westafrikanischen Stämme.«

Kelda stieß vor Aufregung einen kleinen Schrei aus.

»Überrascht Sie das, Miss Lawrence?« fragte Lord Orsett; er wandte sich zum erstenmal direkt an Kelda.

»Das interessiert mich außerordentlich, Mylord. Als ich Ihre

Schnitzereien sah, sehnte ich mich danach, alles darüber zu erfahren, denn gewiß haben sie eine lange Geschichte. Und sicher sind auch die westafrikanischen Mythen faszinierend.«

Lord Orsett blickte sie erstaunt an und fragte dann Yvette in einem fast scharfen Ton: »Bist du genauso interessiert wie deine Freundin?«

»Ich interessiere mich mehr für die Gegenwart als für die Vergangenheit«, antwortete diese. »Wenn ich Geschichte studieren müßte, würde ich die von Paris wählen.«

Sie sagte dies bewußt provozierend, und Lord Orsett runzelte die Stirn. Kelda merkte, daß Yvette ihn verärgert hatte.

Dann sagte er unvermittelt: »Ich wollte vor dem Essen ein Glas Wein anbieten. Aber da du eine solche Vorliebe für Paris hast, ist es vielleicht passender, ein Glas Champagner zu trinken.«

»Oh, vielen Dank. Wann warst du eigentlich das letzte Mal in Paris, Onkel Maximus?«

»Das ist lange her«, antwortete Lord Orsett, »und ich habe nicht die Absicht, noch einmal in diese Stadt zu reisen.«

Er bemühte sich nicht, seine Verachtung zu verbergen.

»Wie kannst du so etwas sagen!« rief Yvette aus. »Paris ist die herrlichste, aufregendste Stadt der Welt.«

»Ich nehme an, du hast schon viele andere gesehen, mit denen du sie vergleichen kannst«, warf Lord Orsett verächtlich ein.

»Genug, um zu wissen, was mir gefällt und wo ich leben möchte«, antwortete Yvette.

Ihr Onkel gab darauf keine Antwort. Kelda, die ihn beobachtete, sah, daß seine Augen plötzlich stählern wirkten und seine Lippen zu einem dünnen Strich wurden.

Yvette bringt ihn gegen sich auf, dachte sie und fragte, um die Spannung etwas zu mildern: »Sind alle Ihre Bücher hier über Afrika?«

»Die meisten«, antwortete Lord Orsett.

»Dann hoffe ich, daß Sie mir erlauben werden, einige zu lesen, damit ich daraus erfahre, was ich wissen möchte; ich fürchte, ich könnte Ihnen sonst durch zu viele Fragen lästig werden.«

»Die meisten Bücher sind aber in französischer Sprache geschrieben«, sagte er, keineswegs um Ausgleich bemüht.

»Mein Französisch ist recht gut«, erklärte Kelda.

Sein Gesichtsausdruck verriet ihr, daß er ihr nicht glaubte, aber er antwortete höflich: »Dann kann ich sicherlich einige Literatur für Sie finden zu den Themen, die Sie besonders interessieren.«

Alle waren erleichtert, als das Abendessen angekündigt wurde. Sie gingen zu einem großen Raum, in dem man leicht fünfzig oder sogar hundert Leute hätte unterbringen können, ohne daß er überfüllt gewesen wäre.

Zum Essen gab es Gerichte des Landes, die Kelda vorzüglich schmeckten. Da sie befürchtete, daß Yvette ihren Onkel noch mehr verärgern würde, als sie es ohnehin schon getan hatte, gab sie sich einen Ruck und begann ein Gespräch über diese Gerichte.

Er nannte ihr die Namen der Fische, die man in dieser Gegend kannte, und sie erfuhr, daß die kleinen Tomaten eines der bevorzugten Produkte dieses Gebiets waren.

Kelda interessierte das Gespräch, aber Yvettes Miene und die Tatsache, daß sie sich nicht im geringsten bemühte, an der Unterhaltung teilzunehmen, verrieten ihr, daß ihre Freundin sich langweilte.

Als man sich nach dem Essen in ein Empfangszimmer begab, das sie bei ihrem Rundgang schon gesehen hatten, gähnte Yvette mehrere Male, und Kelda fragte sich, ob es wohl ratsam wäre, den Vorschlag zu machen, zu Bett zu gehen.

Lord Orsett nahm ein Glas Cognac und setzte sich zu ihnen. In dem nun folgenden Augenblick der Stille wußte Kelda instinktiv, daß er im Begriff war, etwas sehr Wichtiges zu sagen.

»Du mußt dich gefragt haben, Yvette«, begann er, »warum ich dich hierherkommen ließ, obwohl ich von deinen Plänen wußte, nach Paris zu ziehen und bei deinen französischen Onkel und Tanten zu leben.«

»Das kam mir tatsächlich seltsam vor, Onkel Maximus«, gab Yvette zu, »und offen gestanden war ich sehr bestürzt.«

»Das habe ich erwartet«, sagte Lord Orsett, »aber ich will dir jetzt erklären, warum ich dich nach Dakar holte.«

Er schaute Yvette an, während er sprach, und wieder kam es Kelda so vor, als wolle er sie abschätzen, wie jemand den Wert eines Pferdes abschätzt. Er schien ihre Vorzüge aufzulisten und ihr Äußeres einzustufen, von dem glänzenden schwarzen Haar bis hin zu den zierlich beschuhten Füßen.

»Um die Wahrheit zu sagen, Yvette«, sagte er schließlich, »ich habe dich hierherbestellt, um dich zu verheiraten.«

»Verheiraten?«

Yvettes Stimme war kaum vernehmbar, als sie das Wort aussprach, aber für Kelda klang es wie ein Aufschrei, der wieder und wieder durch den Raum hallte.

»Jawohl, verheiraten«, wiederholte Lord Orsett, »und laß mich dir erklären, warum.«

Er lehnte sich bequem in seinem Sessel zurück, obwohl es ihm bewußt zu sein schien, daß Keldas und Yvettes Augen in fast panischem Schrecken auf ihn geheftet waren.

»Ich lebe nun schon seit einigen Jahren hier«, erzählte Lord Orsett, »und ich habe mich sehr genau mit dem speziellen Problem des französischen Kolonialismus in Senegal befaßt, da dieses Land einen Sonderfall im französischen Imperium darstellt.«

Er hielt inne, als ob er eine Antwort erwartete, aber da beide Mädchen schwiegen, fuhr er fort: »Senegal ist inzwischen der Hauptstützpunkt Frankreichs in Westafrika, und hier wird der französische Imperialismus zum größten Erfolg führen.«

»Was hat das mit – mit mir zu tun?« brachte Yvette mühsam hervor.

»Das werde ich dir zur gegebenen Zeit erläutern«, antwortete Lord Orsett. »Ich habe Frankreichs Pläne bezüglich Senegal mit dem gegenwärtigen Generalgouverneur, einem sehr intelligenten Mann, und einer Reihe von Beamten, die im Lauf der letzten zwei Jahre aus Frankreich herüberkamen, durchgesprochen. Was in ihren Augen notwendiger als alles andere ist, ist eine stabile Gesellschaft der Weißen sowohl in Dakar als auch in Saint-Louis.«

Dann blickte er Kelda an und sagte: »Sie scheinen sich ja für Westafrika zu interessieren, und ich nehme an, daß Sie von den Schwierigkeiten wissen, die innerhalb der Führungsschicht bestehen und die dem Mangel an europäischen Frauen zuzuschreiben sind.«

»Mir – mir ist bekannt, daß es Probleme gibt, aber – über die Einzelheiten bin ich nicht informiert.«

»Dann will ich Sie über die gegenwärtige Situation aufklären. Zwangsläufig machten die Franzosen, die sich hier für kurze Zeit oder auch für länger niederließen, Afrikanerinnen zu ihren Ehefrauen oder Geliebten.«

Yvette schien fast der Atem zu stocken.

Lord Orsett fuhr indessen fort: »Die Ehefrauen von Europäern, die in Handelsniederlassungen tätig sind – sie heißen *signares* – haben noch einen relativ hohen gesellschaftlichen Status.«

»Ich glaube, darüber habe ich schon irgendwo gelesen«, sagte Kelda, die sich verpflichtet fühlte, etwas zu sagen.

»Es gibt Soldaten und Angestellte bei Handelsgesellschaften, die ihren *signares* ein Geschäft einrichten, um so ihre eigenen Einkünfte zu verbessern; wenn sie Afrika endgültig verlassen, gehen das Geschäft und ihr Besitz an die Frau und ihre Kinder über.«

»Das scheint eine gerechte Lösung«, sagte Kelda leise.

Sie redete in der Hoffnung, Lord Orsetts Aufmerksamkeit auf sich zu lenken, damit er nicht bemerkte, daß Yvette sehr blaß geworden war und die Finger so verkrampfte, daß die Knöchel weiß hervortraten.

»Die Franzosen sind zu dem Ergebnis gekommen, daß diese Situation alles andere als wünschenswert ist«, fuhr Lord Orsett fort. »Da sie Dakar zu einer wichtigen Handelsstadt entwickeln wollen, liegt es auf der Hand, daß man Europäerinnen dafür gewinnen muß, hier zu leben, denn ihre Anwesenheit wird die Gesellschaft nachhaltig beeinflussen.«

»Das – das verstehe ich«, sagte Kelda fast flüsternd.

»Zur Zeit gibt es weit weniger als hundert weiße Frauen in ganz Dakar. Deshalb beabsichtigen die Franzosen, die Handelsvertreter und Beamten unter Druck zu setzen, damit sie ihre Frauen hierherbringen und diese dann andere Frauen überreden, mit ihren Männern nach Übersee zu gehen.«

Er hielt inne, aber als Kelda schwieg, fuhr er fort: »Es gibt in dieser Hinsicht einiges zu tun. Der Generalgouverneur ist entschlossen, mit gutem Beispiel voranzugehen, und er ist überzeugt davon, daß einige Beamte ihm folgen werden.«

Es entstand eine Stille, bis Kelda leise, fast flüsternd fragte: »Wie – wie will er das tun?«

»Der Generalgouverneur ist seit Jahren verwitwet, und er beabsichtigt, wieder zu heiraten«, antwortete Lord Orsett.

Er wandte den Kopf und sah Yvette an.

»Ich habe meine Einwilligung gegeben, daß er um deine Hand anhält, Yvette, und er wird dir morgen einen Besuch abstatten.«

Yvette war offensichtlich wie gelähmt, und so sprach Kelda an ihrer Stelle: »Der Generalgouverneur? Bestimmt ist er – ein alter Mann?«

»Gewiß, er ist zwischen fünfzig und sechzig«, antwortete Lord Orsett, »aber er ist gesund, sportlich und im Herzen jung geblieben; und meine Nichte wird nicht nur einen hohen Rang einnehmen, sondern auch einen besonders wichtigen, denn ihr Beispiel wird für ganz Frankreich von Bedeutung sein.«

»Erwartest du – wirklich von – von mir, einen – einen alten Mann – zu heiraten und – und an diesem gräßlichen, unzivilisierten Ort – zu leben?« fragte Yvette.

Sie war so entsetzt, daß sie Mühe hatte, die Worte aneinanderzureihen.

»Du wirst deine Meinung über Dakar ändern, wenn du erst einmal einige Zeit hier gelebt hast«, entgegnete Lord Orsett, »und ich versichere dir, daß viele Frauen glücklich wären über die Möglichkeit, einen so distinguierten Herrn zu heiraten.«

»Dann – dann sollen sie ihn doch haben!« schrie Yvette, und diesmal klang ihre Stimme hysterisch. »Ich habe nicht die Absicht, den – Generalgouverneur zu heiraten oder in Dakar zu bleiben, und – und du kannst mich nicht dazu zwingen!«

Sie hatte sich bei diesen Worten erhoben und stand ihrem Onkel herausfordernd gegenüber; ihre Erregung war so stark, daß sie am ganzen Leib zitterte.

»Ich glaube, da täuschst du dich«, entgegnete Lord Orsett ruhig. »Ich kann und werde dich zwingen, meinem Willen zu gehorchen, denn ich bin dein Vormund, und bis zu deiner

Volljährigkeit bist du ganz und gar von mir abhängig.«

»Wenn du glaubst, daß du mich deswegen zwingen kannst, einen Mann zu heiraten, den ich nie zuvor gesehen habe, einen Mann, der alt genug ist, mein Vater zu sein, dann irrst du dich.«

Yvette atmete tief durch, bevor sie hinzufügte: »Es ist nämlich so: Ich wollte dir morgen mitteilen, daß – daß ich – verlobt bin mit Monsieur Rémy Mendès, und ich werde keinen anderen – keinen anderen heiraten als ihn.«

Yvettes Stimme hallte durch den Raum. Sie sah Lord Orsett herausfordernd an, und die Farbe kehrte in ihre Wangen zurück, als gebe schon die Erwähnung von Rémys Namen ihr neuen Mut.

»Und wer ist dieser Rémy Mendès?« fragte Lord Orsett.

»Zufällig ist er diplomatischer Gesandter bei deinem – verehrten Herrn Generalgouverneur, und wenn du ihm begegnest, wirst du begreifen, daß er der passende Mann für mich ist, nicht einer, der – der schon mit einem Fuß im Grabe steht.«

»Es liegt wohl bei mir, zu entscheiden, ob er der Richtige ist oder nicht«, stellte Lord Orsett von oben herab fest. »Wo hast du ihn kennengelernt?«

»Auf dem Schiff.«

»Eine Schiffsromanze? Die ist schnell vergessen.«

Lord Orsett spricht in dem verächtlichen Ton, den ich erwartet habe, dachte Kelda.

»Und genau da irrst du dich«, widersprach Yvette ihrem Onkel. »Ich liebe Rémy von ganzem Herzen, und er liebt mich.«

»Und du bist ganz sicher, daß dein recht beträchtliches Vermögen nichts damit zu tun hat?«

»Es ist typisch für dich, an so etwas zu denken«, bemerkte Yvette unverschämterweise. »Rémys Vater ist französischer Abgeordneter und ein steinreicher Mann. Rémy wird dir morgen seine Referenzen zeigen. Dann kannst du dich selbst überzeugen.«

»Er braucht seine Zeit nicht zu vergeuden«, antwortete Lord Orsett.

»Was willst du damit sagen?«

»Ich will damit sagen, um ganz deutlich zu sein, daß ich

nicht die Absicht habe, mir meine Pläne in irgendeiner Weise durchkreuzen zu lassen. Du wirst den Generalgouverneur heiraten, und dieses Geschwätz über mittellose Freier, die, wenn deine Begleiterin ihre Pflicht erfüllt hätte, es überhaupt nicht gewagt hätten, sich an dich heranzumachen, wird ein für allemal aufhören.«

»Und du bildest dir wirklich ein, daß du mich zwingen kannst, diese lächerliche Idee anzunehmen?« fragte Yvette empört.

»Da bin ich ganz sicher«, antwortete Lord Orsett. »Ich habe dich hierherkommen lassen, um dich zu verheiraten, und du wirst verheiratet, und zwar innerhalb der nächsten drei Wochen. Und darauf kannst du dich verlassen: Wenn dieser kleine Franzose morgen oder irgendwann sonst versucht, Kontakt mit dir aufzunehmen, während du Gast in meinem Hause bist, werde ich ihn in einer Weise behandeln, die ihn diesen Versuch für den Rest seines Lebens bereuen lassen wird.«

Yvette geriet in grenzenlose Wut. »Wie kannst du es wagen – wie kannst du es wagen, mir, einer französischen Staatsbürgerin, zu drohen! Erstens hast du in diesem Land überhaupt keine Rechte mir gegenüber, und außerdem bist du genauso schlecht, wie es alle von dir behauptet haben. Wenn du dir einbildest, du könntest mich herumkommandieren, als ob ich dein schwarzes Dienstmädchen wäre, dann täuschst du dich gewaltig!«

Sie stampfte mit dem Fuß auf und fuhr fort: »Ich hasse dich, Onkel Maximus! Ich habe dich schon immer gehaßt! Und ich gehe lieber ins Wasser, als daß ich deinen Vorschlag annehme.«

Die letzten Worte schrie sie fast, dann drehte sie sich um und stürzte aus dem Zimmer. Die Tür blieb offen, und man hörte ihre Schritte im Gang.

Kelda erhob sich, um ihrer Freundin zu folgen.

Da fragte Lord Orsett, der noch immer bequem in seinem Sessel zurückgelehnt saß: »Haben Sie nichts zu sagen, Miss Lawrence?«

Kelda spürte, daß er sie provozieren wollte. Sie sah ihn fest an, und ihre Augen wirkten in dem zarten Gesicht sehr groß. »Wenn Sie die Wahrheit wissen wollen, Mylord, in meinen Augen sind Ihre Pläne teuflisch. Jeder, der sich als Gott aufspielt, handelt wider die Natur, egal wie hoch sein gesellschaftlicher Rang ist.«

Lord Orsett sagte darauf nichts. Er starrte sie nur an, und Kelda erwiderte seinen Blick.

Dann wandte sie sich ohne jedes weitere Wort um und verließ den Raum, und auch sie ließ die Tür hinter sich offen.

4

Als Kelda langsam die Treppe hinaufging, mußte sie sich am Geländer festhalten, weil sie zitterte und ihr Herz so heftig pochte.

Es war ihr, als hätten sie und Yvette einen Alptraum hinter sich. Sie fühlte sich zutiefst erschüttert.

Es erschien ihr unvorstellbar, daß Lord Orsett sich einen so schrecklichen, ja, wie sie es genannt hatte, teuflischen Plan ausgedacht hatte, und dazu noch für ein so liebes, bezauberndes Geschöpf wie Yvette.

Er hatte offensichtlich nicht ein einziges Mal seine Nichte als Persönlichkeit gesehen, nein, sie war lediglich eine Marionette bei der Durchführung seiner Pläne, und das machte alles noch schlimmer.

Alles, was Yvette vorher über ihren Onkel gesagt hatte, schien Kelda eine Untertreibung dessen zu sein, was er wirklich war.

Als sie oben angekommen war und den Gang zu ihren Zimmern entlangging, dachte sie verzweifelt darüber nach, was sie Yvette sagen sollte, und vor allem, was sie tun könnten.

Wie sie erwartet hatte, lag Yvette auf dem Bett, das Gesicht in die Bettdecke vergraben, und schluchzte herzzerreißend.

Kelda setzte sich neben die Freundin auf das Bett; diese drehte sich um, schlang die Arme um sie und stieß hervor: »Hilf mir – Kelda, rette mich! Du weißt, daß – daß ich nur Rémy heiraten kann.«

»Ja, das weiß ich«, sagte Kelda, »und deshalb mußt du aufhören zu weinen, und wir müssen überlegen, was wir tun können, um der Niedertracht deines Onkels zu entgehen.«

Sie sprach mit solcher Entschiedenheit, daß Yvette zu weinen aufhörte und sie fragend ansah.

»Du – du willst mir also wirklich helfen?« flüsterte sie mit einem leisen Schluchzen in der Stimme, das sehr mitleiderregend klang.

»Natürlich werde ich dir helfen«, versicherte Kelda. »Aber wir müssen es sehr geschickt anstellen. Wir müssen uns immer vor Augen halten, wo wir sind und wie mächtig dein Onkel ist.«

Yvette ließ Kelda los und lehnte sich in die Kissen zurück. »So habe ich dich noch nie erlebt.«

»Wie?« fragte Kelda geistesabwesend.

»So stark und mutig. Ich habe dich immer für schwach gehalten, weil du dich von Mrs. Gladwin so schikanieren ließest.«

»Jetzt kämpfe ich nicht für mich, sondern für dich«, erklärte Kelda, »und das ist etwas ganz anderes.«

»Und du glaubst, daß – daß du mir helfen kannst?«

Kelda spürte die Verzweiflung, die hinter dieser Frage stand.

»Du weißt, auch ohne daß ich es dir sage, daß es nicht leicht für uns sein wird«, antwortete sie. »Aber da ist ja auch noch Rémy, und mit ihm müssen wir zuallererst Kontakt aufnehmen.«

»Aber wie? Wie nur?« fragte Yvette. »Du weißt, daß Onkel Maximus entschlossen ist, ihn abzuweisen. Du kannst sicher sein, daß er ihm nicht erlauben wird, mir zu schreiben, geschweige denn, mich zu sehen.«

»Das habe ich mir auch schon überlegt«, antwortete Kelda. »Aber ich kann nicht glauben, daß Rémy dich so ohne weiteres aufgibt. Doch Mut allein genügt nicht. Ihr müßt sehr schlau und vorsichtig sein.«

»Und was kann ich tun? Sag mir, was ich tun soll.«

Kelda starrte einen Augenblick schweigend auf die Schnitzerei am Kopfende des Bettes, ohne sie jedoch wahrzunehmen.

Statt dessen hatte sie das Strahlen auf Rémys und Yvettes Gesichtern vor Augen, das jedesmal aufleuchtete, wenn sie einander auf dem Schiff sahen. Sie hatte gespürt, daß die Liebe der beiden so war, wie sie sich die wahre Liebe, die Liebe, die aus dem Herzen und aus der Seele kommt, immer vorgestellt hatte.

Ich muß die beiden retten, dachte sie. Und bei dem Gedanken an das, was Lord Orsett beabsichtigte, spürte sie einen wilden, leidenschaftlichen Zorn in sich aufsteigen.

»Sag mir, was du gerade denkst«, bat Yvette sie mit ängstlicher Stimme.

»Ich habe mir überlegt«, antwortete Kelda nach kurzem Zögern, »daß Rémy dich von hier wegbringen muß, und zwar bald.«

»Und du glaubst, daß er das kann?«

»Er muß, andernfalls wird dein Onkel dich zwingen, den Generalgouverneur zu heiraten.«

Yvette stieß einen leisen Schrei des Entsetzens aus.

»Ich werde mich lieber töten, als einen anderen als Rémy zu heiraten«, erklärte sie. »Wenn ich nur schon davon spreche, einen alten Mann zu heiraten, überläuft es mich kalt, und mich überkommt – Übelkeit.«

»Das kann ich dir gut nachempfinden«, sagte Kelda sanft. »Aber gleichzeitig müssen wir bedenken, daß dein Onkel von Rechts wegen über dich bestimmen kann, und Rémy muß sich dem Willen des Generalgouverneurs beugen.«

»Aber das ist nur eine zeitlich begrenzte Regelung«, wandte Yvette rasch ein.

»Das weiß ich«, antwortete Kelda. »Aber wir sind hier in Dakar. Der allmächtige Generalgouverneur könnte ihn kurzerhand nach Frankreich zurückschicken oder ihn sogar verhaften lassen, ohne daß wir etwas dagegen tun könnten.«

Als sie Yvettes niedergeschlagenen Blick bemerkte, fügte sie rasch hinzu: »Deshalb ist es mit Sicherheit unsere erste Aufgabe, deinen Onkel so zu täuschen, daß er glaubt, du seist bereit, seinen Wünschen nachzugeben.«

»Ihm – ihm nachgeben?« Yvettes Stimme überschlug sich fast.

»Du mußt so tun, als ob du in seine Pläne einwilligtest«, riet Kelda. »Wenn er sieht, daß du dich gegen ihn stellst und ihm Widerstand leistest, wird er alles, was du tust, beobachten, und es wird nicht die geringste Chance geben, seiner Überwachung zu entgehen.«

Yvette leuchteten Keldas Worte ein, sie blickte die Freundin aufmerksam an und flüsterte fast atemlos: »Sprich weiter.«

»Wir müssen schnell einen Plan aushecken. Zuallererst, so meine ich, solltest du dich bei deinem Onkel wegen deines Ausbruchs von vorhin entschuldigen und ihm erklären, daß du dich etwas überrumpelt gefühlt hättest, jetzt aber bereit seist, seine Vorschläge zu überdenken. Der nächste Schritt ist dann, daß du den Generalgouverneur empfängst, wenn er dir morgen einen Besuch abstattet.«

»Meinst du wirklich, daß Onkel Maximus sich so täuschen läßt, daß er glaubt, ich würde ihm gehorchen?«

»Das hängt davon ab, wie gut du deine Rolle spielst«, antwortete Kelda. »Auf keinen Fall dürfen wir den Generalgouverneur gegen Rémy aufbringen.«

»Nein – nein. Natürlich nicht.«

»Vielleicht täusche ich mich«, fuhr Kelda fort, »aber ich vermute, daß Rémy, sobald er im Palast ist, erfährt, was da geplant ist, wenn nicht vom Generalgouverneur selbst, so doch sicher von den anderen diplomatischen Gesandten und Adjutanten. Ich kann einfach nicht glauben, daß sie nicht Bescheid wissen über das, was der Generalgouverneur und dein Onkel mit der Kolonie vorhaben.«

»Was wird Rémy nur denken, wenn er davon hört, daß ich einen anderen heiraten soll?«

Auf diese klägliche Frage antwortete Kelda entschieden: »Ich bin sicher, daß er genauso entsetzt ist wie du und ebenfalls den Entschluß fassen wird, etwas dagegen zu unternehmen.«

»Er liebt mich! Ich weiß, daß er mich liebt«, schluchzte Yvette.

»Dessen bin ich auch ganz sicher«, sagte Kelda. »Irgendwie wird er eine Verbindung zu uns herstellen, gleichgültig, wie schwierig das ist.«

»Aber Onkel Maximus will es verhindern.«

»Rémy wird sich das denken können«, beruhigte sie Kelda.

Yvette wischte sich die letzten Tränen aus den Augen. »Sag mir, was ich jetzt tun muß«, bat sie. »Sag es mir ganz genau, damit ich ja keine Fehler mache.«

Es war eine sehr blasse und unterwürfige Yvette, die am nächsten Morgen neben Kelda die Treppe hinunterging.

Die Diener hatten ihnen gesagt, daß das Frühstück auf der Terrasse serviert würde. Als sie hinaustraten, war der Tisch gedeckt unter der Markise mit den roten Streifen, und Lord Orsett erhob sich zu ihrer Begrüßung.

Er trug Reithosen, ein Hemd mit hohem, steifem Kragen und ein Jackett aus weißem Leinen, das er jedoch auf einem Stuhl abgelegt hatte.

Er wirkte stark, männlich und arrogant, wie Kelda ihn sich von Anfang an vorgestellt hatte.

Seine Augen ruhten auf Yvette, die auf ihn zukam, während Kelda im Hintergrund blieb.

»Guten Morgen, Yvette! Hoffentlich hast du gut geschlafen.«

»Danke, sehr gut, Onkel Maximus, und ich – ich möchte mich bei dir entschuldigen, daß ich gestern abend so unverschämt war. Aber dein Plan kam für mich so unerwartet und – und ich bekam Angst. Ich hoffe, daß du mir verzeihst.«

Kelda konnte sehen, daß Yvettes Worte und ihr versöhnlicher Ton Lord Orsett überraschten.

Er runzelte einen Moment lang die Stirn, bevor er sagte: »Vielleicht war ich gleich am ersten Abend etwas voreilig, und da du mich um Verzeihung gebeten hast, hoffe ich, daß du auch meine Entschuldigung akzeptierst.«

»Natürlich, Onkel Maximus«, antwortete Yvette. »Und außerdem ist es ein viel zu schöner Tag, als daß man mit irgend jemandem streiten sollte.«

»Daran sollten wir beide denken«, schloß Lord Orsett.

Inzwischen war Kelda zu den beiden getreten. Lord Orsett sprach jetzt in einem sehr freundlichen Ton zu seinen Gästen. »Es wäre mir ein Vergnügen, wenn Sie beide, du, Yvette, und Sie, Miss Lawrence, morgen mit mir ausritten. Am schönsten ist es immer frühmorgens, bevor es heiß wird.«

»Das wäre wundervoll«, sagte Kelda. »Ich möchte so gern das Land draußen vor der Stadt sehen, von dem ich gelesen habe, daß es sehr schön sei.«

»Das ist es wirklich«, bestätigte Lord Orsett.

Als sie sich am Tisch niederließen, schien ihm plötzlich

einzufallen, daß er sich auch nach Keldas Wohlbefinden erkundigen sollte.

»Ich hoffe, auch Sie haben gut geschlafen, Miss Lawrence.«

»Danke, sehr gut, Mylord. Auch ich war wie Yvette sehr müde, nachdem wir so lange auf dem Wasser waren. Und ich muß gestehen, daß mir die Wellen angenehmer sind, wenn sie in der Ferne rauschen, als wenn sie unter mir wogen.«

Lord Orsett lächelte. »Wollen Sie damit sagen, daß Sie seekrank waren?«

»Erstaunlicherweise hatte keine von uns beiden darunter zu leiden«, antwortete Kelda. »Aber im Golf von Biskaya wurde es doch sehr ungemütlich.«

»Das ging mir auch immer so«, gab er zu.

Die Diener brachten das Frühstück, und Yvette bemühte sich tapfer, etwas zu essen.

Als sie wieder allein waren, sagte Lord Orsett: »Ich bekam eine Mitteilung aus dem Palast, daß der Generalgouverneur heute mittag hierher kommt. Ich hoffe, Yvette, daß du bei der Begrüßung anwesend bist.«

»Selbstverständlich, Onkel Maximus«, antwortete Yvette mit ganz natürlicher Stimme und fuhr dann fort: »Onkel Maximus, ich würde mich ein wenig genieren, wenn du bei unserer Begegnung über vertrauliche Dinge sprächest, bevor – bevor wir uns richtig kennengelernt haben.«

Lord Orsett schien erleichtert darüber zu sein, daß sie so gefügig war, und antwortete rasch: »Natürlich, das kann ich verstehen. Dies wird lediglich ein freundschaftlicher Besuch sein, bei dem du und Seine Exzellenz, der Generalgouverneur, einander kennenlernen könnt. Er ist ein vielseitiger, außergewöhnlich intelligenter Mann, und ich bin sicher, daß ihr viele gemeinsame Interessen entdecken werdet.«

»Kommt er aus Paris?« erkundigte sich Yvette.

»Er ist zwar nicht dort geboren, aber soviel ich weiß, hat er einige Jahre seines Lebens dort verbracht«, antwortete Lord Orsett. »Außer in Senegal hat er auch in anderen französischen Provinzen wichtige Posten innegehabt.«

»Ich freue mich darauf, mehr über sein Leben zu erfahren«, sagte Yvette.

Sie spielte ihre Rolle so gut, daß Kelda sich zurückhalten mußte, um bei dieser wirklich überzeugenden Vorstellung nicht Beifall zu klatschen.

Es hatte sie viel Zeit gekostet, fast die halbe Nacht, bis sie einen Plan ausgeheckt hatten, was Yvette sagen und tun sollte.

Jetzt kam ihnen nicht nur Yvettes Intelligenz zugute, sondern auch ihre leidenschaftliche Liebe zu Rémy, um dessentwillen sie sich die größte Mühe gab, die Vorschläge ihrer Freundin in die Tat umzusetzen.

Während dieses Gesprächs wurde Kelda klar, daß Lord Orsett von Yvettes Verhalten angenehm überrascht war und wirklich zu glauben begann, daß die Szene vom Abend zuvor auf Yvettes Schock zurückzuführen sei und letztlich er selbst die Schuld daran trug.

Es war wohl ganz so, wie Kelda es in der Nacht zuvor ihrer Freundin erklärt hatte: »Etwas wissen wir, was uns von großem Nutzen sein kann. Seit dem Tod deiner Tante hat dein Onkel sehr wenig mit Frauen zu tun gehabt.«

»Und was ist mit der, die mein Cousin gesehen hat, als er hier war?«

»Ich kann mir nicht vorstellen, daß sie eine wichtige Rolle gespielt hat«, hatte Kelda rasch geantwortet.

»Glaubst du, daß es eine von den Frauen war, über die er heute abend gesprochen hat?«

»Ich habe keine Ahnung. Auf alle Fälle scheint sie jetzt nicht hier zu sein. Ich bin sicher, daß er sich täuschen läßt, wenn du bereit bist, dich ihm gegenüber freundlich und reumütig zu zeigen.«

Kelda war überzeugt davon, daß genau dies im Moment geschah. Lord Orsett ließ sich mit Sicherheit täuschen, während sie selbst kleine Widersprüche in Yvettes Verhalten entdeckte, die einem im Umgang mit Frauen erfahrenen Mann verdächtig vorgekommen wären.

»Und was möchten die Damen jetzt unternehmen?« fragte Lord Orsett, als das Frühstück beendet war.

Yvette sah Kelda an, der schon wieder etwas Neues eingefallen war, was sie für sehr wichtig hielt.

»Wenn es keine allzu großen Umstände macht«, sagte sie, »würden Yvette und ich gern eine Rundfahrt durch die Stadt unternehmen. Es gibt einige Dinge, die wir gern kaufen möchten. Das muß natürlich nicht unbedingt heute sein, aber irgendwann, wenn sich eine günstige Gelegenheit dazu ergibt.«

Einen Augenblick lang hatte sie das Gefühl, als ob Lord Orsett sie durchdringend musterte, dann sagte er jedoch: »Vielleicht hätten Sie und Yvette Lust zu einer Ausfahrt in meinem neuen Zweispänner, der kürzlich aus Frankreich eintraf. Ich habe mir sagen lassen, daß diese Zweispänner zur Zeit bei den flotten jungen Franzosen in Mode sind, die sich mit den Zügeln in der Hand auf ihren Ausflügen in den Bois sehr wichtig vorkommen.«

Kelda sah, daß Yvette erstarrte, als er von Paris sprach, und aus Angst, die Freundin könnte ihre Sehnsucht nach der geliebten Stadt verraten, sagte sie schnell: »Das wäre herrlich! Es gibt so vieles, was ich in diesem schönen Land sehen möchte.«

Einen Augenblick lang schien Lord Orsett sie wohlwollend zu betrachten.

Schließlich besann sich auch Yvette auf das, was von ihr erwartet wurde, und sagte: »Auch mir würde das Vergnügen bereiten, Onkel Maximus. Bestimmt hast du schöne Pferde. Ich glaube mich zu erinnern, daß Mama mir erzählte, du seist ein begeisterter Reiter.«

»Das ist ganz richtig, Yvette«, antwortete Lord Orsett. »Es ist mir gelungen, einige herrliche Tiere zu kaufen, wie du auf unserem Ausritt morgen selbst sehen kannst. Du hast doch sicher dein Reitkleid dabei, und Sie gewiß auch, Miss Lawrence?«

»Selbstverständlich«, antwortete Kelda und hoffte dabei inständig, daß Yvette zwei im Koffer hatte.

Als sie oben waren, um sich für die Ausfahrt fertig zu machen, legte Kelda den Arm um Yvette und flüsterte ihr ins Ohr: »Du warst ganz großartig.«

»Ich hätte ihm am liebsten einen Teller an den Kopf geworfen«, antwortete Yvette bitter.

»Ja, ich weiß. Ich auch«, gab Kelda zu. »Aber wie du siehst, kommen wir auf diese Weise wenigstens einmal aus dem Haus heraus, und vielleicht findet Rémy eine Möglichkeit, eine Verbindung zu dir herzustellen.«

Mit einem tiefen Seufzer sagte Yvette: »Angenommen, er – hat die Hoffnung aufgegeben und versucht gar nicht, Kontakt mit mir aufzunehmen?«

»Er wird es versuchen, sobald er irgendeine Möglichkeit sieht«, versicherte Kelda. »Ich habe viel eher die Befürchtung, daß er eine Dummheit begeht und vielleicht deinen Onkel zum Duell herausfordert.«

Im ersten Augenblick funkelten Yvettes Augen bei diesem Gedanken, doch dann erklärte sie: »Du vergißt, daß Rémy Diplomat ist und alles vermeiden wird, was zu einem Zwischenfall auf internationaler Ebene führen könnte.«

Die beiden Mädchen setzten sich eilig die zu ihren Kleidern passenden Hüte auf, Yvette gab Kelda noch einen Sonnenschirm, und dann gingen sie hinunter in die Halle, wo Lord Orsett bereits auf sie wartete.

Der neue Zweispänner war groß genug für drei Personen und den Reitknecht, der hinten saß.

Sie fuhren durch das schmiedeeiserne Tor. Lord Orsett lenkte die Pferde selbst, und Kelda bewunderte seine außergewöhnliche Geschicklichkeit.

Sie bemerkte, daß Yvette aufgeregt umherblickte, offensichtlich in der Hoffnung, wie durch ein Wunder Rémy sehen zu können.

Als sie von der Höhe hinunterkamen und die weißen Strände mit einer Fülle von blühenden Sträuchern und Kokospalmen bis zum Meer erblickten, geriet Kelda ins Schwärmen über die Schönheit dessen, was sie sah.

Das tat sie einerseits, um Lord Orsett von der Tatsache abzulenken, daß Yvette kein Wort des Lobes oder gar der Begeisterung hervorbrachte, andererseits war sie von der Schönheit des Landes und der Stadt wirklich entzückt.

Es gab erst wenige öffentliche Gebäude, aber einige neue befanden sich bereits im Bau, und die Plätze und Straßen waren offensichtlich mit dem Ziel angelegt, Glanz auszustrahlen. Die blühenden Bäume und Sträucher bildeten große Farbflecken vor den weißen Bauten.

Da Kelda so viel Aufmerksamkeit zeigte, machte Lord Orsett sie auf den Justizpalast aufmerksam und erklärte ihr später, welche Pläne zur Vergrößerung der Stadt vorlagen.

Als sie am Marktplatz vorbeifuhren, sahen sie die Blumenverkäuferinnen, die ihre Ware auf eine ganz originelle Weise anboten: indem sie mehrere Sträuße auf ihren Kopftüchern befestigt hatten.

»Welch hübsche Idee!« rief Kelda aus.

»Das gibt es nur in Dakar«, erklärte Lord Orsett, »und ich habe mich schon oft gefragt, wer darauf kam.«

»Ihr gebührt ein Denkmal«, meinte Kelda.

»Viele Männer sind der Ansicht, daß erst einmal sie selbst auf diese Weise der Nachwelt in Erinnerung gebracht werden sollten«, entgegnete Lord Orsett.

»Aber selbst hier in Afrika wird doch der Frau eine wichtige Rolle zuerkannt«, sagte Kelda herausfordernd.

Sie glaubte, ein flüchtiges Lächeln in den Winkeln seines ausgeprägten Mundes zu bemerken, als ob er ihre bewußte Provokation spürte.

»Ich bin sicher, daß überall auf der Welt die Frauen eine bedeutende Rolle spielen.« Damit wich er ihrer Herausforderung aus. Aber dennoch stellte Kelda mit Stolz fest, daß sie ihn gezwungen hatte aufzupassen, was er sagte; das gab ihr das Gefühl, ihm gegenüber einen Punkt erzielt zu haben.

Als sie wieder zu Lord Orsetts Haus zurückkehrten, dankte Kelda ihm überschwenglich, und Yvette versuchte, ihrem Beispiel zu folgen.

»Das war wirklich interessant, Onkel Maximus, und ich hoffe sehr, daß wir morgen wieder mit dir ausfahren können.«

»Hoffentlich bist du nach unserem Ausritt dann nicht zu müde«, antwortete er.

Sie gingen die große Treppe zur Eingangshalle hinauf. Lord Orsett zog seine goldene Uhr aus der Westentasche, warf einen Blick darauf und sagte: »Sicher möchten die Damen sich ein wenig frisch machen und sich umziehen, bevor Seine Exzellenz hier eintrifft.«

»Natürlich, Onkel Maximus«, sagte Yvette. »Wo können wir dich finden, wenn wir herunterkommen?«

»Ein Diener wird Bescheid wissen«, antwortete Lord Orsett und zog sich in Richtung seines Arbeitszimmers zurück.

Die beiden Mädchen gingen schweigend die Treppe hinauf. Erst als sie in ihren eigenen Zimmern waren, brach es aus Yvette hervor: »Was soll ich dem Generalgouverneur sagen? Stell dir einmal vor, er erzählt Rémy, ich habe ihm mein Jawort gegeben!«

»Ich glaube nicht, daß er gleich bei eurer ersten Begegnung so unvermittelt um deine Hand anhält«, versuchte Kelda sie zu beruhigen. »Vielleicht täusche ich mich, schließlich kennst du die Franzosen ja auch besser als ich, aber mir käme dieses Verhalten recht linkisch und unhöflich vor.«

»Das stimmt«, antwortete Yvette. »Er wird sich darauf beschränken, mir Komplimente zu machen und vieles anzudeuten, was ich geflissentlich überhören kann.«

Kelda überlegte einen Augenblick.

»Bemüh dich, jung und unschuldig zu wirken, vielleicht sogar ein wenig dümmlich, wenn du willst«, riet sie schließlich. »Das wird er sowieso bei einem Mädchen deines Alters erwarten. Und sieh zu, daß du nie allein mit ihm bist, auch nicht, wenn er es vorschlägt.«

»Natürlich nicht! Aber du darfst mich auch nicht allein lassen. Versprich mir, daß du mich nicht allein läßt!«

»Das verspreche ich dir«, versicherte Kelda. »Aber ich bin sicher, daß Seine Exzellenz sich streng an die Etikette hält; du brauchst wirklich keine Angst zu haben.«

»Wenn ich nur Rémy sehen könnte«, murmelte Yvette. »Wie kann ich nur erfahren, was er gerade denkt oder fühlt? Stell dir vor, er glaubt, daß ich Onkel Maximus nachgebe.«

»Du weißt doch, daß er das bestimmt nicht glaubt, selbst wenn man es ihm erzählt«, sagte Kelda. »Du darfst nicht verzagen, Yvette. Wenn du aus dieser schrecklichen Situation herauskommen sollst, müssen wir in jeder einzelnen Minute des Tages die Augen offenhalten.«

»O Kelda, Kelda! Was würde ich ohne dich nur tun?« schluchzte Yvette. »Gott sei Dank, daß du bei mir bist.«

Kelda legte den Arm um die Freundin, und auch sie war dankbar dafür, daß sie zusammen waren.

Dabei unterschätzte sie keineswegs das Ziel, das sie sich mit dem Entschluß, Yvette zu retten, gesetzt hatte. Bei ihrer Ausfahrt an diesem Vormittag hatte sie gedacht, daß Lord Orsett noch furchterregender war, als er bei ihrer ersten Begegnung gewirkt hatte.

Irgend etwas an ihm ließ sie spüren, daß er ein Eroberer war, ein Mann, der immer seinen Willen durchsetzen würde, der eher bis zum Tode kämpfen würde, als sich ergeben. Aber sie hatte nicht die Absicht, diese Gedanken gegenüber Yvette zu äußern.

Bevor die beiden hinuntergingen, zogen sie elegante Kleider an, denen man ansah, daß sie aus Paris kamen.

Das von Yvette war aus Spitze in der zarten Farbe von Austern, mit Chiffon unterlegt; um die schlanke Taille trug sie eine schmale korallenrote Schärpe. Dazu hatte sie einen Halsschmuck aus Korallen angelegt. Außerdem trug sie eine Kette mit einem Medaillon, das mit Diamanten besetzt war und noch von ihrer Mutter stammte. Sie sah sehr elegant und anziehend aus.

Nur weil Yvette darauf bestanden hatte, trug Kelda ein ebenso elegantes Seidenkleid mit Spitzenbesatz, das die Farbe ihrer Augen hervorhob und ihre Haut sehr hell erscheinen ließ.

»Ich würde lieber weniger auffallen und im Hintergrund bleiben«, hatte sie protestiert, als Yvette das Kleid aus dem Schrank holte.

»Du weißt, daß das ganz ausgeschlossen ist, denn dann würde Onkel Maximus mit seinem Adlerauge sich völlig auf mich konzentrieren. Du mußt ihn ablenken, damit ich auch einmal von Rémy träumen kann.«

»Du darfst dich nicht auffällig verhalten«, warnte Kelda sie sogleich.

»Aber was – was soll ich dagegen tun?« fragte Yvette. »Ich habe das Gefühl, daß fünfhundert Jahre vergangen sind, seit ich ihn das letzte Mal sah.«

Ein Diener führte sie in ein Empfangszimmer, das noch prächtiger war als das, welches man vorher benutzt hatte. Kelda war sicher, daß dieses hier für die feierlichsten Anlässe reserviert war. Nicht nur die Ausstattung des Raums, sondern auch die wunderschönen Blumengestecke überall, die die Luft mit ihrem Duft erfüllten, riefen ihre Bewunderung hervor.

Kaum hatten sich die beiden zu Lord Orsett gesellt, da öffnete ein Diener die Tür, und ihr Gastgeber eilte hinaus.

»Wohin ist er denn gegangen?« fragte Yvette verblüfft.

»Wahrscheinlich verlangt es die Höflichkeit, daß er den Generalgouverneur an der Eingangstür empfängt«, erklärte Kelda.

Yvette kam noch ein wenig näher zu ihr herüber. »Ich zittere, Kelda. Ich weiß, daß es dumm von mir ist, aber ich fürchte mich so, ich habe solche Angst, daß – daß du mich nicht retten kannst und ich letztlich tun muß, was Onkel Maximus verlangt – daß ich diesen schrecklichen alten Mann heiraten muß.«

»Das darfst du nicht denken«, sagte Kelda. »Du mußt daran glauben, daß du gewinnst. Vertrau auf deinen Glauben und deine Liebe. Sprich in deinem Herzen ein kleines Gebet, und du wirst dich besser fühlen und mehr Mut haben.«

»Ich bete – ich bete die ganze Zeit zum heiligen Judas Thaddäus, dem Nothelfer in ausweglosen Situationen.«

»Deine Situation ist nicht ausweglos«, wiederholte Kelda fast wütend. »Aber hör nicht auf zu beten, Yvette, wir brauchen alle Heiligen auf unserer Seite.«

Draußen in der Halle hörte man Stimmen, und einen Augenblick später erschien Lord Orsett in Begleitung des Generalgouverneurs.

Er war genau so, wie Kelda ihn sich vorgestellt hatte. Er war klein, schlank und drahtig und hatte ein intelligentes Gesicht, das tiefe Furchen zeigte von all den Jahren, die er in den Tropen verbracht hatte. Sein schütteres Haar ging bereits von Grau in Weiß über.

Nachdem sie ihm vorgestellt worden waren und man die ersten Sätze ausgetauscht hatte, mußte Kelda zugeben, daß er einen gewissen Charme und vollendete Umgangsformen hatte. Aber er war alt, daran bestand kein Zweifel. Alt – und in Yvettes Augen furchtbar.

Doch ihr Benehmen war so tadellos, daß niemand, nicht

einmal Lord Orsett, etwas daran aussetzen konnte. Sie sagte zwar nicht viel, aber sie blickte mit großen Augen ihren Gesprächspartner an und lauschte ihm.

Die Komplimente des Generalgouverneurs nahm sie mit scheuer Bescheidenheit auf, so daß er glauben konnte, sie hätte nie zuvor Komplimente gehört. Sie wußte auch Nettes über Dakar zu sagen, was zweifellos sowohl ihn als auch Lord Orsett erfreute.

Auch diese Vorstellung hätte Keldas Meinung nach der Comédie Française Ehre gemacht.

Nur ihr fiel auf, daß Yvette zitterte und die Hände so fest verschränkte, daß die Knöchel weiß hervortraten. Ab und zu schwankte ihre Stimme ein wenig, als ob ihre wahren Gefühle gleich aus ihr hervorbrechen würden.

Der Generalgouverneur blieb nicht sehr lange. Erst als er sich erhob, hielt er Yvettes Hand ein wenig länger als nötig und sagte: »Es war mir ein großes Vergnügen, Ihnen zu begegnen, Mademoiselle de Villon. Da ich gern möchte, daß Sie den Palast sehen, hat Ihr Onkel versprochen, mit Ihnen und Ihrer Freundin heute abend zum Essen zu kommen. Ich sehe diesem Besuch mit größerer Freude entgegen, als ich es in Worten auszudrücken vermag.«

»Auch ich freue mich darauf«, antwortete Yvette.

In ihre Augen trat ein plötzliches Leuchten, das der Generalgouverneur auf seine Einladung zurückführen konnte; Kelda wußte jedoch, daß ihre Freundin auf eine Chance hoffte, Rémy zu sehen.

Lord Orsett begleitete Seine Exzellenz zur Kutsche. Als er zurückkam, blieb er einen Augenblick stehen und betrachtete die beiden Mädchen am anderen Ende des Raums.

In seinem Blick lag ein gewisser Zweifel, und Kelda entging nicht die Spur von Zynismus in seinen Augen. Er schien sich zu fragen, ob tatsächlich alles so problemlos verlief, wie es den Anschein hatte.

»Täusche ich mich, oder freust du dich wirklich auf das Essen heute abend im Palast?« fragte er seine Nichte.

»Natürlich freue ich mich«, versicherte Yvette. »Ich habe gehört, daß es ein sehr eindrucksvolles Gebäude ist.«

»Wer hat dir das erzählt?« fragte er scharf.

Yvette merkte blitzschnell, worauf er hinauswollte. Sie blickte Kelda verwirrt an. »Wer war es noch, der uns von dem Palast erzählt hat? War es der Kapitän oder das freundliche Ehepaar, das sich um uns kümmerte?«

Kelda reagierte sehr geistesgegenwärtig. »Es war der Kapitän. Seine Exzellenz empfing ihn einmal dort nach einer seiner vielen Reisen. Der Kapitän wußte diese Ehre sehr zu würdigen.«

Das Mißtrauen verschwand aus Lord Orsetts Augen.

»Ich vermute, daß die Damen nach dem Lunch ruhen möchten, um auf dem Fest schön zu sein. Wenn du, Yvette, allerdings beabsichtigen solltest, deine Bekanntschaft mit dem Herrn, dem du auf der Reise begegnet bist, zu erneuern, so muß ich dir sagen, daß ich seinen Namen von der Liste derer, die dir vorgestellt werden sollen, streichen ließ.«

Für einen Augenblick herrschte unheilvolles Schweigen. Voller Angst, was Yvette wohl sagen würde, trat Kelda einen Schritt zur Seite und stieß dabei gegen einen kleinen Tisch, der neben einem der Stühle stand.

Er fiel mit Getöse um, ein Aschenbecher und noch einige kleinere Gegenstände fielen zu Boden.

»O Gott, wie ungeschickt von mir!« rief sie aus. »Ich hatte den Tisch gar nicht bemerkt. Hoffentlich ist nichts zerbrochen.«

»Nein, es ist nichts beschädigt«, stellte Yvette fest, die alles vom Boden aufhob und wieder auf seinen Platz stellte.

Der Augenblick der Gefahr war vorüber. Kelda atmete auf.

Erst als sie auf ihren Zimmern waren, ließ Yvette in einer Schimpfkanonade gegen ihren Onkel ihren Gefühlen freien Lauf.

»Wie kann er es wagen, Rémy daran zu hindern, zu dem Dinner zu kommen! Welchen Grund, meinst du, hat er dem Generalgouverneur genannt? Welche Erklärung kann er ihm gegeben haben? Vielleicht hat er Rémys Karriere zerstört!« tobte sie.

»Es ist viel besser, wenn er nicht dort anwesend ist«, entgegnete Kelda ruhig.

»Was willst du damit sagen?« fragte Yvette angriffslustig.

»Wenn er dabei wäre, hättest du nur Augen für ihn. Unser ganzes Täuschungsmanöver und Rollenspiel würde zunichte gemacht, sobald dein Onkel euch zusammen sähe. Keine Sekunde würde er mehr daran glauben, daß du in die Ehe mit Seiner Exzellenz einwilligst.«

Yvette schwieg, dann sagte sie leise: »Ich verstehe, was du meinst.«

»Immerhin wirst du heute abend mit Rémy unter einem Dach sein, und ich kann mir nicht denken, daß er diese Gelegenheit ungenutzt läßt. Sei auf alles gefaßt: ein geflüstertes Wort, plötzlich etwas in deiner Hand – ich weiß nicht, was es sein wird. Ich bin jedenfalls sicher, daß Rémy deine Anwesenheit im Palast nutzen wird.«

»Das hoffe ich – ich hoffe es so sehr«, murmelte Yvette.

Die Trauer in ihren Augen erweckte in Kelda das Verlangen, Lord Orsett einen Schmerz zuzufügen und ihn ebenso leiden zu sehen, wie er seine Nichte leiden ließ.

Gegen Abend zogen sich Kelda und Yvette für das Dinner um. Ihre Kleider erschienen Kelda eher für einen Ball in London geeignet als für einen Ort, den Yvette »finsterstes Afrika« nannte.

Lord Orsett, der in seinem Abendanzug sehr elegant wirkte, fuhr mit ihnen in einer geschlossenen Kutsche zum Palast, der wirklich sehr beeindruckend war, ganz so, wie Rémy ihn beschrieben hatte.

Der mächtige Bau, der viel stärker vom afrikanischen Stil geprägt war als Lord Orsetts Haus, strahlte sehr viel Würde aus, ein Eindruck, der von den umstehenden Soldaten im kurzärmeligen roten Uniformrock mit dem spitzen roten Hut noch verstärkt wurde.

Außer ihnen waren nur noch sechs andere Gäste anwesend, ausschließlich Männer und alle Inhaber von wichtigen Ämtern.

Die zehnköpfige Gesellschaft ließ sich in dem großen, eindrucksvollen Speisesaal nieder. Sie genossen die ganz hervorragende französische Küche des Hauses, die unter Aufsicht eines Chefkochs aus Frankreich stand, der, wie Kelda erfuhr, jetzt einheimische Köche ausbildete, damit sie nach seiner Rückkehr nach Paris die Leitung übernehmen konnten.

Als Ehrengäste saßen Yvette zur Rechten und Kelda zur Linken des Generalgouverneurs, während Lord Orsett am anderen Ende der Tafel neben einem hohen Beamten saß.

Dennoch entging seiner Aufmerksamkeit nichts von dem, was Yvette tat, wie Kelda feststellte. Sie warf während des Essens der Freundin einige warnende Blicke zu, wenn diese sich umsah, als ob Rémy in einer Ecke des Raumes versteckt wäre oder sie ihn durch eines der Fenster erspähen könnte.

Kelda spürte, wie wichtig es war, den Generalgouverneur abzulenken, damit er Yvettes innere Erregung nicht bemerkte. So gab sie sich alle Mühe, ihn über Senegal auszufragen, was sich als gar nicht schwierig erwies.

Er war ein Mann, dem offensichtlich etwas daran lag, für dieses Land und seine französische Verwaltung sein Bestes zu tun.

Er erzählte Kelda vieles, was sie wissen wollte, und am Ende hatte sie den Eindruck, daß er gar nicht gemerkt hatte, daß Yvette ihm fast nur in Einsilbern geantwortet hatte.

Entsprechend der französischen Sitte war keine Rede davon, daß die Damen zuerst den Raum verließen. Sie alle gingen zurück in den großen Salon, in dem sie zuerst empfangen worden waren. Kelda hatte vergessen, daß dies in Frankreich Sitte war, obwohl sie sich jetzt daran erinnerte, daß ihre Mutter es vor vielen Jahren einmal erwähnt hatte.

Sie war enttäuscht, denn sie hatte schon auf einen Moment gehofft, in dem sie mit Yvette allein sein würde und Rémy sich vielleicht zu ihnen gesellen könnte.

Diese Möglichkeit sah Kelda jetzt schwinden. Deshalb war sie sehr erleichtert, als Lord Orsett, nachdem man sich im Salon noch eine Weile unterhalten hatte, vorschlug, sie nach Hause zu bringen.

»Es war ein sehr angenehmer Abend«, sagte er beim Abschied zum Generalgouverneur. »Und denken Sie an Ihr Versprechen, morgen abend bei uns zu speisen. Wir freuen uns sehr darauf.«

»Gewiß nicht so sehr wie ich«, erwiderte ihr Gastgeber. Bei diesen Worten blickte er Yvette an, und Kelda spürte, wie ihr

Herz vor Angst heftig pochte.

Ohne daß man es ihr sagte, wußte sie plötzlich mit Sicherheit, daß Lord Orsett am nächsten Tag dem Generalgouverneur die Möglichkeit geben würde, allein mit Yvette zu sprechen.

Sie gingen in die Eingangshalle, wo Diener mit den leichten Schultertüchern der beiden Mädchen warteten, die sie auf der Fahrt zum Palast getragen hatten.

Kelda stand mit dem Rücken zu einem der Diener gewandt, damit er ihr das Tuch umlegen konnte. Als sie den Stoff auf ihren Schultern spürte, fühlte sie plötzlich auch etwas Festes, Viereckiges in ihrer Hand.

Mechanisch schloß sie die Finger und steckte es sogleich vorsichtig in ihre kleine Abendtasche.

In Lord Orsetts Haus angekommen, wartete Kelda ungeduldig darauf, daß er ihnen gute Nacht wünschte.

»Morgen früh um sieben werden die Pferde bereitstehen«, sagte er schließlich zu Yvette. »Das ist zwar etwas später, als ich gewöhnlich ausreite, aber ich möchte nicht, daß ihr zu weit reitet und euch überanstrengt. Schließlich habt ihr auf dem Schiff ja keine Übung gehabt.«

Der Klang seiner Stimme ließ Kelda vermuten, daß er gern hinzugefügt hätte: Vor allem nicht vor dem Abend, an dem dein zukünftiger Gatte zum Essen kommt.

Aber er sagte nichts mehr, und Yvette antwortete mechanisch: »Es wird schön sein, wieder zu reiten, und du kannst uns vieles zeigen. Dakar ist übrigens viel zivilisierter, als ich erwartet hatte.«

»Es freut mich, daß es dir gefällt«, sagte Lord Orsett.

Dann wünschte er ihr eine gute Nacht und verabschiedete sich flüchtig von Kelda.

Als sie neben Yvette die Treppe hinaufging, wußte sie, wie niedergeschlagen und enttäuscht ihre Freundin war.

Entgegen aller Wahrscheinlichkeit hatte diese doch gehofft, Rémy zu sehen. Aber nichts dergleichen war geschehen. Und jetzt hatten sie den Palast verlassen, ohne daß er, so glaubte jedenfalls Yvette, versucht hatte, mit ihnen Verbindung aufzunehmen.

Erst als sie in ihren Zimmern waren, die Mädchen ihnen

beim Auskleiden geholfen hatten und sie bereit waren, schlafen zu gehen, hatte Kelda die Möglichkeit, die kleine Abendtasche aus Satin in Yvettes Zimmer zu bringen.

Ihre Freundin hatte sich in ihre Kissen zurückgelehnt, ihr Gesicht verriet ihre Verzweiflung.

»Schau, was ich für dich habe!«

Mit diesen Worten reichte Kelda ihr die Tasche. Im ersten Augenblick verstand Yvette nicht, doch dann schrie sie leise auf.

»Du meinst –?«

»Mach auf und sieh selbst nach.«

»O Kelda, ich dachte schon, er hätte mich vergessen!«

»Schau, was er schreibt. Oder willst du beim Lesen lieber allein sein?«

»Nein, natürlich nicht! Vor dir habe ich keine Geheimnisse.«

Yvette öffnete die Tasche mit Fingern, die so zitterten, daß sie ihr fast nicht mehr gehorchten. Dann nahm sie schließlich das kleine, viereckig gefaltete Stück Papier heraus, auf dem Rémy in sehr kleiner Schrift etwas geschrieben hatte.

Yvette las, während Kelda wartete. Dann sagte sie mit einer Stimme, die ihrer Freundin sehr zu Herzen ging: »Er liebt mich! Er liebt mich, und nichts anderes zählt.«

»Was schreibt er weiter?« fragte Kelda.

»Er meint, daß wir zusammen fliehen müssen. Er hat von den Plänen Seiner Exzellenz und meines Onkels gehört, nicht von dem Generalgouverneur persönlich, sondern von dessen Adjutanten, wie du ganz richtig vermutet hast. Er ist schockiert und sagt, er werde mich retten oder bei dem Versuch, mich zu befreien, sterben.«

Yvette seufzte ein wenig. »Kann es einen noch wundervolleren Mann geben?«

»Und was schlägt er vor?« erkundigte sich Kelda.

»Er schreibt, daß er dabei ist, Pläne zu entwerfen, und mich morgen oder übermorgen benachrichtigt. Hier steht, daß mir jemand Blumen überreichen wird und ich sehr vorsichtig damit umgehen soll, weil darin ein Zettel versteckt sein wird.«

»Sagt er auch, wie ihr entkommen könnt und wohin?« wollte Kelda wissen.

Yvette las weiter, auf ihrem Gesicht zeigte sich ein Ausdruck des Entzückens. Dann antwortete sie leise: »Er sagt, daß er mich liebt. Ich bin sein. Er wird jeden Mann töten, der versucht, mich ihm wegzunehmen. O Kelda, er liebt mich ebenso, wie ich ihn liebe, und irgendwie werden meine Gebete erhört werden, und ich werde Rémys Frau.«

Die beiden sprachen in dieser Nacht noch lange miteinander. Nachdem Yvette den Brief ein paar Dutzend Male gelesen hatte, reichte sie ihn Kelda. Diese erkannte an Rémys leidenschaftlichem Stil, wie verwirrt er durch die Nachricht war, die ihn bei seiner Ankunft im Palast erwartet hatte, aber auch, daß er die Kraft hatte, seine Ängste und Sorgen vor Yvette zu verbergen. Er versuchte, sie zu beruhigen und sie dazu zu bringen, daß sie auf ihn vertraute und daran glaubte, daß alles gut ausging, auch wenn sie in der Zwischenzeit auf manche Schwierigkeit stoßen würden.

»Warum bin ich nur nicht darauf gekommen, einen Brief für ihn mitzunehmen?« fragte Yvette ärgerlich.

»Weil das sehr dumm und sehr gefährlich gewesen wäre«, erklärte Kelda. »Wir haben doch nicht die geringste Ahnung, welchen Dienern im Palast wir vertrauen können. Wenn du einen unvorsichtigen Brief geschrieben hättest, wäre er vielleicht dem Generalgouverneur übergeben worden, dann deinem Onkel, und wir würden in Zukunft sicher noch viel sorgfältiger beobachtet und bewacht als zur Zeit.«

»Wahrscheinlich hast du recht«, gab Yvette leise zu. »Aber was ist, wenn Rémy glaubt, daß ich ihn nicht mehr liebe?«

»Ich glaube, daß er dir ebenso vertraut, wie du ihm immer vertraut hast«, antwortete Kelda, »und ich habe das Gefühl, das sehr beruhigende Gefühl, daß wir alles nötige Planen Rémy überlassen können. Wir müssen lediglich seine Anweisungen durchführen, wenn wir welche erhalten.«

»Er ist wunderbar«, wiederholte Yvette zum hundertsten Mal.

Kelda verspürte eine noch größere Erleichterung als Yvette.

Es war eine sehr schwere Verantwortung, zu planen, was Yvette tun und wie sie sich verhalten sollte. Denn sie hatte das Gefühl gehabt, da sie die Initiative ergreifen mußte, auch schuld an einem möglichen Mißerfolg zu sein. Jetzt war Kelda überaus glücklich, die Verantwortung an einen Mann abtreten zu können. Da sie Rémy sowohl mochte als auch bewunderte und der zudem noch einiges älter war als sie, war sie fest davon überzeugt, daß ihm Yvettes Befreiung gelingen werde, selbst wenn im Moment alles dagegen sprach.

Dennoch konnte Kelda nicht einschlafen. Sie mußte die ganze Zeit darüber nachdenken, wie Rémy Yvette aus Lord Orsetts Haus befreien und wie ihnen die Flucht aus Dakar und Senegal gelingen könnte, ohne daß der Generalgouverneur sie von seinen Soldaten ergreifen ließ.

Es war ein beängstigendes Rätsel, auf das sie keine Antwort wußte.

Als Kelda endlich einschlief, war sie unruhig und wurde von Träumen gequält, in denen sie und Yvette von geheimnisvollen Gestalten verfolgt wurden, die Masken trugen, wie sie an Lord Orsetts Wänden hingen.

Am nächsten Morgen waren sie genau zu dem vereinbarten Zeitpunkt fertig, an dem Lord Orsett sie erwarten wollte. Sie ließen das Haus weit hinter sich und ritten dorthin, wo es keine Straße mehr gab und der Boden weich und sandig war.

Zum erstenmal sah Kelda die fremdartigen, runden, strohgedeckten Häuser der Eingeborenen und die Affenbrotbäume mit ihren mächtigen Stämmen und den bizarr gewundenen Ästen, die jetzt während der Trockenzeit unbelaubt waren.

Sie erschienen Kelda wie die Opfer eines grauenvollen Fluchs, im Augenblick der Bestrafung für immer erstarrt. Wenn mehrere beieinanderstanden, hatte sie das Gefühl, es ginge etwas Bedrohliches von ihnen aus.

Aber es gab noch andere Bäume und Pflanzen, die sehr schön und voller Licht waren: prächtige Seidengewächse, schlanke Kokospalmen und Bambusrohr. Außerdem gab es alle Früchte, die sie hier erwartet hatte: Orangen, Zitronen, Melonen, Avocados und Guajavas.

Dazwischen grasten kleine Gazellen und Antilopen. Ein paar Affen verschwanden eilig, als sich die Reiter näherten.

All das faszinierte sie, und als sie schließlich zurückritten, spürte sie, daß ihre Begeisterung Lord Orsett gefiel.

»Nun, wie gefällt dir mein Land?« Mit dieser Frage wandte er sich an Yvette, die noch kein Wort gesagt hatte.

»*Dein* Land?« fragte sie. »Du bist doch Engländer, Onkel Maximus.«

»Dies hier ist meine Wahlheimat«, erklärte er. »Je mehr ich über Afrika erfahre und je stärker mir bewußt wird, wieviel es hier noch zu entdecken gibt, desto stärker fasziniert es mich.«

»Hast du die Absicht, hier für den Rest deines Lebens zu bleiben?« erkundigte sich Yvette.

»Vermutlich ja«, antwortete Lord Orsett. »Es wird auf jeden Fall noch lange dauern, bis ich mein Buch vollendet habe.«

»Natürlich ...«, begann Yvette und warf ihm einen Blick von der Seite zu. Kelda spürte, daß sie beabsichtigte, ihren Onkel zu provozieren. Und tatsächlich fuhr Yvette fort: »Da du so sehr darauf bedacht bist, die Zahl der weißen Bevölkerung zu vergrößern, vermute ich, daß auch du bald heiraten wirst.«

Kelda stockte der Atem bei so viel Kühnheit. Sie wußte, daß Yvette durch Rémys Brief so glücklich war und sich dadurch so stark fühlte, daß sie etwas von der Furcht, die sie seit ihrer Ankunft vor ihrem Onkel gehabt hatte, verlor.

Es entstand eine lange Pause, ehe Lord Orsett antwortete: »Dieser Gedanke ist mir gewiß schon gekommen. Aber da ich seit so langer Zeit nicht mehr in England war, erschien mir diese Überlegung etwas sinnlos.«

Er ritt in leichtem Trab zwischen den beiden Mädchen. Bei den letzten Worten wandte er den Kopf zu Kelda, und ihre Augen begegneten seinem Blick.

Für einen Augenblick nahm ihr dieser Blick den Atem. Auch ohne Worte schien sie zu wissen, was er dachte. Aber das konnte doch nicht wahr sein? Er konnte doch nicht das denken, was sie vermutete. Das sagte sie sich immer wieder, während sie weiterritten.

Und doch wußte sie mit untrüglicher Sicherheit, was in diesem Moment in ihm vorgegangen war.

5

Als Kelda sah, wie der Generalgouverneur Yvette recht offensichtlich in eine Ecke des Empfangsraums zog, wußte sie sofort, daß jetzt die Szene bevorstand, die sie befürchtet hatten.

Lord Orsett unterhielt sich weiter mit ihr, als ob nichts Ungewöhnliches geschähe. Kelda sagte sich, daß sie sich auf ihn konzentrieren müsse, um ihm vernünftig antworten zu können.

Ihre Nervosität wäre jedoch noch viel größer gewesen, hätte sie nicht gewußt, daß es Rémy auf einem sehr klugen, wenn auch gefährlichen Weg gelungen war, Yvette eine weitere Nachricht zu schicken.

Bei der Ankunft des Generalgouverneurs hatte Lord Orsett ihn an der Eingangstür begrüßt und ihn in das Empfangszimmer geführt.

Der Gast trat ein und hatte in der Hand ein prächtiges Orchideengebinde, ein Geschenk, das die Empfängerin bei jeder anderen Gelegenheit erfreut hätte.

Yvette war jedoch, wie Kelda feststellte, sehr ängstlich und besorgt wegen der bevorstehenden Ereignisse dieses Abends und konnte ihre Sehnsucht nach einer Nachricht von Rémy kaum noch bezähmen.

Noch während der Generalgouverneur an Lord Orsetts Seite auf sie zukam, fiel Kelda ein, daß Rémy geschrieben hatte, jemand würde Yvette Blumen überreichen und sie solle vorsichtig damit umgehen. Aber sie hatte es nicht für möglich gehalten, daß er den Mut aufbringen würde, eine Nachricht in den Blumenstrauß zu schmuggeln, den der Generalgouverneur persönlich der Frau überreichte, die er für seine zukünftige Ehefrau hielt.

Doch dann sagte Kelda sich, daß es wahrscheinlich keine andere Möglichkeit gab, heimlich eine Botschaft in Lord Orsetts Haus zu bringen.

Sie wünschte, sie könnte etwas zu Yvette sagen und sie zur Vorsicht mahnen. Als der Generalgouverneur ihre Freundin begrüßte und ihr die Blumen überreichte, war Kelda auf der Hut.

»Ich habe auch ein Geschenk für Sie, Miss Lawrence«, sagte der Gast anschließend zu ihr und überreichte ihr ein kleines, mit einem Band zusammengehaltenes Päckchen, von dem sie annahm, daß es Schokolade enthielt.

»Wie freundlich, Euer Exzellenz, auch an mich zu denken.«

Es entstand eine kleine Pause. Der Generalgouverneur sah Yvette an, die darauf mechanisch sagte: »Die Blumen sind wunderschön. Ich – danke Ihnen aufrichtig.«

»Ich werde sie in eine Vase stellen«, sagte Kelda. »Sie sind so schön, daß sie so lange wie möglich halten sollen.« Mit diesen Worten nahm sie Yvette den Strauß aus der Hand.

»Aber das kann doch ein Diener erledigen«, wandte Lord Orsett ein.

Kelda lächelte ihn an. »Ich muß gestehen, daß ich mein Taschentuch vergessen habe«, sagte sie. »Auf dem Weg nach oben kann ich den Mädchen die entsprechenden Anweisungen geben. Ich weiß, daß Yvette diese Blumen in ihrem Schlafzimmer haben will.«

Ehe Lord Orsett noch etwas einwenden konnte, eilte sie aus dem Empfangszimmer durch die Halle und rannte die Treppe zu ihrem Schlafzimmer hinauf.

Sobald sie die Tür hinter sich geschlossen hatte, untersuchte sie den Blumenstrauß und entdeckte ein sehr breites Band, das die Orchideenstiele zusammenhielt.

In wenigen Sekunden hatte Kelda das Band gelöst und fand darunter, wie sie es erwartet hatte, ein Stück Papier, das um die Stiele gewickelt war.

Schnell versteckte sie den Zettel in der Schublade ihrer Kommode, nahm ihr Taschentuch, rief eines der Mädchen herein und bat es, die Blumen ins Wasser zu stellen. Dann eilte sie wieder hinunter mit der Gewißheit, daß alles, was an diesem Abend noch geschehen würde, nur von geringer Bedeutung war.

Bestimmt würde der Zettel, den der Generalgouverneur, ohne es zu wissen, überbracht hatte, Anweisungen enthalten, und die allein zählten.

Eigentlich war es belustigend, daß er ganz ahnungslos den Liebesboten gespielt hatte. Kelda sehnte sich danach, Yvette von ihrer Entdeckung zu erzählen, aber sie wußte, daß die Gefahr zu groß war.

Aber als sie den Speisesaal verließen und die Herren hinter ihnen gingen, gelang es ihr doch, leise zu Yvette zu sagen: »Die Blumen, die Seine Exzellenz dir brachte, sind genau das, was du dir wünschtest.«

Ihre Freundin sah sie fragend an, und in ihren Augen zeigte sich ein Hoffnungsschimmer. Kelda reagierte wortlos mit einem Lächeln, und über Yvettes Gesicht breitete sich ein Strahlen aus, das dem Leuchten eines Sonnenaufgangs glich.

Kelda war sicher, daß Rémys Nachricht, die oben auf Yvette wartete, ihr das Schauspielern erleichtern würde, wenn der Generalgouverneur ihr seine Absichten eröffnete und sie ihm irgendeine Antwort geben mußte.

Kelda zwang sich, ihre Aufmerksamkeit ihrem Gesprächspartner zuzuwenden.

»Sie haben mich einmal nach den Skulpturen gefragt«, sagte Lord Orsett. »In diesem Raum befinden sich zwei, die meiner Ansicht nach zu den schönsten gehören, die ich bisher gefunden habe.«

Während er redete, ging er zu dem Schrank, wo die Kunstgegenstände aufbewahrt waren, und deutete auf einen Terrakottakopf.

»Dieser entstand im dreizehnten Jahrhundert in Nigeria«, erklärte er.

»Es ist ein wunderschönes Werk!« rief Kelda aus.

»Ist das Ihre ehrliche Meinung, oder sagen Sie das nur aus Höflichkeit?« wollte er wissen.

»Ich sage die Wahrheit«, antwortete Kelda. »Auch diese Elfenbeinschnitzerei ist sehr schön.«

»Das ist eine Kultmaske«, erklärte Lord Orsett.

Kelda betrachtete die beiden Werke eine Weile und sagte dann: »Ich würde gern wissen, wen sie darstellen. Aber wahrscheinlich sind sie so alt, daß es nicht überliefert ist.«

»Ich nehme an, es ist einer ihrer Häuptlinge oder Kriegshelden, dessen Ruhm der Nachwelt überliefert werden soll, wie es auch in der Dichtung häufig der Fall ist.«

Als Kelda ihn fragend ansah, fuhr er fort: »Vielleicht wissen

Sie, daß das Kultlied die ursprüngliche Form der afrikanischen Dichtung ist. Sie dient nicht nur der Verherrlichung von Göttern, sondern auch von Menschen, Tieren und Pflanzen. Sicherlich aber wissen Sie, daß die afrikanische Dichtung fast ausschließlich in gesungener Form vorgetragen wird«, sagte Lord Orsett.

»Das wußte ich zwar nicht«, antwortete Kelda, »aber es erscheint mir verständlich, daß die Afrikaner sich in der Musik leichter ausdrücken können als in anderen Kunstformen.«

Sie betrachtete noch einmal den Terrakottakopf mit den ausgeprägten Gesichtszügen, den wulstigen Lippen und den ausdrucksvollen, klugen Augen. Sie war so versunken in den Anblick, daß sie mit Lord Orsett fast so sprach, wie sie mit ihrem Vater gesprochen hätte: »Sagen Sie mir bitte ein Gedicht auf, ein Preislied, wie es auf einen Mann wie diesen geschrieben worden wäre.«

Lord Orsett schien überrascht zu sein, aber er antwortete freundlich: »Ich habe kürzlich ein Gedicht über den großen Zuluführer Chaka übersetzt, aber ich wähle daraus nur ein paar Zeilen, um Sie nicht zu langweilen.«

Er hielt einen Moment inne und begann dann mit seiner tiefen Stimme vorzutragen:

Er ist Chaka, der Unerschütterliche,
Der über den Donner gebietet, der Sohn des Menzi.
Er ist der Raubvogel, der die anderen zu seiner Beute macht,
Die Streitaxt, die über die anderen Streitäxte triumphiert.

»Das ist sehr eindrucksvoll«, sagte Kelda. »Aber Sie sagten doch, es sei sehr lang.«

»In meinem Buch umfaßt es eine ganze Reihe von Seiten«, bestätigte Lord Orsett lächelnd. »Ijaba – das sind Jagdgesänge – dauern gewöhnlich so lange wie die Jagd selbst.«

Kelda lachte. Dann blickte sie sich um und sah Yvette und den Generalgouverneur aus der anderen Ecke des Raums auf sich zukommen.

Sie wirkte nicht besonders erregt, dagegen zeigte er, wie es Kelda schien, ein zufriedenes Lächeln.

»Ich darf mich jetzt wohl verabschieden«, sagte der Generalgouverneur zu Lord Orsett. »Ich beabsichtige übrigens, übermorgen abend eine große Dinnerparty im Palast zu geben.«

»Ich bin überzeugt, der Abend wird wundervoll«, antwortete Lord Orsett.

Kelda bemerkte, daß er Yvette scharf ansah und sich dabei wahrscheinlich fragte, ob bei dieser Gelegenheit ihre Verlobung mit dem Generalgouverneur bekanntgegeben würde.

Der Gast reichte Yvette die Hand. »Au revoir, Yvette. Ich zähle die Stunden, bis wir uns wiedersehen.«

Kelda merkte sogleich, daß er ihre Freundin zum erstenmal bei ihrem Vornamen nannte, und seine Stimme verriet ihr, wie bewegt er war.

Nachdem er Yvette einen langen Augenblick betrachtet hatte, führte er ihre Hand zu seinen Lippen.

Kelda entging es nicht, daß Yvette bei der Berührung seiner Lippen zusammenzuckte. Sie hatte sich jedoch sogleich wieder in der Gewalt, und Kelda konnte hoffen, daß Lord Orsett nichts bemerkt hatte.

Dann wandte sich der Generalgouverneur zu ihr. »Au revoir, Miss Lawrence.«

»Au revoir, Euer Exzellenz, und noch einmal Dank für das Geschenk. Sie waren sehr gütig.«

»Es war mir ein Vergnügen«, antwortete er.

Dann verließ er an Lord Orsetts Seite den Raum. Als sie endlich außer Hörweite waren, flüsterte Yvette: »Es ist also ein Brief von Rémy gekommen?«

»Ja«, antwortete Kelda. »Er ist in meinem Schlafzimmer.« Trotz ihrer Angst, belauscht zu werden, fragte sie dann: »Was hat Seine Exzellenz zu dir gesagt?«

»Nun, was glaubst du? Er hat mich mit Komplimenten überschüttet und gesagt, er hoffe, wir würden miteinander glücklich, wenn wir Ende des Monats heirateten«, berichtete Yvette.

»Und was hast du darauf gesagt?«

»Ich erklärte ihm, daß das alles für mich sehr überraschend käme und ich, obwohl ich mich sehr geehrt fühlte, doch hoffte, daß er mir noch ein wenig Zeit lasse, damit ich mich an den

Gedanken der Ehe, und besonders der Ehe mit einer so hohen Persönlichkeit, gewöhnen könne.«

Kelda lachte. »Das war sehr geschickt.«

»Ich versuchte mir die ganze Zeit vorzustellen, nicht ich spräche, sondern irgendeine Frau in einem Stück, das gut enden muß«, erzählte Yvette.

»Es wird gut ausgehen«, versicherte Kelda zuversichtlich.

Die Zeit verging sehr langsam, bis sie endlich Lord Orsett gute Nacht sagen und hinaufgehen konnten. Als sie sich zum Gehen erhoben, sagte er etwas zu seiner Nichte, was Kelda sehr taktlos vorkam: »Soviel ich sehe, hast du meinen Freund, Seine Exzellenz, sehr glücklich gemacht. Ich bin erfreut darüber, daß du zur Vernunft gekommen bist, und ich muß dein Verhalten von gestern und heute abend loben.«

»Ich bin erleichtert, daß du mit mir zufrieden bist, Onkel Maximus«, antwortete Yvette bescheiden.

Plötzlich kam Kelda der Gedanke, daß Lord Orsett vielleicht auf Rémy zu sprechen käme und seine Befriedigung über das Ende der »Schiffsromanze«, wie er es nannte, kundtäte.

Da sie in diesem Fall Yvettes Reaktion mißtraute, sagte sie rasch: »Da wir beide recht müde sind und zudem noch etwas erschöpft von dem Ritt heute morgen, wäre es wohl am vernünftigsten, wenn wir uns jetzt unserem Schönheitsschlaf widmeten.«

»Sicher haben Sie recht, Miss Lawrence«, antwortete Lord Orsett. »Gute Nacht.«

»Gute Nacht, Mylord.«

»Auch dir eine gute Nacht, Yvette. Und ich bin sicher, daß du die Schönheit Senegals schätzen lernst. Da hier deine zukünftige Heimat ist, gibt es noch vieles, was ich dir zeigen möchte. Vielleicht fühlst du dich morgen ausgeruht genug, um noch etwas weiter als heute zu reiten.«

»Es wäre mir ein Vergnügen«, antwortete Yvette. »Gute Nacht, Onkel Maximus.«

Sie wandte sich mit einer Hast ab, gegen die sie nichts mehr tun konnte. Kelda ergriff ihre Freundin am Arm, um sie zu zwingen, langsamer zu gehen. Sie hatte Sorge, daß Lord Orsett sie vielleicht schärfer beobachtete, als sie es ihm zutrauten. Es könnte ihm zum Beispiel doch seltsam vorgekommen sein, daß sie selbst Yvettes Blumenstrauß hinaufgetragen hatte, anstatt ein Dienstmädchen damit zu beauftragen.

»Vorsicht«, flüsterte sie der Freundin warnend zu, und laut sagte sie: »Ich bin auf einmal ganz steif. Du mußt mir auf der Treppe helfen wie einer alten Frau.«

»Das wird bis morgen früh verflogen sein«, antwortete Yvette.

»Das hoffe ich auch.«

Sie wußten beide, daß Lord Orsett diese gespielte Unterhaltung hören konnte. Ohne sich umzusehen, stiegen sie langsam die Treppe hinauf und gingen durch den Gang zu ihren Zimmern.

Die Dienerinnen warteten schon auf sie. Yvette mußte sich gedulden, bis sie sich zurückgezogen hatten und sie endlich allein im Zimmer war.

Dann rannte sie durch die Verbindungstür in Keldas Zimmer.

»Wo ist er? Zeig ihn mir! Schnell, schnell! Ich werde verrückt, wenn ich noch eine Sekunde länger warten muß.«

»Ich weiß, was in dir vorgeht«, antwortete Kelda. »Aber, mein Liebes, du mußt vorsichtig sein.«

Sie öffnete die Schublade, fand den Brief dort, wo sie ihn hingelegt hatte, und reichte ihn Yvette.

»O Rémy, Rémy, ich liebe dich«, flüsterte diese und küßte das Papier, ehe sie es auseinanderfaltete.

Sie warf sich auf Keldas Bett. Als sie bis zur Hälfte gelesen hatte, was Rémy schrieb, sah sie Kelda an mit Augen, die wie Sterne funkelten. »Morgen! Morgen fliehen wir!«

»Ich kann es nicht glauben«, flüsterte die Freundin. »Aber wie? Sag mir doch, wie!«

»Hier steht alles«, antwortete Yvette. »Ich lese es dir vor.«

Mit dem Brief in der Hand richtete sie sich auf dem Bett auf, und für einen Augenblick schien sie zu erregt, um in Worten zu sagen, was ihre Augen lasen. Schließlich begann sie:

Ich liebe Dich, mein Herz. Es ist unumgänglich, daß wir sofort fliehen, ehe die Lage noch schwieriger und verworrener wird, als sie es ohnehin schon ist.

Ich weiß wohl, daß es sehr gewagt ist, diesen Brief mit den Blumen zu schicken, die Seine Exzellenz Dir persönlich überreicht.

Der einzige Diener im Palast, dem ich vertrauen kann, hat den Auftrag, die Blumen für Dich zu binden. Von ihm weiß ich, daß es zu riskant wäre, irgend jemanden im Hause Seiner Lordschaft bestechen zu wollen. Deshalb ist dies der einzige Weg, und ich kann nur beten, daß die Zeilen Dich erreichen.

Mein Plan, dessen Verwirklichung ganz von Dir abhängt, ist es, morgen früh beizeiten Dakar zu verlassen und ein englisches Schiff zu nehmen, das von hier direkt Kurs auf Kapstadt nimmt.

Sobald wir an Bord sind, sind wir sicher, denn auf einem englischen Schiff gilt das französische Recht nicht mehr. Auf See können wir uns von dem Kapitän trauen lassen, dann bist Du meine rechtmäßige Frau. Und wenn wir viel später einmal nach Frankreich kommen, kann weder Lord Orsett noch irgendein anderer diesen Bund lösen.

Yvette seufzte vor Glück.

»Das heißt, daß sie die Ehe nicht für null und nichtig erklären können mit der Begründung, daß ich ohne die Einwilligung meines Vormunds geheiratet habe, denn bis dahin erwarte ich sicher schon ein Kind.«

Kelda wunderte sich über Yvettes Art, zu argumentieren. Mit Spannung wartete sie auf die Fortsetzung des Briefes, denn sie konnte sich nicht vorstellen, wie Rémy Yvettes Flucht aus Lord Orsetts Haus durchführen wollte.

»Dann schreibt er noch wunderschön darüber, wie es nach unserer Heirat sein wird, doch dann kommt das Wichtigste«, sagte Yvette und las weiter:

Wie ich in Erfahrung gebracht habe – Du kannst Dir vorstellen, daß sich in Dakar alles herumspricht –, reitet Dein Onkel jeden Morgen aus, und heute morgen habt ihr ihn begleitet. Morgen früh werdet ihr sicher um die gleiche Zeit aufbrechen wollen wie heute, nämlich um sieben. Dann mußt Du so tun, als fühltest Du Dich nicht wohl, und Kelda reitet allein mit ihm aus.

Ich werde heimlich beobachten, wenn sie losreiten. Sobald sie weg sind, fahre ich mit einer Kutsche vor und spreche mit dem Ersten Diener. Ich werde ihm sagen, der Generalgouverneur sei benachrichtigt worden, daß einer Deiner Angehörigen schwer erkrankt sei und Du sofort aufbrechen müßtest, um nach Frankreich zu reisen.

Du mußt Dich bereithalten und sofort nach meinem Erscheinen in die Eingangshalle kommen. Dann eilen wir zum Kai und schiffen uns wenige Minuten vor der Abfahrt um halb acht ein.

Kelda hatte es zunächst die Sprache verschlagen.

»Ist Rémy nicht unbeschreiblich klug?« schwärmte Yvette. »Schau, die Diener werden zu verwirrt sein, um etwas anderes zu tun als das, was Rémy ihnen befiehlt. Und wir werden Dakar längst hinter uns gelassen haben, wenn du mit Onkel Maximus zurückkommst.«

»Der Plan klingt so, als ob er erfolgreich sein könnte«, sagte Kelda schließlich. »Aber was ist mit deinem Gepäck? Du mußt Kleider mitnehmen.«

»Ach ja, Kleider!« rief Yvette. »Natürlich! Rémy hat nicht daran gedacht. Wie kann ich nach Kapstadt reisen und nichts anderes mitnehmen als das, was ich gerade trage?«

Als Kelda schwieg, fuhr sie fort: »Aber das alles spielt keine Rolle. Wenn ich dafür Rémy heiraten kann und den Generalgouverneur und Onkel Maximus nie wiedersehe, reise ich sogar nackt.«

»Halt, ich habe eine Idee!« rief Kelda.

»Welche?«

»Wir können uns kaum unsere Koffer aufs Zimmer bringen lassen. Das wäre zu auffällig, und vielleicht würde sogar dein Onkel davon erfahren. Aber niemand kann dich daran hindern, einmal ganz unkonventionell zu handeln und deine Kleider in Bettüchern gebündelt mitzunehmen.«

Yvette starrte sie einen Augenblick verständnislos an und stieß dann einen kleinen Freudenschrei aus.

»O Kelda, wie schlau du bist! Natürlich kann ich das tun. Die Diener werden zwar staunen, aber dann ist es gleichgültig, was sie denken. Wir können hier alles fertig packen. Während Rémy von draußen euer Wegreiten beobachtet, werde ich euch von hier drinnen zusehen. Dann lasse ich die Dienerinnen die Bündel hinuntertragen, und wir können sie in der Kutsche mitnehmen.«

Sie erhoben sich eilig, um ihren Plan in die Tat umzusetzen, als Kelda noch etwas einfiel.

»Lord Orsett muß fest davon überzeugt sein, daß du dich zum Reiten zu elend fühlst. Deshalb ist es am besten, wenn die Dienerin dich beim Wecken im Bett vorfindet. Also müssen wir Bettuch und Überzug von meinem Bett nehmen, nicht von deinem.«

»Glaubst du wirklich, daß sie mich bei Onkel Maximus verraten würden, wenn sie den Eindruck hätten, daß ich ihnen mein Unwohlsein oder meine Müdigkeit nur vorspiele?«

»Auf jeden Fall wäre das Risiko größer«, sagte Kelda. »Du weißt ja nicht, ob er dir nachspioniert oder nicht, und es wäre falsch, seine Intelligenz zu unterschätzen.«

Dann runzelte sie die Stirn und dachte einen Moment lang angestrengt nach, bevor sie sagte: »Er wundert sich bestimmt darüber, daß du so einsichtig bist und seit dem ersten Abend nie mehr Rémy erwähnt hast, obwohl du doch gesagt hast, du seist mit ihm verlobt.«

»Wir haben darauf gebaut, daß er im Umgang mit Frauen nicht sehr erfahren ist«, entgegnete Yvette.

»Trotzdem ist er ein sehr intelligenter Mann«, antwortete Kelda. »Sicherlich ist sein Verdacht nicht mehr so groß wie am Anfang; aber ich kann einfach nicht glauben, daß er es nicht ein wenig seltsam findet, daß du den Antrag des Generalgouverneurs angenommen und nicht dringender um Aufschub gebeten hast.«

»Du hast sicher recht«, stimmte Yvette zu. »Vielleicht war das ein Fehler.«

»Du darfst jetzt keinen falschen Schritt tun. Die Dienerinnen kommen uns wie heute morgen um halb sieben wecken, und nur ich werde dann schon aufgestanden sein. Du reagierst überhaupt nicht, wenn sie die Vorhänge zurückziehen. Ich gehe hinunter zu deinem Onkel und sage ihm, du seist so erschöpft, daß du lieber den Vormittag im Bett verbringen würdest.«

Yvette dachte einmal praktisch. »Nun gut, so werden wir eben mit einem Bettuch und einem Überzug auskommen müssen.«

Es dauerte lange, bis sie die schönsten und teuersten von Yvettes Kleidern in Bündel gepackt und diese mit Sicherheitsnadeln geschlossen hatten, so daß man sie leicht vom Haus zur Kutsche und von der Kutsche zum Schiff tragen konnte.

Da sie nicht genug Platz hatten, entschlossen sie sich, doch noch das Laken aus Yvettes Bett zu nehmen, um darin die Hüte und Sonnenschirme einzupacken. Schließlich wurden die Schuhe in einem Kissenbezug verstaut. Dann versteckten sie die Bündel im Kleiderschrank.

Yvette umarmte die Freundin und sagte: »Danke, ich danke dir! O liebste Kelda! Wenn ich wirklich morgen entkomme, werde ich dir immer und ewig dankbar sein, bis an mein Lebensende.«

»Du mußt morgen von hier fliehen«, sagte Kelda bestimmt. »Wenn dieser Plan mißlingt, wirst du bestimmt nie mehr eine Gelegenheit zur Flucht haben, da bin ich sicher.«

»Das weiß ich. Ich werde die ganze Nacht beten«, versicherte Yvette.

Bei diesen Worten ging sie zum Fenster und schaute zu den Sternen empor, als ob sie bereits zu Gott spräche und ihn um Hilfe bäte.

»Etwas weiß ich gewiß, Kelda«, sagte sie nach einer Weile. »Wenn Rémy und ich uns auch wegen unserer schwierigen Lage auf dem Schiff trauen lassen, werden wir, sobald wir in Kapstadt sind, doch eine katholische Kirche aufsuchen, um uns auch von einem Priester trauen zu lassen.«

»Ich bin sicher, daß Rémy bereits daran gedacht hat«, meinte Kelda lächelnd.

»Er denkt einfach an alles«, sagte Yvette. »Wundert es dich, daß ich ihn so liebe?«

»Ich halte ihn für sehr klug, aber du bist ebenso intelligent«, antwortete Kelda. »Wenn er es einmal zum Präsidenten von

Frankreich gebracht hat, wird er in dir genau die Frau haben, die ein Staatsoberhaupt braucht.«

Sie lachten, aber es klang ein wenig ängstlich, und in ihren Augen standen Tränen.

Dann umarmte Yvette Kelda noch einmal, und sie gingen zu Bett, da sie beide wußten, daß ein wenig Ruhe vor den Aufregungen des nächsten Tages ratsam war.

Kelda fand es unmöglich, still zu liegen. Jetzt kam alles auf Rémys Plan an und darauf, daß nicht noch in letzter Minute ein Hindernis auftauchte.

Mit Schrecken dachte sie daran, daß Lord Orsett vielleicht ganz unerwartet beschließen könnte, nicht auszureiten, oder daß irgendeine Verzögerung eintrat, wenn Yvette und Rémy das Haus verlassen wollten. Dann würde das Schiff abfahren, ehe sie am Kai waren.

Hunderte von Ereignissen konnten dazwischenkommen. Kelda hielt es nicht länger im Bett aus. Sie stand auf, zog das elegante, enganliegende Reitkleid an, das Yvette ihr geliehen hatte, und legte Hut, Handschuhe und Peitsche auf das Bett.

Um sechs Uhr ging sie in Yvettes Zimmer, die, wie Kelda schon vermutet hatte, halb angekleidet war.

»Ich bleibe unter der Decke, wenn die Dienerin hereinkommt, so daß sie nicht sieht, was ich trage«, erklärte sie.

»Bei mir wird gewöhnlich zuerst geklopft. Dann kann ich ja sagen, daß du noch schlafen willst, und verhindern, daß das Mädchen bei dir die Vorhänge zurückzieht«, schlug Kelda vor.

»Aber sie könnte Verdacht schöpfen und etwas zu Onkel Maximus sagen. Er könnte beschließen, nicht auszureiten.«

»Ja, du hast recht«, mußte Kelda zugeben. »Es ist besser, wenn wir uns ganz normal verhalten. Sag ihr einfach, daß du noch zu müde bist, und laß sie wie gewöhnlich alles bereitlegen.«

Aber noch im gleichen Atemzug rief sie erschrocken aus: »Ich habe ganz vergessen, daß die Bündel in deinem Schrank sind! O Yvette, wir müssen auf alles achten. Wenn wir jetzt einen Fehler machen, ist alles verloren.«

»Daran habe ich schon gedacht«, sagte Yvette. »Wie du

siehst, habe ich mein Reitkleid schon auf dem Stuhl bereitgelegt. Die Sachen, die ich heute wirklich trage, sind im Schrank. Ich habe ihn abgeschlossen und den Schlüssel abgezogen, damit niemand hineinsehen kann.«

»Du bist viel klüger als ich«, sagte Kelda bescheiden. »Das einzige, was ich zu meiner Entschuldigung anführen kann, ist die Tatsache, daß ich früher nie so viele Kleider hatte, um die ich mir hätte Gedanken machen müssen.«

»Sicher wirst du dich freuen, daß ich dir noch welche hierlasse«, sagte Yvette. »Nach allem, was du für mich getan hast, werde ich dir die herrlichsten Kleider schenken, die je eine Frau besessen hat, wenn du erst einmal bei mir in Paris bist.«

»Wann glaubt ihr, in Paris zu sein?« fragte Kelda.

Ihre Freundin spürte den ernsten Ton dieser Frage. »Ich weiß, liebste Kelda, daß du befürchtest, du könntest bei Onkel Maximus in Ungnade fallen und direkt nach London zurückgeschickt werden. Hier hast du das ganze Geld, das ich mitgenommen habe, es ist genug, um damit nach Paris zu kommen.«

Nach einer kleinen Pause fuhr sie fort: »Ich schlage vor, daß du dich nach deiner Ankunft in das Haus meiner Tante begibst und dort auf mich wartest. Ich werde ihr schreiben und den Brief in Kapstadt einwerfen, sobald wir dort angekommen sind. Darin werde ich ihr alles berichten, was sich ereignet hat. Außerdem gebe ich dir hier diesen Brief für sie, in dem ich dich vorstelle und ihr sage, welch wichtige Rolle du für mich spielst.«

»Wie kannst du in deiner Lage auch noch an mich denken?« fragte Kelda ungläubig.

»Natürlich denke ich an dich, ich hab' dich doch lieb«, antwortete Yvette. »Wenn du nicht gewesen wärst und mich nicht so geschickt bei dem Rollenspiel vor Onkel Maximus dirigiert hättest, säße ich jetzt bestimmt schon in einem Kerker oder wäre in irgendeiner Dachkammer eingesperrt, wo Rémy mich nie finden könnte.«

»Aber ich möchte dir nicht zur Last fallen oder – oder dir im Wege stehen«, wandte Kelda ein.

»Das wird nie der Fall sein«, entgegnete Yvette. »Rémy und ich, wir werden uns immer um dich kümmern, und eins versprechе ich dir: Du wirst nie mehr in das Internat zurückkehren müssen, um dich von dem schrecklichen alten Drachen schikanieren zu lassen wie zu den Zeiten, ehe wir hierherkamen.«

Kelda küßte ihre Freundin, und Tränen liefen ihr über die Wangen. Dann schien ihr einzufallen, daß es im Moment nur darauf ankam, daß Yvette rechtzeitig bis zu Rémys Ankunft fertig wurde. So bezogen die beiden Mädchen ihre »Posten«, wie Kelda es nannte.

Alles verlief wie geplant. Als die Dienerin kam, um die Vorhänge zurückzuziehen, sagte Yvette schläfrig: »Ich stehe jetzt noch nicht auf, ich rufe dich, wenn ich dich brauche.«

Das Mädchen stellte ein Tablett mit Kaffee und einer warmen Brioche neben dem Bett ab und verließ das Zimmer.

Kelda, der man ebenfalls eine solche Stärkung serviert hatte, ging mit ihrer Tasse Kaffee zu Yvette hinüber.

»Es ist besser, wenn du etwas ißt und deinen Kaffee trinkst«, riet sie, »nicht, daß du nachher umfällst.«

Yvette lächelte. »Nicht, wenn ich weiß, daß ich Rémy sehe. Ich fühle mich, als hätte ich eine ganze Flasche Champagner getrunken und schwebte zum Himmel.«

»Du darfst dich ruhig so fühlen, aber erst, wenn das Schiff wirklich ausgelaufen ist«, antwortete Kelda lachend.

Dann erhob sie sich, küßte Yvette zum Abschied und ging aus dem Zimmer. Es war zehn vor sieben. Die Dienerinnen warteten im Gang.

»Mademoiselle de Villon ist heute morgen sehr müde«, erklärte sie, »und hat deshalb beschlossen, nicht auszureiten. Aber haltet euch bitte bereit, denn sie wird rufen, wenn sie eure Hilfe braucht.«

Sie sprach langsam und deutlich, damit sie genau verstanden, was sie wollte, und ging dann die Treppe hinunter.

Kelda wußte, daß jetzt der entscheidende Moment gekommen war, da sie Lord Orsett erklären mußte, daß seine Nichte nicht mitkommen, sie hingegen gern ausreiten würde.

Kelda hatte keine Ahnung, wo sie ihn im Augenblick finden könnte. Sie wußte lediglich, daß er vor dem Ausritt nur eine Tasse Kaffee trank, nachher würden sie wie am Vortag alle zusammen auf der Terrasse frühstücken.

Als sie in die Eingangshalle kam, sah sie mit Erleichterung, daß die Pferde gerade aus den Ställen geführt wurden. Dann hörte sie Schritte in dem Gang, der zu Lord Orsetts Privatraum führte, und sah ihn einen Augenblick später vor sich.

Wäre sie nicht so erregt gewesen, hätte ihr Herz nicht so heftig gepocht, so wäre ihr wie am Tag zuvor aufgefallen, daß er in seiner Reiterkleidung sehr elegant aussah.

Jetzt konnte sie jedoch nur daran denken, daß sie ihre Rolle gut spielen mußte, da schon die kleinste Unachtsamkeit Yvettes Leben ruinieren konnte.

»Guten Morgen, Miss Lawrence«, sagte Lord Orsett. Er klang gutgelaunt, vielleicht weil Yvette am Abend zuvor dem Generalgouverneur gegenüber so charmant gewesen war und sich seinen Plänen nicht widersetzt hatte.

»Guten Morgen, Mylord«, antwortete Kelda. »Es tut mir leid, Ihnen sagen zu müssen, daß Yvette Sie bittet, sie bei unserem Ausritt zu entschuldigen.«

»Sie ist doch nicht krank?«

»Nein, krank nicht, aber wie Sie schon erwartet haben, sehr erschöpft vom Reiten. Sie wird sich nach unserer Rückkehr beim Frühstück zu uns gesellen. Es sei denn, Sie würden lieber auf meine Begleitung verzichten.«

Dabei vermutete sie, daß er, gerade weil sie ihm im letzten Satz vorschlug, allein zu reiten, sich für das Gegenteil entscheiden würde.

Tatsächlich antwortete Lord Orsett: »Ich sehe keinen Grund, warum Sie auf Ihre sportliche Betätigung verzichten sollten.«

Kelda hoffte, ihre Erleichterung nicht zu deutlich zu zeigen.

»Ich würde gern mit Ihnen ausreiten«, erklärte sie, »da Sie uns versprochen haben, einen anderen Weg zu wählen als gestern. Ich hoffe, noch mehr wilde Tiere zu sehen.«

»Es ist möglich, daß wir welchen begegnen«, antwortete Lord Orsett. »Eigentlich hatte ich vor, Ihnen ein Buschdorf zu zeigen, und zwar eins, das Sie bestimmt sehr interessiert. Dort färben die Einheimischen nämlich die Stoffe, die Sie schon bewundert haben.«

»Das wird mir große Freude machen!« rief Kelda begeistert

aus. »Bitte, lassen Sie uns dorthin reiten!«

Lord Orsett lächelte ein wenig belustigt über ihre Erregung.

Als sie die Freitreppe hinuntergingen und auf die wartenden Pferde stiegen, war es noch nicht einmal sieben Uhr.

Kelda wußte, daß Rémy sich irgendwo in dem dichten Gebüsch versteckt hielt und ihren Aufbruch beobachtete. Gern hätte sie ihm zugewinkt und ihm ihre Freude darüber gezeigt, daß sein Plan zu gelingen schien.

Statt dessen ritt sie davon, so schnell sie konnte. Lord Orsett schien es nur recht zu sein und er folgte ihr.

Es war ein herrlicher Morgen. Der frische Wind, der von der See herüberkam, kühlte Keldas Wangen, während sie auf dem sandigen Boden dahinritt.

Sie versuchte, nicht daran zu denken, was wohl seit ihrem Wegreiten geschehen war. Sobald sie etwas langsamer ritten, zwang sie sich, Lord Orsett über die Themen zu befragen, die ihn am meisten interessierten. Da bot sich natürlich sein Buch über Afrika an.

Kelda fand es nicht schwierig, eine Unterhaltung zu beginnen. »Ich dachte gestern abend an die Vorstellungen von Magie und Zauber, die die meisten Menschen mit Afrika verbinden. Sind Sie bei Ihren Forschungen auf viele solcher Brauchformen gestoßen?«

»Natürlich spielen im Leben primitiver Völker der Aberglaube und die sogenannte Magie eine große Rolle«, erklärte Lord Orsett. »Erst gestern fiel mir eine Beschwörungsformel ein, die Sie bestimmt interessiert.«

»Wie lautet sie?« fragte Kelda.

»Der Ibo-Priester beschwört den Geist der Wahrheit, ehe er die Tierknochen befragt. Und diese Anrufung finde ich dichterisch sehr schön.«

Lord Orsett reckte das Kinn empor, und seine Augen schienen weit in die Ferne zu blicken, während er sprach.

Was wird der heutige Tag bringen?
Erfolg oder Scheitern? Tod oder Leben?
Was ist es für ein böser Geist, der seinen Schatten ausbreitet
Zwischen mir und der Wahrheit?

»Wie schön!« rief Kelda aus. Sie hatte das Gefühl, daß diese Verse besonders gut auf das paßten, was im Augenblick geschah. Sollte Lord Orsett auf dunkle und doch sehr scharfsichtige Weise im Unterbewußtsein spüren, daß etwas Seltsames im Gange war?

Er fuhr fort: »Am Ende dieser Beschwörung stehen zwei Zeilen, die, wie ich finde, ganz besonders poetisch sind«, und er zitierte:

Die Sonne geht auf,
Sieh, die Wahrheit reitet auf den Strahlen der Sonne.

»Das ist wunderschön«, stimmte Kelda zu. Nach einer kurzen Pause fügte sie hinzu: »Ich freue mich darauf, Ihr Buch zu lesen.«

»Der erste Teil ist so gut wie fertig.«

Als Kelda ihn fragend ansah, sagte er mit einem leichten Lächeln auf den Lippen: »Wenn Sie es nicht zu schwierig finden, das Manuskript zu lesen, gebe ich es Ihnen gern.«

»Sie würden mir damit eine Freude machen«, antwortete Kelda aufrichtig.

Doch dann fiel ihr ein, daß bei ihrer Rückkehr keine Rede mehr davon sein würde, ihr das Manuskript zu geben. Ja, wahrscheinlich würde sie nur noch so lange bleiben können, wie sie zum Packen brauchte, und dann mit dem nächsten Schiff weggeschickt werden.

Es war eine bedrückende Vorstellung, denn die Zeit, die sie in Dakar verbracht hatte, war zu kurz gewesen, um Land und Leute kennenzulernen. Kelda ritt schweigend weiter und dachte daran, was sie alles versäumen würde.

Sie zuckte zusammen, als Lord Orsett fragte: »Was bedrückt Sie denn?«

Kelda sah ihn überrascht an. »Woher wissen – Sie denn, daß mich etwas bedrückt?«

»Ich bin nicht ganz so abgestumpft und schwerfällig, wie Sie anscheinend glauben.«

Einen furchtbaren Augenblick lang dachte Kelda, er wolle damit sagen, daß er die ganze Zeit von Yvettes Fluchtplan gewußt habe und daß sie in diesem Moment in ihrem Schlafzimmer eingesperrt war – ohne die geringste Chance, Rémy eine Nachricht zukommen zu lassen.

Aber Lord Orsett fuhr fort: »Sie sind ein sehr sensibler Mensch, Miss Lawrence. Sensible Menschen haben eine besondere Ausstrahlung, der sich die, die darauf eingestimmt sind, nicht entziehen können. Ich weiß daher, daß etwas Sie beunruhigt.«

»Selbst wenn das zutrifft, so lohnt es sich nicht, in dieser herrlichen Umgebung einen Gedanken daran zu verschwenden«, wehrte Kelda ab.

Sie drängte schneller voran. Dann rief sie plötzlich aus: »Schauen Sie, das ist gewiß das Buschdorf! Ich kann die Spitzen der Dächer sehen.«

»Sie haben recht«, bestätigte Lord Orsett. »Aber ich hoffe immer noch, daß Sie mir auf dem Heimweg von Ihrem Kummer oder Ihren Nöten erzählen.«

Da Kelda in dem Dorf so vieles sah, was sie faszinierte, und sie vor allem die Enthüllungen fürchtete, die Lord Orsett bei ihrer Rückkehr erwarteten, gelang es ihr, den Heimritt hinauszuzögern.

Sie sahen nicht nur beim Färben der Stoffe zu, sondern lauschten auch der Musik, die im Dorf ertönte.

Ein großer, breitschultriger junger Mann spielte für Kelda und Lord Orsett auf einer *Cora*. Der Klangkörper des Instruments bestand aus einem Flaschenkürbis, als Saiten dienten gedrehte Sehnen.

Die *Cora* hatte einen sehr klaren, ziemlich differenzierten Klang, der, wie Kelda sich vorstellen konnte, die ideale Untermalung für Gesänge und Tänze war.

»Als nächstes muß ich Ihnen und Yvette die Tänze zeigen«, sagte Lord Orsett, als sie nach Hause ritten. »In Senegal werden im Tanz alle Seiten des Lebens ausgedrückt. Die Tänzer tragen am Knöchel Glöckchen oder Rasseln aus ausgehöhlten Früchten, die mit Hirsekörnern gefüllt sind.«

»Das ist bestimmt faszinierend.« Kelda konnte nicht verhindern, daß ihre Stimme wehmütig klang. Denn sie glaubte, daß sie Dakar verlassen würde, ohne die Tänzer je gesehen zu haben. Sie würden in Zukunft für sie immer nur in ihrer Phantasie existieren.

Überzeugt davon, dies alles zum letztenmal zu erleben, sah sich Kelda während des Reitens ständig um und versuchte, alles zu erfassen – die Bäume, Blumen und Früchte, und die Menschen.

Auf den Wegen zwischen den Dörfern plagten sich Frauen mit schweren Lasten auf dem Kopf. Die Männer auf den Feldern benutzten Holzgeräte, von denen Kelda sicher war, daß sie noch auf das Altertum zurückgingen.

Schließlich lag das Meer vor ihnen und die Silhouette von Lord Orsetts Haus.

Keldas Herz begann beängstigend wild zu pochen. Ihr Mund war so trocken, daß sie Schwierigkeiten hatte, Lord Orsett Antwort zu geben.

Am Eingang warteten schon zwei Pferdeknechte, die zuerst Lord Orsetts Pferd festhielten, während dieser abstieg, und dann Kelda halfen.

Als sie die Stufen hinaufging, hatte sie nur noch den Wunsch, daß der Boden sich öffnen und sie verschlingen möge.

In der Halle sah sie unter den versammelten Dienern auch den älteren Mann, der sie bei ihrer Ankunft am Schiff abgeholt hatte.

»Guten Morgen, Bonnier«, begrüßte Lord Orsett ihn, und Kelda glaubte in seiner Stimme ein wenig Überraschung über dessen Anwesenheit zu erkennen.

»Ich muß Eurer Lordschaft mitteilen«, sagte Monsieur Bonnier, »daß kurz nach Ihrem Aufbruch eine Kutsche vom Palast vorfuhr und Seine Exzellenz uns mitteilen ließ, daß jemand aus Mademoiselle de Villons Verwandtschaft schwer erkrankt sei und sie deshalb das nächste Schiff von Dakar nehmen müsse, welches heute morgen um sieben Uhr dreißig auslief.«

Schon bei den ersten Worten blieb Lord Orsett steif aufgerichtet stehen, ohne sich zu rühren, und als habe er ihr befohlen, das gleiche zu tun, blieb auch Kelda wie angewurzelt stehen und hörte zu.

»Mademoiselle de Villon nahm das Schiff?« fragte Lord Orsett nach einer Pause.

»So ist es meines Wissens, Mylord. Sie war schon weg, als ich von den Ereignissen unterrichtet wurde.«

»Und wer kam vom Palast, um sie abzuholen?«

Kelda hielt den Atem an.

»Ich kenne seinen Namen nicht, Mylord«, antwortete Monsieur Bonnier. »Es war ein junger Mann, und ich denke, er ist im diplomatischen Dienst bei Seiner Exzellenz.«

Lord Orsetts Lippen wurden zu einem Strich, und zum erstenmal, seit Monsieur Bonnier zu sprechen begonnen hatte, sah er Kelda an.

»Ich möchte mit Ihnen sprechen, Miss Lawrence«, sagte er; sein Ton ließ Kelda erschauern.

Er durchquerte die Halle, und sie folgte ihm. Dann öffnete er die Tür zu dem Raum, in dem er sie bei ihrer Ankunft empfangen hatte.

Kelda trat nach ihm ein, die Tür wurde hinter ihnen geschlossen. Er drehte sich wütend zu ihr um. »Sie wußten, daß dies geschehen würde«, sagte er scharf. »Ich verlange eine Erklärung.«

Einen Augenblick dachte Kelda, es sei ihr völlig unmöglich, ein Wort hervorzubringen. Schließlich antwortete sie mit einer Stimme, die ruhig und gelassen wirken sollte, die in Wirklichkeit aber ihre Furcht verriet: »Sie konnten doch nicht so – dumm sein zu glauben, daß Yvette sich, trotz ihrer Liebe zu Rémy Mendès und trotz seiner Liebe zu ihr, widerstandslos Ihren Plänen unterwerfen würde – daß sie einen anderen heiraten würde.«

»Wer hat den Plan zur Flucht ausgeheckt, und wie sah er aus?« fragte Lord Orsett empört.

»Spielt das eine Rolle?« gab Kelda zurück. »Sie werden ohne Ihre Einwilligung getraut, und ich glaube nicht, daß Sie viel dagegen unternehmen können.«

»Ich kann das Schiff unterwegs aufhalten lassen«, widersprach Lord Orsett, der innerlich tobte. »Und wenn sie nach Marseille kommen, werde ich auf jeden Fall dafür sorgen, daß dieser Mann wegen Verführung einer Minderjährigen festgenommen wird.« Er war so aufgebracht und sprach so laut, daß seine Stimme durch den Raum hallte.

»Und was wird das Yvette nützen, wenn sie – dann ein Kind erwartet?« fragte Kelda.

Sein Gesichtsausdruck verriet ihr, daß der Gedanke ihm noch nicht gekommen war. Er murmelte etwas, was wie ein Fluch klang, wandte sich um und ging auf eines der Fenster zu.

Eine Weile stand er da und starrte auf das Meer. Kelda konnte in gewisser Weise verstehen, was in ihm vorging, nachdem seine Pläne fehlgeschlagen waren, und zögernd sagte sie: »Es tut mir leid, daß – daß Sie böse sind, aber Liebe – wahre Liebe – kann nicht über Nacht verdrängt oder ver – vergessen werden, wie Sie es anscheinend für möglich halten.«

Lord Orsett rührte sich nicht, sagte kein Wort, und so fuhr Kelda nach kurzem Zögern fort: »Yvette wird glücklich werden – und – sie ist doch so liebenswert und so hübsch – bestimmt wollen auch Sie, daß sie glücklich wird.«

Lord Orsett gab noch immer keine Antwort. Schließlich sagte er mit einer Stimme, die vor Ärger ganz rauh war: »Gehen Sie nach oben und ziehen Sie sich um. Ich erwarte, daß Sie in zwanzig Minuten fertig sind, um mich zu begleiten.«

Kelda hätte ihn gern gefragt, wohin sie gingen und aus welchem Grund, aber sie wagte es nicht.

Statt dessen öffnete sie die Tür, eilte durch die Halle und rannte die Treppe hinauf. Als sie auf der obersten Stufe war, hörte sie Lord Orsett nach Monsieur Bonnier rufen.

Vielleicht trifft er Vorkehrungen, um mich nach Hause zu schicken, dachte sie. Verzweiflung überkam sie, und sie hatte das Gefühl, in einen tiefen, dunklen Abgrund zu stürzen.

Wenn ich gehen muß, bin ich wieder ganz allein, dachte sie. Rémy und Yvette sind zwar sehr gut zu mir gewesen, aber ich habe doch keinen Ort, wo ich wirklich hingehöre, keinen Ort, wo ich mich so fühle wie hier – so glücklich.

Als sie noch einmal einen Blick in die Halle warf, sah sie Monsieur Bonnier auf Lord Orsetts Ruf hin in dessen Zimmer eilen.

Was wird nur aus mir werden? dachte sie. Verzweifelt sagte sie sich, daß wie damals, beim Tod ihrer Eltern, ihre kleine Welt zusammenstürzte und ihr nichts blieb als Unsicherheit und Angst.

6

Kelda ging langsam die Treppe hinunter, jeder Schritt fiel ihr schwer.

Als sie nach oben gekommen war, hatte schon, wie auch nach ihrem Ausritt am Tag zuvor, ein heißes Bad auf sie gewartet. Als das wohlriechende Wasser sie umgab, fiel ihr wieder ein, wie schwierig es im Internat war, sich richtig zu pflegen.

Es gab dort zwar schöne Badezimmer für die Schülerinnen, sie selbst hatte jedoch ein altes benutzen müssen, das vor der Küche lag und seit Jahren nicht mehr gestrichen worden war. Das Wasser hatte sie auf dem Ofen erhitzen und dann in Behältern, die sie oft kaum heben konnte, schleppen müssen.

Die einzige Alternative war, sich kalt zu waschen. Zum Abtrocknen hatte sie nur viel zu kleine, oft schon zerfetzte Handtücher, die in Mrs. Gladwins Augen gut genug für sie waren.

In einer gepflegten Umgebung wohnen zu können, jemanden zu haben, der sie bediente, der ihre Kleider bügelte, ihr beim An- und Auskleiden half – das waren Freuden, die sie in Lord Orsetts Haus sehr genossen hatte.

Jetzt mußte Kelda sich sagen, daß dieses Vergnügen wie alle anderen ein rasches Ende haben und daß ihr von Senegal nur die Erinnerung an seine Schönheit bleiben würde, eine Erinnerung, die sie bis an ihr Lebensende bewahren wollte.

Als Kelda die Treppe hinunterging, sah sie durch die offene Tür das flammende Rot des Hibiskus und dahinter eine Fülle purpurner Bougainvillea, die sich in exotischer Üppigkeit am Tor emporrankten.

Seit sie in Dakar war, hatte sie das Gefühl, von den Farben der Blumen wie von der Sonne gewärmt zu werden, und beim Gedanken an die Januarkälte, die zu dieser Zeit in England herrschte, fröstelte sie.

Mit vor Angst weit geöffneten Augen ging Kelda in das Empfangszimmer, wo Lord Orsett vermutlich auf sie warten würde.

Tatsächlich stand er in der hintersten Ecke des Raums, und

als sie auf ihn zuging, glaubte sie, nicht Meter, sondern Meilen zurückzulegen.

Sie wagte kaum, ihn anzusehen; sie wußte, daß seine Wut noch nicht verraucht war, und sicherlich stand auf seiner Stirn noch die tiefe Falte.

Langsam ging sie auf ihn zu. Als sie vor ihm stand, sagte er in einem barschen Ton, der sie nicht überraschte: »Ich habe beschlossen, Sie vor die Wahl zu stellen.«

Kelda blickte ihn kurz an, sah den grimmigen Gesichtsausdruck, den sie befürchtet hatte, und schaute ganz schnell wieder weg.

»Vor die Wahl?« fragte sie. Das Sprechen fiel ihr schwer.

»Sie haben stillschweigend zugesehen, wie meine Nichte einen Plan vereitelte, den ich nach vielen Überlegungen gefaßt hatte«, erklärte er. »Ich kann Sie jetzt entweder zum Palast des Generalgouverneurs oder zum Justizpalast bringen.«

Kelda zuckte zusammen. Es herrschte Schweigen, bis sie schließlich mit zitternder Stimme fragte: »W-wollen Sie mich ins – Gefängnis schicken?«

»Sie können von Glück sagen, daß ich einen anderen Plan habe: Sie nehmen entweder die Stelle meiner Nichte ein und heiraten den Generalgouverneur – oder Sie heiraten mich.«

Kelda schrie ängstlich auf. »Sie müssen verrückt sein!«

»Ich denke nur praktisch«, entgegnete Lord Orsett. »Ich ließ Yvette in einer bestimmten Absicht herkommen. Da Sie beide entschlossen sind, meine Autorität zu mißachten und die Angelegenheit selbst in die Hand zu nehmen, müssen Sie jetzt für dieses Verhalten geradestehen.«

»Sie wollen tatsächlich, daß – daß ich den Generalgouverneur oder – Sie heirate?«

»Genau das will ich«, antwortete Lord Orsett. »Wie ich bereits erklärt habe, ist es für die Zukunft von Dakar von großer Wichtigkeit, daß die Zahl der Europäerinnen zunimmt, und da Sie nun einmal die Voraussetzungen erfüllen – liegt die Entscheidung bei Ihnen.«

»Glauben Sie wirklich, daß ich – einen solchen Vorschlag annehme und – unter solchen Bedingungen in eine Heirat einwillige?«

»Ich fürchte, es bleibt Ihnen keine andere Wahl«, bemerkte Lord Orsett trocken. »Aber wenn Sie noch eine Ermutigung brauchen, um meinem Willen zu gehorchen – vielleicht erhöht es Ihre Bereitschaft, ohne allzuviel Aufhebens einzuwilligen, wenn ich mich nach Ihrem Jawort bereit erkläre, von einer gerichtlichen Verfolgung dieses jungen Mannes abzusehen, den Sie zum idealen Ehemann meiner Nichte auserkoren haben.«

Kelda hielt den Atem an. Lord Orsett machte es ihr praktisch unmöglich, seinen Vorschlag abzulehnen. Gleichzeitig wußte sie, daß eine solche Heirat für sie genauso entsetzlich und teuflisch wäre wie für Yvette.

Wie konnte sie auch nur in Erwägung ziehen, einen Mann wie den Generalgouverneur zu heiraten, der nicht nur zu alt war, der in ihr bisher auch nichts weiter als die Freundin der Frau gesehen hatte, die er eigentlich heiraten wollte!

Und was Lord Orsett anging...

Plötzlich gerieten ihre Gedanken ins Stocken. Plötzlich schlich sich die Idee in ihr Bewußtsein – als ob jemand sie ihr ins Ohr flüsterte –, daß es hier eine Möglichkeit gab, in Dakar zu bleiben, im Sonnenschein, inmitten der Blumen, ohne sich vor einer unsicheren Zukunft in England oder Frankreich fürchten zu müssen.

Sie wäre zumindest von dem Makel des Fürsorgekindes befreit, den sie so lange hatte mit sich herumschleppen müssen und der sie für immer zu brandmarken schien.

Vor ihren Augen leuchtete ein Bild auf, das Bild der Sicherheit. Sie spürte, wie sie instinktiv die Arme danach ausstreckte. Aber sie wußte, daß diese Sicherheit voraussetzte, daß sie Lord Orsett zum Mann nahm, der doch so erzürnt darüber war, daß sie Yvette zur Flucht verholfen hatte, der furchterregender und dominierender war, als sie es je bei einem Menschen für möglich gehalten hatte.

Seine Stimme unterbrach ihre Gedanken. »Nun? Haben Sie sich entschieden? Ich schätze, daß der große Einfluß und die Bedeutung, zu denen Ihnen die Stellung der Gattin des Generalgouverneurs verhelfen würde, Sie für den eventuellen Verzicht auf gewisse Dinge entschädigen würden.«

Kelda spürte, daß Lord Orsett sie verachtete; seinen Zynismus fürchtete sie mehr als seinen Zorn.

Sie preßte die Hände ineinander, die kalt waren und zitterten. »Muß ich – wirklich – diese Wahl treffen?« fragte sie kaum hörbar.

»Andernfalls können Sie nach England zurückkehren, und ich verfahre mit dem jungen Mendès so, wie er es verdient.«

Bei diesen Worten erkannte Kelda, daß es nutzlos wäre, Lord Orsett um Mitleid und Verständnis zu bitten.

Schon als sie ihn zum erstenmal sah, hatte sie in ihm den Eroberer erkannt, der immer seinen Willen durchsetzen und durch die Stärke seiner Persönlichkeit jeden Widerstand brechen würde.

Wenn er drohte, Rémy zu bestrafen, würde er das tun. Und es war undenkbar für sie, Rémys und Yvettes Glück zu zerstören.

Hinzu kam – wenn dies auch wohl ein selbstsüchtiger Gedanke war –, daß es für sie selbst keine Bleibe in Paris gab, wenn die beiden getrennt würden und Lord Orsett Rémy ins Gefängnis sperren ließ. Dann müßte sie in das Internat zurückkehren und wieder das Leben der Bediensteten ertragen wie vor ihrer Reise nach Senegal.

Lord Orsett schien ihre Entscheidung mit Ungeduld zu erwarten. Er nahm seine Taschenuhr aus der Westentasche, warf einen Blick darauf und steckte sie zurück.

Da sagte Kelda kaum hörbar: »Dann – heirate ich – Sie.«

»Sind Sie sicher, daß Sie das wollen?« fragte er.

Kelda rang nach Luft. »Es gibt etwas, was – was ich Ihnen sagen muß, und dann wollen Sie mich bestimmt nicht mehr heiraten, und dann – wird mich sicher auch der Generalgouverneur nicht zur Frau haben wollen.«

Lord Orsetts Blick verriet Erstaunen.

Sie verließ die Stelle, wo sie ihm die ganze Zeit gegenübergestanden hatte, und ging zu einem Fenster, wo sie, ohne etwas wahrzunehmen, auf die glitzernde Schönheit des Meeres und auf die lebendigen Farben der Blumen im Garten starrte.

In dem Gefühl, sich durch ihr Geständnis, das unerläßlich war, unendlich zu erniedrigen, klammerte sie sich an die Fensterbank und preßte die Finger gegen das Holz.

So stand sie eine lange Zeit. Schließlich hörte sie Lord Orsetts Stimme: »Nun? Ich warte.«

»Ich – ich bin nicht die, für die Sie mich halten«, begann Kelda und brachte die Worte nur mühsam über die Lippen. »Ich täuschte vor, Yvettes – Fr-Freundin und Gefährtin zu sein, in Wirklichkeit wurde ich in einer ganz anderen Funktion – hierher geschickt.«

Sie spürte Lord Orsetts Überraschung über das, was sie sagte, und hatte das Gefühl, wenn sie auch nicht sicher war, daß er ein wenig näher zu ihr kam.

»Als mein Vater und meine Mutter bei einem Erdbeben in der Türkei ums Leben kamen«, fuhr Kelda fort, »wurde ich zuerst in ein – Waisenhaus gebracht. Ich war ein – Fürsorgekind.«

Bei diesem Wort, das ihr so lange als Schmähung entgegengeschleudert worden war und das ihr immer noch weh tat, wenn sie es selbst aussprechen mußte, schluchzte sie unwillkürlich auf.

»Ich war dort drei Jahre«, erzählte sie weiter. »Dann kam ich mit fünfzehn als – Dienstmädchen in Mrs. Gladwins Internat für höhere Töchter.

»Als Dienstmädchen?« wiederholte Lord Orsett, als ob er seinen Ohren nicht traute.

»Als Mädchen für alles, für all die Arbeiten, die niemand sonst erledigen wollte«, antwortete Kelda. »Ich scheuerte die Böden, ich spülte das Geschirr, ich – hatte ständig auf die Befehle des übrigen Personals zu warten, was mir immer widerstrebte.«

Lord Orsett schien zu erstaunt zu sein, um etwas zu sagen. Da sie wußte, daß sie die Geschichte zu Ende bringen mußte, sprach sie schnell weiter. »Vor zwei Jahren wurde ich befördert und mußte von da an den Lehrerinnen das Essen servieren und den Schülerinnen die Kleider ausbessern und in Ordnung halten.«

Aus irgendeinem Grund, den sie selbst nicht erklären konnte, hatte Kelda das Bedürfnis, die *ganze* Wahrheit zu sagen. »Ich habe ganz bewußt versucht, die Gunst von Yvette de Villon zu gewinnen, weil ich – mein Französisch verbessern wollte.

Sie begann mich zu mögen und schenkte mir schließlich ihre Freundschaft.«

Die Sonnenstrahlen fielen durch das Fenster und umspielten Keldas Gestalt. Jetzt drehte sie sich zu Lord Orsett um.

»Als Sie Yvette befahlen, nach Dakar zu kommen, war niemand bereit, sie nach Afrika zu begleiten. Die Lehrerinnen weigerten sich alle. Deshalb wurde ich beauftragt, mit ihr auf diese Reise zu gehen und ihre Dienerin zu sein; dann sollte ich mit dem nächsten Schiff zurückkommen«, sagte sie.

Obwohl Kelda sich zu Lord Orsett umgewandt hatte, wagte sie nicht, ihm ins Gesicht zu sehen. Sie warf ihm nur einen verstohlenen Blick zu und glaubte festzustellen, daß er nicht mehr ganz so finster dreinblickte.

»Wer kam auf die Idee, daß Sie sich als Yvettes Freundin ausgeben sollten?« fragte er.

»Rémy Mendès dachte, ich – könnte helfen, Sie zu überreden, Ihre Zustimmung zu seiner und Yvettes Heirat zu geben, wenn ich nicht als Dienerin erschiene. Deshalb trug ich Yvettes Kleider. Denn ich hatte vorher nur Kleider aus grober Baumwolle, wie ich sie – im Waisenhaus getragen hatte.«

»Sie haben also sogar schon vor Ihrer Ankunft in Afrika mit meinem Widerstand gerechnet und den Entschluß gefaßt, mich zu täuschen?«

»Yvette hatte damit gerechnet, daß Sie in die Heirat nicht einwilligen würden, weil – sie noch so jung ist. Nie, nicht einmal in ihren schlimmsten Träumen, hätte sie erwartet, daß Sie die Absicht hatten, sie – einem alten Mann zur Frau zu geben, den sie noch nie im Leben gesehen hatte.«

»Die meisten Frauen würden es vom gesellschaftlichen Standpunkt aus betrachtet als eine sehr vorteilhafte Verbindung ansehen«, entgegnete Lord Orsett knapp.

»A-aber Yvette war – verliebt.«

»Wohingegen das für Sie überhaupt nicht in Frage kommt.«

»Glauben Sie denn wirklich, es gäbe auch nur einen Franzosen, der ein – Fürsorgekind zur Frau nehmen würde? Soviel ich weiß, sind alle Franzosen, vom höchsten bis zum niedrigsten Stand, ausgesprochen arrogant.«

»Wir unterhalten uns im Moment nicht darüber, was die

Franzosen empfinden«, stellte Lord Orsett fest. »Sie haben bereits gesagt, daß Sie mich vorziehen.«

»Aber wie können Sie, ausgerechnet Sie, eine Frau heiraten, die – die acht Jahre ihres Lebens unter Bedingungen gelebt hat, die – die jeden Ihres Standes veranlassen würden, sie wie eine Aussätzige zu meiden!«

Keldas Stimme klang zornig. Sie hatte das Gefühl, daß Lord Orsett sie absichtlich quälte. Sie hatte ihm die Wahrheit gesagt, und was tat er? Er führte ihr immer noch verlockend die Stellung vor Augen, die sie hätte einnehmen können, wenn sie ihn weiterhin betrogen hätte und nicht so ehrlich gewesen wäre.

Er schien ihre Gedanken zu erraten. »Sie hätten mir das alles nicht zu erzählen brauchen.«

»Aber stellen Sie sich vor, Sie hätten es später herausgefunden! Angenommen, die Zeitungen hätten das Geheimnis enthüllt und verbreitet, welches Leben Ihre Frau führte, ehe – ehe sie eine Lady wurde.«

Kelda seufzte. »Ich habe Ihnen die Wahrheit gesagt. Ich nehme an, daß Sie jetzt Vorkehrungen treffen für meine Abreise mit dem nächsten Schiff nach Europa.«

»Sie möchten also nach England zurückkehren?«

Kelda schrie fast, daß sie das nie und nimmer wolle. Wieder hielt sie es für richtig, die volle Wahrheit zu sagen. So erklärte sie: »Yvette und Rémy sagten, daß sie für mich eine Anstellung in Paris finden würden, wenn ich dorthin käme.«

»Als was?« fragte er mit schneidender Stimme.

»Rémy Mendès hat drei Schwestern. Er war sicher, daß eine mich brauchen könne, um ihre Kinder in Englisch zu unterrichten.«

»Sie würden also lieber als Gouvernante die Brotkrumen vom Tisch eines Reichen essen als hierzubleiben und mich zu heiraten?«

Kelda starrte ihn an. Es herrschte Stille. Schließlich fragte sie: »Wollen Sie damit sagen, daß, nach allem, was ich Ihnen erzählt habe, nachdem Sie – die Wahrheit über mich wissen –, daß Sie immer noch bereit sind, mich zu heiraten?«

»Ich lasse mir nun einmal nicht gern meine Pläne durchkreuzen«, erklärte Lord Orsett. »Wenn Sie fertig sind, fahren wir, da das Rathaus noch im Bau ist, zum Justizpalast, wo nach französischem Recht der Bürgermeister die Paare traut.«

Kelda starrte ihn ungläubig an. »Sind Sie – sind Sie sicher, das Richtige zu tun?«

»Es ist das, was ich zu tun wünsche«, sagte er herablassend.

Kelda war so verwundert, daß sie schwieg. In diesem Fall konnte sie nichts mehr sagen und nichts mehr tun.

Sie hielt es nicht für möglich, glaubte vielmehr zu träumen, daß sie einen Mann heiraten sollte, von dem sie den Eindruck hatte, daß er nicht nur ärgerlich auf sie war, sondern sie sogar verabscheute.

Aber was konnte sie dagegen tun? Sie konnte doch nicht zulassen, daß er Rémy gerichtlich verfolgen ließ. Und selbst wenn sie entkommen könnte – wohin sollte sie sich wenden?

Lord Orsett schritt durch den Raum und öffnete die Tür. Mit gesenktem Kopf ging Kelda an ihm vorbei aus dem Zimmer und wagte nicht aufzublicken, um den Ausdruck auf seinem Gesicht zu deuten. Draußen wartete eine offene Kutsche mit einer weißen Plane. Kelda stieg ein.

Erst als sie schon eine Weile fuhren, löste sich ihre innere Anspannung, und sie konnte wieder klar denken. Nicht einmal in ihren kühnsten Träumen hätte sie sich ausgemalt, einmal in Dakar zu heiraten, und dazu noch unter solchen Bedingungen.

Immer wenn sie Yvette und Rémy miteinander gesehen hatte, so verliebt und so völlig zufrieden, hatte sie ein Stoßgebet zum Himmel gesandt und gefleht, daß auch sie eines Tages eine solche Liebe erfahren würde. Es war etwas, wonach sie sich zutiefst sehnte; denn seit dem Tod ihrer Eltern hatte sie niemanden mehr gehabt, der sie liebte oder auch nur die geringste Zuneigung zu ihr verspürte, außer Yvette natürlich.

Instinktiv spürte sie, daß in ihr etwas verborgen war, was nur die Liebe zum Leben erwecken konnte.

Sie wußte, daß das, was sie beim Hören der Musik, beim Lesen der Bücher und bei der Betrachtung der Schönheit des Landes – des leuchtenden Himmels und der üppigen Pflanzenwelt Senegals – empfand, nur ein Teil eines umfassenden Gefühls war, das sie durchströmte und darauf wartete, Liebe zu empfangen und Liebe zu geben.

Und jetzt sollte sie ohne Liebe heiraten! Ihr war, als umklammere eine eisige Hand ihr Herz, so daß sie Mühe hatte zu atmen.

Ich soll verheiratet *werden*, sagte ihr Verstand. Doch es war ihr unmöglich, dies auch zu empfinden, wenn auch alles so ganz anders war, als sie sich eine Hochzeit immer vorgestellt hatte.

Dennoch blickte sie, ganz Frau, an sich hinunter, um festzustellen, ob sie für dieses Ereignis passend gekleidet war. Beim Umziehen war ihre Furcht vor Lord Orsetts Zorn so groß gewesen, daß sie die Wahl ihres Kleides der Dienerin überlassen hatte.

Jetzt fiel Kelda auf, daß sie eines von Yvettes Lieblingskleidern trug. Es war ein sehr hübsches rosafarbenes Kleid mit einer Schärpe in einem etwas dunkleren Farbton, der in den Rosen, mit denen der zierliche Strohhut besetzt war, wiederkehrte.

Wenn sie schon kein Weiß trug, so war dieses Kleid doch sehr passend für den Tag, der eigentlich der schönste ihres Lebens sein sollte. Für sie war Rosa die Farbe der Liebe, aber dieser Hochzeitstag war kein Tag der Liebe, sondern ein Tag der Angst und des Schreckens.

Als sie am Justizpalast ankamen, sah Kelda Monsieur Bonnier vor der imposanten Eingangstür stehen und auf sie warten.

Lord Orsett mußte ihn also vorausgeschickt haben, um das Nötige zu veranlassen, und seine Sicherheit, daß sie *ihn* zum Ehemann wählen würde, überraschte sie. Dabei hatte es so geklungen, als ob er sicher wäre, daß sie sich für die Position der Generalgouverneursgattin entscheiden würde. Doch da wartete bereits Monsieur Bonnier!

Beim Aussteigen hörte sie ihn zu Lord Orsett sagen: »Es sind alle Vorkehrungen getroffen, Mylord. Der Bürgermeister erwartet Sie bereits.«

Ein Beamter eilte herbei, verbeugte sich sehr tief und geleitete sie durch eine Reihe von Gängen in einen Teil des Palastes, der nichts mit dem Gerichtshof zu tun hatte.

Schließlich öffnete er eine Tür und sagte: »Lord Orsett, Monsieur le Maire.«

Ein älterer Herr in der aufwendigen, prächtigen Robe eines hohen französischen Beamten erhob sich mit einem Lächeln von seinem Stuhl hinter dem riesigen Schreibtisch.

Auf dem Heimweg wurde Kelda schmerzlich bewußt, daß Lord Orsett, nachdem sie dem Bürgermeister alle Fragen beantwortet hatten und nun Mann und Frau waren, keineswegs ein Wort mehr zu ihr sprach als auf dem Weg in die Stadt.

Sie hatte das Gefühl, etwas sagen zu müssen, aber sie war so scheu, daß ihre Zunge wie gelähmt war.

Sie war verheiratet! Sie war Lord Orsetts Frau! Es war zu ungeheuerlich, um darüber nachzudenken, geschweige denn, darüber zu reden.

Nach den Jahren der Armut und Erniedrigung, in denen sie ständig verlacht, ständig von Mrs. Gladwin kritisiert worden war, konnte es doch nicht wahr sein, daß sie jetzt in einer Position war, um die sie alle Mädchen des Internats beneiden würden. Ja, sie würden sogar höchst bereitwillig mit ihr tauschen, dachte Kelda.

Sie hatte oft genug gehört, wie sie sich ihre Zukunft ausmalten und dabei immer davon ausgingen, einen reichen Adligen zu heiraten.

Liebe schien in ihren Plänen nie eine Rolle zu spielen; sie lachten über die jungen Männer, die ihnen während der Ferien Komplimente gemacht und auch manchmal versucht hatten, einen Kuß zu bekommen. Wenn die Rede auf den zukünftigen Ehemann kam, schienen sie alle eine sehr klare Vorstellung davon zu haben, welchen gesellschaftlichen Rang sie erstrebten. Die meisten hatten es mit einer erstaunlichen Gleichgültigkeit hingenommen, daß ihre Ehe zwischen ihren Eltern und den Eltern des zukünftigen Bräutigams ausgehandelt wurde.

Kelda hatte diesen Gesprächen immer nur mit halbem Ohr gelauscht, denn ihr Geist war meist mit dem beschäftigt, was sie aus den geliehenen Büchern lernte.

Jetzt kam ihr wieder in Erinnerung, was sie damals gehört hatte, und sie dachte, daß sie eine Verbindung eingegangen war, die die Mütter aller Internatsschülerinnen gutheißen würden.

Aber was ich will, ist Liebe, wiederholte sie in Gedanken. Doch dann sagte sie sich, daß sie vielleicht zu viel verlangte. Sie sollte dankbar, überaus dankbar dafür sein, daß nicht mehr die Rede davon war, sie nach London zu Mrs. Gladwin zurückzuschicken – oder nach Paris, wo sie von den »Brotkrumen vom Tisch eines Reichen«, wie Lord Orsett es ausdrückte, hätte leben müssen.

Wenn sie dann daran dachte, daß der schweigsame Mann neben ihr ihr Ehemann war, fühlte sie ihr Herz ängstlich pochen, und ihr Mund war so trocken, daß es ihr unmöglich war zu sprechen.

Als die Kutsche durch das schmiedeeiserne Tor fuhr, fiel ihr Blick auf die feuerroten Hibiskusblüten, die sich vor dem weißen Bau wie lodernde Flammen abhoben.

Hier ist mein Zuhause, dachte sie – etwas, was ich seit meiner Kindheit nicht mehr gekannt habe.

»Wir werden sogleich essen«, kündigte Lord Orsett an, als die Kutsche an der Freitreppe zum Stehen kam. »Ich nehme an, daß Sie sehr hungrig sind, da Sie ja heute morgen kein Frühstück hatten.«

Da sein Ton der gleiche war wie sonst, wenn sie sich über belanglose Dinge unterhielten, fiel es Kelda nicht schwer zu antworten: »Ja, wenn ich daran denke, fällt mir auf, daß ich sehr hungrig bin, Mylord.«

Noch während sie sprach, überlegte sie, ob sie ihn weiterhin mit »Mylord« anreden sollte, da sie doch jetzt verheiratet waren, aber dann mußte sie sich eingestehen, daß sie viel zu schüchtern und gehemmt war, um ihn anders zu nennen.

Kelda wollte Lord Orsett nicht warten lassen; deshalb nahm sie ihren Hut ab, gab ihn einem der Diener und strich sich lediglich das Haar glatt, ohne einen weiteren Gedanken an ihr Aussehen zu verschwenden. Dann wartete sie ab, wohin er gehen würde.

»Eine Flasche Champagner«, hörte sie ihn zum Ersten Diener sagen. »Und sagen Sie dem Küchenchef, daß wir sogleich zu speisen wünschen.«

Dann ging Lord Orsett zur Terrasse, und Kelda folgte ihm.

Die Sonnenstrahlen glitzerten auf den tanzenden Wellen, und die Luft war vom Duft der Blumen erfüllt; der Passatwind machte die Hitze weniger drückend.

Kelda fühlte sich plötzlich von freudiger Erregung erfüllt, als habe sie den Champagner schon getrunken.

Sie brauchte diesen Ort nicht zu verlassen!

Sie konnte hierbleiben, konnte all die Schönheit um sich herum betrachten, sie mußte nicht mehr bei jedem Wort, das sie sagte, Angst haben, da die Heimlichkeiten und die Vorsicht ein Ende hatten.

Sie war in den Anblick der Landschaft versunken, als sähe sie alles zum erstenmal. Erst nach einer Weile merkte sie, daß Lord Orsett sich an dem Tisch unter der Markise niedergelassen hatte und sie beobachtete.

Spontan drehte sie sich zu ihm um und sagte: »Es ist so schön hier!«

Sie wußte, daß sie dies schon ein paar Dutzend Male wiederholt hatte: wenn sie ausritten, wenn sie seine Skulpturen betrachteten, eigentlich immer, wenn sie von irgend etwas sprachen, was mit Senegal zusammenhing.

Jetzt war sie jedoch noch stärker ergriffen, und der Ausruf kam aus dem Innersten ihrer Seele, denn jetzt war diese Schönheit ein Teil ihres Lebens geworden, und sie gehörte hierher.

Er antwortete nicht, denn in diesem Moment erschienen die Diener mit dem Champagner; sie füllten zwei Gläser mit dem goldenen Wein. Dann hob Lord Orsett sein Glas und blickte Kelda an. »Auf unsere Zukunft«, sagte er, und seine Worte überraschten sie.

»Ich hoffe, daß – daß ich Sie glücklich machen darf«, antwortete sie zögernd, nachdem sie erst eine Weile hatte überlegen müssen, was sie sagen sollte.

Doch während sie diese Hoffnung aussprach, dachte sie, daß sie sich nie erfüllen würde. Sie glaubte vielmehr, daß er nie glücklich werden würde. Sein Zynismus und vielleicht sein Haß waren wohl zu stark in ihm verwurzelt.

Dann sagte sie sich, daß sie es versuchen mußte. Ihre Mutter hätte das von ihr erwartet. Aber wie wenig fühlte sie sich dieser Aufgabe gewachsen!

Was wußte sie denn schon über die Männer! Nichts. Und schon gar nichts über einen so unabhängigen Mann, wie Lord Orsett es war. Welche Vorbereitung hatte sie denn für ein Leben, wie sie es jetzt führen sollte!

In ihrer Bescheidenheit sagte sich Kelda, daß sie für ihn die falsche Frau war. Sie war überzeugt davon, daß er sie nur deshalb geheiratet hatte, weil er es nicht ertragen konnte, sich eine Niederlage einzugestehen. Er konnte es nicht zulassen, daß sein Plan ganz zunichte gemacht wurde. Er wollte nicht noch einmal eine Frau suchen, die bereit war, nach Dakar zu kommen.

Wahrscheinlich fühlte er sich schon genug gedemütigt, wenn er dem Generalgouverneur erklären mußte, daß Yvette lieber weggelaufen war, als ihn zu heiraten, und daß zudem noch einer seiner eigenen Untergebenen an dem Komplott beteiligt war.

Lord Orsetts Lage war in der Tat sehr unangenehm, und Kelda empfand Mitleid.

»Das Essen ist aufgetragen«, meldete einer der Diener.

Kelda hatte den Eindruck, daß Lord Orsett gerade etwas sagen wollte. Doch dann stellte er lediglich sein Glas ab und erhob sich.

Sie gingen durch den Gang zum Speisesaal.

Kelda dachte während des Essens daran, daß es für ihre Mutter ein Zeichen von außerordentlich schlechtem Benehmen war, sich bei den Mahlzeiten nicht zu unterhalten. Deshalb zwang sie sich, über unverfängliche Dinge zu reden.

»Sie denken doch hoffentlich an Ihr Versprechen, daß ich das Manuskript Ihres Buches lesen darf?« begann sie. Sie unterhielt sich mit ihm auf englisch. Das Personal, das sie bediente, konnte sie zwar nicht verstehen, würde aber an ihrem Ton erkennen, daß sie freundschaftlich miteinander sprachen.

»Ich habe es nicht vergessen«, antwortete Lord Orsett.

»Wie gingen Sie an die Aufgabe, ein geschichtliches Werk zu schreiben, heran?«

»Ich las zunächst viel über Afrika«, erklärte er. »Ich las, wie die Phönizier herkamen, dann die Griechen, denen die Römer folgten, später die Vandalen, die Byzantiner und schließlich die ersten Moslems.«

»Das klingt faszinierend. Allerdings scheint es mit sehr viel Arbeit verbunden zu sein.«

»So ist es.«

»Ich habe immer gehört, daß der islamische Glaube sehr stark von mystischen Einflüssen geprägt ist.«

»Sie wissen mehr, als ich erwartet hatte«, sagte er. »Sie werden das, was ich geschrieben habe, mit viel Verständnis lesen.«

»Es wird sehr – fesselnd für mich sein.«

Dann entwickelte sich ein Gespräch über die verschiedenen Volksstämme Afrikas.

Während sie sich unterhielten, schien er seinen Ärger zu vergessen. Da Kelda sich wirklich für das begeisterte, was er sagte, überschüttete sie ihn mit Fragen, und so vergaß auch sie für eine Weile die eigenartige Beziehung, die zwischen ihnen bestand. Endlich sprach sie mit jemandem, der ihr so vieles sagen konnte, was sie schon immer hatte wissen wollen.

Schließlich wurde Kaffee und für Lord Orsett ein Glas Cognac serviert, dann zogen sich die Diener zurück.

Zum erstenmal seit sie bei Tisch saßen, fühlte Kelda sich verwirrt und verlegen. Es gab noch so viele Fragen hinsichtlich ihres zukünftigen Lebens, die sie gern gestellt hätte, aber sie wußte nicht, wie sie damit beginnen sollte.

Sie hatte das Gefühl, daß auch Lord Orsett nach Worten suchte und vielleicht noch etwas Wichtiges sagen wollte, aber sie hatte keine Ahnung, was es sein könnte.

Sie spürte nur ängstlich, daß er sich in Gedanken mit ihr beschäftigte, und sie sehnte sich danach zu wissen, wie es in seinem Innern aussah.

Plötzlich ging die Tür auf, und eine Frau trat in das Zimmer.

Kelda hielt sie im ersten Moment für eine Dienerin und beachtete sie nicht weiter. Doch als sie sah, daß sich auf Lord Orsetts Gesicht ein Ausdruck gespannter Aufmerksamkeit zeigte, sah sie genauer hin und stellte fest, daß die Frau ungewöhnlich attraktiv und, Kelda war ganz sicher, eine *métisse* war.

Die Unbekannte hatte unverkennbar europäische Züge, andererseits deutete ihre kaffeebraune Haut auf ihre afrikanische Abstammung hin.

Die Frau hatte einen sehr anmutigen Gang. Ihr Haar war in ein Dutzend kleiner Zöpfe geflochten, deren Enden sich kringelten. Diese Frisur hatte Kelda schon öfter gesehen, sie schien hier typisch zu sein.

Die Fremde trug einen *boubous* in einem ausgefallenen Purpurrot und wertvollen Schmuck aus Gold, der mit Bernstein besetzt war.

Sie kam mit einer natürlichen Selbstverständlichkeit an den Tisch, ihr Blick ruhte auf Lord Orsett.

»Was willst du hier, Antoinette?« fragte er auf französisch.

»Mir wurde auf dem Markt erzählt, daß du geheiratet hast«, antwortete sie, ebenfalls auf französisch. »Ich kann das nicht glauben. Du hättest es mir doch bestimmt mitgeteilt, bevor die Zeremonie stattfand.«

»Ich hatte die Absicht, es dir heute nachmittag zu sagen.«

Antoinette öffnete den Mund, um etwas zu entgegnen, aber noch ehe sie etwas sagen konnte, hatte Lord Orsett sich erhoben.

»Da du nun schon einmal hier bist, können wir uns auch jetzt in einem anderen Zimmer darüber unterhalten.« Mit diesen Worten ging er zur Tür, öffnete sie und ging hinaus, ohne auf Antoinette zu warten.

Sie folgte ihm, ohne auch nur einen Blick in Keldas Richtung zu werfen. Es war unmöglich, die vollendete Anmut zu übersehen, mit der sie sich bewegte und die Kelda an die Gazellen denken ließ, die sie bei ihren Ausritten gesehen hatte.

Kelda blieb wie versteinert am Tisch sitzen. Das war also die Frau, von der Yvette ihren Cousin hatte erzählen hören.

An der Wahrheit seiner Erzählung bestand nun kein Zweifel mehr. In Keldas Augen waren Lord Orsetts Gefühle für diese Frau durchaus verständlich, denn sie war außerordentlich schön und so frisch wie eine Blume.

Inzwischen war eine Viertelstunde seit Antoinettes Erscheinen vergangen, und Keldas glückliche Erregung, die sie vor dem Essen empfunden hatte, ihre Freude darüber, sich sicher, behütet und geborgen zu fühlen, waren verflogen.

Sie spürte eine plötzliche Niedergeschlagenheit und Kälte in sich aufsteigen, so, als hätte sich eine wärmende Sonne in kaltes Licht verwandelt.

Auf Lord Orsetts Trinkspruch hatte sie geantwortet, daß sie hoffte, ihn glücklich zu machen. Jetzt wußte sie, daß sie sich seinetwegen keine Gedanken zu machen brauchte. Er hatte ja Antoinette!

Kelda stellte sich vor, wie leer ihr Leben sein würde, wenn sie nur als Mittel benutzt würde, um andere Frauen, vor allem Französinnen, für ein Leben in Dakar zu gewinnen.

Es gab nichts Persönliches, was sie für ihn tun konnte. Sie war lediglich eine Symbolfigur. Und zweifellos würde es ihm im Lauf der Zeit immer lästiger werden, wenigstens so zu tun, als ob er sich in ihrer Gesellschaft wohl fühlte.

In all den Jahren, die ihn in den Ruf gebracht hatten, ein Einsiedler zu sein, hatte er glücklich und zufrieden mit seinem Buch und mit Antoinette gelebt.

Kelda dachte daran, wie wenig sie es vom Äußeren her mit dieser *métisse* aufnehmen konnte. Antoinette war hochgewachsen und hatte die aufrechte, graziöse Haltung ihrer schwarzen Vorfahren, die über Generationen schwere Lasten auf dem Kopf trugen; ihr französischer Vater hatte ihr sicherlich die Begeisterungsfähigkeit und Lebensfreude vererbt, wie sie auch für Yvette so typisch war. Eine Engländerin wird niemals soviel Charme besitzen wie eine Französin, dachte Kelda. Und zweifellos besaß Antoinette auch den scharfen Verstand der Franzosen und jene Schicksalsergebenheit, wie sie für die Menschen in Afrika so charakteristisch war. Sie war von jenem geheimnisvollen Zauber umgeben, über den Kelda mit Lord Orsett gesprochen hatte.

Kelda fragte sich, wie viele Jahre er schon mit dieser Frau zusammen war. Ob er sie ebenso liebte wie sie ihn?

Aber er konnte sie nicht heiraten, sosehr er es sich vielleicht auch wünschte. Möglicherweise hatte Antoinette im stillen darauf gebaut und sah jetzt ihre Hoffnung zerstört durch die Tatsache, daß er eine andere geheiratet hatte.

Schließlich kam Lord Orsett in den Speisesaal zurück. Er wirkte gelassen und ging ohne Hast zu seinem Platz am oberen

Ende des Tisches.

Kelda beobachtete ihn. Was hatten er und Antoinette wohl zueinander gesagt? Was war geschehen, während sie allein waren?

Lord Orsett setzte sich und griff nach seinem Glas Cognac. »Ich muß mich für diese unpassende Unterbrechung entschuldigen«, sagte er mit dem ihm eigenen Zynismus. »Antoinette wollte sichergehen, ihr Geld zu bekommen, und wählte den etwas ungewöhnlichen Weg, es sich selbst abzuholen.«

Der Ton, in dem er sprach, und die Gleichgültigkeit, mit der er die ganze Sache erledigte, empörten Kelda plötzlich. Sie sprang auf, ohne es eigentlich zu beabsichtigen. »Ich bin sicher, daß – das nicht wahr ist«, rief sie aus. »Ich verstehe nicht, wie Sie so über jemanden sprechen können, der – der Sie liebt. Selbst wenn Sie es noch nicht gemerkt haben sollten – auch eine Frau hat ein Herz.«

Bei den letzten Worten versagte ihr fast die Stimme. Doch sie wollte nicht, daß er sah, wie tief er sie verletzt hatte. So drehte sie sich um, stürzte hinaus, so schnell ihre Füße sie trugen, und rannte durch den Gang die Treppe hinauf. Oben stand eine der Dienerinnen und sagte, als sie in ihr Schlafzimmer eilen wollte: »Hier entlang, Madame.«

Kelda war so darauf bedacht, nicht die Fassung zu verlieren, daß sie sich widerstandslos in ein großes Schlafzimmer führen ließ, das sie zuvor noch nicht gesehen hatte.

Dort stand ein riesengroßes Himmelbett mit einem weißen Moskitonetz, das fast wie eine Galeone mit gehißten Segeln aussah. Aber Kelda schenkte der Ausstattung des Raums wenig Aufmerksamkeit. Sie hatte nur den einen Wunsch, allein zu sein.

»Sie brauchen jetzt ein wenig Ruhe, Madame«, erklärte die Dienerin.

Da Kelda nicht wußte, ob ihre Stimme ihr gehorchen würde, ließ sie sich ohne Einwand das rosa Kleid aufknöpfen und ausziehen.

Dann zog die Dienerin ihr eines von Yvettes zarten Nachthemden mit Spitzenbesatz über den Kopf. Und ehe Kelda sich bewußt wurde, was mit ihr geschah, lag sie im Bett; die Vorhänge wurden vorgezogen, und die Tür ging leise zu.

Kelda strich sich mit beiden Händen übers Gesicht, und bei dieser Berührung löste sich die Spannung, in ihrem Innern schien ein Damm zu brechen – sie brach in Tränen aus.

Sie weinte so heftig und fassungslos, wie sie es seit dem Tod ihrer Eltern nicht mehr getan hatte.

Dabei konnte sie es sich noch nicht einmal genau erklären, warum sie so unglücklich war. Sie hatte das unbestimmte Gefühl, daß wieder einmal ihre Welt aus den Fugen geraten war, daß wieder einmal ihre Träume zerstört waren und daß alles, wonach sie sich gesehnt hatte, zunichte geworden war.

Kelda erwachte erst, als jemand leise im Zimmer umherging. Sie mußte lange geschlafen haben, denn als sie sich hingelegt hatte, schien die Sonne draußen noch golden, und es war heiß.

Jetzt war es dunkel. Im ersten Moment dachte sie, es läge an den zugezogenen Vorhängen. Doch die Dienerin zündete die Kerzen auf der Kommode an. Es mußte also Abend sein.

»Wieviel Uhr ist es?« fragte Kelda.

»Es ist sieben Uhr, Madame. Ihr Bad ist fertig.«

»Sieben Uhr?« wiederholte Kelda verblüfft.

Sie wußte, daß sie nicht nur wegen körperlicher Übermüdung so fest geschlafen hatte – schließlich hatte sie in der Nacht zuvor fast kein Auge zugemacht –, sondern daß sie nach den morgendlichen Aufregungen und ihrem verzweifelten Weinen auch seelisch erschöpft gewesen war.

»Dann stehe ich wohl besser auf«, sagte sie mehr zu sich selbst, als hätte sie im stillen gehofft, sie könnte liegenbleiben und brauchte nicht dem Mann unter die Augen zu treten, der jetzt ihr Ehemann war.

»Das Abendessen ist auf acht Uhr festgesetzt, Madame, und Monsieur wartet nicht gern«, sagte die Dienerin in ihrem holprigen Französisch, und dieser Satz brachte Kelda endgültig dazu, aufzustehen.

Das Bad war angenehm kühl und erfrischend. Sie wusch sich das Gesicht mit kaltem Wasser und hoffte, damit die letzten Spuren ihrer Tränen zu beseitigen.

Doch dann sagte sie sich, daß Lord Orsett sie doch nicht

beachten würde, nachdem sie so unhöflich vom Tisch aufgesprungen und weggerannt war. Bestimmt hatte er inzwischen Antoinette aufgesucht, um sich von ihr trösten zu lassen.

Vielleicht waren sie zusammen in einem seiner Privatgemächer. Er würde vielleicht gerade ihre Schönheit bewundern, sie würde ihn unterhalten und zum Lachen bringen.

Doch dann verbot Kelda sich streng, an Antoinette zu denken. Das war nun einmal das Geheimnis in Lord Orsetts Leben, in das einzudringen sie als Ehefrau kein Recht hatte.

Jetzt konnte sie verstehen, warum er schon so lange zufrieden in Afrika lebte und nicht nach England zurückgekehrt war.

Seine Verwandten hatten geglaubt, es läge daran, daß er seinem Wesen nach ein Einsiedler war; aber brauchte ein Mann denn noch andere Gesellschaft, wenn er eine so schöne Frau wie Antoinette zur – Kelda zwang sich, das Wort in Gedanken auszusprechen – Geliebten haben konnte?

Seit dem Tod ihrer Eltern hatte sie so abgeschirmt und weltfremd gelebt, daß sie überhaupt keinen Kontakt zu Männern hatte und auch niemanden kannte, von dem sie etwas über sie und ihr Verhältnis zu Frauen hätte erfahren können. In den Büchern der Internatsbibliothek kam das Thema »Liebe« nur höchst selten vor.

Und was sie auf den Reisen mit ihren Eltern gelernt hatte, war nur wenig. Sie wußte, daß in vielen afrikanischen Stämmen ein Mann vier Frauen hatte und daß der türkische Sultan einen großen Harem besaß.

Jetzt, da sie Antoinette gesehen hatte, begriff sie, daß ein Mann eine so schöne Frau unwiderstehlich finden mußte. Es würde keinen Sinn haben, gegen sie um Lord Orsetts Gunst zu kämpfen.

Als Kelda sich nach dem Bad abgetrocknet und ein dünnes Unterkleid angezogen hatte, sagte die Dienerin: »Sie sind eine Braut, Madame, deshalb müssen Sie heute abend ein weißes Kleid tragen.«

»Ich glaube nicht, daß ich ein weißes habe«, antwortete Kelda geistesabwesend. Sie fühlte sich ganz und gar nicht wie eine Braut, ihre Niedergeschlagenheit war wie eine dunkle Wolke, die sie umhüllte.

Ihre Augen brannten noch vom vielen Weinen. Sie wußte nur, daß sie nicht hinuntergehen und Lord Orsett begegnen wollte, sicher verurteilte er ihr Verhalten nach dem Essen.

Aber was macht das schon aus? fragte sie sich unwillig. Alles, was ich bisher getan habe, ist in seinen Augen falsch. Er wird es mir nie wirklich verzeihen, daß ich Yvette bei der Flucht geholfen habe. Und er hat ja auch deutlich gezeigt, daß ich seiner Meinung nach lieber den Generalgouverneur heiraten sollte als ihn.

Als die Dienerin jedoch ein Kleid brachte, das Yvette gehört hatte, erwachte Keldas Interesse ein wenig. Es war ein Ballkleid aus weißem, mit Diamanten besetztem Tüll, der mit weißem Satin unterlegt war. Jetzt fiel ihr auch wieder ein, daß Yvette es nicht mitgenommen hatte, weil es zuviel Platz eingenommen hätte. »Dafür ist kein Platz mehr«, hatte sie ungeduldig geantwortet, als Kelda sie darauf hinweis, daß dieses schöne Kleid noch im Schrank hing, und dann hinzugefügt: »Außerdem habe ich mich noch nie in Weiß gemocht, es ist so tot.«

Kelda hatte ihr im stillen zugestimmt, daß Weiß sie nicht so gut kleidete wie die hellen Farben, die sie sonst trug.

Aber als die Dienerin ihr jetzt das Kleid anzog, war sie überrascht: Sie sah vorteilhafter aus als je zuvor. Das enganliegende Oberteil und der weite, schwingende Rock betonten ihre schlanke Taille. Der weiße Tüll schmeichelte ihren Schultern, und bei jeder Bewegung funkelten die Diamanten. Sie sah wirklich aus wie eine Braut! Das Haar hatte das Mädchen, wie es gerade Mode war, auf dem Kopf zusammengefaßt.

Nach einem prüfenden Blick in den Spiegel rief die Dienerin aus: »Attendez un moment, Madame«, und eilte aus dem Zimmer.

Kelda fragte sich gerade, was sie wohl vorhatte, als die Zofe mit zwei weißen Kamelienblüten in der Hand zurückkam und sie ihr ins Haar steckte.

Kelda wußte zwar, daß Yvette Diamanten getragen hätte, aber sie fand, daß die Blumen die Eleganz des Kleides wunderschön zur Geltung brachten.

»Madame est très belle! Sie sind wunderschön!« rief die Dienerin mehrere Male aus, und Kelda zwang sich zu lächeln.

Als sie die Treppe hinunterging, fühlte sie sich sehr verlegen und hatte ein wenig Furcht, daß Lord Orsett ihre ausgefallene Garderobe belächeln könnte. Vielleicht war es in seinen Augen sogar anmaßend, da ihr Hochzeitstag doch so ganz und gar ungewöhnlich verlaufen war.

Als Kelda in die Halle kam, wäre sie am liebsten wieder nach oben gerannt, um irgendein Kleid anzuziehen, das sie schon einmal getragen hatte.

Aber der Erste Diener kam schon auf sie zu, und sie wußte, daß sie fast zu spät kam. Es war bereits kurz vor acht, und Lord Orsett sah es nicht gern, wenn man ihn warten ließ.

Deshalb folgte sie dem Diener in den Empfangsraum, wo ihr Mann auf sie wartete. Auch er wirkte in seinem Abendanzug sehr elegant. Wenn ihm ihre Aufmachung ungewöhnlich vorkam, so ließ er sich zumindest nichts anmerken.

Als sie auf ihn zuging, nahm er ein Glas Champagner von einem der kleinen Tische und reichte es ihr.

»Wie ich höre, haben Sie geschlafen.«

»Es tut mir leid, wenn – wenn ich Ihre Pläne durcheinandergebracht habe.«

»Aber nein, es war das Vernünftigste, was Sie tun konnten«, entgegnete er. »Denn ich vermute, daß Sie letzte Nacht nur sehr wenig geschlafen haben.«

Kelda dachte, daß er sehr ärgerlich war; inzwischen mußten die Diener ihm erzählt haben, daß Yvette fast all ihre Kleider in Bettücher gepackt und mitgenommen hatte. Doch sein Ton war eher belustigt, als er fortfuhr: »Es gibt nichts Ermüdenderes als unerwartete dramatische Situationen; zumindest habe ich diese Erfahrung gemacht.«

Da es für Kelda unmöglich war, auf diesen leichten Ton einzugehen, antwortete sie mit einem unsicheren kleinen Lächeln: »Es tut mir leid, daß – daß ich nicht herunterkam. Vielleicht hatten Sie einen Ausflug geplant.«

»Es war erholsamer für Sie zu schlafen«, beruhigte Lord Orsett sie. »Und außerdem haben Sie nur verpaßt, mich in den Palast zu begleiten – ein etwas unangenehmer Besuch, wie ich finde.«

Er sagte dies so leichthin, daß Kelda ihn überrascht ansah.

»Seine Exzellenz war zwar außerordentlich enttäuscht«, antwortete er auf ihre unausgesprochene Frage, »aber er gratulierte mir sehr herzlich und kündigte an, ein großes Essen uns zu Ehren zu geben, sobald Sie sich einer solchen Anforderung der Feinschmeckerkunst gewachsen sehen.«

Kelda lachte leise auf, was er wohl auch erwartete. Dann meldete ein Diener, daß das Essen aufgetragen würde, und sie gingen in den Speisesaal.

Beim Eintreten blieb Kelda überrascht stehen. Das, was sie am wenigsten erwartet hatte, war eine Hochzeitsfeier. Doch der Raum war ganz verwandelt. Girlanden aus weißen Blüten schmückten die Wände, große weiße Blumensträuße füllten die Ecken des Raums. Den Tisch zierten die gleichen Kamelienblüten, die sie im Haar trug. Am anderen Ende sah sie auf einem Nebentisch eine große, sehr kunstvolle Hochzeitstorte.

Es war alles so unerwartet und aufregend; denn sie hatte es noch nie erlebt, daß ihr zu Ehren ein Fest gegeben wurde.

»Daß Sie – daß Sie das für mich getan haben! Wie konnten Sie sich so etwas Schönes ausdenken!« stammelte sie.

»Ich wollte Ihnen eine Freude machen«, antwortete Lord Orsett schlicht.

»Und wie ich mich freue!« rief sie aus. »Aber – aber die Torte – wie konnte sie denn so schnell gebacken werden?«

»Ich muß zur Schande des Küchenchefs gestehen, daß sie gekauft ist«, gab Lord Orsett lächelnd zu. »Aber er hat zu seiner Ehrenrettung beschlossen, ein so üppiges Mahl zu servieren, daß unser Fassungsvermögen aufs äußerste strapaziert wird, falls wir versuchen, von allem zu kosten.«

Kelda sah sich um, und ihre Aufregung glich der eines Kindes, das zum erstenmal bei einem Krippenspiel mitwirken darf.

Der Raum war vom Duft der Blumen erfüllt. Die Kerzen in den mit Blumen geschmückten Leuchtern verbreiteten ein goldenes Licht, und alles war wie verzaubert. Kelda hatte noch nie etwas Vergleichbares erlebt.

»Haben Sie das wirklich für mich getan? Nur für mich?« flüsterte sie, als könne sie es einfach nicht glauben.

»Ich wollte Sie ein wenig für die etwas nüchterne Trauung

beim Bürgermeister entschädigen«, erklärte Lord Orsett. »Denn ich vermute, daß jede Frau in einer Kathedrale mit Chorgesang und in Begleitung von mindestens zehn Brautjungfern getraut werden will.«

Kelda lachte. »Ich kenne niemanden, den ich hätte bitten können, Brautjungfer zu sein.«

Noch während sie sprach, fiel ihr auf, daß so Lord Orsetts Hochzeit gewesen sein mußte, als er sich mit Yvettes Tante vermählte.

Über dem Gedanken an Antoinette hatte sie ganz vergessen, daß er schon einmal verheiratet gewesen und seine Frau gestorben war.

Ob er sie wohl leidenschaftlich geliebt hatte? Lag da der Grund für seinen Zynismus und seine Abkehr vom gesellschaftlichen Leben?

Vielleicht hatte er sich damals geschworen, nie wieder eine andere Frau zu lieben. Vielleicht hatte er nie mehr eine Frau finden können, die auch nur annähernd der Französin gleichkam, die seinen Namen getragen hatte.

Vielleicht könnte ich ihn glücklich machen, wenn ich Französin wäre, dachte Kelda traurig.

Sie warf ihm einen raschen Blick zu und stellte wieder einmal fest, daß kaum ein anderer Mann so gut aussehen und so vornehm wirken konnte wie er.

In diesem Augenblick trafen sich ihre Blicke. In seinen Augen lag ein seltsamer Ausdruck, den sie nicht zu deuten wußte. Aber dann sagte sie sich, daß es wohl an dem Kerzenlicht liegen mußte, welches alles ganz anders erscheinen ließ.

Trotzdem spürte sie, wie ihr Herz ungewöhnlich heftig pochte, und die Niedergeschlagenheit, die sie seit dem Mittagessen wie eine Wolke umgab, verschwand plötzlich, ohne daß sie es sich richtig erklären konnte.

7

Als das lukullische Mahl schließlich beendet war, kam der Erste Diener und sagte leise etwas zu Lord Orsett.

Dieser nickte und erklärte dann Kelda: »Die Dienerschaft wünscht uns Glück. Da es Moslems sind, können sie nicht auf unser Wohl trinken. Deshalb schlage ich vor, daß die Hochzeitstorte unter ihnen aufgeteilt wird.«

»Natürlich«, stimmte Kelda zu. »Bestimmt werden sie sich darüber freuen.«

»Wir müssen sowieso dem Küchenchef zuliebe noch die Torte essen, die er morgen für uns backt. Daher können wir ruhig diese der Sitte entsprechend für die Diener mitgeben.«

Mit diesen Worten erhob sich Lord Orsett, und Kelda, die wußte, was sie jetzt tun mußte, folgte ihm zu dem Nebentisch, wo die riesige Torte aufgebaut war.

Es war ein typisches Werk der französischen Backkunst. Die Torte war mit weißem Zuckerguß überzogen. Die Mitte wurde von einem silbernen Glöckchen und kleinen silbernen Hufeisen geziert. Die drei Schichten der Torte schmückten nachgebildete Orangenblüten.

Der Erste Diener reichte Kelda ein großes, scharfes Messer. Sie nahm es und schaute etwas hilflos auf die Torte, da sie nicht wußte, mit welcher Schicht sie beginnen sollte.

Da kam Lord Orsett ihr zu Hilfe. »Ich glaube, wenn wir es ganz korrekt machen wollen, müssen wir die Torte gemeinsam anschneiden.«

Er legte seine Hand auf ihre Hand, und als Kelda seine Nähe und die Berührung ihrer Hände spürte, wurde sie von einer seltsamen Erregung erfaßt. Es war ein ganz neues Gefühl für sie, eine Mischung aus Freude und Schmerz.

Seit dem Morgen, als er ihr vor dem Bürgermeister den Ring an den Finger gesteckt hatte, war es das erste Mal, daß er sie berührte. Und am Morgen war sie zu verwirrt gewesen, um irgend etwas anderes zu denken, als daß alles nur ein Traum war.

Jetzt hingegen war sie ganz durchdrungen von dem Gefühl seiner Nähe.

Von seiner Hand geführt, schnitt sie das untere Drittel der Torte an. Als das Messer bis zu dem silbernen Tablett, auf dem die Torte stand, durchgedrungen war, sagte Lord Orsett: »Damit haben wir unsere Aufgabe erfüllt. Jetzt kann sie abgetragen und unter den Dienern aufgeteilt werden, die hoffentlich jeden Bissen genießen werden.«

Kelda, scheu und verunsichert durch das, was sie empfand, gab sich einen Ruck und sagte: »Ich weiß, daß es mir unmöglich wäre, noch – noch etwas zu essen.«

»Mir geht es genauso«, bestätigte Lord Orsett. »Gehen wir also in den Salon im anderen Trakt des Hauses.«

Kelda wunderte sich ein wenig darüber, doch als sie den Raum betraten, begriff sie seinen Vorschlag. Der Salon war ebenfalls mit weißen Blumen geschmückt, wenn auch nicht in einer so überwältigenden Menge wie im Speisesaal. Hier hingen keine Girlanden, aber auf den Tischen standen große Vasen mit Kamelien und Lilien, deren Duft das Zimmer erfüllte.

»Danke«, flüsterte Kelda, überwältigt von Lord Orsetts aufmerksamem Verhalten.

Sie ging zu einem der Tische und betrachtete das wunderschöne Kameliengesteck. Dann merkte sie, daß Lord Orsett ihr gefolgt war und nur wenige Schritte hinter ihr stand.

»Warum haben Sie geweint?« fragte er. Seine Stimme klang warm und freundlich, ganz anders als je zuvor. Wieder füllten sich ihre Augen mit Tränen.

Es muß wohl an meiner Müdigkeit liegen, dachte sie, doch gleichzeitig wußte sie, daß der Grund, weshalb sie vor dem Einschlafen so verzweifelt geweint hatte, ein anderer war.

Als sie keine Antwort gab, fuhr Lord Orsett fort: »Ich habe ein Geschenk für Sie, weil ich der Meinung bin, daß Sie an Ihrem Hochzeitstag beschenkt werden sollten.«

Während er sprach, sah Kelda plötzlich die Kette aus Gold und Bernstein, die Antoinette getragen hatte, wie ein Bild vor sich, und ohne ihre Worte zu bedenken, sagte sie spontan: »Ich möchte kein Geschenk. Bitte – bitte geben Sie mir kein Geschenk!«

Sie spürte seine Überraschung, auch wenn sie ihn nicht ansah, weil sie nicht wollte, daß er ihre Tränen bemerkte, die ihren Blick schon so verschleierten, daß sie die Kamelien kaum mehr sehen konnte.

»Warum sagen Sie das?« fragte er. Doch dann schien ihm einen Augenblick später die Antwort selbst einzufallen, denn er fuhr fort: »Ich bin Ihnen wohl eine ganze Reihe von Erklärungen schuldig. Ich schlage vor, Kelda, daß Sie sich einmal hinsetzen und mich anhören.« Und nach einer kurzen Pause fügte er hinzu: »Es ist wichtig für die Zukunft – für unsere Zukunft.«

Kelda atmete tief durch. Zumindest hatte er also die Absicht, die Zukunft mit ihr zu verbringen, auch wenn vieles in seinem Leben ihr für immer verschlossen bleiben würde.

Ohne aufzublicken, ging sie gehorsam zu einem der großen Sofas und setzte sich auf die Kante.

Lord Orsett wählte einen Stuhl ihr gegenüber, was sie verunsicherte. Von dort konnte er ihr Gesicht genau beobachten und ihre Gefühle darin lesen. Um das zu verhindern, blickte sie auf ihre Hände, die gefaltet in ihrem Schoß lagen.

Es entstand ein so langes Schweigen, daß Kelda schon der Gedanke kam, er habe seine Meinung geändert und werde nun doch keine Erklärung abgeben.

Dann sagte Lord Orsett schließlich ruhig und in einem, wie es ihr schien, gewollt unpersönlichen Ton: »Sie wissen bereits von Yvette, daß ich mit ihrer Tante, Ginette de Villon, verheiratet war?«

Es war eine Frage, aber Kelda wagte nicht zu antworten, sondern nickte nur stumm.

»Gewiß haben Sie und auch Yvette sich gewundert, daß ich eine so attraktive Frau heiratete, die das vergnügte Pariser Leben über alles liebte, und sie dann nach Dakar brachte und von ihr verlangte, hier zu leben, bis – zu ihrem Tod.«

Obwohl Lord Orsett ruhig und gelassen sprach, lag doch in seinem Ton etwas, was Kelda verriet, daß es ihm schwerfiel, über die Vergangenheit zu reden. Sie hatte das Gefühl, wenn sie sich auch nicht sicher war, daß er noch nie einem Menschen so offen davon erzählt hatte. Als er weitersprach, bestätigte sich dieser Eindruck.

»Niemand außer meiner Frau kannte den wahren Grund,

weshalb ich herkam; bis zum heutigen Tag habe ich ihn niemandem verraten.«

Kelda, die ihn nicht in Verlegenheit bringen wollte, warf rasch ein: »Ich habe Verständnis dafür, wenn – wenn Sie nicht mit mir darüber sprechen wollen.«

»Sie haben ein Recht darauf, es zu erfahren«, erwiderte Lord Orsett. »Ich bin zu dem Entschluß gekommen, daß es zwischen uns keine Geheimnisse geben soll.«

Kelda blickte überrascht zu ihm auf, denn diese Worte hätte sie nie erwartet. Dann senkte sie wieder den Blick und betrachtete ihre Hände, während er weitersprach.

»Ich verliebte mich in Ginette, als ich ihr zum erstenmal in London begegnete. Sie faszinierte mich. In meinen Augen war sie ganz anders als die anderen jungen Damen, die ich auf Bällen und Empfängen kennengelernt hatte und die meine Mutter als geeignete Frauen für mich ansah.«

Für einen Moment wurden Lord Orsetts Lippen zu einem Strich. Dann fuhr er fort: »Mein Werben um sie war einem Wirbelsturm gleich. Ich war jung, unerfahren und idealistisch, und so kam es mir gar nicht seltsam vor, daß Ginette mich bei unserer ersten Begegnung nicht im geringsten beachtete und sich dann über Nacht plötzlich vollkommen zu wandeln schien, so daß sie ebenso um mich warb, wie ich um sie.«

Bitterkeit, Zynismus und auch eine Spur Selbstironie waren nun in Lord Orsetts Worten nicht mehr zu überhören.

»Ich war zu glücklich, um kritische Fragen zu stellen. Gleich nach unserer Verlobung gingen wir zusammen nach Paris, wo ich von der Familie de Villon mit offenen Armen aufgenommen wurde. Wir heirateten und kehrten nach den Flitterwochen nach London zurück.«

Kelda hörte aufmerksam zu. Sie erkannte an Lord Orsetts Stimme, die ständig im Ton wechselte, wie schwer es ihm fiel, über das, was geschehen war, zu berichten.

»Wenig später begriff ich, warum meine Frau eine solche Vorliebe für London hatte und warum wir so schnell geheiratet hatten.«

Wieder zögerte er ein wenig, ehe er weitersprach: »Niemand sagte mir die Wahrheit. Aber es gab Blicke, Gelächter und

Andeutungen, und es war auffällig, daß das Gespräch häufig verstummte, sobald ich in den Raum kam, als ob man von mir gesprochen hätte.«

Mit Bitterkeit fuhr er fort: »Mein Paradies auf Erden war nur von kurzer Dauer. Wir wohnten in Marlborough House Set, wo es unmöglich war, ein Geheimnis lange zu wahren. Denn es gab immer zu viele Leute, die in irgendeiner Weise beteiligt waren.«

Kelda sah Lord Orsett fragend an. In seinem Gesicht zeigten sich tiefe Falten, so als kehrten Kummer und Schmerz bei der Erinnerung zurück.

»Ich muß wohl etwa zwei Monate verheiratet gewesen sein«, erzählte er nach einem kurzen Schweigen weiter, »als ich den Grund für Ginettes Bereitwilligkeit, meine Frau zu werden, erkannte.«

»Was für ein Grund war es?« flüsterte Kelda, die das Gefühl hatte, jetzt alles erfahren zu müssen.

»In Frankreich war sie dem Thronfolger und Prinzen von Wales begegnet. Sie verliebte sich in ihn oder, besser gesagt, in seine gesellschaftliche Stellung und den Glanz, der ihn umgab. Dann folgte sie ihm nach England, entschlossen, seine Geliebte zu werden, was in ihren Augen eine große Ehre war.«

»Das ist doch nicht möglich«, murmelte Kelda.

»Der Prinz gab ihr jedoch zu verstehen, daß er sich nie eine Affäre mit einer unverheirateten Frau erlaubte. Alle seine Geliebten hatten einen geduldigen Ehemann. Und eben diese Rolle hatte meine Frau mir zugedacht.«

Kelda verschlug es die Sprache. Wenn sie auch Schlimmes erwartet hatte, darauf war sie nicht gefaßt.

»Als ich die Wahrheit erfuhr, die volle Wahrheit«, sagte Lord Orsett mit rauher Stimme, »erklärte ich Ginette, daß sie sich getäuscht hatte; ich würde mich weder in eine so abscheuliche Rolle drängen lassen noch erlauben, daß jemand, der meinen Namen trug, diesen Namen entehrte.«

Bei diesen Worten tönte seine Stimme laut durch den von Blumenduft erfüllten Raum, dann sprach er ruhig weiter.

»Ich hatte von Dakar gehört. Schon zu der Zeit interessierte mich Afrika, das damals noch relativ unbekannt war. Gegen ihren Willen brachte ich Ginette hierher – zwei Jahre später starb sie.«

Als seine Worte verklungen waren, herrschte Schweigen, bis Kelda leise sagte: »Es tut mir leid. Das alles muß Sie – tief verletzt haben.«

»›Verletzt‹ ist wohl der richtige Ausdruck«, stimmte Lord Orsett zu. »Aber am meisten hat mein Stolz gelitten. Ich konnte es nicht ertragen, daß man mich verachtete und heimlich über mich lachte, ich wollte nicht den Sticheleien und Anspielungen ausgesetzt sein wie die anderen Männer in der gleichen Lage. Als Ginette starb, hätte ich ja nach Hause zurückkehren können, aber da wollte ich es nicht mehr.«

»So blieben Sie hier, um Ihr Buch zu schreiben.«

»Ich begann mit der Forschungsarbeit. Ich bereiste ganz Afrika, besuchte verschiedene Stämme und lebte teilweise unter ihnen. Dadurch lernte ich vieles über ihre Sitten und Gebräuche, was bis dahin noch völlig unbekannt war.«

»Das muß sehr – aufregend gewesen sein.«

»Als ich dieses Haus gebaut hatte, stellte ich fest, daß ich gern hier lebte und die Isolation genoß. Die Freunde, die ich in England gehabt hatte, vermißte ich nicht mehr. Wenn ich einmal das Bedürfnis nach Gesellschaft verspürte, so fand ich immer interessante Gesprächspartner, wie zum Beispiel den Generalgouverneur.«

Er hielt inne.

Bei dem Wort »Gesellschaft« mußte Kelda unwillkürlich an Antoinette denken.

Als ob er ihre Gedanken lesen könnte, sagte Lord Orsett: »Wie Sie inzwischen wissen, haben die Franzosen es schneller begriffen als die Engländer, daß jeder Mann, gleichgültig in welcher Stellung, eine Frau braucht.«

Kelda fiel das Atmen schwer. Natürlich hatte der gutaussehende, attraktive Lord Orsett Frauen begehrt und war von ihnen begehrt worden. Sie sah Antoinette so deutlich, als ob sie vor ihr stände: ihre Schönheit und Anmut, ihre feinen Züge, ihre Haut, deren goldener Schimmer sich gegen den purpurnen *boubous* abhob, und den Halsschmuck, den ihr sicher Lord Orsett geschenkt hatte.

Wieder überkam sie das Gefühl von Verzweiflung und Schmerz, das sie am Nachmittag überwältigt hatte. Und sie wußte, daß sie es nicht ertragen würde, wenn er ihr jetzt erzählte, daß Antoinette ihm sehr viel bedeutete und er sie nicht aufgeben konnte, obwohl er verheiratet war.

Kelda glaubte, daß er sie nun bitten würde, Verständnis zu zeigen, es als Tatsache hinzunehmen, daß ihr Verhältnis als Ehepartner eben ungewöhnlich war, und sich der französischen Lebensart anzupassen.

Sie erinnerte sich jetzt, gelesen zu haben, daß die französischen Könige immer eine Ehefrau und eine Geliebte hatten, was nicht nur bei Hof, sondern auch in der Bevölkerung allgemein akzeptiert wurde.

Kelda hatte das Gefühl, aufschreien zu müssen. Sie konnte das nicht ertragen, wollte es nicht dulden.

Um nicht die Beherrschung zu verlieren, preßte sie die Finger gegeneinander, daß es schmerzte, und zwang sich, bewegungslos dazusitzen, während Lord Orsett fortfuhr: »Da Dakar wie viele andere französische Stützpunkte von Europa weit entfernt ist und die Leute, die hier leben, Nachrichten von ihren Familien immer erst mit großer Verspätung erhalten, empfehlen die Regierung und die Handelsgesellschaften ihren Angestellten, einheimische Frauen zu heiraten.«

Er zögerte: »Die, die nicht heiraten, haben selbstverständlich eine Geliebte. Wie ich Ihnen und Yvette bei Ihrer Ankunft erklärte, haben diese Verbindungen geschäftsmäßige Regeln, die streng eingehalten werden.«

»Ich erinnere mich daran«, murmelte Kelda.

»Was die *métisses* betrifft, die französisches Blut haben, fällt es auch anspruchsvollen Männern leicht, sie zu akzeptieren, da viele von ihnen in der Tat sehr gebildet sind, während die Mehrzahl der Eingeborenen noch völlige Analphabeten sind.«

Also war Antoinette nicht nur schön, sondern auch intelligent, ging es Kelda durch den Kopf. Sie selbst hatte es ja schon vermutet, und ihre Idee, ihm bei seinem Buch zu helfen, war gar nichts Besonderes mehr, denn er hatte eine wirkliche Hilfe in Antoinette, die bestimmt vieles über die einheimischen Stämme wußte.

Zweifellos konnte diese Frau ihm über alles, was ihn interessierte, Auskunft geben, und auch auf Reisen konnte sie ihn begleiten.

Unglücklich dachte Kelda, daß damit ihre allerletzte Hoffnung, Lord Orsett helfen zu können, zunichte war, ebenso wie ihre anderen Träume und Ziele.

Sie war versucht zu sagen, daß sie keinen Sinn mehr darin sah, ihm noch länger zuzuhören. Er würde ihr jetzt deutlich machen, daß sie in seinem Leben keine andere Rolle zu spielen hätte als die der Frau, die bei offiziellen Anlässen neben ihm am Tisch saß. Ansonsten wäre sie allein, während Antoinette das wirklich Wichtige in seinem Leben mit ihm teilte.

Kelda hätte am liebsten geschrien, daß das ungerecht war, daß er sie unter den gegebenen Umständen nie hätte heiraten dürfen.

Sie empfand den gleichen Schmerz wie damals, als man sie ins Waisenhaus gebracht hatte und sie zum erstenmal merkte, daß sie in Zukunft ihre Persönlichkeit, ihre Identität aufgeben müßte und nichts weiter sein würde als eines von vielen anonymen, abgeschobenen Kindern.

»Ich möchte versuchen, Ihnen zu erklären, welche Rolle Antoinette in meinem Leben spielte«, sagte Lord Orsett.

»Das – das ist mir bereits – bekannt«, erwiderte Kelda rasch. Denn sie spürte, daß sie es nicht ertragen würde, noch länger zuzuhören. Sie wollte nicht hören, was die *métisse* ihm bedeutete, wollte nicht wissen, weshalb es ihm unmöglich war, sie aufzugeben.

Ohne ihren Einwand zu beachten, fuhr Lord Orsett ruhig fort: »Antoinette hatte kein Recht, heute hierherzukommen, und das habe ich ihr auch gesagt. Aber sie hat genug französisches Blut, um schlau, geschäftstüchtig und berechnend zu sein, wenn es um Geld geht.«

Kelda hob erstaunt den Kopf.

»Antoinette war drei Jahre lang mit mir zusammen«, erklärte Lord Orsett. »Während dieser Zeit hat sie jeden Pfennig beiseite gelegt, den ich ihr gab, um nach Beendigung unserer Liaison einen Mischling, der ebenfalls Geld gespart hat, zu heiraten und mit ihm ein Geschäft aufzumachen.«

Kelda sah ihn verständnislos an. »Heißt das, daß sie – sogar während sie mit Ihnen zusammen war, einen – einen anderen heiraten wollte?«

»Ich habe Ihnen doch gesagt, daß diese Dinge in Dakar und in allen anderen französischen Niederlassungen sehr praktisch geregelt sind. Antoinette war intelligent genug, um einzusehen, daß sie Geld brauchte, und der einfachste Weg, es zu bekommen, war eben der, die Geliebte eines reichen Mannes zu werden.«

»Aber sie muß Sie doch geliebt haben!«

»Ich glaube nicht, daß ihr dieses Wort im Zusammenhang mit meiner Person jemals in den Sinn kam. Ich war großzügig, verhalf ihr zu einem Luxus, den sie ohne mich nie gekannt hätte, sie wahrte dafür Diskretion. Diese stille Übereinkunft bestimmt weltweit das Verhältnis zwischen einem Mann und seiner Geliebten.«

Er schien zu glauben, daß Kelda immer noch nicht begriff, was er ihr sagte, denn er erklärte: »Das Ziel einer jeden Geliebten ist es, soviel wie möglich von ihrem Gönner zu bekommen. Beide kommen überein, keine Bitterkeit aufkommen zu lassen und auf Vorwürfe zu verzichten, wenn ihre Beziehung zu Ende ist. Der Mann bezahlt für das Vergnügen, das er gehabt hat, das ist alles. Es gibt kein dramatisches Ende.«

»Und – Antoinette macht es nichts aus, Sie – zu verlieren?«

Lord Orsett verstand ihre Frage, obwohl sie sehr leise gesprochen hatte.

»Ich glaube nicht, daß sie meinetwegen auch nur eine Träne vergießen wird«, antwortete er lächelnd. »Es würde mich tatsächlich nicht wundern, wenn sie gerade mit ihrem jungen Mann feierte, daß ihre Hochzeit sofort stattfinden kann, aufgrund der großen Geldsumme, die ich ihr heute nachmittag gab.«

»Ich – ich verstehe das alles nicht«, sagte Kelda wie zu sich selbst.

Es war ihr unmöglich, noch länger dazusitzen und Lord Orsett zuzuhören; sie stand auf, ging zum Fenster und schob den Vorhang ein wenig zur Seite, um hinauszusehen. Das

Fenster war nicht ganz geschlossen. Obwohl es kühler war als tagsüber, war die Nachtluft immer noch warm und feucht.

Das Mondlicht stand silbern über dem Meer, und die Sterne funkelten am Himmel.

Aber Keldas Aufmerksamkeit war stärker auf das gerichtet, was in ihrem Herzen vorging. Sie fragte sich, wie es kam, daß bei Lord Orsetts Worten die schwere Last plötzlich von ihr wich, die immer größer geworden war und sie fast zu ersticken drohte.

Während sie so dastand, spürte sie plötzlich, daß Lord Orsett hinter sie getreten war.

»Nun, ich habe meine Erklärungen abgegeben«, sagte er ruhig, »und ich fände es richtig, wenn auch Sie mir zwei Dinge erklärten.«

»Was – was meinen Sie?«

»Ich meine erstens, warum Sie geweint haben, und zweitens, warum Sie zu mir gesagt haben, auch eine Frau hätte ein Herz.«

Seine ruhige und freundliche Stimme bewegte Kelda so, daß sie nicht sprechen konnte.

Nach einer kleinen Pause fuhr er fort: »Ich habe immer geglaubt, Frauen mit Herz gäbe es nur in der romantischen Literatur. Wie ich Ihnen gerade erklärt habe, haben die Frauen, die ich kannte, mich nur benutzt, um ihre Ziele zu verwirklichen. Es ist daher nicht verwunderlich, daß ich ›teuflisch‹ geworden bin, wie Sie es einmal nannten.«

»Es tut mir leid, daß – ich das gesagt habe«, murmelte Kelda. »Das stimmt nicht.«

»Auch eine Frau hat ein Herz«, wiederholte er nachdenklich. »Ich würde gern einmal etwas davon spüren. Haben Sie ein Herz, Kelda?«

»Das hoffe ich.«

»Ich meine das natürlich in bezug auf mich. Was empfinden Sie für mich?«

Kelda erschien es unmöglich, darauf etwas zu sagen, und während sie verzweifelt nach einer Antwort suchte, fuhr Lord Orsett fort: »Ich hatte eigentlich erwartet, daß Sie den Generalgouverneur heiraten würden; schließlich ist seine Stellung viel bedeutender als meine. Außerdem ist es wahrscheinlich, daß er früher stirbt und er Sie dann als reiche Witwe hinterlassen hätte.«

»Glauben Sie wirklich, daß ich an so etwas denken würde?«

»Bei Ihnen vermute ich das eigentlich nicht«, antwortete Lord Orsett. »Aber ich bin sicher, daß die meisten Frauen so denken.«

»Nur die Frauen, die Sie früher kennengelernt haben«, warf Kelda ein. »Ich glaube, daß eine Frau einen Mann lieben will, und zwar – als Menschen, nicht wegen dem, was er ihr materiell bieten kann.«

»Kennen Sie viele solcher Frauen?«

»Yvette würde nie des Geldes wegen heiraten. Sie hätte Rémy auch genommen, wenn er keinen roten Heller besäße.«

»Und sind Sie wie Yvette?« Als Kelda schwieg, sagte er: »Aber Sie haben meine Frage von vorhin noch nicht beantwortet.«

»Ich weiß nicht mehr, was Sie mich gefragt haben«, entgegnete Kelda fast trotzig.

»Sie sind keine gute Lügnerin«, stellte Lord Orsett fest. »Heute morgen bei unserem Ausritt merkte ich sofort, daß Sie beunruhigt, ängstlich und nervös waren. Ich gebe zwar zu, daß ich den Grund dafür nicht erriet, aber ich wußte, was Sie empfanden.«

Obwohl er recht hatte, stimmte Kelda ihm nicht zu. Er aber fuhr fort: »Als wir zur Trauung fuhren, hatten Sie Angst, und das konnte ich gut verstehen. Auf dem Rückweg verschwand Ihre Furcht allmählich, und beim Mittagessen waren Sie fast glücklich. Ich konnte spüren, wie dieses Glücksgefühl zu mir herüberströmte. Sie schienen das Gefühl zu haben, daß Sie endlich gefunden hatten, was Sie schon lange suchten, etwas, was alles in Ihrem Innern veränderte.«

Was er sagte, überraschte Kelda sehr, und sie wandte sich zu ihm um.

Im Schein der Kerzen und im Licht des Mondes, der durch das Fenster schien, entdeckte sie einen Ausdruck in seinen Augen, der sie zwang, nicht wegzusehen, und der ihr Herz heftig klopfen ließ.

»Aber dann kam Antoinette«, sagte Lord Orsett sehr ruhig,

»und als ich in den Speisesaal zurückkehrte, fühlten Sie sich unglücklich. Als Sie mir sagten, auch eine Frau hätte ein Herz, versagte Ihnen fast die Stimme.«

Während er sprach, trat er noch ein wenig näher zu ihr, und immer noch konnte Kelda den Blick nicht von ihm abwenden.

»Dann weinten Sie«, fuhr er fort, »Tränen, die von Herzen kamen. Denn ich bin sicher, daß Sie ein Herz haben, und ich würde gern glauben können, daß es mir gehört.«

Wieder klang seine Stimme sehr sanft und unwiderstehlich. Kelda spürte, wie ihr die Tränen in die Augen traten und über die Wangen liefen, ohne daß sie etwas dagegen tun konnte. Sie versuchte, sich abzuwenden, aber Lord Orsett hatte den Arm um sie gelegt.

»Weinst du meinetwegen, Kelda?« fragte er. »Dann sind deine Tränen sehr kostbar.«

Sie konnte nicht sprechen. Sie konnte nur den Kopf an seine Schulter lehnen; er spürte, daß sie am ganzen Körper zitterte.

Seine Lippen berührten ihr Haar, als er sagte: »Ich möchte dein Herz besitzen, Kelda. Ich begehre es mehr, als ich je zuvor in meinem Leben etwas begehrt habe, aber ich habe solche Angst davor, wieder enttäuscht zu werden.«

Der Schmerz und die Angst in seiner Stimme, die sie bei einem Mann wie ihm nie erwartet hätte, ließen sie ihre eigene Angst vergessen.

»Du – du sehnst dich nach mir?« fragte sie. »Du sehnst dich ganz bestimmt nach mir?«

»Es ist schwierig, dir zu sagen, wie sehr.«

»Sie ist doch so schön! Ich dachte, ich – ich könnte dir nie etwas bedeuten.«

Lord Orsett lächelte Kelda zärtlich an. »Ich habe versucht, dir zu erklären, warum ich viele Jahre lang niemanden geliebt habe. Was ich für dich empfinde, ist etwas ganz anderes, als ich jemals empfunden habe.«

»Ist das wahr?« Kelda sah zu ihm auf. Über ihre Wangen liefen noch immer Tränen, aber ihre Augen leuchteten und ihre Lippen bebten.

»Ich liebe dich«, sagte Lord Orsett mit fester Stimme. »Ich

habe dich vom ersten Augenblick an, als ich dich sah, geliebt. Aber ich sagte mir, daß diese Liebe doch nur wieder eine Illusion war, die keine Chance hatte, von dir erwidert zu werden, es sei denn, daß du mich wegen meines Reichtums wolltest.«

»Wie konntest du glauben, daß – daß das für mich eine Rolle spielt?«

Er sah sie mit einem kleinen Lächeln an. »Sag mir die Worte, die ich hören möchte. Sag sie mir, mein Liebling.«

Ihre Wangen verfärbten sich, als sie mit so leiser Stimme, daß er sie kaum hören konnte, flüsterte: »Ich – ich liebe dich. Ich weiß jetzt, daß das der Grund war, weswegen ich weinte. Ich dachte, ich – ich hätte dich verloren und du würdest – mich – nie wirklich brauchen.«

Bei den letzten Worten spürte Kelda Lord Orsetts Lippen auf ihrem Mund. Dann küßte er sie. Und sie wußte, daß es das war, was sie sich gewünscht, weswegen sie geweint und wonach sie sich gesehnt hatte.

Das Licht des Mondes und das Leuchten der Sterne, der Duft der Blumen, der sie umgab, und der strahlende Sonnenschein von Dakar bei Tage – all das strömte für Kelda in diesem Kuß zusammen, in seinem Kuß.

In diesem Augenblick existierte nur noch er für sie, er erfüllte die Welt um sie herum und den Himmel über ihr.

Er zog sie immer näher zu sich heran, seine Lippen küßten fordernder, stürmischer, und doch hatte Kelda keine Angst.

Plötzlich hatte sie den Wunsch zu sterben in diesem Augenblick der Leidenschaft, da sie die Schönheit und Vollkommenheit einer Liebe erfuhr, von der sie sich für immer ausgeschlossen geglaubt hatte.

Doch dann wurde ihr bewußt, daß sie leben wollte. Sie wollte für die Liebe leben, die sie bei diesem Mann gefunden hatte. Er hatte ihre arme, hungrige, ausgedörrte Seele zu sich gezogen und in seinen Besitz genommen.

Er küßte sie, bis sie in ihrer Verzückung nicht mehr denken, sondern nur noch fühlen konnte und ihr ganzer Körper im Rhythmus einer wilden himmlischen Musik zu beben schien.

Als Lord Orsett den Kopf hob, protestierte sie leise, da sie nicht wollte, daß dieses Glücksgefühl vorüberging, und murmelte leise: »Ich – ich liebe dich. Wie kann ich dir nur sagen, wie sehr ich dich liebe?«

»Ich möchte nur, daß du es immer wieder sagst«, antwortete er, »bis ich dir glaube und du mir glaubst und nichts anderes mehr zählt.«

»Wie könnte etwas anderes noch zählen?« fragte Kelda.

Und er küßte sie wieder.

Beim Aufwachen merkte Kelda, daß ihr Kopf auf der Schulter ihres Mannes ruhte; sie sah die schwachen Strahlen der Morgensonne durch die Vorhänge fallen, und wieder erfüllte sie ein Gefühl unaussprechlichen Glücks.

Sie schmiegte sich noch ein wenig enger an ihn und sagte, als könne sie es noch immer nicht glauben: »Du bist da.«

»Ja, ich bin da, mein Liebling.«

»Wie konnte ich nur einschlafen und dich für einen Moment verlieren!«

»Ich habe dich festgehalten«, antwortete er. »Und du weißt, daß wir uns nie verlieren können.«

»Liebst – du – mich noch?«

Er lächelte und küßte sie auf die Stirn. »Stellst du mir wirklich eine so dumme Frage? Aber ich muß zugeben, daß ich dich das gleiche fragen wollte.«

»Das wäre noch dümmer«, erwiderte Kelda. »Ich hätte es nie für möglich gehalten, daß ein Mann so wunderbar – so stark, und doch so sanft – und so aufregend sein kann.«

»Habe ich dich erregt?« Sie glaubte in seiner Stimme ein Lachen zu hören, das sie nie zuvor gehört hatte. Verlegen barg sie ihr Gesicht an seiner Schulter.

»Das weißt du doch.«

»Das war aber erst der Anfang«, sagte er. »Es gibt so vieles, was ich dich lehren möchte, mein Schatz.«

»Du weißt, wie unerfahren ich bin«, sagte Kelda. »Ich habe – doch nichts falsch gemacht?«

Er nahm sie noch fester in den Arm. »Es war alles richtig, vollkommen – wunderbarer, als ich es dir je sagen kann.«

»Wirst du mich alles über die Liebe lehren?«

»Das werde ich tun«, antwortete er. »Und, mein Schatz, die Liebe wird uns beide besser als alles andere lehren, daß wir zusammengehören.«

Kelda schwieg einen Augenblick, dann sagte sie: »Ich – ich möchte dich etwas fragen.«

»Was denn, Liebste?«

»Als du – als du mich geliebt hast, war es – schöner, als ich es in Worten ausdrücken kann. Aber du – hast du etwas anderes empfunden als – als bei den anderen Frauen?«

Er lächelte sie zärtlich an und schob seine Hand unter ihr Kinn, so daß sie ihn ansehen mußte. »Ich werde dir immer die Wahrheit sagen«, versicherte er. »Und die Wahrheit, meine liebe, teure Kelda, ist die, daß ich nie zuvor ein solches Glück erfahren habe, wie du es mir heute nacht geschenkt hast.« Er war sehr ernst.

Kelda stieß einen kleinen Freudenschrei aus. »Das – das ist es, wonach ich mich sehnte. Denn damit sagst du mir, daß ich dir etwas geben kann, was keine andere dir gegeben hat.«

Nach einer kleinen Pause fuhr sie fort: »Gestern, als ich so unglücklich war, hatte ich wieder einmal das Gefühl, alles verloren zu haben. Ich war wieder nichts weiter als das – Fürsorgekind. Aber wenn ich dir etwas schenken kann, was dir sonst niemand geben kann, dann bin ich nicht länger arm und unbedeutend.«

»Das wird nie mehr der Fall sein«, versprach Lord Orsett. »Du nimmst einen wichtigeren, bedeutenderen Platz in meinem Leben ein als alles andere.«

»Meinst du das ernst?«

»Ich schwöre dir, daß es wahr ist und ich es ernst meine. Jetzt habe ich das gefunden, was ich immer gesucht habe. Danach habe ich mich gesehnt, als ich jung und voller Idealismus war. Und ich dachte schon, ich würde es nie finden.«

Kelda seufzte vor Glück. »Glaubst du mir wirklich, daß ich dich als einfachen Mann ohne Bedeutung, ohne Geld, ohne das herrliche Haus – daß ich dich genauso lieben würde wie jetzt?«

»Das will ich glauben. Aber ich bitte dich, mein Liebes, dir immer Mühe zu geben, mich davon zu überzeugen.«

»Ich – ich werde es versuchen, ich werde es wirklich versuchen.« Bei diesen Worten schlang Kelda die Arme um ihn, als ob sie sich vergewissern wollte, daß er wirklich da war.

Er schien das zu spüren und sagte: »Es bleiben uns noch viele Jahre, in denen einer den anderen von seiner Liebe überzeugen kann. Während du schliefst, habe ich Pläne geschmiedet.«

»Welche Pläne?«

»Pläne, die dich glücklich machen werden. Pläne, von denen ich weiß, daß sie das Richtige sind für die Frau, die ich verehre und anbete.«

»Was könnte das sein?«

»Nichts Beängstigendes«, beruhigte er sie. »Ich habe lediglich beschlossen, daß wir, da wir den Winter in Dakar verbringen, im Sommer nach England gehen.«

»O nein!«

»Ich halte es sowohl für dich als auch für mich für das richtigste, wenn wir in unser Vaterland zurückkehren. Ich habe in den vergangenen Jahren meine Pflichten in bedauerlicher Weise vernachlässigt. Ich werde mein Haus in London wieder beziehen. Aber ich glaube, nein, ich weiß es, daß du auf meinem Landsitz in Leicestershire am glücklichsten sein wirst.«

Er küßte sie aufs Haar und fuhr dann fort: »Ganz bestimmt wirst du die Pferde lieben, die ich kaufen will, und dann werden wir zusammen durch das schönste Jagdgebiet von England reiten.«

Keldas Angst dauerte nur einen Augenblick, dann sagte sie sich, daß sie an ihn denken mußte. Er war ja noch ein junger Mann, und bestimmt wäre es falsch für ihn, seine Wurzeln auszureißen, die Verbindung zu den Leuten, mit denen er zusammensein sollte, endgültig abzubrechen und seine Pflichten gegenüber dem Land, zu dem er gehörte, zu vernachlässigen.

Sie glaubte, bei diesen Erwägungen den Einfluß ihrer Mutter zu spüren, die immer darauf bedacht gewesen war, das Richtige zu sagen und zu tun. Sie wußte, daß dieser Moment der Entscheidung nicht nur für ihr Leben, sondern auch für das Leben ihres Mannes sehr wichtig war.

»Mein Liebster«, sagte sie, und ihre Stimme verriet ihre

innere Erregung, »gleichgültig, wo wir sind, ich werde glücklich mit dir sein. Ich werde tun, was immer du möchtest, aber du – du mußt mir helfen, damit ich keine Fehler mache und – dir keine Schande bereite.«

Kelda merkte, daß ihre Worte Lord Orsett rührten, aber noch ehe er etwas einwenden konnte, fuhr sie fort: »Nachdem meine Eltern vor acht Jahren starben, habe ich ein ganz anderes Leben geführt. Es ist mir bewußt, wie fremd mir das gesellschaftliche Leben sein wird. Ich weiß nicht, wie ich mich bewegen soll, was ich sagen soll, was ich tun soll. Aber – aber wenn du da bist und mich alles lehrst, habe ich keine Angst.«

»Ich werde es nie zulassen, daß du Angst hast«, versicherte Lord Orsett. »Du mußt mir verzeihen, Liebling, daß ich dir, seit du hier bist, schon so oft Angst eingeflößt habe.«

Er lachte ein wenig, als er hinzufügte: »Gleich am ersten Abend hast du mir vorgeworfen, daß ich mich wie ein Gott aufspiele. Und jetzt bittest du mich, das auch weiterhin zu tun.«

»Das ist etwas ganz anderes«, erklärte Kelda. »Damals hast du aus Gleichgültigkeit oder sogar Haß so gehandelt, jetzt handelst du aus Liebe, und das – tut Gott auch.«

»Meine Liebste, du weißt auf alles eine Antwort«, sagte er. »Ich verehre dein kluges Köpfchen. Ach, ich verehre alles an dir – dein Gesicht, deine Augen, die so vieles sehen und so vieles enthüllen, deine Lippen und natürlich deinen Körper, der jetzt mir gehört.«

Seine Hände strichen zart über ihre Haut, und Kelda spürte, wie er das Feuer, das er in der Nacht in ihr entzündet hatte, aufs neue entfachte.

Sie erinnerte sich dunkel daran, irgendwo etwas über das Feuer der Liebe gelesen zu haben, aber als sie jetzt davon erfaßt wurde, war es ganz anders, als sie es sich vorgestellt hatte.

Als sie diese Flamme in sich spürte, wußte sie, daß es die Ekstase der Liebe war, nach der sie sich gesehnt hatte, und daß es sie nur dort geben kann, wo zwei Menschen in göttlicher Weise vereint sind. Was sie empfand, war zu vollkommen, um es in Worten zu beschreiben.

»Wie kann ich dir nur sagen, wie glücklich ich bin?« sagte Lord Orsett.

»Ich möchte, daß du so glücklich wirst, daß du nie mehr verärgert – oder verbittert bist.«

Er küßte sie auf die Augen, während sie fortfuhr: »Es ist seltsam. Als ich mich in dich verliebte, dachte ich immer, daß du mich behütest und beschirmst, und danach hatte ich mich immer gesehnt. Und jetzt – jetzt möchte ich dich davor beschützen und bewahren, verletzt zu werden oder – unglücklich zu sein.«

»Das mußt du auch immer tun, mein Liebes«, antwortete Lord Orsett. »Jetzt, da ich so glücklich bin, erkenne ich erst, wie einsam und arm ich früher war. Ich sagte mir damals, daß ich unabhängig war und nichts entbehrte. Dann begegnete ich dir und merkte, wie leer mein Leben war. Vielleicht habe ich die letzten Jahre vergeudet.«

Kelda konnte es nicht ertragen, daß er sich wegen der Vergangenheit Vorwürfe machte, und sagte rasch: »Das ist nicht wahr. Das Buch, das du geschrieben hast, wird für die Europäer, die Afrika und seine Bewohner verstehen wollen, von unschätzbarem Wert sein.«

»Ich wünschte, ich könnte das auch glauben.«

»Ich bin sicher, daß es so kommen wird. Und deine Kinder werden eines Tages stolz darauf sein, einen so intelligenten Vater zu haben.«

Kelda sprach, ohne sich ihre Worte zu überlegen. Als sie merkte, was sie gesagt hatte, errötete sie und versteckte ihr Gesicht an seiner Schulter.

»Meine Kinder«, sagte Lord Orsett sehr ruhig. »Auch das ist etwas, was in meinem Leben bisher gefehlt hat.« Wieder hob er ihr Gesicht zu sich empor. »Wirst du mir einen Sohn schenken, meine Liebste? Ich wäre glücklich, wenn er in England geboren würde, in dem Haus, in dem ich geboren bin. Ich wäre stolz darauf, der Nachwelt nicht nur ein Buch zu vermachen, sondern auch einen Sohn zu hinterlassen, der den Namen meiner Familie weiterführt.«

»Ich will dir nicht einen Sohn schenken, sondern viele.«

»Und eine Tochter, die so hübsch ist wie du.«

»Wenn du das möchtest«, sagte Kelda. »Aber du darfst keines unserer Kinder mehr lieben als mich – bitte.«

»Das wollte ich gerade zu dir sagen«, antwortete er lächelnd. »Du bist mein, Kelda, ganz und für immer. Ich werde sogar auf meine Kinder eifersüchtig sein, wenn sie dich ganz und gar für sich beanspruchen.«

»Das wird nie der Fall sein«, versicherte Kelda. »Denn es ist ein solches Wunder für mich, da – da ich doch Waise bin und allein war und unerwünscht, nun zu jemandem zu gehören und sicher und geborgen zu sein. Ich möchte in deinen Armen bleiben wie jetzt – für immer.«

»Ich werde dich immer festhalten«, erklärte Lord Orsett. »Ich habe dich gefunden, als ich nicht glauben konnte, daß es jemanden wie dich gibt, und ich werde dich nie verlieren – nie!«

Er blickte sie an, und sie sah, wie das Feuer in seinen Augen wieder aufflammte, und spürte seine Hand verlangend über ihren Körper gleiten.

Dann schienen die Flammen in ihr höher und höher zu lodern, bis sie ihre Lippen erreichten. Mit schmerzendem Verlangen sehnte sie sich nach einem Kuß.

Sie hob den Mund zu ihm empor, und als seine Lippen ihre gefangenhielten, war es, als ob der Raum von einer strahlenden, goldenen Sonne erfüllt würde.

Sie spürte sein Herz gegen ihres pochen, und sie wußte, daß sie auf den Strahlen der Sonne zu einem Himmel emporschwebten, der ihnen allein gehörte.

Im 20. Jahrhundert entwickelte sich Dakar rasch zum gesellschaftlichen Zentrum von Französisch-Westafrika. Es entstanden zahlreiche Bauten, um die Lebensbedingungen den europäischen Ansprüchen anzupassen.

Betrug um 1900 die Zahl der europäischen Händler und Angestellten von Handelsgesellschaften in Dakar noch 125, so war sie 1910 bereits auf 2500 angestiegen.

Um die hochgesteckten Ziele der französischen Kolonialpolitik in Senegal durchzusetzen, holte man immer mehr Europäerinnen in die Stadt.

1926 lebten fast 1500 europäische Frauen in Dakar und prägten das gesellschaftliche und kulturelle Leben. Es gab eine Reihe von Handbüchern, die sie auf die Probleme des Lebens in einer afrikanischen Kolonie vorbereiten sollten. Dazu gehörten Titel wie »Die Betreuung afrikanischer Kinder« oder »Das Studium von Flora und Fauna«. Bei den meisten gesellschaftlichen Ereignissen war Abendkleidung obligatorisch.

Als ich 1979 Dakar besuchte, war ich beeindruckt von der Schönheit dieser Stadt, die ein ideales Ferienziel ist.

Léopold Sédar Senghor, der Staatspräsident von Senegal, hat sich für die afrikanische Kultur engagiert und ihr zu einem höheren Ansehen verholfen. Er gehört zu den führenden symbolistischen Dichtern im französischen Sprachraum.

Barbara Cartland

Keine Zeit für Zärtlichkeit

Aus dem Englischen übertragen
von Helga August

Die englische Originalausgabe
erschien unter dem Titel
»Love Forbidden«
bei Arrow Books, Douglas.

1

»Tut mir leid, daß ich so spät komme, Schätzchen, aber die Milch wurde erst vor ein paar Minuten von der Farm hergebracht. Jetzt wartet der Tee auf dich.«

Aria erhob sich von ihrem Platz am Tisch, wo sie gesessen hatte, und lächelte.

»Ich dachte mir schon, daß Bill sich wieder verspäten würde«, sagte sie. »Mach dir kein Sorgen, Nanny, und sag um Himmels willen nichts zu ihm. Du weißt, wie schwer es für Charles ist, Rinderknechte zu bekommen.«

»Es ist wahnsinnig schwer, heutzutage überhaupt jemanden zu bekommen«, antwortete Nanny scharf. »Jetzt trink endlich deinen Tee. Ist heute nachmittag jemand gekommen?«

Aria blickte auf die auf dem Tisch stehende Dose, in der sechs Halb-Kronen-Stücke lagen.

»Wie du siehst, sind wir nicht gerade von Menschenmengen überschwemmt worden«, erwiderte sie lächelnd. »Vier Amerikaner waren da und ein schreckliches Pärchen mit Motorrad. Die Frau sagte: ›Mein Gott!‹ Ihrer Meinung nach ist das Haus keine halbe Krone wert, und sie fragte sich, woher wir die Stirn haben, für die Führung etwas zu verlangen.«

»Unverschämtheit!« stieß Nanny hervor. »Ich wünschte, ich wäre hier gewesen. Ich hätte ihr schon die Meinung gesagt.«

Aria lachte. Solange sie denken konnte, war sie mit Nannys Temperamentsausbrüchen konfrontiert worden. Zunächst klangen ihre Drohungen immer sehr wild, doch in Wirklichkeit waren sie kaum geeignet, irgend jemandem Angst einzujagen.

»Wir dürfen die wenigen Besucher, die wir haben, nicht vertreiben«, sagte sie. »Trotz der häßlichen Bemerkungen der Frau kaufte der Mann ein paar Ansichtskarten. Das Geld liegt in der Schublade. Charles sagte, wir sollten es getrennt aufbewahren.«

»Ich habe es nicht vergessen«, entgegnete Nanny gereizt.

In unordentlichen Zahlenreihen notierte sie ihre sämtlichen Einnahmen, doch auch die leiseste Anspielung, daß sie keine allzu gewissenhafte Buchhalterin sei, wies sie entschieden von sich.

»Sechs Leute an einem Nachmittag«, meinte Aria und reckte die Arme über dem Kopf. »Fünfzehn Schillinge! Es ist hoffnungslos, nicht wahr, Nanny? Ich werde heute abend mit Charles sprechen. Als er gestern abend nach Hause kam, war er so müde, daß ich ihn nicht mehr aufregen wollte.«

»Denk in Ruhe nach, bevor du etwas Übereiltes sagst«, ermahnte Nanny sie. »Ich bin nicht mit deinen verrückten Ideen einverstanden – denk daran!«

»Aber du weißt ebenso gut wie ich, daß etwas getan werden muß, Nanny«, beharrte Aria.

Nanny gab einen Seufzer von sich, der aus den tiefsten Tiefen ihres zerbrechlichen, kleinen Körpers zu kommen schien.

»Ja, Schätzchen. Auch ich bin der Meinung, daß etwas geschehen muß«, pflichtete sie ihr bei. »Aber was? Das ist die Frage.«

»Ich kenne die Antwort«, erwiderte Aria. Unvermittelt beugte sie sich herunter und küßte ihrem alten Kindermädchen die welken Wangen. »Egal, was auch geschieht – du brauchst dir keine Sorgen zu machen. Es wird alles in Ordnung kommen. Es steht alles zum besten! Weißt du nicht mehr, wie oft du das zu mir gesagt hast, als ich klein war?«

»Doch, das weiß ich«, antwortete Nanny. »Es hat mir Freude gemacht, das zu sagen. Doch ich bin mir nicht sicher, ob es immer richtig war.«

»Nun, dieses Mal bin ich sicher«, entgegnete Aria lächelnd.

Sie ging zum Fenster hinüber. Draußen schien die Sonne, eine leichte Brise raschelte durch das blasse Grün des frühsommerlichen Laubs der Bäume. In den Rosenbüschen, die vor dem Haus standen, summten die Bienen. Sonst war es sehr still – der sanfte, stille Frieden des englischen Landlebens.

»Es ist zu still!« sprach Aria plötzlich laut ihre Gedanken aus.

Nanny blickte überrascht vom Tisch auf, an dem sie Platz genommen hatte.

»Wie bitte?« fragte sie.

»Der Platz hier«, antwortete Aria. »Es ist zu still, zu weit abgelegen von dem meist befahrenen Weg, zu klein, um viel Aufmerksamkeit auf sich zu lenken. Und wir können es uns nicht leisten, Reklame zu machen. Welche Chance haben wir, Gäste anzuziehen, wenn nur ein paar Meilen entfernt von hier Hatfield House, Luton Hoo und Woburn Abbey liegen? Und bei all den Attraktionen, die der Herzog von Bedford den Massen bietet – warum sollte da irgend jemand zu uns kommen?«

»Warum nicht?« widersprach Nanny beinahe böse. »Queen's Folly ist ebenso alt und schön wie Hatfield House.«

»Und ungefähr zehnmal größer«, schimpfte Aria, fügte dann lachend hinzu: »Hör nicht auf mich, Nanny. Ich bin nur neidisch auf die, die soviel mehr Geld als wir einstecken, weil sie soviel mehr zu bieten haben. Das heißt aber noch lange nicht, daß Charles zugeben würde, daß es irgendwo auf der Welt schöner sein könnte als in Queen's Folly.«

»Es gibt keinen Ort, der Queen's Folly das Wasser reichen kann«, erklärte Nanny ernst.

Wieder lachte Aria.

»Ihr seid voreingenommen, ihr alle beide.«

»Und das zu Recht«, fauchte Nanny.

»Ja, und das zu Recht«, wiederholte Aria leise.

Ein sanfter Ausdruck lag in ihren Augen, als sie auf die gebeugte Gestalt ihres alten Kindermädchens blickte, das an dem Tisch neben der Eingangstür saß und darauf wartete, Geld von den Besuchern von Queen's Folly zu bekommen.

Als sie beschlossen, das Haus der Öffentlichkeit zugänglich zu machen, sah es zunächst so aus, als wäre dies eine großartige Möglichkeit, Geld zu verdienen. Natürlich war Charles zunächst dagegen gewesen, Fremde in seine Privatsphäre zu lassen und den Frieden des Hauses, das er so liebte, zerstören zu lassen. Aria war es gewesen, die ihn schließlich davon überzeugte, daß ihre einzige Chance, ihr Dach über dem Kopf zu behalten, darin lag, die Neugier jener zu befriedigen, die sich gerne die Überreste vergangener Herrlichkeiten ansahen.

Als Charles sich schließlich davon hatte überzeugen lassen, daß es nicht nur notwendig, sondern auch nutzbringend war, die Tore von Queen's Folly zu öffnen, wurde auch er enthusiastisch, um dann in eine Phase von Depression und Bitterkeit zu versinken, als die

Reaktion auf ihre Geste so armselig ausfiel.

Es war wirklich nicht erstaunlich, daß so wenige Leute etwas von Queen's Folly hörten, geschweige denn, es fanden. Es lag zwischen schmalen, gewundenen Pfaden in dem wilden grünen Gürtel um Hertfordshire, das – obwohl es kaum fünfundzwanzig Meilen von London entfernt ist – noch immer ursprünglich und unberührt war. An der Straße, die nach Queen's Folly führte, gab es keine fröhlichen Gasthäuser mit Swimmingpools und keine bunten Lichter. Es gab keine Wirtshäuser mit feinen Kellnern, die bereit standen, unter uraltem Gebälk vor der alten, offenen Feuerstelle ein Lunch à la Ritz zu servieren.

Trotzdem besuchten einige wenige Leute Queen's Folly, und die gebildeteren unter ihnen brachen in Begeisterungsrufe über die sanfte Schönheit der roten Ziegelmauern aus, die vor fünfhundert Jahren errichtet worden waren; sie waren hingerissen von den mit Längspfosten versehenen Fenstern, starrten ungläubig auf die im Bankettsaal hängenden Bilder und mochten nicht glauben, daß sie echt waren.

Und das war alles! Mehr gab es nicht zu sehen! Queen's Folly war sehr klein. Die Legende berichtete, daß es auf Befehl von Königin Elizabeth erbaut worden war als ein Ort, an dem sie ab und zu einen zwanglosen Abend ohne Höflinge, Hofdamen und Adjutanten verbringen konnte. Der Legende zufolge sollte es den romantischen Hintergrund abgegeben haben für ihren Wunsch nach einem kleinen Ort, an den sie sich zurückziehen konnte, doch es gab nichts, was diese Gerüchte untermauert hätte.

Queen's Folly war ohne jeden Zweifel elisabethanisch und ein perfekt erhaltenes Glanzstück dieser Zeit. Sein Name war ebenso alt wie seine Grundmauern, und über die Gründe für seine Erbauung konnte man nur Vermutungen anstellen, denn in den Chroniken der Grafschaft Hertfordshire gab es nichts als die kurze Information, daß es auf Anordnung eines Sir Charles Milborne gebaut worden war. War er womöglich ein weiterer Galan gewesen, der der Frau sein Herz zu Füßen gelegt hatte, die England zu beispielloser Größe geführt hatte und deren Bewunderer sie Gloriana genannt hatten?

Das Porträt der Königin hing über dem Kamin im Bankettsaal. Es war kein sonderlich berühmtes Porträt, doch es zeigte auf gelungene Weise das lebhafte Rot ihrer Haare. Als Kind hatte Aria es sehr geliebt. »Sie ist rot wie ich«, hatte sie gesagt, als sie noch sehr klein war und mit ihrem kleinen Finger zu den mit Juwelen besetzten Locken der jungfräulichen Königin hinaufgezeigt hatte.

»Sie war eine große Frau«, hatte Nanny geantwortet. »Und das wirst du niemals sein, wenn du nicht lernst, dein Temperament zu zügeln.«

Dann hatte sie Aria bei der Hand genommen und ihr eine alte Schnitzerei an der Treppe gezeigt und sie dann laut lesen lassen.

»Wenn ein Milborne rot ist, wird es Probleme geben.«

Als sie ihren Schützling jetzt betrachtete, deren rotes Haar üppig ihren kleinen Kopf umwogte und wie das durch die offen stehende Tür hereinströmende Sonnenlicht jede einzelne Locke aufblitzen und tanzen ließ, als ob es tatsächlich eine goldene Flamme wäre, spürte Nanny plötzlich, wie ihr Herz sich zusammenzog.

Das Kind war schön! Und was gab es für sie in diesem leeren, verfallenen Haus außer der Gesellschaft einer alten Frau und dem nicht enden wollenden Genörgel eines Mannes, der an der Grausamkeit und dem Gemetzel des Krieges fast zerbrochen war?

»Sie muß hier weg«, sagte Nanny sich. Doch als sie die Lippen bewegte, um ihre Gedanken laut auszusprechen, hatte Aria sich umgedreht und hörte ihr nicht mehr zu. Sie blickte durch die geöffnete Tür hinaus.

»Da kommt ein Auto«, sagte sie. »Es sieht teuer aus. Mein Gott, das ist es auch! Es ist ein neuer Bentley!«

Aria trat ans Fenster, um besser hinaussehen zu können. Während sie so zwischen den verschlissenen Damastvorhängen stand, die einmal rot gewesen waren und jetzt nur noch ein schäbiges Rosa zeigten, konnte sie von der Halle aus nicht gesehen werden.

Sie sah zu, wie der Bentley vorfuhr. Ein Mann stieg aus. Er ging um den Wagen herum, um einer Frau die Tür aufzuhalten, die neben ihm gesessen hatte. Er trug einen lässigen grauen Flanellanzug, keine Kopfbedeckung, seine Haut war von der Sonne tiefgebräunt. In seiner Art zu gehen, der Haltung seines Kopfes und den breiten, eckigen Schultern lag eine gewisse Zielstrebigkeit.

Bis jetzt hatte Aria ihn nur von hinten gesehen, als sie dann jedoch sein Gesicht sah, erkannte sie, daß ihr erster Eindruck von ihm nicht übertrieben war. Er hatte etwas Faszinierendes an sich, etwas, das sie beinahe atemlos durch die kleinen Fensterscheiben starren ließ.

Er hatte hohe Wangenknochen, tiefliegende Augen und einen vollen, trotzdem ein wenig grausam wirkenden Mund. Man konnte ihn nicht unbedingt als gutaussehend bezeichnen, doch er war ganz offensichtlich ein Mann, den man nicht übersehen und nicht so leicht wieder vergessen konnte. Und als er lächelte, fand sie ihn sogar ausgesprochen attraktiv.

Und dann stieg eine Frau aus dem Wagen, die Aria den Mann vergessen ließ. Sie war silberblond und von solch atemberaubender Schönheit, daß Aria sofort wußte, daß sie ein Bühnen- oder Filmstar sein mußte. Sie trug ein saphirblaues Kleid mit einer langen platinfarbenen Nerzstola, Diamanten blitzten an ihren Ohren und ihrem Handgelenk auf. Immer noch die Hand ihres Begleiters haltend, stand sie draußen vor dem Haus und blickte zu ihm auf.

»Müssen wir uns wirklich noch so ein langweiliges, altes Museum ansehen?« fragte sie in sanftem, beinahe zärtlichem Ton. »Ich bin so müde.«

»Dies ist das letzte«, antwortete der Mann mit leiser, tiefer Stimme und schwachem amerikanischem Akzent.

»Nun gut. Aber ich schwöre dir, ich werde keine Treppen mehr steigen.«

»Möchtest du, daß ich dich trage?«

Die Frage war voller Zweideutigkeit, und zwei blaue Augen blickten strahlend unter langen, dunklen Wimpern hervor zu ihm auf.

»Oh ja – aber nicht hier.«

Er nahm ihren Arm und zog sie die Stufen zur Eingangstür hinauf. Es steht außer Frage, daß sie sich lieben, dachte Aria, als sie sich vom Fenster umwandte, um zuzusehen, wie sie an dem Tisch vor Nanny stehen blieben.

»Fünf Schillinge? Stimmt das?« fragte der Mann.

»Ja, das stimmt«, antwortete Nanny, während sie ihm das Wechselgeld auf eine Ein-Pfund-Note herausgab.

»Brauchen wir einen Führer, oder können wir uns allein umsehen?«

»Gehen Sie nur allein. Es gibt niemanden hier, der Sie führen kann. Der Bankettsaal, in dem die Bilder hängen, liegt direkt vor ihnen.«

»Keine Treppen, denk daran!« sagte die Blonde.

»Falls es welche gibt, so hat mein Angebot noch immer Gültigkeit«, entgegnete er mit einer Stimme, die nur für sie allein bestimmt war.

Arm in Arm durchquerten sie die Halle und betraten den Bankettsaal. Nanny lehnte sich in ihrem Stuhl zurück und blickte sich nach Aria um, die den beiden nachsah.

»Das wären heute also acht«, sagte sie. »Auf jeden Fall besser als gestern.«

»Ja, es ist besser als gestern«, antwortete Aria automatisch.

Während sie sprach, ging sie zu einer Tür mit der Aufschrift »Privat« hinüber und öffnete sie. Sie wußte nicht, warum, aber sie verspürte keine Lust, den Amerikaner und seine schöne Begleiterin zu beobachten. Für gewöhnlich waren ihr die Reaktionen der Besucher egal, doch aus irgendeinem Grund, den sie nicht erklären konnte, wollte sie diese beiden nicht sagen hören: »Ist das alles? Gibt es keine anderen Räume mehr zu besichtigen?«

Wie oft hatte sie diesen Vorwurf schon gehört? Und für gewöhnlich verachtete sie diejenigen, die Quantität der Qualität vorzogen. Doch jetzt war die Vorstellung, diese beiden etwas Derartiges sagen zu hören, deprimierend für sie.

Sie ging durch einen kurzen Gang und öffnete die Tür zum Wohnzimmer, wo – wie sie wußte – der Tee auf sie warten würde. Nanny hatte ihn auf ein Tablett gestellt, ein altmodischer Teewärmer war über die Kanne gestülpt und hielt den Tee warm. Der Raum war klein und schäbig. Als ihr Vater noch gelebt hatte, war es das Zimmer der Wirtschafterin gewesen. Jetzt waren alle ihnen noch verbliebenen Möbel darin untergebracht.

Aria setzte sich an den Tisch und goß sich eine Tasse Tee ein. Es gab Gurkenbrote und ein Stück selbstgebackenen Kuchen. Ihre Gedanken waren weit fort, und sie aß geistesabwesend, bis sie beinahe erschrocken hörte, wie ein Auto startete. Sie stand auf und ging zum Fenster, von wo aus sie die Vorderseite des Hauses sehen konnte.

Sie sah, wie sich der graue Bentley gerade in Bewegung setzte. Mit einem flüchtigen Blick sah sie ein sonnengebräuntes Gesicht mit hohen Wangenknochen und dunklen Augen, dann war der Wagen vorbei und fuhr die Auffahrt hinunter. Wie ein Wesen aus einer anderen Welt sauste er, im Sonnenlicht aufblitzend, davon.

»Schnell gekommen, schnell gegangen.«

Laut flüsterte Aria die Worte vor sich hin, fragte sich dann, warum sie sie ausgesprochen hatte. Jetzt war das Auto außer Sichtweite. Frieden und Stille waren die gleichen wie zuvor. Sie waren zwar um fünf Schillinge reicher geworden, trotzdem hatte Aria das Gefühl, als habe der Mann im grauen Bentley mit seiner schönen Liebesgöttin einen Riß hinterlassen.

Hinter ihr öffnete sich die Tür. »Sie sind nicht lange geblieben, nicht wahr, Nanny?« sagte sie, ohne sich umzuwenden.

»Wer?« fragte die Stimme eines Mannes.

Sie wirbelte herum.

»Charles! Ich habe dich nicht erwartet!«

Ihr Bruder kam durch den Raum und setzte sich an den Tisch.

»Hast du eine Tasse Tee für mich?« fragte er.

Er trug schmutzige, fleckige Kordhosen und ein offenes Hemd.

»Natürlich«, antwortete sie. »Aber was ist geschehen? Wieso bist du zu dieser Tageszeit hier?«

»Bei der Futterschneidemaschine ist ein Messer zerbrochen«, erwiderte er. »es ist schon ein verdammter Mist. Wir hätten heute abend mit Greenacres fertig werden können, wenn wir nicht auf diese Weise aufgehalten worden wären. Ich mußte nach Hertfort fahren, um ein neues Messer zu besorgen.«

»Wie ärgerlich«, meinte Aria. Sie nahm eine zweite Tasse aus dem Geschirrschrank. »Iß dieses Sandwich«, sagte sie. »Ich mach dir noch eins.«

»Nein, ich will nichts essen«, antwortete er. »Ich muß gleich wieder auf die Felder hinaus, auch wenn wir nicht weitermachen können, bevor das neue Messer angebracht ist.«

»Du siehst müde aus«, sagte Aria leise. »Kannst du nicht bis morgen Pause machen und dann ausgeruht wieder anfangen?«

»Du weißt verdammt gut, daß ich das nicht kann«, erwiderte er scharf. Dann fügte er schnell hinzu: »Tut mir leid. Ich wollte dich nicht anschreien, aber es macht mich verrückt, daß diese verdammten Dinger immer wieder zerbrechen. Es ist nicht nur wegen der Verzögerung. Es ist ganz einfach so, daß ich es mir nicht leisten kann, neue zu kaufen.«

»Ja, ich weiß, Charles. Aber du verlangst zuviel von dir. Du willst zu viel schaffen, zu schnell.«

»Zu schnell? Weißt du, um wieviel wir unser Konto bei der Bank überzogen haben? Übrigens, ich habe heute früh einen Brief vom Direktor bekommen. Er bittet mich, zu ihm zu kommen. Du weißt, was das bedeutet!«

»Oh, Charles! Du glaubst doch nicht, daß er Schwierigkeiten machen und uns auffordern wird, einen Teil des Kredits zurückzuzahlen?«

»Ich wäre nicht überrascht, wenn er es täte. Aber ich kann es nicht, du weißt es, Aria, ich kann es einfach nicht.«

Ein schriller, beinahe hysterischer Klang lag plötzlich in der Stimme ihres Bruders, und Aria streckte schnell die Hand aus und legte sie in die seine.

»Ich weiß, daß du es nicht kannst, Charles. Aber mach dir keine unnötigen Sorgen. Es muß ja nicht unbedingt etwas zu bedeuten haben; vielleicht ist es nur ein Routinegespräch.«

»Aber wenn es keins ist – was mache ich dann?«

Wieder klang seine Stimme angsterfüllt.

»Irgend etwas wird sich schon ergeben, Charles. Immerhin haben wir bis heute überlebt, oder?«

»Ja, aber auf dem Zahnfleisch.«

»Das spielt keine Rolle. Wir haben überlebt.«

Aria versuchte zu lächeln, doch es war ein ziemlich erfolgloses Bemühen.

Charles hämmerte mit den Fäusten auf den Tisch.

»Ich werde diesen Ort nicht aufgeben. Ich schwöre dir, ich werde es nicht!«

»Das brauchst du auch nicht«, beschwichtigte ihn Aria. »Hat das jemals jemand von dir verlangt? Queen's Folly gehört dir, Charles. Wir leben hier. Wir haben es bis jetzt geschafft, wir werden es auch weiterhin schaffen. Du darfst nicht daran zweifeln.«

Der leidenschaftliche Klang ihrer Stimme, der Druck ihrer Hand schienen ihm eine gewisse Zuversicht zu verleihen. Gerade noch schien er am Boden zerstört, mußte gegen die aufsteigende panische Angst ankämpfen, im nächsten Augenblick schien er sich bei Arias Worten zu entspannen, die Angst in seinen Augen verschwand.

»Trink deinen Tee«, sagte sie ruhig. »Und iß wenigstens das Sandwich. Ich bestehe darauf.«

Er gehorchte ohne weitere Einwände, und als er angefangen hatte zu essen, ging sie in die Küche und kam kurz darauf mit einem Laib Brot und einem Stück Butter zurück.

»Hast du etwas zu Mittag gegessen?« fragte sie beiläufig.

»Natürlich...«, begann er, dann hielt er inne und sah sie schuldbewußt an. »Ich... ich glaube es jedenfalls.«

»Das heißt also, nein«, erwiderte Aria. »Das ist doch kindisch, Charles! Du bringst dich noch ins Grab, wenn du so weitermachst. Niemand kann von Tagesanbruch bis zum Einbruch der Dämmerung arbeiten, ohne etwas zu essen. Und jetzt rühr dich nicht von der Stelle. Ich brate dir ein paar Eier, und du wirst sie essen, und es wird dir schmecken.«

Ihr Bruder sah auf seine Uhr.

»Ich muß zurück.«

»Du bleibst, wo du bist, bis du etwas im Bauch hast«, erklärte Aria mit Bestimmtheit.

Sie lief in die Küche, und während sie auf dem kleinen Gasofen, der neben dem nutzlosen, großen Herd mit seinen Spießen und riesigen Brotbacköfen aus der Zeit ihres Großvaters stand, die Eier briet, dachte sie beinahe verzweifelt an den Ausdruck in Charles Gesicht, als er ihr sagte, daß der Bankdirektor ihn sprechen wollte. Sie wußte, daß er nicht würde schlafen können, bevor das Gespräch hinter ihm lag; wußte auch, daß er noch härter arbeiten würde, als er es ohnehin schon tat – daß er sich zwingen würde, die Arbeit von zehn Männern zu erledigen und nahezu übermenschliche Kräfte zu entwickeln.

»Armer Charles! Armer, armer Charles!«

Das leise Zischen des Gases schien die Worte zu wiederholen. Plötzlich glaubte sie, sich kaum noch an die Zeit erinnern zu können, als sie sich noch keine Sorgen um ihren Bruder zu machen brauchte.

Sie hatte ihn so selten zu Gesicht bekommen, als er klein war. Er war in der Grundschule gewesen. Sie war bei ihrem Vater gewesen, oft auch im Ausland. Und während der Ferienzeit war Charles oft zu Verwandten gefahren, und Bruder und Schwester hatten sich nicht einmal gesehen. Während des Krieges hatte Aria Charles nur zweimal gesehen. Und als die Feindseligkeiten in Europa dann vorüber waren, hatte Charles zunächst als Freiwilliger für Korea, dann für Malaya gedient.

Er war gerade eine Woche in Malaya gewesen, als er von Terroristen gefangengenommen wurde. Sie mißhandelten und quälten ihn, und als er endlich befreit wurde, war er nur noch Haut und Knochen gewesen. Als körperliches und seelisches Wrack war er nach England zurückgekehrt –, um Leid und Unglück in seiner eigenen Familie vorzufinden.

Charles und Arias Vater, Sir Gladstone Milborne, war im Jahre 1953 gestorben, als Aria achtzehn und Charles vierundzwanzig war. Erst nach seinem Tod entdeckten sie, wie er es geschafft hatte, so viele Jahre lang in Luxus und Komfort zu leben. Das gesamte Vermögen war aufgebraucht – nichts war übrig geblieben. Selbst das Geld, das zu treuen Händen hatte verwahrt werden sollen, war auf irgendeine Weise verbraucht, durch Methoden, die einer rechtlichen Untersuchung nicht standgehalten hätten – wenn es eine gegeben hätte.

Doch schlimmer noch als die Tatsache, daß kein Geld mehr da war, war die Entdeckung, daß er Queen's Folly regelrecht ausgeplündert hatte, um seinen Lebensstil als Mann von Welt finanzieren zu können.

Unmittelbar nach dem Krieg war er ins Ausland gegangen und hatte Aria mitgenommen. Sie hatten in Italien gelebt, in Paris, und im Winter waren sie nach Ägypten gefahren. Stets hatten sie in den besten Hotels gewohnt, doch während Sir Gladstone sich mit schönen Frauen, erlesenen Diners und dem Nachtleben in den Städten amüsierte, wurde Aria streng von einer ältlichen Gouvernante betreut, die nie aufhörte – wenn auch nicht mit Worten, so doch durch ihr Verhalten – die Lebensweise ihres Arbeitgebers zu mißbilligen.

Warum ihr Vater seine noch im Jungmädchenalter befindliche Tochter bei sich haben wollte, hatte Aria später nie verstehen können. Vielleicht verlieh ihre Gegenwart ihm auf seine Weise ein Gefühl der Sicherheit und Geborgenheit. Gefühle allerdings, die jeder, der ihn kannte, für völlig ausgeschlossen hielt.

Es stand außer Zweifel, daß Sir Gladstones Leben mit zunehmendem Alter immer ausschweifender wurde. Immer wieder gab es Skandale, Szenen, Klagen, oft Gewaltanwendung, was bedeutete, daß sie schnell ihre Sachen packten und in eine andere fröhliche Stadt fuhren, in einen anderen Teil der Erde. Rom, Madrid, New

York, Buenos Aires – Aria kannte sie alle, aber nur durch die Scheiben eines Hotelfensters.

Die Tatsache, daß sein Haus ausgeplündert und die Familienschätze verkauft waren, bedeutete eine größere Qual für Charles als alles, was die Terroristen ihm angetan hatten. Da Aria ihren Bruder nur so wenig kannte, hatte sie seine leidenschaftliche, beinahe fanatische Liebe zu seinem Elternhaus anfangs nicht verstanden.

»Es gehört mir! Mir! Begreifst du das?« hatte er sie einmal angeschrien. »Seit der Zeit von Königin Elizabeth hat Queen's Folly den Milbornes gehört – vom Vater auf den Sohn, vom Vater auf den Sohn – und jetzt gehört es mir, und ich werde es nie aufgeben. Lieber sterbe ich; sterbe auf der Schwelle des Hauses und werde in der Erde begraben, die meinen Vorfahren gehörte und jetzt mir gehört.«

Seine Stimme war schrill, war beinahe zu einem Schrei geworden. Er zitterte, seine Hände waren eiskalt, und trotzdem liefen ihm Schweißperlen über die Stirn.

»Nur die Zeit kann den Frieden seiner Seele wieder herstellen«, hatte der Arzt zu Aria gesagt. »Versuchen Sie, Aufregungen von ihm fernzuhalten. Versuchen Sie, es ihm zu ermöglichen, sein Alltagsleben so leicht und einfach wie möglich wieder aufzunehmen. Es wird nicht einfach sein, ich weiß es. Diese Teufel haben ihn sozusagen schachmatt gesetzt. Wir müssen ihm helfen, seinen Lebensrhythmus wiederzufinden. Begreifen Sie das?«

Damals hatte Aria es nicht verstanden, doch mit den Jahren begann sie, Charles Leiden ein wenig zu verstehen, und sie lernte, ihn richtig zu nehmen. Manchmal mußte sie sanft und zartfühlend und verständnisvoll sein, ein andermal jedoch auch bestimmt, hart und kalt und ihn sogar ein wenig unter Druck setzen. Es gab Zeiten, wo sie nachgiebig sein, und solche, wo sie hart wie ein Felsen sein mußte.

Es gab Nächte, in denen sie weinend im Bett lag, weil sie spürte, daß sie versagt hatte; Tage, an denen sie Charles für verrückt hielt und glaubte, daß nichts ihn vor der Irrenanstalt bewahren konnte. Das waren die Stunden, in denen sie Queen's Folly haßte, weil es dem Mann, der es wie seine Mutter, seine Frau und Geliebte liebte, so viel bedeutete.

Sie eilte von der Küche ins Wohnzimmer zurück, wo sie Charles zu ihrer Erleichterung noch immer am Tisch sitzend vorfand.

»Hier sind deine Eier«, sagte sie. »Und wenn du noch einmal ohne zu Mittag zu essen aus dem Haus gehst, werde ich Joe anweisen, es dir gewaltsam in den Hals zu zwängen.«

»Ich werde es nicht noch einmal vergessen«, erwiderte Charles, plötzlich gut gelaunt. »Es war ein schrecklicher Tag heute. Alles ist schiefgelaufen. Der Fuchs hat sich heute Nacht sechs Hühner geholt.«

»Oh, nicht schon wieder!« rief Aria. »Wie konnte das geschehen?«

»Er hat ein Loch in den Hühnerstall gebissen. Du weißt, daß wir einen neuen brauchen. Das Holz ist morsch; sobald ich ein Loch geflickt habe, treten zwei oder drei neue auf.«

Aria seufzte. Aus Geldmangel fielen die Hühnerställe, ebenso wie alles andere, auseinander. Und was konnten sie daran ändern? Sie dachte einen Augenblick lang nach, dann sagte sie ruhig:

»Ich wollte schon lange mit dir darüber reden, Charles. Ich habe einen Entschluß gefaßt – einen ziemlich wichtigen Entschluß.«

»Und?« fragte er, ohne von seinem Teller aufzublicken, und sie wußte, daß er ihr gar nicht richtig zuhörte, sondern mit den Gedanken bei seinen Sorgen um die Farm war.

»Hör zu, Charles«, sagte sie eindringlich. »Es ist sehr wichtig. Ich habe mich entschlossen, fortzugehen. Ich möchte versuchen, einen Job zu bekommen.«

»Einen Job? Wozu um alles auf der Welt?« Jetzt sah Charles sie an, und sie sah, daß er ihr endlich einmal wirklich zuhörte.

»Um Geld zu verdienen, natürlich. Ich habe bereits mit Nanny darüber gesprochen. Es kommen so wenig Besucher, daß sie mit ihnen und dem Haus allein fertig werden kann. Anfangs glaubten wir ja, daß wahre Menschenmassen kommen würden, aber bis zum Nachmittag kommt kaum jemand. Und falls doch einer kommt, können wir einen Zettel an die Tür hängen, daß sie läuten sollen. Nachmittags kann Nanny in der Halle sitzen, und falls einmal viel zu tun sein sollte, würde das lediglich bedeuten, daß du dein Abendessen etwas später als gewöhnlich bekommst.«

»Aber du darfst nicht weggehen. Du darfst mich nicht allein lassen, Aria.«

Arias Gesicht wurde weich, und ein plötzlicher Glanz trat in ihre Augen, als sie ihrem Bruder die Hände entgegenstreckte.

»Oh, Charles! Das ist das Schönste, was du je zu mir gesagt hast! Würdest du mich wirklich ein wenig vermissen? Aber, mein Liebster, ich bin hier völlig nutzlos. Ich bin kräftig und gesund und nicht ganz dumm, glaube ich. Stell dir vor, was es für uns alle bedeuten würde, wenn ich etwas Geld verdienen könnte. Selbst wenn es nur zwei oder drei Pfund wären, so könnten wir damit die Hälfte von Joes Lohn bezahlen. Vielleicht könnten wir uns sogar einen weiteren Mann leisten.«

An Charles Gesichtsausdruck erkannte sie, daß er von der Idee angetan war. Dann jedoch schob er sie abrupt beiseite.

»Das ist Blödsinn!« sagte er. »Du hast nie versucht, dir deinen Lebensunterhalt selbst zu verdienen. Der alte Mann hat dir nie beigebracht, etwas Sinnvolles zu tun.«

»Ja, das weiß ich«, gab Aria zu. »Aber gestern hörte Nanny von ihrer Nichte – das Mädchen, das letzte Weihnachten hier war, du erinnerst dich? Du hieltest sie für geistig etwas minderbemittelt, doch sie hat einen Job in einer Flugzeugfabrik bekommen und verdient mit Überstunden zehn Pfund pro Woche. Stell dir das doch nur einmal vor, Charles! Zehn Pfund pro Woche! Damit sähe für uns vieles anders aus.«

»Was für einen Sinn sollte es haben, wenn du in einer Flugzeugfabrik arbeitest?« fragte Charles. »Du würdest in der ersten Woche zusammenbrechen. Dafür bist du nicht kräftig genug.«

Dabei sah er seine Schwester an, als sähe er sie zum erstenmal. Er sah das kleine, ausdrucksvolle, herzförmige Gesicht, die dunklen Augen, die viel zu groß für das kleine Gesicht zu sein schienen, den roten Mund, der an den Mundwinkeln trotzig nach unten gebogen war. Dunkle Augen und rote Haare – eine seltene Kombination, auch wenn es schon seit Jahrhunderten rote Milbornes gab.

Aria war ein Meter sechzig groß; sie hatte eine schmale Taille und schlanke, lange Beine, auf denen sie sich äußerst anmutig bewegte, was sie wohl dem Anstandsunterricht zu verdanken hatte, den sie während ihrer ganzen Kindheit hatte über sich ergehen lassen müssen. Sie sah gewiß nicht danach aus, als ob sie große Kraftakte vollbringen könnte, doch Charles wußte, daß sie stärker war, als sie aussah, und eine Spannkraft und Entschlossenheit besaß, die die seine manchmal noch übertraf.

»Aber was könntest du denn tun?« fragte er.

»Ich weiß es noch nicht«, antwortete Aria. »Und ich werde jetzt noch nichts sagen, damit du mich nicht auslachen kannst. Ich werde es schon herausfinden. Mein Entschluß steht fest. Ich werde morgen nach London fahren. Ich werde zu allen Stellenvermittlungsbüros gehen, und ich werde einen Job bekommen. Dann werde ich mir irgendwo ein Zimmer suchen. Ich kann schließlich nicht dauernd hin- und herfahren.«

Beide mußten darüber lachen. Es war ein alter Familienscherz, daß die Busse, die zweimal in der Woche am Ende der Auffahrt vorbeifuhren, sie in der langsamstmöglichen Zeit von nirgendwo nach nirgendwo brachten.

»Nun, ein Versuch kann nicht schaden, würde ich sagen«, entgegnete Charles vage. »Aber ich glaube, du wirst keinen Job finden, der dir mehr als fünf bis sechs Pfund die Woche bringt, und wenn du in London leben mußt, wirst du am Ende eher mit leeren Taschen dastehen, als daß du etwas sparen kannst.«

»Wenn das der Fall wäre, würde ich wieder nach Hause kommen«, erklärte Aria. »Ich bin schließlich kein Idiot. Ich möchte für Queen's Folly Geld verdienen. Wenn ich das nicht kann, werde ich hier bleiben und weiter den Boden schrubben und die Halb-Kronen-Stücke in Empfang nehmen.«

Charles hatte sich der Tür zugewandt. Jetzt drehte er sich um, ging zu Aria hinüber und legte unvermittelt seinen Arm um ihre Schulter.

»Haßt du es so sehr?« fragte er.

Sie sprang auf, als hätte er sie geschlagen.

»Hassen? Du weißt, daß ich es nicht hasse«, erwiderte sie. »Ich liebe es ebensosehr wie du. Nein, das stimmt nicht – niemand kann Queen's Folly so sehr lieben wie du. Aber es ist meine Heimat; von ihr habe ich geträumt, als ich mit Vater in diesen fürchterlichen Hotels herumzog. Ich dachte an mein eigenes kleines Zimmer und wünschte mir, wieder hier zu sein. Ich dachte an die Eiche, in die ich hinaufgeklettert bin und wo niemand mich finden konnte; an das Gebüsch, in dem wir beide Indianer gespielt haben, als wir klein waren. Queen's Folly war mein Stern, mein Ziel, das, was ich mir am meisten wünschte – zu Hause zu sein.«

»Und als du dann zurückkamst, war dein Zuhause leer und zerstört«, entgegnete Charles mit plötzlicher Bitterkeit.

Es war ein gefährliches Thema, und Aria erwiderte schnell:

»Unsinn! Es ist immer noch unsere Heimat. Es ist noch immer da, und nur das allein zählt.«

Ihre Worte schienen ihm nahezugehen.

»Ja, es ist noch immer da«, sagte er ruhig. »Ich glaube, das allein ist wichtig, nicht wahr?«

»Natürlich«, antwortete Aria lächelnd. Sie küßte ihn leicht auf die Wange. »Jetzt geh und laß es nicht zu spät werden. Ich möchte noch mit dir reden, und wenn du zu müde bist, wirst du gleich nach dem Abendessen einschlafen.«

»Ich komme mir beinahe vor wie ein alter, langweiliger Ehemann«, entgegnete Charles.

»Du benimmst dich jedenfalls oft so«, meinte Aria.

Er mußte lachen, und als er zur Hintertür hinaus und über den Hof zur Farm hinüberging, hörte sie ihn vor sich hin pfeifen.

Aria stellte die Teetassen aufs Tablett zurück und wollte es schon in die Küche zurücktragen. Dann jedoch holte sie noch eine Tasse und füllte sie für Nanny. Zu keiner Tages- oder Nachtzeit würde Nanny sich nicht über eine Tasse Tee gefreut haben. Aria gab Milch und Zucker dazu und trug die Tasse durch den Gang in die Halle.

Nanny saß am Tisch und strickte an einem der endlosen braunen Pullover, die Charles auf der Farm trug und die mit beunruhigender Regelmäßigkeit zu verschleißen schienen.

»Ich bringe dir eine Tasse Tee, Nanny«, sagte Aria. »Und stell dir vor! Charles war da. An einer seiner Maschinen war etwas kaputtgegangen, und er mußte nach Hertford fahren, um Ersatzteile zu besorgen. Natürlich hatte er darüber sein Mittagessen vergessen.«

»Mein Gott, und ich hatte ihm sein Lieblingssandwich mit Schinken gemacht«, seufzte Nanny.

»Ich habe ihm zum Tee ein paar Eier gebraten«, fuhr Aria fort. »Doch er hat Sorgen. Der Direktor der Bank hat ihm geschrieben, daß er ihn sprechen will.«

»Ich habe so etwas befürchtet«, meinte Nanny. »Ich habe den Stempel auf der Rückseite des Umschlages gesehen. Wenn so ein Brief kommt, hat das nie etwas Gutes zu bedeuten.«

»Ich hoffe, daß die Bank den armen Charles nicht gerade jetzt bedrängt. Ich hatte den Eindruck, daß es ihm in letzter Zeit ein bißchen besser ging. Du auch?«

»Viel besser«, nickte Nanny. »Er kommt wieder in Ordnung, du wirst schon sehen. Gib ihm noch ein, zwei Jahre, und er wird wieder der Alte sein, mein süßer Junge.«

»Er ist so abgearbeitet«, seufzte Aria. »Beim geringsten Anlaß geht er in die Luft.«

»Ich weiß«, antwortete Nanny. »Aber bei seinem angegriffenen Nervenkostüm darf man nichts anderes erwarten. Er wird wieder gesund, mein Liebes. Gräm dich nicht.«

»Ich habe ihm gesagt, daß ich morgen nach London fahre, um mir einen Job zu suchen.«

»Und was hat er gesagt?«

»Er war wirklich ganz reizend. Ich glaube, er hat zum erstenmal erkannt, daß ich ihm fehlen könnte. Doch als ich sagte, daß ich das nur für Queen's Folly tun wolle, war er ganz dafür.«

»Wenn du einen guten Job findest, lohnt sich die Mühe. Wenn nicht, kommst du zurück, Liebes. Der Gedanke, daß du allein in London leben wirst, gefällt mir nicht. Du bist noch so jung.«

»Nächsten Monat werde ich einundzwanzig«, antwortete Aria. »Also alt genug, um auf mich selbst aufzupassen, Nanny.«

»Ich hoffe, daß es so ist«, meinte Nanny und sah Aria besorgt an.

Aria blickte auf das Geld in der Dose.

»Diese Leute sind nicht lange geblieben«, sagte sie nach einer Weile. »Der Mann in dem Bentley. Haben sie irgend etwas gesagt, als sie gingen?«

»Er hat sich sehr höflich bedankt«, erwiderte Nanny. »Ich glaube, er war ein vollendeter Gentleman. ›Ihre Bilder sind einen Besuch wert‹, sagte er. Fairer konnte er es nicht ausdrücken, oder?«

»Ich freue mich, daß er zufrieden war.«

Aria wußte nicht, warum, aber sie war wirklich froh. Sie spürte eine plötzliche Wärme in ihrem Herzen. Reich, bedeutend und attraktiv war er, und trotzdem hatten ihm die Bilder von Queen's Folly gefallen. Vage fragte sie sich, ob sie ihn wohl jemals wiedersehen würde; dann mußte sie über sich selbst lachen.

Morgen würde ein neues Abenteuer für sie beginnen. Vielleicht war es der Beginn einer neuen Phase ihres Lebens. Sie würde nach

London fahren; sie würde einen Job finden. Was für eine Rolle spielte es schon, ob einem Mann in einem grauen Bentley die Bilder gefallen hatten oder nicht?

2

Am Fuß der Treppe, die zu Mrs. Bensteads Vermittlungsbüro für Büro- und Hausangestellte führte, blieb Aria stehen. Es war bereits die fünfte Agentur, die sie an diesem Morgen aufsuchte, dachte sie ein wenig müde. In einem verstaubten, an der Wand angebrachten Spiegel erkannte sie ihr Gesicht, das – selbst in dem schadhaften, verzerrenden Spiegelglas – blaß und abgespannt wirkte.

Sie war mit hochgesteckten Erwartungen von Queen's Folly fortgegangen. Töricht, wie sie war, hatte sie geglaubt, daß die Jobs nur so auf sie warteten – doch bald schon waren ihr diese Illusionen genommen. Natürlich gab es Jobs – eine ganze Reihe sogar. Doch sie alle waren nicht das, wonach sie suchte, und zwar aus dem ganz einfachen Grund, daß die Löhne nicht hoch genug waren, als daß sie Charles mehr als ein Almosen hätte schicken können.

Und das war schließlich der Hauptgrund für sie gewesen, nach London zu gehen. Um etwas zum Unterhalt des Hauses beitragen zu können, das sie beide liebten, und wenigstens ein paar der Sorgenfalten um Charles Augen vertreiben und die Spannung, die seinen Mund wie in beinahe übermenschlichem Ringen um seine Fassung zusammenzupressen schien, lockern zu können.

»Sie müssen Aufregungen und Sorgen von Ihrem Bruder fernhalten.« Wie oft hatte Aria diese Worte aus dem Munde ihres Familienarztes gehört, und ihr war klar gewesen, daß er ebensogut hätte verlangen können, daß sie die Flut aufhielt oder das Wetter durch irgendeine Zauberformel änderte.

Charles war mit den Nerven am Ende. Die kleinste Kleinigkeit konnte ihn derart aus der Fassung bringen, daß er am Ende beinahe in der gleichen schlechten Verfassung war wie zu der Zeit, als sie ihn aus den Händen der Terroristen befreit hatten. Und am meisten regte ihn der Gedanke an Geld auf!

Aria wußte, daß die Angst, daß sie Queen's Folly nicht würden halten können, daß sie das Haus verkaufen müßten, ihm stets im

Nacken saß. Der Grund und Boden war bis zum letzten Zipfel mit Hypotheken belegt. Es war schon schwer genug, Jahr für Jahr die Prämien zu zahlen, und nur Charles übermenschliche Anstrengungen auf der Farm ermöglichten es ihnen überhaupt zu leben.

Geld! Geld! Geld! Der Klang dieses Wortes schien in Arias Ohren zu dröhnen, verfolgte sie bei Tag und war nachts Teil ihrer Träume.

Auf dem Weg nach London hatte sie sich ausgerechnet, wieviel das Leben in London sie kosten würde. Selbst das billigste Hotel würde mindestens drei Guinees pro Woche kosten, dazu kam noch das Essen. Beschämt dachte sie an ihren Appetit. Sie hatte oft Hunger, und jedes andere Mädchen ihres Alters würde sie beneidet haben, weil sie – wieviel sie auch aß – nie zuzunehmen schien.

Sie betrachtete sich im Spiegel. Der schwarze Mantel und der Rock, den sie sich im letzten Winter, in dem sie mit ihrem Vater in Paris gewesen war, dort gekauft hatte, sahen noch immer hübsch und modern aus. Gott sei Dank hatte sie einen schwarzen Rock gekauft, denn die meisten ihrer Kleider wirkten ausgesprochen schulmädchenhaft.

Als sie die Nachricht vom Tod ihres Großvaters erhielten, hatte Sir Gladstone es zunächst abgelehnt, daß Aria Trauer tragen sollte, schließlich jedoch hatte er eingewilligt, Aria etwas Schwarzes zu kaufen, um sich mit einem Cousin zu treffen, der nach der Beerdigung auf der Durchreise in Paris war.

Der Cousin war später nach Südafrika ausgewandert, und soweit Aria sich erinnern konnte, waren sie und ihr Bruder die einzigen Verwandten. Ihr Vater und ihre Mutter waren beide noch Kinder gewesen, und falls es noch andere lebende Verwandte gab, so hatten Charles und seine Schwester jedenfalls den Kontakt zu ihnen verloren.

»Nur wir beide gegen die ganze Welt«, sagte Aria. Als sie dann im Spiegel sah, wie sich ihre Lippen bewegten, lächelte sie sich zu, als machte sie sich über sich selbst lustig.

Es fiel ihr schwer, lange Trübsal zu blasen. Ihre Lebensgeister begannen wieder zu erwachen. Sie versetzte dem kleinen schwarzen Hut, der auf ihren roten Locken saß, einen kleinen Schubs zu ihrer rechten Augenbraue hin. Dann nahm sie ihr Schminktäschchen heraus und puderte sich die Nase. Es war sicher ratsam, so gut wie möglich auszusehen, bevor sie die schmale Treppe zu der Agentur hinaufging. Wer konnte wissen, was sie erwarten würde?

Sie hing gerade wieder einem ihrer Tagträume nach, als sie jemanden die Treppe herunterkommen hörte. Als sie aufblickte, sah sie einen Mann und eine Frau herunterkommen.

»Das Beste, was wir tun können«, sagte der Mann gerade, »wäre es, den Dienern unsere Einkünfte zu geben und sie zu bitten, uns ein paar Schillinge Taschengeld zu geben.«

»Oh, sei nicht albern, John!« rief die Frau aufgeregt. »Du weißt, wir brauchen eine Hilfe im Haus. So wie bisher kann es nicht weitergehen.«

Gefolgt von ihrem ziemlich erschöpft aussehenden Mann, stürzte die Frau mit unzufriedener Miene an Aria vorbei, und die Haustür knallte hinter ihnen ins Schloß.

Aria warf einen letzten, prüfenden Blick in den Spiegel, dann stieg sie die Treppe hinauf. Mrs. Bensteads Agentur war genau wie all die anderen, die sie an diesem Morgen aufgesucht hatte. Der gleiche Geruch nach Gas und abgestandenem Rauch lag in der Luft, die gleichen schmuddeligen braunen Wände mit abblätternder Farbe, die gleiche bedrückende Atmosphäre über dem ganzen Büro.

Aria sprach mit einem gleichgültig an seinem Schreibtisch sitzenden, ziemlich mürrisch wirkenden Mädchen, das etwas mehr Interesse zeigte, als Aria ihr sagte, daß sie eine Stellung suche.

»Mrs. Benstead wird gleich Zeit für Sie haben«, sagte sie. »Aber es ist besser, Sie setzen sich.«

Aria setzte sich auf einen unbequemen Stuhl, dessen eines Bein kürzer als die anderen war und der mit der Lehne zur Wand direkt im Türrahmen stand. Das Mädchen wandte sich wieder seiner Schreibmaschine zu und hämmerte mit beinahe höhnischer Vehemenz in die Tasten, als mache sie sich über einen jeden lustig, der an einen Ort wie diesen kam, in der Hoffnung, irgend etwas Ungewöhnliches oder Interessantes zu finden.

An der anderen Seite des Zimmers wurde eine Tür geöffnet, und eine große, grell geschminkte Frau mit grünen Federn am Hut und einem besonders giftigen Rot auf den Lippen stürzte aufgeregt heraus. Sie eilte durch das Zimmer, nickte dem Mädchen am Schreibtisch zu und sagte: »Auf Wiedersehen, Schätzchen. Bis bald.« Dann stürzte sie mit einem Getöse die Treppe herunter, das das ganze Büro erbeben zu lassen schien.

Einen Augenblick später erschien Mrs. Benstead. Sie war eine Frau mittleren Alters mit einer Hornbrille. In ihrem Mundwinkel steckte eine Zigarette. Daß sie eine starke Raucherin war, war an ihren vom Nikotin gelb gefärbten Fingern zu erkennen und an dem Geruch nach billigen Zigaretten, der übermächtig in ihrem Büro hing.

»Jetzt habe ich Zeit für Sie«, wandte sie sich abrupt an Aria. Dann fügte sie, an das Mädchen am Schreibtisch gewandt, über ihre Schulter hinweg hinzu: »Ich habe Lucy Jarvis zu Lady Grimblethorpe geschickt. Rufen Sie sie bitte an und sagen Sie ihr, daß sie unterwegs ist.«

»Lady Grimblethorpe wollte ein Ehepaar«, entgegnete das Mädchen.

»Sie wird nehmen, was wir ihr schicken können, und sie wird zufrieden sein damit«, erwiderte Mrs. Benstead.

Während sie noch sprach, nahm sie an ihrem Schreibtisch Platz und bedeutete Aria, sich auf einen Stuhl davor zu setzen.

»Nun, wollen wir mal sehen. Waren Sie schon einmal hier?« fragte sie.

»Nein«, antwortete Aria.

»Dann muß ich Ihre Personalien aufnehmen«, erklärte Mrs. Benstead mürrisch, als bereite Aria ihr unglaubliche Schwierigkeiten.

Sie begann, in dem allgemeinen Gewirr auf ihrem Schreibtisch herumzukramen, bis sie unter sechs genau gleich aussehenden Büchern das gefunden hatte, wonach sie suchte.

»Name?« fragte sie.

»Milbank«, erwiderte Aria.

Am Abend zuvor hatte sie beschlossen, nicht ihren richtigen Namen zu benutzen. Natürlich war es lächerlich und der reinste Snobismus zu glauben, daß irgend jemand von ihr gehört haben könnte. Aber trotzdem, Charles war Baron, und ihr Vater hatte eine Menge Leute gekannt. Sie hätte nicht erklären können, warum, aber irgendwie widerstrebte es ihr, irgend jemandem zu erklären, warum sie arbeiten mußte, oder über den Tod ihres Vaters zu reden.

Nie würde sie die schrecklichen Zeitungsüberschriften und die sensationslüsternen, gemeinen Berichte vergessen, die – zusammen mit Fotos ihres Vaters und der Frau, die mit ihm gestorben war, und sogar von Queen's Folly – jede Zeitung füllten.

»Bekannter Baron nach Champagner-Party beim Autorennen getötet.«

Noch heute sah sie die Worte vor sich, diese und andere: »Sensationeller Tod eines Edelmannes.«

Sie war kaum in der Lage gewesen zu glauben, was sie las. Es schien unvorstellbar für sie, daß ihr Vater, den sie noch am Abend zuvor gesehen hatte, tot sein sollte. Doch dann stürmten die Reporter ins Hotel, das Telefon hörte nicht mehr auf zu klingeln; und sie wurde von der Polizei vernommen; die Presse, die Direktion – jeder und jedermann wollte mehr und mehr darüber wissen, was geschehen war – bis sie das Ganze schließlich für einen entsetzlichen Alptraum hielt, aus dem sie nicht mehr erwachen konnte.

Niemand würde je wissen, was für eine Erleichterung es für sie gewesen war, als sie an einem nassen, nebligen Morgen im März in Victoria Station ankam und Charles auf dem Bahnsteig stehen sah. Damals hatte sie ihn für einen Menschen gehalten, der ihr aus ihrem Elend heraushelfen, jemand, der ihr Zuflucht bieten und Kraft schenken konnte. Erst später erkannte sie, daß sie die Starke sein mußte, der Felsen, an den er sich klammern konnte.

Gemeinsam hatten sie sich in die Abgeschiedenheit von Queen's Folly zurückgezogen. Die Sensationsgeschichten über Sir Gladstone hatten sie hinter sich gelassen, die Details über die Art und Weise, wie er eines Nachts in Monte Carlo zu einem Vermögen kam, um es in der nächsten zu verprassen; über seine verrückten Kostümfeste, zu denen berühmte Entertainer aus der ganzen Welt engagiert waren, um die Gäste zu unterhalten; über seine Wetten, bei denen riesige Geldsummen den Besitzer wechselten; und über seine extravagante, schillernde Persönlichkeit, die ihn zum Paradepferd für die Presse machte, was immer er auch tat oder sagte.

»Vergiß es«, sagte Charles zu ihr, als sie mit dem Zug nach Queen's Folly fuhren, und sie hatte ihr ganzes Elend und Entsetzen über all das, was von dem Augenblick an, wo der Tod ihres Vaters Schlagzeilen gemacht hatte, geschehen war, herausgeweint.

»Denk nicht mehr daran... und nicht mehr an ihn!« fügte er

dann leise hinzu, als schämte er sich seiner Worte.

Die Hand ihres Bruders umklammernd, hatte Aria noch geglaubt, daß das möglich war. Doch das währte nur so lange, bis sie in Queen's Folly ankamen. Nie würde sie den Ausdruck in Charles Gesicht vergessen, als sie das Haus betraten und es kahl und leer vorfanden.

»Er muß die Möbel irgendwo eingelagert haben«, sagte Charles verwirrt.

Doch Aria hatte die Wahrheit erkannt, noch bevor Nanny, die in all den Jahren, in denen sie fort war, das Haus gehütet hatte, die Treppe herunterkam, um ihnen zu sagen, was geschehen war.

»Es ging Stück für Stück dahin, meine Lieben«, sagte sie. »Ein paar Männer pflegten mit einem Lieferwagen von London herzukommen. Sie gaben mir einen Brief von eurem Vater, in dem stand, daß ich ihnen die Sheraton-Stühle oder den Elisabethanischen Silberspiegel aushändigen solle.«

»Ist er weg?« fragte Charles scharf.

Nanny nickte.

»Er wurde vor zwei Jahren bei Christies verkauft. Er brachte dreitausend Pfund.«

»Ich werde ihn zurückkaufen!« hatte Charles geschrien. »Ich werde alles zurückkaufen. Die Sachen gehören mir, mir – versteht Ihr?«

Seine Stimme hallte durch die leeren Räume. Doch tief in ihrem Innern hatte Aria gewußt, daß es leeres Gerede war. Der Anwalt, der dann zu ihnen kam, um ihnen mit unbarmherzigen Zahlen zu zeigen, wie wenig geblieben war, bestätigte nur ihre bösen Ahnungen.

»Er hat unseren Namen in den Schmutz gezogen«, hatte Charles wütend erklärt, doch in seinen Augen hatten Tränen gestanden.

Jetzt buchstabierte Aria beinahe trotzig den Namen, den sie sich ausgesucht hatte.

»M.i.l.b.a.n.k.«

»Vorname?«

»Aria.«

»Ein ungewöhnlicher Name«, sagte Mrs. Benstead und klang zum ersten Mal fast ein bißchen menschlich. »Dabei bekommen wir hier durchaus verrückte Namen zu hören. Es ist in Mode, keine einfachen, alltäglichen Namen zu haben. Nun, ich jedenfalls wurde auf den Namen Gladys getauft, und ich habe mir nie den Kopf darüber zerbrochen, ob ich anders heißen möchte.«

Aria erwiderte nichts darauf, und nachdem Mrs. Benstead ihren Namen aufgeschrieben hatte, blickte sie auf.

»Sekretärin, nehme ich an?«

»Eigentlich würde ich lieber etwas anderes machen«, entgegnete Aria zögernd.

»In welcher Richtung?« fragte Mrs. Benstead.

»Ich weiß es nicht genau«, antwortete Aria. »Ich... ich wollte etwas tun, was mir... ein gutes Gehalt bringt. Vielleicht sollte ich lieber sagen, ...ein außergewöhnlich gutes. Und da ich nicht stenographieren kann, dürfte der Posten einer Sekretärin nicht gerade der geeignete Job für mich sein.«

»Sie können nicht stenographieren?« wiederholte Mrs. Benstead, und ihre Stimme klang beinahe ein wenig verächtlich. »Das macht es natürlich wesentlich schwieriger. Die Leute legen heute großen Wert darauf, und man kann ihnen nicht einmal einen Vorwurf machen deshalb. Geschwindigkeit ist es, was zählt.«

»Ja, das glaube ich Ihnen«, sagte Aria. »Ich dachte nur, es gäbe vielleicht auch etwas anderes.«

»Und woran denken Sie da?« fragte Mrs. Benstead. »Ich habe da eine Frau, die eine Gesellschafterin sucht, die auch bei ihr wohnt. Das bedeutet, daß sie nicht viel zahlt und erwartet, daß Sie im Haus helfen, wenn die anderen Bediensteten Ausgang haben.« Sie klappte ihr Buch auf. »Eine gute Adresse – ein Haus in der Oberen Grosvenor Street. Wollen Sie es einmal versuchen?«

»Nein, danke«, antwortete Aria. »An so etwas habe ich nicht gedacht.«

»Dann wollen wir einmal sehen, was wir noch haben«, meinte Mrs. Benstead. »Haushälterin für einen alleinstehenden Herrn. Sie müssen eine gute Köchin sein, wenn Sie zu ihm gehen wollen. Er stellt da gewisse Ansprüche.«

»Ich kann nicht kochen«, erklärte Aria. »Zumindest nicht gut genug.«

»Dann hat es keinen Sinn. Nun, da wäre noch dieser...« Mrs. Benstead hielt inne.

Das Mädchen aus dem Vorzimmer war plötzlich eingetreten und hatte die Tür hinter sich geschlossen.

»Sie ist wieder da«, sagte sie mit gesenkter Stimme zu Mrs. Benstead. »Er hat sie rausgeschmissen.«

»Doch nicht Mrs. Cunningham?« sagte Mrs. Benstead fassungslos.

»Doch. Und er läßt Ihnen sagen, Sie sollen ihn um zwölf Uhr im Claridges anrufen.«

Mrs. Benstead sah auf ihre Uhr.

»Es ist schon nach zwölf.«

»Ja. Sie sagte, ihr Zug in die Stadt zurück habe Verspätung gehabt.«

»Warum hat er sie rausgeschmissen?«

»Das fragen Sie noch?« Das Mädchen kräuselte die Lippen. »Aus dem üblichen Grund.«

»Ich hätte nie gedacht, daß Mrs. Cunningham so dumm sein würde«, meinte Mrs. Benstead. »Oh Gott, dann sollte ich ihn wohl lieber anrufen und ihm jemand anderen versprechen. Suchen Sie mir bitte das Buch heraus.«

»Da brauchen Sie gar nicht nachzusehen«, erwiderte das Mädchen. »Es steht niemand drin.«

»Aber wir müssen etwas für ihn tun.«

In ihrer Aufregung zog Mrs. Benstead an ihrer Zigarette, und der Rauch schien sie wie eine Wolke einzuhüllen. Sie nahm den Telefonhörer ab und wählte eine Nummer, einen Augenblick später sagte sie:

»Verbinden Sie mich bitte mit Mr. Dart Huron.«

Sie wartete eine Weile, und als sie dann »Hallo« sagte, war ihre Stimme plötzlich von kriecherischer Unterwürfigkeit.

Die Stimme am anderen Ende der Leitung schien viel zu sagen zu haben, und Mrs. Benstead schien aufmerksam zuzuhören.

»Ja, ja, natürlich, Sir. Ich verstehe. Es tut mir auch schrecklich leid. Sie hatte so gute Referenzen – ich kann das überhaupt nicht verstehen... Ja, ich werde mein Bestes tun... Nein, nein, wir werden ganz bestimmt jemanden finden. Es besteht keine Veranlassung, daß Sie woanders anfragen. Wir werden Ihren Anforderungen gerecht werden, wie wir es immer getan haben... Ja, ja, das ist verbindlich. Um drei Uhr... Ja, bestimmt, Sir. Bis dahin werde ich jemanden aufgetrieben haben. Auf Wiederhören.«

Sie legte den Hörer auf die Gabel und ließ sich erschöpft in den Stuhl zurückfallen.

»Damit ist alles vermasselt!« wandte sie sich an das Mädchen, das sich über den Schreibtisch gebeugt hatte und konzentriert jedes Wort verfolgte, das die beiden wechselten. »Er will morgen jemand anderen haben. Erwartet, daß sich heute nachmittag um drei Uhr jemand bei ihm vorstellt. Was ist mit Mrs. Jones?«

»Sie ist in Schottland.«

»Ach ja, das hatte ich vergessen. Und Mrs. Harris?«

»Weiß der Himmel, was mit ihr passiert ist. Der letzte Brief, den wir ihr geschickt haben, kam mit dem Vermerk ›Empfänger unbekannt‹ zurück.«

Aria hatte das Gefühl, plötzlich unsichtbar geworden zu sein. Die beiden Frauen schienen ihre Anwesenheit völlig vergessen zu haben. Sich mit den nikotinbefleckten Fingern durch die grauen Haare fahrend, blätterte Mrs. Benstead beinahe hysterisch durch das vor ihr liegende Buch.

Schließlich fragte Aria:

»Möchten Sie, daß ich gehe?«

Mrs. Benstead fuhr zusammen und starrte sie einen Augenblick lang an, als habe sie sie noch nie zuvor gesehen.

»Ja, ja, bitte. Miss Milbank. Wir werden Ihnen Bescheid geben, wenn wir etwas für Sie haben«, sagte sie und vergaß dabei die Tatsache, daß sie Arias Adresse noch gar nicht aufgenommen hatte.

Als Aria sich erhob, blickte das Mädchen, das sich noch immer über den Schreibtisch lehnte, zu ihr auf.

»Sie sprechen nicht zufällig drei Fremdsprachen?« fragte sie.

»Ich spreche Französisch, Deutsch und Spanisch«, antwortete Aria.

Ihre Worte schienen die beiden Frauen völlig zu überwältigen. Ihre Augen wurden weit, ihre Münder schienen buchstäblich offen stehen zu bleiben.

»Tatsächlich?« fragte Mrs. Benstead. »Wie gut?«

»Fließend«, erwiderte Aria. »ich habe ziemlich lange in diesen drei Ländern gelebt.«

»Beherrschen Sie diese Sprachen in Wort und Schrift?« fragte Mrs. Benstead mißtrauisch.

»Ja«, antwortete Aria schlicht.

Die beiden Frauen sahen einander an.

»Nun, ich weiß nicht recht«, meinte Mrs. Benstead.

»Eine Fügung des Schicksals!« sagte das Mädchen.

»Ist es das, was der Herr am Telefon sucht?« fragte Aria.

»Wissen Sie, wer das war?« fragte Mrs. Benstead.

Aria schüttelte den Kopf.

»Woher sollte ich?«

»Das war Mr. Dart Huron«, erklärte Mrs. Benstead. Sie hielt inne, wartete auf einen Ausruf Arias oder irgendein Zeichen, daß sie den Namen kannte. Als sie sie nur stumm ansah, wiederholte sie: »Dart Huron. Sie haben natürlich von ihm gehört?«

»Nein. Es tut mir leid, das habe ich nicht.«

»Also wirklich, Miss Milfield – Milbank wollte ich sagen – wo sind Sie denn bloß in den letzten Jahren gewesen? Er ist in Amerika ebenso berühmt wie hier, wie ...«

Sie zögerte, suchte nach einem Namen.

»Ebenso berühmt wie Billy Wallace oder Douglas Fairbanks«, kam das Mädchen ihr zu Hilfe.

»Von denen habe ich schon gehört«, meinte Aria lächelnd.

»Das sollte man ja wohl annehmen. Was lesen Sie eigentlich?« fragte das Mädchen. »Die ›Kirchen-Times‹, was?«

»Also, verschwenden wir keine Zeit«, erklärte Mrs. Benstead scharf. »Die Lage ist folgende: Mr. Huron, ein sehr vornehmer Amerikaner und sehr reich dazu, ist nach England gekommen und hat sich ein Haus in Surrey gemietet. Er ist nach England gekommen, um Polo zu spielen und, wie er es nennt, ›die Saison mitzuerleben‹. Er hat es uns überlassen, das Haus einzurichten und ihm auch eine Haushälterin zu suchen, die gleichzeitig auch Gesellschafterin für ihn sein soll. Er hätte seine eigene Sekretärin mitgebracht, doch sie ist krank, und er mußte sie in New York lassen. Notwendige Voraussetzung für ihn ist, daß sie Deutsch, Französisch und Spanisch spricht – vor allem Spanisch, weil Mr. Huron sehr große Interessen in Südamerika hat.«

»Was gehört alles zu den Aufgaben einer Gesellschafterin?« fragte Aria zögernd.

»Nun, das kann ich Ihnen nicht genau sagen«, antwortete Mrs. Benstead. »Ich glaube, sie soll sich um seine Gäste kümmern, die

Zimmer herrichten, den Tisch dekorieren und solche Dinge. Mr. Huron ist nicht verheiratet, müssen Sie wissen.«

Sie warf dem Mädchen einen vielsagenden Blick zu, dann sah sie wieder Aria an.

»Sie müßten eigentlich vor kurzem in den Zeitungen über ihn gelesen haben.«

»Ich fürchte, nein«, antwortete Aria. »Ist irgend etwas Besonderes geschehen?«

»Also wirklich, ich möchte wissen, wo Sie gelebt haben, Miss Milbank. Es wurde seitenweise über ihn berichtet – seitenweise. Er war mit Beatrice Watton verlobt, müssen Sie wissen. Sie wissen schon, das reichste Mädchen Amerikas – Ölkönigin wird sie genannt. Doch die Verlobung wurde wegen Lulu Carlo, dem berühmten Filmstar, wieder gelöst. Sie müssen sie in ›Penny Plain‹ gesehen haben.«

»Ich habe von ihr gehört«, gab Aria vorsichtig zu.

»Das ist doch immerhin etwas«, meinte Mrs. Benstead leicht sarkastisch. »Nun, seine Verlobung mit Beatrice dauerte nur eine Woche oder so, und dann brach Lulu über ihn herein, und sie kamen nach Europa und überließen Beatrice ihrem Schicksal.«

»Lebt Lulu jetzt bei Mr. Huron?« fragte Aria.

»Ich nehme es an, denn sie dreht gerade einen Film hier. Sie müßten darüber gelesen haben. ›Liebe auf einer Windmühle‹ heißt er. Er wird in Elstree gedreht.«

»Ich weiß nicht, ob ich für die Anstellung bei Mr. Huron besonders geeignet bin«, sagte Aria ruhig.

Plötzlich hatte sie einen Horror davor, mit Filmstars und Leuten, die ständig in den Klatschspalten der Zeitungen standen, zu tun zu haben. Wieder sah sie die Schlagzeilen über den Tod ihres Vaters vor sich. Wieder stieg die Erinnerung an das Gefühl des Beschmutztseins in ihr hoch, das sie empfunden hatte, als sie las, wie er gelebt und mit was für Leuten er sich umgeben hatte.

»Sie wissen nicht, was Sie sagen«, stieß Mrs. Benstead ärgerlich hervor. »Dies ist der beste Job, den eine Frau diesseits des Atlantiks je bekommen kann, das dürfen Sie mir glauben. Wissen Sie, was Mr. Huron zahlt?«

»Ich glaube wirklich nicht, daß mich der Job interessiert«, erklärte Aria.

»Wissen Sie, was er zahlt?« wiederholte Mrs. Benstead.

»Nein, wie sollte ich?« erwiderte Aria, lediglich, weil man eine Antwort von ihr zu erwarten schien.

»Zwanzig Pfund die Woche«, sagte Mrs. Benstead.

»Zwanzig Pfund die Woche!« stieß Aria hervor.

Sie war ganz offensichtlich beeindruckt.

»Genau das«, erklärte Mrs. Benstead. »Und Sie brauchen mir auch keine Provision zu zahlen – die zahlt er. Es ist das gleiche Gehalt, das er seiner Sekretärin in New York zahlt, und er sagte mir, daß er eine gute Kraft haben will, und knausert auch nicht mit dem Preis.«

Mrs. Benstead sah das neben ihr stehende Mädchen an und fuhr fort:

»Mein Gott, diese Mrs. Cunningham! Wenn es je einen Idioten gab, dann sie! Und dabei braucht sie das Geld; ich weiß es, denn sie hat ein Kind zu versorgen.«

»Sie sagte mir, daß sie nicht anders könne«, warf das Mädchen ein. »Er hat irgend etwas an sich«, sagte sie. »Und ich glaube ihr das auch. Man braucht nur seine Fotos anzusehen.«

»Was ist mit Mrs. Cunningham passiert?« fragte Aria.

Wieder wechselten Mrs. Benstead und das Mädchen einen Blick.

»Ich glaube, Sie sollten die Wahrheit erfahren«, meinte Mrs. Benstead schließlich. »Sie hat sich in ihn verliebt; lief ihm nach, machte sich lächerlich. Dies waren seine Worte am Telefon. Nun, was halten Sie davon?«

»Sind Sie ganz sicher, daß er nicht zudringlich zu ihr geworden ist?« fragte Aria.

»Wer? Mr. Huron? Zudringlich Mrs. Cunningham gegenüber, wenn er Lulu Carlo bei sich hat?« Mrs. Benstead mußte derart lachen, daß sie die Zigarette aus dem Mund nehmen mußte. »Wenn das kein Witz ist! Sie müßten Mrs. Cunningham sehen!«

Sie lachte, bis sie sich mit dem Handrücken die Augen auswischen mußte.

»Liebe! Das ist das einzige, was er nicht ertragen kann. In dieser Beziehung hat er einen richtigen Komplex entwickelt. Als er das letzte Mal hier war – im letzten Sommer, nicht wahr, Vera? –, hatte ich ihn in einer Wohnung am Grosvenor Square einquartiert. Er bekam Probleme mit einem der Mädchen. Sie lief träumend herum, sah ihn mit Schafsaugen an und wurde hysterisch, als er ihr sagte, sie solle gefälligst ihre Arbeit erledigen oder gehen. Danach sagte er mir, daß er die Nase voll habe von solchen Dingen, und jetzt macht Mrs. Cunningham genau dasselbe. Ich könnte sie dafür ohrfeigen, oh ja, das könnte ich; mich derart im Stich zu lassen nach all der Mühe, die ich mir gemacht habe, damit sie den Job bekommt.«

»Ich kann Ihnen versichern, daß ich nicht vorhabe, mich... hm ... an Mr. Huron interessiert zu sein«, erklärte Aria steif.

Es widerstrebte ihr ungeheuer, irgend etwas mit dem Job oder diesem Mann zu tun zu haben, dem gegenüber sie bereits einen starken Widerwillen entwickelt hatte. Andererseits war der Gedanke an zwanzig Pfund die Woche einfach stärker in ihr. Wenn sie dort wohnte, würde sie kaum etwas zum Leben brauchen. Das bedeutete, daß sie fast zwanzig Pfund nach Queen's Folly würde schicken können – zwanzig Pfund die Woche!

Das war eine weitere Arbeitskraft auf der Farm, die Reparatur des Daches. Sie würden damit beginnen können, ein paar der Wechsel einzulösen, die in einem ständig anwachsenden Stapel auf Charles Schreibtisch lagen. Wie langweilig und widerwärtig dieser Job auch sein mochte, um Queen's Follys Willen mußte sie ihn annehmen.

»Glauben Sie, daß Mr. Huron mich anstellen wird?« fragte sie.

Erst jetzt schien Mrs. Benstead sie richtig anzusehen.

»Sie sind noch ziemlich jung«, meinte sie, »nicht wahr, Vera? Er wollte eine Frau mittleren Alters. Deshalb habe ich ja auch Mrs. Cunningham zu ihm geschickt – sie ist nicht mehr ganz jung.«

»Ich bin älter, als ich aussehe«, sagte Aria schnell.

Mrs. Benstead zuckte die Achseln.

»Wir müssen es eben versuchen«, sagte sie. »Ich habe niemanden sonst, den ich ihm schicken könnte, und ich möchte ihn nicht im Stich lassen. Wenn er zu einer anderen Agentur ginge, wäre das eine Katastrophe für uns. Sie gehen um drei Uhr ins Claridges und stellen sich vor. Und geben Sie sich um Gottes willen nicht rührselig oder vermitteln ihm das Gefühl, Sie könnten sich in ihn verlieben. Er haßt das. Diese dämliche Mrs. Cunningham! Ich bin wütend auf sie!«

»Geben Sie mir ein Empfehlungsschreiben mit?« fragte Aria.

»Nehmen Sie das«, antwortete Mrs. Benstead und kritzelte ihren

Namen an den oberen Rand einer Visitenkarte. »Schicken Sie die um drei Uhr zu ihm hinauf. Und rufen Sie mich sofort an, falls Sie den Job bekommen. Ich werde jetzt anrufen und sagen, daß Sie kommen. Ich werde sagen müssen, daß ich Sie schon eine Zeitlang kenne. Ich spiele ein riskantes Spiel, aber Sie sehen irgendwie vertrauenswürdig aus, und wenn Sie drei Sprachen beherrschen, müssen Sie eine gute Erziehung genossen haben.«

»Eine leidlich gute«, entgegnete Aria lächelnd. Sie nahm die Karte an sich und steckte sie in ihre Tasche. »Auf Wiedersehen«, sagte sie und streckte Mrs. Benstead die Hand entgegen.

»Auf Wiedersehen, Miss Milbank, und viel Glück!« entgegnete Mrs. Benstead.

Als Aria durch das Vorzimmer ging, sah sie dort eine verzweifelt aussehende Frau in überaus sorgfältiger, beinahe gouvernantenhafter Kleidung sitzen. Ihr blondes Haar wurde hier und da bereits grau, doch sie mußte einmal sehr hübsch gewesen sein. Jetzt war sie wohl so um die fünfundvierzig Jahre alt, ihr Kinn war schlaff, die Figur ein bißchen rundlich geworden.

»Das muß Mrs. Cunningham sein«, dachte Aria mit einem Anflug von Mitleid. Da es ihr peinlich war, einer älteren Frau den Job wegzunehmen, ging sie schnell die Treppe hinunter und trat auf die Straße hinaus.

In einer kleinen Imbißstube in der Oxford Street nahm sie eine einsame, billige Mahlzeit zu sich. Ihre Stimmung schwankte zwischen Aufregung und Freude beim Gedanken an das Gehalt, und Niedergeschlagenheit bei der Vorstellung dessen, was sie erwarten könnte, wenn sie den Job bekam.

Zehn Minuten vor drei betrat sie das Claridges und fragte den Portier, ob sie Mr. Huron sprechen könnte. Er telefonierte nach oben und sagte dann:

»Mr. Huron ist nicht in seiner Suite, Madam. Wenn Sie warten möchten, werde ich Ihnen Bescheid geben, sobald er kommt.«

»Ich bin um drei Uhr mit ihm verabredet«, entgegnete Aria.

»Dann dürfte Mr. Huron auch bald kommen. Er kommt selten zu spät zu einer Verabredung«, erklärte der Portier.

Die Plätze in der Halle waren alle besetzt; also ging Aria in den Salon hinüber, wo eine Reihe von Leuten beim Kaffee saß. Sie setzte sich auf einen Stuhl, der mit der Lehne vor einem Pfeiler stand;

dahinter befand sich eine weitere Halle mit niedrigen Sofas und bequemen Sesseln, die offensichtlich den Hotelgästen vorbehalten war. Aria hatte kaum Platz genommen, als sie hinter sich eine Stimme sagen hörte:

»Ich bringe mich um! Wirklich, ich werde es tun!«

Es war die Stimme einer Frau, die mit solch leidenschaftlicher Eindringlichkeit sprach, daß es Aria schwerfiel, sich nicht nach ihr umzudrehen.

»Jetzt sei nicht albern, meine Süße«, vernahm sie die beruhigende Stimme eines Mannes, der ein leichter amerikanischer Akzent anhaftete. »Du weißt genauso gut wie ich, daß Leute, die mit Selbstmord drohen, ihn nie begehen.«

»Dann werde ich die Ausnahme sein!«

»Unsinn! Du bist viel zu hübsch, und das Leben hält noch zuviel für dich bereit.«

»Ohne dich hält es nichts für mich bereit, gar nichts!«

»Jetzt hör mir mal zu. Wir haben all das schon einmal erlebt. Du und ich, wir sind überein gekommen, daß nichts Ernstes zwischen uns war, sondern lediglich der Wunsch nach Vergnügen. Und das hatten wir ja auch, oder?«

»Mußt du in der Vergangenheit reden?«

»Nein, natürlich nicht. Du hast dieses Gespräch begonnen.«

Schweigen trat ein, und dann ein Geräusch, das verdächtig nach dem Schluchzen einer Frau klang.

»Nun komm schon, Süße, Kopf hoch«, sagte der Mann. »Darf ich dir noch einen Drink bestellen?«

»Nein, danke. Ist das dein Allheilmittel gegen alle Krankheiten?«

»Diamanten waren manchmal ebenso wirkungsvoll.«

Seine Stimme klang ohne Zweifel nicht ganz ernst, und plötzlich begann die Frau zu kichern, und dann lachten die beiden in, wie es Aria schien, bester Harmonie.

»Wann gehen wir los und kaufen sie?« fragte die Frau einen Augenblick später. »Jetzt gleich?«

»Nein, ich habe eine Verabredung«, erwiderte der Mann. »Wie wäre es mit morgen früh? Wollen wir zu Cartier oder zu Boucheron?«

»Warum nicht zu beiden? Du weißt, daß ich von schönen Dingen nie genug kriegen kann.«

Wieder lachten sie wie über einen vertrauten Scherz. Dann blickte Aria plötzlich auf ihre Armbanduhr und sah, daß es fünf nach drei war. Aus Angst, daß der Portier sie übersehen, weil sie die für sie völlig belanglose Unterhaltung zweier Fremder belauscht hatte, und sie ihre Verabredung mit Mr. Huron versäumt haben könnte, sprang sie auf.

Sie eilte zum Empfang, wo sie noch eine Weile warten mußte, bis eine dicke, große Frau dem Portier ihre Anweisungen gegeben hatte. Sie wollte offensichtlich, daß ihr Pekinese in regelmäßigen Zeitabständen im Park ausgeführt werden sollte. Schließlich gelang es Aria, die Aufmerksamkeit des Chefportiers auf sich zu lenken.

»Zehn nach drei«, sagte er nach einem Blick auf seine Uhr. »Mr. Huron muß jeden Augenblick wieder da sein. Ich werde es noch einmal versuchen, Madam.«

Er nahm den Hörer ab und wartete, wie es Aria schien, eine Ewigkeit lang. Dann endlich wurde sein Ruf beantwortet.

»Da ist eine Dame. Sie sagt, sie sei um drei Uhr mit Mr. Huron verabredet ... Ja, sehr gut.«

Er legte den Hörer auf.

»Mr. Hurons Diener ist oben, Madam«, sagte er. »Er bittet Sie, hinaufzukommen und oben zu warten. Er glaubt nicht, daß sein Herr noch lange fort sein wird. Der Page wird Ihnen den Weg zeigen.«

Ein kleiner Page in einer mit Silberknöpfen besetzten Livree führte Aria zum Lift. An zwei Wänden des Lifts befanden sich zwei hohe Spiegel, und während sie schnell zum sechsten Stock hinauffuhren, warf Aria noch einmal einen prüfenden Blick auf ihr Äußeres. Wie schrecklich jung und unerfahren ich doch aussehe, dachte sie. Nervös schob sie ihr lockiges Haar hinter die Ohren. Vielleicht würde eine strengere Frisur sie älter erscheinen lassen.

Plötzlich war sie sehr nervös, und beim Gedanken an das vor ihr liegende Gespräch sank ihr Herz in die Knie. Was wäre, wenn sie den Job nicht bekam? Zwanzig Pfund die Woche würden so ungeheuer viel für Queen's Folly bedeuten. Sie konnte sich vorstellen, wie Charles' Augen aufleuchteten, wenn sie es ihm sagen würde, und auch die Erregung in seiner Stimme, wenn er die Worte wiederholte: »Zwanzig Pfund die Woche!«

In diesem Augenblick fiel ihr die Sonnenbrille in ihrer Handtasche wieder ein, die sie vor vielen Jahren während ihres Aufenthaltes in Rom gekauft hatte. Sie war nicht sehr dunkel und von strenger, schlichter Form. Jetzt trug sie sie nur noch selten, doch sie war in der schwarzen Handtasche gewesen, die sie sich zu dem schwarzen Mantel und dem schwarzen Rock ausgesucht hatte, und sie hatte nicht daran gedacht, sie herauszunehmen.

Während sie hinter dem Pagen den Korridor entlangging, nahm sie die Sonnenbrille aus dem Etui. Sie setzte sie auf und schob ihr Haar noch weiter hinter die Ohren. Der Page klopfte an die Tür, die beinahe sofort von einem ältlichen Mann in konventioneller Dienerkleidung geöffnet wurde.

»Sie haben eine Verabredung mit Mr. Huron, Madam?« sagte er. »Mein Herr müßte gleich zurück sein. Möchten Sie im Wohnzimmer auf ihn warten?«

Er führte sie in einen gemütlich eingerichteten Raum und bat sie, auf dem Sofa Platz zu nehmen.

»Ich weiß nicht, ob Sie den ›Telegraph‹ heute schon gelesen haben?« sagte er und legte ihn neben sie. »Oder hätten Sie lieber den ›Mail‹ oder den ›Express‹?«

»Danke«, erwiderte Aria mit schwachem Lächeln.

»Es ist mir ein Vergnügen«, entgegnete der Diener mit der Höflichkeit eines Kavaliers der alten Schule.

Er verließ den Raum, doch Aria schenkte den Zeitungen keine Aufmerksamkeit, sondern warf noch einmal einen prüfenden Blick in ihren kleinen Taschenspiegel. Durch die Brille sah sie gewiß älter aus, und mit den zurückgekämmten Haaren wirkte sie eher sachlich und kühl. Sie hoffte sehr, daß auch Mr. Huron das so sehen würde.

Sie hörte, wie die Eingangstür geöffnet wurde, vernahm eine Stimme und hatte gerade noch Zeit, den Spiegel wieder in ihre Handtasche zu stecken, bevor die Tür zum Wohnzimmer geöffnet wurde.

»Tut mir leid, daß ich Sie warten lassen mußte, Miss Milbank«, sagte der Mann mit weicher, tiefer Stimme, der ein leichter amerikanischer Akzent innewohnte.

Beinahe instinktiv streckte Aria ihm die Hand entgegen. Doch erst, als sie den Druck seiner Hand spürte, blickte sie auf und erkannte ihn.

Es war der Mann, der nach Queen's Folly gekommen war. Der Mann mit den hohen Wangenknochen, der den grauen Bentley gefahren hatte und der sie so fasziniert hatte, daß sie nicht nur einmal, sondern fast ständig an ihn gedacht hatte.

3

»Tut mir leid, daß ich Sie warten ließ. Bitte setzen Sie sich doch.«

Dart Huron deutete auf einen harten Stuhl, der neben seinem Schreibtisch stand. Mit leichtem Unbehagen durchschritt Aria den Raum. So absurd es sein mochte, sie hatte das Gefühl, daß es besser gewesen wäre, wenn sie nicht auf dem Sofa gesessen hätte.

»Mrs. Benstead nannte mir zwar Ihren Namen, aber sonst hat sie mir nichts über Sie erzählt«, sagte er. »Ich halte es für das Beste, wenn ich mir ein paar Notizen mache.«

Seine Stimme klang geschäftsmäßig und ziemlich barsch, und jetzt, wo ihre erste Überraschung, ihn wiederzusehen, sich gelegt hatte, konnte sie ihn ruhig und ohne dieses seltsame Herzklopfen ansehen, das sie bei seinem Eintritt in das Zimmer verspürt hatte.

Er hat ein seltsames Gesicht, dachte sie. Nicht unbedingt als gutaussehend zu bezeichnen, aber faszinierend und – wie sie selbst erfahren hatte – unvergeßlich. Er hatte hohe Wangenknochen und tiefliegende, dunkle, seltsam stechende Augen. Sie konnte sich vorstellen, daß es Leute gab, denen es schwerfiel, ihm direkt in die Augen zu sehen. Er besaß einen vollen, trotzdem festen Mund; sein Gesicht wirkte hart und entschlossen. Er schien kein Mann mit viel Sinn für Zärtlichkeit zu sein, Schwächen konnte er sicher nicht verzeihen.

»Nun, Miss Milbank?«

Als er, den Bleistift schreibbereit in der Hand haltend, plötzlich aufblickte, schrak Aria fast zusammen.

»Was... was möchten Sie wissen?« stammelte sie.

»Ein paar Fakten über Sie selbst«, erwiderte er. »Sie scheinen mir sehr jung für einen Job zu sein, bei dem Sie Verantwortung übernehmen müssen.«

Der kalte, unpersönliche Klang seiner Stimme nahm den Worten etwas von ihrer Grobheit. Trotzdem spürte Aria, wie sie sich innerlich versteifte.

»Ich bin älter, als ich aussehe. Wenn Sie jedoch eine ältere Frau suchen, so sollten wir wohl keine unnötige Zeit mehr verschwenden.« Sie war selbst überrascht, als sie sich diese Worte sagen hörte, und fragte sich, noch während sie sie aussprach, wie sie ihre einzige Chance, etwas für Queen's Folly zu tun, so einfach wegwerfen konnte. Doch etwas in der Haltung des Fremden weckte einen Stolz in ihr, den zu besitzen sie bisher gar nicht gewußt hatte.

»Ich suche eine tüchtige Haushälterin und Gesellschafterin«, antwortete Dart Huron. »Ich habe keinerlei Vorurteile, was das Alter betrifft. Ich möchte nur jemanden haben, der in der Lage ist, die Position ganz auszufüllen.«

»Wenn die Bedingungen, die Mrs. Benstead mir genannt hat, korrekt sind«, entgegnete Aria ruhig, »so glaube ich, daß ich Ihren Ansprüchen gerecht werden kann.«

»Sie sprechen Spanisch?«

»Ja.«

Er sagte einen Satz in Spanisch, fragte sie, ob sie in London wohne oder nur für einen Tag hergekommen sei. Sie antwortete schnell und ohne zögern, sagte, daß sie von Hertfordshire hergekommen sei und die Fahrt von dort hierher etwa eine bis eineinhalb Stunden dauerte.

»Gut«, sagte er wieder in Englisch. »Und Französisch und Deutsch sprechen Sie ebenso gut?«

»Ich habe in beiden Ländern gelebt«, erwiderte Aria.

»Gut!« sagte er wieder, warf seinen Bleistift hin, als habe er keine Verwendung mehr für ihn, und fügte hinzu: »Mrs. Benstead hat Ihre Zeugnisse sicher gesehen, also brauchen wir uns damit nicht mehr aufzuhalten. Sie können sofort anfangen, nehme ich an?«

»Meinen Sie heute?« fragte Aria.

»Heute oder morgen. Ich habe über das Wochenende Gäste in Summerhill, und ich möchte, daß sich jemand um sie kümmert.«

»Ich muß noch einmal nach Hause und meine Sachen holen«, sagte Aria. »Wenn es Ihnen recht ist, könnte ich morgen anfangen.«

»Am besten, so schnell wie möglich«, erwiderte Dart Huron. »Unsere Telefonnummer ist Guildford 8877. Wenn Sie den Butler anrufen und ihm sagen, wann Sie ankommen, wird er Sie mit dem

Wagen vom Bahnhof abholen lassen. Ich werde zur Mittagszeit unten sein. Dann können wir alles Weitere besprechen.«

»Danke«, entgegnete Aria und fügte in plötzlicher Angst über das, was auf sie zukommen könnte, hinzu: »Ich werde mein Bestes tun.«

»Ich danke Ihnen, Miss Milbank.«

Das Gespräch schien beendet, und er stand auf. Als dann auch Aria sich erhob, zögerte er. Seine Lippen preßten sich zusammen, als habe er eine plötzliche Entscheidung getroffen.

»Da ist noch etwas, was ich Ihnen sagen möchte«, begann er.

Aria wartete, und nach einer Weile fuhr er fort:

»Ich glaube, es ist besser, wenn ich offen zu Ihnen bin, Miss Milbank. Ich hatte in der letzten Zeit Ärger mit meinen englischen Haushälterinnen. Sie – wie soll ich es ausdrücken? – sie waren zu sehr an mir persönlich interessiert. In Amerika habe ich das Glück, eine außergewöhnlich gute Sekretärin zu haben, für die ich die größte Hochachtung empfinde. Sie regelt meine Angelegenheiten auf bewunderungswürdige Art und Weise und mischt sich nie in meine Privatangelegenheiten ein. Leider ist sie im Augenblick krank, und da sie sich einer Operation unterziehen muß, wird sie wahrscheinlich ein paar Monate im Krankenhaus bleiben müssen.«

Dart Huron schnippte die Asche von seiner Zigarette und fuhr fort: »Sie fehlt mir nicht nur, weil sie erstklassig arbeitet, sondern auch wegen ihrer äußerst zurückhaltenden Haltung mir gegenüber. Ich nehme an, Sie verstehen, was ich damit meine.«

Er sah Aria mit einem Blick an, der ihr ziemlich verächtlich vorkam. Instinktiv flog ihr Kinn in die Höhe.

»Ich versichere Ihnen, Mr. Huron«, sagte sie einen Augenblick später in förmlichem Ton, »daß Sie sich keine Sorgen zu machen brauchen, daß ich Ihnen mit irgendwelcher unerwünschter Aufmerksamkeit oder gar Zuneigung zu nahe treten werde. Meine Stellung in Ihrem Haus wird genau Ihren Vorstellungen entsprechen, und meine Haltung Ihnen gegenüber wird die einer Angestellten Ihrem Arbeitgeber gegenüber sein.«

»Es freut mich, daß Sie das sagen, Miss Milbank«, entgegnete Dart Huron. »Wie ich bereits sagte, vielleicht hatte ich in dieser Beziehung in letzter Zeit besonderes Pech.«

»Ich kann Ihnen nur noch einmal versichern, daß ich an nichts anderem als an meiner Arbeit interessiert sein werde«, erwiderte Aria, empfand jedoch gleichzeitig den etwas unnatürlichen Klang ihrer Stimme, der ihre innere Unruhe und wachsende Verwirrung verriet.

Falls auch Dart Huron das erkannt hatte, so gab er es jedenfalls nicht zu erkennen.

»Dann verlasse ich mich also auf Ihre Vernunft, Miss Milbank.«

»Danke.«

Sie wandte sich um und ging auf die Tür zu. Sie hatte ihm bewußt nicht die Hand gereicht, weil sie wußte, daß sie im Augenblick nichts lieber tun würde, als ihm zu sagen, daß sie ihre Meinung geändert habe und den angebotenen Posten nicht haben wollte.

Sie verspürte das dringende Bedürfnis, die Überraschung in seinem Gesicht zu sehen, wenn er feststellte, daß nicht nur er aussuchen und auswählen konnte, sondern daß dies auch andere Leute konnten. Nur der Gedanke an Charles sorgenerfülltes Gesicht hielt sie davon ab, die Worte auszusprechen, die ihr auf der Zunge lagen, und als sie die Tür erreicht hatte, blickte sie sich – wie sie hoffte – würdevoll um und sagte ruhig:

»Auf Wiedersehen, Mr. Huron.«

»Auf Wiedersehen, Miss Milbank.«

Er hatte sich nicht von seinem Schreibtisch weggerührt, und in dem durch die leichten Vorhänge hereinfallenden Licht wirkten seine Augen hart, sein Gesichtsausdruck verschlossen.

Dann zog sie die Tür hinter sich ins Schloß. Im Vestibül wartete der Diener auf sie.

»Hier ist die genaue Anschrift unseres Hauses auf dem Land, Miss«, sagte er. »Ich nehme an, daß Sie sie haben wollen, und auch die Telefonnummer. Ich habe auch den Namen des Butlers aufgeschrieben – Mr. McDougall.«

»Das ist sehr freundlich von Ihnen!« rief sie.

Der Diener lächelte.

»Es ist leichter für uns alle, wenn wir zusammenarbeiten, Miss. Das habe ich schon immer gesagt. Sie werden feststellen, daß Mr. McDougall ein zuverlässiger Mann ist.«

»Danke.«

Aria nahm den Zettel und steckte ihn in ihre Handtasche.

»Ich wünsche Ihnen alles Gute für Ihre Arbeit bei uns«, sagte der Diener.

Aria dankte ihm und schüttelte ihm die Hand.

Sie wäre gerne noch geblieben und hätte dem Mann zahllose Fragen gestellt, doch sie befürchtete, Mr. Huron könnte sie hören. Also ging sie durch den leeren Korridor davon und fühlte sich, jetzt, wo die Würfel gefallen waren, plötzlich sehr zuversichtlich.

»Zwanzig Pfund die Woche!«

Sie mußte es sich immer und immer wieder sagen, um ihr Selbstbewußtsein wieder aufzubauen und das Gefühl der Erregung loszuwerden, das sie seit ihrem Fortgang aus Mrs. Bensteads Büro erfüllte. Doch sie wußte, daß Dart Hurons Benehmen ihre erste Erregung zerstreut hatte und diese nicht wiederkehren würde.

Erst als sie den Lift bestiegen hatte und sich im Spiegel sah, bemerkte sie die roten Flecken auf ihren Wangen. Die kommen von meiner Wut, sagte sie sich. Wut über sein Verhalten ihr gegenüber, vor allem über seine Anspielungen und Andeutungen.

Als sie aus dem Hotel auf die belebte Straße hinaustrat, spürte sie das törichte Verlangen, zurückzugehen und ihm zu sagen, daß sie doch noch ihre Meinung geändert habe. Sie hatte das Gefühl, daß das alles ein Fehler war, daß nichts Gutes dabei herauskommen würde und daß auch das Geld es nicht wert war, die Leiden, die möglicherweise auf sie zukamen, auf sich zu nehmen.

Aria war nicht oft niedergeschlagen, doch jetzt hatte sie das Gefühl, daß eine ganze Wolke von Depression und bösen Vorahnungen über ihr hing.

»Ich bin albern«, dachte sie. Und doch ließ das Gefühl, auf heikle Weise verletzt worden zu sein, sie auf dem ganzen Weg zum Bahnhof vor Wut und Ärger schäumen.

Ihr Zug nach Hertford fuhr in einer Viertelstunde ab. Aria setzte sich in die Ecke eines 3. Klasse-Abteils und versuchte, eine Abendzeitung zu lesen. Doch die Worte tanzten vor ihren Augen. Statt dessen sah sie das Gesicht eines Mannes vor sich, den sie zunächst für anziehend gehalten hatte, der sie jetzt jedoch abstieß. Seine Worte hallten noch immer in ihren Ohren – Worte voller Kälte und Gleichgültigkeit, die weher getan hatten, als hätte er ihr offen vorgeworfen, sich in ihn verliebt zu haben.

»Wie konnte Mrs. Cunningham nur so dumm gewesen sein?« fragte sie sich. »Und all die anderen Frauen, die für ihn gearbeitet und die sich in ihn verliebt haben?«

Wenn er auch zu ihnen so unfreundlich gewesen war wie zu ihr, so mußten sie wahnsinnig gewesen sein, ihm ihre Gefühle zu zeigen. Und doch – vielleicht hatte er, nicht ahnend, was er damit anrichtete, ihnen gegenüber den gleichen unwiderstehlichen Charme an den Tag gelegt wie bei der blonden Schönheit, mit der zusammen er in Queen's Folly gewesen war.

Zum Glück hatte er sie nicht nach ihrer Anschrift gefragt. Wenn er es jedoch getan hätte, so wäre sie wahrscheinlich geistesgegenwärtig genug gewesen, ihm die Anschrift der Farm oder eines der kleinen Häuser im Dorf zu nennen. Er war sehr vertrauensselig gewesen, sie, ohne viel zu fragen, zu nehmen, doch er schien Mrs. Benstead wohl blind zu vertrauen. Aria konnte durchaus verstehen, daß diese ihn nicht als zahlungskräftigen Kunden verlieren wollte.

Sie nahm den Zettel, den der Diener ihr gegeben hatte, aus der Handtasche. Es war dickes, weißes, teures Briefpapier und mit den Worten »Summerhill House, Buddlefield Green bei Guildford, Surrey« bedruckt.

Aria zog die Augenbrauen hoch. Irgendwie glaubte sie, schon einmal etwas von Summerhill gehört zu haben. Doch ihr fiel nicht ein, in welchem Zusammenhang, und so schlug sie einen Augenblick später, entschlossen, an etwas anderes zu denken, wieder ihre Zeitung auf.

Die Schlagzeilen waren nicht besonders interessant, und sie blätterte weiter zum Klatschteil. Sie wollte gerade wieder weiterblättern, als ihr Herz einen Sprung tat, denn in der Mitte der Seite war ein Foto Dart Hurons abgebildet. Es war kein gutes Foto – ein Schnappschuß auf dem Poloplatz –, doch es waren unverkennbar seine hohen Wangenknochen und tiefliegenden Augen, sein dichtes, dunkles Haar und das beinahe aggressiv wirkende Kinn.

Aus dem darunter stehenden Artikel erfuhr Aria interessante Neuigkeiten über Dart Huron.

»Mr. Dart Hurons Polo-Team errang gestern in Hurlingham einen aufsehenerregenden Sieg über Lord Cowdrays Team. Mr. Dart Huron ist der amerikanische Millionär, der im letzten Jahr das Bravourstück vollbrachte, mit seinem Privatflugzeug unter der Brooklyn-Bridge hindurchzufliegen. Mr. Huron, mit riesigen Besitztümern in Südamerika, ist ein vielseitig interessierter Mann. Er hat unerschlossene Gebiete in Brasilien und Peru erforscht und ein

Buch über die Indianerstämme geschrieben, das in den Vereinigten Staaten einen enormen Absatz fand. Wenn man der Legende Glauben schenken kann, so hat Mr. Huron Indianerblut in den Adern, denn einer seiner Vorfahren – so heißt es – war der Häuptling des Irokesen-Stammes, von dem er seinen Namen bekam.«

Das wäre auch eine Erklärung für seine hohen Wangenknochen, dachte Aria. Vielleicht auch für seine ungewöhnliche Ausstrahlung. Er war ihr nicht wie ein normaler Amerikaner vorgekommen. Er hatte etwas an sich, etwas Fremdartiges, das sie zunächst angezogen hatte und das sie jetzt abstieß.

»Für die Zeit seines Aufenthaltes in diesem Land hat Mr. Huron Summerhill House in der Nähe von Guildford gemietet. Es wird erwartet, daß er sich dort ebenso extensiv amüsieren wird wie bei seinem letzten Besuch.«

Jetzt fiel Aria wieder ein, wann sie von Summerhill House gehört hatte. In einer alten Ausgabe des »Country Life«, die sie in der Bibliothek von Queen's Folly gefunden hatte, waren Fotos davon veröffentlicht worden. Sie konnte sich nicht mehr an vieles erinnern, nur noch daran, daß es auf den Fotos wie eine italienische Villa ausgesehen hatte – weiß und von Pfeilern gestützt mit einer geräumigen Terrasse vor den Fenstern.

Er hatte also Indianerblut in den Adern! Sie fragte sich, ob es das war, das ihn so anders als andere Männer machte. Verliebten sich deshalb so viele Frauen in ihn?

Sie wurde aus ihren Gedanken herausgerissen, als jemand die Wagentür öffnete und in letzter Sekunde in den Zug kletterte, als der Beamte bereits in seine Pfeife blies und der Zug sich in Bewegung setzte. Ein Mädchen sank auf den Aria gegenüberliegenden Sitz, der Gepäckträger warf ihre Koffer auf den Boden und knallte die Tür zu.

»Das war knapp!«

Das Mädchen lächelte Aria freundlich zu, und diese erwiderte das Lächeln. Es war ein ziemlich hübsches, wenn auch ein wenig dralles, vor Gesundheit strotzendes Mädchen. Es hatte blonde Haare und vertrauensvolle blaue Augen. Jetzt zog sie ein Taschentuch aus ihrer Tasche, um sich das Gesicht abzuwischen. Es war ein großes, weiches Taschentuch, und sie wischte sich kräftig über das Gesicht, ehe sie es in die Tasche zurücksteckte.

»Ich dachte schon, ich hätte den Zug verpaßt«, sagte sie. »Der Verkehr war schrecklich. Ich bin wie ein Fohlen den Bahnsteig heruntergerannt und hätte nie gedacht, daß der Gepäckträger mit mir Schritt halten würde.«

Sie beugte sich herunter, um den Koffer beiseite zu schieben, damit Aria wieder Platz für ihre Füße hatte.

»Ich habe immer Angst, einen Zug zu verpassen«, entgegnete Aria, die das Gefühl hatte, aus Höflichkeit Konversation machen zu müssen.

»Der Zug, mit dem ich von Norden heruntergekommen bin, hatte Verspätung, das war der Ärger«, sagte das Mädchen. »Er kam erst kurz vor vier in Euston an. Zunächst hielt ich es für hoffnungslos, den Anschlußzug überhaupt zu bekommen. Aber ich habe es geschafft.«

Das Mädchen machte es sich in einer Ecke der Sitzbank bequem.

»Haben Sie eine Ahnung, wann wir in Hertford sein werden?« fragte sie.

»Ungefähr um Viertel nach fünf«, erwiderte Aria.

»Steigen Sie auch dort aus?«

Aria nickte.

»Ja, ich lebe nicht weit von Hertford entfernt.«

»Tatsächlich? Wie interessant – wirklich, sehr interessant für mich! Ich mache ganz in der Nähe einen Besuch auf einer Farm, müssen Sie wissen. Plover's End heißt der Fleck, und der Farmer heißt Mr. Fuller. Kennen Sie ihn?«

»Ich habe von ihm gehört«, sagte Aria vorsichtig.

Sie wollte nicht mehr sagen. Tatsächlich wußte sie eine ganze Menge über Fred Fuller, der wegen seiner Trunksucht und seiner Frauenaffären zum Gegenstand des Gespötts in der Nachbarschaft geworden war. Mrs. Fuller war eine bemitleidenswerte, gebrochene Frau, der Aria bei verschiedenen Gelegenheiten begegnet war. Ihr Mann jedoch war ein unangenehmer Mann, und obwohl ein Teil seiner Felder an die von Queen's Folly angrenzte, bemühten sowohl sie als auch Charles sich, den Fullers so weit wie möglich aus dem Weg zu gehen.

»Oh, erzählen Sie mir von ihnen«, bat das Mädchen. »Ich habe nämlich vor, als Lehrling bei ihnen zu arbeiten.«

»Als was?« fragte Aria.

»Als Lehrling. Ich möchte Farmer werden. Sie sehen überrascht aus. Die meisten Leute sind überrascht, wenn sie mich das sagen hören. Vater wollte, daß ich Kaufmann werde, meine Mutter jedoch wollte nicht, daß ich überhaupt irgend etwas tue. Es besteht keine Notwendigkeit für mich zu arbeiten, aber ich kann nicht Tag für Tag herumsitzen und nichts tun.«

»Was hat Sie auf die Idee gebracht, Farmer zu werden?« wollte Aria wissen.

»Ich wollte immer schon in der frischen Luft arbeiten, wollte etwas mit Tieren zu tun haben«, antwortete das Mädchen. »Da ich in der Nähe von Liverpool wohnte, hatte ich nie Gelegenheit, ein anderes Tier als einen Hund zu haben. Ich wollte immer Kühe melken, Hühner füttern, pflügen lernen. Statt dessen mußte ich mit meiner Mutter zu Teepartys gehen und zuhören, wenn mein Vater über seine geschäftlichen Aktivitäten redete. Er besitzt eine Ladenkette, die sich über den ganzen Norden erstreckt. Ich heiße Tetley«, fügte sie hinzu. »Betty Tetley.«

»Und ich Aria Milborne«, entgegnete Aria. »Die Farm meines Bruders liegt übrigens ganz in der Nähe von Plover's End.«

»Oh, wirklich?« rief Betty Tetley begeistert. »Nun, dann werden wir uns ja vielleicht manchmal sehen – das heißt, wenn ich wirklich dorthin gehe.«

»Sagen Sie mir, was ein Farmerlehrling alles zu tun hat«, bat Aria.

»Nun, ich weiß selbst nicht viel darüber«, erwiderte das Mädchen. »Wir haben lediglich die Anzeige im *Farmer und Viehzüchter* gelesen. Wir haben daraufhin geschrieben, und Mr. Fuller schrieb uns einen netten Brief, in dem es hieß, daß ich bei ihm und seiner Frau im Haus wohnen könne, daß er mir alles über den Beruf eines Farmers beibringen werde und wir nur hundert Pfund für ein Jahr bei freier Kost und Logis zu zahlen hätten.«

Arias Augen wurden weit.

»Soll das heißen, daß Sie dafür zahlen müssen?« fragte sie.

»Aber natürlich!« antwortete Betty Tetley. »Und das ist wirklich billig. Wenn ich einen anderen Beruf erlernen würde, müßte ich wesentlich mehr bezahlen. Die Sekretärinnenschulen verlangen verdammt viel. Ich weiß nicht mehr, was meine Cousine an ihrer Schule bezahlt hat, aber es war auf jeden Fall wesentlich mehr, als ich bei Fuller zahle.«

»Ich verstehe«, meinte Aria. »Ich hätte nie gedacht, daß es Farmerlehrlinge gibt.«

»Nun, irgendwo muß man ja lernen«, erwiderte das Mädchen. »Und wenn ich das ein Jahr lang gemacht habe, könnte ich die Ausbildung an einem College fortsetzen – und das habe ich auch vor. Mein Vater ist überzeugt davon, daß ich es schon früher leid sein werde. Aber er hat keine Ahnung. Ich habe mir schon immer gewünscht, so etwas zu machen!«

Ihre Stimme klang so begeistert, und ein beinahe fanatischer Ausdruck lag auf ihrem gutmütigen, offenen, kleinen Gesicht, daß es Aria schwerfiel, ihr zu sagen, daß sie nichts Verkehrteres tun könne, als zu Fred Fuller nach Plover's End zu gehen.

Das war offensichtlich ein neuer Trick von ihm. Er beklagte sich ständig, daß es so schwer sei, Personal zu bekommen. Und das war auch kein Wunder, denn eine Menge anständiger Männer würden sich weigern, für ihn zu arbeiten. Aria konnte sich gut vorstellen, wie es diesem Mädchen ergehen würde, wenn sie erst einmal auf Plover's End war. Er würde sie natürlich mit seinem Charme einwickeln, und auf seine derbe, direkte Art sah er auch nicht gerade schlecht aus.

Es bestand also durchaus die Möglichkeit, daß sie töricht genug sein würde, sich in ihn zu verlieben. Und dann würde sie in eine schreckliche Situation geraten. Es gab bestimmt ein halbes Dutzend Mädchen im Ort, die den Tag verfluchten, an dem sie Fred Fuller begegnet waren. Ihm selbst konnte dabei nicht viel passieren. Er hatte immer seine Frau im Hintergrund, die sich um die Kinder kümmerte und der es egal zu sein schien, was er tat oder wie er sich benahm, solange er ihr genügend Geld für den Haushalt gab.

Einer spontanen Eingebung folgend, beugte Aria sich vor.

»Hören Sie«, sagte sie. »Ich weiß nicht, ob Ihr Vater oder Ihre Mutter Erkundigungen über Plover's End eingeholt haben, doch ich glaube, daß Sie bei Mr. und Mrs. Fuller nicht sehr glücklich werden würden. Es herrscht keine gute Atmosphäre dort. Wenn Sie eine Lehre auf einer Farm machen wollen, warum kommen Sie dann nicht zu uns? Mein Bruder sucht dringend Arbeitskräfte, und er betreibt sowohl Landwirtschaft als auch Viehzucht. Sie können also alles lernen, was Sie wollen. Abgesehen davon, daß er Kriegsgefangener in Malaya war und die Terroristen ihn übel behandelt haben, so daß er sich manchmal fürchterlich aufregt und die Nerven mit ihm durchgehen, ist er sehr nett. Und niemand arbeitet mehr als er, und Sie könnten in Queen's Folly wohnen, und meine alte Nanny würde sich um Sie kümmern. Sie ist eine ganz süße Person und hat sowohl mich als auch meinen Bruder versorgt, als wir Kinder waren.«

»Das klingt wunderbar«, meinte Betty Tetley. »Und Queen's Folly ist solch ein ungewöhnlicher Name. Ist es ein sehr altes Haus?«

»Elisabethanisch«, antwortete Aria. »Ich glaube, es würde Ihnen gefallen. Die meisten Leute finden es sehr schön.«

»Ich würde es mir gern ansehen«, erklärte das Mädchen. »Aber was mache ich mit Mr. und Mrs. Fuller? Sollte ich nicht zuerst zu ihnen gehen?«

»Ja, natürlich«, entgegnete Aria. »Ich nehme an, sie werden Sie am Bahnhof abholen. Doch Sie könnten ja sagen, daß Sie noch jemand in der Nachbarschaft besuchen wollen, und dann kommen Sie zu uns herüber, bevor Sie eine Entscheidung treffen. Ich wage zu behaupten, daß Mr. Fuller Sie sogar im Wagen herüberfahren würde. Wenn nicht, rufen Sie an, und ich werde Sie selbst abholen.«

»Das ist ungeheuer freundlich von Ihnen«, sagte Betty Tetley scheu.

»Ich würde es eher egoistisch nennen, denn ich weiß, daß mein Bruder es sehr begrüßen würde, wenn Sie auf der Farm helfen würden«, meinte Aria. Doch plötzlich umwölkte sich ihr Gesicht. »Aber ein Problem könnte es geben. Ich könnte mir vorstellen, daß Ihre Eltern der Meinung sein könnten, daß Nanny keine ausreichende Aufsichtsperson für Sie ist. Wir haben sie mehr wie ein Familienmitglied behandelt, und sie ist wahrscheinlich viel eher eine Freundin als ein Kindermädchen. Sie kocht für uns und ißt mit uns.«

»Ich bin sicher, daß das in Ordnung geht«, entgegnete Betty Tetley schnell. »In solchen Dingen sind meine Eltern nicht sehr pingelig. Sie wissen, daß ich selbst auf mich aufpassen kann.«

Wie blind manche Eltern doch sind, dachte Aria. Sie glauben, daß ihre Kinder auch unter den unmöglichsten Umständen in der Lage sind, auf sich selbst aufzupassen. In bezug auf Fred Fuller hätte Aria keinen Pfifferling darauf gewettet, daß es Betty gelingen würde, auf sich selbst aufzupassen.

»Ich will Sie natürlich nicht bedrängen«, sagte sie. »Doch ich finde, daß Sie sich ebensogut zwei Farmen ansehen können, wenn Sie schon einmal den Weg hierher gemacht haben. Übrigens mein Bruder ist Sir Charles Milborne.«

Sie sah, wie Bettys Augen sich weiteten, und erkannte, daß das Kind beeindruckt war. Nun, das konnte ihre Entscheidung nur zu Charles Gunsten beeinflussen und sie vor Fred Fuller bewahren. Andererseits, man konnte nie wissen... Mädchen sind seltsame Wesen, vielleicht fand sie Gefallen an Plover's End, und die Sache war gelaufen.

Aria wußte, daß sie nichts mehr tun konnte. Doch es wäre schön für Charles, einen Lehrling zu haben, und für Nanny, jemanden, für den sie sorgen konnte, und hundert Pfund waren–, auch wenn sie das meiste davon für Bettys Verpflegung ausgeben mußten–, auch nicht zu verachten.

Der Zug kam pünktlich in Hertford an. Als sie aus dem Bahnhofsgebäude traten, sah Aria Fred Fuller in einem ziemlich aufdringlichen Sportsakko und schief über ein Auge gezogener Kappe neben seinem neuen Land Rover stehen, der ihm erst ein paar Wochen zuvor geliefert worden war. Eins mußte sie immerhin zugeben – so skrupellos Fred auch als Mann sein mochte, ein guter Farmer war er. Durch ihn machte sich Plover's End bezahlt, was man von dem armen Charles nicht gerade behaupten konnte.

Nachdem sie etwa zehn Minuten gewartet hatte, stieg Aria in den Bus, der sie etwa eineinhalb Meilen von Queen's Folly entfernt absetzte, und setzte ihren Weg dann zu Fuß über die Felder fort. Im Winter war diese Abkürzung unpassierbar, und das bedeutete, daß man mehr als drei Meilen weit auf der Straße gehen mußte. An diesem Abend war der Boden trocken, nach der Wärme des Tages stieg sanfter Nebel über dem fernen Fluß auf.

Plötzlich empfand Aria eine tiefe Liebe und Verbundenheit zu dem Land, das sie so gut kannte und das so sehr ein Teil ihrer selbst geworden war, daß es ihr in jeder Hinsicht, bei jedem Wetter lieb und vertraut wie ein geliebter Mensch zu sein schien. Die sprießenden grünen Hecken, die Kastanien, deren klebrige Knospen bald aufbrechen würden; das Aufleuchten der Glockenblumen im Wald in lebhaftem Blau und die Schlüsselblumen am Ufer des Flusses ließen sie mit plötzlicher, schmerzhafter Wehmut erkennen, daß sie nicht fortgehen konnte. Dies war ihr Zuhause, hier gehörte sie hin. Wieviel Geld sie auch immer verdiente, wieviel man ihr auch immer bot – wie konnte sie all das aufgeben?

Und auch Charles brauchte sie. Sie wußte, wie sie mit ihm reden mußte, wenn er müde war, wie sie ihn aufrichten konnte, wenn er sich niedergeschlagen und elend fühlte. Nanny machte viel zuviel Aufhebens um ihn. Für sie war er stets der kleine Junge, den sie verhätscheln und ins Bett stecken mußte, weil er zuviel grüne Äpfel gegessen hatte.

»Ich muß verrückt sein zu glauben, daß ich fortgehen kann«, sagte Aria. Dann jedoch fiel ihr der Stapel von Rechnungen auf Charles Schreibtisch ein – ein Stapel, der durch den wöchentlichen Eingang von zwanzig Pfund erheblich kleiner werden würde.

Sie blieb einen Augenblick stehen, als sie den ansteigenden Weg zu einem anderen Feld erreichte. In der Ferne konnte sie Queen's Folly sehen. Es stand etwas erhöht, seine roten Ziegelmauern leuchteten warm auf im Glanz der untergehenden Sonne. Es war so schön, daß sie bei seinem Anblick hätte weinen mögen – so alt und doch so unangreifbar gegenüber den Unbilden der verrinnenden Zeit, daß man hätte glauben können, daß es schon immer dort stehen mußte, ein Monument der Vergangenheit und Zukunftsvision zugleich. Konnte da irgendein Opfer zu groß sein, wenn es darum ging, Queen's Folly zu retten?

Aria lächelte, als sie die Halle durch die Vordertür betrat, wo Nanny noch immer an dem Tisch saß, obwohl es bereits nach sechs Uhr war und die Tür eigentlich schon hätte geschlossen sein müssen.

»Oh, da bist du ja, mein Liebes!« rief Nanny, rollte ihr Strickzeug zusammen und stand auf. »Ich habe das Teewasser schon aufgesetzt. Du willst doch sicher einen Tee, oder? War es sehr anstrengend für dich? Es muß heiß gewesen sein in London.«

»Waren heute Besucher da?« fragte Aria und sah in die Dose, in der das Geld aufbewahrt wurde.

»Acht«, erwiderte Nanny. »Lauter Amerikaner. Zwei ganze Wagenladungen voll. Sie haben sich alle Museen angesehen. Sie fanden Queen's Folly ›richtig idyllisch‹, weil es so klein ist.«

Nanny versuchte, den amerikanischen Akzent nachzuahmen,

und Aria mußte lachen.

»Schließ die Tür ab«, sagte sie. »Es ist nach sechs, und ich habe dir viel zu erzählen.«

»Du hast eine Stellung gefunden«, sagte Nanny. »Ich sehe es an deinen Augen.«

»Wenn du schon so klug bist, kannst du sicher auch erraten, was für eine«, meinte Aria.

»Ich verschwende meine Zeit nicht mit Herumraten«, entgegnete Nanny. »Komm ins Wohnzimmer und erzähl mir alles.«

Aria ging voraus. Sie warf sich in einen Sessel und nahm den Hut ab. Erst jetzt bemerkte sie, daß sie ihr Haar noch immer hinter die Ohren gekämmt hatte. Die dunkle Brille hatte sie in dem Bus abgenommen, der sie zum Bahnhof gebracht hatte, doch ihre Haare hatte sie vergessen, und sie wunderte sich, daß Nanny keine Bemerkung darüber gemacht hatte. Vielleicht sah sie gar nicht so verändert aus, wie sie geglaubt hatte. Vielleicht hätte sie auf Dart Huron den gleichen Eindruck gemacht, wenn sie ihr Haar offen getragen hätte.

Nanny kam mit dem Tee aus der Küche zurück.

»Ich habe dir ein schönes Sandwich gemacht«, sagte sie. »Du hast wahrscheinlich nichts Richtiges gegessen, weil es dir zu teuer war.«

»Ich habe einen Salat gegessen, und etwas Käse und eine Tasse Kaffee dazu«, antwortete Aria. »Aber es war sehr teuer. Ich habe mich hinterher geärgert, daß ich nicht woanders hingegangen bin, wo es billiger war.«

»Es ist überall dasselbe in London«, schimpfte Nanny. »Es ist direkt ein Wunder, daß die armen Leute, die in der Stadt arbeiten müssen, nicht alle vor Hunger sterben. Von dem bißchen Essen in den Restaurants bekommt man wirklich nichts auf die Rippen.«

Sie schenkte Aria eine Tasse Tee ein und setzte sich an den Tisch.

»Jetzt erzähl mir, was du gemacht hast«, drängte sie.

Aria erzählte ihr alles von Anfang an. Wie sie von Agentur zu Agentur gelaufen war, bis ihr bei Mrs. Benstead schließlich die phantastische Stellung als Wirtschafterin und Sekretärin bei Dart Huron angeboten worden war. Sie beschrieb Nanny ihre Unterredung mit ihm in dem Hotel. Lediglich seinen Hinweis, daß sie sich nicht in ihn verlieben dürfe, ließ sie weg, und auch Mrs. Cunningham erwähnte sie mit keinem Wort.

»Und so habe ich die Stellung bekommen, Nanny«, beendete sie ihren Bericht.

»Ich kann es nicht glauben!« rief Nanny. »So viel Geld! Er muß ja im Geld schwimmen, wenn er es so locker wegwirft.«

»Auch ich glaube, daß er im Geld schwimmt«, pflichtete Aria ihr bei.

»Und wie ist er, mein Liebes?« wollte Nanny wissen. »Ist er anständig? Es würde mir nicht gefallen, wenn du in ein Haus gingst, wo keine anständigen Menschen sind. Soviel ist kein Geld auf der Welt wert.«

»Du brauchst dir deshalb keine Sorgen zu machen«, erwiderte Aria. »Und wenn du wissen willst, was für ein Mensch Dart Huron ist, kann ich dir nur sagen: Du hast ihn schon einmal gesehen.«

»Ich habe ihn gesehen?« rief Nanny ungläubig. »Wann?«

»Erinnerst du dich an den Mann im grauen Bentley, der gestern mit dieser hübschen, blonden Amerikanerin hier war?«

»Natürlich erinnere ich mich an ihn!« rief Nanny. »Willst du etwa sagen, daß das Mr. Huron ist?«

»Ja, das ist er.«

»Das ist vielleicht ein verrückter Zufall!« rief Nanny. »Aber trotzdem, ich bin froh, daß er dein Zuhause kennt und weiß, woher du kommst. So weiß er, wer du bist und welchen Respekt er dir schuldet.«

Aria nahm ihr nicht diese Illusion, indem sie ihr sagte, daß sie ihm einen falschen Namen genannt hatte. Nanny hatte ziemlich übertriebene Vorstellungen darüber, was dem Durchschnittsbürger heutzutage Charles Titel und Queen's Folly bedeuteten. Sie würde nie verstanden haben, wie sehr sich Aria der traurigen Berühmtheit ihres Vaters zu dessen Lebzeiten und bei seinem Tod geschämt hatte. Für Nanny waren Adlige, egal, ob gut oder schlecht, stets Menschen, zu denen man aufzublicken hatte. Sie hatte nicht begriffen, daß die Zeiten sich geändert hatten und daß weder Aria noch Charles stolz auf ihre Abstammung waren.

»Zwanzig Pfund die Woche!« sagte Nanny. »Das ist eine ganze Menge Geld. Glaubst du, daß er dich für länger braucht?«

»Ich habe keine Ahnung«, antwortete Aria. »Den Sommer über, nehme ich an. Aber ich muß dir noch etwas erzählen, Nanny.«

Sie berichtete ihr von ihrer Unterhaltung mit Betty Tetley, und daß sie ihr vorgeschlagen hatte, als Lehrling nach Queen's Folly zu kommen, falls sie sich bei den Fullers nicht wohlfühlte.

»Kein anständiges Mädchen sollte nach Plover's End gehen«, erklärte Nanny mit Nachdruck. »Dieser Fuller ist ein schlechter Mensch. Erst vorige Woche erzählte mir Mrs. Hurcomb, daß er hinter dem Mädchen bei der Post her ist. Trifft sich jeden Abend mit ihr – er, der Vater von vier Kindern.«

»Ich nehme an, Mrs. Fuller weiß, daß es keinen Sinn hat, dagegen zu protestieren«, sagte Aria. »Aber wie auch immer, wir können nur abwarten, ob sie hier auftaucht. Mehr konnte ich doch nicht tun, oder?«

»Nein, natürlich nicht. Trotzdem tut mir das arme Mädchen leid, wenn sie in so ein Haus geht.«

»Genauso ging es mir«, entgegnete Aria. »Glaubst du, daß Charles etwas dagegen hat?«

»Nun, sie könnte ihm etwas Gesellschaft leisten, wenn du weg bist. Abends wird er sich einsam fühlen, wenn er niemanden hat, mit dem er reden kann, und du weißt, daß ich nach dem Abendessen immer müde werde. Ich habe alles versucht, aber ich kann nicht wach bleiben.«

Aria lachte.

»Und es besteht auch kein Grund, warum du es tun solltest, Nanny. Du hast ein Recht darauf zu schlafen. Und falls unser Lehrling zu uns kommt, kann Charles sie über den Ablauf der Ernte und ähnliche aufregende Dinge aufklären.«

»Wenn sie ein anständiges Mädchen ist, kann es ihm nur guttun, mit einem jungen Menschen reden zu können«, meinte Nanny. »Wenn du mich fragst – seine Verschlossenheit kann nicht gut für ihn sein. Er sollte versuchen, wieder jung zu sein. Weißt du, daß ich ihn im letzten Jahr nicht ein einziges Mal habe lachen sehen? Erst kürzlich dachte ich noch daran, wie er als kleiner Junge gelacht hat. ›Oh, ist das lustig, Nanny! Siehst du nicht, wie lustig das ist?‹ pflegte er zu sagen, und dann lachte er, bis ich glaubte, daß er platzen würde. Und jetzt ist er so ernst. Das ist unnatürlich.«

»Nein, Nanny, das ist es nicht.« Aria dachte an die Qualen, die er als Gefangener erlitten hatte und die er ihr in einem wilden Augenblick der Verzweiflung und Niedergeschlagenheit anvertraut hatte.

Sie ergriff ihren Hut und ihre Handtasche und stand auf.

»Ich gehe mich jetzt umziehen«, sagte sie. »Ich hoffe, daß Charles bald nach Hause kommt. Ich kann es gar nicht erwarten, ihm all die Neuigkeiten zu erzählen.«

»Ich hoffe und bete, daß dieses junge Mädchen zu uns kommt«, sagte Nanny, und Aria erkannte mit einem Anflug von Bitterkeit, daß Nanny, wie gewöhnlich, mehr an Charles als an irgend etwas anderes dachte.

Er war immer Nannys Liebling gewesen; und während sie langsam die nackten Treppenstufen hinaufstieg, hatte Aria das Gefühl, als habe sie das Haus bereits verlassen und sei aus Nannys und Charles Leben verschwunden. Sie kam sich beinahe vor wie im Niemandsland. Das Heute war vorüber, das Morgen hatte noch nicht begonnen.

Und was würde dieses Morgen ihr bringen? Wieder hörte sie den harten, kalten Klang von Dart Hurons Stimme, und sie erschauerte. Als sie bei ihm war, hatte dieser Klang sie wütend gemacht, rückblickend jedoch sah sie jetzt etwas beinahe Unheimliches darin.

Ist er grausam? fragte sie sich. Grausam, wie seine indianischen Vorfahren es gewesen waren? Plötzlich hatte sie Angst.

4

Als Aria im Bahnhof von Guildford ankam, wurde sie von einer großen Limousine erwartet. Der Fahrer verstaute ihr Gepäck hinten im Wagen, dann fuhren sie durch die Stadt hinaus in die Berge von Surrey; und obwohl sie auf etwas Außergewöhnliches vorbereitet war, verschlug es ihr den Atem, als sie durch das mit riesigen Steinpfosten versehene Tor in die Auffahrt einbogen und Summerhill in ihr Blickfeld kam.

Erbaut von einem Italiener während der Regierungszeit von George III., war es von den späteren Besitzern ständig erweitert worden, bis es sich groß und schwerfällig, zugleich jedoch auf fremdartige Weise wunderschön über mehrere Morgen hin erstreckte. Es lag auf dem höchsten Punkt des Berges, auf der anderen Seite fiel das Land zum Tal hin ab, und an klaren Tagen hatte man freie Sicht auf die ferne See.

Doch nicht nur das Haus war einzigartig, auch die Gärten waren es. Alles, was man mit Geld für die Schönheit eines Gartens tun konnte, war auf Summerhill getan worden. Es gab Blumen und Statuen, Springbrunnen und Laubengänge, Steingärten und kleine, plätschernde Bäche, soweit das Auge reichte und es beinahe trunken war.

Einen Augenblick lang saß Aria mit offenem Mund voll Bewunderung da, dann wurde ihr Gefühl nervöser Erwartung übermächtig. Dies alles war so viel größer und beeindruckender, als sie erwartet hatte, und plötzlich fiel ihr wieder ein, warum sie hier war – um dieses Ehrfurcht einflößende Haus zu führen für den Mann, der bereit war, für ihre Dienste zwanzig Pfund die Woche zu zahlen.

Sie fragte sich, was der höfliche, ziemlich wortkarge Chauffeur wohl sagen würde, wenn sie ihn anwies, zu wenden und sie zum Bahnhof zurückzufahren. Und genau das wünschte sie sich mehr als alles andere – davonzulaufen, der Verantwortung aus dem Weg zu gehen, die – dessen war sie sich ganz sicher – größer war, als sie auf sich nehmen konnte.

Doch es war zu spät. Der Wagen war vor der Eingangstür vorgefahren, ein Diener in Livree eilte die Treppe herunter, und einen Augenblick später wurde Aria von McDougall begrüßt.

»Mr. Huron hat Sie bereits angekündigt, Miss Milbank«, erklärte er höflich, doch mit dem unter Dienstboten üblichen Quäntchen an Vertraulichkeit.

»Vielleicht könnten Sie mich ein bißchen herumführen?« fragte Aria. »Doch zuerst würde ich gerne mein Zimmer sehen.«

»Ich nehme an, daß Sie das gleiche Apartment wie Mrs. Cunningham bekommen werden«, entgegnete McDougall, und wieder hatte Aria den Eindruck, daß er sich insgeheim über sie lustig machte.

»Das wäre mir sehr angenehm«, erklärte sie steif.

McDougall führte sie nach oben in zwei ausgesprochen hübsche Zimmer, die am Ende eines schrecklich langen Korridors lagen. Das Schlafzimmer war klein, aber erlesen möbliert, während das Wohnzimmer zwei große Fenster besaß, von denen aus man den ganzen Garten überblicken konnte. Neben einem sehr hübschen Schreibtisch, der mit Papieren überladen zu sein schien, stand eine bequeme Sitzgruppe sowie ein Fernsehgerät. Das alles schien ausschließlich ihr zur Verfügung zu stehen.

»Welch entzückende Räume!« rief sie und vergaß dabei für einen Augenblick ihren offiziellen Ton McDougall gegenüber.

»Das fand auch Mrs. Cunningham«, erwiderte dieser. »Es fiel ihr schwer, sich von ihnen zu trennen.«

Der Blick seiner Augen und sein Gesichtsausdruck waren unmißverständlich. Aria fühlte ihr Herz heruntersinken. Falls das gesamte Personal wußte, warum Mrs. Cunningham gegangen war, würde ihre Stellung in diesem Haus mit Sicherheit keine leichte sein.

»Ich halte es für das Beste, wenn Sie mich jetzt dem Personal vorstellen«, schlug sie vor. »Mrs. Benstead sagte mir, daß sie alle durch ihre Agentur vermittelt wurden.«

»Das ist richtig, Miss.« McDougall lächelte. »Wir stammen alle aus dem gleichen Stall, sozusagen. Einige von ihnen waren schon bei Mr. Hurons früheren Aufenthalten in England hier. Ein paar von ihnen entsprechen allerdings nicht ganz unserem Niveau, wenn ich das sagen darf. Aber heuzutage muß man nehmen, was man kriegen kann.«

Da konnte Aria ihm nur beipflichten. Dann gingen sie über die Hintertreppe zur Küche hinunter. Dort lernte sie den Chefkoch kennen, den sie auf den ersten Blick mochte, und schüttelte einer Menge Männern und Frauen die Hände, ohne auch nur eine Ahnung zu haben, welche Aufgabe oder Stellung sie in diesem Hause hatten.

»Hier ist mein Speisezimmer, falls Sie es sich ansehen möchten«, sagte McDougall.

Dabei stieß er die Tür zu einem sehr großen, wunderschön geschnittenen Raum auf, doch Aria hatte die in dem Wort »mein« liegende Warnung durchaus erkannt. McDougall hatte nicht vor, sich von ihr ins Handwerk pfuschen zu lassen.

»Und jetzt möchten Sie sich vielleicht die vorderen Räume ansehen?« schlug er vor.

Aria schüttelte den Kopf.

»Das hat keine Eile«, erklärte sie. »Vielleicht könnten Sie Mr. Huron sagen, daß ich angekommen bin, und lassen Sie mich wissen, ob in der Zwischenzeit irgend etwas zu erledigen ist.«

»Da wäre die Sitzordnung für das Dinner«, erwiderte McDougall ein wenig mürrisch. »Mrs. Cunningham hat sie immer zusammengestellt, doch ich weiß, daß Mr. Huron nichts dagegen hätte, wenn ich das übernehmen würde.«

»Solange Mr. Huron keine definitiven Anweisungen gegeben hat, sollte ich mich wohl lieber darum kümmern«, entgegnete Aria bestimmt.

Sie erkannte nur zu deutlich, daß es zwischen ihr und McDougall zu einem schweigenden Kampf über die Kompetenzen in diesem Haus kommen würde. Das bedeutete endlose Diskussionen und Ränkespiele. Obwohl McDougall ganz ohne Zweifel ein sehr guter Butler war, spürte sie, daß er nicht der Typ Mann war, den sie mögen oder zu dem sie Vertrauen fassen konnte.

»Ich glaube, ich gehe jetzt erst einmal in mein Zimmer«, erklärte sie und merkte, daß sie bereits jetzt völlig verloren war.

Sie war durch so viele Gänge, in so viele verschiedene Zimmer gegangen, daß sie jetzt darauf warten mußte, daß McDougall sie in ihr Zimmer zurückführte.

Sie stieg die Treppe hinauf und ging durch eine Flügeltür, die die Zimmer des Personals vom anderen Teil des Hauses trennte. Dann fand sie sich in den Räumen wieder, die sie bereits jetzt als ihr privates Heiligtum betrachtete.

Sie ging ins Schlafzimmer, legte Hut und Mantel ab und warf einen Blick in den Spiegel, um jedoch sogleich voll Bestürzung zu erkennen, wie lächerlich jung sie aussah. Die mit ihrer Ankunft verbundene Aufregung hatte ihre Wangen gerötet, und trotz ihrer Angst und Unsicherheit funkelten ihre Augen. Und trotz aller Bemühungen ließen sich ihre widerspenstigen roten Locken nicht zu einer gepflegten Frisur bändigen.

»Ich sollte wohl besser eine Brille aufsetzen«, sagte sie zu ihrem Spiegelbild und schnitt eine Grimasse. Sie setzte die Brille auf, die ihr sicher eine gewisse Seriosität verlieh. Ihre weiße Bluse mit dem braven Kragen und der schwarze Rock verliehen ihr, so fand sie, ein sachliches Aussehen, das gut zu ihrer neuen Stellung paßte.

Sich zur Ruhe zwingend, ging sie langsam in ihr Wohnzimmer hinüber. Auf den zweiten Blick sah es beinahe noch schöner aus. Blaßgrüne Wände und tiefrosafarbene Vorhänge aus Chintz bildeten einen passenden Rahmen für ein paar wirklich schöne Möbelstücke und ein hübsches Bild, das Aria als das Werk eines Landschaftsmalers des frühen 19. Jahrhunderts erkannte.

Das Bild weckte die Erinnerung an Queen's Folly. Sie fragte sich, wie Nanny an diesem Nachmittag wohl allein zurechtkommen würde, wo es niemanden mehr gab, der sie auf ihrem Posten in der Halle ablösen konnte. Beim Gedanken daran, daß sie ihr Zuhause verlassen hatte, fühlte sie sich plötzlich sehr unglücklich. Wie würde Charles ohne sie zurechtkommen? fragte sie sich, dann fiel ihr ein, daß sich Betty Tetley vielleicht abends mit ihm unterhalten würde, und sie empfand beinahe so etwas wie Eifersucht.

Erst jetzt erkannte sie, wie glücklich sie – trotz all ihrer Ängste um Charles und ihrer Geldsorgen – in den vergangenen Jahren gewesen war. Das Leben war soviel angenehmer gewesen als das Zusammensein mit ihrem Vater. Rückblickend erkannte sie, daß sie bereits als Kind wahrgenommen hatte, wie verantwortungslos und zügellos der Vater gewesen war.

Er hatte Charme besessen – niemand konnte das bestreiten –, und trotzdem konnte Aria sich nicht daran erinnern, daß es jemals eine Zeit gegeben hätte, wo sie nicht das Gefühl gehabt hatte, daß er unzuverlässig und nicht vertrauenswürdig war. Er brach ein Versprechen ebenso bereitwillig, wie er es gegeben hatte – neue Interessen, neue Attraktionen, ein neues Gesicht, und die alten Freunde, wie wertvoll sie ihm in der Vergangenheit auch gewesen sein mochten, wurden ohne Zögern fallengelassen. Da war es kein Wunder, daß Sir Gladstone Milborne viele Bekannte, aber keine Freunde hatte.

Mit einem kleinen Seufzer wandte Aria sich von dem Bild ab. Sie mußte die Vergangenheit vergessen, doch sie wußte, daß weder sie noch Charles je würden vergessen können, daß ihr Haus ausgeräumt worden war, um die Rechnungen irgendeines Luxushotels oder Juwelen für eine blonde Schönheit zu bezahlen. Nur die Bilder waren geblieben. Und sie wären mit Sicherheit auch verloren gewesen, wenn die Anwälte Sir Gladstone nicht in einem Augenblick unerwarteten Scharfsinns dazu überredet hätten, sie als Erbstücke unter nationale Treuhänderschaft zu stellen, so daß sie nicht zur Zahlung der Erbschaftssteuer herangezogen werden konnten.

Wie oft hatte Charles diese, wie er es nannte, »Aktion à la Don Quichotte« schon bereut? Doch er konnte sie nicht widerrufen oder abstreiten, so daß die besten Bilder aus der Milborne-Sammlung – auch, wenn Charles sonst nichts besaß und sie auch, wenn er es gewollt hätte, nicht verkaufen konnte – noch immer in seinem

Besitz waren.

Plötzlich öffnete sich die Tür hinter Aria, und sie drehte sich beinahe schuldbewußt um, weil ihre Gedanken so weit fort gewesen waren, daß sie ihre neuen Pflichten für einen Augenblick vergessen hatte.

»Darf ich hereinkommen?«

Es war die Stimme eines Mannes, doch sie besaß keinen amerikanischen Akzent, und es war auch nicht Dart Huron, der in der Tür stand, sondern ein schlanker, lächelnder junger Engländer mit blondem Haar und lustigen blauen Augen und einem Mund, der an den Mundwinkeln leicht nach oben gebogen war.

»GutenTag!« sagte er, während er auf sie zukam. »McDougall sagte mir, daß Sie da sind. Mein Name ist Buckleigh.«

»Ich bin Aria Milbank«, erwiderte Aria und schüttelte ihm die Hand.

»Ja, McDougall nannte mir Ihren Namen, doch er hat mich nicht auf Ihr Aussehen vorbereitet.«

»Wie ... wie meinen Sie das?« fragte Aria.

»Aber Sie sind eine Schönheit! Dart sagte mir, daß er eine neue Wirtschafterin angestellt habe und daß sie eine ausgezeichnete Kraft sei. Doch er sagte mir nicht, daß Sie so schön sind.«

Der Fremde hatte eine seltsame Art zu reden, die Aria zum Lachen reizte. Dann fiel ihr ein, daß sie wohl besser älter und gesetzter aussehen sollte, und sie setzte schnell wieder die Brille, die sie in der Hand gehalten hatte, auf die Nase und begann ernst:

»Mr. Buckleigh –«

»Lord Buckleigh, wenn Sie unbedingt förmlich sein möchten«, unterbrach er sie.

»Dann also Lord Buckleigh. Ich finde, wir sollten nicht aneinander vorbei reden. Würden Sie mir bitte sagen, welche Stellung Sie in diesem Haus innehaben. Sind Sie Gast hier?«

»Ja und nein«, antwortete er lächelnd. »Sagen wir, ich bin ein langfristiger Besucher. Falls Sie wissen wollen, was ich mache, nun – ich bin Hausfaktotum, Berater und Schlichter von Streitigkeiten – kurz, der perfekte Adjutant.«

»Sie sind bei Mr. Huron angestellt?« fragte Aria, fügte dann schnell hinzu: »Bitte, halten Sie mich nicht für taktlos, aber ich muß doch wissen, was hier im Haus vor sich geht, nicht wahr?«

»Natürlich müssen Sie das«, erwiderte er beruhigend. »Genau deshalb bin ich ja auch hergekommen, um Ihnen alles zu erklären. Ich hatte... nun... sagen wir, eine Dame undefinierbaren Alters erwartet – eine zweite Mrs. Cunningham.«

Dabei funkelten seine Augen, so daß es Aria schwerfiel, seinen verschmitzten Blick nicht zu erwidern. Doch sie zwang sich, sich abzuwenden, und ergriff einen auf dem Schreibtisch liegenden Block.

»Als Sie hereinkamen, wollte ich mir gerade aufschreiben, wieviel Dienstboten ungefähr im Haus sind«, erklärte sie. »Ob Sie mir wohl dabei helfen können?«

»Um Gottes willen, nein!« rief Lord Buckleigh. »Es ist zwecklos, mich nach solchen Dingen zu fragen. Mit solchen Fragen müssen Sie sich an McDougall wenden, obwohl ich bezweifle, daß er von jedem genau weiß, was er tut. Mr. Huron hat sich mit einem wahren Hofstaat umgeben. Und warum sollte er das auch nicht? Wenn man so reich ist wie er, kann man auch ein Luxusleben führen.«

»Und seine Freunde daran teilhaben lassen, nicht wahr?« meinte Aria.

»Treffer!« sagte er. »Ich sehe, ich habe mich geirrt. Sie sind nicht das naive Mädchen, für das ich Sie gehalten habe, als ich den Raum betrat. Ja, es gibt eine Reihe von Leuten, die auf die eine oder andere Weise auf Darts Kosten leben. Aber wenn er es so haben will, warum sollen wir uns dagegen wehren?«

Aria begann, seinen Namen in Großbuchstaben auf den vor ihr liegenden Block zu schreiben.

»Schreiben Sie sich mit y oder mit gh?« fragte sie.

»Gh«, erwiderte er. »Erzählen sie mir ein wenig von sich. Woher kommen Sie?«

»Aus Hertfordshire«, antwortete sie.

»Wenn ich mich recht erinnere, ist das eine ziemlich große Grafschaft«, meinte er. »Wo liegt es?«

»In der Nähe von Hertford.«

»Sie sind nicht gerade sehr mitteilsam«, meinte er. »Müssen Sie sich Ihren Lebensunterhalt selbst verdienen?«

»Natürlich, sonst wäre ich nicht hier«, antwortete Aria.

»Wenn Sie mich fragen – ich halte das für einen Fehler. Sie sind viel zu hübsch für so etwas.«

Aria legte den Bleistift auf den Tisch. »Was bitte meinen Sie mit ›so etwas‹, Lord Buckleigh?«

Es war eine Herausforderung, doch er ging nicht darauf ein.

»Das werden Sie schon noch selbst merken«, sagte er. »Ich warne Sie, dies ist kein einfacher Haushalt.«

»Versuchen Sie nicht, mir noch mehr Angst zu machen, als ich ohnehin schon habe«, entgegnete Aria.

Zum erstenmal seit seinem Eintritt ließ sie ihre förmliche Haltung fallen und redete ungezwungen mit ihm. Er setzte sich auf die Schreibtischkante und streckte ihr die Hand entgegen.

»Ich mag Sie«, sagte er. »Und ich finde Sie hübsch. Wollen wir Freunde sein?«

Sie zögerte einen Augenblick, dann legte sie ihre Hand in die seine.

»Ich wäre dankbar für Ihre Freundschaft«, erklärte sie.

»Betonen Sie das Wort ›Freund‹ nicht zu sehr«, entgegnete er. »Das ist, was mich anbelangt, eine reine Untertreibung.«

Sie erkannte die Bewunderung in seiner Stimme, senkte die Augen und wandte den Kopf ab. Sie hätte ihm auch ihre Hand entzogen, doch er hielt sie fest. Sie spürte die Wärme seiner Finger. In diesem Augenblick flog die Tür auf, und Dart Huron stürzte herein.

»Guten Tag, Miss Milbank«, sagte er. »McDougall sagte mir, daß Sie angekommen sind. Ich habe drei Telegramme nach Südamerika aufzugeben. Würden Sie sich darum kümmern?«

Es war, als sei ein Tornado in den Raum gebraust. Er strahlte eine Kraft und Lebendigkeit aus, die die ganze Atmosphäre zu elektrisieren schien.

Bei seinem Eintritt waren Aria und Lord Buckleigh instinktiv aufgesprungen. Als sie sich jetzt gegenüberstanden und Aria bewußt wurde, daß Mr. Huron gesehen haben mußte, wie Lord Buckleigh ihre Hand hielt, schoß ihr das Blut in die Wangen.

Was muß er jetzt nur denken? fragte sie sich und wußte zugleich, daß sie ihm keine plausible Erklärung abgeben konnte. Aufgrund der Verwirrung schien ihre Stimme beinahe zu versagen. »Guten Tag, Mr. Huron«, stieß sie schließlich, mehr murmelnd, hervor.

»Ich bin froh, daß Sie gut angekommen sind«, erklärte er gleichgültig. »Wollen Sie bitte die Telegramme aufnehmen?«

Er ratterte die Telegramme so schnell auf spanisch herunter, daß Aria, die nicht stenografieren konnte, nicht mitkam.

»Es ... es tut mir leid«, sagte sie schließlich, »aber ich fürchte, ich muß Sie bitten, die Adressen noch einmal zu wiederholen.«

»Ich glaube, ich habe sie klar und deutlich ausgesprochen«, antwortete Dart Huron ein wenig ungeduldig. »Na, wie auch immer – Señor di Palando.«

Er wiederholte das Diktat, und Aria kritzelte hastig mit. Dabei betete sie, daß ihr bloß kein Fehler unterlaufen möge. Als er fertig diktiert hatte, blickte Dart Huron auf seine Armbanduhr.

»Es ist Zeit für den Tee«, sagte er. »Kommen Sie bitte nach unten und schenken Sie den Tee ein, Miss Milbank? Ich selbst bin kein großer Teetrinker, aber meine Gäste scheinen darauf zu warten.«

»Aber ...«, begann Aria.

»Lord Buckleigh wird Ihnen sicherlich den Weg zeigen.« Ehe Aria etwas erwidern konnte, hatte Dart Huron den Raum verlassen.

Mit konsternierter Miene wandte sie sich Lord Buckleigh zu.

»Ich wußte nicht, daß ich so etwas auch tun soll«, erklärte sie. »Mich zu den Gästen gesellen und –«

»Die Gastgeberin spielen«, beendete er den Satz für sie. »Wenn Sie mich fragen – Dart hat gute Gründe für sein Anliegen.«

»Was für Gründe?« fragte Aria.

»Das werden Sie schon selbst noch herausfinden«, erwiderte er geheimnisvoll. »Und jetzt beeilen Sie sich, denn Dart ist – ganz entgegen der Gepflogenheiten der Amerikaner – immer pünktlich. Dies ist das einzige Haus, in dem das Essen immer pünktlich auf die Minute serviert wird, obwohl mit amerikanischen Dollars dafür bezahlt wird.«

»Dann sollte ich mich wohl ein wenig zurechtmachen«, meinte Aria leicht nervös.

»Sie sehen gut aus so. Machen Sie sich deshalb keine Sorgen«, entgegnete er und blickte lächelnd auf sie herunter, die sehr klein und jung, mit in der Sonne rötlich aufglänzenden Locken vor ihm stand.

»Muß ich bei allen Mahlzeiten dabei sein?« wollte Aria wissen.

Sie wußte selbst nicht, warum dieser Gedanke sie derart in Erregung versetzte. Vielleicht weil sie geglaubt hatte, daß sie die

Mahlzeiten allein in ihrem Zimmer einnehmen würde.

»Nur, wenn Sie eingeladen werden«, antwortete Lord Buckleigh. »Doch ich habe so eine Ahnung, daß man Sie ziemlich regelmäßig einladen wird.«

»Aber warum?« fragte Aria. »Mr. Huron kann unmöglich Wert darauf legen, daß ich dabei bin! Er kennt mich doch gar nicht. Ich kenne keinen seiner Freunde. Sie müssen doch verstehen, wie schrecklich das für mich ist.«

»Ich werde mich um Sie kümmern«, versprach er.

Diese Vorstellung hatte etwas Tröstliches an sich, und obwohl ihr bewußt war, daß sie das nicht tun sollte, lächelte Aria ihn dankbar an.

»Kommen Sie«, sagte er. »Ich führe Sie in die Höhle des Löwen, und – was noch viel wichtiger ist – ich werde Ihnen jeden einzelnen Löwen persönlich vorstellen.«

Aria wußte nicht, was sie darauf erwidern sollte, und ging mit einem ihr völlig neuen Gefühl der Scheu neben ihm durch den Gang zur Haupttreppe hinüber. Doch trotz ihrer Ängste konnte Aria nicht umhin, die holzgetäfelte Halle und die dort hängenden Bilder zu bewundern.

»Sie sind schön, nicht wahr?« meinte Lord Buckleigh, der ihrem Blick gefolgt war. »Sie wissen, wem dieses Haus gehört, nicht wahr?«

»Nein«, antwortete Aria. »Aber ich weiß, daß Mr. Huron es nur gemietet hat.«

»Nun, ursprünglich wurde es für den Herzog von Melchester gebaut«, erklärte Lord Buckleigh. »Bis zum letzten Krieg blieb es in der Familie; danach war es in sehr schlechtem, reparaturbedürftigem Zustand. Tatsächlich war es so, daß man, wenn man nicht aufpaßte, bei jedem Schritt in ein Rattenloch stolperte. So verkaufte es der jetzige Herzog an den griechischen Millionär Nognossos. Er steckte ein wahres Vermögen in die Renovierung und benutzt es etwa drei Monate im Jahr selbst. Die übrige Zeit wird es an Leute wie Dart oder andere Freunde von mir vermietet, die bereit sind, mir dafür eine Provision zu zahlen.«

»Sie bekommen Provision?« wiederholte Aria.

»Ja. Haben Sie noch nicht gemerkt, daß ich Makler bin? Ich kriege hier ein Stückchen und da ein Stückchen. Wovon soll ich sonst leben?«

Seine Offenheit war so entwaffnend, daß Aria beinahe schon selbst glaubte, daß es nichts anderes gab, was er tun konnte. Und dann waren sie auch schon im Salon, und sie sah den Teetisch mit dem silbernen Teegeschirr, der neben dem Kamin an der gegenüberliegenden Seite des Salons stand.

Es war ein niedriger, langgestreckter Raum; Satintischdecken und -vorhänge hoben sich reizvoll von den glänzenden blauen Wänden ab. Doch Aria hatte nur Augen für die um den Teetisch versammelten Menschen.

Ein Gesicht erkannte sie sofort – die schöne Platinblonde, die Dart Huron bei seinem Besuch in Queen's Folly begleitet hatte. Sie lehnte lässig in einem Sessel und sah in ihrem smaragdgrünen Jerseykleid schöner denn je aus. Mehrere verschieden breite Goldarmbänder schmückten ihre schmalen Handgelenke.

»Oh, da sind Sie ja, Tom«, sagte sie zu Lord Buckleigh. »Wir haben uns schon gefragt, wo Sie geblieben sind. Wir wollten doch unsere Canasta-Partie zu Ende spielen.«

»Tut mir leid, Lulu«, erwiderte er. »Wir werden nach dem Tee weiter spielen. Darf ich Ihnen Miss Milbank vorstellen?«

Lulu wandte den Kopf und sah Aria an; ihr Lächeln verschwand, und sie bemühte sich nicht, ihre Feindseligkeit zu verbergen.

»Die neue Sekretärin?« fragte sie und hob die Augenbrauen. Doch sie bot ihr demonstrativ nicht die Hand zur Begrüßung, was Aria als ausgesprochen verletzend empfand.

»Miss Lulu Carlo brauche ich Ihnen natürlich nicht vorzustellen«, wandte sich Lord Buckleigh an Aria. »Sie haben sie sicher schon in vielen Filmen gesehen.«

Aria wollte schon sagen, daß der Name Lulu Carlo ihr so bekannt war wie der Rita Hayworths oder Jane Russels, doch sie besann sich eines anderen.

»Ich habe nie Zeit, ins Kino zu gehen«, erklärte sie steif und spürte mit leichter Befriedigung, daß sie dem Filmstar ihre Unhöflichkeit heimgezahlt hatte.

Dann wurde Aria in schneller Folge etwa einem halben Dutzend Leuten vorgestellt. Mehrere von ihnen besaßen einen Titel, zwei weitere glaubte sie aus der Filmwelt zu kennen. Sie schüttelte gerade einem jungen, hochgewachsenen Mann, den sie als einen der besten

Polospieler Englands wiedererkannte, die Hand, als Dart Huron zusammen mit einem Mann den Raum vom Garten her durch eine offenstehende Flügeltür betrat.

»Carl sagt, es ist sicher, daß es morgen regnen wird«, verkündete er. »Doch das sagt er nur, weil er weiß, daß meine Ponys den schweren Boden nicht mögen.«

»Es wird nicht regnen, das spüre ich an meinen Knochen«, sagte jemand, doch Dart Huron wandte sich bereits Aria zu.

»Oh, da sind Sie ja, Miss Milbank. Würden Sie den Tee einschenken?«

Aria setzte sich gerade an den Tisch, als Lulus Stimme, leise und entschieden verdrießlich, vom Kamin herüberklang.

»Ich dachte, du würdest es gerne sehen, wenn ich das mache, Dart, mein Liebling.«

»Wozu die Umstände? Du trinkst doch um diese Zeit ohnehin nichts.«

»Es macht mir keine Umstände, für dich den Tee einzuschenken.«

Die Art, wie sie das »für dich« aussprach, klang beinahe wie eine Liebkosung, doch Dart schien es nicht zu merken. Er bot den übrigen Gästen eine Platte mit belegten Broten an, während Lord Buckleigh Aria die Tassen abnahm, kaum, daß sie sie gefüllt hatte.

Plötzlich stand Lulu auf und kam an den Tisch herüber.

»Warum kann nicht einer der Diener den Tee einschenken?« fragte sie in angriffslustigem Ton. »Schließlich mixt der Butler ja auch die Cocktails.«

Plötzliches, betretenes Schweigen trat ein, wie es stets der Fall ist, wenn Leute merken, daß sich eine Szene anbahnt. Dart Huron jedoch nahm sich seelenruhig ein Sandwich von der Platte, die er noch immer in der Hand hielt, und erwiderte:

»Oh, nein, im Gegenteil. Gewöhnlich mixe ich die Cocktails selbst. Ich lasse McDougall sie nur deshalb hin und wieder zubereiten, weil er mir andauernd versichert, daß er es bei Old Harry selbst gelernt hat. Aber glaube mir, ich weiß bis jetzt noch nicht, wer dieser Old Harry überhaupt ist.«

Alles brach in Gelächter aus, Lulu jedoch, die neben ihm stand, lächelte nicht. Sie ist nicht mehr so schön, wenn sie wütend ist, dachte Aria. Ihr besonderer Reiz liegt in ihrer unwiderstehlichen

Unbekümmertheit, die selbst in ihren Filmen auf das Publikum überspringt.

Aria hatte vor längerer Zeit einen Film gesehen, in dem Lulu die Rolle eines Mädchens gespielt hatte, das unerwartet zehntausend Dollar erbt, nach Paris fährt und das ganze Geld an einem einzigen wilden Abend ausgibt. Aria konnte sich noch an die unbekümmerte Darstellungsweise Lulus erinnern.

»Du bist häßlich zu mir, Dart.«

Lulus Stimme hatte sich vollkommen verändert. Jetzt spielte sie nicht mehr die Mürrische, Widerspenstige, sondern das kleine Mädchen, das zu jung und zart war, um mit den bösen Schlägen einer grausamen Welt fertigzuwerden. Man hätte sogar meinen können, daß – als sie den Kopf zurückwarf – Tränen in ihren großen blauen Augen standen.

»Du hast sicher Hunger, Süße«, sagte Dart Huron leichthin. »Ich treffe immer wieder auf Frauen, die unausstehlich werden, wenn sie hungrig sind. Iß ein Sandwich, sie schmecken ganz ausgezeichnet.«

»Du weißt, daß ich nie etwas zum Tee esse.«

Wieder klang Lulus Stimme verdrießlich.

»Denk doch einmal nicht an deine Linie«, meinte Dart lächelnd. »Ein Sandwich am Tag kann die trüben Gedanken verjagen. Versuch's doch mal.«

»Aber ich sagte dir schon, daß ich nichts will.«

Lulu versetzte der Platte, die er ihr reichte, einen plötzlichen Stoß. Sie glitt ihm aus der Hand, fiel zu Boden und zersplitterte in hundert Teilchen. Die Brote fielen auf den Teppich.

»Das ist ganz allein deine Schuld«, erklärte Lulu scharf. »Aber zweifellos kann Miss Milbank sie für dich aufheben. Dafür ist sie ja schließlich da, nicht wahr?«

Damit drehte sie sich mit schwingenden Röcken und klimperndem Schmuck auf dem Absatz um und war, ehe irgend jemand sich rühren oder sprechen konnte, durch die Tür des Salons verschwunden und knallte diese hinter sich zu.

Ein Augenblick unbehaglichen Schweigens trat ein, das Lord Buckleigh schließlich lachend unterbrach.

»Schon wieder so eine Verschwendung, Dart«, sagte er, »wenn auch keine allzu kostspielige. Ich vergaß ganz, dir zu sagen, daß ich gestern abend das Billardqueue zerbrochen habe.«

»Wie hast du das geschafft, Tom?« fragte Dart Huron.

Seine Stimme klang ganz normal, und wären da nicht die zerbrochene Platte und die über den Teppich verstreuten Brötchen gewesen, hätte man nicht glauben mögen, daß gerade eine häßliche Szene stattgefunden hatte.

Aria zwang sich zur Ruhe. Sie stand auf und betätigte die Klingel neben dem Kamin. Ein Hund kam unter einem der Stühle hervor und begann, die Brote zu essen.

»Passen Sie auf, daß er sich keine Scherben eintritt«, sagte jemand.

Alle waren damit beschäftigt, auf den Hund aufzupassen, als einer der Diener den Raum betrat.

»Bitte holen Sie Schaufel und Besen«, wies Aria ihn in bestimmtem Ton an, der sie selbst überraschte. »Durch ein Mißgeschick ist eine der Platten zerbrochen.«

»In Ordnung, Miss.«

Der Diener eilte davon. Zum ersten Mal, seitdem er den Raum betreten hatte, sah Dart Huron Aria an.

»Kann ich eine Tasse Tee haben, Miss Milbank?« fragte er.

»Ich bitte um Entschuldigung, aber Sie haben vorhin gesagt, daß Sie kein Teetrinker sind«, entgegnete Aria. »Sonst hätte ich Ihnen natürlich eine Tasse eingeschenkt.«

»Er steht sonst mehr auf Highballs!« warf ein hübsches Mädchen lachend ein.

»Heute nicht«, erwiderte Dart Huron. »Wir müssen morgen dieses Match gewinnen. Und falls wir den Cup nicht gewinnen, gibt es morgen zur Strafe Softdrinks zum Dinner.«

Alles brach in Gelächter aus, die Stimmung war wieder entspannt, und während des allgemeinen regen Geplauders kam der Diener mit Schaufel und Besen zurück und kehrte den Schmutz zusammen.

»Soll ich noch belegte Brote bringen, Miss?« fragte er Aria.

»Nein, danke. Ich glaube, wir haben genug«, antwortete Aria.

Der Mann verschwand, und während Aria ihren Tee trank, spürte sie, wie die Röte, die bei Lulu Carlos beleidigenden Worten in ihre Wangen gestiegen war, verschwand, und ihr Puls sich normalisierte.

Jim, der Polospieler, fragte sie, ob sie den Garten schon gesehen habe und wie ihr die Aussicht gefalle. Es war eine banale Konversation, doch so gewann sie Zeit, sich wieder zu fangen, und schließlich war sie wieder in der Lage, sich ruhig und gelassen zu unterhalten, als wäre nichts geschehen.

»Wie wäre es mit einem Tennismatch?« schlug jemand vor, und als sie aufstanden, erkannte Aria dankbar, daß sie jetzt entfliehen konnte.

Lord Buckleigh war in eine Diskussion darüber verwickelt, wer mit wem spielen sollte, und sie glaubte, daß niemand bemerken würde, wenn sie wegging. Tatsächlich hatte sie die Tür schon fast erreicht, als Dart Hurons Stimme sie stehen bleiben ließ.

»Miss Milbank!«

Aria drehte sich blitzartig um. Dart hatte sich von seinen Gästen gelöst und kam zu ihr herüber. Sein Gang war anders als der aller Männer, die sie je gesehen hatte. Etwas beinahe Katzenhaftes lag in der Geschmeidigkeit seines Körpers, und sie fragte sich, ob das an seiner indianischen Abstammung lag.

Leicht nervös wartete sie, während er auf sie zukam. Gleichzeitig kam sie sich lächerlich jung und mit ihrer weißen Bluse und dem schwarzen Rock irgendwie fehl am Platze vor.

»Haben Sie alles, was Sie brauchen?«

Sie erkannte, daß die Frage lediglich eine Formalität war, trotzdem hatte es ihn möglicherweise Überwindung gekostet, sie zu stellen.

»Ja, danke, Mr. Huron.«

»Ich habe nachher vielleicht noch ein Telegramm aufzugeben. Sind die anderen weg?«

»Nein, ich wollte sie nach sechs Uhr zum billigeren Tarif abschikken.«

Seine Miene entspannte sich, und zum ersten Mal, seit sie ihn kannte, lächelte er sie an.

»Ich pflege mich gewöhnlich nicht um Billigtarife zu kümmern.«

»Verzeihung. Ich wußte nicht, daß ich sie sofort abschicken sollte.«

»Wenn ich jemandem, der für mich arbeitet, Instruktionen gebe, bedeutet das gewöhnlich, daß sie sofort erledigt werden sollen.«

»Ich werde sie aufgeben, sobald ich oben bin«, versprach sie.

Eine Pause trat ein, so, als wüßte Dart Huron nicht, was er sagen sollte, und sie wußte nicht, ob sie gehen oder bleiben sollte. Dann erklärte er ein wenig abrupt:

»Das ist alles! Ich sehe Sie zum Dinner.«

»Oh! Sie erwarten doch nicht, daß ich zum Dinner herunterkomme?«

»Warum nicht?«

»Ich ... ich würde es lieber nicht tun.«

Seine Lippen wurden schmal, als mißfiele es ihm, sich mit ihr auseinanderzusetzen.

»Mögen Sie es grundsätzlich nicht, oder sind Sie noch verärgert über das, was gerade passiert ist?«

»Ich mag es grundsätzlich nicht«, antwortete Aria. »Ich habe nicht erwartet, daß ich mit Ihnen und Ihren Gästen essen soll.«

»Die meisten Frauen, die in Ihrer Position bei mir angestellt waren, haben sich um diese Einladungen gedrängt«, sagte er.

Aria war sicher, daß er sich insgeheim lustig über sie machte, und wurde wütend.

»Es tut mir leid, daß ich nicht weiß, was hier früher passiert ist«, erklärte sie mit hoch erhobenem Kopf. »Aber ich möchte gerne eines klarstellen, Mr. Huron: Wie immer es auch früher war, ich bin nicht daran interessiert. Wenn Sie wünschen, daß ich unten zu Abend esse, werde ich Ihre Anweisungen selbstverständlich befolgen. Doch ich würde es vorziehen, wenn ich oben in meinem Zimmer essen könnte, insbesondere dann, wenn ich mehr zu tun haben werde.«

Trotz ihrer Bemühungen, ihre Stimme gelassen und unbefangen klingen zu lassen, waren die darin liegende Wut und der Widerwillen nicht zu überhören. Dart sah auf sie herunter, und für einen Augenblick trafen sich ihre Augen. Beide spürten die Spannung zwischen ihnen. Aria stand sehr aufrecht, mit hoch erhobenem Kinn und einem plötzlichen Feuer in ihren dunklen Augen wartend da, als er sich plötzlich auf dem Absatz umdrehte.

»Ich erwarte, daß Sie heute abend mit uns essen«, erklärte er und ging davon.

5

»Sie haben zwei Gerichte mit weißer Sauce aufgeschrieben«, sagte Aria und sah von der Speisenkarte zu dem auf der anderen Seite ihres Schreibtischs stehenden Chefkoch auf.

»Ma foi! Mais c'est impossible!« rief der Koch dramatisch und fügte dann, als Aria ihm den Speisenplan entgegenhielt, hinzu: »Oui, c'est vrai. Je vous demande pardon, M'selle. Es war – wie sagen Sie doch gleich – ein Schreibfehler.«

Er korrigierte den Fehler mit dem Bleistift, und nachdem Aria seinen Vorschlag gebilligt hatte, verbeugte er sich tief und verließ den Raum.

Als sie allein war, stieß sie einen Seufzer der Erleichterung aus. Gleichzeitig konnte sie sich des Gefühls eines beinahe kindischen Stolzes darüber nicht erwehren, daß sie die Stellung behauptet und den Fehler auf der Speisenkarte so schnell erkannt hatte.

Das jahrelange Essen in Hotels kam ihr jetzt zugute, trotzdem war sie stets von einer gewissen Scheu und Angst erfüllt, wann immer sie mit den höheren Dienstboten zu verhandeln hatte. Sie wußte ganz genau, daß sie sie voll Neugier beobachteten, weil sie sie für viel zu jung für diese Stellung hielten und sich am liebsten über ihre Anweisungen lustig gemacht hätten.

Zum Glück verstand Aria eine ganze Menge davon, wie ein großes Haus zu führen war. Einen Sommer lang hatte ihr Vater im Süden Italiens eine riesige Villa gemietet, und allemal hatten sie den Winter in der Schweiz verbracht, wo er – weil er eine Auseinandersetzung mit dem Hotel hatte – ein großes Schloß gepachtet hatte, und die paar Monate, während der er Spaß am Skilaufen gehabt hatte, hatten sie ein ausgesprochen feudales Leben geführt.

Doch all ihre Erfahrung änderte nichts daran, daß Aria sich sehr verloren und verschüchtert vorkam, als sie am Abend zuvor zum Dinner hinunterging, um mit Lulu Carlos Feindseligkeit und der ziemlich überheblichen Neugier der übrigen Gäste konfrontiert zu werden.

Es schien ihr, daß Dart Huron es aus irgendeinem ihr unerklärlichen Grund auf sie abgesehen hatte; mehrmals fragte er sie nach ihrer Meinung zu verschiedenen Themen; gab ihr Anweisungen für das Personal, die er ebenso hätte selbst erteilen können.

Aria haßte jeden einzelnen Augenblick des Abends, und am allermeisten den Gastgeber selbst, und sie war unendlich erleichtert, als es ihr – als die Gäste sich zum Kartenspielen niedergelassen hatten – gelang, in ihr Zimmer hinauf zu gehen.

Doch sie hatte trotz ihrer Erschöpfung nicht einschlafen können, hatte Stunde um Stunde wachgelegen und mit großen Augen in die Dunkelheit gestarrt und sich über so viele Dinge den Kopf zerbrochen, ohne auch nur auf eine einzige Frage eine Antwort zu finden.

Sie hatte damit gerechnet, in gedrückter Stimmung aufzuwachen; statt dessen jedoch war sie gelöst und guter Dinge und in angenehm erwartungsvoller Stimmung, als sie mit der durch das Schlafzimmerfenster hereinfallenden Sonne um acht Uhr aufstand.

Das Frühstück wurde ihr, zusammen mit den Morgenzeitungen, aufs Zimmer gebracht. Sie blätterte sie flüchtig durch und fand im »Daily Mail« ein großes Bild von Dart Huron, und in den Klatschspalten verschiedener anderer Zeitungen Anspielungen auf ihn.

Das Foto wird ihm nicht gerecht, dachte Aria. Seine hohen Wangenknochen schienen viel zu sehr betont und verliehen seinem Gesicht einen beinahe grausamen Zug.

Beim Ankleiden kreisten ihre Gedanken ununterbrochen um Dart Huron. Wenn er mit ihr sprach, lag eine Härte in seiner Stimme, die sie anderen Leuten gegenüber nicht besaß. Wenn er sie aber wirklich nicht mochte, so gab es keine plausible Erklärung dafür, daß er sie andauernd in den Vordergrund stellte und darauf bestanden hatte, daß sie gestern abend am Dinner teilnahm.

Sobald sie angezogen war, ging Aria in ihr Wohnzimmer hinüber, wo die Morgenpost bereits auf sie wartete. Sie öffnete Dart Hurons Post mit Ausnahme der Briefe mit der Aufschrift »Persönlich« oder »Vertraulich«. Da waren über ein Dutzend idiotischer Briefe von Frauen, die ihm schrieben, wie sehr sie seine Bilder in den Zeitungen bewunderten und ihn auf mehr oder weniger direkte Weise darum baten, sich mit ihnen zu treffen. Aria legte die Briefe auf einen Stapel, die Geschäftspost auf einen anderen.

Weiter gab es mindestens ein Dutzend Einladungen, alle von angesehenen, wichtigen Leuten, die ihn zum Dinner oder Lunch oder übers Wochenende einluden; und natürlich zahllose Bittbriefe von Wohltätigkeitseinrichtungen, die um Spenden für irgendeinen besonders guten Zweck baten.

Aria ordnete sie sorgfältig auf ihrem Schreibtisch und überlegte, ob sie sie ihm in sein Arbeitszimmer herunterbringen sollte oder ob er zu ihr kommen würde. Sie hatte sich gerade entschlossen, McDougall um Rat zu bitten, als die Tür aufging und ein Hausmädchen eintrat, um zu fragen, welche Gäste heute erwartet wurden. Als sie gegangen war, klingelte das Telefon, und Aria war gerade damit fertig, eine Nachricht wegen des Transports eines Poloponys zu notieren, als sich die Tür öffnete und Lord Buckleigh eintrat.

Er trug Reithosen und eine gut geschnittene Tweedjacke.

»Guten Morgen!« sage er. »Haben Sie Lust, mit mir auszureiten?«

»Liebend gerne«, sagte sie, »aber Sie wissen, daß das nicht geht.«

»Warum nicht?«

»Weil ich zu arbeiten habe. Können Sie mir sagen, ob ich diese Briefe in Mr. Hurons Arbeitszimmer bringen oder darauf warten soll, bis er mich ruft?«

»Ich würde sagen, Sie warten, bis er Sie holen läßt«, antwortete er. »Falls er es überhaupt tut! Im allgemeinen überläßt er seine Korrespondenz seiner Sekretärin.«

»Aber ich weiß nicht, wie ich sie beantworten soll«, meinte Aria kläglich.

»Ich werde Ihnen helfen«, schlug er vor.

»Wirklich? Vielen Dank«, erwiderte Aria.

Sie sah zu ihm auf, doch etwas in seinem Gesicht ließ sie den Blick schnell wieder senken.

»Sie sind sehr schön«, sagte er in völlig verändertem Ton. »Ich spüre, daß ich dabei bin, mich in Sie zu verlieben.«

»Seien Sie nicht albern«, bat Aria.

»Ich bin nicht albern, es ist die Wahrheit«, entgegnete er. »Als ich Sie gestern zum erstenmal sah, ist etwas Seltsames mit meinem Herzen geschehen. Sind Sie übrigens verlobt?«

»Nein, natürlich nicht«, erwiderte Aria. »Und Sie haben kein Recht, so mit mir zu reden.«

»Es hätte auch keinen großen Unterschied gemacht, wenn Sie es gewesen wären«, fuhr Lord Buckleigh fort. »Ich finde es nur nicht gerade erstrebenswert, mich in einer Liebesaffäre mit einem herumtobenden Kerl herumzuschlagen.«

»Nun, einen solchen Kerl gibt es nicht, und es wird auch keine

Liebesaffäre geben«, erklärte Aria mit Bestimmtheit. »Ich bin hier, um für Mr. Huron zu arbeiten.«

»Sie glauben nicht, daß Sie sich in ihn verlieben werden?« fragte Lord Buckleigh.

»Nein, das werde ich nicht«, erwiderte Aria.

Zu ihrer Überraschung legte Lord Buckleigh seine Hände auf ihre Schultern und drehte sie zu sich herum.

»Das klingt mir beinahe etwas zu aggressiv«, meinte er. »Was hat Dart Ihnen getan?«

»Nichts!« antwortete Aria und versuchte, sich aus seinen Armen zu lösen. »Bitte, Lord Buckleigh, gehen Sie reiten und lassen Sie mich allein. Ich habe viel zu tun, und mir ist nicht zum Scherzen zumute.«

»Ich mache keine Scherze, Sie albernes Kind. Ja, Sie sind ein Kind, auch wenn Sie versuchen, älter auszusehen. Erzählen Sie mir etwas über sich. Wer sind Sie und woher kommen Sie?«

Mit äußerster Anstrengung entzog sich Aria seinem Griff.

»Bitte gehen Sie«, sagte sie. »Ich habe jetzt keine Zeit, um Ihnen meine Familiengeschichte zu erzählen. Vielleicht braucht Mr. Huron mich.«

»Sie sehen wunderbar aus, wenn Sie energisch sein wollen«, entgegnete Lord Buckleigh lächelnd. »Ich verliebe mich immer in Mädchen mit roten Haaren. Aber Ihr Haar ist etwas ganz Besonderes, es scheint mit Gold durchwirkt zu sein. Auch in Ihren dunklen Augen liegt Gold.«

»Dann wird es das einzige Gold sein, das ich je besitzen werde«, erwiderte Aria scharf.

Lord Buckleigh setzte sich auf die Schreibtischkante. Obwohl sein Verhalten und seine Worte sie verlegen machten, spürte sie, daß sein Charme und seine jungenhafte Unbefangenheit es ihr schwermachten, ihm wirklich böse zu sein.

»Gehen Sie!« bat sie. »Es ist unmöglich, vernünftig mit Ihnen zu reden, und außerdem habe ich überhaupt keine Zeit.«

»Sie werden erkennen, daß Sie meine Freundschaft brauchen«, meinte Lord Buckleigh.

»Das weiß ich«, erwiderte Aria ernst. »Ich glaube, ich werde hier Freunde brauchen.«

Lord Buckleigh grinste.

»Haben Sie dabei an Lulu gedacht?«

Aria nickte.

»Dart wird Ärger kriegen, wenn Sie mich fragen. Aber er hat kein Recht, Sie da hineinzuziehen.«

»Aber ich verstehe nicht, aus welchem Grund sie mich hassen könnte«, sagte Aria nachdenklich.

»Sie sind ziemlich naiv, meine Süße, finden Sie nicht auch?« entgegnete Lord Buckleigh. »Sie will Dart heiraten. Bis jetzt hat sie ihn noch nicht an der Angel, und er ist auf der Hut. Sie ist nicht die erste Frau und wird auch nicht die letzte sein, die wie eine Tigerin darum kämpft, ihn vor den Traualtar zu schleppen.«

»Aber was hat das mit mir zu tun?« wollte Aria wissen.

»Das ist doch ganz klar!« erwiderte Lord Buckleigh. »Lulu will Dart heiraten, und er ist entschlossen, sich nicht zu binden, und schon gar nicht in aller Öffentlichkeit. Folglich kommt ihm eine Wirtschafterin, die Gastgeberin ist, den Haushalt führt, sich um die Gäste kümmert und den Tee einschenkt, sehr gelegen.«

Er lachte, doch Arias Gesicht war ernst. Jetzt bekam für sie so manches, das sie bisher nicht verstanden hatte, einen Sinn.

»Dart hat eine einzigartige Stellung hier«, fuhr Lord Buckleigh fort. »Er kennt alle – vom Königshaus über die Spitzen der Gesellschaft, der Bühne, der Politik und natürlich alle am Sport Interessierten. Er hat weiß Gott nicht vor, so etws Dummes zu tun, wie einen Hausstand mit Lulu Carlo zu gründen. Genau das aber will sie. Und Dart muß achtgeben, daß sie nicht in Gegenwart seiner Gäste die Rolle der Gastgeberin übernimmt. Und Sie, meine Liebe, sind Mittel zum Zweck für ihn!«

»Warum hat er mir das nicht erklärt?« fragte sie.

»Dart sollte irgend jemandem etwas erklären?« Lord Buckleigh warf den Kopf zurück und lachte. »Für ihn ist er selbst das Gesetz. Er ist ein Mann, der glaubt, tun und lassen zu können, was er will, ohne dafür von irgend jemandem zur Verantwortung gezogen zu werden, nicht einmal von seinen Freunden. Deshalb mag ich ihn ja auch so, nehme ich an – und deshalb beneide ich ihn auch. Man braucht eine Menge Geld, um auf diese Weise leben zu können.«

Aria setzte sich an den Schreibtisch.

»Ich weiß nicht, ob meine Lage durch Ihre Worte besser oder schlechter geworden ist. Zumindest verstehe ich jetzt, was hier gespielt wird, aber ich fühle mich in solch einer Rolle ganz und gar nicht wohl.«

»Lulu denkt wahrscheinlich dasselbe«, entgegnete Lord Buckleigh mit schwachem Grinsen.

»Sie ist sehr schön«, meinte Aria seufzend. »Ich kann mir nicht vorstellen, daß Mr. Huron sie nicht heiraten will.«

»Wirklich nicht?« fragte Lord Buckleigh. »Nun, ich kann es. Und jetzt genug von Dart und seinen Frauen. Lassen Sie uns über uns reden.«

»Ich habe Ihnen doch schon gesagt, daß ich keine Zeit habe«, widersprach Aria.

»Das glaube ich Ihnen nicht«, entgegnete Lord Buckleigh. »Das sind nur Ausreden. Aber ich nehme es Ihnen nicht übel, ich bin ein bescheidener Mann. Ich bin zufrieden damit, hier zu sitzen und Sie ansehen zu können. Sie haben eine Art, die Mundwinkel hochzuziehen, die mich fasziniert.«

Aria legte ihre Hände an die Schläfen.

»Bitte!« rief sie. »Sie bringen mich ganz durcheinander. Ich weiß nicht, was ich darauf erwidern soll.«

Lord Buckleigh streckte ihr die Hände entgegen. »Sagen Sie, daß Sie mich ein kleines bißchen mögen«, sagte er flehentlich.

»Ich...«, stammelte sie. »Ich weiß gar nichts über Sie. Ich habe Sie gestern zum erstenmal gesehen.«

»Auch ich habe Sie gestern zum erstenmal gesehen, aber ich kenne meine Gefühle für Sie genau. Sie sind schön, Sie sind süß, und im Augenblick würde ich nichts lieber tun, als Sie küssen.«

Aria erhob sich. »Gehen Sie«, sagte sie. »Sie haben kein Recht, so mit mir zu reden. Wenn Sie jetzt nicht gehen, werde ich...« Sie zögerte.

»Nun, was werden Sie?« fragte Lord Buckleigh.

»Ich... ich weiß es nicht«, antwortete Aria hilflos. »Sie sind gemein!«

»Ich weiß, ich bin ein Scheusal«, erwiderte er lachend. »Aber Sie sind so schön, wenn Sie wütend sind, und schrecklich faszinierend, wenn Sie es nicht sind. Bitte sagen Sie mir, daß Sie mich ein bißchen mögen.«

Er ergriff ihre Hand und hob sie an seine Lippen. Sie standen vor dem Fenster im hellen Licht der Sonne, und er hielt ihre Hand an seine Lippen gepreßt, als die Tür aufging.

Aria schreckte schuldbewußt zusammen, doch zu ihrer Erleichterung sah sie eine Frau in der Tür stehen und nicht, wie sie befürchtet hatte, Dart Huron.

»Miss Carlo möchte Sie sprechen, Miss«, sagte die Frau, die Aria als Lulu Carlos persönliche Bedienstete erkannte.

»Ja, natürlich«, antwortete Aria und entzog Lord Buckleigh ihre Hand. »Wo ist Miss Carlo?«

»In ihrem Schlafzimmer. Ich bringe Sie zu ihr, wenn Sie wollen, Miss.«

»Danke. Ich bin gleich zurück«, sagte Aria.

Sie nahm ihr Notizbuch und einen Stift vom Schreibtisch und verließ, ohne Lord Buckleigh noch eines Blickes zu würdigen, mit dem Mädchen den Raum. Sie hoffte, daß man ihr die Verwirrung nicht ansah, die Lord Buckleighs Verhalten und der Umstand, daß das Mädchen gesehen hatte, wie er ihre Hand küßte, ausgelöst hatten.

Lulu Carlos Schlafzimmer lag an dem breiten Treppenabsatz oben an der Treppe. Das Mädchen klopfte an die Tür und öffnete, als eine mürrische Stimme »Herein!« rief. Aria trat ein. Es war ein großer, hoher Raum mit breiten Fenstern, die auf einen Balkon hinausführten, denen gegenüber ein riesiges, mit geschnitzten Engeln verziertes Bett mit pfirsichfarbenen Samtkissen stand.

Lulu lag auf einem Berg von Kissen, über ihrem Nachthemd trug sie einen rosafarbenen, mit Schwanenfedern besetzten Chiffonmorgenrock, ihre roten Lippen hoben sich krass von ihrem blassen Gesicht ab.

»Guten Morgen!« sagte Aria zögernd vom Ende des Bettes her.

»Wo ist Mr. Huron?« fragte Lulu mit harter, angriffslustiger Stimme.

»Ich habe nicht die leiseste Ahnung, Miss Carlo. Ich habe ihn heute morgen noch nicht gesehen.«

»Sie lügen!« rief Lulu Carlo.

Arias Körper versteifte sich.

»Ich fürchte, ich verstehe nicht«, sagte sie ruhig.

Lulu Carlo gab ein hartes Lachen von sich.

»Sie verstehen sehr gut«, sagte sie. »Ich habe Mr. Huron vor geraumer Zeit eine Nachricht geschickt, und man sagte mir, er könne nicht zu mir kommen, weil er sich um seine Post kümmern müsse. Sie sind seine Sekretärin – also nehme ich an, daß er bei Ihnen war.«

»Ich fürchte, da hat man Sie falsch informiert«, entgegnete Aria.

»Nun, dann gehen Sie und suchen Sie ihn«, befahl Lulu. »Ich will ihn sehen – sofort!«

Aria hätte ihr am liebsten geantwortet, daß sie aufstehen und ihn selber suchen solle, doch ihr war klar, daß sie bei einer Auseinandersetzung mit Lulu den kürzeren ziehen würde. Also verließ sie ohne ein weiteres Wort das Schlafzimmer und ging die zur Halle führende Treppe herunter.

In der Halle war niemand zu sehen, und Aria blieb einen Augenblick unschlüssig stehen. Dann klopfte sie an die Tür, die ins Arbeitszimmer führte. Sie wußte inzwischen, daß Dart Huron sein Arbeitszimmer als sein Heiligtum betrachtete, zu dem niemand unaufgefordert Zutritt hatte.

Es war ein schöner Raum, sämtliche Wände mit Bücherregalen vertäfelt und einem männlichen Duft, der nach dem schweren, exotischen Parfüm, das Lulu Carlos Zimmer erfüllt hatte, eine wahre Erleichterung für Aria war.

Doch der Raum war leer, und Aria wäre sofort wieder hinausgegangen, wenn nicht ein über dem Kamin hängendes Bild ihre Aufmerksamkeit gefesselt hätte. Es war das von Lawrence gemalte Porträt eines Mannes, das sie an ein ähnliches Bild in Queen's Folly erinnerte. Der Mantel des Mannes war von dem gleichen wunderbaren Grün, die Kopfhaltung dieselbe.

Das in Queen's Folly hängende Bild war beschädigt und nicht sehr gut erhalten. Dieses hier war vollkommen, und Aria nahm fasziniert jede Einzelheit des herrlichen Gemäldes und die besondere Anmut in sich auf, die alle Porträts aus der Hand dieses Meisters des 19. Jahrhunderts auszeichnete.

»Herrlich, nicht wahr?« sagte eine Stimme hinter ihr.

»Ich ... verzeihen Sie«, stammelte sie.

Doch er schien nicht verärgert zu sein und sagte nur: »Wenn ich irgendetwas aus diesem Haus kaufen dürfte, dann würde ich mir dieses Bild aussuchen. In diesem Gesicht ist so viel Leben und ein Licht in den Augen des Mannes, das mir zu sagen scheint, daß ein großer Wunsch dieses Herrn gerade in Erfüllung gegangen ist.«

»Sie sind wie mein Bruder«, sagte Aria spontan. »Auch er macht sich immer Gedanken darüber, was die Leute, als sie gemalt wurden, wohl empfunden haben.«

»Ihr Bruder interessiert sich für Malerei?« fragte Dart Huron.

Aria erkannte, daß sie sich auf gefährliches Terrain begeben hatte.

»Ja«, antwortete sie knapp. »Doch ich bin gekommen, um Ihnen zu sagen –«

»Das kann warten«, unterbrach Dart Huron sie. »Kommen Sie und sehen Sie sich dieses Bild an.«

Er führte sie zu einem Bild, das zwischen zwei Fenstern hing. Es war das von einem unbekannten Künstler gemalte Porträt eines Mädchens, das vermutlich aus dem 18. Jahrhundert stammte. Es war nicht so vollkommen wie das Bild über dem Kamin, doch es besaß einen ganz besonderen Reiz.

»Dieses mag ich auch sehr«, meinte Dart Huron.

»Ich auch«, pflichtete Aria ihm bei. »Aber sie sieht verängstigt aus.«

»Vielleicht gefällt es mir gerade deshalb«, entgegnete Dart Huron.

Aria sah ihn überrascht an.

»Klingt das grausam?« fragte er. »Wenn jemand Angst vor mir hat, wird er meist nicht zu vertraulich und besitzergreifend.«

Aria wußte nicht, was sie darauf erwidern sollte, also schwieg sie. Dann sagte Dart Huron in plötzlich völlig verändertem Ton:

»Sie haben mich gesucht?«

»Ja. Miss Carlo möchte Sie sprechen.«

»Wo ist sie?«

»In ihrem Schlafzimmer«, antwortete Aria.

»Ich bin gerade beschäftigt«, sagte Dart Huron. »Sagen Sie Miss Carlo, ich sehe sie zum Mittagessen, oder auch vorher, wenn sie herunterkommt.«

»Ich ... ich glaube, es ist dringend«, sagte Aria.

Sie sah, wie er die Lippen zusammenpreßte, und wußte, daß ihre Bemerkung ihm nicht gefiel. Er sagte jedoch nichts mehr dazu, sondern wechselte einen Augenblick später das Thema.

»Fühlen Sie sich wohl hier, Miss Milbank? Haben Sie alles, was Sie brauchen? Ich habe die Dienstboten angewiesen, alle Ihre Anordnungen zu befolgen.«

»Ich hoffe, daß ich in der Lage sein werde, den Haushalt zu Ihrer Zufriedenheit zu führen«, erwiderte Aria förmlich.

»Das hoffe ich auch«, antwortete er ernst. »Sie sind jünger, als ich gedacht habe. Jünger, als Sie aussahen, als Sie mich in London aufsuchten. Glauben Sie, daß es zuviel für Sie wird?«

»Nein, das glaube ich nicht«, antwortete Aria. »Es ist nur etwas schwierig, sich sofort mit allem zurechtzufinden.«

»Dann ist es gut.« Er nahm einen Brief von seinem Schreibtisch. »Würden Sie das bitte für mich übersetzen?«

Es war ein in Spanisch geschriebener Geschäftsbrief, den Aria ohne zu stocken vorlesen konnte. Erst als sie fertig war, erkannte sie, daß er nur testen wollte, ob sie in der Lage war, ihn zu verstehen.

»Woher haben Sie so gut Spanisch gelernt?« fragte er, als sie ihm den Brief zurückgab.

»Ich war in Spanien und Südamerika«, erwiderte Aria. »Als ich in Buenos Aires war, war ich noch ziemlich klein, aber ich hatte in jenem Winter ein spanisches Kindermädchen, und durch sie habe ich viel gelernt.«

»Das glaube ich«, meinte Dart Huron. »Aber solche Vorteile haben nur wenige Mädchen – zumindest nach meinen Erfahrungen, obwohl ich nicht viele Engländerinnen kenne. Erzählen Sie mir etwas über Ihre Familie.«

Das war das Letzte, was Aria vorhatte, und sie sagte mit so kühler Stimme wie möglich:

»Ich habe viel zu tun, Mr. Huron. Oben stapeln sich Briefe für Sie, die Sie noch durchsehen müssen.«

»Sie halten mich also für neugierig und unverschämt«, beharrte er. »Nun gut, vielleicht haben Sie recht. Es ist Ihre Angelegenheit.«

Aria neigte den Kopf.

»Soll ich die Briefe holen, Mr. Huron?«

»Ja, ja. Holen Sie sie, wenn Sie unbedingt wollen. Ich hoffe, daß Sie sie alleine beantworten können, wenn Sie eine Weile hier sind, Miss Milbank.«

Aria wandte sich zur Tür. Dabei hatte sie das Gefühl, daß er ihr nachsah. Da sie älter und gesetzter wirken wollte, ging sie bewußt langsamer, als sie es gern getan hätte.

In der Halle angekommen, rannte sie leichtfüßig über den Marmorboden und die breite Treppe hinauf. Oben blieb sie zögernd stehen, dachte daran, daß sie Lulu Carlo benachrichtigen müßte, ehe sie in ihr Zimmer ging, um Dart Hurons Post zu holen.

Sie klopfte an die Tür. Eine honigsüße Stimme rief: »Herein!«

Aria befolgte die Aufforderung. Lulu Carlo lag in ihren Kissen, das blonde Haar war frisch gekämmmt und rieselte über ihre Schultern herab. Sie sah sehr hübsch aus.

»Mr. Huron war...«, begann Aria, wurde jedoch sofort von Lulu Carlos scharfer, wütender Stimme unterbrochen.

»Warum ist er nicht gekommen? Haben Sie ihm nicht gesagt, daß ich ihn sehen möchte?«

»Ich habe ihm Ihre Nachricht überbracht. Er sagte, er sieht Sie zum Mittagessen oder auch früher, falls Sie herunterkommen.«

»Das macht er alles nur wegen dieser verdammten Snobs, die bei ihm sind!« rief Lulu. »Hat Angst davor, was sie denken werden, wenn sie ihn in mein Schlafzimmer gehen sehen. Nun, wenn ich wollte, könnte ich ihnen so dies und jenes erzählen.«

Aria sah sie an und fragte sich, ob Dart Huron sie je so gesehen und so hatte reden hören. Falls es der Fall war, so mußte ihn ihre Gewöhnlichkeit abgestoßen haben, auch wenn ihr Gesicht trotz ihres rüden Tons nichts von seiner Schönheit verloren hatte.

»Wäre das dann alles, Miss?« fragte sie.

»Ja, würde ich sagen«, antwortete Lulu Carlo mürrisch, um, als sie sich zum Gehen wandte, hinzuzufügen: »Sie wissen, daß ich Mr. Huron heiraten werde, Miss Milbank?«

»Nein, das wußte ich nicht«, erwiderte Aria. »Darf ich Ihnen meine Glückwünsche aussprechen?«

»Es ist natürlich noch ein Geheimnis«, fuhr Lulu Carlo fort. »Wir erzählen es noch niemandem. Doch es macht nichts, wenn Sie es wissen. Eine zuverlässige Sekretärin sollte doch immer alles wissen, nicht wahr?«

»Dazu kann ich nichts sagen«, entgegnete Aria. »Doch es ist nett von Ihnen, das zu sagen.«

Sie sprach absichtlich betont höflich, denn sie wollte vermeiden, daß diese unangenehme Frau ihr schlechte Manieren vorwerfen konnte.

»Mr. Huron ist ein schwieriger Mann«, fuhr Lulu Carlo fort. »Sehr schwierig. Das werden Ihnen auch seine Freunde bestätigen, und Sie werden es bald selbst feststellen. Aber ich liebe ihn. Ich liebe ihn wirklich sehr, und wir werden sehr glücklich miteinander sein.«

Ihre Stimme hatte einen innigen Klang, der Aria erkennen ließ, daß sie wirklich die Wahrheit sprach, und ihr Gesichtsausdruck bestätigte das.

Ganz plötzlich tat sie Aria leid. Dieser verwöhnte, verdorbene Filmstar, der Traum aller Kinobesucher, war verliebt, und wenn sie sich nicht irrte, waren Dart Hurons Gefühle für Lulu ziemlich oberflächlich.

»Haben Sie meinen letzten Film gesehen?« fragte Lulu Carlo unvermittelt.

Aria schüttelte den Kopf.

»Ich habe nur einen Ihrer Filme gesehen. Ich hatte nicht oft Gelegenheit, nach London zu kommen – oder wenigstens nach Hertford, das nicht weit entfernt von meinem Heimatort ist.«

»Ich wünschte, Sie hätten ihn gesehen«, meinte Lulu. »Ich trug darin ein traumhaftes Brautkleid – ganz aus Tüll und mit Diamanten besetzt. Zu meiner Hochzeit möchte ich auch so ein Kleid tragen.«

Sie hat das Bedürfnis zu reden, stellte Aria fest. Sie will jemandem die Träume über ihre Hochzeit anvertrauen, die vielleicht nie stattfinden würde.

»Ich wünschte, ich hätte ihn gesehen«, stimmte Aria ihr zu. »Aber ich muß jetzt gehen. Mr. Huron wartet auf mich. Ich muß eine Menge Briefe mit ihm durchsprechen.«

»Demnach hat er also Zeit für Sie«, stellte Lulu, wieder in schärferem Ton fest. »Also gut, dann stehe ich wohl lieber auf. Sagen Sie ihm, wenn der Prophet nicht zum Berg kommt, kommt der Berg eben zum Prophet.«

Noch während Aria das Zimmer verließ, warf sie die Bettdecke zurück. Aria eilte in ihr Zimmer, um die Stapel von Briefen zu holen, die sie auf ihrem Schreibtisch zurückgelassen hatte.

Sie hatte jetzt keine Zeit, um über Lulu Carlo mit ihrer seltsamen Mischung von Grobheit und beinahe rührender Offenheit nachzudenken. Doch Aria erkannte, daß sie sie jetzt nicht mehr so sehr abstieß wie am Abend zuvor.

Als Aria das Arbeitszimmer betrat, saß Dart Huron wartend an seinem großen, mit Leder bespannten Schreibtisch.

»Auf zwei der Telegramme, die Sie gestern abend abgeschickt

haben, sind gerade Antworten gekommen«, erklärte er. »Sie sind beide unbefriedigend. Sie werden noch einmal telegraphieren müssen.«

»In Ordnung«, antwortete Aria. »Was soll ich schreiben?«

Er diktierte die Texte schnell herunter, dann drehte er den Stapel von Briefen um, die sie neben ihn gelegt hatte. Er sagte, sie solle ein bis zwei Einladungen annehmen, die anderen ablehnen. Dann fiel sein Blick auf den Stapel von Bittbriefen von Wohltätigkeitseinrichtungen, mit denen die Vorsitzenden, alles angesehene Leute mit Titeln, um eine Spende baten.

»Die können Sie alle ablehnen«, ordnete er an.

»Sie wollen keinem von ihnen etwas schicken?« fragte Aria. »Ein paar der Bittsteller sind persönliche Freunde von Ihnen.«

»Ich habe meine eigenen Wohltätigkeitseinrichtungen in Amerika«, antwortete er. »Glauben Sie, irgendeiner von ihnen würde sich einen Deut um mich kümmern, wenn ich nicht reich wäre? Alles, was sie von mir wollen, ist Geld, und ich bin der Meinung, daß ich das Geld, das ich denjenigen spende, die weniger glücklich sind als ich, für Leute in dem Land spende, aus denen dieses Geld kommt.«

»Da... da haben Sie recht«, meinte Aria. »Ich werde so höflich wie möglich absagen.«

Er schob den Briefstapel zur Seite.

»Nein! Tun Sie das nicht«, erklärte er. »Schicken Sie jedem zwanzig Pfund.«

»Allen?« fragte Aria.

»Ja, allen«, erwiderte er. »Mir tut es nicht weh, und sie freuen sich darüber.«

»Das ist sehr großzügig von Ihnen«, sagte Aria.

»Großzügig!«

Er gab ein bitteres Lachen von sich.

»Nun, ich nehme an, daß ich auf irgendeine Weise davon profitieren werde. Die Speichelleckerei all der Leute, die versuchen, etwas von mir zu kriegen und eine Sonderstellung in der Gesellschaft Englands zu ergattern! Mit Geld kann man alles kaufen, sogar Freundschaft – und Liebe.«

»Das kommt darauf an, welche Art von Liebe«, entgegnete Aria ruhig.

»Jede Art von Liebe«, erklärte er mit Bestimmtheit. »Wollen Sie wissen, was man nicht kaufen kann?«

Er stand auf, ging zum Kamin hinüber und starrte auf das Bild von Lawrence.

»Das ist es, was man mit Geld nicht kaufen kann«, sagte er.

»Aber... ich verstehe nicht«, meinte Aria und zog die Augenbrauen hoch. »Meinen Sie, daß gerade dieses Bild nicht verkäuflich ist?«

Dart Huron schüttelte den Kopf.

»Nein! Ich denke an Vorfahren, Familienbilder, die von Generation zu Generation weitergegeben werden. Dieses Bild stellt einen früheren Herzog von Melchester dar, und bevor Nognossos herkam und sein Geld hier überall verstreute und die Atmosphäre von Jahrhunderten zerstörte, saß der Ur-Ur-Enkel des Herzogs hier und betrachtete das Bild, ebenso wie wir es jetzt tun. Das ist etwas, was man mit Geld nicht kaufen kann. Schätze, die durch die Jahrhunderte weitergegeben werden; Schätze, die einem ganz allein gehören und nicht irgendeinem Sammler, der das Geld dafür hat.«

Seine Stimme klang so eindringlich, daß Aria überrascht aufhorchte. Dann fuhr Dart Huron in plötzlichem scharfem Ton, so, als habe er zuviel von sich preisgegeben, fort:

»Das wäre dann alles, Miss Milbank. Bitte schicken Sie diese Telegramme sofort ab.«

Aria ergriff ihr Notizbuch und den Stoß Briefe. Sie wollte etwas sagen, doch sie wußte nicht, was. Und so ging sie in dem Bewußtsein, daß Dart Hurons Augen auf ihr ruhten, schweigend hinaus.

Sie hatte über so vieles nachzudenken, daß sie gerne allein gewesen wäre, doch als sie ihr Wohnzimmer betrat, wartete McDougall mit einer Einkaufsliste auf sie, und er war kaum gegangen, als das Telefon zu läuten begann.

Fast eine halbe Stunde später wandte sich Aria aufseufzend den Briefen zu. Doch sie hatte noch nicht einmal mit der Arbeit begonnen, als Lord Buckleigh schon wieder ihr Zimmer betrat.

Er kam herein, warf seine Reitpeitsche und seine Handschuhe auf das Sofa und sagte vorwurfsvoll:

»Sie haben mir den Ausritt verdorben. Die ganze Zeit über habe ich Ihre dunklen Augen vor mir gesehen. Haben Sie mich vermißt?«

»Nicht im mindesten«, antwortete Aria ernst. »Aber Sie müssen sofort wieder gehen. Ich habe viel zuviel zu tun, als daß ich mich mit Ihnen unterhalten könnte.«

»Sie sind häßlich zu mir, wissen Sie das? Ich habe die ganze Zeit über an Sie gedacht – und ich liebe Sie! Die Symptome sind unverkennbar.«

»Dann müssen Sie eben damit fertigwerden«, meinte Aria.

»Sie sind herzlos und häßlich zu mir. Das hätte ich nicht von Ihnen gedacht.«

Aria konnte sich eines Lachens nicht erwehren.

»Sie sind kindisch«, erklärte sie. »Suchen Sie sich jemand anderen, mit dem Sie sich unterhalten können – Miss Carlo zum Beispiel.«

»Ich glaube immer noch, daß es eine Fügung des Schicksals war, daß Sie hierher gekommen sind«, erwiderte Lord Buckleigh, ihren Vorschlag ignorierend. »Vor zwei Tagen noch langweilten mich die meisten Leute hier, und die Party am Wochenende war mir ein Alptraum, und dann sind plötzlich Sie aufgetaucht.«

»Ich werde Sie auch bald langweilen, und sicher werden auch Sie mich langweilen, wenn Sie mich weiterhin von der Arbeit abhalten.«

»Ich liebe Sie!« sagte Lord Buckleigh. »Erinnern Sie mich daran, daß ich Ihnen später etwas dazu sage.«

»Ich werde es mir notieren«, antwortete Aria. »Aber eines ist ganz sicher: Man wird mich schnell an die Luft setzen, wenn Sie mich nicht arbeiten lassen.«

Lord Buckleigh trat neben sie, und ehe sie überhaupt wußte, wie ihr geschah, hatte er seine Hand unter ihr Kinn gelegt, ihren Kopf zurückgeschoben und küßte sie sanft.

»Sie sind anbetungswürdig«, flüsterte er an ihrem Mund.

»Wie ... können Sie es wagen?« stieß Aria hervor.

Sie wollte noch etwas hinzufügen, wollte ihn ausschelten, weil er es gewagt hatte, sie zu berühren und sie mit diesem vorschnellen Kuß zu beleidigen. Aber es war zu spät. Er hatte das Zimmer so schnell wieder verlassen, wie er es betreten hatte, und ließ jetzt eine Aura des flüchtigen Charmes eines fröhlichen, unkomplizierten Menschen zurück, die es fast unmöglich machte, ihn für sein Handeln zur Verantwortung zu ziehen.

Aria spürte noch immer den Druck seiner Lippen auf ihrem

Mund. Sie betastete mit den Fingerspitzen ihre Lippen, als erwarte sie, daß das Vorgefallene einen Eindruck hinterlassen hätte.

Dann jedoch sagte sie sich mit einem Achselzucken und einem kleinen Lächeln, daß sie das alles nicht ernst nehmen dürfe. Lord Buckleigh verband keine ernsten Absichten mit seinem Getändel. Es war nichts als ein Flirt von der Art, wie sie sie von ihrem Vater her kannte und die dem Vater nichts weiter bedeutet hatten, als daß eine Frau seine ständig wechselnde Phantasie erregte und er das Bedürfnis hatte, Schönheit – wo immer er sie fand – seinen Tribut zu zollen.

»Ich hatte ganz vergessen, daß es so etwas gibt«, sagte Aria laut und mußte daran denken, daß sie – wenn sie noch in Queen's Folly wäre – jetzt das Mittagessen vorbereiten oder die Bilder für die Besucher am Nachmittag abwischen und abstauben würde.

Sie versuchte, sich auf die Briefe zu konzentrieren, doch immer wieder drängte sich Lord Buckleighs fröhliches, freches Gesicht zwischen sie und die sauber getippten Seiten. So war sie beinahe erleichtert, als sie den Gong in der Halle hörte, und lief schnell die Treppe hinunter. Jemand ging hinter ihr die Treppe herunter, und als sie sich umblickte, sah sie die streng und ziemlich offiziell gekleidete Gattin des Botschafters, die am Abend zuvor angekommen war.

»Was für ein schöner Tag, Miss Milbank«, sagte sie höflich.

»Ja, nicht wahr?« erwiderte Aria.

Aria wartete, bis die Dame neben ihr war, und als sie dann nebeneinander die Treppe heruntergingen, sagte die ältere Frau mit gesenkter Stimme:

»Ich habe gerade ein paar amerikanische Zeitungen gelesen, die mir per Post zugeschickt wurden. Man scheint zu glauben, daß unser Gastgeber schon bald seine Verlobung bekanntgeben wird.«

»Mit Miss Carlo?« fragte Aria.

»Das ist richtig«, antwortete die Dame, fügte dann hinzu: »Mr. Huron ist ein charmanter Mann. Gestern abend schon sagte ich zu meinem Mann, welch ein Jammer es wäre, wenn wir ihn an Hollywood verlören.«

»Ich glaube nicht, daß das passieren wird«, meinte Aria beruhigend.

»Ich hoffe, daß Sie recht haben«, erwiderte die andere. »Doch irgendwie läßt mich der Umstand, daß sie hier ist, befürchten, daß all der Klatsch und die Gerüchte nicht unbegründet sind.«

»Alle müssen ja etwas haben, worüber sie reden können«, versuchte Aria, sie zu trösten.

Inzwischen hatten sie den Salon erreicht, wo am hinteren Ende Dart Huron und Lulu Carlo zusammenstanden. Ihre Hand lag auf seinem Arm, ihr hübsches Gesicht war ihm zugewandt und der Kopf zurückgeworfen, so daß der anmutige Bogen ihres weißen Halses und der bezaubernde Schwung ihrer kleinen Brüste zu sehen war. Er blickte zu ihr herunter, und sie sagten nichts, sahen einander nur stumm in die Augen. Jetzt glaubte auch Aria, daß Lord Buckleigh sich geirrt hatte; Dart Huron hatte vor, Lulu Carlo zu heiraten.

Der triumphierende Ausdruck ihres Gesichtes war nicht zu übersehen, als sie sich voneinander lösten und Dart Huron auf sie zukam, um die Gattin des Botschafters zu begrüßen. Auch andere Gäste betraten von der Terrasse her den Salon, und bald schon war die Zwölfer-Gesellschaft vollzählig, und sie schlenderten gemeinsam ins Speisezimmer.

Im allgemeinen Geplauder ergriff Lulu Carlo Arias Arm und zog sie ein Stück zur Seite.

»Hören Sie!« sagte sie leise. »Ich möchte, daß Sie etwas für mich tun. Ich brauche Namen und Telefonnummern der wichtigsten Zeitungen. Aber reden Sie mit niemandem darüber, sondern bringen Sie mir die Liste nach dem Essen in mein Schlafzimmer. Haben Sie verstanden?«

»Ja–, ich habe verstanden«, erwiderte Aria.

»Und zu niemandem ein Wort darüber?«

Lulu schlüpfte wieder unter die zum Speisezimmer schlendernden Menschen, und bald darauf war, laut und fröhlich, ihre Stimme zu hören, als sie auf einen Scherz Lord Buckleighs antwortete. Aria jedoch, die schweigend und in Gedanken versunken hinter den Gästen herging, fragte sich, was das zu bedeuten hatte.

Warum wollte Lulu die Namen der Zeitungen haben? Welchen Zweck verfolgte sie damit?

6

Unter den zum Lunch geladenen Gästen waren eine königliche Prinzessin und ein halbes Dutzend Prominente, die sich alle durch ihren gesellschaftlichen Status oder ein besonders fröhliches, geistreiches Wesen auszeichneten.

Aria stellte mit Erleichterung fest, daß man nicht von ihr erwartete, daß sie viel zur Unterhaltung beitrug. Die beiden jungen Männer zu ihrer Rechten und Linken wetteiferten miteinander, sich gegenseitig mit ironischen Sprüchen und herausfordernden Argumenten zu übertreffen, indem sie übertriebene, manchmal sogar unverschämte Bemerkungen über ihre Freunde machten.

Bis zum Ende des ersten Ganges hatten sie sich regelrecht hineingesteigert, und als man bei Käse und Kaffee angelangt war, redeten alle lebhaft durcheinander, so daß Aria nur noch zuzuhören brauchte.

Sie hatte einen anstrengenden Vormittag hinter sich. Sie mußte eine ungewöhnlich große Menge Post aus Übersee bearbeiten, und dann kam auch noch das leitende Hausmädchen zusammen mit einer Untergebenen zu ihr, weil sie einen Streit miteinander hatten. Aria mußte all ihr Einfühlungsvermögen aufwenden, um die Wogen zu glätten und die beiden dazu zu überreden, sich wieder auszusöhnen.

Kaum war das erledigt, als McDougall mit düsterer Miene zu ihr gekommen war, um ihr zu sagen, daß er unbedingt einen zusätzlichen Diener brauchte. Aria hatte Mrs. Benstead angerufen, doch diese hatte niemand in ihren Büchern. Nach mühseliger, zeitraubender Suche bei den übrigen Agenturen hatte sie schießlich einen Mann gefunden, der bereits über siebzig war und der versprochen hatte, McDougall – soweit es seine Arthritis erlaubte – zu helfen.

Sie war ganz überrascht gewesen, als der Gong zum Mittagessen rief, und hatte gerade noch Zeit gehabt, einen hastigen Blick in den Spiegel zu werfen, sich die Hände zu waschen, die Nase zu pudern und die Treppe herunterzurennen, um sich den bereits ins Speisezimmer schlendernden Menschen anzuschließen.

Dart Huron bedachte sie mit einem düsteren Blick, und sie fragte sich, womit sie ihn wohl verärgert haben könnte. Lord Buckleigh jedoch trat ihr mit fröhlicher Miene entgegen.

»Sie hätten hier sein sollen, bevor die Prinzessin eintraf«, sagte er.

»Ich hatte vergessen, daß sie kommt«, gestand Aria.

Buckleigh sah sie grinsend an, während er seinen Platz am Tisch einnahm, wo er von einer hübschen Dame, die ständig in den Schlagzeilen war, und einer Hofdame der Prinzessin eingerahmt wurde.

Lulu Carlo fühlte sich wie zu Hause. Sie schien alle Gäste gut zu kennen, die – zumindest zu Anfang – wie Millionen gewöhnlicher Bürger ein Getue um sie machten, weil die Spitzen aus der Welt des Films nun einmal Zugang zu allen Herzen hatten.

Lulu sah atemberaubend schön aus in einem schlichten Kleid aus weißer Kunstseide, das ein Vermögen gekostet haben mußte. Riesige Aquamarine blitzten an ihren Ohren und ihrem Handgelenk auf. Und sie versprühte einen Charme, der Aria verstehen ließ, daß ein jeder Mann – sogar Dart Huron – sich einfach in sie verlieben mußte.

Das Essen war beinahe schon beendet, als McDougall an Lulus Seite trat und Aria ihn sagen hörte:

»Sie werden am Telefon verlangt, Miss.«

»Von wem?« fragte Lulu Carlo.

»Von einer Frau, Miss. Sie wollte ihren Namen nicht nennen, aber sie sagte, sie wolle mit Ihnen über Ihre Großmutter, Mrs. Hawkins, sprechen.«

Die Unterhaltung verstummte für einen Augenblick, und alle im Raum konnten McDougalls Stimme klar und deutlich verstehen.

»Ich kann jetzt nicht ans Telefon«, erklärte Lulu. Sie wollte noch etwas hinzufügen, als ihr Blick auf Aria fiel. »Nehmen Sie das Gespräch bitte entgegen, Miss Milbank«, wies sie Aria an.

Lulu hatte die Anweisung sehr geringschätzig ausgesprochen, und Aria wollte instinktiv ablehnen, doch sie hatte kein Recht dazu. Also sagte sie nur:

»In Ordnung, Miss Carlo. Ich werde sagen, daß Sie später zurückrufen.«

Aria stand auf und ging in das angrenzende Morgenzimmer, um das Gespräch entgegenzunehmen.

»Hallo?«

»Spreche ich mit Miss Carlo?«

»Nein. Ich bedaure, aber Miss Carlo ist im Augenblick verhindert. Ich bin Mr. Hurons Sekretärin. Kann ich Miss Carlo etwas ausrichten?«

»Ich rufe im Auftrag ihrer Großmutter, Mrs. Hawkins, an«, sagte eine gewöhnlich klingende Stimme. »Sie hat in der Zeitung gelesen, daß Miss Carlo hier ist, und gab keine Ruhe, bis ich versprach, sie anzurufen.«

»Ist Mrs. Hawkins krank?« fragte Aria.

»Es geht ihr nicht schlechter als sonst«, kam die Antwort. »Sie wird zweiundachtzig, müssen Sie wissen, und manchmal macht das Rheuma ihr sehr zu schaffen. Doch am meisten leidet sie unter der Einsamkeit. Sie hat nicht viele Freunde, da, wo sie jetzt ist.«

»Und wo ist sie jetzt?« fragte Aria.

»92, King George-Road«, war die Antwort. »Das liegt am Rande von Putney. Mit der 171 können Sie bis vor die Tür fahren.«

»Ich verstehe. Ich werde es Miss Carlo ausrichten, und sie wird ihre Großmutter sicher besuchen kommen«, erwiderte Aria.

»Darüber würde die alte Dame sich sehr freuen. Sie ist sehr stolz auf Miss Carlo, schneidet alle Zeitungsartikel aus. Es wäre eine riesige Freude für sie, ihr Enkelkind wiederzusehen. Oh ja.«

»Ich werde es ihr sagen, und danke, daß Sie angerufen haben«, antwortete Aria.

»Das ist schon in Ordnung. Ich gehe zweimal in der Woche zu Mrs. Johnson, um ihr zu helfen. Ich mag die alte Dame – ich weiß selbst nicht, warum.«

»Danke!« wiederholte Aria und legte den Hörer auf.

Sie ging nicht mehr ins Speisezimmer zurück. Sie hielt es für unnötig, sich noch einmal zu den Gästen zu gesellen, während die Damen ihren Kaffee und die Männer einen Port tranken. Statt dessen ging sie an ihre Schreibmaschine zurück, um die restliche Korrespondenz zu erledigen.

Sie war etwa eine Stunde bei der Arbeit, als Lulu Carlos italienisches Mädchen an die Tür klopfte. Mit einem bedauernden Blick auf den halbfertigen Brief folgte Aria dem Mädchen zum Schlafzimmer Lulu Carlos.

Der Filmstar saß vor dem Spiegel, puderte sich die Nase und untersuchte umständlich ein kleines Bläschen in ihrem Mundwinkel.

»Oh, da sind Sie ja, Miss Milbank«, erklärte sie ungnädig, als Aria das Zimmer betrat. »Was war das vorhin für ein Telefongespräch?«

»Eine Frau rief im Auftrag Ihrer Großmutter an, Miss Carlo«, erwiderte Aria. »Sie möchte Sie unbedingt sehen.«

»Als ob ich dazu Zeit hätte!« sagte Lulu ärgerlich. »Ich hoffe, Sie haben der Frau gesagt, daß das unmöglich ist.«

»Ich wußte nicht, was ich sagen sollte«, entgegnete Aria. »Ich wollte erst hören, was Sie dazu sagen.«

»Woher wußte sie, daß ich hier bin?«

»Sie hat es in der Zeitung gelesen«, antwortete Aria. »Ihre Großmutter ist offensichtlich sehr stolz auf Ihren Erfolg und schneidet alle Artikel über Sie aus.«

Lulu Carlo legte entschlossen den Handspiegel auf den Frisiertisch.

»Sie dürfen Ihrer Großmutter keinen Vorwurf machen, weil der Anruf so ungelegen kam«, meinte Aria. »Ich glaube, die Frau, die anrief, ist Putzfrau in dem Haus, in dem Ihre Großmutter wohnt.«

»Sagen Sie McDougall, daß er in Zukunft bei Tisch keine Namen mehr nennen soll«, fuhr Lulu fort, die Aria offenbar gar nicht zugehört hatte. »›Ihre Großmutter, Mrs. Hawkins‹ – vor allen diesen Leuten, unmöglich!«

»Sie selbst haben ihn gefragt, wer am Telefon sei«, nahm Aria den Butler in Schutz. »Er hat Ihre Frage nur korrekt beantwortet.«

»Ja, gut, aber woher sollte ich wissen, wer am Telefon war?« fragte Lulu verärgert. Sie sah Aria an und fuhr noch wütender fort: »Sie können das natürlich nicht verstehen, aber man glaubt allgemein, daß ich Amerikanerin bin. Es ist durchaus kein Vorzug, Engländerin zu sein. Außerdem hat meine Filmgesellschaft die Geschichte meiner Herkunft publik gemacht. Sie würden kein Verständnis für solche Dinge haben.«

»Ich wüßte nicht, warum irgend jemand davon erfahren sollte«, versuchte Aria, sie zu besänftigen.

»Warum?« Lulus Stimme wurde schrill. »Haben Sie ihre Gesichter nicht gesehen, als McDougall sagte ›Ihre Großmutter, Mrs. Hawkins‹? Hawkins klingt sehr amerikanisch, nicht wahr? Oder vielleicht gar skandinavisch, denn daher soll ich angeblich meine blonden Haare haben. Und mit Sicherheit tuscheln sie jetzt darüber. Glauben Sie mir, ich weiß, wie gerne die Leute klatschen – insbesondere über jemanden wie mich.«

Sie war derart aufgebracht, daß sie Aria direkt leid tat. Irgendwie hatte sie Verständnis dafür, wie sehr es Lulu erregte, daß ihr Image durch ein unüberlegtes Wort zerstört werden könnte, durch einen zum falschen Zeitpunkt angekommenen Telefonanruf.

»Es tut mir leid«, murmelte sie schwach.

»Ich könnte doch sagen, daß sie noch einmal geheiratet hat, oder?« fragte Lulu. »Bis jetzt habe ich mir darüber zwar noch keine Gedanken gemacht. Sie könnte zum Beispiel die Mutter meiner Mutter sein, die aus Schweden stammt. Ich weiß nicht, was sie über mein Elternhaus in Schweden erzählt haben. Das werde ich nachprüfen müssen. Jetzt werde ich jedenfalls sagen, daß meine Großmutter noch einmal geheiratet hat.«

Plötzlich lächelte sie, dieses bezaubernde, gleißende Lächeln, mit dem sie die Herzen von Millionen erobert hatte.

»Es ist in Ordnung, Miss Milbank«, sagte sie.

»Aber was ist mit Ihrer Großmutter?« fragte Aria. »Da sie weiß, daß Sie hier sind, hofft sie sicher sehr darauf, daß Sie sie besuchen werden.«

»Nun, dann werde ich sie eben enttäuschen müssen«, entgegnete Lulu Carlo, und ihre Stimme hatte wieder diesen harten Klang. »Ich zahle ihre Miete, damit sollte sie zufrieden sein. Das kostet mich immerhin sechs Pfund die Woche. Aber manche Leute sind eben nie zufrieden. Lassen Sie ihr einen Blumenstrauß oder etwas anderes in der Art schicken. Oder, besser noch, holen Sie welche aus dem Garten. Sicher hat Mr. Huron nichts dagegen, wenn wir ihr auch etwas Obst schicken. Er kennt die Wahrheit über meine Familie. Ich habe keine Geheimnisse vor ihm, weil wir heiraten werden.«

»Das sagten Sie mir bereits«, entgegnete Aria.

»Es gibt zwar keinen Grund, mit ihm darüber zu reden«, fuhr Lulu fort. »Männer wollen nichts mit den Verwandten ihrer Frauen zu tun haben – wir alle wissen das. Also schicken Sie dem alten Mädchen Blumen und etwas Obst.«

»Sie ist 82«, erwiderte Aria zögernd. »Glauben Sie wirklich nicht, daß Sie es einrichten könnten, ihr wenigstens einen kurzen Besuch abzustatten?«

»Nein, das werde ich nicht!« erklärte Lulu abrupt. »Und das ist mein letztes Wort, Miss Milbank. Außerdem ist es ja wohl meine Angelegenheit, was ich mit meiner Großmutter mache. Sie schicken ihr Obst und Blumen, wie ich es Ihnen gesagt habe, und damit ist das Thema abgeschlossen.«

Es gab nichts, was Aria darauf hätte erwidern können, also verließ sie den Raum und ging in ihr Zimmer zurück. Dort lehnte Lord Buckleigh in einem Sessel.

»Ich habe mich schon gewundert, wo Sie geblieben sind«, begrüßte er sie. »Die anderen gehen jetzt Tennis spielen. Kommen Sie mit?«

»Natürlich nicht«, antwortete Aria. »Ich habe viel zuviel zu tun.«

»Warum sind Sie nicht mehr ins Speisezimmer zurückgekommen?« wollte er wissen.

»Das schien mir nicht erforderlich zu sein. Ich war fertig mit dem Essen, und man konnte sicher gut ohne mich auskommen.«

»Ich habe sie vermißt«, erklärte er.

»Danke für das Kompliment«, erwiderte sie lächelnd. »Aber ich bin nicht so dumm, es zu glauben.«

»Sie nehmen mich einfach nicht ernst, das ist der springende Punkt«, meinte Lord Buckleigh. »Ich verliebe mich von Minute zu Minute mehr in Sie, aber Sie lachen mich entweder aus oder gehen mir aus dem Weg. Was soll ich da nur machen?«

»Für den Augenblick schlage ich vor, daß Sie Tennis spielen gehen.«

»Was hat Mrs. Hawkins gesagt?« fragte er, das Thema wechselnd.

»Es war nicht Mrs. Hawkins, die angerufen hat«, antwortete Aria ausweichend.

»Sie weichen mir aus«, sagte er vorwurfsvoll. »Ich hatte keine Ahnung, daß Lulu Verwandte in England hat. Was meinen Sie, hieß sie früher wohl Hawkins?«

»Miss Carlo sagte mir, daß ihre Großmutter wieder geheiratet hat.«

Aria mochte Lulu Carlo nicht, doch sie war entschlosen, fair zu ihr zu sein.

Lord Buckleigh warf den Kopf zurück und lachte.

»Diese Geschichte erzählt sie also?« fragte er. »Nun, ich würde diese Großmutter gerne einmal sehen. Ich wette, am Ende entpuppt sie sich als Skelett im Schrank unserer süßen, kleinen Lulu.«

»Seien Sie nicht so gehässig«, sagte Aria. »Es ist Ihre Sache, wenn Sie Lulu Carlo nicht mögen, aber immerhin hat sie sich einen

Namen gemacht. Sie hat ein Recht auf etwas Privatleben.«

Lord Buckleigh stand auf und kam zu Aria herüber, die an ihrem Schreibtisch an der Schreibmaschine saß.

»Sie sind eine loyale, kleine Person«, sagte er sanft. »Eine Frau, auf die sich ein Mann immer verlassen kann. Es ist ein Jammer, daß ich kein Geld habe und Sie nicht bitten kann, mich zu heiraten.«

Aria war so überrascht, daß sie sich unwillkürlich zu ihm umdrehte.

»Ja«, bekräftigte er, als er ihren fragenden Blick sah. »Ja, das sind meine Gefühle für Sie. Verrückt, nicht wahr? Ich habe so viele Mädchen getroffen, die mir nichts bedeutet haben; aber mit Ihnen ist das etwas anderes.«

»Aber Sie kennen mich doch erst viel zu kurze Zeit, als daß Sie so sicher sein könnten, auch über Ihre eigenen Gefühle«, meinte Aria.

»Wer hat Ihnen diesen Unsinn über die Liebe erzählt?« fragte er. »Entweder man liebt, oder man liebt nicht. Ich habe vom ersten Augenblick an, da ich Sie gesehen habe, gewußt, daß ich Sie liebe. Es ist hoffnungslos, es ist töricht, aber es ist die Wahrheit. Ich liebe Sie.«

Er ergriff ihre Hand, drehte sie um und küßte die Innenfläche. Und ehe sie sich von ihrer Überraschung über seinen plötzlichen Ernst erholen konnte, hatte er ihr Zimmer verlassen, und sie hörte ihn singend den Gang heruntergehen.

Mit weichem Lächeln spannte Aria einen neuen Briefbogen in die Schreibmaschine. Selbst, wenn Buckleigh das Geld gehabt hätte, für sie zu sorgen, würde sie ihn nicht heiraten wollen. Trotzdem mochte sie ihn – seine fröhliche Unbekümmertheit, seine jungenhafte Offenheit, seine fast ständig gute Laune, die er vom frühen Morgen bis spät in die Nacht hinein ausstrahlte.

Aria schrieb den Brief zu Ende, erledigte noch zwei, drei, die besonders dringend schienen. Dann überlegte sie, was sie als nächstes tun sollte. Der Gedanke an Lulu Carlos alte Großmutter ließ sie nicht los, und sie wußte, daß sie nicht eher ruhen würde, bis Lulu die alte Dame besucht hatte.

Es war geradezu rührend, daß die alte Dame alle Presseberichte über ihre Enkelin ausschnitt, sich stets danach sehnte, sie wiederzusehen und wider jedes bessere Wissen auf ihren Besuch hoffte. Doch dazu würde sich Lulu nie herablassen. Sie war versnobt und abenteuerlustig, und sie würde es nie riskieren, ihre Großmutter zu besuchen, aus Angst, daß die Presse es erfahren könnte.

Spontan ergriff Aria das Haustelefon und wählte zunächst die Nummer der Gärtnerei, dann die der Garage. Zwanzig Minuten später lief sie die Treppe herunter zur Eingangstür hinaus, wo bereits ein Wagen auf sie wartete. Auf der hinteren Sitzbank lag ein großer Blumenstrauß sowie ein großer Korb mit frühen Erdbeeren aus dem Gewächshaus.

Aria saß vorne neben dem Chauffeur, einem jungen Mann, der erst vor kurzem die Armee verlassen hatte und der sie mit Geschichten aus seinem Leben in Übersee unterhielt, bis sie die Außenbezirke von London erreicht hatten.

Sie hatten zwar einen Stadtplan im Auto und fragten eine ganze Reihe von Polizisten nach dem Weg; trotzdem hatten sie sich hoffnungslos verfahren, bis sie endlich die King George-Road fanden – eine schmutzige Seitenstraße, die zum Fluß herunterführte. Die Nr. 92 war ein hohes Haus, das eine Reparatur dringend nötig hatte. Die Farbe der Fensterrahmen blätterte ab, und der Geruch nach schlechtem Essen und Abfall schlug einem entgegen, sobald man den abbröckelnden Säulengang durchschritt.

Aria läutete, doch niemand öffnete die Tür. Sie läutete erneut, mit dem gleichen Ergebnis; dann trat eine junge Frau in langen Hosen und mit einem um den Kopf gebundenen Taschentuch und im Mundwinkel hängender Zigarette aus dem Haus, die einen Einkaufskorb bei sich trug.

»Kann ich zu Mrs. Hawkins?« fragte Aria. »Ich läute schon eine ganze Weile. Wahrscheinlich ist die Klingel kaputt.«

Die Frau starrte sie überrascht an.

»Die geht schon seit Jahren nicht mehr«, sagte sie. »Sie müssen rufen. Ich werde Mrs. Johnson sagen, daß Sie hier sind. Sie wird Ihnen das Zimmer von Mrs. Hawkins zeigen.«

Sie ging durch die schmale Halle, steckte den Kopf um eine Glastür herum und schrie ins Erdgeschoß herunter:

»Heh! Ma! Sind Sie da?« Die Frau wartete und schrie noch einmal: »Ma! Hier ist jemand für Sie!«

Wieder keine Antwort. Sie kam zurück und sagte zu Aria: »Mrs. Johnson muß weggegangen sein, oder sie ist oben. Sie finden Mrs. Hawkins im dritten Stock. Gehen Sie direkt hinauf.«

»Danke«, sagte Aria.

Aria ließ sich vom Chauffeur die Blumen und die Erdbeeren geben und stieg die Treppe hinauf. An vielen Stellen fehlten die Sprossen des Geländers, und das Linoleum auf den Stufen war so abgewetzt, daß es für eine alte Frau wie Mrs. Hawkins sicher nicht ungefährlich war, sie zu benutzen.

Sie ging nach oben. Aus den Räumen, an denen sie vorbeiging, drangen Stimmen und Radiomusik an ihr Ohr. Sie nahm an, daß das Haus eine Pension war – eine recht gut gehende offensichtlich, denn die Zimmer schienen alle belegt zu sein.

Im dritten Stock gab es zwei Türen; an einer hing ein Zettel, und Aria blieb stehen, um ihn zu lesen: »Draußen bleiben«, las sie. »Dies ist ein Privathaus, und ich will keine neugierigen Eindringlinge.«

Erstaunt las sie den Zettel, als aus dem nächsten Raum eine Stimme ertönte. Es war eine häßliche, heisere, aufs Höchste erregte Stimme:

»Und ich wäre Ihnen dankbar, wenn Sie sie nicht weiter ermutigen, mir grobe Briefe zu schreiben«, sagte die Stimme. »Es ist mein Haus, oder etwa nicht? Würden Sie ihr das bitte sagen? Wenn Sie so weitermachen, können Sie beide gehen. Ich mache das nicht länger mit, das dürfen Sie mir glauben. Und glauben Sie nicht, daß ich Ihnen weiterhin das Essen heraufbringe. Sie können wie alle anderen herunterkommen, oder Sie kriegen eben nichts zu essen. Ich habe auch nur zwei Hände, und ich kann nicht mehr tun, als ich tue. Und das ist die Wahrheit.«

Eine andere Stimme machte einen leisen Einwand, wurde aber kaum zu Worte gelassen.

»Es ist ja gut und schön, hier wie eine Herzogin zu thronen und sich von oben bis unten bedienen zu lassen. Doch ich will nichts mehr damit zu tun haben, verstehen Sie? Sie mit Ihren dauernden Wehwehchen und Leiden. Sie öden mich an! Also, ich habe mich klar und deutlich ausgedrückt. Keine Mahlzeiten mehr hier oben. Ich kann nichts dafür, wenn Sie nicht laufen können. In Ihrem Alter gehören Sie ins Krankenhaus oder ins Grab!«

Plötzlich öffnete sich die Tür, und eine Frau trat heraus. Sie war eine kleine Frau mit roter Gesichtsfarbe und dicht zusammenstehenden Augen und zu kleinen Löckchen eingedrehten, gefärbten

Haaren. Sie trug eine enge Spitzenbluse und einen zu kurzen Rock, der über dem Gesäß spannte. Ihre groben, fleischigen Hände waren mit billigen Ringen bedeckt, und grelle Ohrringe sollten ihre dicken Ohren wohl schmücken.

Sie schimpfte noch immer, als sie Aria bemerkte.

»Was wollen Sie?« fragte sie angriffslustig. Als sie Arias Aussehen und die Blumen und Früchte in ihren Armen bemerkte, trat ein etwas respektvollerer Ausdruck in ihre verschlagenen, kleinen Augen.

»Ich möchte Mrs. Hawkins besuchen«, erwiderte Aria.

Die Frau zog die Tür hinter sich zu.

»Ich fürchte, sie fühlt sich nicht wohl genug, um Besuch zu empfangen«, sagte sie schnell. »Es tut mir leid, aber der Doktor hat es so angeordnet. Sind die Blumen und das Obst für sie? Ich werde sie ihr geben, wenn es ihr besser geht.«

Sie streckte die Hand nach den Blumen aus, doch Aria übersah sie.

»Ich komme von ihrer Enkelin, Miss Carlo«, erklärte sie. »Und ich muß sie unbedingt sehen. Es ist wichtig.«

»Ich habe Ihnen doch gesagt, daß das unmöglich ist«, sagte die Frau. »Ich bin Mrs. Johnson. Dies ist mein Haus. Mrs. Hawkins wohnt bei mir, und ich kümmere mich um sie. Und als der Arzt letzte Woche hier war, sagte er: ›Keine Besucher, Mrs. Johnson; nicht, bevor ich es erlaube.‹ Und Sie werden verstehen, daß ich seine Anordnungen befolgen muß.«

Die Stimme der Frau klang jetzt etwas freundlicher, doch ihr ganzes Verhalten war ablehnend.

»Sie können den Arzt ja anrufen«, sagte Aria. »Aber ich bin gekommen, um Mrs. Hawkins zu besuchen, und ich habe auch vor, es zu tun. Wenn sie wirklich krank ist, wird Miss Carlo sicher auch gerne meine Meinung hören.«

»Nun, es ist so«, sagte die Frau mit gesenkter Stimme und trat einen Schritt näher. »Tatsächlich ist sie nicht ganz beieinander. Sie ist senil. 82! Was kann man da anders erwarten? Ich habe sie versorgt, als wäre ich ihre eigene Tochter. Keine Mühe war mir zuviel, aber wenn die Leute alt werden, werden sie schwierig; sie haben die verrücktesten Phantasien und bilden sich ein, daß sie schlecht behandelt werden. Sie dürfen nicht auf das hören, was sie sagt. Es wäre wirklich besser, wenn Sie mir die Blumen überlassen. Ich werde dafür sorgen, daß sie sie bekommt.«

»Es ist Zeitverschwendung, Mrs. Johnson«, erwiderte Aria scharf. »Ich schlage also vor, Sie öffnen jetzt die Tür und lassen mich zu Mrs. Hawkins.«

»Also gut, wenn Sie unbedingt wollen!« erklärte Mrs. Johnson grob. »Aber sagen Sie hinterher nicht, daß ich Sie nicht gewarnt habe. In diesem Alter wissen sie nicht mehr, was sie sagen.«

Sie riß die Tür auf, und Aria ging hinter ihr in das Zimmer hinein. Es war ein kleines, schmales Hinterzimmer, durch dessen Fenster nur sehr wenig Licht hereinfiel. Ein Eisenbett stand in einer Ecke des Zimmers, daneben ein Stuhl, dessen Polster verschlissen und dessen Sprungfedern so tief eingesunken waren, daß sie fast den Boden berührten, und eine Kommode, an der fast kein einziger Griff mehr war.

Es gab einen Kamin, in dem jedoch schon sehr lange kein Feuer mehr gebrannt zu haben schien; eine andere Wärmequelle schien es nicht zu geben. Auf einem altmodischen Waschtisch stapelten sich das schmutzige Geschirr, eine angebrochene Waschschüssel und ein paar Toilettengegenstände. Auf dem abgewetzten, verschlissenen Linoleum lag nur eine kleine Matte, die so schmutzig war, daß ihre ursprüngliche Farbe kaum mehr zu erkennen war. Ein Öldruck von Königin Victoria war die einzige Dekoration auf der verblichenen Tapete, die in den Ecken bereits abblätterte.

Eine alte Dame lag in dem Bett, unzureichend zugedeckt mit ein paar sehr dünnen Decken. Sie sah sehr krank aus. Ihr Gesicht war bleich, die Lippen blutleer. Trotzdem brachte sie ein kleines Lächeln zustande, als Aria auf sie zuging.

»Ich hörte Sie sagen, daß Sie von meiner Enkelin kommen, meine Liebe«, sagte die alte Dame. »Also hat sie meine Nachricht bekommen?«

»Ja, sie hat sie bekommen«, erwiderte Aria freundlich. »Und sie schickt Ihnen das hier.«

Sie legte die Blumen auf das Bett und stellte die Erdbeeren auf den harten Stuhl, auf dem ein Kerzenständer aus Zinn stand und eine kleine, abgewetzte Bibel lag.

»Das ist wirklich sehr lieb von ihr«, sagte die alte Dame. »Ich habe lange keine Blumen mehr gesehen. Sie sind schön, nicht wahr?

Und auch noch Erdbeeren! Das läßt mich an die Zeit denken, als ich noch ein Mädchen war. Ich war immer ganz verrückt nach Erdbeeren.«

Unvermittelt ging Aria zur Tür und öffnete sie. Wie sie erwartet hatte, stand Mrs. Johnson vor der Tür und lauschte.

»Es ist alles in Ordnung, Mrs. Johnson«, sagte sie. »Mrs. Hawkins fühlt sich wohl genug, um Besuch zu haben. Wir brauchen Sie nicht mehr.«

Mrs. Johnson warf ihr einen giftigen Blick zu.

»Wenn irgend etwas passiert, wenn Sie wieder weg sind, dürfen Sie mir keinen Vorwurf machen«, sagte sie in häßlichem Ton. »›Keine Besucher‹, hat der Doktor gesagt. Ich befolge lediglich seine Anordnungen.«

Sie warf wütend den Kopf zurück und lief schnell die Treppe herunter, aber erst, als sie am nächsten Treppenabsatz angekommen war, schloß Aria die Tür.

»Was hat der Arzt denn nun wirklich über Sie gesagt?« fragte Aria die alte Dame.

Mrs. Hawkins zwinkerte mit den Augen.

»Ich habe gar keinen Arzt gesehen«, flüsterte sie. »Aber sagen Sie Mrs. Johnson nicht, daß ich es Ihnen gesagt habe. Sie ist im Augenblick ziemlich böse auf mich. Die Dame, die nebenan wohnt – und die immer so nett zu mir ist – hat Mrs. Johnson gestern dabei erwischt, wie sie ihre Briefe las. Deshalb hat sie einen Zettel an der Tür angebracht und abgeschlossen. Darüber hat sich Mrs. Johnson aufgeregt.«

»Das habe ich gehört«, entgegnete Aria trocken. »Aber warum bleiben Sie denn überhaupt hier?«

»Sie würde mich nie gehen lassen«, antwortete die alte Dame. »Das Geld kommt regelmäßig.«

»Aber Ihre Enkelin sagte mir, daß sie sechs Pfund die Woche bezahlt«, meinte Aria. »Stimmt das?«

Mrs. Hawkins nickte.

»Ja, Maggie ist wirklich gut zu mir.«

»Maggie?« fragte Aria.

Die alte Dame kicherte.

»Lulu Carlo ist ihr Künstlername, ihr richtiger Name ist Maggie Hawkins. Sie wurde Margaret getauft, und sie war ein häßliches, kleines Baby. Ich hätte nie für möglich gehalten, daß einmal ein Filmstar aus ihr werden würde. Merkwürdig, nicht wahr, wenn man einmal darüber nachdenkt? Wenn sie geboren werden, weiß man nie, was einmal aus ihnen werden wird.«

Maggie Hawkins! Was für ein Name für einen Filmstar, dachte Aria. Kein Wunder, daß Lulu Carlo ihre Großmutter verschweigen wollte. Trotzdem würde sie es sicher nicht billigen, wenn sie wüßte, wie die alte Dame hier behandelt wurde.

»Wie sind Sie denn hierher gekommen?« fragte sie.

»Oh, es war nicht immer so«, erwiderte Mrs. Hawkins. »Als meine Tochter noch lebte, war alles anders. Sie wohnte nebenan, müssen Sie wissen, zumindest drei Häuser weiter unten – und als sie ihr fünftes Kind bekam, sagte sie zu mir: ›Oma, wir brauchen dein Zimmer. Es geht wirklich nicht anders, doch ein Stück weiter die Straße rauf ist die Pension von Mrs. Roberts, wo du es sehr gemütlich haben wirst!‹ Nun, ich kannte Mrs. Roberts, eine wirklich anständige Frau, und sauber – man hätte bei ihr vom Boden essen können! Ich besuchte sie – damals konnte ich das noch –, und sie gab mir das vordere Zimmer im ersten Stock. Es war ein schönes Zimmer und auch schön eingerichtet. Ich zog ein und war sehr glücklich dort. Konnte mich über nichts beklagen, über gar nichts. Und dann kam der Bombenangriff. Meine Tochter wurde getötet. Sie haben davon gehört, nicht wahr?«

»Ich fürchte, nicht«, sagte Aria.

»Die ganze Familie wurde getötet – meine Tochter, ihr Mann und vier meiner Enkelkinder und ein Freund, der bei ihnen wohnte. Maggie blieb als einzige unversehrt. Sie arbeitete damals in einem Büro und war in dieser Nacht im Luftschutzkeller geblieben. Nun ja, und kurz danach machten Mrs. Roberts Nerven nicht mehr mit. Sie konnte das Heulen der Sirenen nicht mehr ertragen, und so verkaufte sie das Haus und, sozusagen, all seine Bewohner. Nicht, daß es sehr viele gegeben hätte! Die meisten waren weggegangen.«

»Und Mrs. Johnson kaufte es?« fragte Aria.

»Ja, sie kaufte es. Vor etwa drei Jahren sagte sie dann zu mir, ich könnte das Vorderzimmer nicht mehr haben. Ich versuchte, sie umzustimmen, doch sie wollte nicht auf mich hören, und ich hatte niemanden, der mir helfen konnte. Maggie war meine einzige Verwandte, und sie war nach Hollywood gegangen. Ich konnte sie mit meinen Sorgen nicht belasten, und sie schickte mir regelmäßig Geld. Anfangs waren es nur zwei oder drei Pfund die Woche, dann erhöhte sie auf sechs. Eine Menge Geld für ein Mädchen, das allein für seinen Lebensunterhalt sorgen muß.«

Aria sagte nichts. Plötzlich sah sie das Diamantenhalsband vor sich, das Lulu gestern abend beim Dinner getragen hatte, die Aquamarine, die beim Lunch an ihren Ohren geblitzt hatten, und dachte an die Geschichte, die sie über ihr Luxusleben in Beverly Hills erzählt hatte, an die platinfarbene Nerzstola, die sie gestern abend achtlos auf den Boden geworfen hatte, als sie nach einer Ausfahrt die Halle betreten hatte.

»Ja, sie ist ein liebes Mädchen«, zwang sie sich jedoch zu sagen.

»Das sage ich auch immer«, meinte Mrs. Hawkins. »Und sehen Sie sich all die Zeitungsberichte über sie an. Öffnen Sie die Schublade da drüben.«

Aria tat, wie ihr gesagt. Die schlecht passende Schublade ließ sich nur schwer herausziehen. Als sie es schließlich geschafft hatte, fand sie sie randvoll gefüllt mit Zeitungsausschnitten.

»Lulu Carlo krönt die Schlagzeilen«, »Lulu Carlo bei Dreharbeiten zu ihrem neuesten Film«, »Lulu, von ihren Fans beinahe erdrückt«, »Lulu ...«, »Lulu ...«

Aria schloß die Schublade.

»Eine wunderbare Sammlung«, sagte sie.

»Alle in der Straße wissen, was ich für sie empfinde«, sagte Mrs. Hawkins. »Es gab eine Menge Leute, die für mich Zeitungsausschnitte sammelten und sie mir schickten. Jetzt sind es nicht mehr so viele«, fügte sie seufzend hinzu. »Jetzt, wo sie mich nicht mehr sehen können, gerate ich in Vergessenheit.«

»Kommen Sie denn nie hier raus?« fragte Aria.

»Nein, meine Liebe. Ich bin beinahe zwei Jahre lang nicht mehr draußen gewesen. Es sind meine Beine, müssen Sie wissen. Ich komme die Treppe zwar noch gut herunter, aber ich komme nicht mehr herauf.«

»Aber wie können Sie sich denn dann versorgen?« fragte Aria.

»Mrs. Johnson bringt mir manchmal etwas zu essen herauf, und auch die Dame nebenan ist immer sehr freundlich. Sie bringt mir das Frühstück und meist auch das Mittagessen. Ich komme schon zurecht. Manchmal habe ich zwar etwas Hunger, aber es ist sowieso nicht gut, dick zu werden, wenn man alt wird, oder?«

»Dick?« rief Aria und sah auf die mageren, knochigen Hände mit den roten Adern herunter, die auf der verschlissenen Decke ruhten.

Sie dachte an Mrs. Johnsons ruppige, herrische Stimme, an ihre Drohung, sich nicht mehr um Mrs. Hawkins zu kümmern, an die Art und Weise, wie sie versucht hatte, Aria davon abzuhalten, Mrs. Hawkins zu sehen.

Sie sah sich im Zimmer um, und ihr Entschluß stand fest.

»Nun, Sie werden diese Treppe noch einmal heruntergehen«, erklärte sie. »Und Sie werden sie nie mehr hinaufgehen müssen. Ich bringe Sie hier weg.«

»Mich wegbringen?« rief Mrs. Hawkins. »Aber wohin, meine Liebe?«

»Ich bringe Sie zu Ihrer Enkelin«, erwiderte Aria sanft.

7

Aria klopfte an die Tür zu Lulu Carlos Schlafzimmer. Es war ein schwaches, zaghaftes Klopfen, denn plötzlich hatte sie Angst, fühlte sich verunsichert und bedauerte fast, daß sie den Mut aufgebracht hatte, so zu handeln, wie sie es für richtig hielt.

Als sie das Zimmer einen Augenblick später betrat, war Lulu – wie sie es erwartet hatte – fast schon fertig angekleidet für das Abendessen. Sie trug ein Kleid aus weichem, aquamarinblauem Chiffon, das ihre Haut sehr weiß und ihr blondes Haar wie glänzendes Gold wirken ließ. Als Aria eintrat, war sie gerade dabei, ein traumhaftes Halsband aus Diamanten und Aquamarinen umzulegen, die auch bereits an ihren Handgelenken und Ohren aufschimmerten.

»Was gibt es, Miss Milbank?« fragte sie in scharfem Ton.

»Ich wollte mit Ihnen über Ihre Großmutter reden, Miss Carlo«, erwiderte Aria.

»Ach ja! Ich hoffe, sie hat sich über die Blumen und das Obst gefreut«, meinte Lulu leichthin.

Sie knipste das Halsband zu, schimpfte dann ärgerlich vor sich hin, als sie feststellte, daß der Lack an einem ihrer langen, roten

Fingernägel abgeplatzt war.

»Wirklich, es ist unmöglich, in diesem Land einen anständigen Nagellack zu bekommen«, schimpfte sie. »Ich hatte mir eine Flasche aus Amerika mitgebracht, aber jetzt ist sie verbraucht.«

»Was ich Ihnen über Ihre Großmutter zu berichten habe, wird Sie nicht erfreuen«, sagte Aria leise. »Der Ort, wo ich sie besucht habe, war schrecklich. Sie hatte keinerlei Komfort. Die Wirtin hat zwar bereitwillig das Geld kassiert, aber sie hat sie äußerst schlecht behandelt. Ich habe sie zu Mrs. Hawkins sagen hören, daß sie nicht mehr bereit sei, ihr das Essen weiterhin aufs Zimmer zu bringen.«

»Dann nehme ich an, daß meine Großmutter noch ganz gut auf den Beinen ist«, entgegnete Lulu gleichgültig.

»Mrs. Hawkins ist 82«, antwortete Aria. »Sie hat niemanden, mit dem sie reden kann, und für einen alten, bettlägrigen Menschen dürfte es schwierig sein, sich selbst zu versorgen.«

»Nun ja. Ich jedenfalls kann da auch nichts für sie tun«, entgegnete Lulu entschieden. »Und ich hoffe, Sie haben ihr das auch gesagt. Sie hat mich wegen allem Möglichen mit Briefen bombardiert, bis sie erkannte, daß ich nicht die Zeit hatte, sie zu beantworten.«

Arias Nervosität und Unbehagen waren von ihr abgefallen. Einen Augenblick lang betrachtete sie schweigend das hübsche, kühle, über den abgebrochenen Fingernagel gebeugte Gesicht, dann sagte sie:

»Ich glaube, es muß etwas für Mrs. Hawkins getan werden. Ich verstehe nicht, wie ein Mensch mit auch nur einem Fünkchen Anstand tatenlos zusehen kann, wenn eine alte Dame schlecht behandelt wird.«

»Ich glaube nicht, daß es ihr so schlecht geht, wie Sie es beschreiben.«

»Ich versichere Ihnen, daß ich nicht übertreibe«, antwortete Aria. »Also, vielleicht sagen Sie mir, was ich in dieser Beziehung für sie tun kann.«

Lulu steckte den Pinsel in die Nagellackflasche zurück und sah Aria an.

»Ich finde, Sie tun bereits eine ganze Menge, Miss Milbank. Und mir gefällt der Ton, in dem Sie mit mir reden, ganz und gar nicht. Ich schlage vor, Sie mischen sich nicht in Dinge ein, die Sie nichts angehen. Wenn das Schicksal meiner Großmutter Sie aber so beeindruckt, sollten Sie ihr selbst eine andere Unterkunft suchen.«

»Genau das habe ich getan«, erwiderte Aria ruhig.

»Oh! Dann waren Sie allerdings wirklich sehr schnell«, bemerkte Lulu. »Ich hoffe jedenfalls, daß sie mit ihrer neuen Unterkunft zufriedener ist als mit der alten.«

»Das glaube ich schon«, antwortete Aria. »Ich habe sie nämlich hierher gebracht.«

Lulu starrte sie einen Augenblick sprachlos an.

»Was – was haben Sie da gesagt?« stieß sie dann hervor.

»Ich sagte, daß ich Ihre Großmutter, Mrs. Hawkins, hierher gebracht habe«, wiederholte Aria.

»Sind Sie verrückt?« Lulu war aufgesprungen und kam mit vor Wut verzerrtem Gesicht auf Aria zu. »Sie haben sie hierher gebracht?« fragte sie. »In dieses Haus? Wie konnten Sie es wagen? Sie werden sie sofort wieder wegbringen, verstehen Sie? Jetzt, auf der Stelle!«

»Ich werde nichts dergleichen tun«, widersprach Aria. »Ich glaube, Sie haben mich nicht verstanden. Ihre Großmutter wurde nicht nur schlecht, sondern auf geradezu verbrecherische Weise schlecht behandelt. Sie ist krank – nicht geistig, obwohl sie so alt ist, sondern körperlich. Ich konnte nicht fortgehen und sie dort zurücklassen, was immer Sie auch davon halten. Also habe ich sie in den Wagen gesetzt und hierher gebracht.«

»Mir fehlen die Worte!« schrie Lulu Carlo. »Wie können Sie es wagen? Wie können Sie es wagen, sich da einzumischen? Sie gemeines, hinterlistiges, anmaßendes Dienstmädchen, Sie! Schleicht sich hier ein und wagt es, heimlich und eigenmächtig in mein Leben einzugreifen. Aber Sie werden nicht weit damit kommen! Ich erteile in diesem Hause die Befehle, haben Sie verstanden? Und meine Großmutter verschwindet, jetzt und sofort!«

Dabei ging sie zur Klingel hinüber, doch Aria hielt sie zurück.

»Warten Sie«, sagte sie. »Ich habe Ihnen gesagt, daß ich Mrs. Hawkins hierher gebracht habe. Niemand sonst weiß, wo sie ist. Ich habe niemanden außer Ihnen gesagt, daß sie hier ist. Ich habe sie in den Raum gebracht, der das Gartenzimmer genannt wird, weil er im Erdgeschoß liegt und in den Rosengarten hinausführt. Nach den Anstrengungen der Fahrt schläft sie jetzt. Sie ist sehr alt und gebrechlich. Sie würde es nicht überleben, wenn Sie sie jetzt fortbringen oder sie auch nur aufregen. In meinen Augen wäre das vorsätzlicher Mord!«

Lulu ließ die Hand, die bereits an der Klingel lag, sinken.

»Sie sagen, niemand weiß, daß sie hier ist?« fragte sie, und ihre düstere Miene erhellte sich ein wenig.

»Niemand«, wiederholte Aria.

»Also gut. Ich werde sie heute nacht nicht mehr stören«, antwortete Lulu. »Aber morgen verschwindet sie. Sie haben sie eigenmächtig hergebracht, also suchen Sie einen Platz, wo sie hin kann. Mir ist es egal, wo das ist; Hauptsache, sie verschwindet von hier. Ist das klar?«

»Ich habe verstanden«, erwiderte Aria. »Ich werde jetzt nicht versuchen, Ihnen zu sagen, was ich von Ihnen halte, Miss Carlo. Aber vielleicht erwacht Ihr Gewissen noch.«

Sie verließ das Schlafzimmer und knallte die Tür hinter sich zu. Sie wußte, daß sie damit einen Mangel an Selbstbeherrschung zeigte, doch sie war wütend, wie kaum jemand sie je erlebt hatte. Es war eine leise, schwelende Wut, ausgelöst von ihrem Gerechtigkeitssinn und ihrem Mitleid mit der armen, alten Frau, die niemanden hatte, der sich um sie kümmerte.

Mrs. Hawkins hatte Aria nur zu gern die Entscheidung überlassen. Sie hatte keinerlei Einwände gemacht, als Aria sie ankleidete und zusammen mit dem Chauffeur beinahe die Treppe hinuntertrug. Aria hatte es ihr im Wagen gemütlich gemacht, war dann noch einmal nach oben gegangen, um die wenigen Habseligkeiten der armen, alten Dame in einem verschlissenen Koffer zu verstauen, den sie unter dem Bett entdeckt hatte.

»Und die Zeitungsausschnitte über Maggie«, hatte Mrs. Hawkins geflüstert, als Aria ihr sagte, wohin sie ging. »Ich kann sie nicht hier lassen, sie sind sehr wertvoll für mich.«

»Sie werden sie alle bekommen«, versprach Aria. Da sie nichts fand, in dem sie sie verpacken konnte, wickelte sie sie in einen Wollschal.

Erst als sie ihren Blick ein letztes Mal prüfend durch das Zimmer wandern ließ, fielen ihr die Blumen und das Obst wieder ein, die sie Mrs. Hawkins mitgebracht hatte. Sie ergriff sie und legte sie vor die Tür des angrenzenden Zimmers und schrieb einen Zettel dazu: »Als

Dank für Ihre Freundlichkeit einer alten Dame gegenüber.« Dann ging sie in die Halle herunter, wo Mrs. Johnson sie bereits erwartete.

»Wo bringen Sie sie hin?« hatte sie gefragt. »Ich weiß nicht, ob ich es zulassen darf, daß Sie sich mit jemandem, der meiner Obhut unterliegt, aus dem Staub machen.«

»Falls Sie irgendwelche Bedenken haben, schlage ich vor, daß Sie damit zur Polizei gehen«, erwiderte Aria. »Ich werde sie ohnehin im Auftrag von Miss Carlo aufsuchen. Ich habe gesehen, wie Sie Mrs. Hawkins behandelt haben, und ich glaube nicht, daß man Leuten wie Ihnen weiterhin erlauben wird, andere zu betrügen und auszubeuten.«

Mit diesen Worten ging sie an Mrs. Johnson vorbei, und erst, als sie im Wagen saß, hörte sie, wie die Wirtin, die ihre Fassung schließlich wiedergewonnen hatte, hinter ihr her zu schreien begann. Doch da war es bereits zu spät!

Das Auto fuhr davon, und Mrs. Johnson konnte ihm nur, krebsrot vor Wut und Enttäuschung, hinterher starren. Aria hatte sich mit einem Seufzer der Erleichterung Mrs. Hawkins zugewandt und ihr beruhigend die Hand getätschelt.

»Sie werden nie mehr dorthin zurückkehren«, sagte sie.

»Sie sind sehr gut zu mir, meine Liebe« war die leise Antwort. »Bringen Sie mich zu Maggie?«

»Sie werden sie sehen«, versprach Aria.

Doch als sie jetzt zum Abendessen herunterging, fragte sie sich, ob sie dieses Versprechen würde einhalten können.

Lulu hielt sich im Salon auf und war der Mittelpunkt einer lachenden Gesellschaft. Ihre Juwelen blitzten im Licht der Kerzen auf, ihr Gesicht war weich und gelöst wie das eines Engels.

Aria sah, wie Dart Hurons Augen auf Lulu ruhten, und obwohl sie ihn nicht mochte, empfand sie so etwas wie Mitleid mit ihm, weil er sich an eine solche Frau band. Bisher hatte er sich erfolgreich um die Ehe herumgedrückt. Sollte er jetzt von einer kalten, kleinen Intrigantin eingefangen werden, die niemand außer sich selbst lieben konnte?

»Was geht es mich an?« fragte Aria sich achselzuckend.

»Sie sehen bezaubernd aus«, sagte eine leise Stimme neben ihr.

Sie blickte sich lächelnd um, und natürlich stand Lord Buckleigh neben ihr.

»Danke. Aber haben Sie heute abend Miss Carlo schon gesehen?« fragte sie.

»Sie ist nicht mein Typ«, antwortete er. »Ich habe Ihnen doch gesagt, daß ich nur Frauen mit roten Haaren liebe.«

»Wenn ich all diese Leute sehe, komme ich mir mehr und mehr wie Aschenputtel vor«, erwiderte Aria, die sich plötzlich der Schäbigkeit ihres einzigen Abendkleides bewußt wurde.

Immerhin war es gut geschnitten – sie hatte es in Paris gekauft; und sie hatte versucht, es immer wieder anders aussehen zu lassen; mal trug sie es schlicht und schmucklos, ein andermal steckte sie ein Blumenbukett in den Gürtel oder legte eine Chiffonstola über die Schulter.

Heute abend hatte sie sich in aller Eile angezogen und trug das Kleid streng und ohne jeden Schmuck. Die schmalen schwarzen Träger betonten das Weiß ihrer Haut und die funkelnden Lichter in ihrem Haar und das lebhafte Grün ihrer Augen. Doch dessen war Aria sich nicht bewußt.

»Wenn ich reich wäre, würde ich Ihnen Smaragde schenken«, sagte Lord Buckleigh.

»Warum?« fragte Aria ahnungslos.

»Sehen Sie niemals in den Spiegel?« fragte er.

»Ihre Worte tun mir gut«, erwiderte sie lächelnd. »Als ich herunterkam, war ich wütend und aufgeregt. Nun bin ich Ihnen dankbar – obwohl ich böse auf Sie sein müßte, weil Sie so viel Unsinn reden.«

»Ich liebe Sie! Und Sie wissen es«, sagte er. »Warum können Sie keine reiche Erbin sein wie das dickliche Mädchen da drüben, das sich mit Lady Westwood unterhält? Oder die geschiedene Frau eines Ölmillionärs wie Mrs. Davenall? Die Dicke da drüben mit dem rosa Kleid und den riesigen Perlen.«

Aria betrachtete die beiden Frauen und mußte lachen.

»Dann bin ich schon lieber ich«, meinte sie.

»Genau das habe ich auch gedacht«, entgegnete er. »Ich möchte keine von beiden küssen. Viel lieber würde ich Sie küssen.«

Aria warf einen hastigen Blick über ihre Schulter, um sich zu vergewissern, daß ihnen niemand zuhörte.

»Sie bringen mich ganz durcheinander«, protestierte sie. »Gehen

Sie zu den Gästen, die gerade angekommen sind, und seien Sie nett zu ihnen. Ich bin sicher, daß Mr. Huron es nicht mag, wenn seine Sekretärin einen der begehrtesten, männlichen Partygäste mit Beschlag belegt.«

»Ich bin keine begehrte Partie, das ist es ja gerade«, widersprach Lord Buckleigh. »Wenn ich es wäre, könnten wir stehenden Fußes von hier verschwinden – Sie und ich; könnten zum Flughafen nach London fahren und einen Flug zu irgendeiner vergessenen Pazifikinsel buchen, wo wir allein sein könnten, fern von all diesen schnatternden Narren. Würden Sie das wollen?«

»So eine Frage beantworte ich nicht«, erwiderte Aria ausweichend.

Doch sie konnte nicht abstreiten, daß es Spaß machte, von einem so charmanten und gutaussehenden Mann wie Lord Buckleigh umworben zu werden. Und in macherlei Beziehung war es aufregend, hier zu sein; all diese bekannten, berühmten Leute zu sehen; den Luxus und die leichte Lebensart mitzuerleben, die nur ganz großer Reichtum möglich machte. All das konnte sie genießen und gleichzeitig etwas für Queen's Folly tun.

»Ich bin glücklich!« Laut sprach sie die Worte aus, die sich auf ihre Lippen drängten.

»Warum lassen Sie es mich nicht auch sein?« fragte Lord Buckleigh.

Sie blickte zu ihm auf und erkannte die Frage in seinen Augen, die Frage, die sie schon halb erwartet hatte, und die sie jetzt, da er sie gestellt hatte, beinahe mit Entsetzen erfüllte.

»Ich verstehe nicht, was Sie meinen«, antwortete sie schnell.

»Oh, ich glaube, Sie verstehen es sehr gut«, entgegnete er. »Wir werden später darüber reden. Kann ich nachher in Ihr Zimmer kommen?«

»Nein! Nein! Natürlich nicht!« sagte sie entschieden.

Damit wandte sie sich von ihm ab und ging zu dem Tisch mit den Getränken hinüber. Dort schenkte sie einen Cocktail ein und brachte ihn der Botschafterin. Doch das war nur ein Ablenkungsmanöver, denn diese bedeutete ihr, daß sie bereits etwas zu trinken habe, und Aria mußte das Glas zum Tisch zurückbringen. Wenigstens hatte sie sich so von Lord Buckleigh lösen können, und langsam wich die Röte wieder aus ihrem Gesicht.

Das also ist es, was er will, dachte sie ein wenig enttäuscht. Sie hätte es schon früher erkennen müssen. Und doch schien es ihr jetzt, wo er seine Absichten klar gezeigt hatte, als habe er damit etwas sehr Schönes, was vielleicht noch schöner hätte werden können, zerstört.

Glücklicherweise saß Aria während des Dinners nicht in der Nähe Lord Buckleighs, und nach dem Essen huschte sie zu Mrs. Hawkins ins Gartenzimmer. In der Tür traf sie auf eins der jungen Hausmädchen, das gerade aus dem Zimmer kam – ein Mädchen, das sie gebeten hatte, sich um die alte Dame zu kümmern. Sie war Italienerin und sprach nur sehr wenig Englisch. So konnte Aria sicher sein, daß sie nichts, was die alte Dame ihr möglicherweise anvertraute, an das übrige Personal weitergeben würde.

»Wie geht es der alten Dame?« fragte sie auf italienisch.

»Die Signora scheint sich sehr wohl zu fühlen«, erwiderte das Mädchen. »Sie dankte mir für das Abendessen. Sie hat nur wenig gegessen, aber sie sagte, sie sei satt geworden.«

»Danke, daß Sie sich um sie gekümmert haben, Maria«, sagte Aria. »Ich bleibe jetzt bei ihr.«

»Es hat mir keine Umstände gemacht, Signorina«, entgegnete das Mädchen.

Aria ging ins Zimmer. Es war groß und erlesen möbliert, denn in den vergangenen Jahren hatte der letzte Herzog von Melchester es bewohnt, der dank seiner Gicht nicht mehr in der Lage gewesen war, die Treppe herunterzugehen.

Das Bett stand in einem mit blaßblauen Vorhängen versehenen Alkoven, und das matte, pfirsichfarbene Licht der Lampen warf ein weiches Licht auf Mrs. Hawkins blasse Wangen, so daß sie bereits jetzt besser aussah.

»Wie geht es Ihnen?« fragte Aria.

»Ich habe gerade ein bißchen geschlafen, meine Liebe, und jetzt glaube ich zu träumen. Bin ich wirklich hier an diesem schönen Ort?«

»Doch, das sind Sie«, antwortete Aria. »Und wenn Sie irgendeinen Wunsch haben, brauchen Sie nur auf die Klingel neben Ihnen zu drücken, und jemand wird kommen.«

»Ich will keine Umstände machen«, erklärte Mrs. Hawkins.

»Das tun Sie nicht«, erwiderte Aria.

»Und ich werde Maggie sehen? Sie versprachen mir, daß ich sie sehen werde. Ich habe die ganze Zeit daran gedacht, wie schön es sein wird, wenn sie hereinkommt. Sie ist alles, was mir geblieben ist. Es gab noch jemand, der ihr sehr ähnlich war, doch sie wurde getötet, die arme Seele.«

Einen Augenblick lang umwölkten sich die alten Augen, und Aria sagte schnell:

»Denken Sie nicht daran. Denken Sie an sich und wie gut Sie heute nacht schlafen werden.«

»Aber ich will nicht an mich denken, ich will an Maggie denken. Sie haben die Zeitungsausschnitte doch mitgebracht, nicht wahr?«

»Ja, ja«, beruhigte Aria sie. »Sie sind da drüben. Ich werde sie auf den Stuhl legen, damit Sie sie sehen können. In den Schal eingewickelt sehen sie nicht so hübsch aus. Morgen werde ich Ihnen eine große Schachtel besorgen. Dann können Sie sie auf den Tisch stellen und sie ansehen, wann immer Sie wollen.«

Im gleichen Augenblick fühlte Aria ihr Herz heruntersinken. Morgen, so hatte Lulu Carlo gesagt, morgen mußte Mrs. Hawkins verschwinden.

»Ja, jetzt sehe ich sie«, sagte die alte Dame. »Alles, was über sie geschrieben wurde, liegt dort. Ich lese sie, solange meine Augen es zulassen, und manchmal ist es beinahe so schön, als wenn ich sie selbst sehen würde. Sie war immer wunderschön, meine Maggie. Diese Fotos werden ihr nicht gerecht.«

»Nein, sie ist wirklich sehr schön«, sagte Aria.

»Sie ist hier!« sagte Mrs. Hawkins. »Sie ist hier in diesem Haus!«

Der Gedanke, an demselben Ort wie ihre Enkelin zu sein, schien sie plötzlich zu überwältigen.

»Ja, sie ist hier«, erklärte Aria zögernd.

»Und sie wird zu mir kommen. Oh, mein Gott! Bitte bringen Sie mir einen Spiegel, meine Liebe, damit ich sehen kann, ob mein Haar in Ordnung ist. Ich muß schön aussehen für Maggie. Ich möchte nicht, daß sie sich meiner schämen muß.«

Die alten, mageren Hände mit den erschreckend blauen Adern zitterten. Aria holte ihr einen Spiegel vom Frisiertisch und sagte sanft:

»Ich glaube nicht, daß Ihre Enkelin heute abend noch kommt. Aber sie möchte sicher, daß Sie sich ausruhen und sich wohlfühlen.«

»Nein! Nein! Ich muß sie heute abend sehen«, sagte Mrs. Hawkins. »Ich muß sie jetzt sehen. Ich habe so lange gewartet. Ich spüre, daß ich nicht länger warten kann.«

Ihre Erregung war nicht zu übersehen, das Zittern der Hände, ihr nahezu verzweifelter Augenausdruck. Plötzlich fühlte sich Aria mutig und entschlossen.

»Sie sehen sehr schön aus«, sagte sie sanft. Sie glättete ihre Kissen. »Ich werde jetzt Ihre Enkelin holen. Dann werden Sie auch gut schlafen können.«

»Ich habe gebetet, sie vor meinem Tod noch einmal sehen zu können«, sagte Mrs. Hawkins leise. »Ich habe Tag für Tag gebetet, daß der Herr mich nicht vergessen möge – und er hat mich nicht vergessen!«

Aria wandte sich ab, damit die alte Dame die Tränen in ihren Augen nicht sehen konnte. Dann ging sie schnell den langen Korridor zur Halle herunter. Sie öffnete die Tür zum Salon, wo sich nur die Damen aufhielten. Die Herren waren noch immer im Speisezimmer bei ihrem Portwein.

Lulu stand neben der Musiktruhe und wählte aus einem großen Stapel der neuesten, an diesem Morgen aus Amerika eingetroffenen Schallplatten eine Platte aus. Aria trat neben sie.

»Ich möchte mit Ihnen sprechen«, sagte sie.

»Ich habe Ihnen nichts zu sagen, Miss Milbank«, erwiderte Lulu barsch. »Und schon gar nicht hier.«

»Es wäre aber klug von Ihnen, mir zuzuhören«, entgegnete Aria.

Etwas in ihrer Stimme ließ Lulu Carlo erstaunt aufblicken. Dann warf sie die Platte beinahe auf den Tisch.

»Also gut«, sagte sie.

Mit schwingendem Rock verließ sie den Raum. Aria folgte ihr, und sie gingen gemeinsam in die Halle.

»Was gibt es?« fragte Lulu Carlo. »Welche Teufelei haben Sie jetzt im Sinn?«

»Ich werde Sie jetzt zu Ihrer Großmutter bringen«, antwortete Aria.

»Sie bringen mich zu ihr?« stieß Lulu Carlo hervor. »Also wollen Sie jetzt die Befehle erteilen, Miss Milbank? Ich will meine Großmutter nicht sehen. Sie hat kein Recht, hier zu sein. Morgen verschwindet sie, und wenn es nach mir ginge, würden Sie mit ihr verschwinden.«

»Es wird sich zeigen, was morgen geschieht«, erklärte Aria. »Jetzt jedoch gehen Sie zu Ihrer Großmutter, und Sie werden nett und freundlich zu ihr sein. Wenn Sie es nicht sind, werde ich in den Salon gehen und all die Damen hier und Mr. Huron zu ihr bitten. Sie wären sicher sehr interessiert daran, die Großmutter der berühmten Lulu Carlo zu sehen.«

»Sie kleine Hexe!« rief Lulu Carlo.

Lulu hob die Hand, und Aria wußte sehr wohl, daß sie nahe daran war, ihr ins Gesicht zu schlagen. Doch ihre Selbstbeherrschung war stärker, und so starrte sie Aria nur mit wutentbranntem Blick an. Dann gab sie sich geschlagen.

»Also gut!« sagte sie. »Bringen wir es hinter uns.«

Schweigend führte Aria sie zu Mrs. Hawkins Zimmer. Erst als sie vor der Tür standen und Arias Hand bereits auf der Klinke lag, sagte sie:

»Seien Sie nett zu ihr. Sagen Sie nichts davon, daß sie morgen wieder fort muß. Sagen Sie ihr nur, wie sehr Sie sich freuen, sie zu sehen. Wenn Sie es nicht tun, halte ich meine Drohung aufrecht.«

»Für diese Erpressung werden Sie mir büßen«, antwortete Lulu.

Ohne etwas darauf zu erwidern, öffnete Aria die Tür.

»Hier ist jemand, über dessen Besuch Sie sich sehr freuen werden, Mrs. Hawkins«, sagte sie in weichem Ton.

Einen Augenblick lang blieb der Filmstar in der Tür stehen, dann rannte Lulu mit ausgestreckten Händen und hocherfreutem Gesicht los.

»Großmama! Wie schön, dich zu sehen!« rief sie und ergriff die zitternde Hand der alten Dame.

Es ist eine vollkommene Darbietung, dachte Aria nüchtern, während sie die Tür hinter sich schloß und draußen im Gang stehen blieb. Fünf Minuten später ging die Tür wieder auf.

»Gute Nacht, liebe Großmama«, hörte sie Lulu sagen. »Schlaf gut. Du mußt auf dich aufpassen, hörst du?«

»Jetzt, wo ich dich gesehen habe, werde ich gut schlafen, mein Liebling«, war die Antwort der alten Dame.

Lulu kam aus dem Zimmer, und das Lächeln auf ihren Lippen verschwand, als habe sie einen Schalter betätigt. Sie warf Aria einen haßerfüllten Blick zu und ging ohne ein weiteres Wort davon.

Aria ging zu der alten Dame zurück. Sie weinte vor Glück.

»Sie ist schöner denn je«, sagte sie. »Und ebenso lieb. Sie hat sich so gefreut, mich wiederzusehen. Es hat sich gelohnt, all diese Jahre zu warten, um diese Freude über das Wiedersehen mit ihrer alten Oma in ihrem Gesicht zu sehen.«

Sie plapperte immer weiter, während Aria ihre Kissen aufschüttelte, ein Glas Wasser neben ihr Bett stellte und ein sauberes Taschentuch neben sie legte. Selbst als sie einschlief, redete sie noch weiter, wie es alte Leute manchmal tun. Aria schaltete die Lampen bis auf die Nachttischlampe aus. Sie wollte vermeiden, daß die alte Dame, falls sie nachts in der fremden Umgebung aufwachte, Angst bekam, weil sie nicht mehr wußte, wo sie war. Dann öffnete sie das Fenster und schlüpfte aus dem Zimmer.

Obwohl sie wußte, daß Dart Huron sie erwartete, ging sie nicht in den Salon zurück. Sie glaubte, die Party-Stimmung jetzt nicht ertragen zu können. In der Hoffnung, daß die weiche, duftende Dunkelheit ihre Wut auf Lulu und ihre Enttäuschung über Lord Buckleigh besänftigen würde, ging sie in den Garten hinaus.

Aria ging zum Rosengarten hinunter. Der Mond ging auf, und es war leicht, den Weg über die schmalen, von gepflegten Hecken umsäumten Pfade zu finden. Am Ende des Rosengartens stand eine von Heckenkirschen überwucherte Laube. Sie war, wie es damals Mode war, in der Zeit Gregor III. im Stile eines griechischen Tempels erbaut worden.

Aria setzte sich auf eine zwischen zwei Pfeilern stehende Bank. Es war ein langer Tag, dachte sie plötzlich. Sie war müde, und es war sehr friedlich hier. Nur das Rascheln des Abendwindes oder eines kleinen Tieres im Laub der Bäume war zu hören. Sonst war alles still. Die Stille der Nacht, wie geschaffen zum Nachdenken und Zur-Ruhe-Kommen.

Aria hatte keine Ahnung, wie lange sie so gesessen hatte, als sie plötzlich Schritte näherkommen hörte. Jemand kam langsam den Weg herunter; jemand, der eine Zigarre rauchte – sie konnte sie in der Dunkelheit deutlich aufglühen sehen.

Sie verhielt sich ganz still, hoffte, daß er – wer immer es auch sein mochte – am Tempel vorbeigehen oder vorher umkehren würde. Doch gleich darauf wurde ihr bewußt, daß sie selbst deutlich zu erkennen war, weil das Licht des Mondes voll auf die Bank fiel, auf der sie saß.

Der Mann war neben ihr, noch ehe sie ihn erkannt hatte. Trotzdem fragte sie sich, als sie ihn erkannte, warum sie nicht sofort gewußt hatte, wer es war. Niemand sonst bewegte sich so wie er, mit dieser seltsamen, katzengleichen Anmut, die er von seinen indianischen Vorfahren geerbt haben mußte.

»Ich nehme an, Sie wollten allein sein, Miss Milbank?«

Es war eher eine Feststellung als eine Frage, doch Aria erkannte den Vorwurf darin.

»Ich dachte, Sie brauchten mich nicht mehr, Mr. Huron«, sagte sie.

Aria wollte aufstehen, doch er hielt sie mit einer Handbewegung zurück und setzte sich neben sie.

»Auf meinen Partys brauche ich immer eine Gastgeberin, Miss Milbank. Ich dachte, das hätte ich Ihnen klargemacht.«

»Es tut mir leid«, sagte Aria. Und weil er in der Dunkelheit nicht so furchteinflößend und aufregend wirkte wie bei Tag, faßte sie sich ein Herz und sagte ihm ehrlich, was sie empfand. »Ich fühle mich in der Rolle der Gastgeberin in Ihrem Haus so fehl am Platz. Ich kenne die Leute nicht und weiß nicht, worüber ich mit ihnen reden soll. Ich habe das Gefühl, daß ich Sie die meiste Zeit über im Stich lasse.«

Erst als sie geendet hatte, wurde ihr klar, wie töricht und unlogisch sie geklungen haben mußte.

»Bis jetzt haben Sie nichts falsch gemacht, Miss Milbank. Sie waren, sagen wir, völlig zufriedenstellend.«

»Danke! Es ist sehr freundlich von Ihnen, das zu sagen«, erwiderte Aria.

»Ich nehme an, Sie hatten bisher noch nicht viel Erfahrung mit dieser Art gesellschaftlichem Leben«, fuhr Dart Huron fort.

»Nein.«

»Mögen Sie es?«

Die Frage selbst war äußerst überraschend, und Aria drehte sich zu ihm herum. Im fahlen Licht des Mondes wirkte sein Gesicht geheimnisvoll, seine Augen glichen dunklem Wasser, und sie wußte nicht, was er dachte.

»Soll ich ehrlich sein?« fragte sie.

»Natürlich. Warum nicht?«

»Weil die Wahrheit unhöflich ist«, antwortete sie. »Sie haben mich gefragt, ob ich dieses Leben mag. Nein, ich mag es nicht. Und trotzdem fasziniert es mich. Aber die ganze Zeit über fühle ich, daß etwas daran falsch ist, – ich weiß selbst nicht, wieso. Menschen sollten nicht so reich und nutzlos sein.«

»Nutzlos?«

Er dehnte das Wort in die Länge.

»Die meisten Leute hier haben sehr hart für ihren Erfolg gearbeitet.«

»So habe ich das nicht gemeint«, entgegnete Aria. »Ich meinte...«

Sie hielt plötzlich inne, weil sie keine Worte für das fand, was sie sagen wollte. Sie hatte an Lulu Carlo gedacht, die hart, egoistisch und nur auf ihren eigenen Vorteil bedacht war und für niemand, nicht einmal ihre eigene Familie, Gefühle aufbringen konnte. Trotzdem hatte sie hart gearbeitet, und es wäre ungerecht, dies auf seine Weise nicht gelten zu lassen.

Und da war Lord Buckleigh mit all seinem Charme, seiner Art zu sagen: »Ich liebe Sie«, die ihr Herz einen Sprung tun ließ, obwohl sie wußte, daß seine Worte nur leeres, falsches Gerede waren. Was, außer seiner Unbekümmertheit, seiner oberflächlichen Tünche, seinen guten Manieren und seiner Freundlichkeit hatte er je zum Leben beigetragen? Und trotzdem arbeitete auch er auf seine Weise. Er kümmerte sich um Dart Hurons Affären, suchte die Polo-Ponys für ihn aus, traf Vereinbarungen mit Leuten, zu denen er – und nur er – Zugang hatte.

Ja, auch Buckleigh arbeitet auf seine ureigene Weise, dachte Aria, ebenso wie all die anderen fröhlichen, jungen Männer, die nach Summerhill zu einem längeren Besuch oder nur einem guten Essen kamen. Sie wußte nicht recht, was sie von ihnen halten sollte, außer daß es ihnen an tiefem, grundlegenden Verständnis fehlte. Oder machte sie den Fehler, sie alle nach Lulu Carlo und Lord Buckleigh zu beurteilen?

Plötzlich fühlte sie sich jung und hilflos. Und gleichzeitig wußte sie, daß Dart Huron darauf wartete, daß sie weitersprach.

»Es tut mir leid«, stammelte sie. »Ich... hätte das nicht sagen dürfen. Ich meine es gar nicht so.«

»Glauben Sie nicht«, sagte er mit plötzlich sehr sanfter Stimme, wie sie sie noch nie an ihm gehört hatte, »daß Sie Menschen – und manchmal vielleicht auch Dinge – zu schnell ändern wollen, die eine Menge Verständnis und in vielerlei Hinsicht auch viel Zuwendung brauchen? Wir alle neigen dazu, andere Menschen in unser eigenes Schema zu zwängen oder sie zu kritisieren, wenn ihre Vorstellungen nicht den unseren entsprechen. Aber sind unsere Vorstellungen überhaupt die richtigen? Das müssen wir uns fragen, und wir müssen uns auch fragen, ob diese Vorstellungen, die für uns die richtigen sind, für andere Menschen, die andere Voraussetzungen und Bedürfnisse haben, überhaupt zumutbar sind.«

Aria sah ihn überrascht an.

»Ich habe nicht erwartet, daß Sie so etwas sagen würden«, sagte sie spontan.

Er mußte lächeln über ihre Naivität.

»Vielleicht fällt Ihr Urteil über mich ja ebenso hart aus.«

»Es tut mir leid«, erwiderte Aria. »Das klang sehr grob. Ich habe es nicht so gemeint.«

»Das weiß ich«, entgegnete er. »Ich bin viel in der Welt herumgekommen, bin vielen Menschen begegnet. Darf ich Ihnen etwas sagen, das vielleicht unverschämt klingt? Ich glaube, daß Sie etwas erlebt haben, weshalb Sie manche Menschen – insbesondere Menschen, wie sie Ihnen hier begegnen – ablehnen.«

Das entsprach so sehr der Wahrheit, daß Aria nicht wußte, was sie sagen sollte. Wie konnte sie ihm sagen, daß alle Leute, die sie auf Summerhill getroffen hatte, sie an die Menschen erinnerten, mit denen ihr Vater sich umgeben hatte; die ihn zu seinem extravaganten und zügellosen Lebensstil ermunterten und in seiner Selbstsucht unterstützten, die darin gipfelte, daß er den Reichtum Queen's Follys zerstörte und Charles damit derart verletzte, daß er diesen Schmerz wohl nie würde verwinden können.

»Vielleicht haben Sie recht«, sagte Aria nach einer Weile.

»Dessen bin ich mir sicher«, erwiderte Dart Huron. »Ich habe Sie beobachtet, wenn manche meiner Gäste leichtfertig daherredeten, Dinge sagten, die vielleicht besser unausgesprochen geblieben wären. Und mir war klar, daß es dafür persönliche Gründe gab.«

Er zog an seiner Zigarre, die rot vor dem dunklen Himmel aufglomm.

»Sie müssen mich für sehr dumm halten«, sagte Aria schließlich leise.

»Ganz im Gegenteil! Ich bewundere Ihren Mut«, sagte Dart Huron.

»Meinen Mut?« wiederholte Aria.

»Ja. Weil Sie einen solchen Job angenommen haben«, erwiderte Dart Huron. »Er ist nicht einfach, ich weiß es. Im Gegenteil, ich weiß, daß es eine sehr schwierige Aufgabe ist. Aber Sie erfüllen sie auf bewunderungswürdige Weise. Übrigens gehe ich Ende des Monats nach Amerika zurück.«

»Ende des Monats?« wiederholte Aria dümmlich.

»Ja! Ursprünglich wollte ich bis zum Ende des Sommers hier bleiben, doch inzwischen habe ich mich entschlossen, früher zurückzukehren. Es wäre mir lieb, wenn Sie nach meiner Abreise noch eine Woche hier blieben, um das Haus zu ordnen und dafür zu sorgen, daß das Personal alles sauber hinterläßt. Das werden Sie doch tun, nicht wahr?«

»Ja, natürlich«, antwortete Aria.

»Nun, dann bleiben mir hier noch vierzehn Tage«, meinte Dart Huron. »England kann um diese Jahreszeit sehr schön sein.«

Aria wußte nicht, was sie sagen sollte. Sie war über alle Maßen enttäuscht und traurig, daß der Job, den sie angeblich gar nicht mochte, nun schon so bald beendet sein würde.

Sie hätte nicht sagen können, warum, aber sie verspürte den seltsamen Wunsch, ihm zu widersprechen, ihn zu bitten, seinen Entschluß zu ändern. Doch es gab nichts, was sie hätte sagen können, und so blieb sie – verzehrt von einem unerklärlichen Gefühl unwiederbringlichen Verlustes – schweigend neben ihm sitzen.

8

In der Ferne schlug eine Uhr ein Uhr. Fast im gleichen Augenblick hörte Aria ein schwaches Geräusch draußen im Gang vor ihrer Schlafzimmertür. Sie knipste die neben ihr stehende Leselampe aus, so daß ihr Zimmer in völlige Dunkelheit getaucht war. Sie trug noch immer das schwarze Abendkleid, das sie zum Dinner angezogen hatte. Über die Schulter hatte sie sich eine warme Stola gelegt, und obwohl ihr nicht kalt war, begann sie zu frösteln.

Es schien ihr eine Ewigkeit her zu sein, seit sie in ihr Zimmer zurückgegangen war. Sie hatte auch nicht den Wunsch verspürt, ins Bett zu gehen, sondern ein Buch zur Hand genommen. Sie hielt es sich zwar vor die Augen, aber sie sah keinen der Buchstaben.

Was sie befürchtet hatte, war eingetroffen. Ein erneutes Geräusch machte ihr nur zu klar, daß jemand vor ihrer Tür stand. Sie wartete. Die Türklinke bewegte sich sehr langsam nach unten, doch die Tür ging nicht auf. Einen Augenblick später vernahm sie ein mehrmaliges schwaches Bumsen, so, als versuche jemand, die Tür mit der Schulter aufzudrücken. Doch das Holz gab nicht nach.

Wieder wurde die Klinke heruntergedrückt, dieses Mal weniger behutsam; dann ein schwaches Klopfen an der Tür.

»Aria! Aria!«

Die Stimme war nur ein Flüstern, doch Aria erkannte sie trotzdem. Sie legte die Hände an ihre Wange, als wolle sie das Pulsieren ihres Blutes spüren.

Wieder wurde an die Tür geklopft. Dann hörte sie Schritte, die sich widerstrebend, als fiele es ihrem Besitzer schwer, sich mit der Niederlage abzufinden, den Gang hinunter entfernten.

Danach blieb Aria lange Zeit regungslos in der Dunkelheit sitzen, bevor sie die Hand ausstreckte, um die Lampe wieder einzuschalten. Dann stand sie auf und ging zum Fenster hinüber. Sie zog die Vorhänge zurück und sog die Nachtluft in tiefen Zügen in ihre Lunge, als fürchte sie, ersticken zu müssen.

Ich hätte wissen müssen, daß das passieren würde, dachte sie. Und trotzdem fiel es ihr jetzt, wo es geschehen war, schwer, den Tatsachen ins Auge zu sehen. Plötzlich sah sie die hübschen, angemalten Frauen vor sich, mit denen ihr Vater zusammen gewesen war. Allzu deutlich sah sie den Ausdruck ihrer Augen, ihre einladenden, vollen Lippen, die Sinnlichkeit in jeder ihrer Bewegungen; alles an ihnen eine konstante, wohl berechnete Einladung zum Liebespiel.

Wie sie diese Frauen haßte! Sogar, als sie noch nicht verstanden hatte, was sie wollten und welche Rolle sie im Leben ihres Vaters spielten, hatte sie sich angewidert und irgendwie besudelt gefühlt, weil sie selbst in Kontakt mit ihnen gekommen war.

Und jetzt hatte ein Mann sie auf die gleiche Stufe wie diese armen

Kreaturen gestellt, für die sie manchmal eher Mitleid als Abscheu empfunden hatte.

Jetzt wünschte Aria sich, sie hätte die Tür geöffnet und ihm die Meinung gesagt. Zugleich wußte sie, daß es nichts genutzt hätte. Er würde nichts verstanden haben, und sie hätte sich nur unnötig erniedrigt, wenn sie ihn für etwas beschimpft hätte, das er nicht verstehen konnte. Er würde nur wieder beteuert haben, daß er sie heiraten würde, wenn er nur könnte, und er würde nicht erkannt haben, wie armselig dieses »Kompliment« war, das für sie viel eher eine Beleidigung darstellte.

Mit verbitterter Miene und fest zusammengepreßten Lippen zog Aria sich aus und ging ins Bett. Sie erwartete, vor lauter Erregung nicht schlafen zu können, doch der Tag war lang gewesen, und sie war entsetzlich müde. Bald schon war sie eingeschlafen und träumte – allen häßlichen Vorkommnissen des Tages zum Trotz –, daß sie mit jemandem zusammen war, den sie liebte und der sie liebte. Sie konnte sein Gesicht nicht erkennen, doch sie wußte, daß sie ihn liebte. Sie fühlte sich eingehüllt in die Wärme und den Schutz seiner Liebe, so daß sie mit einem glücklichen Lächeln auf den Lippen erwachte, als an ihre Schlafzimmertür geklopft wurde. In ihren Augen lag ein weicher, zärtlicher Ausdruck.

Sie schlüpfte aus dem Bett und entriegelte die Tür und lag Sekunden später wieder gähnend in den Kissen. Doch in der Tür stand nicht – wie gewöhnlich – das Hausmädchen, das die Vorhänge aufziehen und ihr den Morgentee ans Bett bringen wollte. Heute morgen wurde die Tür mit einem Schlag aufgerissen, und das italienische Mädchen stürzte mit tränenüberströmtem Gesicht ins Zimmer.

»Signorina, kommen Sie schnell! Oh, kommen Sie schnell!«, weinte sie und streckte Aria flehentlich die Hände entgegen, die – abrupt aus ihren Träumen in die rauhe Wirklichkeit versetzt – im ersten Augenblick kaum etwas begreifen konnte.

Im schwachen Licht der Sonne, das durch die Chintzvorhänge sickerte, wirkten die Erregung und die ganze Erscheinung des Mädchens beinahe unwirklich.

»Was ist los?« fragte Aria schließlich.

»Die alte Dame, Signorina! Bitte kommen Sie zu ihr.«

Aria verschwendete keine Zeit mit weiteren Fragen. Sie sprang aus dem Bett, schlüpfte in ihre Pantoffeln und zog den hübschen Morgenrock aus geblümter Baumwolle, den Nanny ihr im letzten Sommer genäht hatte, über ihr Nachthemd.

Sie nahm sich keine Zeit mehr, um in den Spiegel zu sehen oder ihr Haar zu ordnen, das ihren Kopf in wirren, kleinen Löckchen umrahmte, sondern eilte schnell hinter dem italienischen Mädchen her, das die Hintertreppe herunter und dann den Korridor entlang rannte, der zum Gartenzimmer führte.

Die Vorhänge waren zurückgezogen. Das Mädchen mußte, wie angeordnet, um acht Uhr zu Mrs. Hawkins gegangen sein, die Vorhänge zur Seite gezogen und sich dann dem Bett zugewandt haben.

Ein Blick auf das bleiche Gesicht der alten Dame, deren Kopf ein wenig zur Seite gesunken war, genügte Aria, um die Wahrheit zu erkennen. Sie beugte sich herunter, um die magere, weiße, von Adern durchzogene Hand zu berühren, und deren Kälte bestätigte nur, was Aria bereits wußte. Mrs. Hawkins war im Schlaf gestorben.

»Arme Frau! Oh, Signorina! Sie tut mir so leid! Sie starb allein und ohne ihren Frieden mit Gott gemacht zu haben.«

Aria wußte, wie wichtig das für einen Katholiken war, und sie legte dem Mädchen tröstend die Hand auf die Schulter.

»Ich glaube, sie hat sich den Tod gewünscht«, sagte sie ruhig. »Wir brauchen deshalb nicht traurig zu sein.«

Aria hörte, wie jemand den Raum betrat, und drehte sich erschrocken um. Dart Huron stand in der Tür. Er war in Reitkleidung, und sie wußte, daß er sehr früh am Morgen ausgeritten war und gerade zurückgekommen sein mußte.

Ohne ein Wort an Aria zu richten, trat er an das Bett und blickte auf Mrs. Hawkins herunter. Dann drehte er sich zu Aria um und sagte mit eiskalter Stimme:

»McDougall sagte mir, daß hier außergewöhnliche Dinge vorgehen. Wer ist diese Frau?«

»Mrs. Hawkins – Miss Carlos Großmutter«, antwortete Aria.

Dart Huron sah sie fassungslos an, und ehe sie noch etwas hinzufügen konnte, brach das italienische Mädchen in so lautes Schluchzen aus, daß man kaum ein Wort verstehen konnte.

»Kommen Sie zu mir ins Arbeitszimmer, wenn Sie angezogen

sind, Miss Milbank«, erklärte Dart Huron kalt. »Inzwischen lasse ich den Arzt rufen.«

Während er den Raum verließ, legte Aria ihre Arme um das schluchzende Mädchen und versuchte, sie zu trösten. Als sie sich ein wenig beruhigt hatte, führte Aria sie auf den Korridor hinaus und schickte sie ins Bett. Dann machte sie sich auf die Suche nach dem leitenden Dienstmädchen.

Burroughs war eine sensible Frau, die dem Leben ziemlich mißtrauisch gegenüberstand und den Tod eher als einen Freund als ein unwillkommenes Ereignis betrachtete.

»Überlassen Sie alles nur mir«, erklärte sie kühl, als Aria ihr erzählte, was geschehen war. »Ich habe meine Mutter und drei Schwestern meines Vaters für das Grab vorbereitet und weiß, was zu tun ist. Außerdem wird mir Mrs. Felton, die Frau des Gärtners, zur Hand gehen. Sie war Hebamme, bevor sie geheiratet hat, und ist solche Dinge gewöhnt. Wenn Sie mir gesagt hätten, daß die alte Dame bald sterben würde, hätte ich Ihnen davon abgeraten, daß Maria sich um sie kümmert. Wenn irgend etwas Außergewöhnliches passiert, reagieren Ausländer immer gleich so übertrieben. Es ist immer dasselbe mit ihnen. Sie lieben es, Gefühle zeigen zu können.«

»Ich fürchte, es war ein ziemlicher Schock für die arme Maria«, entgegnete Aria.

»Es wäre für jeden ein Schock«, erwiderte Burroughs. »Aber das ist doch noch lange kein Grund, sich aufzuführen, als wäre die alte Dame eine enge Verwandte oder etwas ähnliches gewesen. Unter solchen Umständen ist Zurückhaltung geboten, Miss Milbank.«

Da mußte Aria ihr wohl oder übel recht geben, auch wenn sie der Meinung war, daß das leichter gesagt als getan war. Doch sie war dankbar, daß sie alles in Burroughs zuverlässige Hände legen konnte, und sie ging schnell in ihr Zimmer hinauf, um sich anzuziehen.

Sie konnte nicht verhindern, daß ihr Herz beim Gedanken an die bevorstehende Unterredung mit Dart Huron laut klopfte, und der Blick in den Spiegel trug auch nicht dazu bei, diese beunruhigenden Gefühle zu verscheuchen. Ich muß heute früh ausgesprochen unzulänglich und unpassend ausgesehen haben, dachte sie, während sie ihr Spiegelbild anstarrte. Ihr ungekämmtes Haar verlieh ihr das

Aussehen eines erstaunten Chorknaben, und ihr ungepudertes Gesicht mit den ungeschminkten Lippen ließ sie lächerlich jung aussehen.

Dann sagte sie sich, daß es überhaupt keine Rolle spielte, ob sie ihm gefiel oder nicht, da er in Kürze ohnehin abreisen würde. Und trotzdem – sie wollte ihn beeindrucken damit, wie gut sie auf Summerhill zurechtgekommen war.

Es war nicht einfach gewesen, den Haushalt am Laufen zu halten. Und es war nicht leicht gewesen, nicht nur seine persönlichen Briefe zu beantworten, sondern auch die ungeheuer vielen verschiedenartigsten Anweisungen, Rechnungen, Gehälter und all die tausend Dinge zu erledigen, die die Führung eines so großen Hauses mit Dienstboten und Gästen mit sich bringt.

Irgendwie hatte Aria geglaubt, etwas geleistet zu haben, was zumindest keine ihrer Vorgängerinnen geschafft hatte, und jetzt hatte sie den recht guten Eindruck, den sie erweckt hatte, mit einem Schlag zunichte gemacht. Noch dazu hatte sie sich in eine äußerst unangenehme Lage gebracht, denn sie wußte, daß sie eine Erklärung für ihr eigenmächtiges Handeln würde abgeben müssen. Immerhin hatte sie jemanden ins Haus gebracht, der nicht nur nicht eingeladen, sondern auch einem der bevorzugten Gäste sogar ausgesprochen unwillkommen war.

Waren es nun die Angst vor der bevorstehenden Unterredung oder die vielen Unterbrechungen während des Anziehens – jedenfalls kam Aria erst kurz vor neun Uhr in die Bibliothek hinunter.

Der Raum war leer, und während Aria sich – unschlüssig, ob sie gehen oder bleiben sollte – umblickte, betrat Dart Huron vom Frühstückszimmer her den Raum. Erst als er die Tür hinter sich geschlossen hatte, wurde Aria bewußt, daß sie nicht gefrühstückt und auch den Tee, den eines der Hausmädchen, während sie sich anzog, in ihr Zimmer hinaufgebracht hatte, unberührt stehen gelassen hatte.

Beim Anblick des Essens war ihr beinahe schlecht geworden. Während Dart Huron jetzt jedoch mit ungewöhnlich strenger Miene auf sie zukam, verspürte sie ein seltsam flaues Gefühl, und sie machte ihren leeren Magen dafür verantwortlich.

»Der Doktor wird gegen elf Uhr hier sei«, erklärte er. »Ich gehe davon aus, daß bis dahin alles getan wird, was getan werden muß.«

»Ja. Burroughs sagt, sie würde sich um alles kümmern«, murmelte Aria kläglich.

»Es wird natürlich eine Untersuchung geben müssen«, sagte Dart Huron.

Aria sah ihn erschrocken an.

»Das wußte ich nicht.«

»Ich glaube, Sie haben vieles nicht gewußt«, erklärte er. »Dazu gehört vor allem, daß es üblich ist, den Gastgeber zu fragen oder wenigstens darüber zu informieren, daß Gäste angekommen sind.«

»Ich weiß«, murmelte Aria. »Und, bitte, ich kann mich nur entschuldigen und sagen, wie leid mir das alles tut. Aber ich konnte Mrs. Hawkins nicht dort lassen, wo sie war; ich konnte es nicht! Und ich konnte sie nirgendwo sonst unterbringen.«

Es schien ihr, als seien Dart Hurons Züge etwas weniger hart geworden.

»Vielleicht würden sie mir endlich einmal alles erzählen«, begann er.

Bevor Aria antworten konnte, kam Lulu Carlo herein. Sie trug ein aufregendes Negligé aus weißem Chiffon und weißem Nerz. Ihr Gesicht war perfekt geschminkt, doch ihr Haar fiel lose über ihre Schultern herunter, und ihre mit Diamanten besetzten, hochhackigen Pantöffelchen klapperten, als sie über das Parkett auf Dart Huron zuging.

»Ich habe gehört, daß du hier bist«, erklärte sie theatralisch. »Du hast gehört, was passiert ist?«

»Ich habe erfahren, daß deine Großmutter heute nacht gestorben ist«, sagte er sanft.

»Man hat es mir gesagt«, entgegnete Lulu. »Daß sie gestorben ist. Und wer ist schuld daran, würde ich gerne wissen?« Sie wandte sich vorwurfsvoll Aria zu. »Sie! Sie haben sie getötet! Bringen sie von ihrem Zuhause fort, wo sie so lange gelebt hat; überanstrengen sie mit der Fahrt und den Aufregungen, hierher zu kommen. Sie tragen die Schuld daran, und ich hoffe, Sie schämen sich für das, was Sie getan haben!«

Aria wurde leichenblaß, und einen Augenblick lang konnte sie nichts sagen.

»Einen Augenblick, Lulu!« sagte Dart Huron ruhig. »Ich glaube, daß Miss Milbank in bester Absicht gehandelt hat. Sie wollte mir gerade sagen, warum sie Mrs. Hawkins hierher gebracht hat, als du hereinkamst. Würden Sie jetzt bitte fortfahren, Miss Milbank?«

»Du wirst dir ihre Lügen doch nicht anhören!« warf Lulu ein, bevor Aria etwas sagen konnte. »Sie hat meine Großmutter, ohne mich zu fragen, hierher gebracht, und ich finde, das war eine ungeheure Frechheit von ihr. Welches Recht hatte sie dazu? Welches Recht hatte sie, zu entscheiden, daß der Ort, wo ich sie untergebracht hatte, nicht gut genug war? Ich kann dir Hunderte von Briefen zeigen, in denen mir die alte Dame schreibt, wie glücklich sie ist. Sie wollte mich sehen, natürlich – sie bewunderte mich –, aber das war doch kein Grund, sie in der Weltgeschichte herumzuschleppen und dabei zu töten.«

»Ich glaube nicht, daß du so sprechen solltest«, erwiderte Dart Huron. »Deine Großmutter war sehr alt. Sie wäre sowieso gestorben. Sollen wir Miss Milbank nicht erlauben, uns zu erzählen, was genau passiert ist?«

»Ich habe es dir bereits gesagt. Es gibt keinen Grund, ihr zuzuhören!« schrie Lulu. »Sie haßt mich, und wenn du mich fragst, so hat sie das nur getan, um mir zu schaden. Sie wollte, daß du meine Großmutter kennenlernst, wollte dich glauben machen, daß es ihr sehr schlecht geht und ich ihr nicht all die Jahre Geld geschickt habe, das ich oft nur sehr schwer abzweigen konnte.«

Lulus Stimme war jetzt beinahe ein Schluchzen, und sie streckte Dart Huron die Hand entgegen, als brauche sie seine Kraft und seine Zuneigung. Er ergriff ihre Hand fast automatisch, doch er wandte sich an Aria:

»Ich nehme an, Sie waren nicht zufrieden mit Mrs. Hawkins' Unterbringung?« fragte er.

»Sie war miserabel«, antwortete Aria ruhig. »Sie hatte keinerlei Komfort; ihr Zimmer lag im dritten Stock, und sie konnte nicht nach unten, weil sie zu schwach war, um die Treppe wieder heraufzusteigen. Sie war völlig abhängig von der Freundlichkeit der anderen Bewohner des Hauses, und ich habe mit meinen eigenen Ohren gehört, wie die Wirtin ihr sagte, daß sie ihr in Zukunft nicht mehr das Essen heraufbringen würde. Sie wurde angeschrien und beschimpft. Alte Leute können so etwas schlecht ertragen.«

»Ich glaube ihr kein Wort!« schrie Lulu.

»Ich sehe keinen Grund, Miss Milbank zu mißtrauen«, entgegnete Dart Huron.

Lulu entriß ihm ihre Hand.

»Genau das habe ich erwartet«, sagte sie. »Du glaubst ihr mehr als mir. Sie will mich in ein schlechtes Licht setzen, um uns auseinanderzubringen. Ich lasse mir so ein Benehmen nicht bieten!«

»Ich glaube nicht, daß Miss Milbank irgend etwas dergleichen tut«, erklärte Dart Huron geduldig. »Sie fand, daß deine Großmutter unzulänglich untergebracht ist und daß sie unglücklich ist, und es war – sagen wir – ziemlich eigenmächtig von ihr, sie hierher zu bringen. Andererseits ist es verständlich. Zumindest jedoch können wir sicher sein, daß deine Großmutter glücklich gestorben ist. Natürlich muß eine Untersuchung durchgeführt werden. Ich schlage also vor, daß du das alles vergißt und dich nur noch freust, daß du sie vor ihrem Tod noch einmal sehen konntest.«

»Eine Untersuchung!« Lulus Stimme war zu einem schrillen Schrei geworden.

»Ich fürchte, das läßt sich nicht umgehen«, erwiderte Dart Huron. »Als Todesursache wird der Doktor wahrscheinlich Herzversagen angeben. Trotzdem, deine Großmutter starb allein und ohne ärztliche Aufsicht, und eine Untersuchung dürfte daher unvermeidlich sein.«

»Das lasse ich nicht zu!« schrie Lulu. »Ich will es nicht! Verstehst du? Denk an die Presse – meine Karriere! Alle glauben, daß meine Großmutter Skandinavierin war.«

»Es tut mir leid, aber ich fürchte, wir müssen die Wahrheit sagen«, meinte Dart Huron.

Lulu sah ihn mit vor Wut sprühenden Augen an, wandte sich dann Aria zu.

»Das verdanke ich nur Ihnen, Sie–!« sagte sie, erhob die Hand und schlug Aria ins Gesicht.

Der Schlag schien wie ein Pistolenschuß im Raum widerzuhallen, und die drei Menschen schienen einen Augenblick lang wie versteinert. Dann hob Aria sehr langsam die Hand und legte sie auf ihre brennende rote Wange.

Aria wollte etwas sagen, doch Dart Huron sagte nur ein Wort: »Lulu!«, als McDougall mit höflicher Stimme von der Tür her verkündete:

»Die Herren von der Presse möchten Sie sprechen, Sir.«

Dart Huron blickte erstaunt auf; Aria, noch benommen von Lulus Schlag und von brodelnder Wut erfüllt, die ihr Blut immer heißer werden ließ, entging der seltsame Ausdruck in Lulus Gesicht nicht.

Sechs Männer wurden hereingeführt. Drei von ihnen trugen Kameras, die anderen schienen Reporter zu sein. Sie traten auf die drei vor dem Kamin stehenden Menschen zu, bis der älteste von ihnen die Initiative ergriff.

»Guten Morgen, Mr. Huron!«

»Es überrascht mich, sie zu sehen, meine Herren«, erwiderte Dart Huron. »Sie haben wahrhaftig keine Zeit verschwendet. Doch ich verstehe nicht ganz, wie Sie die Information erhalten konnten, noch bevor der Arzt da ist.«

»Der Arzt?«

Die Presseleute blickten ihn erstaunt an, zwei von ihnen sahen sich verwirrt an. Einer der Fotografen blickte Lulu lächelnd an, seine Finger nestelten an der Kamera herum, während Lulu Carlo, wie es Aria schien, beinahe instinktiv in Fotografierpose ging.

Die Reaktion der Presseleute schien Dart Huron in dem zu bestätigen, was er gerade sagen wollte.

»Einen Augenblick, meine Herren«, sagte er. »Vielleicht liegt hier ein Mißverständnis vor. Würden Sie mir bitte sagen, weshalb Sie gekommen sind? Ein paar von Ihnen kenne ich schon. Sie kommen, glaube ich, vom *Expreß*«, wandte er sich an den ältesten der sechs.

»Das ist richtig«, war die Antwort. »Und meine Kollegen kommen vom *Mail* und dem *Sketch*. Ich glaube jedoch, ich übertreibe nicht, wenn ich sage, daß bald eine ganze Horde weiterer Kollegen vor der Tür stehen wird. Doch wir haben gehofft, die ersten im Feld zu sein.«

»Von welchem Feld und aus welchem Grund?« fragte Dart Huron.

»Nun kommen Sie, Mr. Huron. Sie kennen die Antwort sehr genau«, erwiderte der Mann vom *Expreß*. »Wir hatten das zwar irgendwann einmal erwartet – als wir jedoch erfuhren, daß die offizielle Ankündigung diese Woche erfolgen sollte, wollten wir Sie natürlich selbst sprechen.«

»Das freut mich«, entgegnete Dart Huron lächelnd. »Aber ich

würde doch sehr gerne wissen, von was für einer Ankündigung Sie sprechen.«

Er wandte den Kopf und blickte nachdenklich zu Lulu herüber. Sie wirkte ihm zu überrascht und unschuldsvoll; das blanke Erstaunen in ihren weit aufgerissenen Augen dürfte ihren Fans nur zu vertraut sein! Ihren »kindlichen Annie-Blick« pflegten die weniger begeisterten Kritiker diesen Ausdruck zu nennen.

»Eine Mischung aus Naivität und Begriffsstutzigkeit, die manchmal als Unschuld betrachtet wird«, hatte jemand einmal scharf geurteilt.

Dart Hurons Lippen preßten sich zusammen, als der Mann vom *Daily Mail* seine Frage beantwortete.

»Die Ankündigung Ihrer Verlobung, Mr. Huron.«

Lulu stieß einen kleinen Schrei aus.

»Oh, Dart! Sie wissen davon, und wir hätten es so gern geheimgehalten.«

Sie legte ihre Hand auf seinen Arm, und genau in diesem Augenblick blitzte eine der Kameras auf.

»Bleiben Sie so, Miss Carlo!« rief einer der anderen Fotografen, der nicht so schnell reagiert hatte, doch Dart Huron war abrupt zur Seite getreten, hatte das Bild zerstört.

»Ich fürchte, Sie wurden falsch informiert, wenn Sie glauben, daß meine Verlobung diese Woche verkündet werden soll.«

»Aber, Dart«, warf Lulu ein. »Jetzt machst du aber einen Fehler. Es hat doch wirklich keinen Zweck, es noch länger geheimzuhalten.«

Ihre Stimme war kaum mehr als ein Flüstern, doch sie wußte sehr wohl, daß jeder sie deutlich verstehen konnte.

In diesem Augenblick verstand Aria, wer all dies inszeniert hatte. Jetzt wußte sie, warum Lulu die Liste mit den Telefonnummern der Zeitungsredaktionen hatte haben wollen, die sie ihr gestern früh in ihr Schlafzimmer gebracht hatte.

Lulu war es gewesen, die die Presse herbeizitiert hatte, um Dart Huron zu überrumpeln und ihn dazu zu zwingen, öffentlich zu bestätigen, was alle Welt insgeheim vermutete: daß er tatsächlich vorhatte, sie zu heiraten.

»Miss Carlo hat recht, Mr. Huron«, erklärte der Mann vom *Scotch*. »Wir werden die Wahrheit früher oder später erfahren, also können Sie sie uns ebensogut schon jetzt anvertrauen. Heimliche Eheschließungen sind nicht nur aus der Mode, sie stehen auch gar nicht zur Diskussion – zumindest, was Ihre Person angeht.«

Er lachte über sein eigenes Bonmot, und seine Kollegen lächelten gutmütig.

»Also gut«, sagte Dart Huron. »Sie sollen die Wahrheit erfahren, meine Herren, da sie mich ja darum gebeten haben. Ja, ich werde heiraten, auch wenn ich noch keine Ahnung habe, wann die Trauung stattfinden wird. Doch ich werde nicht, wie Sie glauben, Miss Carlo heiraten, die lediglich eine sehr alte, geschätzte Freundin von mir ist. Ich werde Miss Aria Milbank heiraten, die Sie wahrscheinlich noch nicht kennen und die Ihnen vorzustellen ich jetzt das Vergnügen habe.«

Lulu stieß einen Ausruf der Überraschung und des Entsetzens zugleich aus, der eher wie das Zischen einer Schlange klang. Die Reporter jedoch schienen noch überraschter zu sein und wandten sich wie auf Kommando Aria zu.

Einen Augenblick lang glaubte Aria zu träumen, glaubte, nicht richtig gehört zu haben. Als sie dann jedoch die Empörung in seinem Gesicht sah und erkannte, was er getan hatte, brach die in ihr schwelende Wut voll aus ihr heraus.

»Es ist nicht . . .«, begann sie, um sich plötzlich und zu ihrem höchsten Erstaunen von Dart Hurons Armen umfangen zu fühlen.

»Es tut mir leid, meine Herren«, sagte er über ihren Kopf hinweg, »aber Miss Milbank fühlt sich nicht ganz wohl. Ich bitte um Verzeihung, wenn ich sie jetzt in ein anderes Zimmer führe, damit sie ein bißchen frische Luft schnappen kann.«

Ehe Aria etwas sagen, ehe sie sich von ihrer Überraschung erholen konnte, war er auf die Tür zum Frühstückszimmer zugegangen, stieß diese mit dem Fuß auf und ließ die noch immer sprachlose Gesellschaft allein zurück.

Er stieß die Tür mit dem Rücken zu und stellte Aria wieder auf die Füße.

»Was haben Sie getan?« begann sie, wurde jedoch sogleich wieder von seinen Armen umfangen und quer durchs Zimmer durch die nächste Tür hindurch gezerrt, die in ein kleines, holzgetäfeltes und fast nie benutztes Boudoir führte. Dart Huron schloß die Tür hinter sich.

»Jetzt können Sie sprechen«, sagte er. »Wir wollen doch nicht belauscht werden.«

»Belauscht?« stieß Aria hervor. »Ich gehe sofort zu diesen Reportern zurück und sage ihnen, daß das alles nicht wahr ist. Wie können Sie es wagen zu sagen, wir seien verlobt? Wenn Sie glauben, daß ich tatenlos dastehe und Sie derartige Lügen erzählen lasse und nichts zu meiner Verteidigung hervorbringe, dann haben Sie sich schwer getäuscht.«

Aria war so wütend, daß es ihr schwerfiel, ihre Gedanken zu formulieren. Ihre Augen sprühten, und ihr Gesicht war – abgesehen von dem brennendroten Abdruck von Lulus Hand – sehr blaß. Dart Huron stand an den Kamin gelehnt und betrachtete sie – wie es ihr schien – auf unverschämte Weise.

»Sie sind unerträglich!« tobte Aria. »Sie glauben, Sie können mit den Leuten machen, was Sie wollen – aber nicht mit mir! Ich weiß genau, warum Sie das getan haben. Um aus einer für Sie unangenehmen Lage herauszukommen, die Sie selbst verschuldet haben. Nun, ich werde nicht Ihr Sündenbock sein. Ich gehe jetzt zurück und sage diesen Reportern die Wahrheit, und Sie und Miss Carlo können sehen, wie Sie aus der Sache herauskommen!«

Sie ging auf die Tür zu und hatte sie fast schon erreicht, als Dart Hurons Stimme rief:

»Zweitausend Pfund!« sagte er.

Diese Bemerkung war so überraschend, daß Aria unwillkürlich stehen blieb.

»Was soll das heißen?« fragte sie.

»Das ist die Summe, die ich Ihnen geben würde«, entgegnete er.

»Glauben Sie ... daß ich für ... daß ich käuflich bin?« fragte Aria, vor Wut stotternd.

»Wenn Sie kein Geld haben wollten, würden Sie nicht arbeiten«, erwiderte er. »Wie jeder andere arbeiten Sie ja wohl, weil Sie Geld brauchen. Zweitausend Pfund – steuerfrei – sind eine ganz erkleckliche Summe.«

»Ich lasse mich nicht bestechen«, fauchte Aria.

»Dreitausend Pfund!« sagte er. »Auch wenn Sie selbst es nicht wollen – so haben Sie wahrscheinlich Verwandte, die dankbar für eine kleine Unterstützung wären.«

Beinahe gegen ihren Willen blieb Aria stehen. Dreitausend

Pfund! Was würde das für Charles und Queen's Folly bedeuten! Das Dach könnte ausgebessert werden; die schöne, bemalte Decke des Bankettsaals, die durch ein gebrochenes Rohr beschädigt war, könnte repariert werden; in das Fenster an der Nordseite, das, seitdem eine Mine im Park hochgegangen war, zugenagelt war, könnte wieder Glas eingesetzt werden.

Und was würden dreitausend Pfund für die Farm bedeuten! Den neuen Fordson-Traktor, den er schon so lange haben wollte; den Stierpferch, der so gefährlich geworden war, daß sich schon mehr als ein Viehhirt darüber beschwert hatte; Dünger für die Felder, neue Vorräte, den besten Samen. Sie sah die Liste vor sich, die Charles aufstellte und dann in den Papierkorb warf, weil er wußte, daß es völlig hoffnungslos war, auch nur den kleinsten Notizzettel der notwendigen Dinge zu machen.

Dreitausend Pfund! Beinahe gegen ihren Willen nahm Aria die Hand von der Klinke.

»Ich dachte mir, daß Sie darüber nachdenken würden«, sagte er. »Wollen wir es vernünftig ausdiskutieren?«

»Ich fühle mich nicht vernünftig«, erwiderte Aria. »Ich hasse Sie für das, was Sie tun und wozu Sie mich bringen. Es ist typisch für Sie und Leute Ihres Schlags zu glauben, daß jedermann seinen Preis hat. Aber Sie haben recht, meiner ist dreitausend Pfund!«

Sie konnte nicht verhindern, daß ihr Tränen der Demütigung in die Augen traten. Als sie dann weitersprach, verschwamm der Raum plötzlich um sie und begann, sich um sie zu drehen. Plötzlich lag Dart Hurons Hand auf ihrem Arm, und sie fühlte, wie er sie zu einem Stuhl geleitete.

»Dieser ganze Vormittag war entsetzlich emotionsgeladen«, sagte er trocken, und sie hatte das Gefühl, daß er sich insgeheim über sie lustig machte.

»Setzen Sie sich, und ich hole Ihnen von nebenan etwas zu essen. Ich glaube, Sie haben noch gar nicht gefrühstückt.«

»Ich will nichts essen«, murmelte sie schwach.

»Oh doch, Sie werden essen«, widersprach er ihr. »Vergessen Sie nicht, daß Sie mir bereits einmal gestanden haben, daß ich besser als Sie selbst weiß, was Sie wollen.«

Wieder kam die Wut in ihr hoch.

»Ich hasse Sie!« sagte sie. Doch sie merkte selbst, wie wenig überzeugend ihre Worte klangen.

»Sie haben einfach nur Hunger«, sagte er lächelnd und verschwand im Nebenzimmer.

9

»Ich muß verrückt sein, das mitzumachen«, sagte sich Aria eine Weile später, als Dart Huron sie mit größter Selbstverständlichkeit auf die Terrasse hinausführte, wo die Fotografen auf sie warteten.

Er hatte bereits eine Zeitlang allein mit ihnen gesprochen und an seiner Version, daß sie sich nicht wohl fühlte, festgehalten. Er hatte ihr gesagt, daß sie lediglich für ein Foto posieren solle und keine Fragen zu beantworten brauche.

»Ich habe ihnen klargemacht, daß wir nicht bereit sind, Fragen zu beantworten«, sagte er. »Ich sagte ihnen, daß die Verlobung zu gegebener Zeit bekanntgegeben würde und sie dann alles erfahren würden, was sie wollten.«

Als sie das Frühstück zu sich genommen hatte, das er ihr aus dem Morgenzimmer geholt hatte, und allein in ihrem Zimmer saß, während er mit den Reportern sprach, wünschte Aria sich wieder und wieder, daß sie die Willensstärke besessen und es abgelehnt hätte, bei diesem lächerlichen Spiel mit der Verlobung und allem, was sie mit sich brachte, mitzumachen. Und trotzdem mußte sie die ganze Zeit über an die dreitausend Pfund denken, als lägen sie ausgebreitet vor ihr.

Es hat keinen Sinn, sich einzureden, daß einem Geld und finanzielle Vorteile gleichgültig sind, dachte sie müde. Man kann leicht sagen, daß Charakter wichtiger ist als Geld, wenn man genügend Geld und alles, was man zum Leben braucht, hat. Erst, wenn man sich mit Schulden und Hypotheken herumquälen muß und nicht weiß, wovon man am nächsten Tag leben soll, wird Geld eine dominierende Rolle in den Gedanken und Sehnsüchten eines Menschen einnehmen.

Wenn es Charles nicht gelang, die Farm gewinnbringend zu betreiben und er Queen's Folly aufgeben mußte, wie ihm die Anwälte rieten, würde ihm das nicht nur das Herz brechen, sondern ihn vielleicht völlig aus dem seelischen Gleichgewicht bringen.

Nach seinem Nervenzusammenbruch hatten die Ärzte in aller Deutlichkeit erklärt, daß er keine Aufregungen haben durfte.

Wie wenig sie doch begriffen haben, dachte Aria voll Bitterkeit. Die Angst, Queen's Folly zu verlieren, bedrückte Charles unaufhörlich. Auch eine Frau, die er liebte und der er nicht nur sein Herz, sondern sein ganzes Leben gewidmet hätte, hätte ihm nicht mehr bedeuten können als Queen's Folly.

Mit dreitausend Pfund brauchte er nicht mehr in den schwarzen Tiefen der Depression zu versinken, wenn alles dunkel zu sein schien und ihn Verzweiflung und Hoffnungslosigkeit überkamen, weil er glaubte, ein ewiger Versager zu sein.

Dreitausend Pfund würden auch bedeuten, daß sie wieder nach Hause gehen konnte! Und das allein war ihr schon die größte Lüge wert.

Als Dart Huron zurückkam, lächelte sie.

»Ich habe ihnen ein Foto versprochen«, sagte er. »Nichts anderes und keine Fragen. Kommen Sie.«

Aria wußte, daß sie keine andere Wahl hatte. Also stand sie widerspruchslos auf und folgte ihm auf die wunderschön geflieste Terrasse mit dem herrlichen Blick über das flache Tal, wo die Reporter sich versammelt hatten.

»Würden Sie bitte Mr. Hurons Arm nehmen, Miss Milbank?« bat einer der Fotografen. »Und bitte lächeln Sie sich an.«

Das Klicken von einem halben Dutzend Kameras war zu hören. Seitdem Aria sie zuletzt gesehen hatte, hatte sich die Zahl der Reporter vergrößert. Als einige von ihnen dann mit Notizbüchern auf sie zutraten, ergriff Dart Huron ihren Arm und zog sie durch die Terrassentür ins Haus.

»Das wäre alles für heute. Vielen Dank, meine Herren«, erklärte er. »Sie nehmen doch sicher noch einen Drink, bevor Sie nach London zurückkehren?«

»Wir werden auf Ihr Wohl trinken«, sagte jemand, als Dart Huron die Tür hinter sich schloß und sich Aria zuwandte.

»Das war gar nicht so schlecht, nicht wahr?« sagte er. »Ich konnte den schlimmsten Fragen ausweichen, doch ich fürchte, Sie werden als ›geheimnisvolle Braut‹ die Schlagzeilen der Abendzeitungen füllen. Erst als ich mit ihnen redete, wurde mir bewußt, wie wenig ich über Sie weiß. Doch ich konnte sie ablenken, indem ich ihnen sagte, daß wir Ihrer Familie noch nichts von unserer Verlobung gesagt hätten und ich nichts sagen könnte, bevor die üblichen Formalitäten erledigt seien.«

»Meine Familie!« Aria starrte ihn aus weit aufgerissenen Augen an. »Wollen Sie damit sagen, daß sie in diese Sache hineingezogen werden muß?«

»Aber natürlich!« antwortete er, ging zu einem Tisch hinüber und nahm eine Zigarette aus einer Onyx-Zigarettendose. »Und ich muß Sie bitten, ihnen nicht die Wahrheit zu erzählen. Wenn auch nur ein einziger auf die Idee kommt, daß diese Verlobung nur vorgetäuscht ist, werden sofort die Gerüchte aufflammen. Lassen Sie es zwei Wochen lang so laufen, bis ich nach Amerika zurückkehre. Dann können wir erklären, daß wir die Verlobung in gegenseitigem Einvernehmen wieder gelöst haben.«

Er zündete sich eine Zigarette an und fuhr, ohne Aria anzusehen, fort:

»Ich fürchte, es wird eine ganze Menge unwillkommener Publicity geben. Wir können es nicht verhindern. Ganz sicher werden sich diejenigen, die Geschichten wie ›Sie heiratete ihren Chef‹ lieben, sehr für uns interessieren. Aber keine Sorge, unsere Rücken werden hoffentlich breit genug sein; und wenn alles vorbei ist, werden Sie ein gut Teil reicher sein und auch um einiges bekannter, was Ihnen wahrscheinlich bei der Suche nach einer neuen Stellung hilfreich sein kann.«

Aria hatte es beinahe den Atem verschlagen. Sie erkannte jetzt nur allzu klar, daß der Schlamassel, in den sie geraten war, viel tiefer und schlimmer war, als sie befürchtet hatte. Sie hatte sich zwar für verrückt gehalten, daß sie seiner irrwitzigen Idee mit der Verlobung zugestimmt hatte, doch sie hatte nicht geahnt, was das alles mit sich bringen würde.

Jetzt erkannte sie erst, wie er die Sache betrachtete. Sie war seine Sekretärin, ein Mädchen aus anständigen, wenn auch einfachen Verhältnissen, das seinen Lebensunterhalt selbst verdienen mußte; jemand, für den fragwürdige Publicity eher von Vorteil als von Nachteil sein konnte. Sie war ein Mädchen mit so wenig Hintergrund, daß Dart Huron glaubte, sie nehmen, für seine Zwecke benutzen und wieder wegwerfen zu können, ohne daß es irgendwelche Konsequenzen für ihn haben oder ihr Leben in irgendeiner

Weise beeinflußt würde.

Er sagte, daß sie die Verlobung später in gegenseitigem Einvernehmen wieder lösen würden. Würde unter diesen Umständen auch nur einer auf die Idee kommen, daß sie diejenige wäre, die die Verlobung aufgelöst hatte? Jedermann wäre doch überzeugt davon, daß er die kleine Sekretärin, die seine Aufmerksamkeit für kurze Zeit erobert oder ihn zu einem Heiratsantrag gedrängt hatte, ohne daß er es überhaupt wollte, wieder davongejagt hatte.

Weil sie glaubte, daß ihre Füße sie nicht mehr tragen würden, setzte Aria sich auf einen Stuhl.

»Das ist alles nicht ganz so einfach, wie Sie glauben«, sagte sie.

»Wieso?« fragte er mit der Andeutung eines Lächelns. »Die ersten Hürden haben Sie grandios gemeistert. Ich muß Ihnen gratulieren.«

»Ich glaube, da urteilen Sie ein wenig vorschnell«, meinte Aria. »Das alles ging so überstürzt und schnell vonstatten, daß ich nicht dazu kam, Ihnen zu sagen, daß Milbank nicht mein richtiger Name ist.«

Diese Mitteilung brachte selbst Dart Huron aus der Fassung.

»Guter Gott!« sagte er. »Warum um alles auf der Welt haben Sie mir das nicht gesagt? Die Presse wird alles in Bewegung setzen, um einiges über Sie zu erfahren. Sie haben mich mit unzähligen Fragen bombardiert. Da ich die Antworten selbst nicht kannte, war es ein Leichtes zu sagen, daß ich nicht in der Lage sei zu antworten. Doch das wird sie nicht an ihren Nachforschungen hindern.«

»Vielleicht werden sie es ja nicht herausfinden«, sagte Aria. »Vielleicht ist es das Beste, gar nichts zu sagen.«

»Nein! Solch ein Risiko können wir nicht auf uns nehmen«, rief Dart Huron. »Warum um alles auf der Welt haben Sie mir nicht die Wahrheit gesagt?«

»Ich hatte meine Gründe«, erwiderte Aria ein wenig steif.

Sie glaubte nicht, daß er es fertigbringen würde, sich – obwohl sie ihn mit ihrem Namen belogen hatte – bei ihr zu entschuldigen, weil er sie in eine solch unangenehme Lage gebracht hatte.

Plötzlich setzte er sich neben sie auf das Sofa.

»Lassen Sie uns jetzt offen darüber reden«, sagte er. »Das dürfte das Beste sein. Sie wissen sicher, daß man mich heute früh in die Enge getrieben hat. Ich war wütend, sehr wütend, und so tat ich diesen impulsiven, vielleicht sehr dummen Schritt – wand mich aus einer unangenehmen Lage, ohne vorher zu überlegen, ob mein Fluchtweg gut war oder nicht. Ehrlich gesagt, ich handelte ganz impulsiv, und Sie waren so fair, sich mir nicht in den Weg zu stellen. Wie kommen wir jetzt aus der Sache heraus? Jetzt, in diesem Augenblick, ist es unmöglich für mich, das, was ich gesagt habe, zurückzunehmen.«

»Ja, das verstehe ich«, meinte Aria.

»Jetzt sagen Sie mir, daß Sie nicht diejenige sind, für die Sie sich ausgeben«, fuhr Dart Huron fort. »Wer sind Sie denn wirklich?«

»Sie wären wahrscheinlich nicht viel klüger, wenn ich es Ihnen sagte«, antwortete Aria. »Aber ich heiße nicht Milbank, sondern Milborne.«

An seinem Gesichtsausdruck erkannte sie, daß der Name ihm nichts sagte.

»Spielt das eine große Rolle?« fragte er. »Ich meine, haben Sie irgendwo ein paar Ehemänner versteckt? Oder werden Sie wegen Mordes oder etwas Ähnlichem gesucht?«

»Nein, nein, nichts dergleichen«, erwiderte sie. »Aber es gibt eine Reihe von Leuten in England, die diesen Namen kennen.«

»Wollen Sie damit sagen, daß Sie aus einer bekannten Familie stammen?« fragte Dart Huron in, wie es Aria schien, beinahe ungläubigem Ton, so daß ihre Wut und Abneigung gegen ihn wieder in ihr emporstiegen.

»Wenn Sie wissen wollen, ob ich aus einer Adelsfamilie stamme«, erwiderte sie, »so ist die Antwort, ja! Ich bin nicht die unbedeutende, kleine Tipse, für die Sie mich vielleicht halten. Falls Sie jedoch Angst vor irgendwelchen Konsequenzen haben, wenn unsere Verlobung aufgelöst wird, so kann ich Sie beruhigen. Es wird Sie niemand zur Verantwortung ziehen, weil Sie mich nach vierzehntägiger Verlobung wieder davongeschickt haben.«

Ihr Stimme klang bitter und voll beißender Ironie, doch das schien ihn nicht zu berühren.

»Dann ist es ja gut«, entgegnete er. »In vierzehn Tagen fahre ich nach Amerika zurück, und Sie bekommen einen Scheck über dreitausend Pfund. Dies ist eine rein geschäftliche Vereinbarung, Miss Milbank – oder soll ich Sie lieber Milborne nennen?«

»Ich glaube, wir sollten bei Milbank bleiben und hoffen, daß die

Presse nicht herausfindet, wer ich wirklich bin.«

»Es würde die Leute sicher seltsam anmuten, daß ich mich offiziell mit einem Mädchen verlobe, dessen richtigen Namen ich nicht kenne«, meinte er. »Aber es wird ja keine offizielle Anzeige geben, und falls Ihr richtiger Name später entdeckt wird, kann man sich immer darauf herausreden, daß mein amerikanischer Akzent schuld an diesem Mißverständnis ist.«

»Sie scheinen wirklich zu glauben, daß Sie sich aus jedem Problem herausreden können«, bemerkte Aria kühl.

»Ich kann es jedenfalls versuchen«, erwiderte er mit einem Lächeln auf den Lippen, das sie noch wütender werden ließ, weil sie erkannte, daß sie keine Mittel besaß, ihn zu verletzen.

Sie warf einen Blick auf die auf dem Kaminsims stehende Uhr.

»Es ist fast elf. Ich nehme an, daß der Doktor bald kommen wird. Ich muß mich noch um Verschiedenes kümmern.«

»Ach, du liebe Zeit! Ich hatte die alte Dame ganz vergessen«, rief Dart Huron. »Wenn man es so betrachtet, so hat diese Verlobung doch auch ihr Gutes. Das Interesse an anderen Vorgängen im Haus wird wesentlich geringer sein. Ich möchte wetten, daß niemand sich sehr für eine alte Frau von zweiundachtzig Jahren interessieren wird, die zufällig auf Summerhill gestorben ist.«

»Ich hoffe, Sie behalten recht«, bemerkte Aria. »Sonst würde sich Miss Carlo ganz schön aufregen.«

Sie stand auf, ging zur Tür hinüber und hatte sie fast schon erreicht, als Dart Huron rief:

»Miss Milbank!«

Sie drehte sich um. Er stand vor dem Kamin, eine Hand in die Tasche seiner Reithose gesteckt, der andere Arm ruhte lässig auf dem Kaminsims. In seiner Haltung lag sehr viel Anmut und Würde. So, wie er jetzt vor dem kostbaren Chippendale-Spiegel stand, hätte er Teil eines Bildes aus dem achtzehnten Jahrhundert sein können. Während sie darauf wartete, daß er weitersprach, nahm sie beinahe unbewußt jede Einzelheit wahr.

»Ich wollte Ihnen nur danken!« sagte er schließlich. Seine Stimme klang aufrichtig, und gegen ihren Willen legte sich ihre Wut auf ihn.

»Ich hoffe nur, daß Sie nicht bedauern werden, was Sie getan haben, Mr. Huron«, sagte sie, ging hinaus und schloß leise die Tür hinter sich.

Sie ging die Vordertreppe hinauf, und als sie auf dem ersten Treppenabsatz angelangt war, sah sie, daß Lulu Carlos Zimmertür offenstand und der Filmstar auf sie zu warten schien.

»Kommen Sie herein. Ich will mit Ihnen reden«, sagte Lulu in befehlsmäßigem Ton von der Tür aus.

Aria wollte ablehnen, doch dann erkannte sie, daß das feige gewesen wäre. Langsam und, wie sie hoffte, in würdevoller Haltung durchschritt sie die Schlafzimmertür. Das Sonnenlicht flutete zum Fenster herein. Irgendwie besaß das Zimmer eine exotische Atmosphäre mit dem Duft eines schweren Parfüms, mit Vasen voller Orchideen, die Lulus Lieblingsblumen waren, mit einem Toilettenset aus gehämmertem Gold und Saphiren und einer über das Bett geworfenen Hermelin-Zobel-Stola.

Alles war über alle Maßen luxuriös und protzig und paßte irgendwie nicht aufs Land und zu der warmen, weichen Luft des Sommertages.

Lulu hatte das weiße Négligé gegen ein blasses Nylongewand ausgetauscht, zu dem sie ein Dutzend Perlenketten und ein riesiges orientalisches Halsband aus Saphiren und Rubinen trug. Sie sah sehr schön und sehr wütend aus. Sie hätte – mit Schlangen statt Haaren auf dem Kopf – gut für Medusa Modell stehen können.

»Glauben Sie ja nicht, daß Sie mir so einfach davonkommen«, sagte sie mit herrischer Stimme. »Ich bin nicht blöd und kein neugeborenes Kind. Das Ganze ist ein abgekartetes Spiel zwischen Dart und Ihnen. Ich werde es aufdecken und Sie beide lächerlich machen.«

»Ich finde, darüber sollten Sie mit Mr. Huron reden«, erwiderte Aria.

»Ich rede mit ihm, wenn es mir Spaß macht«, fauchte Lulu. »Aber zuerst einmal werde ich mit Ihnen abrechnen. Seit Sie hier sind, versuchen Sie, mir Schwierigkeiten zu machen, und Sie werden das alles noch bitter bereuen. Ich werde diese Blamage nicht hinnehmen, und ich warne Sie! In mir haben Sie eine äußerst gefährliche Feindin, Miss Milbank.«

»Das glaube ich Ihnen gern«, antwortete Aria. »Wenn Sie mir sonst nichts zu sagen haben – ich habe zu arbeiten.«

»Arbeiten? Wo Sie mit solch einem reichen, vornehmen jungen Mann verlobt sind?« fragte Lulu mit beißendem Hohn. »Nun, ich nehme an, Sie haben Ihren Nutzen davon. Es ist doch so, nicht wahr?«

Aria ging auf die Tür zu.

»Einen Augenblick!« fuhr Lulu fort. »Sie haben mir eine ganze Menge Ärger gemacht, Miss Milbank, aber ich bin bereit, großzügig zu sein. Angenommen, ich biete Ihnen tausend Pfund, wenn Sie Dart in Ruhe lassen, von hier verschwinden und nie mehr zurückkommen? Was würden Sie dazu sagen?«

»Ich würde es als Beleidigung ansehen, Miss Carlo«, erwiderte Aria. »Ich schlage Ihnen daher vor, daß Sie das Geld, mit dem Sie nichts anzufangen wissen, entweder Ihren Verwandten oder anderen armen, alten Leuten wie Ihrer Großmutter schenken, die wirklich dankbar dafür wären.«

Aria wollte sie provozieren, und es war ihr gelungen. Lulu stieß einen Wutschrei aus, ergriff die chinesische Statue, die neben ihr stand, und schleuderte sie hinter Aria her, gerade in dem Augenblick, als diese durch die Tür geschlüpft war. Sie hörte, wie die Statue gegen das Holz krachte und splitternd zu Boden fiel. Ohne sich noch einmal umzudrehen, rannte sie den Korridor zu ihrem Wohnzimmer herunter.

Dort setzte sie sich in einen Sessel und vergrub das Gesicht in ihren Händen. Das ist zuviel für mich, dachte sie. Aber mußte sie jetzt, wo sie schon so weit gegangen war, nicht weitermachen?

Doch sie hatte nicht viel Zeit zum Nachdenken. Ihr Vorgesetzter wartete auf sie; Burroughs wollte ihr über ihre Arbeit Bericht erstatten; McDougall hatte ihr eine Liste mit den Früchten nach oben geschickt, die er beim Gärtner bestellt hatte; und es gab zahllose Telefonate zu erledigen neben einem Stapel ungeöffneter Briefe, die an diesem Morgen eingetroffen waren.

Falls die Dienstboten gehört hatten, was Dart Huron den Reportern gesagt hatte, so zeigten sie es jedenfalls nicht. Aria war noch immer bei der Arbeit, als kurz vor dem Mittagessen Lord Buckleigh in ihr Zimmer stürmte.

»Was ist das für ein Blödsinn, der mir da zu Ohren gekommen ist?« fragte er. »Ich traf Dart in der Halle, und er sagte mir, daß er mit Ihnen verlobt sei.«

»Ja, das ist wahr«, antwortete Aria, bemüht, nicht rot zu werden.

»Es ist wahr?« rief Lord Buckleigh. »Es ist die verrückteste

Geschichte, die ich je gehört habe! Natürlich ist es nicht wahr. Seit Sie hier sind, haben Sie kaum ein paar Worte mit ihm gewechselt. Er hat Ihnen keinerlei Aufmerksamkeit geschenkt; er hat eine Affäre mit Lulu ...« Er hielt abrupt inne. »Was sagt übrigens Lulu dazu?«

»Ich fürchte, sie ist nicht sehr erfreut darüber«, erwiderte Aria zaghaft.

»Ich glaube kein Wort davon!« rief Lord Buckleigh. »Also, kommen Sie, sagen Sie mir die Wahrheit. Was soll das alles?«

»Das müssen Sie Mr. Huron fragen«, erwiderte Aria.

»Sie müssen Mr. Huron fragen«, wiederholte er, ihre Stimme nachahmend. »Ich liebe Sie! Das wissen Sie! Erzählen Sie anderen diesen Blödsinn, wenn es Ihnen Spaß macht, aber nicht mir. Also, was soll das alles?«

»Ich bin mit Mr. Huron verlobt, inoffiziell und heimlich, wenn Sie so wollen«, antwortete Aria lächelnd.

»Heimlich!« fauchte Lord Buckleigh. »McDougall sagte mir, daß heute früh die halbe Presse hier war. Als ich sie vorfahren sah, ritt ich gerade in der anderen Richtung davon. Ich wunderte mich schon, was sie hier wollten, und dachte, sie wollten Lulu sehen.«

Aria erwiderte nichts darauf, und nachdem Lord Buckleigh sie eine Weile schweigend beobachtet hatte, fragte er:

»Wer hat sie hergebeten?«

»Ich werde keine Ihrer Fragen beantworten«, antwortete Aria. »Es wäre nicht fair Mr. Huron gegenüber.«

»Mit anderen Worten, Sie haben also zuviel Angst, irgend etwas zu sagen, um die ganze Chose nicht auffliegen zu lassen«, sagte er vorwurfsvoll. »Nun, wenn das Ganze für Sie nichts zu bedeuten hat, brauche ich mir wohl keine Sorgen zu machen. Ich nehme an, Sie wissen, worauf Sie sich da eingelassen haben.«

»Worauf?« fragte Aria voll böser Ahnungen.

»Nun, auf einen ganz schönen Trubel. Dart ist ein Mann von internationalem Rang. Er kennt die ganz Großen aus der Welt der Wirtschaft und Gesellschaft. Schon in diesem Augenblick dürften die Schlagzeilen über Ihre Verlobung gedruckt sein. Vielleicht mögen Sie das ja – die Fotos, das Eindringen in Ihr Privatleben. Ich hatte allerdings nicht gedacht, daß Sie für so etwas geschaffen sind. Sie sind aus einem anderen Holz als Lulu gemacht.«

»Mr. Huron hat gesagt, daß es nur eine inoffizielle Verlobung ist«, meinte Aria.

»Er kann sagen, was er will, zum Teufel noch mal!« rief Lord Buckleigh. »Wenn Dart Huron auch nur im entferntesten mit einem Verlobungsring in Verbindung gebracht wird, werden sämtliche Zeitungsreporter der Welt innerhalb nur weniger Stunden über Sie herfallen.«

»Was können wir dagegen tun?« wollte Aria wissen.

»Nichts«, antwortete er. »Sie haben sich bereit erklärt, ihn zu heiraten. Jetzt müssen Sie auch die Konsequenzen tragen.«

»Ich habe mich zu einer inoffiziellen Verlobung bereit erklärt.«

Bei dieser Mitteilung kam Aria sich ziemlich indiskret vor. Aber irgendwie konnte sie es nicht ertragen, daß Lord Buckleigh – oder irgend jemand sonst – etwas Falsches von ihr glaubte. Er stieß einen Pfiff aus.

»Daher also weht der Wind?« sagte er. »Mir war zwar klar, daß er eine ganze Menge anstellen würde, um von Lulu loszukommen, aber so etwas? Nein! Warum haben Sie sich damit einverstanden erklärt?«

»Ich ... Sie haben kein Recht, mir Fragen zu stellen«, stammelte sie.

»Meine Liebe, ich kann in Ihnen lesen wie in einem Buch«, bemerkte er. »Es ist doch völlig klar, was passiert ist. Dart geriet in Panik wegen Lulu, oder er wurde in die Enge getrieben, und so benutzte er Sie als Vorwand oder zur Tarnung. Aber es wird nicht funktionieren, das kann ich Ihnen verraten.«

»Wie meinen Sie das?« fragte Aria.

»Ich wollte sagen, daß Lulu wie ein Klette ist. Durch eine inoffizielle Verlobung wird er sie nicht los. Erst an dem Tag, an dem er eine andere heiratet, wird er sie los sein – vorher nicht.«

»Ich glaube, Sie überschätzen Lulus Beweglichkeit«, entgegnete Aria. »Ich nehme an, sie wird abreisen.«

»Da irren Sie sich«, sagte Lord Buckleigh. »Als ich zu Ihnen herunterging, ging Lulu auch gerade die Treppe herunter. Sie fragte mich, wo Dart sei, und ich sagte ihr, er sei in der Bibliothek. Sie sah nicht aus wie eine Frau, die ihre Koffer packt.«

»Könnte er sie bitten zu gehen?« wollte Aria wissen.

»Ich glaube nicht. Deshalb geht er ja auch selbst weg«, erwiderte Lord Buckleigh. »Sie kleine Närrin! Warum nur haben Sie sich in solch eine Sache hineinziehen lassen?«

Aria stieß einen kleinen Seufzer aus. »Ich habe mich in gar nichts hineinziehen lassen!« entgegnete sie. »Bitte! Es war ein solch anstrengender Morgen! Warum quälen Sie mich so?«

Ihre Stimme brach, und er war sofort an ihrer Seite.

»Liebes, Sie wissen, daß ich Sie nicht aufregen will!« Er ergriff ihre Hände und hob sie an seine Lippen. »Sie sind so süß und so töricht und viel zu hoffnungslos naiv, um mit Dart und seinem komplizierten Leben fertigzuwerden. Sehen Sie. Ich kenne ihn jetzt fast zehn Jahre. Ich war immer in seiner Nähe; ich habe mich nützlich gemacht; ich habe auf seine Kosten gelebt, wenn Sie die Wahrheit wissen wollen. Und trotzdem ist er für mich in mancherlei Beziehung noch immer ein Fremder. Er ist ein seltsamer Mensch. Er tut die unmöglichsten Dinge. Sie sind viel zu jung und unerfahren für diese Art von Leben. Versuchen Sie, aus der Sache herauszukommen.«

»Aber ich kann nicht«, entgegnete Aria und versuchte, ihm ihre Hand zu entziehen, doch er hielt sie fest umschlossen.

»Warum nicht?« fragte er ein wenig mißtrauisch.

»Das kann ich Ihnen nicht sagen.«

»Ich kann es mir denken«, sagte er. »Er hat Ihnen das Ehrenwort abgenommen, daß Sie ihm helfen werden, und er hat Sie gut dafür bezahlt.«

Aria entzog ihm ärgerlich ihre Hände.

»Wie kommen Sie auf so etwas?« fragte sie verärgert.

»Weil es die Wahrheit ist«, erwiderte Lord Buckleigh. »Ich kenne Darts Denkungsweise. Er ist skrupellos, und er ist sehr großzügig, insbesondere dann, wenn er für sich etwas erreichen will. Oh, Aria! Warum haben Sie mich nicht um Rat gefragt, bevor Sie sich in solch einen Schlamassel einlassen?«

»Dazu hatte ich keine Gelegenheit«, antwortete sie. »Und außerdem, warum sollten Sie sich meinetwegen Sorgen machen?«

»Sie kennen die Antwort«, sagte Lord Buckleigh sanft.

»Wirklich?«

Sie dachte daran, wie die Klinke gestern nacht heruntergedrückt worden war, an das Klopfen an der Tür. Die Beteuerungen seiner Liebe und Zuneigung sind genauso eigennützig wie Dart Hurons unverblümte und völlig offen ausgedrückte Art und Weise, sie für seine Zwecke zu benutzen.

Sie stand auf und schob die vor ihr liegenden Papiere zusammen.

»Es ist gleich Mittagszeit«, erklärte sie.

»Soll ich Sie von hier wegbringen?« fragte Lord Buckleigh. »Wollen wir zusammen weggehen, Sie und ich?«

»Für wie lange?« fragte Aria. »Sie wissen genau, daß Sie früher oder später wieder zurückkehren werden. Sie kennen diesen Lebensstil.«

Er senkte die Augen und zuckte die Schultern.

»Ich hätte nie etwas werden können, wenn ich in einem Büro sitzen würde«, meinte er.

»Ich mache Ihnen keinen Vorwurf«, erwiderte Aria. »Sie haben das Recht, mit Ihrem Leben zu machen, was Sie wollen. Doch Sie müssen mir auch zugestehen, mit meinem zu machen, was ich will.«

»Mein Gott! Das ist doch nicht dasselbe!« begann Lord Buckleigh hitzig, wurde dann jedoch vom Gong unterbrochen, der durch das Haus hallte.

»Wir sollten wohl lieber heruntergehen«, sagte Aria.

Lord Buckleigh zögerte, als überlege er, ob er sie in die Arme nehmen sollte. Als sie dann jedoch den Raum verließ, folgte er ihr, und sie gingen schweigend die Treppe herunter.

Aria hatte nicht daran gedacht, daß die Gäste inzwischen über die Verlobung informiert worden waren. So war sie überhaupt nicht auf die Glückwünsche und Überschwenglichkeit der sich im Haus aufhaltenden Gäste vorbereitet.

»Dart hat uns die gute Neuigkeit mitgeteilt«, sagte die Botschafterin, während einige Mädchen, die ihr bis jetzt praktisch keinerlei Aufmerksamkeit geschenkt hatten, sie in einer bewunderungswürdigen Demonstration ihrer Zuneigung küßten.

»Ich dachte ... es sollte ... ein Geheimnis sein«, stammelte Aria.

»So etwas kann man nicht geheimhalten«, sagte jemand. »Wie sind deine Pläne, alter Junge? Wann soll der glückliche Tag sein?«

»Das haben Aria und ich noch nicht entschieden«, antwortete Dart Huron.

Er sah Aria lächelnd an, und obwohl sie erschrocken zusammengezuckt war, als er ihren Vornamen aussprach, brachte sie es fertig, sein Lächeln zu erwidern.

»Tatsächlich hat uns die ganze Sache fast ein wenig überrollt«, fuhr Dart Huron fort. »Aria sagte mir, daß sie so wenig wie möglich Aufsehen über unsere Verlobung haben wolle – zumindest so lange, bis sie ihre Familie unterrichtet hat.«

»Aber natürlich, das verstehen wir«, erklärte die Boschafterin.

»Wo leben Ihre Eltern?«

»Meine Eltern sind tot«, antwortete Aria. »Aber mein Bruder lebt in der Nähe von Hertfordshire.«

»Wo denn da?« wollte ein hübsches Mädchen wissen. »Ich wohne in Hertfordshire.«

Aria warf Dart Huron einen raschen Blick zu, und er eilte ihr zu Hilfe.

»Sie sollten ihr jetzt keine Fragen stellen«, sagte er. »Es reicht uns fürs erste, nachdem die Presse uns mit Fragen bombardiert hat. Aria wird schrecklichen Ärger mit ihrer Familie bekommen. Sie werden wütend auf sie sein. Lassen Sie uns jetzt um Gottes willen essen und uns benehmen, als wäre nichts geschehen.«

»Als ob das so einfach wäre«, bemerkte jemand, und eine fröhliche Stimme fragte von der Tür her:

»Als ob was so einfach wäre?«

Lulu Carlo schlenderte lächelnd auf sie zu. Sie bietet eine äußerst glaubwürdige Show, dachte Aria.

»Wissen Sie es etwa noch nicht?« platzte jemand heraus, woraufhin sich betretenes Schweigen ausbreitete.

Jeder in der Runde spürte die bis aufs Äußerste gespannte Atmoshäre.

»Über Dart? Aber natürlich weiß ich es!« erwiderte Lulu. »Ich habe ihm bereits meine Glück- und Segenswünsche ausgesprochen, nicht wahr, Liebling?«

Als sie bei ihm war, schob sie ihren Arm unter den Darts und blickte ihm in die Augen. Dabei hatte sie den Kopf zurückgeworfen und sah sehr weiblich und anziehend aus.

»Sie waren alle sehr freundlich«, erklärte Dart, sich in der Runde umsehend.

»Jetzt muß ich mir Gedanken darüber machen, was ich dir zur Hochzeit schenke«, fuhr Lulu fort.

Ein ironischer Klang lag in ihrer Stimme, der Ungutes erwarten ließ.

»Wollen wir jetzt nicht essen gehen?« fragte die Botschafterin hastig. »Ich hasse es, wenn mein Essen kalt wird.«

»Ich auch«, pflichtete eine andere Dame ihr bei.

Ein hübsches Mädchen ergriff Arias Arm.

»Für mich war Darts Mitteilung die größte Überraschung meines Lebens«, sagte sie. »Sie haben ungeheuer viel Feingefühl bewiesen, so daß niemand auf die Idee kommen konnte, daß Sie und Dart verliebt ineinander seien.«

»Wir wollten es geheimhalten«, entgegnete Aria lächelnd.

»Geheimnisse sind eine gefährliche Angelegenheit«, sagte jemand hinter ihr, und Aria brauchte sich nicht umzudrehen, um zu wissen, daß es Lulus Stimme war.

Es war schwer zu erraten, was Lulu vorhatte. Beim Essen war sie so charmant und liebenswert, daß es schwer war zu glauben, daß sie die Gleiche war, die ihr am Morgen wie eine Furie ins Gesicht geschlagen und eben erst die Statue hinter ihr her geschleudert hatte.

Doch obwohl sie Dart aus großen, nachdenklichen Augen, in denen ein Anflug von Tränen zu stehen schien, ansah, sprach sie locker und fröhlich über seine Verlobung und richtete sogar in freundlichem, höflichen Ton ein oder zwei Sätze an Aria.

Dieser Sinneswandel war nur schwer zu verstehen. Doch Aria erkannte, daß alle Anwesenden äußerst beeindruckt von ihr waren und sich beinahe hörbar sagten, daß Lulu Carlo ein viel besserer Verlierer war, als sie gedacht hatten.

Mehrmals während des Essens klingelte das Telefon, und nachdem McDougall viermal hereingekommen war, um zu berichten, daß gewisse Zeitungsreporter am Apparat seien, und man ihn jedesmal angewiesen hatte, er solle ihnen sagen, es gäbe keinen Kommentar, wies Dart Huron ihn schließlich an, den Hörer neben dem Telefon liegen zu lassen.

»Wenn das so weitergeht, werden wir noch verrückt«, erklärte er ein wenig beunruhigt.

»Du kannst nichts anderes erwarten«, erwiderte Lord Buckleigh. »Wenn du wirklich vorhattest, deine Verlobung anzuzeigen und trotzdem deinen Frieden behalten wolltest, hättest du mich bitten sollen, die Angelegenheit zu übernehmen.«

»Und wie würden Sie es gemacht haben?« wollte jemand wissen.

»Nun, wenn ich Dart gewesen wäre und eine heimliche Hochzeit gewollt hätte, wäre ich auf eine Insel in der Karibik oder einen ähnlich weit entfernten Ort gefahren. Und wenn ich vorgehabt hätte, meine Verlobung anzuzeigen und keine weitere Erklärung dazu abzugeben, hätte ich der Presse diese Mitteilung in dem Augenblick gemacht, in dem ich ein Flugzeug nach Timbuktu bestieg. Es war schon immer mein Bestreben, Schwierigkeiten aus dem Weg zu gehen.«

Alle lachten darüber, nur Dart blieb ernst.

»Das ist kein schlechter Rat, Tom«, meinte er. »Jetzt wünschte ich mir, ich hätte dich gefragt.«

»Ich halte das für eine lächerliche Idee«, erklärte Lulu leichthin. »Vor der Presse zu fliehen, bedeutet doch nur, daß sie noch begieriger werden.«

»Haben Sie diese Erfahrung gemacht?« fragte Lord Buckleigh, doch sie ließ sich nicht provozieren.

»Immer wollen Sie mich ärgern«, schmollte sie und sah dabei ungeheuer attraktiv aus. »Sie wissen genau, daß man in meinem Beruf immer nett zu der Presse sein muß und ihnen die richtigen Mitteilungen machen muß. Aber wir haben über Dart geredet, nicht über mich. Er wird nicht eher zur Ruhe kommen, bis sie alle Einzelheiten erfahren haben, die sie wissen wollen.«

»Über Dart sollten sie ja eigentlich genug wissen«, meinte jemand. »Ich könnte mir denken, daß man Miss Milbank mit Fragen bombardieren wird.«

»Es wird keine Fragen und keine Interviews geben«, erklärte Dart Huron. »Das wollen wir von Anfang an klarstellen.«

»Das glaubst du!« entgegnete Lulu. »Oh Dart, mein Lieber! Was die Presse betrifft, bist du wirklich sehr naiv. Du wirst die Reporter unter deinem Bett und im Bad finden; sie werden am Fenster und im Schornstein lauschen. Und auf allen möglichen Wegen und Umwegen werden sie schließlich herausbekommen, was sie herausbekommen wollen. Macht Sie das nervös, meine liebe Aria?«

Ihre Stimme war ohne jede Arglist, doch Aria wußte genau, was sie mit dieser Frage bezweckte.

»Nicht im geringsten«, erwiderte sie ruhig. »Ich mag die Presse nicht, und ich weiß nicht, wie ich mit ihnen umzugehen habe. Aber... Dart hat mir versprochen, das alles von mir fernzuhalten.«

Sie konnte ein kurzes Zögern, bevor sie seinen Namen aussprach, nicht verhindern, doch das machte sie nur noch weiblicher, noch liebenswerter.

Beifälliges Gemurmel, insbesondere von seiten der männlichen Gäste, kam auf, und Lulus Gesicht verdunkelte sich.

»Die Königin der anständigen Frauen!« sagte sie, und jetzt war ihr Sarkasmus nicht zu überhören. Bevor jedoch jemand etwas sagen konnte, legte sie ihre Hand auf Dart Hurons Arm und sagte sanft: »Dart, mein Liebling, du bist manchmal sehr, sehr häßlich zu mir. Aber ich verzeihe dir. Ich kann nicht anders, obwohl ich dir im Augenblick böse sein müßte.«

Aria erkannte deutlich, was die Gäste dachten. »Liebe Lulu«, dachten sie. »Wir hätten nie gedacht, daß du es so gut verkraften würdest. Dart ist ein Narr, sie nicht zu heiraten. Sie ist doch viel eher sein Typ als dieses stille, kleine Mädchen mit den roten Haaren.«

Einen Augenblick lang schien Dart Huron Lulu wie hypnotisiert anzusehen. Der Druck ihrer Finger auf seiner Hand verstärkte sich, und er hob ihre Hand mit sehr unenglischer Anmut und Leichtigkeit an seine Lippen.

»Du bist eine süße Person, Lulu«, sagte er leise.

»Nein, Dart«, widersprach sie sanft, und alle im Raum konnten ihre Worte verstehen. »Ich liebe dich nur sehr.«

10

Beim Hinaufgehen traf Aria Lady Grania Henley, die am Abend zuvor für einen Besuch über das Wochenende angekommen war. Sie war ein hübsches, geschmackvoll gekleidetes Mädchen mit ziemlich ausdruckslosem Gesicht, das sich durch geschicktes Make-up beinahe in eine Schönheit verwandelt hatte.

Jetzt lächelte sie Aria ein wenig scheu an und sagte:

»Ich freue mich schon sehr auf den Ball heute abend, Miss Milbank. Sie auch?«

Aria zuckt schuldbewußt zusammen. In der ganzen Aufregung hatte sie völlig vergessen, daß Dart Huron ihr gesagt hatte, daß er im Anschluß an das Polospiel am Nachmittag zu einem großen Dinner mit anschließendem Tanz eingeladen hatte.

Zum Glück hatte sie dem Chefkoch ihre Instruktionen bereits gegeben, hatte die Musik bestellt und das Personal angewiesen, den großen Raum mit den vielen Fenstern, die auf den Garten hinausführten, für den Ball vorzubereiten. Der Raum schien fast ausschließlich als Ballsaal benutzt zu werden, doch er trug von Anfang an den hübschen Namen »Silberner Salon«.

Sie hoffte, daß die Gärtner an die Dekoration gedacht hatten, daß das Podium für die Musiker errichtet, das Klavier gestimmt und die tausend kleinen Dinge erledigt worden waren, für die sie verantwortlich war.

»Ja... natürlich, ich... freue mich darauf«, stammelte sie schließlich und hoffte dabei, daß Lady Grania an ihrem Zögern nicht erkannt hatte, daß sie die ganze Angelegenheit vergessen hatte.

»Die Bälle hier sind immer ein großer Spaß«, erklärte Lady Grania begeistert. »Beim letzten Mal ließ Dart ein wunderbares spanisches Kabarett aufführen. Es war das Beste, das ich je gesehen habe.«

Aria murmelte, daß es heute abend wohl kein Kabarett geben würde, doch das schien Lady Grania nicht zu bedrücken.

»Ich bin sicher, es wird trotzdem lustig werden«, sagte sie. »Ich habe extra mein bestes Kleid mitgebracht. Was werden Sie anziehen?«

Aria wurde beinahe wütend über diese Frage. Was konnte sie schon anziehen außer dem schwarzen Kleid, das sie jeden Abend getragen hatte. Die einzige Wahl, die sie hatte, bestand darin, es mit einer rosa Rose im Gürtel oder der blauen Stola über den Schultern zu tragen.

Plötzlich wurde ihr bewußt, wie schlecht sie aussehen würde. Sie glaubte fast zu hören, wie Dart Hurons Freunde sagten: »Was um alles auf der Welt findet er an diesem langweiligen, kleinen grauen Mäuschen?« Und sie war Frau genug, daß diese Vorstellung ihr mißfiel.

Die charmantesten und schönsten jungen Frauen Londons würden kommen; all die jungen Männer, die die Gesellschaftskolumnen als Begleiter der Königlichen Familie zierten, als Teilnehmer an Wohltätigkeitsveranstaltungen, die keine gesellschaftliche Veranstaltung ausließen und Repräsentanten dessen waren, was vom alten englischen Adel übriggeblieben war.

»Ich kann nicht hingehen«, dachte sie plötzlich. »Jetzt, wo ich im Mittelpunkt des Interesses stehe, kann ich unmöglich so unscheinbar und ärmlich gekleidet sein. Alle werden sich die gleiche Frage stellen: ›Was findet er nur an ihr?‹«

Aus diesen beunruhigenden Gedanken heraus antwortete sie ziemlich abrupt und in ungewollt scharfem Ton:

»Ich besitze nur das eine Kleid, das ich gestern abend getragen habe. Wenn ich den Leuten so nicht gefalle, kann ich es auch nicht ändern.«

Mit diesen Worten wollte sie an Lady Grania vorbei die Treppe wieder heraufgehen, doch das Mädchen streckte die Hand aus und berührte ihren Arm.

»Würden Sie mich für sehr aufdringlich halten, wenn ich Ihnen jetzt einen Vorschlag mache, Miss Milbank?« fragte sie ein wenig dümmlich.

»Was für einen Vorschlag?« fragte Aria, beschämt über ihren eigenen unhöflichen Ton. Gleichzeitig erkannte sie, daß sie neidisch war auf dieses hübsche Mädchen mit dem gut geschnittenen Kleid aus geblümtem Leinen mit dazu passender Fransenstola und Schuhen aus dem gleichen Material.

»Es mag ziemlich unverschämt klingen, was ich Ihnen sagen möchte«, erwiderte Lady Grania. »Aber darf ich Ihnen für heute abend ein Kleid leihen?«

Sie bemerkte die Ablehnung in Arias Augen und fügte hastig hinzu:

»Bitte, es gehört nicht mir. Es gehört Paul Peron, für dessen Firma ich arbeite. Es ist ein neues Kleid – ein sehr hübsches, das ich mitgebracht habe, weil ich es Miss Carlo zum Kauf anbieten wollte. Bitte glauben Sie nicht, daß ich Ihnen etwas verkaufen will. Aber unter diesen Umständen würde Paul sich sicher darüber freuen, wenn Sie das Kleid heute abend tragen würden. Es ist eins seiner neuesten Modelle. Niemand hat es bisher gesehen, und alles, was er sich wünschen würde, wäre, daß die Leute darüber reden.«

»Ich verstehe nicht ganz«, sagte Aria, die gegen ihren Willen stehen geblieben war. »Was kann Ihre ... Firma davon haben, wenn ich mir für heute abend ein Kleid ausleihe?«

Lady Grania lächelte.

»Ist Ihnen denn nicht klar, daß Sie bei dem Ball heute abend die Hauptperson sein werden? Jeder wird sie kennenlernen wollen, und wenn Sie ein besonders schönes Kleid tragen, wird man Sie sicher fragen, woher es stammt. Nun, dann werde ich es ihnen sagen, und sie können dann zu Paul gehen und sich ein Kleid bestellen.«

»Werden Geschäfte wirklich so abgewickelt?« wollte Aria wissen.

»Aber ja!« erwiderte Lady Grania. »Sie glauben doch nicht etwa, daß ich mir die Kleider, die ich trage, leisten kann? Paul Peron kleidet mich zu Werbezwecken ein. Er hat gerade neu in London angefangen. Er ist sehr clever und ehrgeizig.«

»Ich glaube, ich habe irgendwo einmal über ihn gelesen«, meinte Aria.

»Kommen Sie mit und sehen Sie sich das Kleid an, das ich für Miss Carlo mitgebracht habe«, bat Lady Grania.

Inzwischen war Aria viel zu sehr von dieser Idee angetan, als daß sie es fertiggebracht hätte, abzulehnen; und obwohl ihr klar war, daß ihr dieses Angebot unter falschen Voraussetzungen gemacht wurde, stieß sie einen Schrei der Freude und Bewunderung aus, als Lady Grania in ihrem Zimmer eins der schönsten Kleider, die sie je gesehen hatte, aus dem Kleiderschrank holte.

Es war aus sehr blassem, grünem Tüll, besaß ein über und über mit Diamanten und winzigen grünen Muscheln besetztes Mieder und einen Rock, der in unzähligen Rüschen über eine steife Krinoline schwang und auf dem zahllose winzige Tautröpfchen aus Kristall schimmerten, so daß das ganze Kleid bei jeder ihrer Bewegungen glitzerte.

»Sie haben Modellmaße, wissen Sie das?« fragte Lady Grania, als Aria das Kleid anprobierte.

»Es ist schon so lange her, seit ich zum letzten Mal ein Kleid gekauft habe«, erwiderte Aria, »daß ich gar nicht mehr weiß, welche Größe ich habe.«

»Sehen Sie sich an!« rief Lady Grania, als sie das Kleid zugehakt hatte und einen Schritt zurücktrat, um ihr Werk zu bewundern. »Es könnte für Sie gemacht sein«, fügte sie hinzu.

Das konnte es in der Tat, und als Aria ihr Spiegelbild betrachtete, mochte sie ihren Augen kaum trauen.

»Kann ich es wirklich ausleihen?« stieß sie atemlos hervor. Ihr war klar, daß es ihr jetzt, nachdem sie sich in diesem herrlichen Kleid gesehen hatte, unmöglich sein würde, in ihrem alten schwarzen Kleid zu dem Ball zu gehen.

»Aber natürlich!« antwortete Lady Grania. »Wenn es Sie jedoch beruhigt, werde ich Paul anrufen und seine Genehmigung einholen. Aber ich weiß, daß er sich darüber freuen wird.«

»Aber selbst wenn ich mir das Kleid ausleihe – ich werde es mir nie leisten können, irgend etwas bei ihm zu kaufen.«

Lady Grania lachte perlend auf.

»Nicht leisten?« rief sie. »Wo Sie Dart heiraten werden! Sie werden sich die traumhaftesten Kleider der Welt leisten können. Abgesehen davon, daß Sie jeden Preis für ein Kleid bezahlen werden können, werden die berühmten Couturiers sich darum reißen, Sie zum Sonderpreis zu bedienen. Denken Sie nur an die Werbung, die Sie als Darts Frau machen werden.«

Arias Körper versteifte sich, und sie erklärte kühl:

»Ich mag keine Werbung, und ich glaube, ich werde dieses Kleid doch nicht anziehen.«

»Aber Sie müssen es tragen«, sagte Lady Grania. »Warum haben Sie Ihre Meinung geändert? Habe ich etwas Falsches gesagt? Dann bitte ich um Verzeihung. Das wollte ich nicht.«

Ihre Entschuldigung klang so aufrichtig, daß Arias Verärgerung sich legte und sie ihre kühle, würdevolle Haltung aufgeben mußte. Was hätte sie auch sagen können? Wie hätte sie Lady Grania erklären können, daß sie in vierzehn Tagen wieder in der Bedeutungslosigkeit versinken würde, aus der sie aufgetaucht war? Sie würde nach Queen's Folly zurückgehen – ein bißchen reicher, das stimmte, aber gewiß nicht reich genug, um sich neue Kleider zu kaufen oder diese kostbaren dreitausend Pfund für irgend etwas anderes zu verwenden als das, was auf der Farm dringend benötigt wurde.

Und trotzdem – obwohl sie es als falsch empfand, sich das Kleid auszuleihen, sie konnte den Abend nicht in ihrem alten schwarzen Kleid antreten.

»Es wäre mir lieb, wenn Sie Mr. Perons Erlaubnis einholen würden«, sagte sie. »Und wenn er auch dann, wenn ich nichts bei ihm bestelle, weder Ihnen noch mir böse ist, dann werde ich es mir für diese eine Gelegenheit ausleihen.«

»Er wird begeistert sein, ich weiß es«, entgegnete Lady Grania. »Und danke, daß Sie mir geholfen haben.«

Sie beugte sich spontan vor und küßte Aria auf die Wange.

»Wir finden alle, daß Sie großes Glück haben«, fuhr sie fort. »Aber auch Dart hat das große Los gezogen. Wir haben immer gehofft, daß er einmal ein liebes Mädchen heiraten wird und nicht diese schreckliche Lulu oder Beatrice, das Mädchen, mit dem er in Amerika verlobt war. Ich habe die beiden nie gemocht. Unter all dem mit dem Reichsein verbundenen Tamtam ist er ein guter Kerl, doch er ist verwöhnt. Die Frauen halten ihn zum Narren, aber er merkt es nicht.«

»Das klingt jedenfalls nicht so, als wären Sie verliebt in ihn«, meinte Aria.

Lady Grania lächelte.

»Nein«, antwortete sie. »Ich liebe einen jungen Mann, der im Augenblick rein gar nichts verdient. Er will konzessionierter Wirtschaftsprüfer werden, und wenn er seine Examen bestanden hat, und wenn er eine gute Stellung bekommt – nun, dann werden wir uns verloben können. Aber auch dann wird es noch Jahre dauern, bis wir heiraten können. Ich weiß, die meisten meiner Freunde halten mich für verrückt, aber ich bin lieber arm wie eine Kirchenmaus mit dem Mann, den ich liebe, als mit einem reichen verheiratet zu sein, den ich nicht liebe.«

»Sie haben recht! Sie haben ja so recht!« sagte Aria. »Geld allein macht nicht glücklich. Das habe ich hier erkannt. Und ich habe es schon früher erkannt. Ich denke oft, daß arme Leute viel größere Chancen haben, Liebe und die Dinge zu finden, die im Leben wirklich wichtig sind, als die reichen.«

»Oh! Das sollten nun gerade Sie aber nicht sagen, wo Sie so reich sein werden!« rief Lady Grania. »Aber ich habe vom ersten Augenblick an, da ich Sie gesehen habe, gewußt, daß Sie Dart nicht heiraten würden, wenn Sie ihn nicht liebten.«

Aria wandte sich ab und beschäftigte sich damit, das Kleid wieder auszuziehen.

»Ich habe so ein Gefühl«, plapperte Lady Grania weiter, »daß Dart immer auf der Suche war, und ich glaube, er suchte die wirkliche Liebe. Er ist wie Don Juan, der von einer Frau zur anderen wanderte, weil er nie fand, wonach er suchte. Die Frauen hier gehen alle direkt auf ihn los, und in Amerika war es dasselbe. Aber nicht, weil sie ihn lieben. Wenn er nur ein Mr. Huron, ohne jedes Geld, wäre, würden 99 von 100 ihn nicht einmal ansehen. Nur wegen seines Reichtums und des Luxuslebens, das er führt, verfolgen sie ihn mit Komplimenten, laufen ihm nach und benehmen sich, als wäre er ein Gott oder Supermann. Manchmal wird mir richtig schlecht davon.«

»Mir geht es genauso«, sagte Aria.

Sie dachte an Lulu mit ihrem besitzergreifenden Benehmen Dart gegenüber und ihre sanfte, beinahe sinnliche Art, mit ihm zu reden, an die Art, wie sie seine Hand streichelte und ihm in die Augen sah. Lulu liebte niemanden außer sich selbst.

»Was für Idioten Männer doch sind!« sagte Aria unvermittelt.

»Nicht immer«, entgegnete Lady Grania. »Dart war sehr klug, sich für Sie zu entscheiden.«

»Bitte, sagen Sie so etwas nicht«, erwiderte Aria schnell. »Es ist nicht, wie... Egal, ich möchte nicht, daß Sie so etwas sagen.«

»Sie sind so reizend«, meinte Lady Grania, die natürlich nichts verstanden hatte. »Und ich freue mich so, daß Sie das grüne Kleid heute abend tragen wollen. Sie werden wunderbar aussehen. Alle werden Sie bewundern.«

»Es ist viel wahrscheinlicher, daß sie mich nicht wiedererkennen werden«, entgegnete Aria lachend.

Sie bemühte sich, vernünftig zu reden. Gleichzeitig jedoch erfüllte der Gedanke, daß sie heute abend beim Dinner und beim Ball mit all den schönen Frauen konkurrieren konnte, mit ungeheurer Erregung.

Es würde nur eine kleine Gesellschaft sein, etwa fünfzig Paare, und trotzdem war es für sie der größte und wichtigste Ball ihres Lebens.

Als Schulmädchen hatte sie manchmal in den Hotels getanzt, in denen ihr Vater mit ihr gewohnt hatte. Sie hatte in der Dorfhalle in der Nähe von Queen's Folly getanzt, wenn die örtlichen Pfadfinder oder die Dorfgemeinde eine besondere Veranstaltung durchgeführt hatte. Meistens jedoch bestand die bei solchen Feierlichkeiten gebotene Unterhaltung in Kartenspielen oder einem vom Vikar organisierten Konzert, und in den letzten drei Jahren hatte sie so wenige Tanzveranstaltungen besucht, daß es eigentlich nicht erwähnenswert war.

Aria hatte mit niemandem darüber gesprochen, was sie abends anziehen würde, und es schien ihr typisch für Dart Huron, daß er, nachdem er vom Polospiel zurückgekommen war, ausführlich über den Ablauf des Abends redete, die Rolle, die sie dabei jedoch zu spielen hatte, vergessen zu haben schien.

»Wir haben das große Los gezogen«, sagte er zu Aria. »Wir haben einen Clip aus Gold und Saphiren für die Damen und ein Zigarettenetui für die Herren. Aber wir wollen das nicht zu sehr herausstellen; es macht keinen guten Eindruck, wenn so etwas in die Presse kommt.«

»Die Presse kommt?« fragte Aria, Schlimmes befürchtend.

»Nicht, wenn ich es verhindern kann«, erwiderte er. »Sie sind nicht eingeladen, und ich habe McDougall angewiesen, ihnen den Zutritt zu verwehren. Aber man weiß heutzutage nie genau, was für Klatschmäuler sich im eigenen Bekanntenkreis befinden. Ich möchte wetten, daß man die intimsten Dinge, die heute hier passieren, morgen im *Evening Standard* nachlesen kann.«

Aria erwiderte nichts darauf, und als er ihr ernstes Gesicht bemerkte, fragte er:

»Sind Sie nervös?«

»Sehr«, antwortete Aria. »Ich habe Angst, etwas falsch zu machen.«

»Ich ganz und gar nicht«, entgegnete er. »Sie dürfen nicht vergessen, darauf zu achten, daß die Musiker reichlich Champagner bekommen.«

Er schlenderte hinaus und ließ Aria mit dem Gefühl zurück, daß ihn ihre Nervosität ärgerte, weil sie eine Schwäche darstellte.

Dart hatte ihr deutlich gezeigt, daß er – obwohl sie nach außen hin verlobt waren – in ihr noch immer seine Sekretärin und Wirtschafterin sah.

Lulu war den ganzen Tag über nicht zu sehen gewesen. Man hatte ihr Tabletts mit Essen aufs Zimmer gebracht, aber da ihr Friseur eigens aus London angereist war, nahm Aria an, daß sie am Abend einen großen Auftritt plante.

Sie fragte sich, wie jemand ein so dickes Fell haben konnte, daß er – nach alldem, was am Vormittag geschehen war – noch auf Summerhill blieb. Doch ihr war klar, daß Lulu wußte, daß Dart

Hurons Verlobung nichts als ein Vorwand und eine Flucht war, um sie nicht heiraten zu müssen.

Lulu hatte den Kampf keineswegs aufgegeben. Sie hatte ihn einer anderen Frau weggenommen – einer sehr schönen und klugen noch dazu. Sie hatte keine Angst vor einer unscheinbaren, kleinen Sekretärin, die ganz offensichtlich nur als Mittel zum Zweck diente.

Aria zog sich langsam und genüßlich aus mit einem Gefühl kribbelnder Vorfreude auf den Augenblick, wo sie ihr grünes Kleid anziehen konnte. Sie nahm ein Bad, bürstete ihr Haar, bis es die Farbe leuchtender Buchenblätter hatte und wie Kupfer glänzte. Dann frisierte sie es in fast symmetrischen, winzigen Löckchen, so daß sie mit ihren feinen Gesichtszügen und der edlen Kopfform an eine griechische Statue erinnerte.

Für gewöhnlich benutzte sie nur sehr wenig Make-up, heute abend jedoch war sie mutiger. Sie tuschte ihre dunklen Wimpern, legte einen Hauch von Blau auf ihre Augenlider und malte die Lippen an, wodurch das perlende Weiß ihrer Haut noch unterstrichen wurde.

Lady Grania hatte ihr ein Paar grüne, zum Kleid passende Sandalen gegeben, die ihr zum Glück auch paßten. Sie waren nur ein Hauch von Schuh mit schmalen, hohen, mit Diamanten besetzten Absätzen und kleinen Diamantschnallen, an denen die Riemchen befestigt waren. Aria zog sie an und bewunderte ihre Wirkung im Spiegel. Sie hatte schon immer hübsche, kleine Füße gehabt, doch sie hatte sich nie die richtigen Schuhe leisten können, um sie vorteilhaft zur Geltung zu bringen.

Schließlich kam der große Augenblick, wo sie in das Kleid schlüpfen und nach dem Hausmädchen klingeln konnte, damit sie es ihr zuhakte.

Als sie herunterkam, waren die meisten der Gäste im Salon versammelt. Sie war ein wenig verlegen, weil sie sich in ihrem Aufzug selbst ein wenig fremd vorkam.

Sie war die Treppe zur Hälfte heruntergestiegen, als sie Dart Huron aus dem Speisezimmer kommen und auf McDougall zugehen sah.

»Wo ist Miss Milbank?« fragte er in scharfem Ton. »Schicken Sie jemand nach oben und lassen Sie ihr sagen, daß sie sofort herunterkommen soll.«

»Ich bin schon da«, antwortete Aria schnell, bevor McDougall etwas erwidern konnte.

»Sie kommen spät«, sagte Dart Huron. »Ich dachte schon, daß Gott weiß was passiert wäre.«

Er brach ab. Sie hatte die letzten beiden Treppenstufen erreicht und stand einen bangen Augenblick lang schweigend da. Dann betrat sie den Boden der Halle und kam mit dem im Licht der Kronleuchter aufblitzenden und schimmernden Kleid und raschelnden Röcken auf ihn zu.

»Sie sehen sehr schön aus!«

»Ich dachte, das würde Sie überraschen«, entgegnete Aria mit einem kleinen, ironischen Lächeln, das sie ungewohnt provozierend wirken ließ.

»Alle brennen darauf, Sie zu sehen«, erwiderte er. »Ich dachte schon, Sie wollten mich im Stich lassen.«

»Das kann ich doch gar nicht, oder?« fragte sie mit leichter Schärfe in der Stimme. »Nicht, bevor ich bezahlt worden bin.«

Sie wußte selbst nicht, warum sie ihn ärgern wollte. Vielleicht lag es daran, daß sie sich über seine Überraschung über ihr verändertes Aussehen ärgerte, obwohl es ihr gleichzeitig auch schmeichelte.

»Sie sind nicht so süß, wie Sie aussehen«, sagte er, als sie die Tür zum Salon erreicht hatten, und da sie keine Gelegenheit mehr hatte, etwas darauf zu erwidern, mußte sie ärgerlich zugeben, daß er schon wieder das letzte Wort gehabt hatte.

Das nun folgende Dinner war die erste Mahlzeit auf Summerhill, die Aria wirklich genoß. Rechts von ihr saß Dart Huron, links Lord Buckleigh. Das neue Kleid und vielleicht die Bewunderung und die Schmeicheleien der Gäste stiegen ihr in den Kopf wie Champagner. Sie, die so häufig schweigend am Tisch gesessen hatte, sprühte und plauderte, lachte und war schlagfertig und fand alles ungeheuer lustig und frivol und belanglos wie ein Glas Champagner.

»Jetzt habe ich endlich die Wahrheit über Sie entdeckt«, sagte Lord Buckleigh mit gesenkter Stimme.

»Und die wäre?« fragte sie.

»Sie sind eine verkleidete Zauberin«, sagte er. »Sie wollten ausprobieren, ob wir Sie wiedererkennen würden, und jetzt zeigen Sie sich, wie Sie wirklich sind. Lachen Sie nicht; es macht mich verrückt.«

Sie sah ihn unter gesenkten Lidern hervor an.

»Warum macht es Sie verrückt, wenn ich lache?« fragte sie.

»Weil Sie genau wissen, was ich will«, antwortete er beinahe grob. »Ich will Sie! Ich will, daß Sie mit mir fortgehen. Glauben Sie etwa, irgendeiner dieser Narren mag Sie so sehr wie ich?«

»Ich glaube nicht, daß Sie die Bedeutung dieser Worte kennen«, erwiderte Aria. Zum ersten Mal in ihrem Leben flirtete sie, und es machte ihr Spaß.

Erst, als sie beim Hauptgang angelangt waren, fiel ihr auf, daß Dart Huron ungewöhnlich still war. Lord Buckleigh war in eine Unterhaltung mit der Dame zu seiner Linken vertieft, so daß sie sich notgedrungen Dart Huron zuwenden mußte.

»Was ist heute los mit Ihnen?« fragte er.

»Bin ich verändert?« fragte sie in neckischem Ton.

»Sie wissen genau, was ich meine«, entgegnete er. »Es ist nicht Ihr Kleid, obwohl es wirklich sehr schön ist. Sie sind es. Sie sind heute abend eine völlig andere.«

»Ich habe eine Rolle zu spielen«, erwiderte sie. »Hätten Sie mich lieber anders?«

Für einen Augenblick preßte er die Lippen zusammen, als läge ihm eine scharfe Bemerkung auf der Zunge, doch die zu seiner Rechten sitzende Botschafterin beugte sich vor und begann mit ihm zu reden, so konnten sie sich nicht weiter unterhalten.

Sobald das Dinner vorüber war, trafen draußen die Gäste aus den benachbarten Häusern ein. Aria mußte Hände schütteln und sich vorstellen lassen. Leute, die sie noch gestern vollkommen übersehen haben würden, überschlugen sich jetzt, um ihre Bekanntschaft zu machen. Dann endlich, als alle Gäste eingetroffen waren, hatte sie Zeit, Zeit zum Tanzen mit dem ersten, der sie auffordern würde – und darin war Lord Buckleigh Experte.

»Ich wußte gar nicht, daß Sie so klein sind«, sagte er, sie fest an sich drückend, so daß sie ihren Körper zurücklegen mußte, um ihm in die Augen sehen zu können.

»Es tut mir schrecklich leid, daß ich Sie enttäuscht habe.«

Er preßte sie noch enger an sich und hielt ihre Hand so fest, daß ihr das Blut abgeschnürt wurde.

»Sie wissen, was ich für Sie empfinde«, sagte er. »Ich liebe Sie. Und Sie wissen es.«

»Schsch!« Aria blickte prüfend über ihre Schulter. »Reden Sie nicht so laut, sonst kann man uns hören.«

»Glauben Sie, es kümmert mich, was sie hören oder sagen? Morgen gehe ich zu Dart und sage ihm die Wahrheit. Daß ich Sie liebe und –«

»...daß weder Sie noch ich vorhaben, daß wir heiraten«, vollendete sie den Satz für ihn.

»Das ist nicht wahr. Ich würde Sie heiraten, wenn –«

»Wenn! Wenn! Wenn! Da sind so viele Wenns, nicht wahr? Wenn wir Geld hätten; wenn wir uns liebten – oder vielmehr, wenn ich Sie liebte. Nein, es gibt keine Zukunft für uns, und Sie wissen das auch.«

»Wenn Sie mich mit Ihren betörenden Augen ansehen, kann ich an nichts anderes denken, als daß ich Sie besitzen muß – koste es, was es wolle«, antwortete er.

In seiner Stimme lag soviel Leidenschaft, daß Aria merkte, daß er zum ersten Mal wirklich innerlich aufgewühlt war. Dies war kein oberflächliches Flirten, kein Suchen nach einer flüchtigen, unbekümmerten Liebesaffäre. Da war ein Mann, der wirklich zu lieben schien.

Sie hatte keine Möglichkeit, ihm zu antworten, denn in dem Augenblick, als die Musik verstummte, stand Dart Huron neben ihnen.

»Darf ich um den nächsten Tanz bitten?« fragte er Aria, und ein sarkastischer Ton lag in seiner Stimme.

»Aber natürlich«, erwiderte sie.

»Sie waren so beschäftigt«, sagte er, »daß ich Ihr Tête-à-Tête mit Tom nicht stören wollte. Da die Leute aber sonst mit Sicherheit zu reden anfangen, wäre es wohl klüger, wenn wir uns gemeinsam aufs Parkett begeben.«

»Das ist das erste Mal, seit ich dich kenne, daß du dir Gedanken darüber machst, was die Leute denken, Dart«, meinte Lord Buckleigh. Aber er entfernte sich, und Dart Huron legte seinen Arm um Arias Taille.

Die Band spielte ein Lied, das sie besonders mochte. Sie wiegte sich in seinem Rhythmus und merkte sofort, daß Dart – wie sie es erwartet hatte – ein exzellenter Tänzer war. Lord Buckleigh hatte sie nur durch den Saal gewirbelt, doch mit Dart Huron tanzte sie wirklich, folgte mit beinahe atemloser Erregung seinen Schritten, als das Tempo schneller wurde und sie verwundert feststellte, daß sie nahezu vollkommen miteinander harmonierten.

»Amüsieren Sie sich?« fragte er nach einer Weile.

»Oh ja«, antwortete sie. »Ich glaube, mehr, als ich mich jemals auf einem Ball amüsiert habe.«

Sie sprach ganz natürlich, ohne jeden sarkastischen Unterton in ihrer Stimme, der ihn, wie sie wußte, wütend machen konnte.

»Sie sehen bezaubernd aus«, sagte er. »Die Leute sind verblüfft und fasziniert von Ihnen. Sie verstehen nicht, warum sie Sie noch nie gesehen haben.«

»Cinderella ist bereit, um Mitternacht wieder zu verschwinden«, entgegnete sie. »Oder sollen wir lieber sagen, wenn der Ball vorbei ist? Morgen geht sie wieder in Sack und Asche und putzt den Herd.«

»Aber heute abend ist sie die Königin der Nacht, nicht wahr?« entgegnete er. »Und wenn ich mich recht erinnere, hat der Prinz ihr gefallen.«

Sie sah ihn von unten her an.

»Ja, doch er traute ihr nicht«, sagte sie. »Er verkleidete sich. Ich dachte immer, weil er sich, ohne Konsequenzen zu fürchten, amüsieren wollte, oder weil er um seiner selbst willen geliebt werden wollte.«

»Vielleicht wollte er beides«, meinte Dart Huron. »Und weil es ein Märchen war, bekam er es auch.«

»Etwas, das im wirklichen Leben natürlich nie geschieht«, schloß Aria.

»Wer weiß?« entgegnete er. »Auch im wirklichen Leben können die überraschendsten Dinge geschehen.«

Beim Gedanken an die Überraschung in seinem Gesicht, als er sie die Treppe herunterkommen sah, mußte sie lächeln. Das war eine Überraschung gewesen, und auch die Tatsache, daß sie so gut und so eng miteinander tanzten, war eine Überraschung. Morgen mußte sie wieder sie selbst sein, aber das Morgen schien so weit weg zu sein. Heute abend war sie die Königin der Nacht, und sie sagte mit strahlendem Lächeln:

»Ich glaube nicht, daß für Cinderella irgend etwas anderes zählte, als daß es ein schöner Ball war und der Prinz ihr schöne Dinge sagte. Da spielte es keine Rolle, wer er wirklich war, solange er nett und lieb zu ihr war.«

»Soll ich auch lieb und nett zu Ihnen sein?«

Er sprach so leise, daß sie die Frage kaum verstand.

»Sie müssen es versuchen – zumindest heute abend«, sagte sie.

Als der Tanz zu Ende war, blieben sie noch einen Augenblick stumm voreinander stehen und sahen sich an. Ich hasse ihn, dachte Aria. Doch es war schwer, jemanden zu hassen, wenn der Ballsaal in ein solch weiches, verführerisches Licht getaucht war, der Duft der in großen Vasen arrangierten Rosen die Luft erfüllte, die Musik so leise und zärtlich spielte und man durch die offenen Fenster den im Mondlicht liegenden Garten und die am dunklen Nachthimmel stehenden Sterne sehen konnte.

»Das ist jetzt mein Tanz, Dart. Du kannst nicht so egoistisch sein und sie noch länger mit Beschlag belegen.«

Es war Lord Buckleigh, und ehe Dart Huron etwas erwidern konnte, nahm er Aria in die Arme und wirbelte mit ihr über die Tanzfläche davon. Er tanzte einmal rund um den Saal. Dann nahm er, bevor sie begriffen hatte, was er vorhatte, Aria bei der Hand und zog sie durch eine der Türen in den Garten hinaus.

Sie gingen über den Rasen zu einer kleinen, von Heckenkirschen überwachsenen Laube hinüber, die in das silberne Licht des Mondes getaucht war. Überall im Garten standen mit weichen Kissen gepolsterte Stühle. In der Laube selbst stand, etwas in den Schatten zurückgezogen, so daß ein Paar ungestört dort sitzen konnte, ein Sofa.

Aria setzte sich und breitete ihre Röcke aus.

»Ich kann nicht lange hier bleiben«, begann sie, wurde jedoch abrupt unterbrochen, als Lord Buckleigh sich neben sie setzte, sich zu ihr herüber beugte und ihre nackte Schulter küßte.

»Sie sind bezaubernd«, sagte er. »So können wir nicht weitermachen, Aria. Ich meine es wirklich ernst. Heiraten Sie mich. Ich liebe Sie und möchte Sie glücklich machen.«

»Bitte, Sie dürfen so etwas nicht sagen«, sagte Aria. »Ich habe Ihnen gesagt, daß ich Sie nicht liebe, und Sie wissen, daß ich mit Dart Huron verlobt bin. Sie sind bei ihm angestellt, und ich auch. Wir müssen loyal sein.«

»Loyal! Was ist das? Was ist Ehre? Was kann irgend etwas bedeuten, wenn man liebt?« stieß Lord Buckleigh zwischen den

Zähnen hindurch hervor.

Er wollte Aria in die Arme nehmen, doch sie stand auf.

»Ich muß ins Haus zurück«, sagte sie unsicher.

»Ich lasse Sie nicht gehen! Ich lasse nicht zu, daß Sie mich verlassen. Ich weiß, Sie verachten mich, weil ich Sie liebe, ohne Sie heiraten zu wollen. Ich Narr habe geglaubt, Sie zu lieben wäre genug. Jetzt jedoch weiß ich, daß ich damit nicht zufrieden bin. Selbst wenn Sie mit mir gingen, selbst, wenn Sie mit mir zusammenlebten – es wäre nicht genug. Ich möchte, daß Sie meine Frau werden. Ich möchte Sie besitzen. Ich möchte, daß Sie meinen Namen tragen. Ich liebe Sie, Aria. Oh Gott, wie ich Sie liebe!«

Er legte die Arme um sie und zog sie mit unwiderstehlicher Kraft und Leidenschaft an sich. Dann waren seine Lippen auf ihrem Mund. So hielt er sie in seinen Armen, bis sie sich leise bewegte und sich ihm entzog.

»Es hat keinen Zweck, Tom«, begann sie, als ein Schatten das Mondlicht verdunkelte. Als sie sich erschrocken umdrehte, sah sie Dart Huron nur wenige Meter von ihnen entfernt vor sich stehen.

Beide standen schweigend da. Sie wußte, daß es nichts zu sagen gab. Dann trat Dart Huron näher.

»Geh ins Haus zurück, Tom«, sagte er herrisch. »Ich werde später mit dir reden.«

»Aber Dart...«, begann Lord Buckleigh.

»Geh ins Haus zurück, habe ich gesagt.«

Die Worte kamen wie Peitschenhiebe. Lord Buckleigh straffte die Schultern und entfernte sich schnell in den Schatten der Bäume. Aria sah ihm nach, doch er blickte sich nicht um.

Erst als er außer Sichtweite war, bemerkte sie, daß sie leicht zitterte. Sie hatte die Hände ineinander verschränkt, ihr ganzer Körper war angespannt. Bis jetzt hatte sie Dart Huron nicht angesehen.

»Ich glaube... ich sollte auch... zurückgehen«, sagte sie schließlich mit sehr kleiner Stimme, ohne jedoch den Kopf zu wenden.

»Was für ein Spiel spielen Sie?« fragte er.

Jetzt hob sie die Augen, doch da sein Gesicht im Dunkeln lag, konnte sie dessen Ausdruck nicht erkennen. Er kam ihr nur sehr groß, seine Schultern sehr breit vor, und sie erkannte die innere

Spannung, die ihn erfüllte.

»Ich dachte, Sie wären anders«, sagte er plötzlich leise. »Ich dachte, Sie wären kalt und gleichgültig Männern gegenüber. Ich hatte ein völlig anderes Bild von Ihnen, doch heute abend haben Sie es zurechtgerückt. Sie suchen etwas, warten auf etwas. Sind es Küsse, was Sie wollen?«

Sie wußte, daß er wütend war. Wütend auf seltsam unzivilisierte, beinahe grausame Art. Und dann, bevor sie sich rühren oder etwas sagen, ja, bevor sie auch nur ahnen konnte, was er vorhatte, hatte er sie in seine Arme gerissen und schob ihren Kopf zurück.

»Ist es das, was Sie wollen?« fragte er.

Seine Stimme war heiser, sein Kuß brutal. Hart, fordernd und leidenschaftlich lagen seine Lippen auf ihrem Mund. Sie versuchte, sich zu wehren, doch seine Arme hielten ihren schlanken Körper mit stahlhartem Griff.

Er preßte sie fester und fester an sich. Er küßte sie wild und leidenschaftlich, zugleich auch so brutal, daß sein Kuß eher Ausdruck von Grausamkeit als irgendeines zarteren Gefühls war.

»Bitte ... bitte ... lassen Sie mich gehen!«

Sie wollte die Worte herausschreien, doch sie brachte nur ein atemloses Keuchen zustande.

»Nein! Bitte nicht!«

Seine Leidenschaft machte ihr angst. Sie hatte so etwas noch nie erlebt – ein Mann, wie vom Teufel besessen; ein Mann, der seine Selbstbeherrschung verloren hatte; ein Mann, ausschließlich getrieben von den wilden, drängenden Gefühlen in sich.

»Ist es das – was Sie wollten?«

Wieder stellte er diese Frage, und seine Stimme war heiser. Für einen Augenblick konnte sie das Feuer in seinen Augen sehen, das ebenso brennend und leidenschaftlich war wie seine Küsse.

Sie wehrte sich verzweifelt. Dann plötzlich spürte sie, daß sie nicht mehr in der Lage war, gegen ihn anzukämpfen. Sie fühlte sich entsetzlich hilflos, entsetzlich schwach und seiner Stärke ausgesetzt. Und sie hatte Angst – solch entsetzliche Angst, daß ihre Stimme in ihrem Hals erstarb und sie nur noch zittern und beben konnte vor einem Gegner, der fern jeglicher Zivilisation zu sein schien – grausam und primitiv in seinem Verlangen.

»Erbarmen ...«

Sie hörte ihre Stimme wie die einer Fremden.

Und dann plötzlich lösten sich seine Lippen von ihrem Mund, und er schleuderte sie heftig zurück.

Sie fiel in die Ecke des Sofas zurück. Sie versuchte, sich festzuhalten, doch ihr langes Kleid verhedderte sich, und sie sank langsam, ein Bündel wogenden Tülls, zu Boden.

Doch er war schon gegangen, stürzte über den Rasen davon, ohne sich umzublicken. Sie hörte sich leise aufschluchzen, und während sie ihm nachblickte und seine Gestalt schwächer und schwächer werden sah, bis er ihrem Blick schließlich ganz entschwunden war, begannen die Tränen der Angst, die sie sich selbst nicht erklären konnte, über ihre Wangen herunterzulaufen.

11

Aria huschte in ihr Schlafzimmer hinauf. Als sie dann die Tür hinter sich geschlossen hatte, blieb sie zitternd stehen. Aus der Ferne konnte sie leise die Musik hören, von draußen das Geräusch der vor- oder wieder abfahrenden Autos, Stimmengemurmel und ein plötzliches Lachen.

Sie merkte, daß sie eiskalt war; als sie nach der Lehne des Stuhls griff, konnte sie den Damast mit ihren kalten Händen kaum fühlen.

Nach einer Weile setzte sie sich nieder. Sie hatte das Gefühl, sich nicht mehr auf den Beinen halten zu können. Dabei fiel ihr Blick in den Spiegel auf dem Frisiertisch. Ihre Wangen waren schneeweiß, doch ihr Mund war rot, nicht vom Lippenstift, sondern von der Grausamkeit seines Kusses. Ihre Augen waren dunkel, noch immer schien Angst in ihnen zu stehen.

Einen langen Augenblick lang starrte sie ihr Spiegelbild an, dann vergrub sie, leise aufstöhnend, ihr Gesicht in den Händen. War das wirklich ihr passiert? Ihr, die ein Leben lang nicht nur Angst, sondern sogar Abscheu gegenüber jeglicher Demonstration von Gefühlen und ungezügelter Leidenschaft empfunden hatte.

Sie glaubte, noch immer seine Arme um ihren Körper zu spüren. Mit beinahe raubtierhafter Wildheit bedeckte er ihr Gesicht mit brennenden Küssen, während sie vergeblich versuchte, ihn von sich zu stoßen.

Warum habe ich nicht geschrien? fragte sie sich. Und wußte zugleich, daß ihre Stimme unter seinen wilden Küssen in ihrem Hals erstickt war.

Sie zitterte noch immer am ganzen Körper, doch ihre Augen waren trocken. Sie war nicht einmal wütend, sondern nur benommen und verwundert, daß ihr so etwas hatte passieren können.

Lange Zeit saß sie so da. Die leise Musik schien mit ihren Gedanken zu verschmelzen, lockte und verfolgte sie zugleich mit ihrem Schmelz, bis sie schließlich aufstand und langsam begann, das schöne Kleid aus grünem Tüll auszuziehen, das Lady Grania Henley ihr geliehen hatte.

Ihr praktischer Sinn für Sparsamkeit sagte ihr, daß das Kleid unversehrt bleiben mußte. Sie durfte es nicht beschädigen, weil sie es nicht hätte bezahlen können. Es war erstaunlich genug, daß der Kampf mit Dart Huron keine Spuren darauf hinterlassen hatte.

Aria spürte, daß ihre Beine und Schenkel durch die Art und Weise, wie er sie aufs Sofa und auf den Boden geschleudert hatte, zerkratzt waren; doch das Kleid war unversehrt, nicht einmal ein Staubkörnchen schien auf dem glitzernden, schimmernden Stoff hängengeblieben zu sein.

Sie hängte es in den Kleiderschrank, schlüpfte in ihren baumwollenen Morgenmantel und setzte sich hin und versuchte, nachzudenken und das Chaos in ihrem Inneren wenigstens ein bißchen unter Kontrolle zu bringen.

Was sollte sie jetzt tun? Langsam, beinahe widerstrebend, kam sie zu dem Entschluß, daß sie fortgehen mußte. Sie konnte nicht mehr hier bleiben, auch nicht für die kurze Zeit, die Dart Huron sich noch in England aufhielt. Dieser Augenblick der Gewalt würde immer zwischen ihnen stehen.

Sie spürte, daß sie es nicht ertragen würde, ihn noch einmal zu sehen und dabei an seine fordernden Küsse zu denken, die noch immer auf ihrem Gesicht und ihrem Nacken zu brennen schienen.

Erst viel, viel später merkte sie, daß die Musik aufgehört hatte zu spielen. Auch die Autogeräusche vor dem Haus waren erloschen. Stille herrschte – die sanfte Stille der Nacht.

Sie stand auf und ging zum Fenster hinüber. Sollte sie davonlaufen? Sie verspürte das beinahe unwiderstehliche Bedürfnis, das

Haus sofort, jetzt, wo alles schlief, zu verlassen; fortzugehen, ohne eine Adresse oder Nachricht zu hinterlassen – einfach zu verschwinden. Zugleich jedoch war sie überzeugt davon, daß er sie – wohin sie auch ging, wo immer sie sich auch versteckte – finden würde, wenn er es wollte.

Wieder erschauerte sie. Warum schrieb sie ihm solch ungeheure Macht zu? fragte sie sich. Doch ihr Instinkt war stärker als ihre Vernunft. Wenn er sie haben wollte, würde er sie finden.

»Ich bin nur Mittel zum Zweck für ihn«, sagte sie in die dunkle Nacht hinein.

Doch irgendwie empfand sie selbst, daß das nicht stimmte. Während sie so am Fenster stand und zum Mond hinaufstarrte, der alles in ein unwirkliches Licht tauchte, die Schatten tiefer und finsterer werden ließ und den Garten zu einem Märchenland von ästhetischer Schönheit machte, hörte sie jemanden aus der Tür kommen, die ein Stückchen weiter links von ihrem Fenster lag.

Das Mondlicht fiel voll auf den Mann. Er trug keinen Hut, seine Hände steckten tief in den Taschen, und er ging langsam über den Rasen vor dem Haus. Sie sah, daß er tief in Gedanken war. Er ging sehr langsam, trotzdem irgendwie zielgerichtet, über den Rasen, bis er zu den riesigen Blumenrabatten kam, die seinen Weg versperrten.

Einen Augenblick lang blickte er nachdenklich auf die im Spiel von Licht und Schatten liegenden Blumen herunter. Dann plötzlich drehte er sich um und sah direkt zum Haus hinauf, und zwar, wie es ihr schien, geradewegs auf ihr Fenster. Sie trat schnell zurück und verbarg sich hinter den Seidenvorhängen; und sie fragte sich, ob er sie gesehen hatte und wußte, daß sie ihn beobachtet hatte.

Sie wünschte, sie hätte den Mut und die Kraft, die Vorhänge wieder zuzuziehen und ihn nicht länger zu beobachten, doch irgend etwas, das stärker war als ihr Wille, ließ sie stehenbleiben und ihn weiter beobachten.

Er stand entsetzlich still da; er hätte ebenso gut eine Statue sein können. Was dachte er? Er hatte den Kopf zurückgelegt. Jetzt war sie sicher, daß er zu ihrem Zimmer hinaufsah. Andererseits, wie konnte sie dessen sicher sein? Er konnte ebenso gut aus ihrer Angst geborene Einbildung sein.

Dann plötzlich ging er weg, jedoch er ging nicht auf das Haus zu, sondern quer durch den Garten zur Auffahrt hinüber.

Er verschwand in den Schatten der Bäume, und in ihrer Phantasie folgte sie ihm. Sie wußte, daß er durch das Eisentor nach Surrey Hills hinaufgehen würde.

Dort konnte man meilenweit gehen, ohne einer Menschenseele zu begegnen, und sie glaubte zu wissen, daß er genau das tun wollte. Welche Teufel in sich wollte er beschwören? fragte sie sich. Was für Gedanken begleiteten ihn auf seinem Weg durch die vom Mond erhellte Dunkelheit?

Sie wußte, daß sie nicht würde schlafen können, und als sie schließlich zu Bett ging, ließ sie die Vorhänge offen, und sie beobachtete das Mondlicht, bis fast unmerklich die Dämmerung anbrach.

Und jetzt erkannte sie, daß sie während all der Stunden, in denen sie hätte schlafen sollen, angespannt gelauscht hatte – darauf gewartet hatte, daß er von seiner einsamen Wanderung zurückkam.

Zwei Stunden, bevor sie geweckt wurde, mußte sie eingeschlafen sein. Als das Hausmädchen anklopfte, wurde sie mit einem Schlag aus dem Schlaf gerissen. Die Sonne flutete zum Fenster herein und tauchte den Raum in flirrendes goldenes Licht.

»Ich habe Sie heute etwas länger schlafen lassen, Miss«, sagte das Mädchen, als sie Arias Morgentee abstellte. »Ich dachte mir, daß Sie nach der langen Nacht müde sein müssen. Es muß bereits drei Uhr gewesen sein, als die Musiker zusammenpackten.«

»War es wirklich so spät?« fragte Aria vage.

»Oh ja, Miss. Ich nehme an, Sie haben sich gut amüsiert. Alle sagen, daß Sie die Schönste von allen waren.«

Das Mädchen sprach mit unverhohlener Bewunderung, und Aria zwang sich zu einem Lächeln.

»Danke«, sagte sie, und das junge Hausmädchen lächelte sie an.

»Unsere besten Wünsche sind mit Ihnen, Miss«, sagte sie; dann lief sie, als habe sie Angst vor ihrer eigenen Courage, schnell aus dem Zimmer.

Ich kann ihre guten Wünsche wahrhaftig gebrauchen, dachte Aria, als sie langsam aufstand und ihr klar wurde, daß sie noch keine Entscheidung getroffen hatte, ob sie bleiben sollte oder nicht. Beim Gedanken, daß sie an diesem Vormittag Dart Huron würde gegenübertreten müssen, begann ihr Herz beinahe schmerzhaft zu schlagen.

Jetzt war es zu spät, um wegzulaufen. Wenn sie ging, mußte sie es mit Anstand tun, ihm ihre Gründe dafür nennen und auf Wiedersehen sagen. Ganz plötzlich wußte sie, daß sie es nicht konnte. Es war eine Sache, sich ohne Erklärung leise aus dem Staub zu machen. Zu ihm herunterzugehen und ihn – noch schlimmer – wegen der Vorkommnisse der letzen Nacht zur Rede zu stellen, war etwas ganz anderes.

Sie wußte, daß es ihr unmöglich war, darüber zu reden. Es war nicht nur die Peinlichkeit, vor der sie Angst hatte, sondern vor allem der Gedanke an das Entsetzen, das sie bei seinem Anblick überkommen würde.

Sie zog ihr einfaches Baumwollkleid an und bürstete ihr Haar streng aus der Stirn zurück. Gestern abend hatte sie verführerisch ausgesehen, heute verzichtete sie auf alle weiblichen Tricks. Sie wollte so aussehen, wie er sie kennengelernt hatte, sich etwas älter machend, eine zuverlässige Durchschnittssekretärin, der niemand solch überschwengliche Gefühle entgegenbringen würde, wie sie es gestern abend erlebt hatte.

Als sie fertig war, blieb sie zögernd in der Mitte des Zimmers stehen und mußte wieder feststellen, daß sie zitterte. Sie mußte ihren ganzen Mut zusammennehmen, um die Schlafzimmertür zu öffnen und in den Gang hinauszutreten. Die Tür zu ihrem Wohnzimmer stand offen. Sie wäre vorbeigegangen, wenn ihr Blick nicht auf einen auf ihrem Notizblock liegenden weißen Zettel gefallen wäre.

Schneller als sie denken konnte, hatte sie den Zettel ergriffen. Die Schrift darauf war ihr nur zu vertraut.

»Ich bin ausgeritten. Ich würde Sie gerne um zehn Uhr in der Bibliothek treffen. D. H.«

Ein paar Sekunden lang starrte sie auf die Nachricht, bis ihr klar wurde, daß es nur ein Aufschub war. Sie spürte, wie die Spannung von ihr abfiel, ihre Hände aufhörten zu zittern, als sie den Zettel auf den Notizblock zurücklegte.

Sie ging hinunter, um zu frühstücken. Die Mehrzahl der weiblichen Gäste frühstückte ohnehin in ihren Schlafzimmern, und an diesem Morgen waren sie noch nicht einmal geweckt worden. Von Lord Buckleigh war nichts zu sehen. Als Aria den Raum betrat, saßen nur zwei ziemlich blaßgesichtige junge Männer gähnend vor ihrem Kaffee.

»Wir spielen heute früh Golf«, sagte einer von ihnen zu Aria.

»Nur Sie beide, oder machen Sie ein Viererspiel?« fragte sie.

Es überraschte sie selbst, daß sie noch die leichte, oberflächliche Konversation zustande brachte, die man von ihr erwartete, obwohl ihr ganzes Wesen dagegen anschrie.

Als sie gefrühstückt hatte, blieb ihr kaum Zeit zum Grübeln. Sie mußte eine ganze Menge Termine vereinbaren, Speisen auswählen, zwei Telefonate aus Übersee entgegennehmen und sich um eine Unmenge von Kleinigkeiten kümmern.

Als die Uhr auf dem Kaminsims die volle Stunde schlug, schrak sie zusammen und starrte sie fast ungläubig an. Es konnte nicht zehn Uhr sein! Nein, es konnte nicht sein! Und doch war es so!

In einem Anfall der Panik hielt sie es für unmöglich, ihm gegenüberzutreten. Was würde passieren, wenn sie nicht gehorchte? Würde er sie holen kommen? Das wäre noch schlimmer, als zu ihm zu gehen, und wie automatisch ging sie den Gang entlang und die Treppe zur Vorderhalle hinunter.

Niemand war zu sehen. Irgendwie hatte sie gehofft, dort jemanden anzutreffen. Sie hatte das Bedürfnis, mit jemandem zu reden, mit irgend jemandem, wenn es ihr nur einen Zeitaufschub brachte, der die vor ihr liegende Zerreißprobe auch nur um ein paar Sekunden hinauszögerte. Und dann war ihre Hand an der Tür zur Bibliothek, und sie betrat, tief Luft holend, den Raum.

Aria hatte erwartet, daß Dart an seinem Schreibtisch sitzen würde, doch er stand mit dem Rücken zu der leeren Feuerstelle und rauchte eine Zigarette. Sie suchte seinen Blick, wollte ihn ansehen, als er auf sie zukam, doch irgendwie war es unmöglich. Sie spürte, wie ihr das Blut in die Wangen stieg, wie sie zitterte, und haßte sich für ihre Schwäche.

Sie wollte sich stolz zeigen, gleichgültig, über den Dingen stehend; doch sie wußte, daß sie nichts als ein zitterndes Häufchen von Gefühlen war.

»Ich möchte mit Ihnen reden.«

Seine Stimme klang sehr tief und, wie es ihr schien, erstaunlich unsicher.

»Ja.«

Es fiel ihr schwer, die eine Silbe auszusprechen, doch irgendwie schaffte sie es.

»Sie wissen, was ich sagen will?«

»Nein.«

»Ich glaube, doch.«

Es trat eine Pause ein, beide schwiegen, und jetzt endlich fand sie den Mut, ihn anzusehen. Bildete sie es sich nur ein, oder traten seine hohen Wangenknochen mehr als sonst hervor, waren seine Augen dunkler und unergründlicher denn je? Auch um seinen Mund lag ein besonderer Zug, doch sie konnte den Gedanken daran, wie dieser Mund ihre Lippen berührt hatte, nicht ertragen.

»Ich möchte mich entschuldigen. Bitte, nehmen Sie das zur Kenntnis.«

Seine Stimme hatte einen beinahe scharfen Klang. Aria wußte nichts darauf zu erwidern. Also neigte sie nur den Kopf und betete dabei, daß er nicht merken möge, wie schwach und hilflos sie sich fühlte, während sich ihre Fingernägel verzweifelt in ihre weichen Handflächen gruben.

Er sah sie an, warf dann plötzlich die nur halbgerauchte Zigarette in den Kamin.

»Zum Teufel!« rief er. »Sie helfen mir aber auch kein bißchen. Ich weiß, Sie haben recht, böse zu sein, und recht, sich verletzt zu fühlen. Aber reden wir nicht drumherum: Es war Ihre Schuld.«

»Meine Schuld?«

Sie sprach sehr leise, doch ihre Überraschung hatte sie nicht zeigen wollen.

»Ja, Ihre Schuld! Glauben Sie vielleicht, daß Ihre Mißbilligung, Ihre überhebliche Verachtung, mir nicht unter die Haut gingen? Ich habe sie lange genug ertragen. Tag für Tag habe ich gesehen, wie Sie mich und meine Freunde mit dieser unerbittlichen Zurückhaltung beobachteten, als wären Sie immun gegen jegliche menschliche Schwäche. Ich sagte mir, daß auch Sie Blut in den Adern haben müßten wie andere Leute. Und doch blieben Sie voll Verachtung für jede menschliche Empfindung.«

Er sprach ruckartig und so schnell, daß Aria ihm kaum folgen konnte.

»Aber ... ich ... verstehe nicht«, stammelte sie.

»Ich glaube, doch«, widersprach er. »Ich habe noch nie jemand wie Sie getroffen. Es hat ... mich geärgert, wenn Sie so wollen. Zu sehen, daß Sie, wo andere zu gefallen trachten, nur Ihre Arbeit tun und mit jedem Atemzug denjenigen verurteilen, bei dem Sie angestellt sind.«

»Das ist nicht wahr!« rief Aria.

»Natürlich ist es wahr«, fauchte er. »Und wieso sollten Sie so anders sein als andere Frauen? Mit Ihrem roten Haar sollten Sie eher gefühlsbetont sein, Gefühle wie jede andere Frau haben. Das habe ich mir gesagt. Und letzte Nacht dann glaubte ich, Sie kleingekriegt zu haben.«

Er ging zum Fenster hinüber, wandte Aria den Rücken zu und sah in den Garten hinaus.

»Ich gebe zu, mein Verhalten war unentschuldbar«, fuhr er fort. »Aber Sie haben mich dazu getrieben. Für mich ist Zivilisation etwas Aufgesetztes. Im Grunde bin ich ein Wilder! Sie hatten etwas an sich, das mich verrückt gemacht hat. Das ist die einzige Erklärung für das Vorgefallene, die ich Ihnen geben kann.«

Einen Augenblick lang schwieg er, dann drehte er sich zu ihr um.

»Warum sagen Sie nichts?« fragte er.

»Es gibt nichts zu sagen, oder?« sagte Aria ruhig.

»Diese Bemerkung ist typisch für Sie«, erwiderte er böse. »Natürlich gibt es etwas zu sagen. Ich möchte wissen, was Sie denken, was Sie fühlen. Wer sind Sie, daß Sie glauben, mich verachten zu können?«

Seine Fragen hatten etwas beinahe Kindliches an sich, doch Aria verstand, was er sagen wollte.

»Sie meinen, ich habe nicht das Recht, Sie zu kritisieren?« sagte sie. Ihr natürlicher Stolz regte sich und rettete sie aus ihrer Angst und Verwirrung.

»So würde ich es nicht unbedingt ausdrücken«, entgegnete er.

»Aber das haben Sie doch gemeint, nicht wahr?« fragte sie. »Mit welchem Recht wagt es eine Sekretärin, die Sie von einer Agentur engagiert haben, eine Angestellte, die Ihr Geld nimmt, den einflußreichen, bedeutenden Mr. Huron zu kritisieren?«

Ihre Stimme klang bitter, und er ging zum Kaminvorleger hinüber.

»So gesehen, klingt es lächerlich«, sagte er dann. »Aber ich muß ehrlich zugeben, daß ein Fünkchen Wahrheit darin liegt.«

»Ich weiß nicht genau, was Sie erwarten«, meinte Aria. »Ich bin hierhergekommen, um meine Arbeit zu tun. Und ich habe getan, was in meinen Kräften stand.«

»Ich habe Sie oft beobachtet«, sagte er, ihre Bemerkung ignorierend. »Ich habe Sie beobachtet, wenn meine Gäste sich bei Tisch unterhielten, und ich habe die ganze Zeit gewußt, daß Sie sich zum Richter über das, was gesagt und getan wurde, erhoben. Anfangs mochte ich nicht glauben, daß das stimmte. Als ich Sie dann besser kannte, merkte ich, daß Sie tatsächlich einen jeden über einen Abgrund hinweg beobachteten, über eine Barriere, die unüberwindlich sein sollte. Ich wollte mich darüber amüsieren, doch ich konnte es nicht. Ich bekam sogar Angst, daß ich selbst anfangen könnte, meine Freunde mit Ihren Augen zu sehen und daß sie dann nicht mehr meine Freunde wären oder ich sie nicht mehr amüsant fände.«

Er wartete, daß Aria etwas sagen würde, und nach einer Weile murmelte sie:

»Es tut mir leid, wenn ich Sie verärgert haben sollte.«

»Es tut Ihnen nicht im mindesten leid!« schrie er. »Ich weiß nicht, woran es liegt, aber es scheint mir, als wären Sie vom ersten Augenblick an entschlossen gewesen, mich zu ärgern. Vielleicht hatte Lulu recht, als sie Sie als Störenfried bezeichnete – obwohl Sie keinem in diesem Haus – Lulu ausgenommen – Ärger bereitet haben.«

»Das war nicht meine Schuld«, wollte Aria sich verteidigen.

»Ich muß zugeben, daß das stimmt«, sagte er mürrisch, als gönne er ihr diesen kleinen Sieg nicht. »Aber warum, warum empfinden Sie so?«

Einen Augenblick lang überlegte Aria, ob sie ihm von ihrem Vater erzählen, ihm ihr Mißtrauen und ihren Haß auf die Gesellschaft erklären und ihm von Charles und ihrem Kampf ums Überleben berichten sollte. Doch bevor sie etwas sagen konnte, schlug Dart Huron krachend mit der Faust auf den hölzernen Kaminsims.

»Verdammt!« sagte er wütend. »Was denken Sie?«

In seiner Stimme war soviel Wut, in seinen Augen soviel Feuer, daß sie einen Augenblick lang glaubte, er sei wahnsinnig geworden. Doch seltsamerweise bekam Aria keine Angst bei seinem Wutausbruch, sondern sie spürte lediglich, wie auch in ihr die Wut hochstieg. Sie ließ sich nicht anschreien und beschimpfen.

»Wenn Sie in diesem Ton mit mir reden«, sagte sie, »werde ich dieses Haus verlassen.«

»Wenn Sie behaupten, daß ich ...«, begann Dart Huron, doch Aria sollte nie erfahren, was er sagen wollte, denn in diesem Augenblick ging die Tür auf, und McDougall verkündete:

»Sir Charles Milborne, Sir!«

Aria fuhr herum. Sie war so überrascht, daß sie ihren Bruder nur stumm anstarren konnte, als er den Raum betrat.

Er trug seinen besten Anzug, wie sie automatisch feststellte. Er war abgetragen, aber gut geschnitten, und er sah durchaus vorzeigbar aus und nicht so ungepflegt wie bei der Arbeit auf der Farm, wo er seine alten Kordhosen und ein Hemd mit offenem Kragen zu tragen pflegte.

»Da bist du ja, Aria!«

Er war bei ihr, bevor sie bemerkte, daß sie ihn nicht begrüßt hatte.

»Charles, warum bist du hergekommen?« fragte sie.

Er beugte sich herunter und küßte sie auf die Wange.

»Ich bin gekommen, um zu sehen, wie es dir geht«, sagte er ein wenig grimmig.

»Wäre es zuviel verlangt, wenn Sie mich vorstellen würden?« fragte eine höfliche Stimme hinter ihnen.

Aria fuhr schuldbewußt zusammen. Diese Begegnung war verhängnisvoll und konnte folgenschwer sein, doch es blieb ihr nichts anderes übrig, als Charles vorzustellen.

»Das ist mein Bruder Charles«, sagte sie hastig. »Charles, das ist Mr. Dart Huron.«

Die beiden Männer schüttelten sich die Hände, dann zog Charles eine zerknüllte Zeitung aus der Tasche.

»Ich will eine Erklärung hierfür«, sagte er.

Er legte die Zeitung auf den Schreibtisch, und Aria sah auf der Titelseite ein Foto, auf dem sie neben Dart Huron auf der Terrasse stand.

»Dart Huron, der international bekannte Polospieler und amerikanische Millionär, gibt seine Verlobung mit Fräulein Nobody aus Niemandsland bekannt«, lautete die Überschrift. Darunter stand zu lesen, daß es unmöglich gewesen sei, irgendwelche Informationen über seine zukünftige Frau von Dart Huron zu bekommen, außer, daß ihr Name Milbank sei. Sie sei als Sekretärin und Wirtschafterin in seinem Haus in Summerhill tätig gewesen. Er war nicht bereit, der Presse vor der offiziellen Bekanntgabe der Verlobung irgendwelche Auskünfte zu geben.

»Joe brachte mir gestern abend diese Zeitung nach Queen's Folly«, wandte Charles sich an Aria.

»Queen's Folly?« fragte Dart Huron überrascht.

»Mein Anwesen in Hertfordshire«, erklärte Charles steif.

»Guter Gott! Da bin ich ja schon gewesen«, sagte Dart Huron. »Vorletzte Woche. Jemand erzählte mir davon. Ich wollte mir die Bilder ansehen. Doch das Haus selbst hat mich viel mehr beeindruckt. Es ist eins der schönsten, das ich je gesehen habe.«

Aria dachte, Charles würde durch dieses Kompliment ein wenig besänftigt, doch er wirkte eher noch reservierter.

»Queen's Folly ist Arias und mein Zuhause«, erklärte er. »Und das ist ein Grund mehr für mich, Publicity dieser Art über einen meiner Familienangehörigen abzulehnen.«

»Ihre Schwester sagte mir gestern zum erstenmal, daß ihr Name Milborne und nicht Milbank sei«, erwiderte Dart Huron. »Doch dieser Name hatte keine besondere Bedeutung für mich. Ich brachte ihn natürlich nicht mit Queen's Folly in Verbindung. Ich kenne Queen's Folly und weiß aus dem Führer, daß die Milbornes dort seit Generationen lebten.«

»Dann werden Sie verstehen, daß ich als Arias Bruder und Familienoberhaupt eine Erklärung verlange«, sagte Charles.

»Charles, laß dir erklären«, begann Aria.

»Ich möchte diese Erklärung lieber von Mr. Huron haben«, unterbrach Charles sie.

Aria sah ihn überrascht an. Er war dem Bruder, den sie so gut zu kennen glaubte, so ganz und gar nicht ähnlich. Die nervöse, unentschlossene Haltung, die nach seinem Nervenzusammenbruch so typisch für ihn war, war verschwunden. Hier stand ein Mann voll Selbstbewußtsein und Würde, ein Mann, der für die Ehre seiner Familie kämpfte, die – wie er glaubte – auf unglaubliche Weise angegriffen worden war.

»Unter diesen Umständen haben Sie selbstverständlich ein Anrecht auf eine Erklärung«, entgegnete Dart Huron.

»Doch ich bitte Sie, mir zu glauben, daß ich keine Ahnung hatte, wer Ihre Schwester ist.«

»Und trotzdem haben Sie vor, sie zu heiraten?« fragte Charles ungläubig.

Dart Huron und Aria wechselten einen Blick. Zum ersten Mal schienen sie vereint gegen einen gemeinsamen Gegner. Das würde schwer zu erklären sein.

»Ich muß Sie um Verständnis für eine Reihe ungewöhnlicher Ereignisse bitten, Sir Charles«, sagte Dart Huron nach einer Weile. »Ihre Schwester kam als Sekretärin und Wirtschafterin zu mir, weil ich Ihre Vorgängerin entlassen mußte.«

Er begann seine Erklärung in festem, bestimmtem Ton, dann jedoch hielt er wieder inne.

»Ich bitte um Verzeihung, Sir Charles«, sagte er. »Aber ich habe Ihnen nicht einmal angeboten, Platz zu nehmen oder eine Zigarette zu rauchen.«

»Ich ziehe es vor zu stehen«, antwortete Charles. »Und ich warte noch immer auf Ihre Erklärung.«

Aria erkannte, daß es Schwierigkeiten geben würde. Plötzlich sah sie alles, was geschehen war, mehr mit Charles' als mit ihren eigenen Augen, und da sah alles viel schlimmer aus.

Lulu Carlo; Mrs. Hawkins Tod; Lord Buckleigh; und Dart Huron selbst. Wie fremd mußten diese Menschen für Charles sein, der sich ausschließlich darum kümmerte, ob der Kohl geschnitten werden mußte, der Weizen gut gedieh und die Kaninchen nicht den Frühlingsweizen abfraßen. Wie sollte ihm irgend jemand die Besonderheiten dieses Hauses verständlich machen können, oder gar die Szene der letzten Nacht?

Während sie noch darüber nachdachte, hörte sie Dart Huron sagen:

»Und so kam Ihre Schwester hierher, um mir zu helfen. Jetzt aber habe ich sie gebeten, mich zu heiraten.«

Ist das alles, was er zu sagen hat? fragte sich Aria. Sie sah ihn an, und am Ausdruck seiner Augen und der Art, wie er die Lippen kräuselte, erkannte sie, daß er nicht vorhatte, etwas hinzuzufügen.

»Das kam ziemlich plötzlich, nicht wahr?« fragte Charles.

»Mein lieber Freund! In meinem Land werden Entscheidungen immer schnell getroffen«, erwiderte Dart Huron.

Charles wandte sich Aria zu.

»Meinst du nicht, daß es richtiger gewesen wäre, du wärst zuerst nach Hause gekommen und hättest mir gesagt, daß du vorhast, deine Verlobung bekanntzugeben?« fragte er nachdenklich.

»Aber ich hatte es doch gar nicht vor«, widersprach Aria. »Es war nur –«

»Es lag nur an der Presse«, unterbrach Dart Huron sie. »Sie haben uns überrumpelt. Es tut uns leid, sehr leid, daß das passiert ist. Aber wir konnten es zu dem Zeitpunkt nicht mehr verhindern.«

»Nun, es scheint mir sehr unglücklich gelaufen zu sein«, erwiderte Charles.

Er war ganz offensichtlich nicht mehr so ärgerlich. Doch nachdem er sich nun einmal in die Rolle des in seiner Ehre und Würde Gekränkten gebracht hatte, konnte er nicht so ohne weiteres einlenken.

»Es wird keine offizielle Bekanntgabe geben«, sagte er, »bevor nicht alles mit mir als Familienoberhaupt besprochen und die Sache mit dem falschen Namen richtiggestellt ist.«

»Nein, nein, natürlich nicht«, sagte Dart Huron. »Daran hätten wir auch nie gedacht. Und jetzt, Sir Charles, lassen Sie mich Ihnen einen Drink anbieten – oder einen Kaffee, wenn Ihnen das lieber ist. Sie müssen heute sehr früh gefrühstückt haben.«

»Ich hätte gern einen Whisky mit Soda«, erwiderte Charles. »Wenn es keine Umstände macht.«

»Nein, natürlich nicht«, antwortete Dart Huron und klingelte.

»Inzwischen sollte Aria wohl packen gehen«, sagte Charles.

»Packen?«

Sowohl Aria als auch Dart Huron starrten ihn überrascht an.

»Natürlich!« erklärte Charles. »Sie kann nicht allein hier bleiben. Wie könnte sie?«

Einen Augenblick lang starrte Aria ihn sprachlos an. Dann plötzlich lächelte sie. In diesem Augenblick war er seinem Großvater so ähnlich. Sie konnte den alten Mann vor sich sehen, wie er einen der Angestellten wegen eines Fehlers tadelte oder in scharfem Ton zu ihr oder Charles sprach, weil sie während des Familiengebetes gekichert hatten.

Bis zu diesem Augenblick hatte Aria in Charles nur den Bruder gesehen, der Liebe und Zärtlichkeit brauchte. Jemand, der verletzt und gequält worden war und mit dem sie sehr sanft, fast mütterlich umzugehen hatte. Dies war ein neuer Charles; ein Charles, der bereit war, die ihm von Geburt und Stand her zustehenden Verantwortlichkeiten zu übernehmen; ein Mann mit natürlicher Autorität.

»Ich werde packen gehen«, sagte sie gehorsam. »Bist du mit dem Auto hergekommen?«

»Ja«, antwortete er. »Ich habe eins gemietet. Ich hielt das für unerläßlich.«

»Ja, natürlich«, pflichtete Aria ihm bei. Zugleich fühlte sie beim Gedanken daran, was das gekostet haben mußte, einen Stich im Herzen.

»Einen Augenblick«, sagte Dart Huron. »Sie haben doch nicht ernsthaft vor, Aria sofort, auf der Stelle, mitzunehmen, Sir Charles?«

»Aber natürlich«, erwiderte Charles. »Wir werden uns freuen, wenn Sie uns auf Queen's Folly besuchen kämen, Mr. Huron. Aber Aria kann unmöglich hier bleiben, das müssen Sie verstehen.«

»Ich fürchte, ich bin mit den Konventionen der englischen Gesellschaft nicht ganz vertraut«, gestand Dart Huron. »Wenn Sie es jedoch sagen, haben Sie sicher recht. Trotzdem, ich lasse sie nicht gerne gehen.«

»Das kann ich verstehen«, erklärte Charles. »Und, wie ich schon sagte, Sie sind jederzeit auf Queen's Folly willkommen.«

»Ich kann noch immer nicht ganz fassen, daß Ihnen dieses wunderbare Haus gehört«, sagte Dart Huron beinahe ehrfürchtig, und Aria erkannte, daß er das nicht sagte, um Charles zu schmeicheln. In seiner Stimme lag ein aufrichtiger Ton, den Aria nur zu gut kannte.

»Wenn ich vorhätte, in England zu leben, würde ich gerne dort leben. Doch das wäre sehr schwierig für mich. Sie sind hier verwurzelt, Ihre Familie lebt seit Generationen dort, das Haus gehört Ihnen. So etwas habe ich mir immer gewünscht, ich glaube, mehr, als irgend etwas anderes in meinem Leben – wirklich irgendwohin zu gehören, etwas wirklich als mein Eigentum betrachten zu können, weil meine Vorfahren dafür gekämpft haben und dafür gestorben sind.«

Arias Augen hingen an Dart Hurons Gesicht. Charles schien verwirrt, das war eine etwas ungewöhnliche Unterhaltung.

»Ich gehe jetzt packen, Charles«, sagte sie.

Sie wollte zur Tür gehen, doch Dart Huron hielt sie zurück.

»Hören Sie«, sagte er. »Ich weiß nicht genau, was Ihr Bruder will, aber Sie wissen sehr gut, daß ich nicht möchte, daß Sie weggehen. Können wir ihn wohl dazu überreden, hier zu bleiben? Oder soll ich eine Anstandsdame für Sie engagieren? Würde ihn das zufriedenstellen?«

Aria schüttelte den Kopf.

»Charles hat recht«, erwiderte sie. »Auch ich halte es für besser, wenn ich nach Hause fahre.«

Sie erkannte, wie schwierig die ganze Situation geworden war. Wenn Charles auch nur für kurze Zeit da bliebe, würden die anderen Gäste erfahren, wer sie wirklich war. Und unter diesen Umständen war es dann nur eine Frage der Zeit, daß die Presse es erfahren würde.

Wieder tanzten die Schlagzeilen vor ihren Augen, als über den Tod ihres Vaters geschrieben wurde. Sie wußte, daß all das wieder aufleben würde, daß sie und Charles ins Scheinwerferlicht der Öffentlichkeit gezerrt würden.

»Nein! Nein! Ich muß fort!« schrie sie.

Schnell verließ sie den Raum und lief durch die Halle. Erst als sie bereits die Treppe erreicht hatte, merkte sie, daß Dart Huron ihr gefolgt war. Er rief ihren Namen, und sie drehte sich erstaunt nach ihm um.

»Sie können nicht so weggehen«, sagte er leise.

»Aber ich muß! Verstehen Sie das denn nicht?« sagte sie. »Je schneller, desto besser. Niemand darf erfahren, wer ich bin. Sie werden den Gästen hier ganz einfach sagen, daß ich verschwunden bin, und der Presse, daß die Verlobung gelöst ist.«

»Aber warum sollte ich das sagen?«

»Weil es die Wahrheit ist«, sagte sie. »Diese Farce dauert jetzt lange genug. Ich hätte sie überhaupt nie mitmachen dürfen. Sie mußte Ärger mit sich bringen, und Sie sehen ja, wie Charles das alles sieht. Außerdem gibt es noch andere Gründe, die ich Ihnen jetzt nicht sagen kann, die jedoch mit Sicherheit aufgedeckt werden, wenn ich nicht verschwinde. Es ist die einzig mögliche Lösung – ich muß gehen.«

»Und wenn ich Sie nicht gehen lasse?«

Er sprach sehr langsam, und als sie zu ihm aufsah, sah sie ein seltsames Licht in seinen Augen.

»Ich verstehe nicht, wie Sie das meinen«, erwiderte sie.

»Ich glaube, doch«, entgegnete er. »Ich möchte, daß Sie hier bleiben. Wenn Sie jedoch darauf bestehen zu gehen, müßte ich Ihrem Bruder womöglich die Wahrheit sagen.«

Aria konnte ihn nur hilflos anstarren.

»Das dürfen Sie nicht«, sagte sie schließlich erregt. »Charles würde es nicht verstehen, und er würde wütend werden wegen des Geldes. Ich habe nicht vor, ihm zu sagen, auf welche Weise ich es... verdient habe. Er würde es als Beleidigung seiner Familienehre ansehen. Ich hatte damals nicht richtig darüber nachgedacht, aber jetzt erkenne ich, daß ich mich nie darauf hätte einlassen dürfen, auf so etwas Erniedrigendes und Beschämendes.«

Ihre Stimme klang verzweifelt, und Dart Huron erwiderte ruhig:

»Vielleicht haben Sie recht.«

»Ich muß gehen! Das verstehen Sie doch?«

»Ja, ich glaube, ich verstehe es. Und trotzdem wäre es mir anders lieber.«

»Aber warum? Warum?« fragte Aria.

Sie stand auf der untersten Stufe der Treppe, so daß ihre Augen beinahe in gleicher Höhe waren. Es schien ihr, als husche sein flackernder Blick über ihr Gesicht, ruhe einen Augenblick lang auf ihren Lippen, die noch immer von der Wildheit seiner Küsse verkratzt und leicht geschwollen waren.

Sie spürte, wie das Blut in ihre Wangen stieg. Doch sie konnte sich nicht von der Stelle rühren, seinem Blick nicht entfliehen.

Und dann plötzlich veränderte sich sein Gesichtsausdruck. Irgend etwas schien in ihm vorzugehen.

»Ach, gehen Sie zum Teufel!« sagte er wütend und ging durch die Halle den Weg zurück, den er gekommen war. Er ging in die Bibliothek zurück und knallte die Tür hinter sich ins Schloß.

12

Lulu Carlo ging in ihr Schlafzimmer und stieß die Tür hinter sich zu. Sie hatte den ganzen Abend über getrunken, und jetzt, um ein Uhr morgens, waren ihre Augen glasig, ihre Wangen gerötet und ihr silberblondes Haar ein bißchen aus der Façon geraten.

Doch sie sah noch immer hübsch aus. Als sie das Zimmer durchschritt, schien das indirekte, weiche Licht ihre Schönheit noch zu betonen, so daß jeder einzelne der vielen Spiegel, die das Schlafzimmer zierten, ihr Spiegelbild nur noch betörender und verführerischer widergab.

Sie setzte sich an den Frisiertisch und starrte ihr Spiegelbild an, doch sie nahm weder die Vollkommenheit ihrer Züge noch die Reinheit ihrer Haut oder den edlen Schwung ihrer vollen Lippen war.

»Zum Teufel mit ihm!«

Dabei ruhte ihr Blick auf einem Foto von Dart, das in einem Schmuckrahmen aus Gold und Halbedelsteinen auf dem Tischchen neben ihr stand. Es war nur ein von einem Pressefotografen während eines Polospiels aufgenommener Schnappschuß, denn Dart Huron würde nie ein Studio betreten. Doch es gab sein faszinierendes Gesicht und die unwiderstehliche Anmut seines geschmeidigen Körpers voll und ganz wider.

»Zum Teufel mit ihm!« sagte Lulu wieder.

Sie stand auf und ging unruhig im Zimmer auf und ab. Ihre Unruhe und Erregung waren nicht gespielt. Doch instinktiv dramatisierte sie ihre Rolle, warf den Kopf zurück, so daß ihr gebogener, schöner Hals ihr ein schwanengleiches Aussehen verlieh. Sie schlug die Hände zusammen, legte sie dann auf ihre spitzen, kleinen Brüste.

Einen Augenblick später jedoch schien sie mit dieser Haltung nicht mehr zufrieden zu sein. Sie setzte sich wieder hin und trommelte mit den Fingern auf das bemalte Holz des Frisiertisches.

Bis heute nacht hätte sie sich nicht träumen lassen, daß ihre so wohl ausgeklügelten Pläne in einem Dilemma enden würden. Und jetzt begann sie, langsam und schleichend wie eine schreckliche, unausweichliche Bedrohung, ihr Selbstvertrauen, ihre Überzeugung, daß alles gut enden würde, zu verlieren.

Vom ersten Augenblick an, da sie Dart kennengelernt hatte, hatte sie gewußt, daß es schwer sein würde, ihn zu erobern. Trotzdem hatte sie vom ersten Abend an, als sie sich auf einer Party in New York kennengelernt hatten, geglaubt, ihn zu besitzen. Sie konnte noch jetzt hören, wie ihre Gastgeberin sagte:

»Lulu, ich werde dich jetzt mit dem attraktivsten Mann Amerikas bekanntmachen. Mister Huron – Miss Carlo.«

Ein wenig ungeduldig hatte sie sich von dem Mann, mit dem sie sich gerade unterhielt, abgewandt, und dann hörte – wie es ihr jetzt in der Erinnerung schien – ihr Herz zu schlagen auf. Sie hatte natürlich schon von ihm gehört – wer nicht? Sie hatte seine Fotos gesehen; in jeder Zeitung, die sie aufschlug, konnte sie in den Klatschspalten über ihn lesen. Doch da sich ihre Wege nie gekreuzt hatten, war sie nicht besonders interessiert gewesen.

Lulu wußte stets sehr genau, was sie wollte. Und so hatte sie bereits an jenem Abend gewußt, daß Dart Huron eine wichtige Rolle in ihrem Leben spielen würde, und sie hatte auch nicht einen Augenblick lang ernsthaft die Möglichkeit in Betracht gezogen, daß dem Ziel ihrer Wünsche irgend etwas im Wege stehen könnte.

Nach dieser ersten Party hatten sie sich oft getroffen. Doch als Lulu dann nach Kalifornien gereist war, um einen Filmvertrag zu unterschreiben, hatte er sich mit Beatrice Watton verlobt.

Als sie damals die Zeitung aufschlug und die Verlobungsanzeige las, hatte sie es kaum glauben wollen. Dank ihrer Wut hatte sie sich damals mit Konditionen einverstanden erklärt, die ihr zum ersten Mal in ihrer Filmkarriere nicht wesentlich mehr brachten, als die Filmgesellschaft ihr zu geben bereit war. Sie war in Eile, und ihr war nicht nach Kämpfen zumute.

»Also gut, meine Herren«, hatte sie gesagt. »Setzen Sie den Vertrag auf, und ich werde unterschreiben. Ich fahre heute abend nach New York.«

Die Leute von der Filmgesellschaft waren erstaunt gewesen. Aber sie waren auch erleichtert. Die finanziellen Auseinandersetzungen mit Lulu Carlo gehörten bereits zur Filmgeschichte. Gewöhnlich endeten sie mit Wutausbrüchen und einem Nervenzusammenbruch von einem oder zweien der Beteiligten, während Lulu stets triumphierend mit genau der Summe nach Hause ging, die sie sich in den Kopf gesetzt hatte.

Sie war am Nachmittag in New York angekommen und direkt zu Dart Hurons Wohnung gefahren. Es hieß, er sei mit Beatrice Watton ausgegangen, werde jedoch gegen fünf Uhr zurückerwartet. Sie wartete, und als Dart in seine Wohnung zurückkam, fand er sie, sehr klein, verführerisch und sehr hübsch anzusehen, auf seinem Sofa liegend vor. Sie hatte ihm keine Vorwürfe gemacht. Dafür war sie viel zu klug. Sie sagte lediglich, daß sie ihn so sehr liebe, daß sie nur den einen Wunsch habe, ihn glücklich zu sehen. Und Dart war, wie viele Männer seines Typs, unter einer harten, äußeren Schale sehr empfänglich für Zärtlichkeit.

Er war an Frauen gewöhnt, die Szenen machten und sich leidenschaftlich an ihn klammerten, Frauen, die über jede ihrer Vorgängerinnen schlecht redeten und die ihn wieder und wieder wissen ließen, daß sie ihm die besten Jahre ihres Lebens geschenkt hätten. Da schien all das, was er ihnen als Gegenleistung geschenkt hatte, wie die kostbarsten Juwelen von Cartier oder Tiffany, überhaupt keine Rolle zu spielen.

An jenem Abend in seiner Wohnung spielte Lulu die beste Rolle ihres Lebens. Sie war sanft, einfühlsam und scheinbar völlig uneigennützig in ihrem Wunsch, daß ihm alle nur möglichen Freuden zuteil werden sollten. Zugleich war sie verführerisch und betörend wie in ihren Filmen, mit denen sie weltweit die Herzen des Publikums gewonnen hatte. »Ich mußte einfach sofort zu dir kommen«, sagte sie und sah Dart mit großen Augen an.

»Aber natürlich. Warum nicht?« fragte er.

»Es wird Miss Watton nicht gefallen«, flüsterte sie. »Vielleicht werden wir uns nie mehr wiedersehen, wenn du verheiratet bist. Ich wußte natürlich, daß ich niemals eine wirkliche Rolle in deinem Leben spielen würde, aber allein schon, dich zu kennen, war wunderbar für mich.«

Später hätte Dart nicht mehr sagen können, wie es passiert war, doch plötzlich lag Lulu leise und in keiner Weise dramatisch weinend in seinen Armen. Und er wußte auch nie genau, warum er sie küßte, höchstens vielleicht aus Mitleid.

Drei Tage später segelten sie nach England. Sie reisten per Schiff und nicht per Flugzeug. Lulu war klug genug, ihren Einfluß auf ihn zu verstärken, und was konnte förderlicher für ihre Zweisamkeit sein als fünfeinhalb Tage auf See?

»Gestern liegt hinter uns, das Morgen vor uns, und jetzt, hier und heute, gibt es nur uns beide!« hatte sie zu Dart gesagt.

Sie hatten zusammen in der großen Königssuite des Dampfers gesessen, die auf Darts Anweisung hin über und über mit duftenden exotischen Blumen gefüllt war. Er hatte sie als einen geeigneten Rahmen für Lulus helle, goldene Schönheit ausgewählt.

Dart schien wie betäubt von ihrer sanften, verführerischen und wilden Liebe zu sein, so daß es ihm schwerfiel, an irgendetwas anderes zu denken. Und trotzdem behielt er einen klaren Kopf. Er gab zwar zu, daß seine Verlobung mit Beatrice Watton ein Fehler gewesen war, doch er war nicht bereit, sich erneut zu binden.

»Wir haben unseren Spaß, nicht wahr?« sagte er nicht nur einmal, sondern ein dutzendmal zu Lulu. »Du hast dein Leben, und ich das meine: Es gibt keine gemeinsame Zukunft für uns – Öl und Wasser lassen sich nun einmal nicht vermischen, meine Liebe, aber wir amüsieren uns, solange wir es können. Wir amüsieren uns, solange ich in England bin, und wenn ich nach Amerika zurückgehe und du wegen deines Films hier bleiben mußt, wirst du deinen Spaß mit jemand anderem haben.«

Lulu war einfühlsam genug gewesen, um auf seine Launen einzugehen; mit ihm zu lachen und ihm darin zuzustimmen, daß ihr Zusammensein ein Spaß ohne ernste Konsequenzen sei; sich ernst mit ihm zu unterhalten oder ihm zuzuhören, wenn er über seine Pläne sprach, wie er sein Vermögen in Amerika vermehren und den amerikanischen Good-Will über den ganzen Globus ausdehnen wollte.

Und sie konnte eine Leidenschaft entwickeln, die der seinen gleichkam oder sie manchmal gar noch übertraf, wenn er der Schönheit ihres Körpers und ihren lockenden Lippen nicht widerstehen konnte.

Aber auch wenn sie eine gute Schauspielerin war, so war sie doch auch ein Egoist. Früher oder später begann sie, ihre Rolle weniger gut zu spielen, und ihr wirkliches Ich schimmerte durch das schmachtende, unschuldige Mädchen.

Lulu hatte ein hartes Leben hinter sich. Niemand wußte, und niemand auch würde je erfahren, was sie auf ihrem Weg nach oben erlitten hatte. Sie war nach Hollywood gegangen, weil sie eine Schönheitskonkurrenz in Blackpool gewonnen hatte. Es war einer jener grotesken, publicityträchtigen Wettbewerbe gewesen, die den Veranstaltern eine Menge Geld und Reklame einbrachten, die armen, kleinen Närrinnen jedoch, die nach den glitzernden Preisen strebten, eher lächerlich machten. Närrinnen deshalb, weil am Ende all ihrer Hoffnungen und Bestrebungen meist nur ein gebrochenes Herz stand.

Bei Lulus Wettbewerb war der erste Preis eine Fahrkarte nach Hollywood gewesen. Nie konnte sie ihre Erregung und überschwengliche Begeisterung über ihren Sieg vergessen und ihre schreckliche Enttäuschung bei ihrer Ankunft in Hollywood, als sie feststellen mußte, daß kein Filmvertrag auf sie wartete. Tatsächlich erwartete sie nichts anderes als Hunger und die beängstigende Erkenntnis, daß sie nicht einmal genug Geld für die Heimreise hatte.

Sie hatte die Studios abgeklappert, bis der Hunger sie schließlich dazu trieb, die offenbar einzige Möglichkeit, an ein einfaches Essen zu gelangen, zu ergreifen. Doch die Männer, von denen sie sich einladen ließ, besaßen nur wenig Einfluß, und so wanderte sie von Mann zu Mann, bis sie durch puren Zufall schließlich einem begegnete, der tatsächlich als Assistent eines Direktors einer großen Filmgesellschaft arbeitete. Anfangs war er nicht bereit, etwas für sie zu tun, ja nicht einmal, sie zu Probeaufnahmen einzuladen.

»Wir sind doch glücklich, so wie wir sind, oder nicht, Süße?« pflegte er zu sagen, wenn er zu ihr in das schäbige, kleine Apartment kam, das er für sie gemietet hatte.

Es bedurfte all ihrer Überredungskunst, um ihm klarzumachen, daß sie nur eine kleine Rolle haben wolle, damit sie beide mehr Geld hatten. Und so hatte er sie schließlich dem Produzenten vorgestellt.

Sie konnte sich noch gut daran erinnern, wie sie – ohne ängstlich zu sein, sondern im Gegenteil voller Selbstbewußtsein – das Büro des großen Mannes betreten hatte. Obwohl sie inzwischen schon achtzehn Monate auf eine solche Chance gewartet hatte, hatte sie nie das Vertrauen in ihre eigenen Fähigkeiten verloren. Sie wußte, daß – egal, wie viele Enttäuschungen sie auch erleben, wie schwer der Weg nach oben auch immer sein mochte – sie am Ende dort ankommen würde.

Sie trug billige Kleider, weil sie sich nichts anderes leisten konnte. Doch sie war jung und von einer besonderen, geheimnisvollen

Schönheit, die sie aus der Masse der schönen Frauen Hollywoods heraushob und die letztendlich einen Star ausmacht.

»Sie wollen also Probeaufnahmen?« hatte der Produzent ziemlich reserviert gefragt.

»Ja, bitte.«

»Demnach glauben Sie, schauspielern zu können?«

»Nein, aber ich glaube, daß ich es lernen kann.«

Er hatte sie unter seinen schweren Augenlidern hervor angesehen. Sie hatte den Ausdruck seiner Augen gesehen, hatte gewußt, was er dachte, und hatte keine Angst gehabt. Er war nur ein weiterer Mann, doch dieses Mal einer in einer Position, die von mehr Nutzen für sie sein konnte, als ihr nur einen Hamburger zu zahlen oder ihr ein paar Dollars für eine Übernachtung einzubringen.

Sie hatten sich geeinigt. Es war auch nicht so schwierig gewesen, wie Lulu befürchtet hatte – tatsächlich war es überraschend einfach gewesen. Und die Probeaufnahmen waren äußerst erfolgreich verlaufen. Anfangs hatte man ihr natürlich nur eine kleine Rolle gegeben, doch sie war nicht geschnitten worden, und beim nächsten Film war ihr Name bereits auf den Filmplakaten zu lesen.

Zu diesem Zeitpunkt hatte sie auch ihren Namen geändert. Das war nicht ihre Idee gewesen, sondern die des Mannes, der jetzt nicht nur ihr Erscheinungsbild auf der Leinwand, sondern auch ihr privates Leben, ihre Wünsche und Gedanken bestimmte.

»Du möchtest Kapital aus deiner Unbekümmertheit schlagen«, hatte er gesagt. »Du brauchst einen frivolen Namen, der die Männer an Amüsement und Fröhlichsein denken läßt – an alles andere jedenfalls, als ans Geschäft und ihre Frauen. Irgend etwas wie Frou-Frou – nein, Lulu ist besser.«

Und so wurde der schillerndste Star des Jahrhunderts geboren; das Mädchen, das müde Geschäftsmänner ihre Müdigkeit vergessen lassen konnte; das Mädchen, das die männliche Leidenschaft von Yokohama bis Alaska erwecken konnte. Und Lulu war glücklich. Sie hatte alles, was sie sich nur wünschte, alles – bis sie Dart begegnete.

Jetzt betrachtete sie sein Bild und haßte ihn beinahe, weil er ihr noch immer aus dem Wege ging. Sie dachte an die Männer, die auf den Knien um ihre Gunst gebettelt hatten. An diejenigen, die ihr die ausgefallensten Geschenke mit noch wilderen, ausgefalleneren Briefen geschickt hatten. Sie dachte an den Produzenten ihrer ersten Filme, der geweint hatte, als sie ihn verließ, und der sich dann nicht mit Alkohol – was verständlich gewesen wäre – sondern mit Morphium über seinen Schmerz hinwegtröstete und schließlich in einem obskuren Heim endete, wo niemand mehr etwas von ihm hörte.

Männer! Männer! Männer! Ihr ganzes Leben war eine einzige Folge von Männern gewesen, und doch konnte sie denjenigen, den sie wirklich haben wollte, nicht bekommen.

Als sie nach England kam, wollte sie nicht glauben, daß es Dart möglich war, ein Leben zu führen, zu dem sie fast überhaupt nicht gehörte. Nicht, daß sie bei seinen Freunden und Bekannten nicht willkommen gewesen wäre. Jemand, der so schön und erfolgreich und weltberühmt war, war natürlich immer ein gern gesehener Gast. Es wurde zur Selbstverständlichkeit, daß Dart gebeten wurde, Lulu mitzubringen. Niemand machte sich Gedanken darüber, ob sie zusammenlebten oder nicht, sie waren beide Sterne an dem kleinen Himmel der High Society Englands. Sie besuchten zusammen Dinner-Partys, Bälle, Nachtclubs, kleine private Bälle und halboffizielle Einladungen zu Mittagessen. Und am Ende mußte Lulu erkennen, daß Dart weiter entfernt von ihr war denn je.

Hin und wieder machten sie zusammen kleine Ausflüge – gewöhnlich, um sich alte Häuser anzusehen, für die er eine unersättliche Vorliebe hatte. »Ich hasse Ruinen!« schrie Lulu verdrießlich.

»Das sind keine Ruinen, Süße«, pflegte er zu antworten. »Es sind Überreste einer Epoche der Eleganz, die uns verloren gegangen ist. Das ist etwas, was ich gerne wieder aufbauen würde – eine Welt, in der gute Manieren und Schönheit Hand in Hand gehen und die Hektik und schlechten Sitten der Moderne unbekannt sind.«

»Warum kaufst dir dann nicht selbst solch ein Haus?« fragte sie ihn.

»Ich würde nicht hineinpassen, oder?« erwiderte Dart ruhig.

Sie verstand ihn nicht.

»Ich würde viel eher sagen, du gehörst zu mir«, sagte sie und wurde wütend, weil er lachte. Und es war kein gutmütiges Lachen, sondern eher böse, als hätte sie etwas Absurdes gesagt.

»Ich muß ihn haben! Ich muß!«

Lulu ging in ihrem Schlafzimmer auf und ab. Sie hatte gehofft, daß Dart zu ihr kommen würde, doch an der Art, wie er ihr Gute Nacht gesagt hatte, hatte sie erkannt, daß er nicht vorhatte, sie noch einmal zu sehen.

Unvermittelt zog sie das Kleid aus Silberlamé aus, das sie zum Dinner getragen hatte. Sie sehe darin wie eine Meerjungfrau aus, hatte jemand gesagt, und die Smaragde, die sie dazu trug, riefen Erinnerungen an die See wach.

Lulu legte ihre Ohrringe und die Halskette ab und legte sie in das mit Samt ausgeschlagene Schmuckkästchen. Dann holte sie ihre Juwelen aus ihrem Versteck an der Hinterseite des großen Kleiderschrankes. Sie waren ihr wertvollster Besitz. Sie waren das Ergebnis all ihrer Mühsal und ihrer Erfolge. Diamanten, Saphire, Rubine, Smaragde – alles war in dieser Schatulle. Ein in wertvollen Edelsteinen geschriebenes Tagebuch; eine Geschichte in Steinen, und wertvoller, als je ein Geschichtsbuch würde sein können.

Lulu legte die Smaragde beiseite. Dazu mußte sie eins der Tabletts in der Schatulle hochheben. Darunter lag die kleine, mit einem Elfenbeinknauf versehene Pistole, die sie zum Schutz vor Einbrechern immer mit sich führte.

In Amerika hatte sie sie nachts gewöhnlich neben sich liegen. Hier in England fühlte sie sich sicherer, weil sie es sich zur Gewohnheit gemacht hatte, ihre Schmuckschatulle jeden Tag an einem anderen Platz zu verstecken. Sie traute niemandem, nicht einmal ihrem Mädchen, das jetzt schon fast fünf Jahre bei ihr war. Ihre Juwelen waren für sie wie ihr Blut. Ohne sie glaubte sie, sich aufzulösen oder zu sterben.

Langsam nahm sie die Pistole aus der Schatulle. Sie erinnerte sich, daß Dart sie, als sie auf dem Dampfer waren, einmal gesehen hatte.

»Wozu brauchst du sie?« hatte er gefragt.

Sie hatte ihm gesagt, wie sie ihre Juwelen aufbewahrte, und hatte dann hinzugefügt:

»Außerdem kann sie mir noch anderweitig nützlich sein. Vielleicht möchte ich mich eines Tages umbringen.«

»Sag so etwas nicht!« Seine Stimme war scharf gewesen. »Ein Menschenleben ist eine kostbare Sache. Im Krieg habe ich gesehen, wie sie erbarmungslos weggeworfen wurden, und ich möchte nie wieder erleben, daß so leichtfertig damit umgegangen wird. Vergiß das nicht! Vergiß es nie!«

Lulu war beeindruckt gewesen von der Eindringlichkeit, mit der er sprach, dem traurigen Ausdruck seiner Augen, als blicke er zurück in die Vergangenheit und weine über das, was er gesehen hatte.

Damals hatte sie geglaubt, auf diese Weise vielleicht eine gewisse Macht über ihn zu haben. Und jetzt hielt sie diesen Augenblick für gekommen.

Sie legte die letzten Stückchen aus Spitze und Chiffon ab, die ihre Unterwäsche bildeten, dann zog sie ihr Nachthemd an – zart wie ein Spinnennetz, durchsichtig und schön wie der Morgennebel. Darüber trug sie ein Negligé aus pfirsichfarbenem Crèpe, dessen Taschen und Ärmel mit weißem Hermelin besetzt waren.

Nachdem sie es zugeknöpft und den Gürtel umgebunden hatte, steckte sie beinahe verstohlen die Pistole in die Tasche. Dann ging sie zum Frisiertisch und setzte sich, um ihre Wangen zu pudern, bis sie ebenso blaß waren wie ihr milchig-weißer Hals und einen Kontrast zu ihren blauen Augen bildeten. Sie kämmte ihr Haar lose über ihre Schultern und öffnete, nach einem letzten Blick in den Spiegel, die Schlafzimmertür.

In der Halle brannte nur eine Lampe, doch dieser Umstand bestätigte Lulus Vermutung. Dart würde unten sein. Er schlief nur wenig, selten mehr als vier oder fünf Stunden. Und wenn seine Gäste auf Summerhill sich zur Ruhe begeben hatten, pflegte er jedesmal in die Bibliothek zu gehen, um zu lesen. Manchmal holte er sich auch ein Pferd aus dem Stall und galoppierte in die Nacht hinaus. Und gewöhnlich war es drei oder vier, bis er nach oben ging, und jetzt würde sie ihn mit Sicherheit allein antreffen.

Ihre zierlichen Satinhausschuhe machten keinerlei Geräusch, als sie die Treppe herunter und durch die Halle ging. Sehr sanft drehte sie den Knauf der Tür zur Bibliothek herum, so sanft, daß Dart Huron, der in einem großen Sessel saß, sie nicht hörte.

An seiner Seite brannte eine Leselampe, der übrige Raum lag im Dunkeln. Sie war schon beinahe neben ihm, bevor er aufblickte und sie sah, die mit aufleuchtendem Haar fast wie ein Geist aus dem Schatten trat. »Lulu!« rief er. »Ich habe dich gar nicht gehört.«

»Ich muß mit dir reden«, sagte sie.

»Ich dachte, du wärst müde«, entgegnete er.

Sie hatte den Eindruck, daß er sich nur widerwillig von seinem

Buch trennte. Es trug den Titel »Englische Landhäuser«, und auf der aufgeschlagenen Seite war ein Bild von Queen's Folly zu sehen. Gegen ihren Willen klang ihre Stimme scharf, als sie fragte: »Denkst du immer noch an dieses langweilige Mädchen?«

»Müssen wir über sie reden?« fragte er.

»Nein, denn es langweilt mich«, erwiderte Lulu. »Doch ich glaube, du schuldest mir eine Erklärung für dein Benehmen. Du glaubst ja wohl nicht, daß ich auch nur einen Augenblick lang geglaubt habe, daß etwas Ernstes zwischen euch ist – du und diese dumme, kleine, rothaarige Gans. Hat man schon einmal so etwas Albernes erlebt, seinen Namen zu ändern? Aber wie auch immer, es spielt keine Rolle. Kann es für irgend jemand von Bedeutung sein, ob sie Milbank oder Milborne heißt?«

»Ich habe dich gebeten, dieses Thema nicht mehr zu erwähnen«, erklärte Dart ärgerlich. »Du würdest es ohnehin nicht erfahren haben, wenn du nicht ihrem Bruder begegnet wärst, während sie packte.«

»Ein feiner Mann jedenfalls«, erklärte Lulu verächtlich. »Stotterte und stammelte, als ich mit ihm sprach. Oh, ich hasse schüchterne Männer.«

»Ich kann mir nicht vorstellen, daß du viele kennengelernt hast«, entgegnete Dart, klappte sein Buch zu und ging zum Kamin hinüber, um die daneben stehende Lampe anzuschalten.

»Laß uns von etwas anderem reden«, sagte Lulu plötzlich. »Gehst du wirklich so bald nach Amerika zurück, wie du gesagt hast, Dart?«

»Ich glaube, ja«, erwiderte er. »Ich wollte eigentlich bis zum Ende des Sommers bleiben. Doch ich habe meinen Entschluß geändert.«

»Warum?«

»Aus verschiedenen Gründen«, antwortete er ausweichend. »Ich scheine mich ganz schön in Schwierigkeiten gebracht zu haben. Wenn ich verschwinde, werden die Leute vielleicht vergessen.«

»Es besteht keine Notwendigkeit zu verschwinden«, entgegnete Lulu. »Und was das Vergessen betrifft – die Leute werden nie vergessen, was du tust, Dart, aber sie werden dir alles verzeihen. Hol die Presse her und sag ihnen, du habest ein bißchen übertrieben, was diese Milbank anbelangt. Sag ihnen, daß es ein Scherz war

– ein Scherz auf meine Kosten, wenn du so willst. Und sag ihnen, daß wir heiraten werden, wenn ich meinen Film beendet habe.«

»Das würde alles nur noch schlimmer machen«, entgegnete Dart. »Denn du weißt ganz genau, daß das nicht wahr ist, Lulu.«

»Warum sagst du so etwas?«

»Weil du genau weißt, daß wir nicht heiraten werden – niemals. Ich mag dich, und ich glaube, du magst mich auch. Doch wir passen nicht im mindesten zusammen. Wenn ich einmal heiraten werde, dann wird es für immer sein.«

Er lächelte über das »Für immer«, das Erinnerungen an seine Kindheit in ihm wachrief. Ein Wort, das etwas Wichtiges bedeutete, eine Ewigkeit im Zeitbegriff eines Jungen.

»Aber Dart!« sagte Lulu ernst. »Du hast wohl nie richtig darüber nachgedacht, was es bedeuten würde, wenn wir beide heiraten. Wir könnten glücklich sein, sehr glücklich. Ich mag dieselben Dinge wie du, und wir könnten eine Menge Spaß miteinander haben. Ich brauche nicht mehr als einen Film pro Jahr zu machen. Den Rest der Zeit könnten wir dort verbringen, wo du möchtest – Buenos Aires, Kalifornien, New York, sogar London und Paris. Es würde alles keine Rolle spielen, solange wir nur zusammen sind.«

Dart ging zum Sofa hinüber und setzte sich neben Lulu.

»Hör zu, Lulu!« sagte er. »Du mußt vernünftig sein. Du weißt so gut wie ich, daß unsere Liebesaffäre nie in einer ernsten Bindung enden kann. Du tratst in mein Leben, als ich mich gerade wegen Beatrice Watton zum Narren gemacht hatte. Ich vertraute dir an, was ich niemandem sonst anvertraut habe – daß ich sie nie gebeten habe, mich zu heiraten. Sie hat mich gefragt. Und weil sie mir damals so furchtbar leid tat, brachte ich es nicht fertig, sie zurückzuweisen. Ich war feige, wenn du so willst. Ich wollte einem Streit aus dem Wege gehen, dachte, ich könnte ihr später schreiben, einen Weg finden, es weniger brutal klingen zu lassen. Doch ehe ich wußte, was geschah, hatte sie auf einer Party all ihren Freunden mitgeteilt, daß wir verlobt seien. Die Presse war da, und es gab nichts, was ich dagegen tun konnte, ohne ihr damit einen Schlag zu versetzen, von dem sie sich womöglich nie mehr erholt haben würde. Wie du weißt, ist sie ziemlich neurotisch, und so tat ich nichts, bis du in mein Leben tratst und mir zeigtest, wie ich, wenn auch auf ziemlich üble, so doch vergleichsweise leichte Art, aus der Sache herauskommen konnte.«

Dart hielt einen Augenblick inne und blickte auf Lulus Finger herunter, die seine Hand umschlossen hielten.

»Eines Tages wirst du jemanden treffen, der dich wirklich glücklich machen wird«, sagte er dann ruhig. »Ich bin nicht der Richtige für dich, das weiß ich. Du bist sehr süß und liebenswert, Lulu, aber ich liebe dich nicht so, wie ich die Frau lieben möchte, die ich heirate, und ich glaube auch nicht, daß du mich wirklich liebst. – Warte!« sagte er schnell, als sie etwas erwidern wollte. »Du glaubst, daß du mich liebst, aber nur, weil ich vielleicht das erste in deinem Leben bin, das du nicht voll und ganz besitzen kannst, und zwar im selben Augenblick, in dem du es besitzen möchtest. Gib zu, daß das die Wahrheit ist.«

»Es ist gelogen!« erwiderte Lulu hitzig. »Ich liebe dich, wie ich nie zuvor einen Mann geliebt habe. Ich liebe dich nicht, weil ich dich nicht haben kann, sondern schlicht und einfach, weil ich weiß, daß wir füreinander geschaffen sind.«

»Ich wünschte, ich könnte das auch glauben«, entgegnete Dart ruhig. »Aber ich kann es nicht. Weißt du, Lulu, du hast vieles an dir, das ich nicht mag und das ich nicht verstehe. Zum Beispiel dein Verhalten deiner Großmutter gegenüber.«

Lulu entzog ihm ihre Hand.

»Wie meinst du das?« fragte sie.

»Genauso, wie ich es gesagt habe«, erwiderte er. »Ich habe über die arme, alte Frau nachgedacht. Weißt du, was der Arzt gesagt hat, als er die Todesurkunde unterschrieb?«

»Was hat er gesagt?« fragte Lulu angriffslustig.

Dart stand auf und ging vom Sofa weg.

»Er sagte«, antwortete er, »daß ihr Tod wie in den meisten Todesfällen zweifellos durch Herzversagen eingetreten ist, sie in Wirklichkeit jedoch an Unterernährung gestorben ist.«

Plötzliches Schweigen senkte sich über den Raum.

»Ja, Unterernährung«, fuhr Dart nach einer Weile fort. »Hast du jemals über dein Essen nachgedacht, Lulu? Über all die Mittagessen und Dinners während unserer Schiffsreise? An jene Nacht in New York, in der wir eine Menge Kaviar zu fünfzehn Dollar pro Portion gegessen haben, weil du sagtest, du fühltest dich wild und russisch?«

»Du redest wie ein Kommunist«, sagte Lulu. »Wenn wir in New York statt Kaviar Brot und Käse gegessen hätten, hätte meine Großmutter in Putney kein Gramm mehr zu essen gehabt. Außerdem hatte sie genügend Geld. Ich habe es gesehen. Wenn sie nicht gegessen hat, dann, weil sie nicht wollte.«

»Das ist nicht wahr«, widersprach Dart. »Sie hat nichts gegessen, weil sie nichts zu essen bekommen konnte. Die Leute, bei denen sie wohnte, brachten ihr nichts. Und wie du sehr wohl weißt, war sie nicht in der Lage, sich selbst zu versorgen.«

»Das weißt du alles nur von dieser Milbank, die hinter mir her spioniert hat«, rief Lulu wütend. »Aber natürlich glaubst du ihr mehr als mir. Ich habe nie ein Wort des Dankes von meiner Familie bekommen für all das, was ich für sie getan habe. Sie waren zwar gern bereit, das Geld zu nehmen, das ich ihnen schickte, und dann beschwerten sie sich, daß sie mich nie sähen. Man kann aber beim allerbesten Willen nicht an zwei Orten gleichzeitig sein. Entweder man verdient sein Geld, um es ihnen nach Hause schicken zu können, oder man ist zu Hause und hungert mit dem Rest seiner Sippschaft, die nicht in der Lage ist, auch nur einen Penny selbst zu verdienen.«

Sie spie die Worte voller Wut aus, ihre Stimme besaß einen harten Klang, und wie immer, wenn sie erregt war, mit einem Zug ins Ordinäre.

In diesem Augenblick wurde ihr bewußt, daß Dart sie schweigend betrachtete. Sie wußte, was er dachte. Aus ihrer jahrelangen Erfahrung mit Männern wußte sie genau, wann der Zeitpunkt gekommen war, da ein Mann nicht mehr von ihr gefesselt war, und sie keine Macht mehr über ihn hatte.

Ihre Stimme erstarb. Ganz plötzlich hatte sie Angst. Sie erhob sich vom Sofa und ging zu ihm hinüber.

»Dart, Dart«, flüsterte sie. »Warum streiten wir uns so? Ich bin zu dir gekommen, um dir zu sagen, daß ich dich liebe. Hilf mir zu vergessen, daß es diesen Streit je gegeben hat. Ich liebe dich. Du weißt, daß ich dich liebe. Halt mich fest. Ich möchte deine Arme um mich spüren.«

Sie berührte ihn. Ihr Kopf war zurückgebogen, so daß sie in seine Augen sehen konnte. Aber seine Arme umfingen sie nicht. Auf seinem Gesicht lag ein Ausdruck, den sie nur zu gut kannte.

»Es ist spät, Lulu«, sagte er. »Ich glaube, du solltest schlafen gehen.«

»Wie kannst du mir das antun, Dart?« rief sie leidenschaftlich. »Schick mich nicht fort. Sei mir nicht böse. Ich tue alles, was du willst, sage alles, was du willst, gebe zu, daß ich einen Fehler gemacht habe, wenn du es wünschst. Aber schick mich nicht weg von dir – nicht jetzt, nicht heute Nacht.«

Sie schlug mit den Händen gegen seine Brust. Noch immer rührte er sich nicht. Lulu trat einen Schritt zurück.

»Was ist mit dir geschehen?« fragte sie. »Warum bist du so? Ich habe dir einmal etwas bedeutet. Hast du unsere Nächte auf dem Atlantik vergessen? Hast du vergessen, was wir füreinander empfunden haben? Was ist geschehen? Was hat dich so verändert?«

Sie starrte ihn wild an.

»Ich liebe dich«, sagte sie mit ersterbender Stimme.

Sie wich zurück, ging zu dem Tisch hinüber, auf dem eine große Vase mit Blumen stand, die sich fast über den ganzen Tisch ausbreiteten. Sie hatte ihm den Rücken zugekehrt, streckte ihre Hände mit den langen roten Fingernägeln aus und berührte eine Blüte, dann eine zweite.

»Rosen«, sagte sie schließlich leise. »Und Nelken. Sie sind so englisch, und vielleicht meine Lieblingsblumen. Ich frage mich, ob du sie auf mein Grab legen würdest.«

»Was redest du da?« fragte Dart grob.

Als Antwort zog Lulu die Pistole aus der tiefen Tasche ihres Négligés.

»Ich rede über den Tod, Dart«, erwiderte sie. »Du kannst dir nicht vorstellen, daß ich nicht mehr leben mag, wenn du mich nicht mehr willst?«

Mit diesen Worten hob sie die Pistole und legte sie an ihre Schläfe. Sie bot ein sehr dramatisches und sehr schönes Bild, als sie so dastand, während die Blumen hinter ihr einen Heiligenschein um ihren Kopf zu bilden schienen. Darts Lippen kräuselten sich leicht ironisch, als er sagte:

»Ein wunderbarer Vorhang für den zweiten Akt, Lulu. Aber nicht ganz überzeugend.«

»Ich meine es ernst«, sagte Lulu sehr entschieden und leise.

»Nein, das tust du nicht«, widersprach er. »Du weißt so gut wie ich, daß du viel zu hübsch und viel zu gerissen bist – bitte verzeih, wenn ich das sage –, um dich umzubringen. Eine großartige Zukunft liegt vor dir, Lulu; du stehst auf dem Höhepunkt deiner Karriere; du bist weltberühmt; du bist sehr reich; und du bist noch jung. Was kann man mehr vom Leben verlangen?«

»Ich liebe dich«, sagte sie. »Wenn du mich nicht heiratest, werde ich mich hier und jetzt töten.«

»Das wäre sehr bedauerlich, nicht wahr?« entgegnete Dart. »Und du würdest nicht einmal hübsch aussehen – auf der Erde zusammengesunken, das Gesicht voller Blut und mit einem häßlichen Loch, wo deine Augen sein sollten. Und stell dir vor, du würdest dich nur verletzen. Was würde dann passieren? Mit einem verletzten, entstellten Gesicht wärst du wohl kaum ein Kassenschlager, auch nicht als Lulu Carlo.«

Lulu senkte die Waffe.

»Du glaubst, es mir ausreden zu können«, sagte sie. »Doch da irrst du dich. Wie ich schon sagte, ich werde mich töten, wenn du mich nicht heiratest.«

»Glaubst du wirklich, daß wir glücklich werden könnten, wenn ich es täte?«

»Ja, das würden wir«, fauchte Lulu. »Du kannst dich nicht so einfach aus der Affäre ziehen. Du weißt, daß wir glücklich sein würden. Wir waren es doch in den letzten Wochen, oder? Wahnsinnig glücklich, bis ... Ja, bis diese Frau kam – die mit erhobener Nase auf alles hier herabblickte, sich einmischte. Eine fromme Hexe, falls es so etwas gibt.«

»Hör auf. Du hast kein Recht, so zu reden. Verstehst du?«

Darts Stimme war voller Wut, eine Wut, die den Raum vibrieren zu lassen schien. Schweigen trat ein nach seinen Worten. Dann erwiderte Lulu in ebenso lautem Ton wie er und mit weit aufgerissenen Augen:

»Und warum soll ich aufhören? Weil du sie liebst! Das ist doch so? Ist das der Grund für alles, was geschehen ist? Der Grund für deine plötzliche Kälte mir gegenüber? Ja, er ist es. Ich sage dir, du liebst sie! Du liebst sie!«

»Und wenn es so wäre?«

Dart schien selbst erschrocken über seine Frage zu sein. Im selben

Augenblick zerrissen ein Schrei und der Knall einer Explosion die Luft, die im ganzen Raum widerhallte; ihm folgte ein zweiter... und noch einer.

13

Als Aria aufwachte, wußte sie einen Augenblick lang nicht, wo sie war. Dann sah sie in dem Licht, das durch die dünnen Vorhänge hereinfiel, daß sie in ihrem Schlafzimmer in Queen's Folly war.

Selbst jetzt konnte sie noch nicht glauben, daß sie zu Hause war. Dann allmählich nahmen ihre Augen die verschlissene Seide an den Wänden wahr, die billigen Holzmöbel, die anstelle des Nußbaum- und Rosenholzes getreten waren, mit denen das Haus einmal ausgestattet gewesen war, und den einfachen, ungerahmten Spiegel auf dem Frisiertisch.

Ja, sie war zu Hause und schlief wieder mit den Geistern des vergangenen Glanzes, die ihr sagten, wie schön das Haus einmal gewesen war.

»Ich bin zu Hause«, sagte sie laut, während sie sich den Schlaf aus den müden Augen rieb.

Die Dämmerung war bereits angebrochen, als sie endlich eingeschlafen war. Die Stunden waren nur langsam vergangen, während sie sich in ihrem schmalen Bett hin- und hergewälzt hatte. Immer und immer wieder kreisten ihre Gedanken um die Gespräche der letzten Wochen, und wie sehr sie sich auch dagegen wehrte, die Erinnerung an jenen verrückten Augenblick, als Dart Huron ihr Gesicht und ihren Hals mit wilden, leidenschaftlichen Küssen bedeckt hatte, stand nur zu lebhaft vor ihren Augen.

Als könnte sie damit ihren Gedanken entfliehen, sprang sie aus dem Bett, zog die Vorhänge zurück und blickte auf den ungepflegten Garten hinaus. In der Ferne hörte sie das Anspringen eines Traktors, und sie wußte, daß Charles schon bei der Arbeit war. Dann begann sie sich anzuziehen.

Der letzte Abend war leichter gewesen, als sie befürchtet hatte, weil Betty Tetley da gewesen war und Charles mit seiner gewohnten, angeborenen Zurückhaltung in Gegenwart einer Fremden nicht über Familienangelegenheiten redete.

Aber Aria wußte, daß er den Vorfällen auf Summerhill skeptisch gegenüberstand. Er war nicht so weltfremd oder so sehr mit seinen eigenen Sorgen beschäftigt, daß er nicht gewußt hätte, daß eine Frau wie Aria sich nicht unter falschem Namen verlobte oder vergaß, dem Mann, den sie heiraten wollte, etwas über sich zu erzählen.

Als sie nach Queen's Folly zurückfuhren, hatte er gefragt: »Wirst du mit mir darüber reden?«

Sie hatte gewußt, was er meinte, und ruhig geantwortet:

»Jetzt nicht.«

Er nickte, als habe er diese Antwort erwartet.

»Hast du je erlebt, daß ich dich belogen habe?« fragte Aria mit plötzlicher Schärfe in der Stimme.

»Nein«, antwortete er. »Und darum möchte ich auch nicht, daß du mir jetzt etwas erzählst. Aber falls ich dir helfen kann – ich bin da.«

Seine plötzliche Wärme ließ die Tränen in ihre Augen treten. Das war ein Charles, den sie nicht kannte, ein Bruder, der der Verantwortung nicht aus dem Wege ging, sondern bereit war, sie zu übernehmen. Während der Heimfahrt sprachen sie nur wenig, und erst als sie in die Auffahrt von Queen's Folly einbogen und das Haus, atemberaubend in seiner warmen, roten Schönheit, mit seinen hervorragenden Giebeln und Schornsteinaufsätzen, die sich vor dem Himmel abhoben, auftauchte, bedauerte Aria, daß sie ihr Herz nicht erleichtert hatte. Dann war es zu spät, und sie konnte nur noch kurz ihre Hand auf sein Knie legen.

»Danke«, sagte er sanft, und an dem Lächeln, das er ihr schenkte, erkannte sie, daß er sie verstand.

Doch wie leicht es auch sein mochte, ruhig mit Charles zu sprechen, ihm zu sagen, daß sie keine Erklärung abzugeben habe, sich zu sagen, daß alles vergessen und vorbei sei – sie konnte das Chaos in ihrem Inneren nicht unter Kontrolle bringen.

Sie war unglücklich auf eine schmerzende Weise, die sie noch nie zuvor erlebt hatte. Sie konnte es nicht verstehen oder sich erklären. Sie wollte sich freuen, daß sie weg von Summerhill war, daß sie dem ganzen erniedrigenden und unangenehmen Durcheinander entkommen war. Statt dessen empfand sie nichts als bedrückende Traurigkeit.

Sie hörte noch immer Darts Stimme, sah sein Gesicht vor sich, als er sie in jenem letzten Augenblick auf der Treppe angesehen hatte. Da hätte sie aus ihr unerklärlichem Grund am liebsten geweint.

Schnell zog sie sich an, empfand plötzlich das dringende Bedürfnis, nach draußen zu gehen, sich abzulenken, indem sie all die altvertrauten Gegenstände wiedersah, die sie erst vor so kurzer Zeit verlassen hatte, die ihr jedoch beinahe fremd geworden waren.

Fast automatisch zog sie ihren alten Tweedrock und einen Pullover an, dessen Farbe durch das Alter und häufiges Waschen verblaßt war. Sie kämmte ihr Haar und vermied es, in den Spiegel zu sehen. Beim flüchtigen Hineinschauen jedoch erkannte sie ein sehr weißes Gesicht, gerötete, von dunklen Schatten umgebene Augen, einen nachdenklichen Mund; dann drehte sie sich um und rannte die Treppe hinunter.

Nanny, die trotz ihres Alters noch sehr gut hörte, war in der Küche. Sie hörte Aria ins Wohnzimmer kommen und rief:

»Deine Eier sind gleich fertig, mein Liebes. Auf dem Tisch liegt ein Brief für dich. Der Briefträger war gerade da.«

»Ein Brief für mich?« fragte Aria überrascht.

Sie fragte sich, wer ihr wohl geschrieben hatte, doch ein Blick auf den Umschlag mit der großzügigen, charakteristischen Schrift ließ das Blut in ihre Wangen strömen. Mit zitternder Hand ergriff sie den Brief. Er hatte ihr geschrieben – warum?

Doch noch während sie den Umschlag öffnete, kannte sie die Antwort. Der Inhalt bestand aus einem über einem Scheck zusammengefalteten Bogen Briefpapier. Einen Augenblick lang schienen die Worte vor Arias Augen zu verschwimmen. Schließlich las sie:

»Ich muß Ihnen danken, daß Sie Ihren Teil des Vertrages erfüllt haben. Wie vereinbart, lege ich meinen Teil bei.

Dart Huron.«

Während sie sich setzte, starrte Aria auf den Brief herunter. Beinahe automatisch faltete sie den Scheck auseinander. Er war natürlich über dreitausend Pfund ausgestellt, und in einer plötzlichen Aufwallung von Wut und Stolz wollte sie ihn schon zerreißen.

In diesem Augenblick kam Nanny mit einem Teller mit Eiern und Speck herein.

»Ein Scheck!« rief sie mit der Vertraulichkeit eines alten Freundes der Familie. »Das sind gute Nachrichten! Und ich dachte schon, es wäre wieder eine Rechnung. Von wem ist er?«

Wortlos reichte Aria ihr das rosafarbene Stück Papier. Nanny ergriff den Scheck und starrte mit großen, erstaunten Augen darauf herab. Für einen Augenblick schien es ihr die Sprache verschlagen zu haben.

»Dreitausend Pfund!« rief sie schließlich. »Aber wofür sind die, und wieso ist der Scheck auf dich ausgestellt?«

»Zerreiß ihn«, erwiderte Aria gequält. »Ich kann ihn nicht annehmen!«

»Demnach ist es ein Geschenk?« vermutete Nanny. »Von Mr. Dart Huron? Warum sollte er dir ein solches Geschenk machen?«

Plötzlich stand deutliches Mißtrauen in ihren Augen, woraufhin Aria nur den Kopf schüttelte und ein ironisches Lächeln um ihre Lippen zuckte.

»Es ist nicht, wie du denkst, Nanny«, sagte sie. »Er ist nicht interessiert an mir – das war er nur, solange ich Mittel zum Zweck für ihn war. Er bat mich nur, mich mit ihm zu verloben, um sich nicht mit einer anderen Frau verloben zu müssen. Dafür wollte er mir dreitausend Pfund zahlen.«

»Das also ist die Erklärung«, meinte Nanny. »Irgendetwas stimmt nicht an der Sache, das sagte ich gestern abend schon zu Charles, nachdem du ins Bett gegangen warst. Ich konnte es klar und deutlich von deinem Gesicht ablesen. Ich hätte mich all die Jahre wohl schlecht um dich gekümmert, wenn ich nicht merken würde, ob du glücklich oder unglücklich bist.«

»Ich konnte gestern abend nicht darüber sprechen«, entgegnete Aria. »Es tat mir leid, denn ich wußte, daß du gern alles erfahren hättest. Aber ich konnte einfach nicht darüber reden.«

»Ich verstehe. Es geht uns allen manchmal so. Dreitausend Pfund! Mein Gott, was das für Queen's Folly, für die Farm bedeuten könnte!«

»Ja, ich weiß«, erwiderte Aria, »und das war ja auch der Grund, warum ich mich damals auf diesen Handel eingelassen habe. Aber ich kann das Geld nicht annehmen, Nanny, ich kann es nicht!«

Sie fühlte, wie ihr plötzlich die Tränen in die Augen stiegen, und bei den letzten Worten erstarb ihre Stimme. Nanny seufzte leise auf.

»Das mußt du selbst wissen, mein Liebes«, meinte sie. »Aber es könnte eine große Hilfe sein, für dich – und für Charles.«

»Ja, ich weiß«, erwiderte Aria. »Verstehst du denn nicht, daß ich es gerade deshalb nicht annehmen kann? Es wäre unter Vorspiegelung falscher Tatsachen erworbenes Geld. Ich bin ihm davongelaufen, beziehungsweise Charles hat mich weggeholt. Ich habe kein Recht, mich für etwas bezahlen zu lassen, das nur halb erledigt ist.«

Sie ging zum Fenster hinüber und blickte auf den Garten hinaus. Sie wollte nicht, daß Nanny sah, daß ihr die Tränen über das Gesicht liefen.

»Wenn du so empfindest«, sagte Nanny, »brauchen wir nicht länger darüber zu reden. Zerreiß ihn, Liebes. Ich habe schon immer gesagt, daß kein Geld der Welt ein gebrochenes Herz heilen kann.«

»Ein gebrochenes Herz?« wiederholte sie.

Ja, sie war traurig und deprimiert, schon die ganze Nacht über hatte sie sich damit herumgequält. Verzweifelt versuchte sie, diese Traurigkeit loszuwerden, sie in Wut umzuwandeln. Ich hasse ihn, sagte sie sich. Ich hasse ihn für das, was er geschrieben hat, weil er mich mit dem Geld beleidigt hat. Gleichzeitig mußte sie zugeben, daß es – aus seiner Sicht – eine Ehrenschuld war, die er begleichen mußte.

»Komm jetzt frühstücken«, befahl Nanny. »Meine alte Mutter hat immer gesagt, daß alles nicht mehr so schlimm aussieht, wenn man etwas gegessen hat. Und das ist wahrhaftig wahr. Also komm jetzt, bevor die Eier kalt sind.«

Etwas essen war das letzte, was Aria sich jetzt wünschte. Trotzdem setzte sie sich widerstrebend an den Tisch. Nanny zuliebe aß sie ein paar Häppchen von den Eiern, nippte an dem heißen, aber schwachen Tee.

Ein Klopfen an der Hintertür unterbrach sie.

»Das werden die Zeitungen sein«, meinte Nanny.

Sie eilte hinaus, und Aria hörte sie mit dem Zeitungsjungen reden, der ihnen jeden Morgen mit dem Fahrrad die Zeitungen brachte. »Sir Charles sagt, daß du den *Farmer* vorige Woche zwei Tage zu spät gebracht hast. Vergiß ihn diese Woche nicht wieder. Wir sollen ihn immer am Donnerstag bekommen.«

»Ich kann ihn nicht eher bringen, als wir ihn selbst bekommen, oder?« erwiderte der Junge frech.

»Sag deinem Vater, was ich dir gesagt habe«, befahl Nanny und knallte die Tür zu.

Sie brachte die Zeitungen herein – den *Telegraph* und den *Daily Express* – und legte sie neben Aria auf den Tisch.

Während Nanny über ihre alltäglichen Sorgen plauderte, stocherte Aria geistesabwesend in ihrem Essen herum.

Dann legte sie Messer und Gabel beiseite. Dabei fiel ihr Blick auf die Schlagzeilen der Zeitung, die direkt vor ihr lag. Einen Augenblick saß sie wie versteinert da.

»Berühmter Filmstar schoß auf international bekannten Amerikaner«, las sie. Fast konnte sie die Worte nicht aufnehmen. Mit zitternden Händen hob sie die Zeitung an die Augen.

Da war ein Foto von Dart Huron, das ihn in Polokleidung zeigte, daneben eins von Lulu Carlo in einem ihrer mehr enthüllenden als bedeckenden, exotischen Kleider, die sie in ihrem letzten Film getragen hatte. Lange starrte Aria auf die Fotos, und erst nach einer ihr wie eine Ewigkeit vorkommenden Zeitspanne begann sie, den darunter stehenden Artikel zu lesen.

»Mr. Dart Huron, der international bekannte Geschäftsmann und Polospieler, wurde gestern abend schwer verwundet in der Bibliothek seines Hauses Summerhill in Surrey aufgefunden. Er wurde von seinem Butler, Mr. McDougall, entdeckt, der – nachdem er zwei oder drei kurz nacheinander abgefeuerte Schüsse gehört hatte – in die Bibliothek geeilt war. Er fand Mr. Huron auf dem Boden liegend vor. Neben ihm stand mit einer Pistole in der Hand Miss Carlo, der weltberühmte Filmstar, die als die aufregendste Frau der Welt bezeichnet wird. Ein Arzt wurde geholt, später traf die Polizei ein. Beide weigerten sich, der Presse eine Erklärung zu geben.«

Danach folgte eine lange Beschreibung von Dart Hurons Vermögen und seiner Besitztümer in Amerika sowie eine Aufzählung der Filme, in denen Lulu Carlo mitgewirkt hatte. Doch Aria las nicht weiter. Sie konnte nur zitternd dasitzen, während ihre Finger die Zeitung zerknüllten. Jeder Blutstropfen schien aus ihrem Gesicht gewichen zu sein.

Dann wußte sie, was sie zu tun hatte. Sie mußte nach Summerhill zurück!

Automatisch stand sie auf. Als Nanny zurückkam, um das Geschirr abzuräumen, und sie Arias Gesicht sah, rief sie:

»Was ist geschehen, mein Liebes?«

»Man hat auf Mr. Huron geschossen«, sagte sie und war selbst erstaunt, daß ihre Stimme so normal und gar nicht hysterisch klang.

»Großer Gott! Wer hat auf ihn geschossen?« fragte Nanny und zog ihr schwarzes Brillenetui aus der Schürzentasche.

»Ich muß zu ihm«, sagte Aria; und jetzt klang ihre Stimme fremd und wie aus weiter Ferne; die Stimme eines Menschen, den sie nicht kannte, eine Stimme, die – ihr selbst unbewußt – zu sprechen schien.

Nanny las den Artikel und schnalzte dabei mißbilligend mit der Zunge.

»Wenn du mich fragst – es ist gut, daß du jetzt nicht dort bist«, sagte sie dann. »Was für Zustände sind das! Charles hatte recht, dich von dort wegzuholen. Er sagte, er könne die Vorgänge dort nicht billigen, und ich kann ihm da wahrhaftig nur beipflichten.«

»Nanny, ich muß zu ihm!«

Nanny hob überrascht den Kopf.

»Zu Dart Huron? Aber warum solltest du, Liebes? Wenn man den Zeitungen Glauben schenken will, so geht es ihm sehr schlecht.«

»Du verstehst mich nicht«, entgegnete Aria. »Ich muß herausfinden, was passiert ist. Ich muß mich um das Haus kümmern, nach den Dienstboten sehen. Wer sonst sollte das tun?«

Nanny öffnete den Mund, war plötzlich nur noch Angst und Besorgnis.

»Jetzt setz dich erst einmal, mein Liebes, und ich hole dir eine Tasse Tee«, sagte sie. »Es war ein Schock für dich, das sehe ich. Ein Jammer, daß wir keinen Tropfen Brandy im Haus haben. Den letzten habe ich Charles für das kranke Kalb gegeben.«

»Ich will keinen Brandy. Ich will überhaupt nichts«, widersprach Aria.

»Du bist leichenblaß«, entgegnete Nanny. »Eine schöne, heiße Tasse Tee mit viel Zucker – das wird dir gut tun.«

»Es ist alles völlig in Ordnung«, sagte Aria. »Kannst du denn nicht verstehen, daß ich jetzt nicht hier bleiben kann? Ich muß nach Summerhill!«

»Und was wird Charles dazu sagen? Er hat sich schon so aufgeregt, als Joe ihm vorgestern abend die Zeitungen brachte. ›Das ist

Aria, Nanny‹, sagte er zu mir. ›Ja, sie ist es!‹ rief ich. Auch wenn das Foto nicht besonders gut war, so bestand kein Zweifel daran, daß du es warst. Er las alles, was über dich geschrieben wurde, ohne etwas dazu zu sagen. Dann stand er auf, um ins Bett zu gehen. ›Ich werde sie morgen früh zurückholen‹, sagte er.«

Plötzlich hielt Nanny inne. Sie merkte, daß Aria ihr nicht zuhörte, sondern nur auf das Foto Dart Hurons starrte. »Ich fände es besser, wenn du nicht hinführst«, sagte Nanny schließlich zögernd.

»Ich liebe ihn!«

Die Worte strömten aus ihrem Mund.

»Ich liebe ihn, Nanny, und ich habe es bis zu diesem Augenblick nicht gewußt.«

»Langsam, langsam, Liebes, deine Nerven sind überreizt«, entgegnete Nanny.

Aria sprang auf.

»Ich liebe ihn!« wiederholte sie, und jetzt klang ihre Stimme fest und bestimmt und schien von den Wänden widerzuhallen. »Ich dachte, ich hasse ihn, aber das war ein Irrtum. Ich liebe ihn, und obwohl er nichts für mich empfindet, muß ich ihm jetzt, wo er krank ist, helfen. Was wird mit ihr geschehen?«

Nanny sah auf das verführerische Foto Lulu Carlos herab. »Ich weiß es nicht«, erwiderte sie und schüttelte den Kopf.

Die Plakate auf den Londoner Litfaßsäulen jedoch gaben ihr die Antwort.

»Lulu Carlo verhaftet«, las sie, als sie aus dem Bus stieg, der sie nach Hyde Park-Corner gebracht hatte. Sie stieg in einen anderen Bus zum Victoria-Bahnhof. Von dort nahm sie einen Zug nach Guildford. Vorher jedoch hatte sie McDougall telegraphisch ihre Ankunftszeit mitgeteilt.

Wie sie es erwartet hatte, wartete ein Wagen vor dem Bahnhof auf sie. Den jungen Chauffeur kannte sie kaum, und daher sagte sie nach der Begrüßung nichts mehr zu ihm.

Auf Summerhill sah alles genauso aus wie bei ihrer Abfahrt. Der Garten war ein Blütenmeer, und als sie vor dem Haus vorfuhren, stand McDougall wartend auf der Vordertreppe.

»Guten Morgen, Miss. Ich freue mich, Sie zu sehen«, sagte er. »Ich glaube, ich sollte Sie darauf vorbereiten, daß ein paar Presseleute im Morgenzimmer warten.«

»Wie geht es Mr. Huron?« fragte Aria.

Ihre Stimme zitterte, und sie fragte sich, ob sie McDougall ebenso fremd vorkam wie sich selbst.

»Den Umständen entsprechend«, erwiderte McDougall. »Zwei Krankenschwestern sind bei ihm, und der Doktor ist gerade gegangen. Wollen Sie hinaufgehen?«

»Später«, antwortete Aria.

Sie ging durch die Halle ins Speisezimmer hinüber. Es schien ihr unmöglich, daß sie das Haus erst vor vierundzwanzig Stunden verlassen haben sollte. Ihr schien ein ganzes Leben vergangen zu sein, seitdem sie nach jenem bitteren Wortwechsel auf der Treppe mit Charles weggefahren war.

»Möchten Sie einen Sherry, Miss?« fragte McDougall von der Tür her.

»Ja, bitte«, sagte Aria.

Sie mochte zwar nichts trinken, doch so würde sie ihn für einen Augenblick los sein. Sie brauchte ein paar Sekunden, um sich zu beruhigen und zu sammeln.

Erst jetzt wurde ihr klar, wie schwer es war, zu dem Mann nach Summerhill zurückzukehren, den sie – wie sie jetzt wußte – liebte und der jetzt krank im Bett lag.

Getrieben von dem unwiderstehlichen Verlangen, bei ihm zu sein, hatte sie – Nannys Einwände ignorierend und ohne sich von Charles zu verabschieden – Queen's Folly auf der Stelle verlassen.

Während der Fahrt hatte sie nur einen Gedanken gehabt – daß sie zu Dart Huron mußte, ihm helfen, an seiner Seite sein mußte. Erst jetzt erkannte sie, wie schwierig das werden würde. Krankenschwestern und ein Arzt kümmerten sich um ihn. Er brauchte sie gar nicht. Und jetzt, wo sie da war – welche Position hatte sie überhaupt?

Während die Räder des Zuges wieder und wieder seinen Namen zu wiederholen schienen, hatte sie gewußt, daß ihre Liebe zu ihm groß genug war, um mit den Schlagzeilen, der Publicity und den Fragen der Presseleute fertigzuwerden. Und es war ihr klar gewesen, daß man sie in dem allgemeinen Durcheinander und der Aufregung um Lulu vergessen würde, wenn sie nicht in Erscheinung trat und auf Queen's Folly blieb.

Sie konnte sich nur zu gut an die Vernehmung in dem Hotel in

Monte Carlo erinnern, an die hektischen, forschenden Fragen, das Aufblitzen der Kameras, das beharrliche Schrillen des Telefons, die neugierigen Blicke der anderen Gäste, das Getuschel, wo immer sie sich zeigte.

Bin ich imstande, all das durchzustehen? Diese Frage stellte sie sich, als sie in dem schönen, langgestreckten Salon mit den auf die Terrasse hinausführenden Fenstern stand. Einen Augenblick lang schien alles still; die Sonne malte ein Muster auf den Teppich; ein Schmetterling flog tappend gegen die Fensterscheibe.

Dann plötzlich wußte sie, daß nichts außer dem verwundeten Mann wichtig war. Er machte sich nichts aus ihr, doch sie liebte ihn genug, um zu wissen, daß ihr einziges Glück darin bestehen würde, ihm zu dienen, seine Schmerzen zu lindern, alle Sorgen von ihm fernzuhalten.

McDougall kam mit einem Glas Sherry zurück. Sie dankte ihm lächelnd.

»Es ist alles in Ordnung, Miss«, sagte er in verschwörerischem Ton. »Niemand weiß, daß Sie wieder da sind. Ich habe das Telegramm niemandem gezeigt.«

»Das war sehr klug von Ihnen, McDougall«, entgegnete Aria. »Aber ich habe keine Angst. Ich möchte Mr. Huron helfen.«

»Das weiß ich, Miss«, erwiderte McDougall. »Als ich das Telegramm bekam, dachte ich: ›Sie wird in dieser schwierigen Lage zu ihm stehen.‹«

Aria spürte, wie sie rot wurde. Dann fragte sie ruhig:

»Wie schlecht geht es ihm?«

»Besser, als erwartet, Miss. Eine Kugel durchschlug seinen Arm, die andere seine Schulter. Die dritte verfehlte ihn ganz.«

McDougall zuckte die Achseln.

»Aber... warum hat sie es getan?« fragte Aria.

»Ich fürchte, das werden wir nie erfahren, Miss. Die Polizei hat sie heute früh verhaftet. Sie redete andauernd davon, daß es ein Unfall war und sie sich selbst töten wollte. Doch ich nehme an, sie glauben ihr nicht.«

Aria holte tief Luft.

»Sie hätte ihn töten können«, sagte sie.

»Das dachten wir alle«, antwortete McDougall. »Als ich ihn so auf dem Boden liegen sah, dachte ich zuerst, er wäre tot.«

»Können Sie bitte fragen, ob ich zu ihm kann?« fragte Aria.

»Ich gehe jetzt gleich hinauf«, erwiderte McDougall. »Wenn Sie mich fragen – Mr. Huron wird sich freuen, daß Sie wieder hier sind.«

Aria konnte nur beten, daß das stimmte. Angenommen, er wäre noch wütend auf sie? Angenommen, er befahl ihr zu gehen? Sie erzitterte beim Gedanken an diese Möglichkeit. Als sie jedoch die Schwelle zu Dart Hurons Schlafzimmer überschritt, empfand sie nichts als Angst um ihn. Als sie durch den großen Raum auf sein Bett zuging, hatte sie alles andere vergessen.

Die Vorhänge waren zugezogen, doch sie sah ihn sofort dort liegen, sah sein dunkles Haar, das sich gegen die weißen Kissen abhob, seinen dick bandagierten Arm und seine Schulter.

»Miss Milbank möchte Sie sehen«, sagte eine Krankenschwester sanft, als sie mit raschelnder, gestärkter Schürze aus dem Schatten auf das Bett zuglitt.

Aria trat näher, und als ihre Augen sich an die Dunkelheit gewöhnt hatten, sah sie, daß er ihr den Kopf zugewandt hatte. Sein Gesicht lag im Dunkeln; es war schwer zu erkennen, was er dachte.

»Sie sind also zurückgekommen«, sagte er leise.

»Ich dachte, ich könnte Ihnen vielleicht nützlich sein«, sagte sie unbeholfen.

»Ich habe Sie gebraucht.«

Sein Eingeständnis ließ eine Woge der Freude durch ihren Körper strömen. Ruhig erwiderte sie:

»Ich werde hier blieben, wenn ich Ihnen irgendwie helfen kann. Das wissen Sie.«

»Ich möchte, daß Sie hier bleiben.«

Es klang eher wie ein Befehl, und zum ersten Mal war Aria froh über seine herrische Art.

»Er darf nicht zuviel reden«, sagte die Schwester von der anderen Seite des Bettes her.

»Ich verstehe«, erwiderte Aria. Sie wandte sich wieder an Dart Huron. »Ich werde mich um alles kümmern«, erklärte sie. »Machen Sie sich keine Sorgen.«

Sie drehte sich um und verließ den Raum, um in eine plötzlich golden aussehende Welt hinauszutreten. Er brauchte sie! Er wollte, daß sie blieb! Mehr wollte sie nicht wissen.

Unten wartete die Presse, und sie wußte, daß sie jetzt die Kraft hatte, ihnen gegenüberzutreten. Sie betrat das Morgenzimmer, und die Männer sprangen auf.

»Miss Milbank!« rief jemand.

»Milborne«, korrigierte Aria ihn. »Die Berichte, die gestern in den Zeitungen standen, waren äußerst ungenau.« Sie lächelte die erstaunten Leute um sich herum an. »Ich bin nicht Miss Nobody aus Niemandsland. Ich bin Aria Milborne, die Tochter des verstorbenen Sir Gladstone Milborne.«

»Doch nicht des Sir Gladstone?« fragte jemand.

»Aus Ihrem Ton schließe ich, daß Sie meinen Vater meinen«, erwiderte Aria lächelnd. »Aber eins möchte ich gleich zu Beginn klarstellen. Mr. Huron und ich werden unsere Verlobung im Augenblick auf keinen Fall bekanntgeben. Wir sind alte Freunde und verstehen uns sehr gut. Das ist alles.«

Sie wandte sich zum Gehen, doch die Reporter klebten wie ein Bienenschwarm an ihr.

»Miss Milborne, wir müssen mehr wissen ...«

»Bitte sagen Sie uns ...«

»Wenn Sie sagen ...«

Die Fragen prasselten genau wie damals auf sie nieder, doch irgendwie konnten sie ihr nicht wehtun.

»Seien Sie vernünftig«, sagte sie. »Ich habe schon sehr viel gesagt. Es ist nicht fair, mir jetzt noch weitere Fragen zu stellen. Ich werde Ihnen nicht weglaufen. Ich bin hier. Außerdem haben Sie für heute bestimmt genügend Stoff. Ihre Verleger werden sicher erfreut sein.«

Man lachte, und einer der Reporter hob ihr sein Glas Bier entgegen.

»Auf Ihr Wohl, Miss Milborne«, sagte er. »Sie haben die Atmosphäre etwas entkrampft, und das ist manchmal ungeheuer wichtig.«

Wieder lachten alle, und Aria nutzte die Gelegenheit, um sich davonzustehlen.

Oben begab sie sich an ihren Schreibtisch. Ein Stapel Telegramme und eine ganze Reihe von Briefen waren eingetroffen, die alle beantwortet werden mußten. Sie war so beschäftigt, daß sie nicht hörte, wie die Tür aufging, und sie blickte erst auf, als Lord Buckleigh, der mit ausgestreckten Händen auf sie zu eilte, fast schon neben ihr stand.

»Sie sind wieder da! Mein Gott, ist das herrlich, Sie sind wieder da! Woher kommen Sie, und wieso hat man es mir nicht gesagt?« fragte er.

»Ich dachte, ich würde gebraucht«, erwiderte sie reserviert.

Er nahm ihre Hände und hob sie an die Lippen.

»Das werden Sie ganz sicher«, erklärte er. »Heute früh kamen drei Anrufe in Spanisch und einer in Deutsch. Ich konnte kein einziges Wort verstehen.«

Aria mußte lachen. »Sie sehen, ich habe meine Vorzüge.«

»So habe ich es nicht gemeint«, entgegnete er. »Aber ich dachte, Sie seien für immer gegangen.«

»Das wollte ich auch, doch dann las ich heute früh die Zeitungen.«

Lord Buckleighs Gesicht verdunkelte sich.

»Verdammtes Weib!« sagte er. »Zum Glück hat sie nur seinen linken Arm getroffen, aber auch so wird er nie mehr Polo spielen können.«

»Warum hat sie es getan?« fragte Aria.

»Das wissen wir alle nicht«, erwiderte Lord Buckleigh. »Sie sagt, es war ein Unfall. Doch ich habe noch nie von einem Unfall gehört, bei dem in schneller Folge drei Schüsse abgefeuert werden.«

»Was werden sie mit ihr machen?« fragte Aria.

»Ihr wird der Prozeß gemacht werden, und sie wird mit Sicherheit ein Jahr bekommen.«

»Ein Jahr Gefängnis?« fragte Aria entsetzt.

»Ihr Anwalt rechnet damit. Ich war gerade bei ihm. Sie hat den besten Anwalt, den es gibt, aber die Richter und die Geschworenen haben etwas gegen Leute, die Pistolen bei sich haben. Überflüssig zu sagen, daß sie keinen Waffenschein hat.«

»Wo sind all die anderen?« wollte Aria wissen. »Ich meine die anderen Gäste, die hier waren?«

Lord Buckleigh grinste und erwiderte augenzwinkernd:

»Sie haben sich davongemacht wie die Kaninchen. Der Botschafter ging als erster, erklärte, in seiner Position könne er gar nicht vorsichtig genug sein. Und was die übrigen anbelangt – ich wußte gar nicht, daß sie so früh aufstehen können. Wir beide sind die einzigen, die geblieben sind.«

»Oh, das ist gut«, rief Aria. »Ich habe nämlich sehr viel zu tun.«

Lord Buckleigh blickte auf den Stapel unerledigter Korrespondenz. »Sie müssen sich aber auch um mich kümmern«, meinte er. »Sie können Dart ja nicht Ihre ganze Zeit widmen.«

»Wie wäre es, wenn Sie sich einmal selbst um sich kümmerten?« fragte Aria.

»Kein guter Vorschlag. Ich wüßte gar nicht, wie.«

Seine Stimme hatte einen neckenden Ton, doch gleich darauf war er wieder ernst. »Da ist etwas, das ich Sie fragen möchte.«

Sie hatte das Gefühl, daß das eine Frage sein würde, die sie nicht gern beantworten würde.

»Die Frage ist die«, meinte Lord Buckleigh. »Bedeuten Sie Dart etwas – ich meine, ernsthaft?«

»Natürlich nicht«, antwortete Aria.

Diesmal zumindest konnte sie voller Überzeugung antworten.

»Nein«, wiederholte sie. »Und ich weiß auch gar nicht, wie Sie auf so etwas kommen.«

»Ich hatte so ein Gefühl«, begann Lord Buckleigh, fügte dann schnell hinzu: »Aber das müßten Sie ja wissen.«

»Ja, das müßte ich«, erwiderte Aria.

Noch während sie sprach, empfand sie die Hoffnungslosigkeit ihrer Liebe, und sie wußte, daß sie alles für das Wunder geben würde, daß Dart Huron sie liebte. Und sie wäre auch bereit – egal, welcher Art seine Gefühle für sie auch waren –, jedes Opfer für ihre Liebe zu ihm zu bringen. Ihm, wenn nötig, barfuß bis ans Ende der Welt zu folgen.

14

Nach einem langen und ziemlich schwierigen Telefongespräch in deutscher Sprache legte Aria den Hörer auf und wandte sich ihrer Schreibmaschine zu. Aber irgendwie gelang es ihr nicht, sich auf die Briefe, die sie schrieb, zu konzentrieren.

Sie stand auf, ging zum Fenster hinüber und blickte auf den feucht und bedrückend im Nebel liegenden Garten hinaus. Sie war nervös, was sich im Zucken ihrer Mundwinkel und ihren sich immer wieder ineinander verkrampfenden, flatternden Händen zeigte. Sie konnte sich einfach nicht auf eine Sache konzentrieren.

Nie waren ihr die Stunden langsamer vergangen. Der Tag schien ihr endlos zu sein, die Zeit still zu stehen.

Erst drei Uhr. Jetzt hätten sie bereits zurück sein müssen. Sie spitzte die Ohren, wartete auf das Motorengeräusch eines Autos, doch sie hörte nichts. Mit beinahe übermenschlicher Anstrengung zwang sie sich, sich wieder an den Schreibtisch zu setzen und den Brief weiterzuschreiben. Doch sie machte einen Fehler nach dem anderen, und in einer plötzlichen Anwandlung nahm sie den Brief aus der Maschine und zerriß ihn.

Sie hatte die Papierschnipsel gerade in den Papierkorb geräumt, als die Tür geöffnet wurde. Sie sprang auf, und noch ehe Lord Buckleigh die Schwelle überschritten hatte, rannte sie auf ihn zu.

»Was ist passiert?« frage sie. »Ist alles in Ordnung?«

»Er ist müde«, antwortete er ruhig. »Doch in Anbetracht der Umstände hat er sich sehr gut gehalten.«

Aria blickte auf die offene Tür, und er fügte schnell hinzu:

»Sie bringen ihn jetzt nach oben. Der Arzt ist bei ihm. Sie können im Augenblick gar nichts tun.«

Aria seufzte leise auf, als habe er sie davon abgehalten, etwas zu tun, was sie ungeheuer gern getan hätte.

»Was ist geschehen?« fragte sie nach einer Weile.

»Lulu bekommt ein Jahr Gefängnis«, antwortete er.

»Oh, die Arme!« rief Aria. »Ich dachte, Sir Frederick würde einen Freispruch erreichen.«

»Er tat sein Bestes. Ein Jahr war die Mindeststrafe, und natürlich bekommt sie bei guter Führung Strafermäßigung.«

»Ich kann den Gedanken daran nicht ertragen«, sagte Aria. »Sie wird das nie durchstehen, oder?«

»Als das Urteil verlesen wurde, war sie erstaunlich ruhig«, entgegnete Lord Buckleigh. »Das Urteil schien sogar eine Erleichterung für sie zu sein. Vorübergehend sah es nämlich so aus, als würde sie wesentlich mehr bekommen. Der Vertreter der Anklage präsentierte den Fall sehr überzeugend.«

»Ich nehme an, Darts Aussage hat ihr sehr geholfen?« meinte Aria leise.

»Ich glaube, Lulu hat sich selbst am meisten geholfen. Sie sagte die Wahrheit, und das war überzeugender als jede aus den Fingern gesogene Geschichte.«

Aria sah in erschrocken an.

»Die Wahrheit?« fragte sie.

Er nickte.

»Ja. Im Kreuzverhör erklärte sie genau, was passiert war und warum sie auf Dart geschossen hat.«

»Aber... aber ich dachte, sie hätte immer gesagt, daß es ein Unfall war«, sagte Aria.

»Das war eine Zeitlang ihre Version«, antwortete Lord Buckleigh. »Aber ich persönlich habe das nie geglaubt – und auch sonst niemand.«

»Wahrscheinlich«, gab Aria zu. »Und was ist die Wahrheit?«

Lord Buckleigh nahm sich eine Zigarette und schien sie anzünden zu wollen.

»Hat Dart Ihnen das nicht gesagt?« fragte er.

»Natürlich nicht«, erwiderte Aria. »Sie wissen doch, wie wenig ich mich seit seiner Erkrankung mit ihm unterhalten habe. Außerdem hat der Arzt ausdrücklich angeordnet, er solle so wenig wie möglich reden.«

»Ja, das weiß ich«, sagte Lord Buckleigh. »Trotzdem dachte ich, er hätte Ihnen vielleicht etwas gesagt, als Sie allein mit ihm waren.«

»Ich bin nie allein mit ihm. Schwester Walters ist immer da. Sie befolgt die Anweisungen des Arztes auf das Genaueste. Trotzdem kommt sie mir fast wie ein Wachhund vor.«

»Sie sieht auch fast so aus«, erwiderte Lord Buckleigh grinsend.

»Lassen wir das jetzt«, meinte Aria. »Erzählen Sie mir mehr über die Verhandlung. Was hat Lulu gesagt?«

»Sie sagte«, erwiderte Lord Buckleigh quälend langsam, »daß sie auf Dart geschossen habe, weil er ihr gestanden hat, daß er eine andere liebt.«

Arias Reaktion auf diese Enthüllung war eindeutig. Sie starrte ihn aus weit aufgerissenen Augen an; die Verwunderung auf ihrem Gesicht hätte nicht größer sein können, wenn er eine Bombe geworfen hätte.

»Er liebt... eine andere?« wiederholte sie stammelnd.

»Ja. Lulu erklärte, daß sie ihm in einem Gespräch vorgeworfen habe, er wolle ihre Affäre beenden, weil er eine andere liebe. Dart gab zu, daß das stimme, und sie schoß auf ihn.«

»Aber... was hat Dart gesagt?« fragte Aria, und die Worte kamen so schnell über ihre Lippen, daß sie beinahe stotterte.

»Er gab zu, daß Lulu die Wahrheit gesagt hätte.«

»Die Wahrheit?« Arias Stimme war nur noch ein Flüstern. Sie wandte den Blick ab und fragte sehr, sehr leise: »Sagte er, wer diese Frau ist?«

»Ja.«

Ein beinahe unerträgliches Schweigen trat ein, bis Aria schließlich hervorstieß:

»Und wer ist es?«

»Sie.«

Aria drehte sich um, die Farbe kehrte in ihre Wangen zurück.

»Aber das ist nicht wahr! Wie kann er so etwas sagen, wenn es gar nicht stimmt?«

»Aber er hat es gesagt.«

»Dann war es wahrscheinlich eine von Lulu provozierte Ausrede. Einen anderen Grund für solch eine Lüge gibt es nicht.«

»Und wenn es die Wahrheit ist?«

»Aber das ist es nicht. Natürlich nicht! Sie wissen genau, daß Dart seine Verlobung mit mir nur bekanntgab, weil Lulu ihn in die Falle gelockt hatte. Sie rief die Presse her und versuchte, ihn so in die Enge zu treiben, daß er bestätigen mußte, daß er mit mir verlobt sei. Ich habe Ihnen ja erzählt, was geschehen ist. Ich habe Ihnen nichts verschwiegen. Er zahlte mir dreitausend Pfund dafür, daß ich mich eine Zeitlang als seine Verlobte ausgab. Er schickte mir den Scheck sogar nach Queen's Folly, nachdem ich nach Hause gefahren war. Aber ich habe ihn zerrissen.«

»Und haben damit wichtiges Beweismaterial vernichtet«, entgegnete Lord Buckleigh grinsend.

»Machen Sie keine Witze darüber«, rief Aria. »Es ist nicht lustig – jedenfalls nicht für mich. Es war eine rein geschäftliche Vereinbarung. Warum soll ich jetzt da hineingezogen werden, wo doch vereinbart war, daß mein Name nicht erwähnt wird?«

»Ich weiß, daß wir das vereinbart haben«, sagte Lord Buckleigh. »Der Himmel weiß, daß wir ewig lange mit diesem Rechtsanwalt zusammensaßen und die Fakten durchgingen und versuchten, Entschuldigungen für Lulu zu finden. Doch als die beste Möglichkeit zu ihrer Verteidigung erwies sich immer wieder nur ihre ursprüngliche Aussage – daß es ein Unfall war und der Schuß sich versehentlich aus der Waffe gelöst hatte.«

»Wir wissen, daß das sehr schwach war«, meinte Aria. »Aber es gab keine andere Möglichkeit.«

»Sie hätten nie geglaubt, daß Lulu die Wahrheit sagen könnte?« meinte Lord Buckleigh.

»Aber es ist nicht die Wahrheit!« schrie Aria ihn an. »Sagen Sie mir nicht, daß Sie diesen Blödsinn glauben!«

»Blödsinn?« fragte Lord Buckleigh.

»Natürlich ist es Blödsinn. Dart hat in mir immer nur die Sekretärin gesehen. In Wirklichkeit war ich ihm sogar unsympathisch. Das hat er mehr oder weniger gesagt, weil er meinte, daß ich ihn und seine Freunde verachte.«

»Und taten Sie es?«

»Ja, natürlich! Ich habe die Gesellschaft gehaßt, seitdem mein Vater sich ruiniert hatte und durch seinen ausschweifenden Lebensstil zu Tode kam. Er hatte sich mit den gleichen Leuten umgeben, wie sie hierher kamen, um zu essen und zu trinken, ohne ›Danke‹ zu sagen. Ich mag die Gesellschaft nicht, habe sie nie gemocht. Ich nehme an, ich war nicht klug genug, um meine Gefühle zu verbergen.«

»Warum sollten Sie das?« fragte Lord Buckleigh. »Sie haben ein Recht auf eine eigene Meinung.«

»Mir wurden nicht zwanzig Pfund die Woche gezahlt, um mir meine eigene Meinung zu bilden«, erwiderte Aria. »Ich wurde bezahlt, um dieses Haus zu führen und eine charmante Gastgeberin zu sein. Dart war deshalb böse auf mich, und er war auch böse, als Charles mich wegholte. Seine letzten Worte an mich waren: ›Gehen Sie zum Teufel!‹ Klingt das nach Liebe?«

Lord Buckleigh drückte seine halbgerauchte Zigarette im Aschenbecher aus.

»Dart ist ein seltsamer Bursche«, entgegnete er. »Ich habe ihn nie verstanden und werde ihn wohl auch nie verstehen. Falls er – abgesehen von seinen Flirts mit hübschen Schmetterlingen wie Lulu – eine Frau einmal wirklich lieben sollte, so habe ich keine Ahnung, wie er sich dann benehmen würde.«

Aria schwieg einen Augenblick, dann fragte sie:

»Glauben Sie wirklich, daß Lulu glaubte, daß er ... mich mag?«

»Wenn Lulu und Dart nicht die perfektesten Schauspieler sind, die man sich vorstellen kann, dann haben sie beide im Zeugenstand die Wahrheit gesagt«, antwortete Lord Buckleigh.

»Und doch wissen wir, daß es nicht stimmt.«

»Sie müssen es ja von Ihrer Warte aus sehen«, meinte Lord Buckleigh. »Ich persönlich glaube Dart.«

»Aber es ist unmöglich«, wisperte Aria mit einer hilflosen Gebärde. »Vollkommen unmöglich.«

Lord Buckleigh beugte sich zu ihr hinüber und ergriff ihre Hand.

»Ich liebe Sie«, sagte er. »Und ich weiß, daß Sie mich nicht lieben. Es fällt mir nicht leicht, Ihnen alles Glück der Welt und die Erfüllung all dessen, was Sie sich erhoffen, zu wünschen. Aber weil Sie sind, wie Sie sind, und weil Sie die süßeste Person sind, der ich je begegnet bin, möchte ich, daß Sie glücklich werden.«

Sie drückte seine Hand.

»Lieber Tom«, sagte sie. »Was Sie da sagen und wie Sie es sagen – ich könnte weinen. Ich wünschte, ich liebte Sie. Es wäre soviel leichter.«

Er hob ihre Hand an seine Lippen und küßte sie.

»Wir können nur abwarten«, sagte er. »Inzwischen werde ich den Gefängnisdirektor aufsuchen und sehen, ob ich irgend etwas für Lulu tun kann.«

»Ich freue mich, daß Sie das tun wollen«, entgegnete Aria.

»Machen Sie sich inzwischen keine Sorgen«, sagte er. »Und lesen Sie nicht die Abendzeitungen.«

»Sie wissen, daß keine ins Haus kommt«, erwiderte sie.

»Da wäre ich mir nicht so sicher«, entgegnete er lächelnd. »Ich wette, die Dienstboten haben nicht ein Wort von dem ganzen Klatsch versäumt, den die Presse in der letzten Woche verbreitet hat.«

»Manchmal bedaure ich mein Versprechen, keine Zeitung zu lesen«, erwiderte Aria mit schwachem Lächeln.

»Nein, das tun Sie nicht«, erklärte er entschieden. »Sie könnten es nicht ertragen.«

Er küßte ihre Hand und verließ den Raum. Als er gegangen war, setzte Aria sich aufs Sofa und vergrub das Gesicht in den Händen.

Es stimmte, daß sie in der vergangenen Woche keine einzige

Zeitung gelesen hatte. Lord Buckleigh hatte ihr dieses Versprechen abgenommen und McDougall befohlen, keine Zeitung ins Haus kommen zu lassen. Weil er Aria mochte, hatte er verstanden, wie besudelt und beschmutzt sie sich fühlen mußte, wenn sie ihren Namen, zusammen mit Darts und Lulus, in den Schlagzeilen der Sensationspresse fand.

Es tat weh, Bilder von Queen's Folly und alte Fotos ihres Vaters neben Fotos von Lulus Swimmingpool in Beverly Hills, exotischen Partys in Nachtclubs oder Fotos von ihr und ihren Freunden, auf denen sie sich halbnackt an der Riviera räkelten, sehen zu müssen.

Und es war hart, Berichte über Darts Liebesaffären lesen zu müssen; über die Frauen, mit denen man ihn in Verbindung gebracht hatte; und festzustellen, daß sie nun auch auf der langen Liste stand und in den Augen der Öffentlichkeit nicht besser und nicht schlechter war als Lulu und ihresgleichen.

»Wozu sich quälen?« hatte Lord Buckleigh gesagt, als er sie in Tränen aufgelöst über einem sehr guten Foto Dart Hurons fand, während um das Bild herum die Köpfe all der Frauen abgebildet waren, mit denen sein Name je in Verbindung gebracht worden war.

Aus diesem Grunde hatte Aria auch nicht die ganzen Aufregungen vor Lulus Prozeß verfolgt und hatte sich nur darauf konzentrieren können, Dart so weit gesund zu pflegen, daß er dem Prozeß beiwohnen konnte.

Er hatte Probleme mit seiner Schulter, weil die Kugel einen Knochen zersplittert hatte und die Wunde sich zu entzünden begann. Für einen weniger robusten Mann wäre die Sache wohl schlimmer verlaufen. Doch dank der vielen Stunden im Sattel war er zäh und drahtig, und da er – wie ein Arzt sagte – die Kondition eines Ochsen besaß, ging es ihm nach unglaublich kurzer Zeit um vieles besser, als man zu hoffen gewagt hatte.

Trotzdem hatten ihn heute eine Krankenschwester und ein Arzt zum Gericht begleitet, und man hatte ihn mit Aufbauspritzen und Medikamenten gestärkt, damit er in der Lage war, die Anstrengungen der Zeugenaussage durchzustehen.

Und was er ausgesagt hatte, hätte Aria nicht einmal in ihren wildesten Träumen erwartet. Nicht einen Augenblick lang hatte sie geglaubt, daß es Lulu auf andere Weise als durch eine Lüge gelingen könnte, sich dem vollen Strafmaß zu entziehen.

Doch auch so machte es ihr noch genug zu schaffen.

Warum, so fragte sie sich, mußte er all das sagen? Warum wurde sie noch mehr in den ganzen Schlamassel hineingezogen, als sie es bereits war? Was würde Charles dazu sagen, der über ihre Rückkehr nach Summerhill ohnehin außer sich vor Wut war und ihr lange und erstaunlich eindringliche Briefe geschrieben hatte, in denen er sie bat, nach Hause zurückzukommen, und ihr sagte, wie sehr ihn die Presseberichte schockierten und anwiderten.

»Armer Charles«, flüsterte Aria aufseufzend. Sie konnte ihm keinen Vorwurf machen, daß er böse darüber war.

Schließlich hatte sie sich wieder so weit unter Kontrolle, daß sie zu Darts Schlafzimmer gehen und an die Tür des angrenzenden Zimmers klopfen konnte, in dem sich die diensthabende Krankenschwester aufhielt, während er schlief. Schwester Walters, eine tüchtige Frau mittleren Alters, winkte Aria herein.

»Ich hoffe, er schläft«, sagte sie mit gesenkter Stimme. »Der Arzt hat ihm gerade ein Beruhigungsmittel gegeben. Er hielt sich gut, doch die Heimfahrt war ein bißchen viel für ihn.«

»Er hätte in London bleiben sollen«, sagte Aria.

»Sie wissen, daß er das nie tun würde«, erwiderte Schwester Walters. »Er scheint die Stadt zu hassen. Bevor ich hierherkam, dachte ich immer, daß Nachtclubs das einzige seien, das ihm Freude macht.«

Aria versuchte zu lächeln.

»Das ist wahrscheinlich die allgemeine Meinung über ihn«, entgegnete sie.

Schwester Walters blickte Aria ein wenig irritiert an.

»Ich nehme an, Sie haben gehört, wie der Fall ausgegangen ist?« fragte sie.

»Lord Buckleigh sagte es mir«, erwiderte Aria. »Es tut mir sehr leid für Miss Carlo.«

Schwester Walters schnaubte verächtlich.

»Wenn Sie gestatten, Miss Milborne, aber ich bin der Meinung, daß sie genau das bekommen hat, was sie verdient. Sie kann sogar froh sein, daß sie mit einem Jahr davongekommen ist.«

»Wie dem auch sei, sie tut mir leid«, beharrte Aria. »Denken Sie nur, was es nach ihrem herrlichen, luxuriösen Leben für Lulu bedeuten muß, im Gefängnis zu sein.«

»Wenn sie wieder herauskommt, wird sie schon ihren Nutzen daraus ziehen«, erklärte Schwester Walters. »Ich erinnere mich an einen anderen Filmstar, bei dem ich einmal war, und der immer zu mir sagte: ›Jede Publicity ist eine gute Publicity, Schwester.‹ Ich mußte unwillkürlich an diese Worte denken, als ich sah, wie Miss Carlo den Reportern zulächelte, als sie den Zeugenstand verließ. Sie wirkte lange nicht so erregt wie der arme Mr. Huron.«

»Vielleicht konnte Miss Carlo es nur besser verbergen«, vermutete Aria.

Irgendwie hatte Aria das Gefühl, Lulu verteidigen zu müssen, obwohl sie sie nie gemocht hatte. Der Gedanke, daß sie von der Welt, die sie liebte, den Schmeicheleien und der Bewunderung ihrer Fans ausgeschlossen sein sollte, hatte etwas Erschreckendes an sich; ebenso wie die Vorstellung, daß man ihr ihre schönen Kleider wegnehmen würde und sie arbeiten müßte und ihre Hände rauh werden würden.

Aber es hatte keinen Zweck, Mitleid für Lulu bei der Schwester erwecken zu wollen, das war offensichtlich. Und sie fragte sich, wie viele Leute wohl ebenso wie Schwester Walters beinahe so etwas wie Schadenfreude über den Untergang einer schönen, verführerischen Frau empfinden mochten.

Es war absurd, sich soviele Gedanken darüber zu machen, aber Aria war überzeugt, daß sie – wenn sie an Lulus Stelle wäre – eher sterben als eine Gefängnisstrafe auf sich nehmen würde.

Schwester Walters sah auf ihre Uhr.

»Es ist gleich vier Uhr«, sagte sie. »Ich nehme an, Mr. Huron wird noch zwei oder drei Stunden schlafen. Dann soll er ein leichtes Essen bekommen. Ich werde Ihnen Bescheid geben, wenn er Sie später noch sehen möchte – was er sicher will.«

»Nein«, sagte Aria spontan.

»Sie brauchen sich keine Sorgen zu machen, daß es zuviel für ihn sein könnte«, fuhr Schwester Walters fort. »Heute morgen ging es ihm viel besser als in der ganzen letzten Zeit. Die Wunde heilt gut. Der Arzt ist sehr zufrieden. Ich nehme an, er wird sich vor dem Einschlafen heute abend noch ein bißchen unterhalten wollen. Ich werde heute nicht mehr so streng sein wie in den vergangenen Tagen, und Sie dürfen es mir auch nicht übelnehmen, daß ich versucht habe, Sie nicht ins Krankenzimmer zu lassen. Der Arzt hatte es so angeordnet, und in meinem Beruf müssen wir tun, wozu wir angewiesen werden.«

Schwester Walters sprach ziemlich gestelzt, und Aria eilte – eine Entschuldigung murmelnd – aus dem Raum. Sie wußte nur zu gut, was der listige Blick und die Anspielung zu bedeuten hatten. Schwester Walters gehörte zu denen, die Lulu und Dart glaubten und überzeugt waren, daß Aria die Ursache des ganzen Ärgers war.

Warum? Warum? fragte sie sich. Warum hatte er ihr das angetan? Es war nicht fair. Es war etwas, gegen das sie sich nicht wehren, das sie nicht bekämpfen konnte.

Sie ging in ihr Zimmer und verspürte den wilden Drang, ihre Koffer zu packen und zu gehen. Dart ging es besser, der Haushalt lief, der Fall war abgeschlossen. Warum sollte sie noch bleiben? Nur, damit man ihr noch einmal dankte, daß sie ihre Pflicht getan hatte? Warum sollte sie nicht zu Charles zurückgehen und zu Hause ihren Frieden finden. Queen's Folly wartete auf sie. Dort würde sie Ruhe und Frieden finden, all das, was sie in Summerhill nie hatte finden können.

Und dann, während sie so unschlüssig in ihrem Schlafzimmer stand, wußte sie plötzlich, daß sie nicht gehen konnte. Sie liebte ihn, und so mußte sie bleiben, bis er keine Verwendung mehr für sie hatte. Sie wußte, daß es sinnlos war, über den inneren Frieden nachzudenken, den sie in Queen's Folly oder sonstwo finden könnte. Sie würde niemals wieder Frieden finden können, solange Dart Huron lebte und sie nicht bei ihm sein konnte.

Mit einem kleinen, unendlich rührenden Lächeln dachte sie daran, daß wohl eine jede Frau glaubte, daß ihre Liebe tiefer und größer sei als jede andere Liebe. Trotzdem konnte sie an nichts anderes denken. Sie hatte nicht gewußt, daß Liebe in der Lage war, den ganzen Körper in ein einziges Schlachtfeld widerstreitender Gefühle zu verwandeln; daß man in ein und demselben Augenblick Schmerz und höchste Lust zugleich empfinden konnte; daß Freude und tiefste Verzweiflung so dicht beieinander liegen konnten.

Sie liebte Dart, und so war es für sie Himmel und Hölle zugleich, bei ihm zu sein. Sie sehnte sich danach, ihn zu sehen, und wenn sie ihn dann sah, bereitete es ihr fast unerträgliche Schmerzen, weil sie ihre Gefühle, ihre Worte, ihre Augen unter Kontrolle halten mußte.

Langsam kleidete sie sich für das Dinner an und mußte über sich selbst lachen, weil sie soviel mehr Sorgfalt als gewöhnlich darauf verwendete. Ob er es überhaupt bemerken würde? Sie wußte nur zu gut, was er zu ihr sagen würde – so ungefähr dasselbe, was er jeden Tag seit Beginn seiner Krankheit zu ihr sagte, wenn sie ihn für einen kurzen Augenblick besucht hatte.

»Sind irgendwelche Telegramme aus Südamerika angekommen?«

»Ja, ich habe sie beantwortet.«

»Gutes Mädchen. Und sorgen Sie dafür, daß die anderen ruhig bleiben, bis es mir wieder gut genug geht, um selbst mit ihnen fertig zu werden, ja?«

»Sie wissen, daß ich das tun werde.«

»Danke.«

Das war so ungefähr der gesamte Inhalt ihrer Unterhaltung. Hin und wieder las sie ihm ein Telegramm oder eine Nachricht vor, die schwieriger zu verstehen war als die anderen und für deren Beantwortung sie Hilfe brauchte. Ansonsten sagte sie ihm, den Rat des Arztes befolgend, daß alles in Ordnung sei.

Sie zog ihr altes schwarzes Kleid an und stellte dabei fest, daß ihre Haut – vielleicht wegen ihres Kummers – noch weißer und durchscheinender als sonst war. Unter ihren Augen waren kleine Linien, doch irgendwie machten sie sie noch attraktiver und schadeten ihrer Schönheit nicht. Während sie sich kämmte, schienen ihre Locken zu Leben zu erwachen. Und weil sie glaubte, daß das strenge Kleid es erfordere, steckte sie sich kurzentschlossen zwei große weiße Rosen aus dem Blumenarrangement auf ihrem Frisiertisch an die Brust.

Während sie zum Dinner hinunterging, roch sie den betörend süßen Duft der Blumen. Wie üblich waren sie nur zu viert – Aria und Lord Buckleigh und die beiden Krankenschwestern –, und weil die Ereignisse bei Gericht wie eine dunkle Wolke über ihnen zu hängen schienen, schleppte sich die Unterhaltung bedrückend zäh dahin, und es gab immer wieder kleine Pausen, bis jemand hastig über irgendeine belanglose Sache zu reden begann.

Nachdem Schwester Walters sich zurückgezogen hatte, um – wie sie sich ausdrückte – »nach ihrem Patienten zu sehen«, kam der Befehl.

»Mr. Huron möchte Sie sehen, Miss Milborne.«

Aria sprang hastig auf, und während sie nach oben ging, spürte sie beinahe schmerzhaft, wie ihr Herz jagte. Als sie die Tür zu seinem Schlafzimmer erreicht hatte, schien es ihr beinahe unmöglich, den Raum zu betreten. Als sie die Hand nach dem Griff ausstreckte, spürte sie, daß sie zitterte.

Einen Augenblick lang blieb sie, um ihre Fassung ringend, vor der Tür stehen, schämte sich, weil ihr Atem so schnell ging, jeder Nerv ihres Körpers zu vibrieren schien. Schließlich erkannte sie, daß das Warten alles nur noch schlimmer machte. Also öffnete sie entschlossen die Tür und trat ein.

Zu ihrer Überraschung waren die Vorhänge nicht zugezogen. Draußen ging die Sonne goldrot unter, tauchte den Himmel in purpurnes Rot und warf ein seltsam schönes Licht in den Raum. Dart lag nicht im Bett, wie Aria es erwartet hatte, sondern saß – mit einer Decke auf den Knien und einem Kissen hinter dem Kopf – auf einem Stuhl beim Fenster.

Sie hatte erwartet, Schwester Walters vorzufinden, doch er war allein; und während sie durch das Zimmer auf ihn zuging, spürte sie, daß er sie beobachtete. Langsam kam sie näher, ihre Beine schienen schwerer und schwerer zu werden, doch sie trugen sie weiter, und schließlich hatte sie ihn erreicht. Er blickte sie an, und sie sah, daß er lächelte.

»Hat man es Ihnen erzählt?« fragte er.

»Mir... was erzählt?«

»Daß ich öffentlich erklärt habe, was ich für Sie empfinde?«

Es war das Letzte, was zu hören sie von ihm erwartet hatte. Sie war so aufgeregt, daß sie ihn nur anstarren konnte. Die untergehende Sonne ließ ihr rotes Haar aufglänzen, erhellte ihr Gesicht, zeigte den Schmerz in ihren Augen.

»Mußten Sie solche Lügen erzählen?« fragte sie schließlich.

Er streckte seine unverletzte Hand aus, und sie legte ihre kalte, zitternde Hand hinein.

»Was hat man Ihnen angetan?« fragte er.

In seiner Stimme lag eine Zärtlichkeit, die sie nie zuvor gespürt hatte. Und weil sie so verängstigt, verunsichert und voll böser Ahnungen war, spürte sie zu ihrem Entsetzen, wie die Tränen in ihre Augen schossen.

»Liebling, ich bin ein Biest, dich so zu quälen«, sagte er. »Ich kann nichts für das, was heute vorgefallen ist. Lulu wollte ihre Haut retten und sagte die Wahrheit, und um ihr zu helfen, mußte ich zugeben, daß ich dich liebe.«

»Aber, Sie ... können nicht«, stammelte Aria.

Für einen Mann, der so krank gewesen war, war seine Hand außergewöhnlich stark. Er zog sie zu sich heran, bis sie sich plötzlich neben seinem Stuhl kniend, mit ihm zugewandtem Gesicht in seinen Armen wiederfand.

»Bist du wirklich so begriffsstutzig?« fragte er. »Liebe, dumme, mißtrauische, kleine Aria, die auf nichts anderes als die Gesetze ihres stolzen Herzens hören will.«

»Aber Sie ... können mich doch gar nicht lieben, ich meine, Sie ...«, stotterte Aria.

»Ich muß sehr krank gewesen sein, daß ich meine Gefühle so gut verbergen konnte«, sagte er lächelnd. »Ich wollte dir nichts sagen, bevor diese schreckliche, häßliche Geschichte nicht geregelt war. Und außerdem hat sich Schwester Walters wie ein Drachen benommen, wie du weißt.«

Aria lachte leise auf.

»Das ist schon besser«, sagte er zärtlich. »Ich möchte dich lächeln sehen. Du lächelst viel zu selten, weißt du das? Dabei ist dein Lächeln das schönste der Welt.«

»Aber ... ich verstehe nicht.«

»Wie dumm du doch bist, meine Süße«, sagte er. »Und das, obwohl du drei Sprachen sprichst und ein Haus besser als jeder andere führen kannst.«

»Glauben Sie deshalb ... daß Sie mich lieben?« stammelte Aria.

»Nein, das ist es nicht«, antwortete er. »Ich liebe dich, weil du rotes Haar und das süßeste Gesicht hast, das ich je gesehen habe. Ich liebte dich vom ersten Augenblick an, da ich dich gesehen habe. Ich liebe dich, weil ich nicht anders kann, weil es stärker ist als ich und ich mein Leben lang danach gesucht habe.«

»Aber ... bist du sicher? Wirklich sicher?«

Aria war vollkommen durcheinander. Sie preßte die Hände an seine Brust und legte den Kopf zurück.

»Wie kann ich es beweisen?« fragte er. »Wenn du mich nicht sofort heiratest, damit wir zusammen weggehen können? Ich wußte es schon, bevor ich dich in jener Nacht, als du mich fast zum Wahnsinn getrieben hast, küßte. Ich war eifersüchtig auf Tom, weil er so vertraut mit dir war. Ich war wütend auf dich, weil du so verächtlich auf alles, was ich tat und sagte, herabblicktest. Und als ich euch beide dann in der Laube sah, schien irgend etwas in meinem Kopf durchzugehen.«

Er drückte sie fester an sich, bevor er weitersprach.

»Ich werde kein unkomplizierter Ehemann sein, Aria. Das werde ich auch nicht einen Augenblick lang behaupten. Ich kann schrecklich launisch und jähzornig sein. Ich kann brutal und schwierig und entnervend sein. Doch ich weiß, daß eine Frau, die ich liebe, wie ich dich liebe, die Macht haben wird, die Teufel in mir zu besiegen. Bist du bereit, es zu versuchen?«

Er blickte ihr fragend in die Augen. Eine wilde Freude durchzuckte Aria, und als sie seinen forschenden Blick nicht länger ertragen konnte, verbarg sie mit einem unartikulierten Seufzer ihr Gesicht an seiner Schulter.

»Ich möchte dich küssen, Liebling«, sagte er zärtlich. »Ich habe es mir in den vergangenen Wochen so sehr gewünscht, daß ich manchmal glaubte, vor Sehnsucht nach dir verrückt zu werden, während ich hier im Bett lag. Doch ich mußte warten, bis es mir besser ging, bis ich sagen konnte: Jetzt gehen wir zusammen fort an einen Ort, wo es keine Zeitungen und keine neugierigen Leute gibt und wo sich niemand darum schert, was in der Vergangenheit passiert ist. Dann wird es für uns nur noch die Gegenwart geben. Ich habe heute abend mit dem Arzt gesprochen, mein Liebes. Er sagte mir, daß ich in zehn Tagen wieder so weit auf dem Damm sein werde, daß ich reisen kann. Willst du mich heiraten, bevor wir verreisen?«

Aria verbarg noch immer ihr Gesicht an seiner Schulter, und er hob mit den Fingern ihren Kopf, so daß sie ihn ansehen mußte.

»Oh, mein Liebling, ich liebe dich so sehr«, sagte er. »Ich kann mir nichts Schöneres vorstellen, als allein mit dir zu sein, irgendwo, wo uns niemand stört.«

»Ist es wirklich wahr?« stieß Aria atemlos hervor. »Sagst du all das wirklich zu mir?«

»Es ist wahr«, erwiderte er. »Und ich möchte dir noch etwas sagen, bevor ich dich küsse. Du brauchst keine Angst zu haben, daß wir nach England zurückkehren müssen und dem ganzen Gerede ausgesetzt sind. Wir werden für lange Zeit ins Ausland gehen, und wenn wir dann zurückkommen, werden wir nicht nach London oder Summerhill gehen, sondern nach Queen's Folly.

Ich habe heute früh lange mit Charles telefoniert. Ich sagte ihm, daß ich dich heute nachmittag, wenn der Prozeß vorbei ist, fragen wollte, ob du meine Frau werden willst. Charles erklärte sich dazu bereit, alle Möbel und Bilder, die er bekommen kann, zurückzukaufen. Er sagte mir, daß er niemals heiraten würde und Queen's Folly nach seinem Tod in seiner ganzen Schönheit unseren Kindern hinterlassen will.«

»Wie herrlich!«

Aria war kaum in der Lage, die Worte auszusprechen. Sie glaubte, vor Glück zerspringen zu müssen, und diese Mitteilung machte ihre Freude vollkommen.

»Das hätten wir also geklärt«, sagte Dart mit einem kleinen Lächeln. »Jetzt gibt es nur noch uns, dich und mich. Können wir uns mehr wünschen?«

»Nein«, erwiderte sie, und ihre strahlenden Augen wetteiferten mit den Sternen, die gerade über den hohen Bäumen hinter dem Haus erschienen.

»Doch einen Wunsch habe ich noch«, sagte er sanft. »Ich möchte dich sagen hören, daß du mich liebst. Du hast mir so vieles gesagt, so viele häßliche und grausame Dinge, doch du hast mir nie gesagt, daß du mich liebst.«

»Aber du weißt es doch«, entgegnete Aria.

»Ja, ich weiß es«, erwiderte er. »Ich habe es in deinen Augen und auf deinen Lippen gesehen. Ich wußte es, als du zurückkamst und dich dem Gerede und dem Skandal und den Reportern stelltest. Das war sehr tapfer von dir, Aria, und ich werde es nie vergessen. Doch ich möchte noch immer, daß du es sagst.«

»Ich ... ich liebe dich.«

Zitternd kamen die Worte über ihre Lippen, doch sie kamen aus tiefstem Herzen.

»Und ich liebe dich, meine Süße.«

Er zog sie enger an sich, und sie legte ihre Hände um seinen Hals. Dann war sein Mund auf ihren Lippen, und voll überschwenglicher, jubelnder Freude wußte sie, daß sie nie mehr Angst vor ihm haben würde.

Damals war sie vor seinen Küssen zurückgeschreckt, jetzt sehnte sie sich danach. Sie waren alles, wonach ihr ganzer Körper verlangte. Sie spürte seinen fordernden Mund, und während ein ungeheures Glücksgefühl sie durchströmte, spürte sie plötzlich, wie ein nie gekanntes Feuer sich in ihrem Körper ausbreitete.

In seinen Augen stand das gleiche Feuer wie damals, als sie vor ihm zurückgewichen war. Jetzt drängte sie sich nur noch enger an ihn. Sie gab sich ihm vollkommen und bedingungslos hin, und als sie das Licht in seinen Augen sah und den plötzlichen Triumph in seiner Stimme hörte, wußte sie, daß er es verstanden hatte.

»Wenn wir beide allein sind, mein dummer, kleiner Liebling, werde ich dich lehren, keine Angst vor der Liebe – und vor mir – zu haben.«

Sonne im Herzen

*Aus dem Englischen übertragen
von Dagmar Hartmann*

Die englische Originalausgabe
erschien unter dem Titel
»A Light to the Heart«.

1

»Geld! Geld! Geld! Du denkst an nichts anderes als an Geld!«

Elita schleuderte ihrem Vater diese Worte entgegen, stand gleichzeitig vom Tisch auf und ging wütend zum Fenster hinüber, in der Bewegung gab ihr Nylon-Negligé eine genaue Vorstellung von ihrer Figur.

Ihr Vater lachte. Es war kein angenehmes Lachen, aber eines, das seinen Gegnern in der Finanzwelt wohlbekannt war.

»Ich glaube diese Bemerkung schon einmal gehört zu haben«, meinte er sarkastisch. Seine scharfen Augen beobachteten seine Tochter, die auf die Dächer Londons hinausblickte, ohne etwas wahrzunehmen.

»Ja, du hast es schon gehört«, stimmte sie zu. »Und du wirst es wieder hören. Dein ganzes Leben wird von Geld beherrscht und begrenzt. Es ist alles, was dich interessiert. Die Herzen der Menschen – oder ihre Gefühle – sind dir gleich. Dich interessiert nur, was du anfassen und handeln kannst; was Menschen für dich tun können; was sie dir einbringen. Geld! Für dich besitzen Menschen keine Nationalität, sondern nur einen Preis – zu dem sie gekauft werden können!«

Elitas Worte überschlugen sich. Sie sprach heftig und mit einer Leidenschaft, die ihre Augen aufblitzen ließ, ihr ganzes Gesicht belebte und ihr eine aparte Schönheit verlieh.

Ihr Vater betrachtete sie wohlwollend, ehe er mit einem plötzlichen zornigen Achselzucken erklärte:

»Das sind doch nur Worte. Sie klingen gewichtig und mutig; aber was weißt du schon von Geld – außer, wie man es ausgibt?«

»Ich bin das, was du aus mir gemacht hast«, gab Elita zurück. »So ist es seit meiner Kindheit gewesen. ›Du kannst nicht mit der kleinen Jean spielen, die am anderen Ende der Straße wohnt. Ihre Eltern haben keinen Pfennig Geld! Du kannst nicht mit den Jungen ausgehen, die dich zum Tanzen eingeladen haben, sie haben kein Geld. Schlimmer noch, sie sind hinter deinem her.‹«

Sie stampfte mit dem kleinen Fuß auf. »Dein Geld hat mich ausgeschlossen. ›Das reiche Garson-Mädchen!‹ Die Leute sprechen mit mir in einem anderen Ton, nur weil ich deine Tochter bin. Sogar in der Schule hat man mich bevorzugt behandelt, weil du darum gebeten hattest. ›Wir können es uns nicht leisten, Mr. Garson zu beleidigen‹, hörte ich eine der Lehrerinnen einmal sagen. ›Sonst reißt er uns womöglich die Schule über dem Kopf ab.‹«

»Bislang habe ich noch nie ein Angebot für eine Schule eingereicht«, erklärte Granite Garson nachsichtig.

»Dann ist das wohl das einzige, was du noch nicht zu übernehmen versucht hast«, gab Elita zurück. »Mein Leben lang ist es immer dasselbe gewesen. Die Leute waren nervös oder ängstlich mir gegenüber. Ich bin ausgeschlossen gewesen, nur weil du reich bist und nicht zuläßt, daß die Leute das vergessen.«

»Und du hast es wohl nie genossen, mein Geld auszugeben?«

Elita wandte sich vom Fenster ab und kehrte zum Frühstückstisch zurück.

»Natürlich habe ich mich gefreut, daß ich schöne Kleider, prächtige Pelze und kostbaren Schmuck besaß«, gab sie zu. »Aber wohin hat mich das gebracht? Die Frage stellt man sich doch, wenn man Geld ausgibt, oder nicht? Was bekommt man dafür zurück? Ich stelle diese Frage jetzt. Hat dein Geld mir Freunde eingebracht? Nur die Freunde, die du für mich ausgesucht hast. Hat es mich glücklich gemacht? Nun, ich frage dich, bin ich glücklich?«

»Jetzt hör mir mal zu, Elita. Wenn es dich so aufregt, dann werde ich diese jungen Leute eben bitten zu bleiben. Ich wußte nicht, daß sie dir so viel bedeuten.«

»Tun sie auch nicht. Das ist es ja eben. Ich habe Dickie und Zara Manfield nur zweimal getroffen. Aber bloß weil ich vorschlug, sie zu uns aufs Land einzuladen, was hast du gemacht? Du hast sie überprüfen lassen, hast deine Spione angesetzt, alles über sie herauszufinden. Sie stellen fest, daß Dickies Landbesitz verschuldet ist und daß Zara anstrebt, diesen Lord… wie hieß er noch? – zu heiraten. Na und? Warum all diese Mühe? Warum? Bloß, weil du Angst hast, sie könnten die Hand nach ein paar Pennies von meinem Vermögen ausstrecken. Parasiten hast du sie genannt!«

Granite Garson erhob sich nun ebenfalls und warf mit einem Knall seine Zeitung auf den Tisch.

»Wenn sie so wichtig für dich sind, dann kannst du sie ja haben«, bemerkte er gleichgültig. »Wenn es dir Spaß macht, gib ihnen doch alles, was du hast. Mir ist es wirklich egal.«

»Ist es eben nicht, das ist es ja gerade. Ich bin dir wichtig genug, daß du mich mit dieser lächerlichen Mauer aus Gold umgibst. Ich bin zwanzig, vergiß das nicht. Noch sechs Monate, und ich bin einundzwanzig, und ich glaube, ich habe nie auch nur einen Atemzug getan, ohne Geld zu riechen.«

Sie durchquerte das Zimmer und baute sich vor ihm auf.

»Ich habe keinen Freund, der nicht verdächtig wäre«, fuhr sie fort. »Ich habe keinerlei Bekannte, abgesehen von denen, die du für mich ausgesucht hast. Ich verlasse diesen goldenen Käfig auf dem Land nur, um mit deinen über-reichen, über-fütterten Freunden in anderen goldenen Käfigen zu hocken – ich sage dir, ich habe es satt – satt bis obenhin!«

Sie setzte sich und hieb mit den geballten Fäusten auf den Tisch.

»Dickie und Zara Manfield sind mir egal; sie bedeuten mir nicht das geringste. Aber ich verachte und verabscheue die Methoden, mit denen du alles über sie herausgefunden hast, mit denen du mein Hirn vergiftet hast, fast noch ehe ich sie richtig kannte, und jetzt ist es soweit, daß ich jedes Mal, wenn sie mich um eine Zigarette bitten, vermute, daß sie es in Wirklichkeit auf mein Bankkonto abgesehen haben.«

Mr. Garson warf einen Blick auf seine Armbanduhr.

»Ich muß in die Stadt. Lade zu der Party ein, wen du willst. Aber wenn du das nächste Mal über mein Geld die Nase rümpfst, dann denk daran, daß du das Leben ohne Geld sehr ungemütlich finden würdest und daß die Welt ganz und gar nicht der warme, gemütliche Ort ist, als der sie dir jetzt erscheint.«

»Warm und gemütlich!« stieß Elita aus. »Daß ich nicht lache!

Umgeben von deinen Speichelleckern, bewacht, behütet und eingesperrt. Ich könnte ebensogut in einem östlichen Harem leben.«

»Du solltest die Welt da draußen mal kennenlernen. Ich bezweifle, daß der Nordwestwind der Armut dir so gut gefallen würde.«

»Eine ausgezeichnete Idee. Genau das werde ich tun. Du glaubst wohl, weil du mich in Gold gebettet aufgezogen hast, könnte ich jetzt nicht ohne leben, und weil ich mir immer alles kaufen konnte, ohne über den Preis nachdenken zu müssen, könnte ich nicht mit wenig Geld auskommen. Nun, genau da irrst du dich.«

Mr. Garson warf einen Blick auf die Uhr über dem Kamin.

»Eines Tages wirst du mich davon überzeugen müssen, daß du recht hast«, tröstete er sie. »Bis dahin sei ein braves Mädchen, iß dein Frühstück und lade die Manfields – oder wie immer sie heißen – übers Wochenende ein.«

Einen Moment lang konnte Elita nicht antworten. Sie stand nur da und schaute ihn mit riesengroßen, dunklen Augen in dem kleinen, spitzen Gesicht an.

Sie war nicht einmal einen Meter und sechzig groß, und in den Satinpantoffeln – anstelle der hochhackigen Schuhe, die sie normalerweise trug – sah sie eher aus wie ein Kind, wie ein trauriges, unzufriedenes Kind mit Schmollmund und einer Falte auf der weißen Stirn.

»Heb dir deine Argumente für heute abend auf«, bemerkte Granite Garson lächelnd. »Aber vergiß nicht, daß draußen ein Bentley auf dich wartet, damit du zum Einkaufen fahren kannst, und daß unsere Zimmer hier im Hotel uns etwa dreißig Pfund am Tag kosten.«

Ehe sie Zeit hatte zu antworten, verließ Granite das Zimmer. Elita hörte die leise Stimme des Dieners, als er Mr. Garson seinen Bowler und den zusammengerollten Schirm reichte. Sie hörte, wie die äußere Tür des Apartments geschlossen wurde und wußte, daß ihr Vater gegangen war.

Sie sank auf eines der weichen Satinsofas nieder. Sie fühlte sich plötzlich erschöpft von ihrer eigenen Wut, ihrem Abscheu; und mit einem Gefühl der Hilflosigkeit erkannte sie, daß das, was sie gesagt hatte, das, was sie fühlte, auf ihren Vater vollkommen ohne Wirkung geblieben war.

Sie konnte toben und ihn anschreien, aber er schob es einfach als vollkommen belanglos beiseite. Sie war seine Tochter; sie würde tun, was er wollte, und das war's.

Zugegeben, er hatte eingelenkt und erlaubt, daß die Manfields nach allem, was er über sie gesagt hatte, dennoch kommen und das Wochenende mit ihnen verbringen durften. Aber sie wußte jetzt, daß sie sie nie wieder sehen wollte.

So nett sie auch waren, so angenehm sie auch sein konnten, sie würde ihnen immer mißtrauen aufgrund dessen, was ihr Vater über sie herausgefunden hatte.

Beim Gedanken an das Spionagesystem ihres Vaters – sie hatte ihm schon oft gesagt, daß es nichts anderes war! – erhob sie sich vom Sofa und ging unruhig im Zimmer auf und ab. Sie haßte es! Haßte es! Manchmal haßte sie sogar ihn.

Früher war er anders gewesen. Sie erinnerte sich noch daran. Auch damals war er ehrgeizig gewesen, rücksichtslos sogar, wenn es ums Geschäft ging, aber er hatte noch eine sanfte Seite gehabt. Damals hatte ihre Mutter noch gelebt, und abends war er zu jemandem heimgekehrt, der ihn um seiner selbst willen liebte und nicht im geringsten an seinem Geld interessiert gewesen war.

»Nicht noch mehr Millionen, John!« hatte sie ihre Mutter einmal in fast verzweifeltem Ton sagen hören. »Was sollen wir denn damit? Das können wir in tausend Jahren doch nicht ausgeben. Wir können doch nur viermal am Tag essen; und wir können nur in einem Bett schlafen.«

Ihr Vater hatte gelacht, und ohne sich um Elita zu kümmern, die die beiden mit aufgerissenen Augen beobachtete, hatte er ihre Mutter in die Arme genommen und zärtlich geküßt.

»Warum bist du nicht wie andere Frauen?« hatte er gefragt. »Warum willst du keine Smaragde, Rubine und Diamanten, die um deinen Hals hängen? Warum willst du nicht ein Dutzend Autos in der Garage und Rennpferde, die in Ascot deine Farben tragen?«

»Sei nicht albern, John«, hatte seine Frau erwidert, sich aus seiner Umarmung gelöst und angefangen, Elitas verstreutes Spielzeug aufzusammeln. »Du weißt, daß ich hier mit dir glücklich bin. Ich will nicht nach Ascot, und ich kann keine Unmenge von Schmuck tragen, wenn ich durch den Garten gehe. Du solltest dein Geld lieber einer Kirche stiften oder so.«

Damals hatte er angefangen, einen – wie Elita es jetzt nannte – goldenen Zaun um seine Familie zu errichten. Er ging in die Welt hinaus, aber sein Heim blieb eine Oase des Friedens und der Ruhe, in der Geld keine Rolle spielte, in der es nur Liebe und Glück gab, weil sie eine Familie waren.

Dann starb Elitas Mutter. Sie wußte noch, als wäre es erst gestern gewesen, wie sie geweint und geschluchzt hatte, und wie niemand in der Lage gewesen war, sie zu trösten.

»Du mußt jetzt an deinen Vater denken«, hatten ihre Kindermädchen erklärt. »Versuche, ihn zu trösten, Kind.«

Trotz ihres eigenen Kummers hatte Elita das gewollt, aber sosehr sie sich auch bemühte, sie kam nicht an ihren Vater heran. Er hatte sich vor ihr verschlossen, wie vor allen anderen auch. Er konnte nicht über seinen Kummer sprechen; wollte ihn nicht zugeben.

Allmählich, so allmählich, daß sie es anfangs gar nicht bemerkte, wurde er zu dem harten, rücksichtslosen Mann, den sie »Granit« Garson nannten. Er maß alles und jeden nach einem Maß. Ihn interessierte nur das Finanzimperium, das er um sich selbst errichtet hatte.

Elita, die mit ihrer Ausbildung beschäftigt war, begriff erst, als sie siebzehn war, wie sehr seine Haltung auch ihr Leben beeinflußte. Bei einer Einladung hörte sie jemanden beiläufig zu ihrem Vater sagen:

»Wie hübsch Elita geworden ist. Sie wird bald heiraten, John. Die Männer werden sie umschwärmen wie die Motten das Licht.«

Elita hatte gesehen, wie sich das Gesicht des Vaters verdüsterte. »Meine Tochter wird keinen Mitgiftjäger zur Kirche schleppen«, hatte er erklärt.

Die Frau, mit der er sich unterhielt, lächelte.

»Nicht alle jungen Männer sind Mitgiftjäger; und wenn Elita einen Mann finden muß, der so reich ist wie sie selbst, dann wird das die Anzahl ihrer Tanzpartner beträchtlich einschränken.«

»Das kannst du getrost mir überlassen«, hatte Granite Garson grimmig erklärt.

In dem Jahr, als Elita offiziell debütierte, hatte sie erfahren, was er gemeint hatte. Jeder, den sie kennenlernte, wurde überprüft und untersucht, und in neun von zehn Fällen aus ihrem Blickfeld entfernt, und wenn Elita sie später bei einer Party oder bei anderer Gelegenheit wiedertraf, machten sie keinen weiteren Versuch, sie auch nur anzusprechen.

Sie brauchte ein paar Monate, bis sie begriff, daß sich ihre Bekannten auf die Söhne und Töchter der Freunde ihres Vaters und ein paar Mädchen beschränkte, mit denen sie zur Schule gegangen war und deren Eltern, wenn auch nicht mit Granite Garson befreundet, so doch zumindest in der Lage waren, sich als sehr reich zu bezeichnen.

»Geld! Geld! Geld!«

Auch jetzt, als sie im Zimmer herumlief wie ein eingesperrtes Raubtier, murmelte Elita dieses Wort immer wieder vor sich hin.

Ein Kellner öffnete die Tür.

»Darf ich abräumen, Miss?«

»Ja, bitte.«

Sie sah ihm zu, als er den Tisch hinausrollte. Sie hatte nichts gegessen, hatte nur an ihrem Kaffee genippt. Denn als sie sich zu Tisch gesetzt hatte, um zu frühstücken – ihr Vater hatte bereits angefangen – hatte er ihr erzählt, was er über die Manfields herausgefunden hatte.

Es war ihr nicht sonderlich wichtig, ob die beiden übers Wochenende eingeladen wurden oder nicht. Sie mochte Dickie Manfield, er war lustig und amüsant und ein sehr guter Tänzer. Und auch Zara hatte ihr gefallen, denn sie war hübsch und wirkte immer so fröhlich und sorglos.

Jetzt ging sie zum Schreibtisch hinüber. Bislang hatten sie für dieses Wochenende drei Gäste: Reggie Pound – sein Vater gehörte dem Vorstand in einem Dutzend Gesellschaften an, an denen ihr eigener Vater beteiligt oder interessiert war; Sybil Crossley – ihr Vater war Millionär, und sie und Elita waren von Kindheit an in eine gewollte Freundschaft gedrängt worden.

Elita mochte Sybil nicht, hatte sie nie gemocht, und sie war ziemlich sicher, daß Sybil sie auch nicht mochte.

Der dritte Gast war Alan Doughty. Elitas Gesicht veränderte sich, als sie seinen Namen las. Sie wußte sehr wohl, warum er eingeladen worden war, und sie wußte auch, daß die bloße Tatsache seiner Gegenwart für sie schon gefährlich war.

Ihr Vater hatte es sich in den Kopf gesetzt, daß sie Alan heiraten sollte. Er war der junge Mann, den Granite vor mehr als einem Jahr für sie ausgewählt hatte. Alan war genauso, wie sich Granite Garson einen Schwiegersohn vorstellte.

Er war immens reich, außerordentlich arbeitsam, schrecklich ehrgeizig und würde es wahrscheinlich nicht nur im Stadtrat, sondern in der Welt der großen Politik noch zu etwas bringen. Doch sonst war er entsetzlich langweilig.

Anfangs hatte Elita Alan für einen Witz gehalten; aber jetzt hatte sie Angst sowohl vor ihm als auch vor ihrem Vater. Sie fühlte sich in die Enge getrieben. Wohin auch immer sie ging, was immer sie auch tat, Alan war ebenfalls dort.

»Ach, übrigens, ich habe Alan auch eingeladen«, würde ihr Vater beiläufig bemerken, wenn sie einen gemeinsamen Theaterbesuch geplant hatte.

»Tut mir leid, ich habe keine Karte mehr übrig.«

»Oh, dafür habe ich gesorgt, ehe ich ihn eingeladen habe«, würde ihr Vater dann erklären, und langsam fing sie an zu vermuten, daß er seiner Sekretärin aufgetragen hatte, wann immer Theaterkarten gekauft würden, eine zusätzlich zu besorgen, damit Alan auch immer mitkommen konnte.

Alan führte sie aus, wann immer sie in London waren. Er verbrachte fast jedes Wochenende bei ihnen. Erst gestern hatte Alan mit ihnen bei Claridge diniert, wo sie wohnten, und anschließend waren sie alle ins Theater gegangen und hatten den Abend mit einem Essen im Savoy beschlossen.

Als sie im Ballsaal tanzten, hatte Elita plötzlich erkannt, daß sie sich langweilte – mit Alan, beim Tanz mit ihm, bei der Vorstellung allein, daß noch mindestens eine Stunde verstreichen mußte, ehe sie heimgehen und ihn damit loswerden konnte. »Er ist nicht übel«, dachte sie, »bloß einfach langweilig.«

»Du siehst heute abend sehr hübsch aus.«

Sie konnte seine Stimme hören, glatt und ernst. Seine Finger, die ihre Hand hielten, drückten etwas fester zu.

»Danke für das Kompliment.«

»Es war nicht als Kompliment gemeint. Ich habe nur die Wahrheit gesagt.«

»Dann fühle ich mich geschmeichelt, daß du so denkst.«

»Ich komme euch am Wochenende besuchen«, fuhr Alan fort. »Dein Vater hat mich eingeladen. Lade nicht zu viele Leute ein, ich möchte dich etwas fragen.«

Die verlegene Art, in der er sprach, hatte ihr gezeigt, was er meinte. Von plötzlicher Panik erfaßt, hatte sie sich umgedreht und ihn einfach auf der Tanzfläche stehen gelassen, um zu ihrem Tisch zurückzukehren.

Fieberhaft überlegte sie, wen alles sie zum Wochenende einladen konnte, und entsetzt erkannte sie, wie wenig Leute sie kannte – Leute, die einzuladen sie von ihrem Vater die Erlaubnis erhalten hätte.

Es war lächerlich, absurd, und doch mußte sie sich der Tatsache stellen, daß sie nur sehr wenige junge Leute kannte. Es gab massenhaft Freunde ihres Vaters, Geschäftsverbindungen, aber sie bedeuteten keinen Schutz gegen die Frage, die Alan ihr stellen würde.

»Was ist Alan doch für ein charmanter Junge«, hatte ihr Vater erklärt, als sie in der Kutsche, die auf sie gewartet hatte, ins Claridge zurückfuhren.

Elita hatte nicht geantwortet, und nach einer Weile fuhr er fort:

»Klug ist er auch. Er wird es weit bringen. Mehr noch, er ist vernünftig und ausdauernd, nicht wie die meisten anderen jungen Kerle, die sich scheinbar überhaupt keine Gedanken um die Zukunft machen.«

Diese Vorschußlorbeeren für Alan! dachte Elita fast hysterisch und hätte gern gefragt, ob er das tatsächlich ernst meinte, biß sich aber auf die Lippen. Einen Witz dieser Art würde ihr Vater überhaupt nicht komisch finden.

»Ich freue mich, daß er das Wochenende mit uns verbringt«, fuhr Mr. Garson fort. »Laß uns keine zu große Gesellschaft geben. Es ist netter, wenn wir ganz unter uns sind.«

Dann gehörte Alan also schon zur Familie! Elita hatte lange wach gelegen, nachdem sie ins Hotel zurückgekehrt waren, hatte überlegt, wie sie es verhindern konnte, auch nur für einen Moment mit Alan allein zu sein.

Zum Frühstück war sie in gereizter Stimmung erschienen, in der Hand eine Liste der Leute, die sie einzuladen beabsichtigte. Und dann hatte ihr Vater ihr erzählt, was er über die Manfields herausgefunden hatte.

»Geld! Geld! Geld!«

Sie sprach die Worte laut aus, und als sie sich umwandte, sah sie Jenkins, den Kammerdiener ihres Vaters, der in der Tür stand und sie überrascht ansah.

»Verzeihen Sie, Miss, aber haben Sie vergessen, daß Sie um zehn Uhr mit dem Friseur verabredet waren?«

»Ehrlich gesagt, ja«, gab Elita zu, warf einen Blick auf die Uhr. Es war fünf Minuten vor zehn, und sie war noch nicht einmal angezogen. »Rufen Sie an und sagen Sie, daß ich später komme, ja, Jenkins?«

»Sehr wohl, Miss.«

Er wollte gehen, wurde aber von Elita an der Tür zurückgehalten.

»Jenkins, was würden Sie tun, wenn Sie das Gefühl hätten, Sie hätten zu viel Geld?« wollte sie wissen.

Jenkins sah nicht überrascht aus. Er war seit fast zehn Jahren bei

Mr. Garson und hatte Elita aufwachsen sehen.

»Diese Frage kann ich nicht beantworten, Miss Elita. Ich war immer viel zu sehr damit beschäftigt, meinen Lebensunterhalt zu verdienen, als daß ich mir Gedanken über Geld hätte machen können.«

Jetzt war es Elita, die überrascht aussah.

»Aber, Jenkins, wenn Sie Ihren Lebensunterhalt verdienten, haben Sie sich doch gewiß auch Gedanken über Geld gemacht? Dafür haben Sie doch gearbeitet, für Geld.«

»Aber nein, überhaupt nicht, Miss. So sehe ich das nicht. Ein Mann muß arbeiten und Lohn erhalten, um für sich sorgen zu können. Aber es gehört noch mehr dazu. Ich würde mich nicht dazu herablassen, eine Arbeit anzunehmen, die mich nicht interessiert, nur weil sie gut bezahlt ist.«

»Das würden Sie nicht?«

»Nein, wirklich nicht, Miss. Ehrlich gesagt, man hat mir hin und wieder Stellen angeboten, bei denen ich mehr bekommen hätte als bei Mr. Garson. Aber ich mag diese Arbeit hier. Das habe ich gelernt. Ich bin sozusagen dazu herangezogen worden, denn mein Vater war Butler und meine Mutter Zofe. Ich wollte immer Kammerdiener werden, und das bin ich nun und, wie ich glaube, für den Rest meines Lebens.«

»Und das gefällt Ihnen?« Elita klang fast ungläubig.

»Sehr gut, Miss. Ich finde, Mr. Garson ist ein sehr anregender Arbeitgeber. Er läßt einen nicht zur Ruhe kommen.«

»Aber Sie könnten mehr verdienen, wenn Sie etwas anderes tun würden?«

»Sehr leicht sogar, Miss. Heutzutage gibt es alle möglichen Beschäftigungen. Man muß nicht einmal viel Erfahrung haben. Sie sind gut bezahlt, aber ein Mensch braucht mehr im Leben als Geld, sage ich immer.«

»Das habe ich auch immer gesagt«, stimmte Elita ihm zu.

Sie wollte gerade etwas anderes sagen, als das Telefon klingelte. Jenkins durchquerte das Zimmer und nahm den Hörer.

»Mr. Garsons Apartment!« sagte er. »O ja, Miss, ich werde es ihr ausrichten.« Er wandte sich Elita zu. »Die Sekretärin aus dem Büro. Mr. Garson wünscht Sie zu sprechen, Miss.«

Sie preßte den kalten Hörer an ihr Ohr. Könnte es möglich sein, daß ihr Vater sich entschuldigen wollte? Warum sollte er sie sonst anrufen, kaum daß er sie verlassen hatte?

»Hallo! Bist das du, Elita?«

»Ja, Vater.«

»Hör zu, Alan hat mich gerade angerufen. Er möchte, daß wir heute abend im Ritz mit ihm essen.«

»Warum?«

Elita wurde sofort wieder aggressiv. Ihr Vater zögerte.

»Ach, ich denke, er möchte uns einfach nur sehen. Nur wir drei hat er gesagt. Eine andere Verabredung haben wir doch nicht, oder?«

»Nein. Aber ich glaube nicht, daß wir allein mit Alan speisen sollten. Es wird recht langweilig sein, meinst du nicht?«

»Langweilig!«

Sie hörte die Überraschung in der Stimme ihres Vaters und begriff ganz plötzlich, was geschah. Alan hatte Angst vor dem Wochenende; dort würden zu viele Menschen sein, als daß er sagen konnte, was er sagen wollte.

Wenn sie im Ritz waren, würde ihr Vater ans Telefon gerufen werden – das war schon zu oft so geschehen. Er würde ewig fortbleiben; er kam vielleicht überhaupt nicht zurück. Sie würde mit Alan allein sein, den sie in den vergangenen Wochen fast instinktiv gemieden hatte.

»Ich kann nicht, Vater«, antwortete sie hastig. »Ich habe... schon etwas anderes geplant.«

»Dann sag das ab. Ich will hingehen. Alles andere ist nicht so wichtig.«

»Ich will aber nicht mit Alan dinieren«, erklärte Elita entschieden.

»Jetzt sei nicht albern, Elita.« Sie konnte hören, wie die Stimme ein wenig schärfer wurde vor Zorn. »Wenn du immer noch schmollst wegen dieser Leute, die du zum Wochenende einladen wolltest, dann lade sie ein. Lade ein, wen immer du willst, aber mach keine Schwierigkeiten, wenn es um Alan geht. Er ist ein anständiger Junge, und ich mag ihn.«

»Warum magst du ihn so sehr?« erkundigte sich Elita. »Weil du seine Konversation so anregend findest? Oder weil er so reich ist?«

»Elita, was ist nur mit dir los? Hör um Himmels willen endlich auf, auf dem Geld herumzuhacken. Wir hatten das Thema beim Frühstück, und wie es scheint, sollen wir es auch zum Abendessen serviert bekommen. Du kannst leicht so hochmütig reden. Aber wo wärest du denn ohne Geld, hm? Das möchte ich gern wissen! Du hast noch nie einen Pfennig selbst verdient, und du wirst es auch nie tun. Irgend jemand muß dich durchbringen. Wenn ich tot bin, brauchst du einen Mann, der sich das leisten kann.«

»Ich weiß, daß ich niemals selbst einen Pfennig verdient habe«, gab Elita zurück. »Aber das heißt nicht, daß ich dazu nicht in der Lage bin.«

»Red nicht solchen Unsinn«, sagte ihr Vater wütend. »Verdammt, ich kann nicht den ganzen Morgen damit vergeuden, mir diesen Quatsch anzuhören. Ich habe schon alles so arrangiert, daß wir beide heute abend mit Alan dinieren. Ich habe dich nur angerufen für den Fall, daß du andere Pläne hast.«

»Nun, das habe ich. Ich habe eine Menge besserer Dinge zu tun, und du wirst überrascht sein, wenn du siehst, was das ist.«

Knallend legte sie den Hörer auf die Gabel. Sie wußte, wie wütend es ihren Vater machen würde, daß sie das Gespräch abgebrochen hatte.

Wie konnte er es wagen zu sagen, daß sie in ihrem ganzen Leben noch nie einen Pfennig selbst verdient hatte? Wie konnte er es wagen, so herablassend und hochmütig zu sprechen, wo er doch wußte, daß sie verhätschelt und eingesperrt worden war, daß man es ihr nie erlaubt hatte, für sich selbst zu denken?

Es war keine Bitte, daß sie heute abend mit Alan dinieren sollte – es war ein Befehl. Und bis zu diesem Tag hatte sie niemals den Versuch unternommen, einen solchen Befehl zu mißachten.

Vom Wohnzimmer ging sie in ihr Schlafzimmer hinüber. Es war

ein riesiger, prächtiger Raum, eigentlich dazu bestimmt, als Brautgemach zu dienen, und nicht, um von einer einsamen jungen Frau bewohnt zu werden. Elita sperrte die Tür hinter sich zu. Dann schaute sie sich fast verzweifelt um, als suche sie etwas, auf das sie sich konzentrieren könnte.

Ihr Blick fiel auf den Schreibtisch in der Ecke am Fenster. Sie ging hinüber, nahm eine Feder und zog ein Blatt blaßgraues Schreibpapier heraus. Sie zögerte nur einen kurzen Augenblick lang, ehe sie kritzelte:

»Ich werde Dir beweisen, daß ich Geld verdienen kann. Was ich verdiene, werde ich Dir schicken. Ich hoffe, Du wirst es klug verwenden.«

Sie faltete das Papier und steckte es in einen Umschlag, auf den sie den Namen ihres Vaters schrieb. Sie war noch immer zornig, aber es war eine beherrschte Wut, die es ihr erlaubte, sich bewußt, ohne Eile zu bewegen. Ihr Verstand arbeitete klar und sicher, und sie wußte genau, was sie tun mußte.

Sie suchte ein Minimum von Dingen zusammen, von denen sie glaubte, daß sie sie benötigen würde – ein schlichtes, schwarzes Nachmittagskleid; ein Cocktailkleid, ebenfalls schwarz. Sie hatte das Gefühl, daß es das auch am Abend tun würde; ein paar Blusen und Strickjacken; Unterwäsche, die schlichteste und am wenigsten bestickte, die sie besaß; Schuhe; Handschuhe.

Als der Koffer voll war, ging sie ins Bad, badete und zog sich dann, ins Schlafzimmer zurückgekehrt, ein schlichtes, graues Kostüm an. Sie hatte es für die Reise gekauft, wenn es unmöglich war, ihre Kleider gebügelt zu bekommen. Es hatte viel Geld gekostet, sah aber einfach aus und würde keine Aufmerksamkeit erregen.

Dazu gehörte ein Mantel. Sie nahm ihn über den Arm, hob ihre Tasche hoch und öffnete sie. Darin befand sich eine mit Geldscheinen gefüllte Brieftasche. Ungeduldig zog sie die Banknoten heraus, behielt nur genau zehn Pfund.

Die übrigen Scheine und ein Scheckheft, das in einer Schublade ihrer Kommode lag, schob sie in einen Umschlag und legte ihn unter den Brief an ihren Vater.

In der Schublade befand sich auch ihr Paß. Sie zögerte kurz, nahm ihn dann aber an sich und packte ihn in den Koffer.

Dann warf sie einen Blick in den Spiegel. Auf dem Ankleidetisch lag eine dreireihige Perlenkette, die ihrer Mutter gehört hatte. Sie liebte sie, nicht, weil sie kostbar war, sondern weil ihre Mutter sie getragen hatte.

Doch dann schüttelte sie den Kopf. Das würde Kapital bedeuten – Kapital, das sie nicht mitnehmen wollte.

Sie legte die Kette in die Schublade; dann schloß sie den Koffer, hob ihn auf und sperrte die Tür auf. Sie trat auf den Gang hinaus. Wenn sie durch die Suite gegangen wäre, hätte sie vielleicht Jenkins getroffen, und sie hatte keine Lust, irgendwelche Fragen zu beantworten.

Die Suite, die sie bewohnten, befand sich am Ende eines langen Ganges im ruhigsten Teil des Hotels. Hastig ging sie den Flur entlang. Als sie sich dem Fahrstuhl näherte, sah sie einen Mann auf sich zukommen. Er trug keinen Hut, und ihr kam der vage Gedanke, daß er ein Angestellter des Hotels sein mußte.

Sie wich zur Seite aus, damit er vorbeigehen konnte, und dabei öffnete sich ihr Koffer, der nur unzureichend geschlossen war. Sie war es schließlich nicht gewöhnt, sich selbst mit derlei Dingen zu befassen.

Elita stieß einen verärgerten Schrei aus, als all ihre Kleider zu Boden fielen.

Ein Paar Schuhe rollte in eine Richtung, ihre Strümpfe glitten über das Parkett, und ein Nylonnachthemd hatte sich mit anderen Kleidungsstücken verhakt, so daß eine Schlange aus dünner, pastellfarbener Wäsche ihr zu folgen schien, obwohl sie nur wenige Schritte weitergegangen war, seit der Koffer aufgesprungen war.

Elita stellte den Koffer ab und kniete sich hin.

»Darf ich helfen«, sagte eine ruhige Stimme.

Als sie aufblickte, sah sie den Mann, der sich angeschickt hatte, an ihr vorbeizugehen. Er war jung und gutaussehend, mit hellem Haar. Dankbar nahm sie ihm ihre Strümpfe ab.

»Danke. Ich muß zu sehr in Eile gewesen sein, um den Koffer

richtig zu schließen.«

»Ist doch immer dasselbe mit diesen neuen Koffern. Meiner ist kürzlich am Flughafen aufgegangen. Es goß in Strömen, und ich mußte zwischen den Pfützen nach meinen weißen Hemden suchen!«

»Sie Ärmster!« rief Elita.

Er griff nach ihren Schuhen. Sie wickelte sie in Papier und legte sie oben in den Koffer.

»Ich fürchte, Ihre Kleider werden ziemlich zerknittert sein«, bemerkte er.

»Das macht nichts. Ich will nur fort von hier.« Sie überlegte nicht, ehe sie das sagte, und erkannte erst dann, daß es zuviel gewesen war.

»Von hier?« fragte er.

»Ja.« Aus einer Laune heraus fügte Elita hinzu: »Ich ... ich habe gekündigt. Ich suche eine neue Stelle.«

»Hatten Sie Ärger?«

»Genau«, stimmte Elita danbkar zu. »Einen Streit, einen sehr schlimmen, und deshalb ... deshalb habe ich gekündigt.«

»Und wahrscheinlich, ohne den Lohn der letzten Woche mitgenommen zu haben, was?« vermutete der Fremde.

Elita legte das letzte Stück in den Koffer zurück und schaute lächelnd zu ihm auf.

»Sie scheinen mich zu verstehen. Sie haben wohl irgendwann einmal genau dasselbe getan.«

»Ich hatte oft das Gefühl, ich müßte genau das tun. Aber ich war wohl nie so tapfer wie Sie. Was wollen Sie jetzt anfangen?«

»Eine andere Stelle suchen. Sie wissen wohl nicht zufällig eine?«

Es schoß ihr durch den Kopf, daß es peinlich wäre, wenn er etwas im Hotel vorschlagen würde, aber statt dessen fragte er:

»Was für eine Stelle suchen Sie denn?«

»Ich wäre eigentlich gern Stewardeß«, erwiderte Elita impulsiv. »Ich habe schon immer gedacht, ich könnte das recht gut. Ich spreche zwei Sprachen – das ist doch eine der Voraussetzungen, nicht wahr? Glauben Sie, ich sollte zum Flughafen fahren und bei

B.O.A.C. fragen, ob man mich nimmt?«

»Soviel ich weiß, haben die eine lange Warteliste«, antwortete der Fremde.

»Oh!« Elita war sehr enttäuscht. »Dann ist es wohl Zeitverschwendung, dorthin zu fahren?«

»Man kann es immer versuchen.«

Er schien über etwas nachzudenken und betrachtete sie, wie es Elita schien, abschätzend. Dann sagte er:

»Sie haben gerade gesagt, Sie sprechen zwei Sprachen. Welche?«

»Deutsch und Französisch«, sagte Elita. »Ein bißchen Italienisch – genug, um einen Führer zu verstehen oder etwas zu essen zu bestellen – und ein ganz, ganz wenig Spanisch. Aber Deutsch, Englisch und Französisch spreche ich fließend.«

»Verstehe.« Er half ihr, ihren Koffer fest zu schließen, und dann standen beide auf.

»Vielen Dank, daß Sie mir geholfen haben. Ich glaube, ich werde es riskieren und zum Flughafen hinausfahren. Wenn B.O.A.C. mich nicht nimmt, gibt es immer noch die anderen Fluggesellschaften. Ich kann sie ebensogut alle probieren.«

»Ich habe eine bessere Idee.«

»Und die wäre?«

»Ich glaube, ich kann Sie bei einer Fluglinie unterbringen«, antwortete der Fremde. »Keine der großen, nur eine private Chartergesellschaft. Aber wenigstens bekommen Sie da Erfahrung.«

»Das könnten Sie wirklich für mich tun? Aber Sie wissen doch überhaupt nichts von mir.«

»Und Sie wissen nichts von mir. Mein Name ist Hans Knudsen.«

»Dann sind Sie kein Engländer?« Sie war überrascht.

»Meine Mutter war Engländerin, aber mein Vater ist Däne.«

»Oh, Sie sind Däne. Deshalb ...« Sie wollte schon sagen »Deshalb sehen Sie so gut aus«, aber riß sich dann doch zusammen. So etwas konnte sie nicht zu jemandem sagen, den sie gerade erst kennengelernt hatte. Statt dessen sagte sie also:

»... deshalb sprechen Sie so gut Englisch. Alle Dänen, die ich kennengelernt habe, sprechen perfekt Englisch.«

»Danke für das Kompliment. Und wie heißen Sie?«

»Elita Gar...« Sie brach plötzlich ab. Fast hätte sie sich verraten. Wer kannte schließlich nicht den Namen Garson? Sie hüstelte. »Ich muß wohl etwas in den Hals bekommen haben. Vielleicht eine Fluse von dem Teppich. Gardener ist mein Name, Elita Gardener.«

Hans Knudsen verbeugte sich, als hätte eine dritte Person sie soeben einander vorgestellt.

»Ich würde vorschlagen, daß wir uns darüber unterhalten. Wie wäre es, wenn wir über die Hintertreppe nach unten und durch die Seitentür hinausgingen? Ich halte es für einen Fehler, wenn wir das Hotel durch den Haupteingang verlassen. Gleich um die Ecke ist ein kleines Café. Dort können wir uns unterhalten, und ich erzähle Ihnen von diesem Job.«

»Das hört sich wunderbar an.«

Elita warf einen Blick über die Schulter. Sie hatte plötzlich Angst, Jenkins könnte aus der Suite auftauchen. Außerdem wollte eines der Mädchen ungefähr um diese Zeit kommen, um ihre Kleider zu bügeln.

»Beeilen wir uns«, schlug sie hastig vor.

Hans Knudsen führte sie einen schmalen Korridor entlang, den sie nicht einmal bemerkt hatte. Ein paar Sekunden später eilten sie über die Hintertreppe nach unten, und er trug ihren Koffer.

Einen Augenblick lang fragte sich Elita, was ihr Vater wohl sagen würde, wenn er sie mit einem fremden Mann aus dem Hotel fliehen sah, einem Mann, den sie in einem Korridor aufgelesen hatte, einem Mann, von dem sie nichts wußte.

Lächelnd dachte sie dann daran, daß der Mann auch nichts von ihr wußte.

Sie holte tief und aufgeregt Luft. Das war Abenteuer! Das war das Leben ohne Geld!

2

Eine gelangweilte Kellnerin nahm Hans Knudsens Bestellung entgegen, und dann waren sie allein, lächelten sich über den kleinen Tisch hinweg schüchtern an.

»Werden Sie Ärger bekommen, weil Sie einfach so mit mir ausgegangen sind?« erkundigte sich Elita.

»Ärger?« wiederholte er fragend und zog die Brauen hoch.

»Ich ... meine, wird man im Hotel merken, daß Sie fortgegangen sind?« erklärte Elita.

Er lächelte.

»Ich denke, wir sind sicher. Ich glaube kaum, daß in den nächsten ein, zwei Stunden jemand meine Abwesenheit bemerken wird, aber es ist nett von Ihnen, daran zu denken.«

»Was machen Sie?« wollte Elita wissen und betrachtete erneut sein schlichtes, dunkles Jackett und die gestreifte Hose.

Vielleicht war er am Empfang tätig, dachte sie. Aber sie konnte sich nicht erinnern, ihn dort gesehen zu haben.

»Wir sind hergekommen, um über Sie zu reden«, erinnerte er sie. »Wenn Sie heute noch eine Stelle haben wollen, müssen wir uns beeilen.«

»Ja, ja, natürlich.«

Ihre Neugier ließ ein wenig nach. Sie vertiefte sich in ihre eigenen Probleme. Eines jedenfalls war für sie sicher – weder er noch irgend jemand sonst durfte erkennen, daß sie nicht war, was sie zu sein schien – eine Sekretärin oder Gesellschafterin; eine Frau ohne besondere Bedeutung auf der Suche nach einer anderen Stellung. Wenn jemand erriet ...

Sie unterbrach ihre Gedanken. Ihr kamen Visionen von Erpressung, die sie jedoch augenblicklich verdrängte.

Der Mann ihr gegenüber hatte ein offenes, ehrliches Gesicht. Er sah auch gut aus, aber das hatte nichts damit zu tun. Irgend etwas an ihm sagte ihr, daß sie ihm vertrauen konnte, daß er sie nicht im Stich lassen würde.

»Sie wollen also Stewardeß werden?« sagte er jetzt ernst.

»Ich nehme an, es gibt auch noch... andere Dinge, die ich tun könnte«, meinte sie zögernd. Sie wollte nicht zugeben, daß sie vollkommen untalentiert war, wenn es ums Tippen ging, um Kurzschrift oder irgend etwas anderes, das von einer guten Sekretärin erwartet wurde.

»Wie ich gerade schon sagte«, fuhr Hans Knudsen fort, »kenne ich zufällig die Lage und weiß, daß es bei allen großen Fluggesellschaften lange Wartelisten gibt. Aber ich habe einen Freund, der einen Spezial-Service mit privaten Chartermaschinen eingerichtet hat – die Golden Eagle Line. Die Gesellschaft gibt es noch nicht lange, aber sie ist ein großer Erfolg, und er ist sehr stolz darauf.«

In Gedanken schob er den Pfefferstreuer hin und her, während er fortfuhr:

»Mein Freund hat erst vor ein paar Tagen mit mir darüber gesprochen, daß er für seine längeren Flüge Stewardessen benötigt. Wenn ich ihn dazu bringen könnte, Sie zu empfangen, würden Sie dann auf der Stelle zu ihm fahren?«

»Aber natürlich. Ich wäre sehr froh über eine solche Gelegenheit.«

Er warf einen Blick auf ihre Hände, die weich und weiß waren, mit langen, wundervoll manikürten Nägeln.

»Ich nehme an, Sie wissen, welche Pflichten eine Stewardeß hat?«

»Recht genau. Tatsächlich so gut, daß ich mich frage, ob es überhaupt nötig ist, ihm zu erzählen, daß ich noch keinerlei Erfahrung in diesem Beruf habe.«

Sie hatte das Gefühl, daß Hans Knudsen sie fragend ansah, und fuhr hastig fort:

»Sehen Sie, ich bin sehr viel geflogen. Mein letzter Arbeitgeber hat mich nach ganz Europa mitgenommen, und auch nach Afrika und Ägypten. Ich bin nie luftkrank gewesen, und ich kann mich noch ganz genau erinnern, wie sich die Stewardessen um uns gekümmert haben – tatsächlich war ich mit einer von ihnen sogar befreundet.«

»Nun, wenn Sie ganz sicher sind, daß Sie es schaffen«, Hans Knudsen lächelte. »Warten Sie dann bitte hier, während ich mit meinem Freund telefoniere?«

»Natürlich.«

Er erhob sich und verließ das Café, und Elita erinnerte sich, daß sie gleich um die Ecke eine Telefonzelle gesehen hatte. Dorthin würde er wohl gehen, dachte sie.

Sie seufzte leise auf und zog ihre Kaffeetasse zu sich heran. Es war ein Seufzer der Aufregung und Spannung, aber auch der Vorfreude und Angst. Wie ungewohnt das alles doch war! Wieviel besser, als mit einigen der Freunde zum Essen zu gehen, die ihr Vater für sie ausgesucht hatte; durch die Geschäfte zu schlendern und Dinge zu kaufen, die sie eigentlich nicht brauchte; und vor sich einen Abend mit Alan zu haben – Alan, der ihr die Frage stellen würde, die sie nicht hören wollte.

Sie fragte sich, wieviel Zeit ihr noch bliebe, bis man nach ihr suchen würde. Ihr Vater würde wohl nicht ins Claridge zurückkommen, bis es Zeit wurde, sich zum Abendessen umzuziehen. Dann würde er Jenkins fragen, wo sie war, und der würde erwidern, daß er sie den ganzen Tag nicht gesehen hätte.

Ihr Vater würde in ihr Schlafzimmer gehen und die Nachricht finden. Und dann? Was würde er tun?

Elita lächelte vor sich hin, als sie sich seinen Ärger und das unausbleibliche Gefühl von Frustration vorstellte. Er würde alles versuchen, um zu vermeiden, daß die Presse von der Sache Wind bekäme.

Granite Garson haßte Publicity. Er war grob zu den Reportern, wann immer sie versuchten, ihn zu interviewen, und er kochte vor Wut, wenn Elitas Name in den Klatschspalten auftauchte. *»Die schöne Tochter des großen Finanzmannes...«* oder *»Tochter des Industriemagnaten tanzt auf einem Ball...«*

»Das Land wird schon wie Amerika!« rief Granite Garson dann voll Abscheu aus. »Es gibt kein Privatleben mehr. Diese Nachrichtenhaie treiben sich auch überall herum und versuchen, sich ein bißchen Geld zu verdienen, indem sie die Geheimnisse anständiger Menschen verraten, die nur in Ruhe gelassen werden wollen.«

»Die Öffentlichkeit will es so«, hatte Elita einmal schüchtern widersprochen, und ihr Vater hatte sie in seiner Wut so laut angebrüllt, daß sie nie wieder versucht hatte, die Presse zu verteidigen.

Jetzt erkannte sie, daß sein Haß auf die Zeitungen für sie von Vorteil war. Er würde über ihr Verschwinden Stillschweigen bewahren. Er würde seinen eigenen Geheimdienst, wie sie ihn nannte, einsetzen müssen, um sie zu finden.

Sekretärinnen, denen er vertrauen konnte; Männer, die seit Jahren für ihn arbeiteten; Agenten in ganz Europa, mit denen er in Verbindung stand; alle würden im Vertrauen aufgefordert, nach ihr zu suchen.

Für einen Augenblick wurde Elitas Mund zu einer grimmigen Linie. »Ich werde ihn schlagen«, versprach sie sich selbst. »Ich werde ihm zeigen, daß ich nicht nur ohne sein Geld auskommen, sondern auch mein eigenes verdienen kann.«

Sie nippte an ihrem Kaffee, stellte fest, daß er fast kalt war, und sah wartend zur Tür hinüber. Wie lange Hans Knudsen fortblieb! Wenn er sich nun doch entschlossen hatte, ihr nicht zu helfen, und ins Claridge zurückgegangen war? Sie hier allein gelassen hatte?

Aber sie hatte das Gefühl, als ob er so etwas nicht tun würde – andererseits, was wußte sie schon von ihm? Er war nur ein fremder Mann, den sie im Korridor aufgelesen hatte, ein Angestellter des Hotels...

Sie brach plötzlich in ihrem Gedankengang ab. Wenn Hans nun mißtrauisch geworden war? Wenn sein Angebot, ihr zu helfen, nur eine List gewesen war, damit er sie im Auge behalten konnte, während er mit ihrem Vater telefonierte? Sie versuchte sich zu erinnern, wie weit sie von der Tür der Suite entfernt gewesen war, als er sie zum ersten Mal gesehen hatte. Er hatte sie nicht gefragt, für wen sie gearbeitet hatte, was an sich schon merkwürdig war.

Vielleicht war er in Wirklichkeit einer der Spione ihres Vaters, und jeden Augenblick könnte sich die Tür des Cafés öffnen, und Granite Garson würde hereinschlendern, bereit, eine Schlacht mit ihr auszufechten, bereit, sie zu unterdrücken, wie er es schon so oft zuvor getan hatte, sie zu demütigen, weil sie es gewagt hatte, ihm zu trotzen.

In ihrer Aufregung wollte Elita schon aufspringen, aber im gleichen Augenblick sah sie Hans Knudsens hübschen Kopf draußen vor dem Fenster, und eine Sekunde später stieß er die Tür zum Café auf und durchquerte den Raum, bis er neben ihr stand.

»Alles in Ordnung«, erklärte er.

Sie war durch ihre Angst so aufgeregt, daß sie jetzt nicht ganz sicher war, wovon er sprach.

»In... Ordnung«, wiederholte sie dümmlich.

»John Knight ist bereit, Sie zu empfangen, und die Stelle ist noch frei«, sagte Hans.

Er setzte sich, und Elita, die das Gefühl hatte, ihre Knie würden zittern, nahm ebenfalls wieder Platz.

»Sie meinen, es gibt eine Chance, daß er mich nimmt?« staunte sie leise.

»Ich bin sogar fast sicher«, antwortete Hans Knudsen. »Er ist ganz begierig, jemanden zu bekommen, der mehrere Sprachen spricht.«

Er nahm seine Tasse mit dem kalten Kaffee und lächelte ihr zu.

»Ich fürchte, ich habe eine Menge Lügen über Sie erzählt«, meinte er. »Verstehen Sie, ich wollte nicht, daß Ihnen diese Stellung entgeht, und hatte ganz vergessen, Ihnen all die Fragen zu stellen, die ich hätte stellen sollen, ehe ich mit John Knight gesprochen habe.«

»Was haben Sie ihm denn nur erzählt?«

»Ich habe ihm erzählt, daß Sie sehr charmant sind, sehr schön und offensichtlich sehr intelligent«, antwortete Hans Knudsen. »Und ich habe die Wahrheit gesagt und nichts als die Wahrheit.«

Elita lächelte, und auf ihren Wangen erschienen zwei Grübchen.

Ihre dunklen Augen versenkten sich für einen Moment in seine grauen. Sie hatte das Gefühl, als würde der Ausdruck darin sie erwärmen. Er nahm ihr all die Furcht, die sie gehabt hatte, ehe er zurückkam.

»Dann habe ich ihm erzählt, daß ich Sie schon lange kenne«,

fuhr Hans fort. »Daß Sie in jeder Stelle, die Sie angenommen haben, sehr erfolgreich gewesen sind, daß Sie mehrere Sprachen sprechen würden, als wäre es Ihre Muttersprache, und daß es sich einfach kein Arbeitgeber leisten könnte, auf Ihre Dienste zu verzichten.«

Sie warfen beide die Köpfe zurück und lachten.

»O je! Wie kann ich dem nur gerecht werden!« stöhnte Elita. »Wenn Mr. Knight mich sieht, wird er kein Wort davon glauben.«

»Er wird so staunen, wie schön Sie sind, daß er darüber alle anderen Referenzen vergessen wird«, beruhigte sie Hans Knudsen.

Elita schlug die Augen nieder. Seine Art zu sprechen ließ sie ein wenig schüchtern werden. Doch dann hatte sie das Gefühl, sich einfach idiotisch zu benehmen, und so meinte sie fröhlich:

»Ich verspreche Ihnen, daß ich versuchen werde, Sie nicht zu enttäuschen.«

»Da wäre nur noch eines.«

»Ja?«

»John Knight wollte wissen, ob Sie Referenzen haben und wer Ihr letzter Arbeitgeber gewesen ist.«

Elita fühlte, wie sich ihr Herz erschreckt zusammenzog. Aber schon holte sie tief Luft und packte den Stier bei den Hörnern.

»Das ist eine sehr peinliche Frage«, sagte sie und versuchte, ihrer Stimme einen normalen Klang zu geben. »Sehen Sie, ich habe für einen Geschäftsmann gearbeitet, fast... fast zwei Jahre lang. Er ist sehr wichtig hier. Aber... aber wir hatten Streit... ziemlich heftigen Streit über eine wichtige Angelegenheit...«

Sie machte eine kurze Pause, ehe sie fortfuhr:

»Er hat geschworen, wenn ich ihn verlasse, würde er mir kein Zeugnis ausstellen. Er hat sogar gedroht, daß ich niemals wieder eine Stellung finden würde. Das Risiko können wir also auf keinen Fall eingehen, oder?«

Es war schwer zu lügen, schwerer als alles, was sie bislang getan hatte, und sie wagte nicht, Hans Knudsen anzusehen, um festzustellen, ob er ihr glaubte.

»Das macht es ziemlich schwierig«, hörte sie ihn sagen. »Aber ich an Ihrer Stelle würde mir nicht zu viele Sorgen machen. John Knight ist ein Mensch, der sich selbst seine Meinung bildet, und wenn er Sie sieht, wird er bestimmt wollen, daß Sie die Stelle annehmen. Zufällig sitzt er gerade ziemlich in der Klemme. Das Mädchen, das er angestellt hatte, hat die Grippe, und er hat eigentlich keine Zeit mehr, noch jemand anderen zu suchen.«

»Dann ist es nicht so wichtig mit meinem Zeugnis?«

»Ich hoffe nicht. Auf jeden Fall können Sie von Glück sagen, daß Sie nicht mehr für diesen anderen Mann arbeiten, wenn er sich wirklich so benommen hat.«

»Ich weiß selbst nicht, wie ich es solange ausgehalten habe.«

»Wenn man jung ist, hat man immer Angst, eine Trennung zu vollziehen«, tröstete Hans. »Und ich nehme an, wenn alles gut gelaufen wäre, wäre es eine gute Empfehlung gewesen, für eine so wichtige Persönlichkeit gearbeitet zu haben.«

»Wahrscheinlich«, stimmte Elita zu.

»Rein aus Neugier: Wie sind Sie überhaupt an diese Stelle geraten?«

»Mein... mein Vater kannte ihn gut«, erwiderte Elita. Zumindest war das die Wahrheit, dachte sie dabei.

»Verstehe. Und können Sie nicht einfach heimkehren, jetzt, wo es mit der Stelle vorbei ist?«

»Nein, unmöglich«, antwortete Elita leise.

»Verdammt! Warum kommen diese Männer nur immer damit durch?« schimpfte Hans Knudsen leidenschaftlich. »Wie können sie ein Mädchen wie Sie so schlecht behandeln, ohne auch nur einen Hieb auf die Nase zu erhalten, obwohl sie ihn doch wirklich verdienen würden? Zum Teufel mit ihm und seinesgleichen, die denken, sie könnten Jugend und Unschuld beschmutzen, nur weil sie reich sind.«

Erschreckt begriff Elita, was er dachte. Sie hatte genau gewußt, was sie mit ihrer ziemlich wirren Erklärung nahelegen wollte, warum sie ihren letzten Arbeitsplatz verlassen hatte, aber jetzt erkannte sie ganz deutlich, was Hans Knudsen dachte. Es stimmte zwar nicht, aber es würde Hans wenigstens davon abhalten, ihr noch weitere Fragen zu stellen, dachte sie dankbar.

Er drehte sich um und rief die Kellnerin, um die Rechnung zu bezahlen.

»Ich glaube, Sie müssen jetzt los«, bemerkte er.

»Wohin muß ich fahren?« wollte Elita wissen.

»Nicht sehr weit. Ich werde Sie begleiten. John Knight hat ein Büro in der Park Lane.«

Sie traten auf die Straße hinaus und bekamen sofort ein Taxi. Elita stieg ein, Hans schloß die Tür und setzte sich neben sie.

Elitas Koffer stand ihnen gegenüber, und darauf konnte man Aufkleber aus Paris, Madrid und Rom sehen. Sie fand, daß es gut war, daß sie erklärt hatte, warum sie so viel gereist war. Ihr Koffer sah auch teuer aus, und einen flüchtigen Augenblick lang fragte sie sich, ob Hans Knudsen wohl dachte, daß ihr Arbeitgeber ihn ihr geschenkt hatte, und ob eine solche Vorstellung ihn wohl schokkieren würde.

Sie sehnte sich plötzlich danach, ihn zu überzeugen, daß sie tatsächlich noch jung, unschuldig und unverdorben war. Eifrig wandte sie sich ihm zu und schaute aus großen, von langen, dunklen Wimpern umrahmten Augen zu ihm auf.

»Ich hatte keine Ahnung, daß Menschen so nett sein können, wie Sie es zu mir gewesen sind. Ich war sehr unglücklich dort, wo… wo ich so lange Zeit gewesen bin. Ich wünschte, ich wäre schon eher gegangen. Ich hatte nur Angst, ich würde keine Stelle finden.«

»Es ist eine Schande, daß Sie in einer solchen Lage sind«, antwortete Hans Knudsen. »Sie müssen jetzt zu anständigen Leuten kommen, die Ihnen ein Zeugnis geben, wenn Sie sie zu verlassen wünschen, und die Sie nicht ausnützen, nur weil Sie jung und viel zu hübsch sind, um sich selbst Ihren Lebensunterhalt zu verdienen.«

»Ich glaube, heutzutage müssen die meisten Menschen sich selbst ihren Lebensunterhalt verdienen. Sie haben mir übrigens noch gar nicht erzählt, was Sie tun.«

Eine deutliche Pause entstand, ehe er antwortete. »Ich habe eine ganze Menge Jobs hinter mir. Ich will nicht in eine bestimmte Gewohnheit verfallen. Ich will umherziehen und die Welt kennenlernen. Aber für einen Mann ist das natürlich leichter als für eine Frau.«

»Und – gefällt es Ihnen im Claridge?« beharrte Elita.

Er zuckte mit den Schultern.

»Ich glaube nicht, daß ich lange dort bleiben werde. Mir erscheinen alle Luxushotels, als hätten sie von allem zuviel – zu heiß, zu bequem, zu reich. Es ist fast so, als würde man in einem Federbett ersticken.«

Elita lachte, und er fuhr fort:

»Aber ich werde dem Claridge immer dankbar sein, denn dort haben wir uns kennengelernt. Das ist das Schönste, was mir jemals in einem Luxushotel passiert ist – oder irgendwo sonst.«

Wieder spürte sie ihre Scheu, war nicht fähig, seinem Blick zu begegnen. Sie berührten einander nicht, und doch hatte sie das Gefühl, er hielte sie für einen Moment dicht an sich gepreßt.

Das Taxi hielt an.

»Wir sind da«, sagte Hans Knudsen in ganz verändertem Ton. »Gehen Sie hinein, fragen Sie nach John Knight, und viel Glück. Ich bin ganz sicher, daß alles gutgehen wird.«

Elita stieg aus dem Wagen, und er reichte ihr ihren Koffer. Als sie ihn von der rechten in die linke Hand nahm, um sich von Hans Knudsen zu verabschieden, rief der Taxifahrer:

»Ich kann nicht warten, Sir!«

»Gott segne Sie!«

Einen kurzen Augenblick lang fühlte sie Hans Knudsens Hände auf ihren; sie sah seine Augen, die auf sie herabschauten, sah die Sonne auf seinem hellen Haar leuchten. Und dann, fast ehe sie begriff, was geschah, war er auch schon ins Taxi zurückgesprungen und war davongefahren.

Sie war allein – allein inmitten der Menge in der Park Lane – und auf der Tür vor ihr stand *The Golden Eagle Line*.

Sie bahnte sich ihren Weg in den Empfangsraum.

»Mr. John Knight erwartet mich«, erklärte sie dem jungen

Mann, der bei ihrem Eintreten auf sie zugeeilt war.

»Ihr Name, Madam?« erkundigte er sich.

»Elita Gar... Gardener.«

Zum Glück, dachte sie, hatte sie den Namen nicht vergessen, den sie angegeben hatte, als Hans sie danach gefragt hatte.

»O ja, natürlich.«

Die Haltung des Mannes änderte sich kaum merklich. Sie war keine Kundin, also war die Unterwürfigkeit nicht mehr erforderlich.

»Er sagte, daß er Sie erwarten würde«, bemerkte er. »Sie können Ihren Koffer hier hinter den Tresen schieben, wenn Sie wollen.«

»Danke.«

Elita machte eine kleine Geste, als wollte sie ihm ihren Koffer reichen, und erkannte dann, daß zum ersten Mal in ihrem Leben niemand bereit war, nach ihrer Pfeife zu tanzen. Immer hatte es sonst Diener gegeben, Sekretäre, irgend jemanden, der auch das kleinste Päckchen für sie trug, der sie daran hinderte, irgend etwas für sich selbst zu tun.

Sie stellte ihren Koffer ab und drehte sich lächelnd um.

»Ich bin soweit«, erklärte sie.

»Ich werde nachsehen, ob er auch bereit für Sie ist«, korrigierte der junge Mann sie fast mißbilligend. »Warten Sie hier.«

Er verschwand hinter einer Tür und kam ein paar Sekunden später zurück. »Gehen Sie einfach rein. Und seien Sie freundlich, er hat nämlich schreckliche Laune.«

»Ich werde mein Bestes tun«, antwortete Elita bescheiden.

Sie konnte nicht umhin, sich in diesem Augenblick zu fragen, was die Angestellten ihres Vaters wohl manchmal hinter seinem Rücken über ihn sagten. Daran hatte sie früher nie gedacht. Aber jetzt hatte sie keine Zeit, darüber nachzudenken.

Sie wurde in ein kleines Büro gebracht, in dem ein dünner, grauhaariger Mann mit Falten der Sorge und des Zorns in den Augenwinkeln an einem riesigen Schreibtisch saß.

»Elita Gardener?« erkundigte er sich in scharfem Ton.

»Das ist mein Name. Ich... ich glaube, Mr. Knudsen hat meinetwegen schon angerufen.«

»Ja, er hat gesagt, Sie würden sofort kommen«, antwortete John Knight. »Setzen Sie sich, bitte.«

Mit einer Hand deutete er vage auf einen harten Stuhl vor dem Schreibtisch. Elita hockte sich auf die Kante, und er betrachtete sie. Sie spürte, wie der Blick des Mannes abschätzend an ihr entlangwanderte, nicht so, wie ein Mann eine Frau anschaut, sondern so, wie ein Händler ein Stück Ware mustert.

»Hans Knudsen hat mir nichts Genaues über Sie erzählt. Schien nicht zu wissen, ob Sie schon Erfahrung in diesem Beruf haben.«

»Nun, nicht direkt«, gab Elita zu. »Aber ich bin oft geflogen. Ich bin niemals luftkrank geworden, und ich bin daran gewöhnt, für meinen ... meinen letzten Arbeitgeber auf Reisen zu arbeiten.«

Sie glaubte, daß man es schon als Arbeit bezeichnen könnte, wenn sie ihrem Vater Zeitungsausschnitte vorgelesen und hin und wieder eine Nachricht für ihn aufgeschrieben hatte. Auf jeden Fall hörte es sich gut an, fand sie.

»Haben Sie schon einmal Mahlzeiten serviert?«

»O ja.«

Sie hatte einen Haushaltskurs besucht, als sie noch zur Schule ging, und dazu gehörte auch das Servieren von Mahlzeiten.

»Und Sie sprechen Fremdsprachen. Wie viele?«

»Nun, Französisch, Deutsch, ein wenig Italienisch – genug, um mich im Land zu verständigen – und ein ganz klein wenig Spanisch.«

Sie hatte das Gefühl, daß Hans ihm das bereits erzählt hatte. Er prüfte sie nur, versuchte, sie in eine Falle zu locken. Sie wußte nicht warum, aber sie hatte einfach diesen Eindruck.

»Gut! Sie können heute nachmittag anfangen. In zwanzig Minuten fährt ein Wagen von uns nach Southend. Sie können mitfahren. Die Gruppe, um die Sie sich kümmern sollen, wird gegen vier Uhr an Bord kommen. Der erste Flughafen, der angeflogen wird, ist München. Sie werden die Nacht dort verbringen. In einem Hotel in der Nähe des Flughafens wird ein Zimmer für Sie reserviert sein.«

John Knight machte eine kurze Pause, und als Elita nichts sagte, fuhr er fort:

»Ihr Lohn wird zwölf Pfund die Woche betragen, aber davon wird ein geringer Betrag für Ihre Uniform abgezogen. Da uns keine Zeit mehr bleibt, Ihnen eine anzupassen, ehe Sie abreisen, müssen Sie auf diesem Flug Ihre eigenen Kleider tragen. Bitte tragen Sie etwas vollkommen Schlichtes – das Kostüm, das Sie tragen, mit einer weißen Bluse wird gehen. Schürzen finden Sie an Bord der Maschine.«

Elita hörte ihm wie benommen zu.

»Dann bin ich angestellt?« fragte sie schließlich.

»Ja, ja, natürlich. Hans Knudsen hat sich für Sie eingesetzt, und ich habe Sie selbst gesehen. Sie werden das gut machen. Ich muß Ihnen wohl nicht extra erklären, daß meine Gesellschaft gute, tüchtige Arbeit erwartet. Unsere Flugzeuge werden zu sehr hohen Summen gechartert, von Privatleuten, die jeglichen Komfort verlangen. Man wird Ihnen die Weine zeigen, die an Bord sind, die Zigaretten und Zigarren und das Essen, das bestellt worden ist. Es bleibt Ihnen überlassen, es den Passagieren bequem zu machen.«

»Ja, natürlich.«

»Die Gesellschaft, um die Sie sich heute zu kümmern haben, ist von äußerster Wichtigkeit«, fuhr John Knight fort. »Haben Sie von Mr. Burtel gehört? Er ist eine international bekannte Persönlichkeit.«

Elita fühlte, wie sie zusammenzuckte, doch dann fiel ihr zu ihrer Erleichterung ein, daß sie ihn niemals getroffen hatte. Natürlich hatte sie von Adolph Burtel gehört – wer hatte das nicht? Die Zeitungen waren voll von ihm.

Im Gegensatz zu ihrem Vater suchte er Publicity. Er gab fabelhafte Parties in Venedig und noch fabelhaftere in Palm Beach. Die Saison in Monte Carlo war ohne ihn nicht vollständig.

»Mr. Burtel befindet sich auf einer Geschäftsreise«, fuhr John Knight fort. »Es werden keine Frauen an Bord sein, nur Männer.«

Er warf einen Blick auf seine Armbanduhr. »Ich glaube, Sie sollten jetzt aufbrechen. Der Wagen wird jeden Augenblick da sein.«

Elita war der Meinung, sie wäre damit entlassen, und erhob sich.

»Vielen Dank«, sagte sie ernst. »Ich werde mein Bestes für Ihre Gäste tun.«

Kaum hatte sie das gesagt, wußte sie, daß sie das Wort ›Kunden‹ hätte verwenden sollen, aber dann erkannte sie auch gleich, daß John Knight ihr nicht zugehört hatte. Mit einem leichten Kopfnikken hatte er sie bereits entlassen und eines der Telefone auf seinem Schreibtisch ergriffen.

»Miss Gardener wird im Vauxhall nach Southend fahren«, hörte sie ihn sagen. »Und vergessen Sie die Kiste mit Champagner nicht, die gleichzeitig an Bord zu gehen hat. Ist der Freßkorb von Fortnum und Mason gekommen?... Gut. Nun, dann lassen Sie das alles verladen und sagen Sie Dawson, ich werde selbst herunterkommen. Ich werde gegen ein Uhr hier abfahren.«

Die Stimme am anderen Ende der Leitung stellte offensichtlich eine Frage.

»Nein, nein, natürlich nicht. Sagen Sie Andrews, er soll ihr zeigen, wo alles ist. Sie wird sich zurechtfinden. Er ist gut in diesen Dingen. Hat so etwas sein Leben lang getan... Ja, ja, das ist alles.«

Er knallte den Hörer hin. Elita stand noch immer vor ihm, unsicher, was sie tun sollte.

»Es ist alles in Ordnung«, erklärte John Knight scharf. »Sie können draußen warten, bis der Wagen kommt.«

»Danke«, sagte Elita.

Als sie aus dem Zimmer ging, hatte sie das Gefühl, sich sehr ungeschickt zu bewegen, als ob ihre Hände und Füße größer wären als gewöhnlich. Es war sonderbar, so entlassen zu werden, Befehle zu empfangen, so unwichtig zu sein wie ein Bolzen in einer großen Maschine.

Der junge Mann, der sie in John Knights Büro gebracht hatte, war mit einer Dame beschäftigt, die sich nicht entschließen konnte, ob sie ihre Ferien in der Karibik oder auf den Bermudas verbringen sollte.

Elita setzte sich auf ein ziemlich unbequemes, modernes Sofa und hoffte, daß der Wagen, der sie nach Southend zum Flughafen bringen sollte, bald kommen würde. Sie wollte loskommen, das Gefühl haben, etwas zu tun, und vor allem London hinter sich zu lassen.

Es war viel zu früh: Ihr Vater konnte noch nicht herausgefunden haben, daß sie fort war. Aber jetzt, da sie allein war und die erste Spannung des Fortlaufens sich gelegt hatte, bekam sie es doch langsam mit der Angst.

Sie fürchtete, daß jeden Augenblick jemand durch die Tür kommen und sie erkennen würde; daß ein Mann oder eine Frau, die die Park Lane entlang gingen, einen Blick durch das große Glasfenster werfen und ausrufen würde:

»Das ist ja Elita Garson! Was macht sie denn nur im Büro der *Golden Eagle?*«

Sie mußte ihre Spur verwischen. Sie durfte nichts zurücklassen, was ihrem Vater auch nur den kleinsten Hinweis auf ihren Verbleib geben könnte.

Aber Hans mußte sie es erzählen, dachte sie. Dann stieß sie einen leisen Schrei aus. Erst jetzt, in diesem Augenblick, wurde ihr klar, daß sie keine Ahnung hatte, wie sie sich mit ihm in Verbindung setzen sollte. Sie hatte ihn noch fragen wollen, ob sie ihm schreiben durfte, um sich für seine Hilfeleistung zu bedanken.

Einen Moment lang hatte sie im Taxi daran gedacht, aber dann hatte er etwas gesagt, und sie hatte es wieder vergessen.

Er war so vage gewesen, was seine Position im Claridge anging; hatte ihr nichts weiter erzählt, als daß er dort angestellt war und es bald wieder verlassen würde. Wenn sie ihm nun schrieb und er war schon wieder fort? Der Brief würde vielleicht geöffnet und man würde erraten, wer sie war.

Abgesehen davon war sie ein wenig verletzt, weil sie gedacht hatte, er würde sich auch mit ihr in Verbindung setzen wollen.

Er hätte sagen können, daß er sie anrufen würde, um zu erfahren, ob sie die Stelle erhalten hätte. Er hätte sie bitten können, ihn anzurufen, hätte ihr sagen können, wann er zu erreichen sein würde. Statt dessen war er einfach ins Taxi gestiegen und aus ihrem Leben verschwunden.

Elita hatte plötzlich Angst. Jetzt war sie allein, vollkommen allein, abgeschnitten von dem Leben, das sie gekannt hatte, dem Leben, das sie verstand. Sie hatte zehn Pfund in ihrer Brieftasche, das war alles.

Ein Ruf von der Tür riß sie aus ihren Gedanken.

»Miss Gardener!«

Sie drehte sich um und sah John Knight, der sie fast feindselig anstarrte.

»Ja?«

»Kommen Sie einen Moment her.«

Sie folgte ihm in sein Büro.

»Ich habe vergessen, Sie etwas zu fragen, und Sie haben vergessen, es zu erwähnen«, sagte er fast vorwurfsvoll. »Ihren Paß!«

»Oh... o ja, natürlich!«

»Sie haben ihn dabei? Hans Knudsen sagte, Sie wären viel gereist.«

»Ja, ja, das stimmt.«

»Und ist er in Ordnung? Er ist nicht etwa abgelaufen oder so etwas Ähnliches? Ich weiß wirklich nicht, warum meine Sekretärinnen mich niemals an diese Dinge erinnern. Verdammt! Sie werden schließlich gut genug bezahlt!«

»Er ist in Ordnung«, versicherte ihm Elita.

Ihre Gedanken überschlugen sich fast, als sie versuchte, einen Ausweg aus diesem neuen Dilemma zu finden. Sie hatte einen Paß dabei, das war richtig. Sie erinnerte sich, daß sie ihn zusammen mit dem Scheckheft aus der Schublade genommen und dann in die Tasche auf der Innenseite ihres Koffers geschoben hatte.

Sie hatte das ganz instinktiv getan, hatte gar nicht daran gedacht, sie könnte ins Ausland gehen, hatte einfach nur das Gefühl gehabt, sie müßte ihn bei sich haben, dürfte ihn nicht zurücklassen.

»Nun, vielleicht sollte ich besser einen Blick darauf werfen«, meinte John Knight. »Es ist ein Glück, daß Sie ihn hier haben. Details! Details! Alles muß ich jeden Tag überprüfen, und kein bißchen Hilfe von irgend jemandem!«

Er brüllte sie an, wußte Elita, aber sie hörte ihn kaum, weil sie versuchte, einen Ausweg zu finden, wie ein Eichhörnchen in einem sich drehenden Käfig.

»Ich hole nur meinen Paß«, erklärte sie.

Sie schlüpfte aus dem Büro in den großen Hauptempfangsraum. Die Kundin war gegangen, und der junge Mann lehnte am Tresen.

»Wie sind Sie zurechtgekommen?« wollte er wissen.

»Ganz gut«, antwortete Elita. »Würden Sie mir bitte sagen, ob es hier einen Waschraum gibt? Ich muß etwas aus meinem Koffer nehmen.«

»Ja, natürlich. Gehen Sie durch die Tür da rechts und den Gang entlang. Nichts Besonderes, müßte dringend überholt werden.«

»Das ist schon in Ordnung«, sagte Elita.

Sie nahm ihren Koffer und eilte den Weg entlang, den er ihr gewiesen hatte. Der Waschraum war kalt und dunkel und war offensichtlich von jemandem eingerichtet worden, der glaubte, für die Angestellten wäre das Billigste gerade gut genug. Aber Elita kümmerte sich nicht darum.

Sie stellte ihren Koffer ab und suchte nach ihrem Paß. Ihr eigenes Gesicht starrte sie von dem Foto an, und ihre Unterschrift zog sich über die Seite. *Elita Garson.*

Sie nahm ihren Stift heraus und veränderte geschickt und sorgfältig ihren Namen. Gott sei Dank hatte sie keinen ganz anders klingenden Namen gewählt. Es war einfach, aus Garson Gardener zu machen, ohne daß man es gleich sah.

Es wäre viel schwieriger gewesen, wenn sie einen Namen ausgesucht hätte, der mit einem anderen Buchstaben anfing oder viel kürzer war als ihr richtiger.

Sie blätterte die Seiten durch. Da gab es Visa für alle Länder in Europa, die sie erforderten. Ihr Vater hatte darauf bestanden, denn er wußte nie, wann er kurzfristig irgendwohin fliegen mußte, und er bestand immer darauf, daß Elita ihn begleitete.

Jetzt wußte sie, daß er wohl Angst gehabt hatte, sie allein zu lassen – Angst vor Mitgiftjägern, vor unerwünschten Bekanntschaften, vor Parasiten, Angst vor allem und jedem einfach nur, weil sie Geld hatte. Das vergoldete Kind eines vergoldeten Mannes!

Sie schloß den Koffer und warf dann einen Blick auf ihr Bild in dem kleinen, gesprungenen Spiegel, der über dem Waschbecken hing. Sie sah sehr blaß aus, und ihre Augen waren fast unnormal groß in ihrem kleinen Gesicht.

Ziemlich gelassen dachte sie, daß sie eine Verabredung mit dem Friseur nicht eingehalten hatte, da es nur gut war, daß ihr Haar nicht zu kunstvoll und elegant frisiert war.

Die Zeit verstrich. Elita packte ihren Koffer, warf noch einen letzten Blick auf ihren Paß, um festzustellen, ob ihr Name und ihre Unterschrift sichtbar verändert waren, und eilte in John Knights Büro zurück.

Inzwischen war er in ein langes Gespräch mit jemandem vertieft, der nach Jersey und von dort aus weiter zu den Scilly-Inseln fliegen wollte. Es gab eine lange Diskussion um die Menge an Gepäck, das man mitnehmen konnte, und während er noch sprach, erschien der junge Mann aus dem vorderen Büro.

»Der Vauxhall ist da, Sir«, meldete er. »Der Fahrer sagt, er kann nicht warten. Er bekommt sonst Ärger mit der Polizei.«

John Knight legte die Hand auf die Sprechmuschel des Telefons.

»Dann also los«, befahl er.

Elita folgte dem jungen Mann aus dem Büro. Er öffnete die Tür zur Straße für sie, machte aber keine Anstalten, ihr mit dem Koffer zu helfen.

»Cheerio! Ich hoffe, es macht Ihnen Spaß!«

»Danke«, antwortete sie.

Sie stellte fest, daß der Vauxhall bereits vollgestopft war mit dem Korb, der Kiste mit Champagner und einer großen Zahl von Kästen aller Art. Sie stieg auf dem Beifahrersitz ein und quetschte ihren Koffer irgendwie zwischen all das andere Zeug.

»Sie sind neu, was?« meinte der Fahrer, als sie die Park Lane entlangfuhren.

»Ja. Ich bin neu und furchtbar aufgeregt.«

»Das ist der richtige Geist«, lobte er. »Diejenigen, die ihre Arbeit nur mürrisch verrichten, machen nicht das Beste daraus.«

Er war ein Mann mittleren Alters mit zwinkernden Augen und

einem Lächeln in den Mundwinkeln.

»Glauben Sie, es wird mir Spaß machen?« fragte Elita.

Sie wollte sich irgendwie mit irgend etwas identifizieren, wollte ihren Stellenwert erkennen. Alle sprachen ganz allgemein immer nur über ›ihren Job‹. Für sie aber war es eine Aufgabe, ihre neue Stellung, ihre neue Existenz, die zählten.

»Sie schaffen das schon«, sagte er. »Haben Sie Angst?«

»Ein bißchen schon«, gab Elita zu.

Der Wagen bog in den Park ein. Sie hatte keine Angst vor dem, was sie erwartete, glaubte Elita, aber sie hatte Angst vor sich selbst. Ihre ganze Erziehung, ihre Ausbildung hatte sie nicht darauf vorbereitet, allein zu sein, vollkommen, absolut allein. Niemand wußte, wo sie war oder wohin sie fuhr – außer natürlich Hans.

Wieder spürte sie den Stich in ihrem Herzen, weil er sie nicht gebeten hatte zu schreiben, weil er einfach fortgefahren war und sie ganz allein zurückgelassen hatte.

3

»Nun, ich glaube, das ist dann alles«, sagte Andrews lächelnd und sah sich im Flugzeug um, als erwarte er, Papierfetzen oder vergessene Flaschen zu entdecken, die unter den Sitzen hervorlugten.

»Haben Sie vielen Dank«, erwiderte Elita. »Ich hoffe, ich werde nicht zu viele Fehler machen.«

»Und selbst wenn, macht das nichts«, antwortete Andrews. »Wichtig ist nur, daß sich der Reisende umhegt und umsorgt fühlt. Ich habe die Erfahrung gemacht, daß die Leute es niemals vergessen, wenn man ihnen bei ihren Reisen gleichgültig gegenübertritt und offensichtlich kein Interesse ihren persönlichen Wünschen gegenüber zeigt.«

Andrews war ein kleiner Mann, dünn und drahtig, der Typ von Mann in Elitas Augen, den man überall, wo immer man ihn sah, als Steward eines Schiffes oder Flugzeugs erkennen würde.

Er hatte ihr gezeigt, wo alles aufbewahrt wurde; er hatte die Leberpastete, den geräucherten Lachs und die eleganten Cocktail-Snacks verstaut, die sie mit den Drinks servieren sollte; er hatte eine große Thermoskanne mit Kaffee an eine Stelle gestellt, wo sie nicht so leicht umfallen konnte, und auch die Weinflaschen befanden sich sicher an dem für sie bestimmten Platz.

»Erster Aufenthalt in München«, sagte er jetzt. »Sie müssen sich also keine Gedanken wegen des Abendessens machen. Aber nur für den Fall, daß die Gäste etwas Herzhafteres verlangen – bei diesen Kerlen weiß man ja nie –, finden Sie dort hinten kaltes Fleisch servierfertig angerichtet. Auch ein wenig Salat, aber ich glaube nicht, daß Sie den brauchen werden.«

»Welch eine Verschwendung! Was wird damit passieren?«

»Oh, die Enten werden dankbar sein«, erwiderte Andrews augenzwinkernd, und Elita erriet, daß es ein Geschenk für jemanden sein würde.

Im Flugzeug hatten zwölf Personen Platz, aber Andrews meinte, daß nur halb so viele an Bord kommen würden.

»Für die Fluggesellschaft ist es egal, ob die Maschine voll besetzt ist oder nicht«, erklärte er. »Es ist ein privater Charterflug, und der kostet 'ne hübsche Stange Geld, das können Sie mir glauben.«

»Warum sollten wir uns Gedanken machen, was Mr. Burtel bezahlt? Er ist schließlich reich genug«, meinte Elita.

»Dann haben Sie von ihm gehört?«

»Natürlich. Sein Name steht doch ständig in der Zeitung.«

Andrews fuhr damit fort, ihr zu erklären, wie sie die verschiedenen Drinks servieren sollte und wieviel sie in jedes Glas schenken sollte, bis sie schließlich sagte:

»Kommt das Flugzeug leer zurück?«

»Ich nehme es an. Wir haben nur sehr selten Gelegenheit, für den Heimflug eine zweite Fracht aufzunehmen, wenn ich mich mal so ausdrücken darf.«

»Und in dem Fall lege ich einfach die Füße hoch und genieße das Leben, was?«

»So sollte es sein, ja«, erwiderte er, und seine blauen Augen funkelten.

»Und was mache ich, nachdem wir zurück sind?« wollte Elita wissen. »Wird mir Mr. Knight seine Anweisungen hier nach Southend kommen lassen, oder muß ich nach London zurückfahren?«

Andrews sah sie erstaunt an.

»Hat er es Ihnen nicht gesagt?«

Elita schüttelte den Kopf.

»Er hat mir nur gesagt, wieviel ich pro Woche verdienen würde. Für etwas anderes hatte er keine Zeit mehr.«

»Nun, dann können Sie ja wenigstens mit einer Woche Arbeit rechnen«, meinte Andrews.

Etwas in seinem Ton ließ Elita hastig fragen: »Wie meinen Sie das?«

Andrews wandte sich ihr zu.

»Hat er nicht definitiv erklärt, er würde Sie einstellen, wenn dieser Flug vorüber ist?« erkundigte er sich.

»Nein, hat er nicht. Aber ich habe angenommen, es würde sich um eine feste Stelle handeln. Habe ich mich getäuscht?«

»Ich würde nicht gern darauf antworten«, sagte Andrews und verzog den Mund. »Mr. Knight leitet die Gesellschaft sehr sparsam. Wenn bestimmte Reisende eine Stewardeß wünschen, bekommen sie eine. Aber wir lassen die Mädchen nicht bei uns herumsitzen und Däumchen drehen, wenn niemand ihre Dienste verlangt.«

»Verstehe. Es war wohl mein Fehler, aber ich hätte nie gedacht, daß ich nur für den einen Flug hier wäre. Wissen Sie, ich wollte mich eigentlich bei B.O.A.C. bewerben...«

Andrews unterbrach sie.

»Ich möchte ja Ihre Hoffnungen nicht zunichte machen oder so, und verraten Sie bitte nicht, daß ich etwas gesagt habe – das darf ich eigentlich nicht. Aber bei B.O.A.C. wären Sie weit besser dran, wenn die Sie nehmen würden.«

»Ja, natürlich. Und danke, daß Sie so ehrlich zu mir waren. Mir ist es lieber zu wissen, wo ich dran bin.«

Bei dem Gedanken, nach London zurückkehren zu müssen,

verließ sie ihr ganzer Mut. London war gefährlich für sie, das wußte sie. Ihr Vater würde nach ihr suchen.

Sie hatte zwar keine Angst davor, entdeckt zu werden – das beunruhigte sie wirklich nicht. Sie wollte nur einfach beweisen, daß sie recht gehabt hatte. Sie konnte sich ihren Lebensunterhalt ohne fremde Hilfe verdienen. Sie konnte es auch ohne ihren Vater schaffen.

Sie hatte sich zehn Pfund zugestanden, und während der ganzen Fahrt im Wagen hatte sie fest mit zwölf weiteren Pfund gerechnet. Es könnte viel weniger sein, wenn Mr. Knight der Ansicht wäre, sie wäre ausreichend entschädigt, wenn er sie tageweise bezahlte.

»Es ist auf jeden Fall eine Erfahrung«, tröstete Andrews.

Sie lächelte ihn glücklich an.

»Natürlich. Das hatte ich ganz vergessen. Normalerweise muß man für seine Erfahrungen zahlen, nicht wahr? Aber ich kann mich, wenn ich mich um meine nächste Stelle bewerbe, wenigstens als ›lufterfahren‹ bezeichnen.«

Er lachte über ihre Worte.

»Ich glaube, Sie kämen damit durch«, meinte er bewundernd. »Wenn man in der Welt weiterkommen will, gibt es nichts, was so wertvoll wäre wie Selbstvertrauen. Die Menschen beurteilen jeden nach seiner eigenen Einschätzung, sage ich immer.«

»Meinen Sie, das ist wahr?« fragte Elita nachdenklich. »Wenn Leute angeben, denke ich immer, sie wären eingebildet.«

Sie dachte bei diesen Worten an einige der Freunde ihres Vaters, reiche Finanzleute, Geschäftsmänner, die nicht widerstehen konnten, ihr zu erzählen, wie schlau sie doch waren und welch große Geschäfte sie gemacht hatten.

»Ich glaube manchmal«, fuhr sie fort, »daß die Leute noch mehr beeindruckt sind, wenn man ein paar Fehlschläge zugibt.«

»Nicht in diesem Geschäft«, widersprach Andrews. »In überhaupt keinem Geschäft, mit dem ich zu tun hatte. Die Menschen lieben den Erfolg. Sie wollen doch nicht, daß sie denken, Sie können dies oder jenes nicht tun. Erzählen Sie ihnen, daß Sie alles tun können, und zehn zu eins, wenn es darauf ankommt, dann können

Sie es auch.«

Aus seiner Stimme klang Gefühl, und Elita vermutete, daß er es in seinem Leben manchmal sehr schwer gehabt hatte.

»Ich werde mich bemühen, an Ihren Rat zu denken. Wenn mich irgend jemand fragt, was ich kann, dann werde ich sagen ›Alles – und noch dazu sehr gut.‹«

»So ist es richtig«, lobte Andrews. »Wenn es irgendwelche Mängel gibt, sollen sie sie doch selbst herausfinden. Und vergessen Sie nie, es steht zehn zu eins, daß sie persönlich nicht so tüchtig sind wie Sie.«

»Sie sind ja ein Philosoph«, bemerkte Elita lächelnd. »Mehr noch, Sie haben mir das Gefühl gegeben, daß ich keine Angst haben muß, daß ich nicht nervös zu sein brauche, weil ich etwas Neues versuche. Vielen Dank!«

»Sie haben das Zeug dazu«, lobte Andrews. »Sie brauchen keine Angst zu haben zu versagen. Das wird Ihnen nicht passieren – so wie Sie aussehen sowieso nicht.«

Elita strahlte ihn an. Sie wußte, daß sein Kompliment ernst gemeint war, und sie schätzte es.

Das Bild von Hans tauchte vor ihr auf, als er ihr gesagt hatte, wie hübsch sie war. Sie ertappte sich dabei, daß sie wünschte, er wäre hier, und sie könnte ihm erzählen, was geschah.

Es war natürlich lächerlich, aber sie wollte vor ihm angeben. Sie wollte, daß er wußte, wie sie sich bislang geschlagen hatte.

Er war ein Mensch, mit dem man reden konnte, dachte sie und erkannte, daß sie fast ihr ganzes Leben damit zugebracht hatte, nur zuzuhören. Sie hatte ihrem Vater zugehört, seinen Freunden, den reichen, einflußreichen Männern, die er mit nach Hause brachte und ihren ältlichen, nörgelnden Ehefrauen, die sich ständig über ihre Gesundheit und die Dienstboten beklagten!

Auch jungen Menschen hörte sie zu. Hauptsächlich, weil sie ihnen so wenig zu sagen hatte. Es kam ihr immer so vor, als wären ihre Tage leer verglichen mit dem Leben anderer.

Ja, sie war eine Zuhörerin gewesen, aber jetzt wollte sie reden. Sie wollte Hans Knudsen von sich selbst erzählen. Sie wünschte, sie hätte ihm die Wahrheit sagen können.

Sie fragte sich, ob er ihr geraten hätte fortzulaufen, wie sie es getan hatte. Aber welche andere Lösung gab es? Zu bleiben und schließlich festzustellen, daß ihre Einwände dagegen, Alan zu heiraten, einer nach dem anderen zunichte gemacht wurden, bis sie schließlich aus reiner Schwäche neben ihm durchs Kirchenschiff gegangen wäre.

Das hätte bedeutet, ein Gefängnis gegen ein anderes einzutauschen. Ihr Leben hätte sich nur wenig geändert. Sie erkannte jetzt, daß Alan ihrem Vater in mancher Beziehung sehr ähnlich war. Sie hatten dieselbe Einstellung, den Wunsch, Geld zu verdienen, dieselbe Konzentration auf diese Aufgabe.

Sie warf einen Blick auf ihre Armbanduhr. Es war Viertel vor vier.

»Jetzt wird es nicht mehr lange dauern«, bemerkte Andrews. »Sie scheinen es eilig zu haben fortzukommen.«

»Habe ich auch«, stimmte sie zu. »Ich hasse es zu warten.«

Schon ganz bald, so dachte sie, würde sie England verlassen haben. Es wäre sehr unwahrscheinlich, daß ihr Vater sie ausfindig machen könnte, wenigstens für ein paar Tage. Sie fragte sich, was er zu Alan sagen würde. Würde er ihm die Wahrheit erzählen, oder würde er sie ganz für sich behalten?

Elita hatte seinen Stolz verletzt. Das würde ihm gar nicht gefallen. Er konnte es nicht ertragen, wenn etwas schiefging. Er sprach niemals über seine Fehler, nur über seine Erfolge.

Vielleicht würde er sie aus seinem Testament streichen, würde sie völlig vergessen. Das taten Väter für gewöhnlich – zumindest in Büchern. Aber sie wußte, für Granite Garson wäre das unmöglich. Er mußte Erfolg haben, mußte triumphieren, mußte ganz oben sein. Er würde sich niemals geschlagen geben, wenn es sich irgendwie vermeiden ließ.

Einmal, als er versucht hatte, eine Gesellschaft zu übernehmen, und man hatte ihm Widerstand geleistet, hatte er sechs Jahre lang gewartet, bis es ihm endlich gelungen war, die Kontrolle zu übernehmen. Es war nicht sehr wichtig gewesen, nicht einmal ein großes Geschäft, aber sie konnte sich noch sehr gut an den Triumph in seinem Gesicht erinnern, an das Licht in seinen Augen, als er ihr erzählte, was er getan hatte.

Wenn sie sich jetzt daran erinnerte, fühlte sie, wie sie schauderte. Ihr Vater hatte es sich in den Kopf gesetzt, daß sie Alan Doughty heiratete.

»Also dann, viel Glück«, wünschte ihr Andrews und schickte sich an, das Flugzeug zu verlassen.

»O je! Gibt es sonst noch etwas, das ich wissen müßte?« fragte Elita in plötzlicher Panik. »Warten Sie – ziehe ich mir meine Schürze jetzt an oder warte ich, bis alle an Bord gekommen sind?«

Noch als sie die Frage stellte, fiel ihr ein, wie es die Stewardessen anderer Fluglinien gemacht hatten. Sie zogen sich um, nachdem die Passagiere Platz genommen hatten. Sie hatte sich die Frage selbst beantwortet, hörte aber dennoch zu, als Andrews erklärte, was sie bereits wußte. Dann schüttelte sie ihm die Hand.

»Vielen, vielen Dank. Sie waren so freundlich und hilfreich.«

Er wandte sich um und trat aus der Tür. Im selben Augenblick kam ein anderer Steward die Treppe heraufgelaufen. Er hatte einen Teller in der Hand, der mit Zellophanpapier abgedeckt war. Er sagte etwas, und Andrews antwortete:

»Ja, ja. Ich habe schon darauf gewartet.«

Dann brachte er den Teller ins Flugzeug.

»Dies ist für Mr. Burtels Assistenten. Ich nehme an, er ist so eine Art Diener. Er schiebt ihn in seinem Rollstuhl.«

»In seinem Rollstuhl!« rief Elita überrascht aus. »Aber Mr. Burtel ist doch noch verhältnismäßig jung – oder hat er einen Unfall gehabt?«

»Nein, soviel ich weiß, ist er ein alter Mann«, korrigierte Andrews.

»Merkwürdig!«

Elita nahm ihm den Teller ab und sah, daß er große, herzhafte, nahrhaft aussehende Schinkenbrote enthielt.

»Sieht so aus, als hätte dieser Pfleger die Absicht, auf keinen Fall Hunger zu leiden«, bemerkte sie.

»Ich glaube kaum, daß er sich etwas aus Cocktailhäppchen macht«, stimmte Andrews zu. »Sie sind alle für ihn – sonst soll sie keiner bekommen. Am besten, Sie geben ihm den Platz ganz hinten, und wenn sie seinen Rollstuhl an Bord bringen, dann verstauen Sie ihn hier.«

»Ja, verstehe. Ich war ziemlich überrascht, wegen Mr. Burtel.«

Andrews sah in seine Tasche und zog eine maschinegeschriebene Liste hervor.

»Oh, da ist es ja. Das erklärt alles. Es gibt zwei von denen – Mr. Adolph Burtel, der die Maschine gechartert hat, und Mr. George Burtel – einer der Passagiere.«

»Verstehe. Und wer sind die anderen?«

»Alles Männer«, antwortete Andrews. »Die meisten sind wohl Deutsche, den Namen nach zu schließen. Auf jeden Fall habe ich eine Kopie der Passagierliste, wenn Sie die wollen. Stecken Sie sie ein, und wenn Sie einen Moment Zeit haben, können Sie sie studieren.«

»Danke.«

»So, und jetzt verstauen Sie die Brote, ehe Sie starten«, riet Andrews. Dann winkte er fröhlich, ging die Treppe hinunter und eilte über das Flugfeld davon.

Elita sah sich um. Zum ersten Mal spürte sie ein wenig Müdigkeit. Es war ein aufregender Tag gewesen, und abgesehen von der Zeit, als sie im Wagen nach Southend gefahren worden war, war sie die ganze Zeit auf den Beinen gewesen.

Sie setzte sich, zwang sich zu entspannen, war sich aber bewußt, daß jeder Nerv in ihrem Körper angespannt war, vor Erregung hämmerte und klopfte, und sie wußte, daß es zum Teil die Angst davor war, daß sie noch im allerletzten Augenblick zurückgehalten werden könnte.

So vieles hätte schon geschehen können. Einmal hatte sie gedacht, sie würden auf der Fahrt nach Southend einen Unfall haben, und nur den Fahrkünsten des Chauffeurs war es zu verdanken, daß sie nicht mit einem Wagen zusammenstießen, der ihnen viel zu schnell auf ihrer Seite der Fahrbahn entgegenkam.

Dann war da der Augenblick gewesen, als sie ihren Paß vorzeigen mußte, ehe sie an Bord gehen konnte. Sie hatte gefühlt, wie ihr Herz einen ängstlichen Satz machte, als der Beamte ihn in die Hand genommen hatte. Aber er hatte nur einen flüchtigen Blick darauf geworfen.

»Elita Gardener« hatte sie vor sich hergeflüstert. »Ich darf nicht vergessen, daß das mein Name ist.«

Es war so einfach, automatisch Garson auf das Formular zu schreiben, das sie ausfüllen mußte, und nicht zu antworten, wenn jemand sie ansprach.

Sie hörte Stimmen, die sich dem Flugzeug näherten, und sprang hastig auf die Füße. Man hatte ihr gesagt, daß die Gesellschaft von den Warteräumen persönlich herübergeführt würde und daß sie einfach an Bord bleiben konnte. Einen Augenblick lang hatte sie Angst, als sie hörte, wie jemand die Treppe heraufstieg.

Angenommen, nur einmal angenommen, jemand aus der Gesellschaft würde sie erkennen oder hatte sie irgendwann einmal mit ihrem Vater getroffen.

Sie hätte sich keine Sorgen zu machen brauchen. Nur ein Gesicht war ihr bekannt, und das war Adolph Burtel. Sie wußte, daß er sie nie zuvor gesehen hatte, und sie hatte ihn auch nur aufgrund der Fotos in den Klatschspalten der Zeitungen erkannt.

Der Mann, der in einem Rollstuhl über das Flugfeld gebracht worden war, kam als zweiter an Bord. Man half ihm die Gangway hinauf, und Elita erkannte, daß er sehr alt und lahm war.

»Setz dich lieber hier hin, Vater«, sagte Adolph Burtel und wies auf einen Platz in der Mitte des Flugzeugs.

Dann war der alte Mann also sein Vater. Elita konnte die Ähnlichkeit sehen. Sie hatten beide dieselbe vorspringende Adlernase, denselben ziemlich vollen, sinnlichen Mund. Aber da war die Ähnlichkeit auch schon am Ende. Adolph Burtel jr. hatte einen harten, listigen Ausdruck in seinen dunklen Augen, während der alte Mann nett und freundlich schien.

»Guten Abend, meine Liebe!« begrüßte er Elita, nachdem er sich mit einigen Schwierigkeiten gesetzt hatte. »Werden Sie sich auf dem Flug um uns kümmern?«

»Ich hoffe, Sie werden es bequem haben, Sir«, antwortete Elita.

Adolph Burtel jr. wandte sich um, als bemerkte er sie zum ersten Mal.

»Ich hoffe, es ist alles an Bord gebracht worden, was ich bestellt habe«, sagte er. »Mein Vater liebt eine bestimmte Sorte Champagner. Ich habe meine Anweisungen in London gegeben. Ich hoffe nur, sie sind ausgeführt worden.«

»Ich denke, Sie werden alles bekommen, was bestellt worden ist«, sagte Elita.

»Gut!« erwiderte er knapp. »Nun, öffnen Sie eine Flasche Wein, sobald wir gestartet sind. Mein Vater hatte einen langen Tag. Er ist müde.«

»Nicht so müde, wie du klingst«, widersprach der alte Mann. »Dieses viele Herumeilen, die vielen Anweisungen, die vielen Befehle. Das sind die Dinge, die dich ermüden, Adolph. Ich habe gelernt, das Leben zu nehmen, wie es kommt.«

»Aber auch nur, weil ich die ganze Schufterei übernommen habe«, antwortete sein Sohn mit einem Anflug von Humor.

Er sah sich um – die anderen Männer hatten alle etwas Unbeschreibliches, fand Elita, als hätten sie keine eigene Persönlicheit, keinen Charakter.

»So, Jungs, macht es euch bequem«, forderte Adolph Burtel sie auf. »Wir überlassen Vater zwei Plätze für sich. Das macht es für ihn leichter, und ich werde ihm gegenüber auf der anderen Seite des Ganges sitzen, damit er mich anbrüllen kann, wenn er es will – was zweifellos der Fall sein wird. Kommst du mit dem Rollstuhl zurecht, Heinrich?«

Bei seiner Frage wandte sich Elita dem Mann zu, der wohl der Pfleger sein mußte und der in diesem Augenblick mit dem Rollstuhl an Bord stolperte. Der Stuhl war zusammenklappbar und ließ sich leicht an dem von Andrews vorgeschlagenen Platz unterbringen.

Schon auf den ersten Blick konnte Elita Heinrich nicht leiden. Er war ein kahlköpfiger, leichenhaft aussehender Mann mit säuerlicher Miene und Augen, die jedem auszuweichen schienen, mit dem er sprach.

Er hatte einen kleinen Koffer bei sich, den er jetzt öffnete, und nahm ein sauberes Taschentuch heraus, das er zu dem alten Mr. Burtel trug und neben ihn legte.

»Danke, Heinrich, danke!« sagte der alte Mann. Der Pfleger stand da und schaute sich um, als fragte er sich, wo er sitzen sollte.

Elita wies auf den Sitz hinten.

Er antwortete nicht. Aber Elita blieb keine Zeit, über den Pfleger des alten Mr. Burtel nachzudenken. Sie mußte den anderen Männern die Mäntel abnehmen, sie ordentlich hinter einem Vorhang aufhängen, und als sie gerade damit fertig war, kam der Pilot aus der Kanzel durchs Flugzeug.

»Guten Abend, Captain«, begrüßte ihn Adolph Burtel. »Haben Sie meine Anweisungen erhalten, was die Änderung unserer Pläne angeht?«

»Ja, es ist alles arrangiert«, antwortete der Pilot. »Wir landen in München, lassen Sie aussteigen, nehmen einen anderen Passagier an Bord und fliegen dann direkt weiter nach Kopenhagen.«

Dann flogen sie also nach Kopenhagen. Elita war bei dieser Aussicht ziemlich aufgeregt. Sie war schon ein paar Mal mit ihrem Vater in München gewesen, aber nie in Kopenhagen. Sie hatte jedoch damit gerechnet, eine Nacht in München zu bleiben, und jetzt fragte sie sich, ob irgendwelche Vorkehrungen getroffen worden waren, um sie in Kopenhagen unterzubringen, nachdem ihre Pläne jetzt geändert worden waren.

Sie hatte das Gefühl, daß das jetzt nicht der geeignete Moment war, um mit dem Piloten zu sprechen, aber nachdem er sich mit den anderen Passagieren unterhalten hatte, kam er zu ihr nach hinten.

»Wir werden nach München funken, damit dort Proviant an Bord gebracht wird«, erklärte er ihr. »Und der Navigator und ich würden uns freuen, wenn Sie uns eine Tasse Kaffee bringen würden, sobald Sie die anderen Passagiere versorgt haben.«

»Die sollen Sie bekommen. Wie sieht es mit etwas zu essen aus?«

»Wir haben gerade etwas gehabt, danke. Und auf unserem Weg nach Kopenhagen wird es wieder etwas geben. Ich nehme an, Sie selbst wollen auch etwas.«

Er war ein Mann von etwa vierzig Jahren, mit einem kleinen Bart. Etwas Freundliches und Beruhigendes ging von ihm aus. Elita hatte das Gefühl, daß sie in seinen Händen sehr sicher sein würden. Dankbar sagte sie:

»Wenn Sie irgend etwas wünschen, sagen Sie es mir bitte, ja? Ich habe nicht viel Erfahrung mit dieser Art von Arbeit.«

»Ich werde es Ihnen sagen, keine Angst«, beruhigte er sie.

Er lächelte ihr zu und kehrte zu Adolph Burtel zurück.

»Sind Sie bereit zu starten, Sir?«

»Ja, ja, so bald wie möglich«, lautete die gereizte Antwort.

»Gut.«

Der Pilot salutierte, ging ins Cockpit und schloß die Verbindungstür hinter sich.

»Würden Sie bitte Ihre Sicherheitsgurte anlegen«, sagte Elita und fand, daß ihre Stimme genauso klang wie die eines Schulaufsehers.

Einer der Männer hatte Probleme mit seinem Gurt, und Elita ging ihm zur Hand, dachte dabei, wie gut es doch war, daß sie sich damit auskannte. Ein paar Minuten später fing das Flugzeug an zu rollen, und wie Andrews es ihr aufgetragen hatte, nahm Elita ganz am Ende der Maschine Platz und legte ihren eigenen Gurt an.

Auf dem Flug nach München war sie zu sehr damit beschäftigt, Drinks zu servieren und Cocktail-Snacks anzubieten, um sich Gedanken über ihre Passagiere zu machen. Sie dachte daran, Heinrich seine Sandwiches zu bringen und holte ihm auch ein Glas Bier.

Der alte Mr. Burtel hatte seinen speziellen Champagner, aber sein Sohn zog Whisky vor, und die anderen Passagiere verlangten alles mögliche von Brandy bis Gin.

Sie tranken ihre Drinks ausgesprochen schnell aus, und Elita eilte hin und her, mit Flaschen und Soda und Tonic Water. Nur zwei Personen bestellten Kaffee, und ihr fiel ein, daß sie den Männern im Cockpit auch welchen bringen sollte.

»Alles in Ordnung?« fragte der Captain.

»Ich denke schon«, antwortete Elita. »Sie machen einen ganz zufriedenen Eindruck.«

»Jim und ich haben gerade gewettet, wieviel wir wohl an Bord haben, umgerechnet in Millionen«, meinte der Captain grinsend. »Der Sohn ist schon ein Vermögen wert, aber der Vater sogar noch mehr.«

»Ich habe nie zuvor von ihm gehört«, sagte Elita.

»Er ist ein bedeutender Kunstexperte«, erzählte ihr der Captain. »Ich habe ihn schon nach Wien und Rom geflogen. Manchmal sind wir beladen mit Bildern, Marmorstatuen und allen Arten von Kunstgegenständen zurückgekommen. Einmal hatten wir ein schmiedeeisernes Tor bei uns. Es gab schreckliches Theater mit den Zollbehörden. Sie wußten, wenn der alte Burtel es hatte, dann mußte es ein Vermögen wert sein, und doch schien es nur ein lumpiges Ding zu sein.

Jedenfalls habe ich sechs Monate später in einer der Zeitungen gelesen, daß es tatsächlich aus Gold war. Irgendein Witzbold hatte seinen ganzen Besitz im Krieg einschmelzen lassen und ihn versteckt, indem er ihn als Tor am Eingang zu seinem Garten aufstellte. Der Feind hat es dort gelassen, weil es die Kühe abhielt. Keine schlechte Idee, wenn ich es mir so überlege.«

»Ganz schön gewitzt von Mr. Burtel, das zu erkennen«, bemerkte Elita.

»Sie würden überrascht sein, wenn Sie wüßten, was diese Kerle alles wissen.« Der Captain lächelte Elita zu. »Ich wünschte, ich könnte einmal für eine halbe Stunde in ihre Köpfe kriechen. Dann brauchte ich nicht mehr lange zu arbeiten.«

»Geld ist nicht alles«, erklärte Jim, als er Elita seine Kaffeetasse zurückgab. »Aber ich muß gestehen, ich könnte auch gut ein bißchen mehr vertragen. Was meinen Sie?«

»Alle scheinen immer nur Geld zu wollen«, antwortete Elita. »Wie reich sie auch sind, sie wollen immer noch mehr. Es ist nie genug da für die zweite Jacht oder den dreizehnten Rolls-Royce.«

Sie hatte fast ernst gesprochen, aber die beiden Männer hielten ihre Antwort für ausgesprochen humorvoll und lachten herzhaft.

»Wir haben uns noch gar nicht richtig vorgestellt, nicht wahr?« meinte der Captain dann. »Das ist zwar unhöflich, aber mit diesen Änderungen in letzter Minute ging alles so durcheinander... Wir haben die Nachricht von Mr. Adolph Burtel erst zehn Minuten vor seiner Ankunft am Flughafen erhalten. Mit Geld geht eben alles. Damit können Sie glauben, die Welt liegt Ihnen zu Füßen und Sie können sie treten, soviel Sie wollen.«

»Und soviel Sie können!« warf Jim ein, und wieder lachten sie alle.

»Nun, Sie müssen unsere schlechten Manieren schon entschuldigen«, sagte der Captain. »Ich bin Jack Powell, und das hier ist Jim Turner.«

»Und ich bin Elita Gar... Gardener.«

»Jetzt wären wir also alle anständig vorgestellt«, bemerkte der Captain. »Besser, Sie gehen wieder nach hinten, Elita, und sehen nach, ob die Millionäre irgend etwas benötigen. Auf jeden Fall werden sie nicht luftkrank werden. Es ist alles ganz ruhig.«

»Das freut mich.«

»Mein Vater möchte mehr Champagner«, erklärte Adolph Burtel in scharfem Ton, als sie an ihm vorüberkam, und sie hatte das Gefühl, daß er ihr einen Vorwurf machte, weil sie so lange fortgewesen war.

Während des ganzen Fluges schien er das eine oder andere von ihr zu wollen. Wenn es nicht Champagner oder etwas zu essen war, dann waren es Streichhölzer, Zigaretten, Zeitschriften, immer etwas anderes, bis ihre Beine schmerzten und ihr Kopf dröhnte.

Sie war dankbar, als das Flugzeug in München landete und Adolph Burtel sich anschickte, sie zu verlassen.

»Auf Wiedersehen, Vater«, hörte Elita ihn sagen. »Du machst einen Fehler, was das angeht, aber beklag dich nicht, ich hätte dich nicht gewarnt. Es wäre besser gewesen, du wärest daheim geblieben, wie ich es vorgeschlagen habe.«

»Und der ganze Spaß wäre mir entgangen!« entgegnete der alte

Mann. »Ich werde vielleicht alt, Adolph, aber ich kann meinen Verstand noch immer gebrauchen. Ich habe es satt, im Rollstuhl zu sitzen und aufs Meer zu starren.«

Adolph Burtel zuckte die Achseln.

»Ich habe dir abgeraten, mehr kann ich nicht dazu sagen. Ich hoffe nur, daß alles gut geht.«

»Das wird es schon, mein Junge, das wird es schon. Aber nun lauf, gib eine deiner großen Gesellschaften und denk nicht mehr an mich.«

Adolph Burtel winkte den anderen Fluggästen nonchalant zu.

»Tschüß, Jungs.«

Dann drehte er sich um und verließ das Flugzeug. Elita, die am Ausgang stand, ignorierte er vollkommen. Er war noch nicht lange fort, als auch schon ein anderer Mann eintrat, der seinen Platz einnahm. Er war groß, sah gut aus, und sie nannten ihn Freddie, aber Elita war ganz sicher, daß sein richtiger Name Friedrich war. Er war für sie der typische Preuße.

Kaum waren sie wieder in der Luft, merkte Elita, wie mit Adolph Burtels Aussteigen auch die Zurückhaltung geschwunden war. Jetzt waren die Männer viel gesprächiger, und zum ersten Mal, seit sie England verlassen hatten, hörte man auch Lachen. Der alte Mann genoß den Flug offensichtlich ebenfalls.

»Ich denke nicht daran zurückzubleiben«, hörte Elita ihn einmal sagen, und plötzlich hatte sie Mitleid mit ihm. Sie fand, es war eine Schande, wenn man die Menschen für zu alt hielt, um zu tun, was sie gern tun wollten.

Er lächelte ihr zu, als sie ihm frischen Kaffee brachte.

»Sie sind sehr umsichtig«, sagte er. »Wie heißen Sie?«

»Mein Name ist Elita Gardener.«

»Und machen Sie diese Arbeit schon lange?«

»Nicht sehr lange. Kann ich Ihnen sonst noch etwas bringen?«

»Sie sind ein sehr hübsches Mädchen«, stellte Mr. Burtel fast überrascht fest, als sähe er sie das erste Mal an. »Zu hübsch, um sich selbst den Lebensunterhalt zu verdienen.«

Elita lächelte ihm zu.

»Danke, Sir. Ich glaube, heutzutage muß jeder eine Arbeit haben, ganz gleich, wie man aussieht.«

»Ich meinte, daß irgendein glücklicher Mann Sie schon hätte schnappen und zu seiner Frau machen sollen. Hübsche Mädchen sollten keine Sklavenarbeit leisten, um Geld zu haben. Sie sollten nur die Sklavinnen ihrer Ehemänner sein.«

Er lachte über seinen eigenen Witz.

»Kann ich Ihnen wirklich sonst nichts bringen? Hätten Sie gern eine Zigarre?«

»Das ist aber wirklich nett von Ihnen«, lobte der alte Mann. »Ich habe mich schon gefragt, was es war, das ich haben wollte, und jetzt weiß ich: Es war eine Zigarre. Danke, meine Liebe, daß Sie an einen alten Mann denken.«

»Sie dürfen sich nicht selbst für alt halten. Es sind nicht die Jahre, die zählen, sondern wie man dem Leben gegenübersteht.«

Diese Art von Bemerkung hatte sie mit großem Erfolg zu verschiedenen Zeiten den Freunden ihres Vaters gegenüber gemacht, und jetzt sah sie, wie ein Abdruck des Vergnügens über Mr. Burtels Gesicht zog.

»Das ist eine sehr vernünftige Bemerkung«, sagte er mit seiner tiefen Stimme. »Sonst heißt es immer nur: Du bist zu alt. Das darfst du nicht tun. Du mußt vorsichtig sein. Aber Sie haben mir die Wahrheit gesagt. Ich fühle mich nicht alt, und deshalb bin ich nicht alt. Sie haben mir eine große Freude gemacht.«

Er zündete eine Zigarre an, und Elita, die sah, daß im Augenblick alle Gläser gefüllt waren, setzte sich erschöpft hin. Für eine kurze Weile schloß sie die Augen und mußte augenblicklich eingeschlafen sein, denn sie erwachte entsetzt, als die Stimme des Captains aus dem Lautsprecher verkündete:

»Wir werden in etwa zwanzig Minuten in Kopenhagen landen.«

»Wie entsetzlich«, schalt sie sich selbst. »Ich hätte wach bleiben müssen.«

Dann merkte sie erst, daß sie von Hans geträumt hatte. Im Schlaf hatte sie ihm erzählt, wie gut sie alles geschafft hatte, welch ein Erfolg sie gewesen war, und er hatte ihr freundlich lobend zugelächelt.

Einen Moment lang fiel es ihr schwer, sich zu erinnern, daß er nicht an Bord war, daß er nicht wirklich in ihrer Nähe war. Und dann schienen alle auf einmal etwas von ihr zu wollen. Sie eilte herum, um die verschiedenen Bitten zu erfüllen, und dann hielt Mr. Burtel ihr eine Zeitschrift entgegen.

»Lesen Sie mir das vor, meine Liebe«, bat er. »Selbst mit der Brille habe ich bei dieser Beleuchtung Schwierigkeiten damit.«

Elita sah, daß es eine Randbemerkung am Fuß eines der amerikanischen Magazine war. Sie las sie sorgfältig und langsam. Am Ende nickte Mr. Burtel zufrieden.

»Danke, meine Liebe, Sie haben eine hübsche Stimme. Lesen Sie oft laut?«

»Ich lese manchmal meinem Vater vor«, antwortete Elita, ohne zu überlegen. »Wenn er müde ist oder Kopfschmerzen hat, dann liebt er es, wenn ihm vorgelesen wird – aber das sind dann unweigerlich immer die Wirtschaftsseiten oder die Börsenberichte.«

Sie hätte sich wohl umgedreht und wäre an ihre Arbeit zurückgekehrt, wenn Mr. Burtel nicht die Hand ausgestreckt und sie aufgehalten hätte. »Ich hätte es gern, wenn Sie mir noch einmal vorlesen würden«, sagte er. »Was machen Sie, wenn wir nach Kopenhagen kommen?«

»Ich weiß wirklich nicht. In München war ein Zimmer für mich reserviert worden. Jetzt, wo wir nach Kopenhagen weitergeflogen sind, kann ich nur hoffen, daß jemand daran gedacht hat, mir etwas zu reservieren.«

»Und morgen fliegen Sie zurück nach England?« erkundigte sich Mr. Burtel.

»Ich nehme es an.«

»Gefällt Ihnen Ihre Arbeit?«

»Sehr gut sogar.«

»Dann kann ich Sie also immer über die Golden Eagle Airline erreichen?« wollte Mr. Burtel wissen.

»Oh, das weiß ich nicht. Wissen Sie, ich glaube, ich bin nur für diesen einen Flug eingestellt worden…«

Sie brach plötzlich ab. Wie lächerlich, einen ihrer Passagiere mit ihren privaten Angelegenheiten zu belästigen. Sie hatte seine Fragen so beantwortet, wie sie es getan haben würde bei Menschen, die ins Haus ihres Vaters gekommen waren oder neben denen sie bei einem Dinner gesessen hatte. Doch jetzt dachte sie daran, daß Stewardessen die Passagiere nicht mit ihren eigenen Problemen behelligten.

»Wir landen gleich«, sagte sie fröhlich.

»Es interessiert mich, was Sie mir erzählt haben«, sagte Mr. Burtel. »Ich mag Sie. Sie sind ein sehr nettes Mädchen. Sie haben eine charmante Art und eine schöne Stimme. Würden Sie es vielleicht in Erwägung ziehen, Ihre Stelle zu wechseln?«

Elita riß ein wenig die Augen auf.

»Ich... ich denke schon«, stammelte sie überrascht.

»Wieviel verdienen Sie bei der Fluggesellschaft?«

»Zwölf Pfund die Woche. Das heißt, wenn ich wöchentlich bezahlt werde.«

»Ich gebe Ihnen das Doppelte. Das Doppelte von dem, was Sie jetzt bekommen, wenn Sie für ein paar Monate, oder länger, zu mir kommen und mir vorlesen. Sie gefallen mir. Es ist lange her, daß ich jemanden getroffen habe, der mir so gut gefallen hat.«

»Aber... aber... ich weiß nicht, was ich sagen soll. Ich...«

Elita sah sich unter den anderen Passagieren um, die entweder halb eingeschlafen oder zu sehr mit ihren eigenen Gedanken beschäftigt waren, um gehört zu haben, was hier vorging.

»Das geht sie nichts an«, erklärte Mr. Burtel scharf, als hätte er erraten, daß sie sich fragte, was die anderen denken würden. »Ich bin mein eigener Herr. Mein Sohn versucht zwar, mir Vorschriften zu machen, aber er ist immer noch mein Sohn. Noch bin ich nicht senil, und wenn ich jemanden für meinen Haushalt einstellen möchte, dann habe ich absolut das Recht, das zu tun.«

Er schaute zu ihr auf, und seine Augen blitzten.

»Was immer Sie auch sagen, ich bin zu alt, um Sie mit unerwünschten Aufmerksamkeiten in Verlegenheit zu bringen«, meinte er dann.

Elita konnte nicht anders – sie mußte lachen. Er hatte instinktiv erraten, was in ihr vorging. Und dann dachte sie plötzlich, daß sie albern wäre. Es gab keinen Grund zur Treue der Golden Eagle Airline gegenüber, und es bestand durchaus die Möglichkeit, wie Andrews angedeutet hatte, daß sie in dem Augenblick, in dem sie nach England zurückkehrte, ausbezahlt werden würde.

Sie hatte, als sie nach Southend gefahren war, gedacht, daß sie in der Lage sein würde, ihrem Vater zumindest zehn Pfund von ihrem ersten Wochenlohn zu schicken, und jetzt hatte sie die Möglichkeit, ihm weit mehr zu schicken.

Wie dumm wäre sie, wenn sie dieses Abenteuer nicht für das nehmen würde, was es war – etwas Neues und Aufregendes, das sich aus heiterem Himmel für sie ergab, so unerwartet, wie ihr erstes Angebot im Korridor des Claridge auf sie zugekommen war.

Da wußte sie, warum sie zögerte. Weil sie sich an ihre erste Stellung gebunden fühlte, die Hans Knudsen ihr verschafft hatte. Entschlossen verbannte sie ihn aus ihren Gedanken.

»Ich nehme Ihr Angebot mit Freuden an, Mr. Burtel.«

»Gut. Dann wäre das geregelt. Sie kommen mit uns in unser Hotel. Am Flughafen wird ein Wagen, genauer gesagt, zwei Wagen, auf uns warten. Sie und ich werden zusammen fahren und darüber sprechen, worin Ihre Pflichten bestehen werden. Ich glaube, die Hauptaufgabe wird sein, daß ich den Klang Ihrer Stimme hören darf; einer charmanten, englischen Stimme, fast wie Musik.«

In diesem Augenblick sah Elita auf und entdeckte, daß das Licht aufleuchtete, das die Passagiere aufforderte, ihre Sicherheitsgurte anzulegen. Sie eilte davon, um den Gästen wieder zu helfen, dann kehrte sie in den hinteren Teil der Kabine zurück.

Sie warf einen Blick auf den Diener. Es war das erste Mal seit langer Zeit, daß sie ihn ansah, und dann stieß sie einen leisen Schrei aus und ging zu ihm hinüber.

»Fühlen Sie sich nicht wohl?«

Er lehnte in seinem Sitz, totenblaß, Schweißperlen standen auf seiner Stirn, und seine Hände zitterten, als wäre ihm kalt.

»Ich fühle mich... schrecklich«, murmelte er.

»Ich werde Ihnen einen Brandy holen.«

Hastig schenkte Elita den Brandy ein und reichte ihm das Glas. Er trank einen Schluck, kam dann taumelnd auf die Füße und wankte zur Toilette im rückwärtigen Teil der Kabine.

»Sie dürfen Ihren Platz jetzt nicht verlassen, wir wollen gerade landen«, versuchte sie ihm zu sagen, aber er schob sie beiseite, schlug die Tür zu und versperrte sie.

Sie konnte nichts weiter tun, als sich auf ihren eigenen Platz zu setzen und zu hoffen, daß es nicht ihre Schuld war, wenn bei der Landung nicht alle Passagiere angeschnallt waren.

Captain Powell setzte die Maschine sanft auf, und dann rollte sie über das Flugfeld.

Elita hörte, wie die Toilettentür geöffnet wurde. Sie drehte sich um und sah Heinrich auftauchen.

»Fühlen Sie sich besser?« erkundigte sie sich.

»Nein. Ich bin krank, verdammt krank!«

Es gelang ihr, ihn zu seinem Platz zurückzubringen, wo er mit geschlossenen Augen und offenem Mund zusammenbrach. Elita ging zu Mr. Burtel.

»Ich fürchte, Ihr Pfleger ist krank geworden«, erzählte sie ihm. »Ich werde den Captain bitten, einen Krankenwagen für ihn anzufordern.«

»Heinrich krank! Was ist denn los mit ihm?«

Der Mann namens Freddie, der in München zugestiegen war, erhob sich. Er ging den Gang entlang, warf einen Blick auf Heinrich – geringschätzig, wie Elita fand – und kehrte an Mr. Burtels Seite zurück.

»Der Mann muß ins Krankenhaus«, erklärte er. »Das ist zwar ärgerlich, aber ich denke, wir finden jemand anderen.«

Mr. Burtel nickte. Elita hatte den Eindruck, daß keiner von ihnen sich Gedanken um Heinrich oder seine Gefühle machte, sondern daß sie alle nur daran dachten, welchen Ärger seine Abwesenheit für sie bedeutete.

Sie eilte nach vorn, um Captain Powell zu informieren, was geschehen war.

»Ist der Kerl luftkrank? Unmöglich. Wir hatten auf der ganzen Strecke kein einziges Luftloch!«

»Nein, ich fürchte, es ist viel schlimmer«, sagte Elita.

»Nun, ich werde mich um alles kümmern, machen Sie sich keine Sorgen«, versprach Captain Powell. »Übrigens, was wird aus Ihnen? Sind für Sie irgendwelche Vorkehrungen getroffen worden?«

»Mr. Burtel kümmert sich um mich, danke«, antwortete Elita. »Er hat mir eine Stelle angeboten. Ich denke, ich sollte sie annehmen. Wären Sie wohl so freundlich und würden Mr. Knight sagen, daß ich ihm schreiben werde?«

»Heißt das, Sie kommen nicht mit uns zurück?« fragte Jim Turner.

Elita schüttelte den Kopf.

»Ich habe ein besseres Angebot.«

»Verdammt!« stieß er aus. »Sie arbeiten schnell, was?«

»Ich habe es nicht darauf abgesehen, aber es heißt doch immer, das Glück arbeitet nur einmal. Da ergreife ich die Gelegenheit doch besser beim Schopf.«

»Sie wären dumm, wenn Sie es nicht täten«, stimmte Jim zu. »Vergessen Sie mich nicht, wenn Sie Almosen verteilen.«

Sie lachte mit ihm und eilte zurück, um den Passagieren in ihre Mäntel zu helfen. Jemand trug den Rollstuhl nach unten. Unter großen Schwierigkeiten stieg Mr. Burtel die Treppe hinab.

Elita ließ ihre Schürze auf dem Haken hängen, wo sie sie gefunden hatte, zog den Mantel über ihr Kostüm und griff nach ihrem Koffer.

»Ein neues Abenteuer«, erzählte sie ihrem Gesicht im Spiegel. »Ich frage mich, wohin es mich diesmal führen wird!«

In diesem Augenblick schien ihr ihr Gewissen einen leisen Stich zu versetzen. »Er war nett zu dir«, schien etwas zu sagen. »Er war nett und hat dir vertraut. Läßt du ihn jetzt nicht im Stich?«

»Nein, das tue ich nicht!« sagte Elita laut.

Doch als sie die Treppe hinunterging, hatte sie dennoch das Gefühl, Hans Knudsen verraten zu haben – ihren ersten richtigen

Freund, den ersten Menschen, der nett zu ihr gewesen war, nur um ihrer selbst willen und nicht der Tochter ihres Vaters.

4

Nachdem sie den Sprung gewagt hatte und Mr. Burtels Angebot angenommen hatte, machte sich Elita auf dem ganzen Weg vom Flughafen nach Kopenhagen Sorgen, ob diese Entscheidung richtig war.

»Ich nehme an, daß ich doch nicht so hart bin, wie ich dachte«, sagte sie sich lächelnd. »Ein Geschäftsmädchen muß an sich selbst denken, wenn es in die Welt hinauszieht. Aber ich mache mir Sorgen um Mr. Knight und Andrews und frage mich, was Hans Knudsen denken wird, wenn er davon erfährt.«

Ihr neuer Arbeitgeber aber war entzückt von dem Arrangement. Sie saß neben ihm in der großen Limousine, die am Flughafen gewartet hatte, und er redete aufgeregt, wie ein Schuljunge, fand sie, dem man eine unerwartete Freude gemacht hatte.

»Es ist schon lange her, daß ich mit jemandem zusammen war, für den ich mich interessiert habe«, erzählte er, »oder der sich für mich interessiert hat. Meine Sekretäre sind fast alles Männer und kümmern sich in erster Linie um ihre Schreibmaschinen und die Konten. Meine Gesellschafter sind, wie Sie sehen konnten, sehr mit sich selbst beschäftigt. Sie vergessen mich oft.«

Er sagte das ein wenig boshaft, mit einem Seitenblick auf einen der phlegmatisch wirkenden Männer seines Gefolges, der sie in der Limousine begleitete. Er und ein anderer Mann sahen sich sehr ähnlich, und in Gedanken hatte Elita die beiden bereits als Zwillingsbrüder eingeordnet.

»Das ist nicht wahr!« widersprach Tweedle Dum heftig und todernst. »Wir tun alle unser Bestes, um es Ihnen so bequem wie möglich zu machen, und wir haben alle versucht, Sie zu überreden, diese Reise nicht zu machen, das wissen Sie sehr gut.«

»Sie haben die Gummizelle tatsächlich so gemütlich wie möglich gemacht«, sagte Mr. Burtel. »Genau wie mein Sohn glauben Sie wohl auch, daß eine luxuriöse Umgebung und Kaviar zu Mittag und zum Abendessen einen Mann glücklich machen können. Aber Sie irren sich, Sie irren sich vollkommen, nicht wahr, Miss Gardener?«

»Natürlich irrt er sich«, bestätigte Elita schnell. »Luxus kann einen ersticken und einem das Gefühl geben, halb tot zu sein.«

Sie hatte das gesagt, ohne nachzudenken, und begriff erst dann, daß es für jemanden in ihrer Position merkwürdig war, wenn er zuviel über Luxus wüßte.

»Das... das hat man... mir jedenfalls immer gesagt«, fügte sie schnell hinzu.

»Wer immer Ihnen das erzählt hat, hat die Wahrheit gesagt«, erklärte Mr. Burtel. »Erzählen Sie mir von sich, Miss Gardener. Sie sind noch sehr jung, aber ich habe das Gefühl, daß Sie schon eine Menge vom Leben gesehen haben, auf die eine oder andere Weise. Sie sind zum Beispiel eine erfahrene Reisende.«

»Wie... wie kommen Sie darauf?« erkundigte sich Elita ein wenig nervös.

»Nun, in Ihrem Job zum Beispiel müssen Sie schon ein schönes Stück von der Welt gesehen haben. Und als wir durch den Zoll kamen, ging von Ihnen eine Sicherheit aus, die mir verriet, daß das alles Ihnen sehr vertraut war, als wenn Sie es schon unzählige Male mitgemacht hätten.«

Mr. Burtel war schlau und ein guter Beobachter, erkannte Elita. Sie würde vorsichtig sein müssen, um sich nicht durch ihr selbstsicheres Verhalten zu verraten.

Sie hielten vor einem großen Luxushotel, wurden vom Manager und mehreren Assistenten unter Verbeugungen begrüßt und schließlich in eine riesige Suite hinaufgeführt, die für Mr. Burtel reserviert worden war.

»Wir benötigen noch einen Raum zusätzlich zur ursprünglichen Bestellung«, erklärte Mr. Burtel. »Ein ruhiges Zimmer mit Bad, nicht zu weit von meinem entfernt.«

»Das wird sich leicht einrichten lassen, Sir«, versicherte ihm der

Direktor.

Mr. Burtel war in seinem Rollstuhl mit dem Lift nach oben gekommen, und ohne darum gebeten worden zu sein, schob Elita ihn jetzt durchs Zimmer, so daß er aus dem Fenster schauen und die Gärten unten sehen konnte, in denen ein Springbrunnen plätscherte.

»Wie hübsch das ist«, bemerkte sie.

»Danke, meine Liebe. Sie scheinen meine Gedanken zu lesen.«

»Gibt es sonst noch etwas, das Sie wünschen?« erkundigte sie sich. »Wenn nicht, würde ich jetzt gern in mein Zimmer gehen und meinen Koffer auspacken.«

»Kommen Sie in einer Stunde wieder«, bat er. »Ich habe noch einige Dinge mit meinen Freunden zu besprechen. Und später werden wir dann entscheiden, wo wir essen wollen. Ich würde Ihnen gern die Sehenswürdigkeiten von Kopenhagen zeigen.«

»Das klingt wunderbar.«

Elita lächelte ihm zu, nahm dann eine leichte Decke vom Sofa und legte sie ihm über die Knie. Als sie die Tür schloß, hörte sie Mr. Burtel sagen:

»Ein nettes Mädchen! Ein sehr nettes Mädchen! Sie gibt mir das Gefühl, jung zu sein.« Einer der Zwillingsbrüder antwortete:

»Ich weiß nicht, was Mr. Adolph sagen wird, daß Sie einfach eine vollkommen Fremde engagiert haben.«

Elita hätte gern Mr. Burtels Antwort gehört, aber ihr wurde bewußt, daß sie lauschte, und so schloß sie hastig die Tür. Der Manager und der Empfangschef waren verschwunden, aber er hatte ihr die Nummer ihres Zimmers gesagt, und jetzt ging sie den Korridor entlang und suchte es.

Wie viele Hotelkorridore war sie in ihrem Leben bereits entlanggeschritten, und beim letzten Mal war so viel geschehen! Sie konnte sich noch sehen, wie sie mit ihrem Koffer den Flur entlangeilte, wie sie dann Hans auf sich zukommen sah, einen unbekannten Mann, völlig unwichtig, und doch – welche Rolle hatte er in ihrem Leben schon gespielt.

Elita blieb stehen und sah auf die Nummer an der Tür, da es aber die falsche war, ging sie wieder weiter. Dabei bemerkte sie einen Mann, der in der Ferne um die Ecke bog und auf sie zukam.

Lächelnd dachte sie, daß sich die Geschichte wiederholen könnte, aber diesmal hatte sie keinen Koffer in der Hand. Der Mann kam tatsächlich auf sie zu.

Ihr Herz machte einen Satz. »Sei nicht albern«, befahl sie sich selbst, doch dann erkannte sie, wer es war.

Es war Hans Knudsen, und den Bruchteil einer Sekunde glaubte sie, in eine Falle gegangen zu sein. Er mußte ihr gefolgt sein. Er mußte die ganze Zeit über gewußt haben, wer sie war. Er mußte von ihrem Vater bezahlt sein.

Beschuldigungen schossen ihr durch den Kopf, aber gleichzeitig sah sie Hans und bemerkte den Ausdruck äußersten Erstaunens auf seinem Gesicht.

Kein Mann hätte so überrascht aussehen können, wenn es nicht echt war.

»Elita!« rief er. »Was, um alles in der Welt, machst du denn hier?«

»Dasselbe könnte ich dich auch fragen«, antwortete Elita ein wenig atemlos.

»Aber du solltest doch in München sein.«

Elita nickte.

»Ich weiß. Aber die Pläne wurden im letzten Moment geändert. Wir sind direkt hierher geflogen. Ich hätte allerdings nie erwartet, dich in Kopenhagen zu finden.«

»Die Pläne wurden geändert?« fragte er. »Dann befindet sich Mr. Burtels Gesellschaft hier im Hotel!«

»Richtig. Ich bin gerade mit ihnen hier eingetroffen.«

»Großer Gott!« sagte Hans mehr zu sich selbst als zu ihr. Als würde er seine Gedanken nur mit Mühe wieder auf sie lenken, sagte er dann: »Trotzdem verstehe ich das nicht. Ist für dich nicht ein Zimmer am Flughafen reserviert worden?«

Elita schüttelte den Kopf.

»Ich hoffe, du bist nicht böse mit mir, aber ich habe die Fluggesellschaft verlassen.«

Hans Knudsen fuhr sich mit der Hand an die Stirn.

»Verzeih, wenn ich ein wenig verwirrt zu sein scheine, aber das kommt alles so überraschend.« Er sah sich auf dem Gang um. »Können wir irgendwo ungestört miteinander reden?«

»Ich versuche gerade, mein Zimmer zu finden. Ah, da ist es ja schon!«

Elita ging ein paar Meter bis zu der Tür mit der Nummer, die man ihr genannt hatte. Der Schlüssel steckte im Schloß. Sie drehte ihn um und öffnete die Tür. Das Licht brannte, und sie betrat ein kleines, attraktives Zimmer, das supermodern eingerichtet war.

»Das Zimmer muß teuer sein«, bemerkte Hans Knudsen von der Tür her, und sie glaubte, Mißbilligung aus seiner Stimme herauszuhören.

»Mr. Burtel bezahlt es«, erklärte sie.

»Ich schlage vor, du erzählst mir erst einmal, was passiert ist.«

In seinem Ton lag etwas, was sie zuvor bei ihm nicht gehört hatte – Autorität. Sie drehte sich schnell um und sah einen Ausdruck auf seinem Gesicht, den sie sich selbst nicht erklären konnte.

»Das ist ganz einfach«, sagte sie. »Es war sehr freundlich von Ihnen, Mr. Knudsen, mich in die Golden Eagle Airline einzuführen. Ich werde Ihnen immer dankbar sein, weil Sie einer völlig Fremden geholfen haben. Aber in Southend habe ich erfahren, daß ich wahrscheinlich nicht für länger eingestellt worden war. Und als Mr. Burtel mich dann fragte, ob ich für ihn arbeiten möchte...«

Sie machte eine kurze Pause.

»...ich bin nicht ganz sicher, was ich bin – eine Gesellschafterin, jemand zum Vorlesen, irgend etwas dieser Art – da habe ich angenommen. Es schien eine Gelegenheit zu sein, die man sich nicht entgehen lassen durfte.«

»Dann hat Mr. Burtel dich also eingestellt?«

Hans Knudsen trat ins Zimmer, schloß die Tür und setzte sich. Noch immer hatte er diesen sonderbaren Gesichtsausdruck. Elita war nicht sicher, ob es wohlwollend, mißbilligend oder etwas ganz anderes war.

»Du arbeitest sehr schnell. Du verschlägst mir den Atem«,

meinte er schließlich.

»Nun, Sie haben immer noch nicht erklärt, warum Sie hier sind.«

Elita öffnete ihren Koffer, nahm einen Kamm heraus und trat vor den Spiegel, um ihr Haar zu ordnen. Sie sah ihn nicht an, konnte Hans' Spiegelbild aber deutlich erkennen. Sie hatte den Eindruck, daß er seine Worte sorgfältig auswählte, ehe er sprach. Dann stand er auf und trat neben sie.

»Elita«, sagte er und nannte damit zum zweiten Mal ihren Vornamen, »ich frage mich, ob du mir wohl glauben würdest, wenn ich dir erzählte, daß einer der Gründe, warum ich hierher gekommen bin, darin bestand, daß ich dich noch einmal sehen wollte.«

»Aber Sie haben mich nicht erwartet«, wandte sie ein.

»Ich wäre morgen nachmittag am Flughafen gewesen«, antwortete er.

»Oh!«

»Seit du fort bist, habe ich ständig an dich gedacht«, erzählte er. »Ich beschloß, daß ich dich irgendwie wiedersehen müßte. Der einfachste Weg war es, nach Kopenhagen zu kommen.«

»Das klingt ziemlich erfunden«, bemerkte Elita lächelnd. »Ist es Ihre Angewohnheit, durch ganz Europa zu reisen, um ein Mädchen zu sehen, daß Ihnen gefällt?«

Sie hielt es für besser, die ganze Angelegenheit als Scherz abzutun, aber seine Antwort war vollkommen ernst.

»Nein, so etwas habe ich nie zuvor getan. Aber ich wollte dich unbedingt sehen.«

Elita fühlte, wie ihr Herz schneller klopfte. In seiner Stimme, in der Art, wie er sie ansah, war etwas, das sie einschüchterte und ihr ihre Selbstsicherheit nahm. Dann fuhr er fort:

»Jetzt sind die Dinge aber komplizierter, als ich dachte. Ich wollte dich am Flughafen treffen und herausfinden, wo du wohnen würdest, wenn ich nach London zurückkommen würde. Ich hatte ja keine Ahnung, daß du hier bleiben würdest, weißt du.«

»Klingt nicht so, als wären Sie darüber erfreut.«

»Bin ich auch nicht, aus Gründen, die ich nicht erklären kann.

Im Gegenteil, Elita, du hast für mich alles komplizierter gemacht. Aber das konntest du nicht wissen, und es ist gewiß nicht deine Schuld.«

»Was komplizierter gemacht?« wollte Elita wissen. »Sie sind in Kopenhagen, und ich auch. Ich habe – dank Ihrer ursprünglichen Hilfe – eine sehr gut bezahlte und, wie ich glaube, recht interessante Stellung gefunden. Nach allem, was ich von Mr. Burtel gehört und gesehen habe, ist er ein sehr gebildeter Mann; und selbst wenn er meine Dienste nicht lange benötigt, wird es bestimmt eine gute Erfahrung sein, für ihn zu arbeiten.«

»Das bestimmt«, bemerkte Hans Knudsen scharf.

»Warum sagen Sie das so?« fragte Elita.

»Wie?« antwortete er lächelnd. »Ich habe doch nur zugestimmt.«

Sie hatte das Gefühl, daß das nicht die Wahrheit war.

»Nun«, meinte sie also, »da es schon spät ist, sollte ich mir jetzt wohl etwas Passendes anziehen, um mit Mr. Burtel zum Abendessen auszugehen. Er hat versprochen, mir die Sehenswürdigkeiten der Stadt zu zeigen. Nach allem, was ich gehört habe, schläft Kopenhagen niemals. Sieht so aus, als hätten wir eine lange Nacht vor uns.«

»Ich würde dir auch gern Kopenhagen zeigen«, sagte Hans.

»Es gibt immer noch ein Morgen«, tröstete Elita. »Ich nehme doch wohl an, daß ich auch freie Stunden haben werde.«

Zu ihrer Überraschung schien Hans Knudsen nicht sehr erfreut. Statt dessen trat er ans Fenster und zog den Vorhang beiseite. Draußen war es schon dunkel, und als Elita auf ihre Armbanduhr sah, stellte sie fest, daß es schon nach neun war.

»Ich muß mich fertig machen. Bitte, gehen Sie jetzt. Wir sehen uns morgen, ja?«

»Da ist noch etwas, um das ich dich bitten muß«, sagte Hans in sonderbarem Ton, mit einer tiefen Stimme, die ihre Aufmerksameit wachrief.

Besorgt wandte sie sich ihm zu, riß die Augen auf. Sie hatte das Gefühl, daß das, was er ihr sagen wollte, sehr wichtig sein würde.

»Was denn?«

»Ich möchte, daß du dich so verhältst, als hättest du mich nie zuvor gesehen. Wenn wir uns außerhalb dieses Zimmers wieder treffen, dann möchte ich, daß du kein Zeichen des Erkennens von dir gibst, wo auch immer ich auftauche oder in welcher Gesellschaft ich mich befinde.«

»Aber warum denn nur?«

»Das eben kann ich dir im Augenblick nicht erklären. Ach, Elita, warum mußtest du nach Kopenhagen kommen? Ich habe gedacht, du wärst in England. Es gibt so vieles, was ich dir sagen wollte; so vieles, was ich hören wollte; so vieles, über das wir miteinander hätten reden, das wir voneinander hätten lernen können.«

»Ich bin mir nicht sicher, ob ich augenblicklich nach England zurückkehren möchte«, gab Elita zu bedenken. »Aber die Frage stellt sich jetzt ohnehin nicht.«

»Ja, ja, ich weiß. Aber es wäre so viel einfacher gewesen, für dich und mich.«

»Ich verstehe nicht, weshalb Sie all diese Schwierigkeiten machen. Wenn Sie ein Geheimnis haben, nun, dann ist das Ihre Sache. Wenn ich Ihnen begegne, werde ich Sie schneiden. Ist das in Ordnung?«

Ihre Stimme klang hart, denn sie war verletzt – verletzt, weil er ihr nicht traute.

»Ja, das möchte ich. Aber ich hasse es, dich darum zu bitten. Ach, wenn ich es dir noch nur erklären könnte. Weißt du, in diesem Augenblick auf dem Korridor im Claridge ist etwas sehr Merkwürdiges geschehen!«

Seine Stimme hatte sich wieder verändert, und jetzt schwanden Elitas Verletztheit und ihre Bitterkeit.

»Als dein Koffer aufsprang und deine Sachen herausfielen, hast du einen merkwürdigen Ton der Verzweiflung ausgestoßen«, fuhr Hans fort. »Ich habe dich angesehen, und in diesem Sekundenbruchteil dachte ich, ich hätte dich erkannt.«

Elita war plötzlich ganz still. Das hatte sie nicht erwartet. All ihr

Mißtrauen, ihre Verdächtigungen kehrten plötzlich wieder zurück. Dann hatte er sie also doch erkannt. Sie holte tief Luft, wollte ihm sagen, was sie von ihm hielt, aber nach einer kurzen Pause fuhr Hans fort:

»Ich habe das Gesicht des Mädchens erkannt, das ich mein Leben lang gesucht habe. Ich hatte natürlich nicht wirklich gewußt, wie sie aussehen würde. Dennoch, als ich dich sah, da wußte ich plötzlich, daß sie wie du aussehen würde. Ich glaube, jeder Mann macht sich ein Bild von seiner Traumfrau, auch wenn er es nie zugeben würde. Und du, Elita, bist mein Ideal – das Mädchen, das ich immer finden wollte.«

Elita fühlte, wie Erleichterung sie überflutete, als wäre der Raum plötzlich in Sonnenschein getaucht. Sie hatte sich geirrt. Er hatte kein falsches Spiel mit ihr gespielt.

»Aber in Wirklichkeit hast du mich nie zuvor gesehen«, sagte sie. Sie mußte es ihn sagen hören, mußte die Wahrheit ausdrücklich vernehmen, damit jeder Irrtum ausgeschlossen war.

»Ich glaube, in meinen Träumen habe ich dich immer gesehen«, antwortete er.

Ihre Blicke trafen sich. Etwas Aufregendes, Neues schien zwischen ihnen zu schwingen. Einen Moment lang hatte Elita das Gefühl, er hätte seine Hände ausgestreckt und sie hoch in die Wolken erhoben.

Und dann abrupt – sie hatte das Gefühl, er hätte sie ins Gesicht geschlagen – riß er seinen Blick von ihr los, trat vor ein impressionistisches Gemälde aus gelben und purpurnen Blumen und starrte es mit leeren Augen an.

»Ich habe kein Recht, so mit dir zu sprechen«, sagte er ein wenig unsicher.

Elita merkte, daß sie zitterte. Es kam ihr so vor, als hätte für einen Augenblick Musik in ihren Ohren geklungen, ein plötzliches Pulsieren in ihrem Körper. Es war schwer, diesen Höhenrausch aufzugeben, Hans' abgewandten Rücken wahrzunehmen und den verzweifelten Klang seiner Stimme.

»Warum vertraust du mir nicht?« erkundigte sich Elita sanft.

»Warum erzählst du mir nicht, was dich bedrückt? Was es auch ist, können wir es nicht teilen?«

»Ich wünschte nur, ich könnte es. Es paßt zu dir, so etwas vorzuschlagen. Ach, mein Liebling, ich liebe den Ausdruck von Unschuld und Offenheit in deinen Augen. Ich verfluche mich selbst, weil ich nicht darauf eingehen kann.«

Elita wandte den Kopf ab, damit er den Ausdruck von Schuld und Selbstvorwurf nicht sehen konnte, der bei seinen Worten auf ihr Gesicht getreten war. Sie betrog ihn, aber wie konnte sie ihm in diesem Moment die Wahrheit sagen, wo sie doch nichts von ihm wußte? Wo ihre ganze Sicherheit in der vollkommenen Anonymität lag, darin, sich vor ihrem Vater zu verstecken, einfach nur Elita Gardener zu sein.

»Er fängt an, mich um meiner selbst willen zu lieben.« Die Worte schienen ihr mit leuchtenden Buchstaben an die Wand über seinem Kopf geschrieben zu sein.

Als hätte der Ausdruck auf ihrem Gesicht ihn erschreckt, kam er dann schnell zu ihr, nahm ihre Hände und zog sie neben sich aufs Sofa. »Ich muß versuchen, es dir verständlich zu machen. Ich muß versuchen zu erreichen, daß du mir vertraust. Es wird nicht lange dauern. Ich bete zu Gott, daß es nicht lange dauern wird. Aber ich bin zu etwas verpflichtet, Elita, und es ist nicht mein Geheimnis, und deshalb kann ich es dir nicht verraten. Ich kann dich nur bitten, mir zu glauben, wenn ich sage, daß alles, was ich über uns, über unsere Begegnung, über meine Gefühle für dich gesagt habe, die Wahrheit ist – die geheiligte, reine Wahrheit. Das ist alles, was zählt, nichts sonst.«

Seine Hände, die die ihren hielten, vermittelten ihr ein sonderbares Gefühl, das sich bis in ihre Kehle fortsetzte. Es war fast so, als würde ihr ganzer Körper durch seine Berührung zu neuem Leben erwachen.

Gleichzeitig fand sie es schwer, seinem Blick zu begegnen. Ein ungestümes Glücksgefühl stieg in ihr auf.

»Du bist bezaubernd«, hörte sie ihn sagen. »Diese großen, dunklen Augen; diese lustige Stupsnase; dieser kleine Mund, der aussieht, als wäre er zum Küssen geschaffen.«

Er zog sie plötzlich an sich, und seine Stimme brach vor Leidenschaft. Sie machte keinen Versuch, sich zu wehren, glitt sanft in seine Arme, wie ein Schiff in einen Hafen einlaufen mag.

Einen Moment lang hielt er sie einfach umfangen, und sie konnte sein Herz schlagen fühlen. Dann küßte er sie, und die Welt schien um sie herum zu wirbeln und in einem Wirbel aus Glanz und Glück zu zerbersten, bis ihre Gefühle fast unerträglich wurden.

»Ich liebe dich! O Gott! Elita, ich liebe dich!«

Seine Stimme klang tief und gebrochen, als er in ihr kleines Gesicht hinabschaute, das gerötet an seiner Schulter lag; sie hatte die Lippen geöffnet, und ihr Atem ging schnell und stoßweise in dem Aufwall der Gefühle.

Mit der Hand zog sie seinen Kopf herab, so daß sich ihre Lippen erneut trafen. Sie hatte keine Ahnung, wie lange sie sich küßten. Es schien ihr, als reisten sie miteinander bis an den Rand der Ewigkeit; niemals konnte es eine Rückkehr geben...

Scharf und beängstigend schrillte plötzlich das Telefon, zerriß ihr Glück, ließ sie erschrocken auseinanderfahren.

»Das... das Telefon«, hauchte Elita erstaunt, als fiele es ihr schwer, in die Realität zurückzukehren.

»Du mußt abnehmen.«

»Ja.« Sie lächelte ihm zärtlich zu.

Dann ging sie zum Nachttisch hinüber und nahm den Hörer auf. Es war Freddie.

»Mr. Burtel wartet auf Sie, Miss Gardener.«

»Sagen Sie ihm, ich komme in fünf Minuten«, antwortete Elita.

Freddie wollte schimpfen, aber sie legte schnell wieder auf.

»Mr. Burtel verlangt nach mir«, erklärte sie Hans.

Es schien ihr, als würde eine Maske das Gesicht des Mannes, der sie geküßt hatte, verhüllen, als würde jetzt ein Fremder an seinem Platz stehen.

»Du mußt gehen. Aber vergiß nicht, schwöre mir, daß du daran denkst: Wenn wir uns begegnen, dann hast du mich nie zuvor gesehen.«

»Ich schwöre es.«

Er ging zur Tür.

»Ist unterwegs irgend etwas passiert?« erkundigte er sich noch.

Seine Stimme klang beiläufig, aber so, daß er sie nicht täuschen konnte. Er hatte einen Grund, ihr diese Frage zu stellen.

»Nein, nichts«, antwortete sie und versuchte, ihre Gedanken von der Wolke des Glücks auf so banale Dinge wie die Flugreise und die Ankunft am Flughafen zu lenken.

»Nichts«, wiederholte sie, »außer, daß Mr. Burtels Pfleger krank wurde. Der Captain hat alle Vorkehrungen getroffen, um ihn ins Krankenhaus zu schaffen.«

»Verstehe.« Hans hatte die Tür erreicht. Er drehte sich um und sah sie noch einmal an. »Ich liebe dich«, sagte er in fast verzweifeltem Ton, der aber gleichzeitig auch anbetend klang. »Ich liebe dich, Elita. Vergiß das bitte nicht.«

Damit war er fort, und Elita zog sich hastig um. Sie hätte gern noch ein Bad genommen, doch die Zeit drängte. Sie zog das Kostüm aus, in dem sie gereist war, und schlüpfte dann in das schwarze Cocktailkleid, das sie am Morgen aus ihrer riesigen Garderobe im Claridge ausgesucht hatte.

Es verging jedoch fast eine Viertelstunde, ehe sie den Korridor entlang zu Mr. Burtels Suite lief. Dort waren eine Reihe von bekannten Gesichtern um den alten Mr. Burtel in seinem Rollstuhl versammelt, Freddie, die Zwillingsbrüder und ein vierter Mann, den Elita in Gedanken »Das Ei« nannte, denn sein Kopf war vollkommen kahl.

Als sie ins Zimmer trat, sah nur Freddie sie vorwurfsvoll an. Die übrigen hatten alle, wie sie erleichtert feststellte, Gläser in den Händen und schienen die Tatsache, daß Elita sie hatte warten lassen, nicht zu mißbilligen.

»Entschuldigen Sie, daß es so lange gedauert hat«, wandte sie sich an Mr. Burtel.

»Sie sehen sehr hübsch aus, meine Liebe. Das war es wert, ein wenig zu warten. Die Jungs sind hungrig, und ich nehme an, Sie könnten auch etwas zu essen vertragen.«

»Das könnte ich wirklich«, stimmte Elita zu.

Sie fragte sich, wie lange es her war, seit sie etwas Richtiges gegessen hatte. Der heutige Tag war so aufregend und ereignisreich gewesen, daß schon beim Gedanken an etwas zu essen ihr wohl übel geworden wäre, wenn sie überhaupt Zeit gefunden hätte, daran zu denken. Jetzt jedoch spürte sie eine Leere in ihrem Magen, die ihr verriet, daß sie hungrig war.

Doch noch während sie daran dachte, hatte sie das Gefühl, sie könne vor lauter Glück nichts essen. Hans hatte sie geküßt! Er war der erste Mann, der das jemals getan hatte. Ihr fiel wieder ein, wie sehr sie gefürchtet hatte, daß Alan der erste Mann sein könnte, der sie küssen würde. Und weil sie gewußt hatte, daß es nicht reizvoll sein würde, Alan zu küssen, hatte sie sich doch nie träumen lassen, daß ein Kuß das reine Wunder sein könnte.

»Sie sehen sehr glücklich aus, meine Liebe.«

Es kam ihr so vor, als käme Mr. Burtels Stimme aus weiter Ferne.

»Ich bin auch glücklich. Glücklich, in Kopenhagen zu sein.«

»Dann lassen Sie uns gehen.«

Langsam fuhren sie im Fahrstuhl nach unten. Elita wollte Mr. Burtel in seinem Rollstuhl schieben, aber er bestand darauf, daß Freddie das tat. Sie hatte den Eindruck, daß Freddie es verabscheute, den alten Herrn zu bedienen – ja, tatsächlich wirkten sie alle besorgt zu beweisen, daß in ihrer Haltung Mr. Burtel gegenüber nichts Unterwürfiges war.

»Was macht es denn schon aus?« hätte Elita sie gern gefragt.

Dann dachte sie sich, daß dies der Typ Männer war, der gerne eine wichtige Rolle spielte, sie aber nie aus eigener Kraft erlangen würde. Sie waren die üblichen Anhängsel, die jeder reiche Mann hatte. Und doch, fand sie, waren sie eine ziemlich langweilige Begleitung für einen Mann, der so intelligent und charmant war wie Mr. Burtel.

Sie fuhren zu einem Restaurant, das, wie Mr. Burtel ihr erzählte, seit mehr als einhundert Jahren an demselben Ort stand. Es hatte längliche, niedrige, entzückend dekorierte Räume mit kleinen Alkoven, in denen Liebespaare fast unbeobachtet sitzen konnten.

»Sehen Sie, auch hier gibt es Künstler«, erklärte Mr. Burtel, als man die Speisen, die in Farbe und Schönheit einer Malerpalette glichen, zu ihrer Begutachtung reichte.

Elita genoß es. An diesem Abend hätte ihr allerdings alles gefallen, denn ihr Herz jubilierte. Hans liebte sie. Sie hatte ihn ganz allein gefunden, ohne jede fremde Hilfe. Er liebte sie, weil sie das Mädchen war, das er in seinen Träumen gesucht hatte.

»Ich bin es, die er liebt. Ich, ich ganz allein!«

Weil sie so glücklich war, zwang sie die langweiligen Zwillingsbrüder, auf ihre Fröhlicheit zu reagieren. Selbst Freddie wurde erträglich, während der alte Mr. Burtel sich in seinem Stuhl zurücklehnte und Geschichten und Anekdoten aus der Vergangenheit erzählte, so geschickt und gespickt mit interessanten Details, daß Elita das Gefühl hatte, sie könnte ihm die ganze Nacht hindurch zuhören.

Schließlich hatten sie ihr Mahl beendet, und Elita bemerkte, daß Mr. Burtel plötzlich ein bißchen angespannt und weiß aussah, als wäre er sehr müde.

»Meinen Sie nicht, wir sollten heimfahren?« fragte sie ihn leise.

»Wenn es Ihnen recht ist, meine Liebe. Ich bin leider ein alter Mann, und es war ein langer Tag. Auch wenn ich Ihnen gern noch mehr gezeigt hätte, so fürchte ich doch, Sie werden sich jemand Jüngeren als mich suchen müssen.«

»Auch ich würde gerne zu Bett gehen«, erklärte Elita.

»Vielleicht sind wir egoistisch und vergessen ganz, wie viele Stunden Sie herumgelaufen sind und sich um uns gekümmert haben.«

Mr. Burtel trug Freddie auf, die Rechnung zu begleichen, und dann gingen sie langsam durchs Restaurant zu dem Wagen, der draußen auf sie wartete. Schweigend fuhren sie ins Hotel zurück. Es schien, als hätte der Abend plötzlich seinen Glanz verloren.

Die Straßen waren noch immer erfüllt von Menschen, die herumschlenderten, und in den Cafés drängten sich die Leute. Aus vielen erleuchteten Fenstern hörte man Musik. Aber Elita war froh, heimkehren zu können. Sie wollte zu Bett gehen und an Hans denken; über all die Dinge nachdenken, die geschehen waren, seit sie an diesem Morgen aufgestanden war und wie üblich ins Wohnzimmer gekommen war, um mit ihrem Vater zu frühstükken.

Sie sagte sich, daß sie eigentlich traurig sein müßte, weil er sich in diesem Augenblick gewiß Sorgen machte, und doch konnte sie kein Mitleid für ihn empfinden. Zu lange hatte er ihr Vorschriften gemacht, und sie wußte, wie sehr sie ihn auch angefleht haben würde, er hätte rücksichtslos seinen Wunsch verfolgt, sie mit Alan zu verheiraten.

Wie dumm doch manche Menschen sind, sagte sie sich, als sie Alan und Hans verglich. Alan mit seiner bedrückten, verschwiegenen Art, immer beschäftigt mit seinem Geld, mit seinem Wunsch, alles klipp und klar und wenn möglich schriftlich festzuhalten.

Hans war unberechenbar. Sie war überzeugt, daß er auch noch, wenn sie ihn zwölf Jahre statt zwölf Stunden kannte, voller Überraschungen stecken würde. Es würde immer Abenteuer geben, wo immer er auch sein mochte.

Hans war wie die Dänen aus vergangenen Tagen, die in ihren Schiffen ausgezogen waren, die sich den Stürmen der Nordsee gestellt hatten, um andere Welten als ihre eigene zu entdecken. Er trug Mut und Furchtlosigkeit zur Schau, und doch strahlte er auch Integrität aus, und sie vertraute ihm, was immer er auch von ihr erbitten würde.

Trotzdem war sie einfach neugierig. Warum konnte er ihr nicht erzählen, was ihn beunruhigte? Sie zuckte leicht mit den Schultern. Was machte es schon? Morgen würde er sich mit ihr in Verbindung setzen. Vielleicht würde er anrufen oder eine Nachricht hinterlassen, vielleicht konnten sie sich sogar treffen, wenn niemand in der Nähe war.

Was zählte schon alles andere, solange sie nur zusammen sein konnten? Solange sie die Arme ausstrecken und er sie festhalten konnte?

Der Wagen hielt vor dem Hotel. Der Nachtportier eilte herbei, um ihnen beim Aussteigen behilflich zu sein. Der Rollstuhl wurde so zurechtgerückt, daß es für Mr. Burtel möglichst einfach war, sich hineinzusetzen. Das alles dauerte einige Zeit, und Elita unterdrückte ein Gähnen. Sie war sehr müde.

Im Fahrstuhl herrschte ziemliche Enge. Oben angekommen, schien sich niemand darum zu drängen, Mr. Burtel in sein Zimmer zu bringen, also schob Elita ihn den Gang entlang. Freddie öffnete die Tür, und sie gingen ins Wohnzimmer.

»Noch einen Gute-Nacht-Schluck?« wandte er sich an Mr. Burtel.

»Nein, danke«, erwiderte der alte Mann. »Ich möchte zu Bett gehen. Läuten Sie dem Diener. Der Hoteldirektor hat versprochen, daß mir heute abend einer seiner Männer helfen wird. Morgen müssen wir dann versuchen, einen Ersatz für Heinrich zu finden.«

»Das wird nicht leicht sein«, bemerkte Freddie.

»Der Direktor hat versprochen, er würde jemanden finden«, wiederholte Mr. Burtel.

Freddie schürzte die Lippen, als wäre ihm das nicht recht.

»Vielleicht wird Heinrich schnell gesund«, meinte er. »Wir sollten lieber auf ihn warten.«

»Ich ziehe es vor, meinen eigenen Mann zu haben. Laßt uns heute abend nicht darüber streiten.«

»Nein, nein, natürlich nicht. Warum, zum Teufel, reagieren sie bloß nicht auf die Klingel?«

Freddie griff zum Telefon.

»Geben Sie mir den Empfang«, sagte er. Einen Moment herrschte Stille. »Ist dort der Empfang? Hören Sie, Mr. Burtel hat mit dem Direktor abgesprochen, daß ihm heute abend jemand beim Zubettgehen hilft. Wie Sie wissen, wurde sein Diener im Flugzeug krank. Wir haben geläutet, aber nichts ist passiert. Wo ist der Mann?... Oh, ja, ich verstehe. Vielen Dank.«

Er legte auf.

»Der Direktor ist auf dem Weg nach oben. Scheinbar möchte er

Sie persönlich sehen.«

»Ich will nur noch ins Bett«, erklärte Mr. Burtel müde.

Jemand klopfte an die Tür.

»Herein«, sagte Freddie.

Der Direktor, der sie bei ihrer Ankunft im Hotel begrüßt hatte, trat ein.

»Es tut mir leid, daß ich Sie warten ließ, Sir. Ich wußte nicht, daß Sie bereits zurück sind. Ich wollte persönlich mit Ihnen sprechen. Sie baten mich, einen Diener zu finden. Nun, ich hatte Glück. Ich habe einen sehr erfahrenen Mann finden können, den ich schon seit vielen Jahren kenne. Er ist im Augenblick frei. Ich kann ihn wärmstens empfehlen und kann Ihnen auch noch andere Referenzen bringen, wenn Sie das für nötig erachten.«

»Wenn er seine Arbeit gut macht – mehr verlange ich nicht.«

»Das garantiere ich, Sir. Ich habe mir die Freiheit genommen, ihn in Ihrem Namen einzustellen, zumindest einmal für heute abend. Morgen früh können Sie dann Ihre Entscheidung über ihn treffen.«

»Danke, danke. Wenn er hier ist, schicken Sie ihn mir. Ich wünsche, zu Bett zu gehen.«

»Er ist hier, Sir.«

Der Manager trat zur Seite. Ein Mann trat ins Zimmer. In diesem Augenblick hatte Elita das Gefühl, ihr Herz bliebe stehen. Sie legte gerade die Decke zusammen, die Mr. Burtel im Rollstuhl immer über die Knie legte, und blickte nur kurz auf. Doch dann erstarrte sie.

Einen Augenblick lang glaubte sie zu träumen. Das konnte nicht wahr sein. Sie bildete sich das nur ein. Ihre Gedanken hatten ihren Blick getrübt und ließen sie im Gesicht jeden Mannes den Mann sehen, an den sie dachte.

Aber dann wußte sie, daß sie nicht träumte. Es war Hans, der dort stand. Hans in der dunklen Jacke und gestreiften Hose, in der sie ihn im Claridges zum ersten Mal gesehen hatte. Hans, der jetzt schnell das Zimmer durchquerte, mit dem Ausdruck eines Mannes, der bereit ist, Befehle zu empfangen.

Hans, der Mr. Burtel vorgestellt wurde, sich respektvoll verbeugte, der dann den Rollstuhl aus dem Zimmer schob.

Hans, die Verkörperung des perfekten Gentlemans – ein Diener!

5

Elita warf sich auf ihrem Bett hin und her.

»Ein Diener! Ein Diener!« Wieder und wieder sagte sie sich diese Worte vor.

Sie ging im Geiste all die Jahre zurück und versuchte, sich an die Diener zu erinnern, die für ihren Vater gearbeitet hatten. Matthews, ein gealterter, ziemlich unfreundlicher Mann, der bei ihm gewesen war, seit er ein Kind war, und der alle Privilegien eines Familiendieners genoß.

Nachdem Matthews aufgehört hatte zu arbeiten, hatte es eine Reihe von jungen Männern gegeben. Elita konnte sich an die Namen nicht mehr erinnern. Einige waren gut, andere schlecht gewesen, aber aus dem einen oder anderen Grund waren alle nur kurz geblieben.

Schließlich hatte ihr Vater Jenkins engagiert, und seither hatte in diesem Teil des Haushalts Frieden geherrscht.

Irgendwie kam es Elita jetzt so vor, als hätte sie in den Dienern niemals Menschen gesehen.

Sie versuchte, sich einen verliebten Jenkins vorzustellen. Einen Jenkins, der die Hand eines Mädchens hielt oder versuchte, es zu küssen. Aber ihr Verstand ließ kein anderes Bild zu als das des korrekten, steifen und aufmerksamen Mannes in dunkler Jacke und gestreifter Hose.

Jetzt begriff sie, warum Hans' Aufmachung ihr vertraut erschienen war, als sie ihn auf dem Flur des Claridge gesehen hatte. Sie hatte geglaubt, er würde am Empfang oder vielleicht in der Finanzabteilung des Hotels arbeiten.

Warum das besser sein sollte, als wenn er ein Kammerdiener

war, wußte sie nicht. Aber es war trotzdem so.

Jetzt verstand sie, warum er nicht gewollt hatte, daß sie bei einer Begegnung ihn wiedererkennen sollte. Mr. Burtel hätte es seltsam gefunden, daß das Mädchen, das er als Gesellschafterin eingestellt hatte, mit dem Mann befreundet war, der herbeigezaubert worden war, um die Stelle eines erkrankten Dieners einzunehmen.

Aber hatte Hans denn überhaupt gewußt, daß die Stelle möglicherweise zu haben sein würde, als er sie gebeten hatte, nichts zu sagen? Es kam Elita so vor, als würde irgend etwas bei der Geschichte nicht stimmen. Aber im Augenblick konnte sie nur an ihr schmerzendes Herz denken.

Ihr ganzer Körper fühlte sich in einen Kampf widerstreitender Emotionen verstrickt. Ein Teil von ihr sehnte sich nach Hans, nach der Erregung, die sie bei der Berührung seiner Lippen verspürte, nach der Beschleunigung ihres Pulses, wenn seine Hand sie berührte, nach dem plötzlichen Atemholen und der zitternden Flamme, die in ihr flackerte, sobald sie seine Stimme hörte, das Sehnen in seinen Augen sah.

Aber ihr Verstand blieb kühl bei diesen Gefühlen. Er sagte ihr, daß sie ihr Leben lang dazu erzogen worden war, stolz zu sein, den Mann, den sie lieben und heiraten würde, nur in einer bestimmten Gesellschaftsschicht zu suchen.

Wie konnte sie diese Situation, die sich als äußerst beschämend erweisen mußte, auch nur eine Sekunde lang dulden?

Und dann dachte Elita an ihren Vater. Er würde wütend sein, weil sie fortgelaufen war, aber sie hatte dennoch das Gefühl, daß er sie insgeheim auch bewundern würde, wenn es ihr gelingen könnte, ohne seine Hilfe genug Geld zum Leben zu verdienen.

Aber was würde er sagen, wenn sie ihm erzählte, daß sein zukünftiger Schwiegersohn ein Kammerdiener war? Sie versuchte, sich das Gesicht ihres Vaters vorzustellen. Sie konnte sich den Klang seiner Stimme, seine wütende Antwort auf ihre stockende Erklärung nur zu klar vorstellen.

»Was kann ich nur tun? Was kann ich nur tun?«

Elita stellte diese Frage der Dunkelheit. Dann stand sie aus ihrem zerwühlten Bett auf und zog die Vorhänge zurück, um aus dem offenen Fenster zu sehen. Die Sterne funkelten hell. Nichts rührte sich, starr baute sich die Silhouette der Hausdächer und des hohen Kirchturms vor ihr auf.

Sie fühlte die nächtliche Brise kalt auf ihren geröteten Wangen, und wieder fragte sie die Nacht:

»Was kann ich tun?«

Elita wußte, daß sie eigentlich fortgehen sollte, die Arbeit hinwerfen und nach London zurückkehren. Zu ihrem Vater sollte sie zurückkehren, kleinmütig und bescheiden, und sich einreden, daß es einen Hans Knudsen niemals gegeben hatte.

Doch gleichzeitig wußte sie, daß es unmöglich war. Sie liebte Hans und würde ihn immer lieben, selbst wenn er Straßenkehrer wäre.

Leise auflachend dachte sie, daß das vielleicht sogar einfacher gewesen wäre. Obwohl sie sehr in traditionellem Gesellschaftsdenken verhaftet war, glaubte sie mit der Idee, sich in einen Zigeuner, in einen Straßenarbeiter oder sogar einen Mann von der Müllabfuhr verliebt zu haben, weniger Gewissenskonflikte zu haben. Diese Gestalten hatten in ihren Augen etwas Geheimnisvolles an sich; und die Tatsache, daß sie ihr eigener Herr waren, machte sie für Elita besser als jemand, der immer von den Launen seines Arbeitgebers abhängig war; aber ein Mann, der sich um die Garderobe kümmerte, Schuhe putzte, packte und der seinen Herrn im Rollstuhl hin und her schob.

»Was kann ich nur tun? Was kann ich nur tun?«

Verzweifelt wandte Elita sich vom Fenster ab, warf sich aufs Bett und verbarg ihr Gesicht in den Kissen.

Doch als sie am nächsten Morgen um halb neun in Mr. Burtels Wohnzimmer trat, war ihr ihr nächtlicher Kummer nicht anzusehen. Sie hatte um acht Uhr angerufen und gefragt, wann ihr Arbeitgeber sie zu sehen wünschte, und Mr. Burtel hatte sie gebeten, um halb neun Uhr mit ihm zusammen zu frühstücken.

In ihrem grauen Kostüm, mit einer sauberen, weißen Bluse, das Haar dezent frisiert, fand Elita, daß sie perfekt aussah für die

Rolle, die sie zu spielen hatte. Sie durchquerte das Zimmer, trat zu Mr. Burtel, der bereits mit einer aufgeschlagenen Zeitung in der Sonne saß.

»Guten Morgen, meine Liebe«, sagte er, als sie näher kam. »Haben Sie gut geschlafen?«

»Ja, danke«, schwindelte Elita. »Und Sie? Hatten Sie eine gute Nacht?«

»Ich habe geschlafen wie ein Kind. In Dänemark schlafe ich immer besonders gut. Vielleicht liegt es daran, daß es das Land der Märchen ist, und ich bilde mir immer ein, Andersen persönlich liest mich in den Schlaf.«

Er warf einen Blick in die Zeitung und reichte sie ihr dann über den Tisch.

»Fangen Sie mit dem Frühstück an. Ich hätte gerne die Börsenkurse von Ihnen vorgelesen. Meine Ärzte haben mir verboten, Kleingedrucktes auch nur anzuschauen, und ich kann Ihnen versichern, daß die meisten Menschen nicht nur schlecht lesen, sondern auch noch ungenau, wenn es um Zahlen geht.«

»Ich werde mein Bestes tun«, versprach Elita und zwang sich zu einem Lächeln.

Sie war dankbar, daß Hans nicht im Zimmer war. Nirgends war etwas von ihm zu sehen, und die Tür, die in Mr. Burtels Schlafzimmer führte, war fest geschlossen. Elita blickte auf die Zeitung, aber Mr. Burtel hielt sie zurück.

»Essen Sie erst etwas, und schenken Sie sich Kaffee oder Tee ein. Ich habe keine Eile, sondern freue mich, einfach mit Ihnen zu plaudern. Normalerweise habe ich beim Frühstück keine so charmante Gesellschaft.«

»Frühstücken Sie sonst allein?« erkundigte sich Elita, nur, um überhaupt etwas zu sagen.

»So früh am Morgen finde ich meine Kameraden ein bißchen lästig«, sagte er. »Es sind gute Jungs, aber sie nehmen das Leben sehr ernst. Sie finden, daß ich mich nur auf die Geschäfte konzentrieren sollte, aber ich bin alt genug, um zu wissen, daß es im Leben viel amüsantere Dinge gibt als das Geschäft.«

»Ganz richtig. Und warum sollten Sie sich noch Gedanken über das Geschäft machen, in...« Sie hatte sagen wollen »in Ihrem Alter«, fand es dann aber doch ziemlich grob und meinte statt dessen: »...wenn Sie doch schon so erfolgreich und reich sind?«

Mr. Burtel lachte.

»Hat irgend jemand jemals genug?« erkundigte er sich. »Nein, nein, solange ich lebe, muß ich weiter arbeiten. Aber manchmal kann ich das Notwendige mit dem Angenehmen verbinden, so wie jetzt.«

»Danke. Das ist ein Kompliment, und ich mag Komplimente.«

»Es gibt eine Menge Komplimente, die ich Ihnen gern machen würde«, sagte der alte Mann. »Sie sind eine sehr schöne, junge Frau.«

Elita war verlegen, und so wechselte sie das Thema.

»Was machen wir heute?« fragte sie.

»Ich habe heute vormittag eine Verabredung«, antwortete Mr. Burtel. »Graf Klint kommt mich besuchen. Er ist Direktor der großen, dänischen Kunstgalerien. Wir haben verschiedene Dinge zu besprechen. Wenn Sie also gern etwas erledigen möchten, einkaufen vielleicht, dann können Sie verschwinden, sobald er kommt. Ich nehme doch an, Sie sehnen sich schon danach, die Nase an all die glänzenden Schaufenster zu drücken und den ersten Wochenlohn auszugeben, ehe Sie ihn überhaupt erhalten haben.«

»Ich glaube, ich habe schon von Graf Klint gehört«, bemerkte Elita und zog die Stirn kraus im Bemühen, sich zu erinnern.

»Er ist eine einflußreiche Persönlichkeit in der Welt der Künste.«

»Genau wie Sie.«

Mr. Burtel machte eine abwehrende Handbewegung.

»Ich habe ein paar dilettantische Versuche mit Bildern und Skulpturen hinter mir. Meine Sammlung gehört zu den bekanntesten Europas, wenn auch nicht zu den wertvollsten.«

»Haben Sie schon einmal einen sensationellen Zuschlag erhalten?« erkundigte sich Elita. »Zum Beispiel ein altes Bild für ein paar Schilling gekauft und dann festgestellt, daß es ein Van Dyck war oder so etwas.«

Mr. Burtel schüttelte den Kopf.

»Diese Dinge passieren nicht so oft. Ich hatte das Glück, die Arbeiten junger Künstler zu sammeln, als sie noch unbekannt waren. Und weil ich so alt bin, sind sie inzwischen anerkannt und sehr teuer geworden.«

Er lächelte.

»Ich nehme an, Graf Klint möchte meine Meinung zu einigen der jungen, dänischen Maler hören. Wenn wir einen zweiten Cézanne oder Monet finden können, dann werden mir meine Enkelkinder in fünfzig Jahren einmal sehr dankbar sein, wenn ich einige seiner Werke gekauft habe.«

Elita trank ihren Kaffee aus und sagte:

»Jetzt sollte ich Ihnen vorlesen.«

»Das wäre schön.« Mr. Burtel stieß seinen Stuhl ein wenig weiter vom Tisch zurück.

Eine halbe Stunde lang las Elita ihm die Börsenpreise vor – nicht aus einer Zeitung, sondern aus drei verschiedenen. Anschließend lauschte Mr. Burtel dem Leitartikel in der *Times* und danach einigen politischen Kommentaren.

»Danke, meine Liebe«, murmelte er schließlich. »Sie lesen wundervoll. Ich habe es genossen. Ich sehe schon, daß sich meine alten Augen wirklich richtig ausruhen werden. Mein Optiker wird hocherfreut sein, und auch mein Arzt. Ich frage mich, ob ich das hier, jetzt da ich Sie habe, überhaupt noch benötige.«

Er zog seine Hornbrille aus der Tasche und legte sie auf den Tisch.

»Sie werden sie gewiß brauchen, um sich die Bilder anzusehen, die Graf Klint Ihnen zur Prüfung vorlegen wird«, gab Elita zu bedenken.

»Ja, da haben Sie recht. Obwohl ich, außer bei geringfügigen Details, ohne sie fast besser sehen kann.« Er seufzte. »Es ist schrecklich, alt zu werden. Immer wieder ist etwas mit der Maschine, die wir unseren Körper nennen, nicht in Ordnung.«

»Das mit Ihren Beinen tut mir leid«, sagte Elita mitfühlend. »Es muß schrecklich für Sie sein, einen Rollstuhl benützen zu müssen.«

»Ich hasse es. Es gibt so viel, was ich tun möchte. Aber wenn man wie ein Kind herumgefahren wird, ist das erniedrigend.«

»So dürfen Sie nicht denken«, widersprach Elita und wünschte, sie hätte nicht mit dem Thema angefangen. Der Unterton von Erbitterung, ja, fast Zorn in seiner Stimme überraschte sie.

»Dabei fällt mir ein, ich möchte noch mit dem Direktor über den Diener sprechen, den er mir angeboten hat.«

Elitas Herz machte einen Satz.

»Sind Sie... sind Sie nicht zufrieden mit ihm?« erkundigte sie sich leise.

»Im Gegenteil, sehr sogar. Ich werde ihn behalten. Er ist ruhig und geschickt und ein sehr sanfter Mann. Genau der Mann, nach dem ich gesucht habe. Heinrich war ein typischer Deutscher – pflichtbewußt und willig, aber nicht bereit, in irgendeiner Form Initiative zu ergreifen.«

»Dann werden Sie den Mann also behalten? Wie heißt er?«

»Hans«, erwiderte Mr. Burtel, als könnte er überhaupt keinen anderen Namen haben.

»Ja, Hans«, wiederholte Elita sanft.

»Also, sagen Sie bitte dem Direktor, wenn Sie nach unten gehen, daß ich sehr zufrieden mit Hans bin«, bat Mr. Burtel.

»Aber natürlich. Um wieviel Uhr erwarten Sie Graf Klint?«

»Er sollte schon hier sein.«

Mr. Burtel zog eine Taschenuhr aus seiner Westentasche. Dabei bemerkte Elita, daß am Ende der Kette etwas hing, das in der Morgensonne funkelte und blitzte. Unwillkürlich stieß sie ein leises »Oh!« aus. Mr. Burtel schaute zu ihr auf.

»Bewundern Sie meinen Diamanten?« fragte er. »Ich habe noch nie eine Frau kennengelernt, die das nicht getan hätte.«

»Ist das ein Diamant? Aber die Größe!« staunte Elita.

»Ich habe ihn vor vielen Jahren bekommen, als ich in Johannesburg war«, erzählte Mr. Burtel. »Unzählige Juweliere wollten ihn mir schon abkaufen, weil er besonders schön ist, aber ich habe mich immer geweigert, mich von ihm zu trennen. Mein Sohn nennt ihn meinen ›Talisman‹, aber ich glaube nicht an solchen Unsinn.«

»Warum haben Sie ihn dann immer bei sich?«

»Weil er schön ist, und ich liebe schöne Dinge. Und weil ich sentimental bin. Als ich in Johannesburg war, habe ich sehr viel Geld verdient, habe den ersten großen Coup meines Lebens gelandet, und wenn ich mir den Diamanten ansehe, dann kommt mir wieder in Erinnerung, welch schlauer Kerl ich damals war.«

Er hielt ihr die Uhr hin, und Elita nahm sie mit der linken Hand und ließ den Diamanten in der Handfläche der anderen Hand ruhen. Er hing an einem Band von der Uhr und wurde nur von drei Platinkrallen gehalten. Es war ein riesiger Stein und schien alle Regenbogenfarben einzufangen.

»Er ist wunderschön!« sagte Elita. »Der schönste Diamant, den ich je gesehen habe.«

Sie sah, daß der alte Mann sich über ihr Lob freute.

»Eines Tages werden Sie einen Mann finden müssen, der Ihnen einen ebenso guten Stein wie diesen als Verlobungsring schenkt.« Er kicherte, als sie ihm seine Uhr zurückgab. »Es ist ein Zeichen des Erfolgs – und heiraten Sie niemals einen Mann, der nicht erfolgreich ist. Sie sind schwer zu ertragen. Ein Mann, der ›geladen‹ ist, ist ein unangenehmer Gesellschafter und ein schlechter Bettgenosse.«

»Sie wollen mir doch damit nicht etwa sagen, daß nur Geld glücklich macht?«

Er schüttelte den Kopf. »Das habe ich nicht gesagt. Ich sprach von Erfolg. Es gibt viele Arten, erfolgreich zu sein.«

»Aber meistens wird nur danach geurteilt, wieviel Geld man dadurch erhält«, sagte Elita, und ihre Stimme klang plötzlich verbittert. Sie dachte an ihren Vater. Das harte Maß, nach dem er alles beurteilte, war das Bankkonto eines Mannes.

Erschrocken wurde Elita sich der Stille bewußt, die sich im Zimmer ausgebreitet hatte. Als sie sich umdrehte, stellte sie fest, daß Mr. Burtel sie beobachtete, einen listigen Ausdruck in den Augen, als wollte er ihr Schweigen einschätzen und versuchen zu erraten, was in ihr vorging.

»Wer sind Sie?« fragte er unerwartet. »Erzählen Sie mir von sich selbst.«

Seine Frage war wie ein Schock, der ihr die Gefahren ihrer Situation wieder bewußt machte, ihren Wunsch nach Geheimhaltung, inkognito zu bleiben.

»Was ... was meinen Sie?« stammelte sie, um Zeit zu gewinnen.

Zu ihrer Erleichterung öffnete sich die Tür am anderen Ende des Zimmers. Ein kleiner Page mit glänzenden Knöpfen an der Uniform führte jemanden herein, und erleichtert erkannte Elita, daß Mr. Burtels Frage unbeantwortet bleiben konnte.

»Graf Klint!« verkündete der Page mit schriller, hoher Stimme, als ein älterer, grauhaariger Mann mit ausgestreckter Hand das Zimmer durchquerte.

»Mein lieber Burtel! Ich wußte, daß Sie mich erwarten würden, und bin einfach nach oben gekommen, ohne zu warten, bis der Portier mich telefonisch angemeldet hätte.«

»Aber natürlich habe ich Sie erwartet. Es ist mir ein besonderes Vergnügen, Sie nach so vielen Jahren wiederzusehen.«

Elita sah, wie der Blick des Grafen überrascht zu ihr wanderte.

»Darf ich vorstellen«, sagte Mr. Burtel. »Das ist Miss Elita Gardener, eine charmante junge Dame, die sich bereitgefunden hat, mir vorzulesen und meine alten Augen davor zu bewahren, über den Nachrichten und der Mißwirtschaft der Industrie zu rätseln.«

Der Graf verbeugte sich höflich, und Elita murmelte etwas. Sie hatte jedoch das Gefühl, daß der Graf weitaus freundlicher und überschwenglicher gewesen wäre, wenn er gewußt hätte, wer sie in Wirklichkeit war. So ließ er ihr nur die Anerkennung zukommen, die man gehobeneren Angestellten gemeinhin zukommen ließ. Eine Stufe höher als der Kammerdiener, dachte sie, aber auch noch nicht sehr hoch.

»Wünschen Sie noch etwas?« fragte sie Mr. Burtel.

»Nein, meine Liebe. Ich habe alles, danke. Laufen Sie nur, und geben Sie nicht zuviel Geld aus.«

»Das werde ich bestimmt nicht.« Elita lächelte.

Sie verließ das Zimmer und schloß die Tür hinter sich. Dann eilte sie den Gang entlang zu ihrem eigenen Schlafzimmer, nahm Mantel und Tasche und beschloß, Mr. Burtels Rat zu befolgen und sich die Geschäfte anzusehen.

Es war weniger der Wunsch, die Schaufenster zu betrachten, als das Bedürfnis, ihrem Zimmer und ihren eigenen Gedanken zu entkommen, der sie antrieb. »Ich muß eine Entscheidung treffen«, sagte sie sich, aber ohne Nachdruck, denn irgendwie hatte sie nicht das Gefühl, daß überhaupt klar war, was sie hätte tun sollen.

Sie fuhr im Lift nach unten. Als sie die Eingangshalle erreichte, sah sie Hans. Er stand am Tresen des Portiers und kaufte Briefmarken für ein paar Briefe, die er in der Hand hielt. Sie wäre an ihm vorübergeeilt, aber als er sich umdrehte, hatte er Elita schon erblickt. Sie wußte, sie konnte nicht gehen, ohne mit ihm zu sprechen.

»Moment«, sagte er leise.

Elita blieb im Gang stehen, während Hans dem Portier die Briefe reichte. Dann drehte er sich um und sagte mit lauter Stimme und auf Englisch:

»Verzeihen Sie, Miss, aber Mr. Burtel hat mich gebeten, Ihnen zu sagen...«

Er ging weiter, während er sprach, und fast automatisch folgte ihm Elita, bis sie außer Hörweite waren.

»Wohin gehst du?«

»Bloß in die Stadt«, antwortete Elita. Aus unerfindlichen Gründen hatte sie das Gefühl, von ihm hypnotisiert zu sein.

Sie sollte gehen. Sie sollte böse sein. Statt dessen schlug ihr Herz bei seinem bloßen Anblick schneller, und ihre Hände zitterten.

»Es gibt ein kleines Café in der zweiten Straße rechts, wenn du aus dem Hotel kommst«, sagte Hans. »Geh direkt dorthin. Ich bin in ein paar Sekunden bei dir.«

»Aber... aber ich glaube nicht...«, fing Elita an, aber er hatte sie bereits verlassen und ging zurück zum Lift.

»Wenn ich auch nur einen Funken Verstand habe, dann gehe ich nicht«, sagte sie, um ihren Stolz anzuspornen. »Ich gehe einkaufen, und er soll ruhig auf mich warten.«

Aber obwohl das offensichtlich die richtige Entscheidung gewesen wäre, wußte sie, daß sie es nicht tun würde. Sie würde gehen und warten, wie Hans es ihr aufgetragen hatte.

Das Café war klein. Elita trat ein, setzte sich und bestellte eine Tasse Kaffee. Ehe ihr Kaffee kam, war auch Hans schon da.

Sie versuchte, sich einzureden, daß das, was sie am Abend für ihn gefühlt hatte, nur ein Hirngespinst gewesen war, wie es vielen Menschen in der Dunkelheit passiert. Aber als sie seine breiten Schultern in der Tür erblickte und den Ausdruck auf seinem Gesicht, als er auf sie zukam, da wußte sie, daß das, was sie bereits gefühlt hatte, die Wahrheit war.

Sie saß in der Falle, einer hoffnungslosen Falle, aus der es kein Entrinnen gab, die nicht nur ihr Herz, sondern ihr ganzes Sein gefangenhielt.

Hans setzte sich neben sie, und sie versuchte, den Schauer zu unterdrücken, der sie bei seiner Nähe durchlief. Sie erwiderte seinen Blick nicht, sondern starrte auf ihre Tasse, rührte in ihrem Kaffee, obwohl kein Zucker darin war.

»Du hast geweint«, sagte er abrupt. »Warum?«

Sie war erstaunt, daß er es bemerkt hatte.

»Woher weißt du das?« fragte sie unwillkürlich.

»Warum sollte ich es nicht wissen? Ich glaube, jede Linie, jeder Ausdruck deines Gesichts hat sich unwiderruflich in mein Gedächtnis gegraben. Ich habe die ganze Nacht an dich gedacht.«

»Und ich an dich«, platzte Elita heraus, ehe sie es unterdrücken konnte.

»Und darum mußtest du weinen«, bemerkte er leise.

»Warum hast du mir nicht erzählt, daß du Diener bist?« rutschte es Elita über die Lippen.

»Macht das einen Unterschied?« fragte er.

Sie wandte sich von ihm ab, unfähig, seinem Blick standzuhalten.

»Ich glaube nicht«, antwortete sie unsicher.

»Also doch. Was hast du denn geglaubt, daß ich wäre?«

»Ich weiß nicht«, antwortete Elita. Dann wandte sie sich impulsiv zu ihm um. »Ach, Hans, du sagst es, als wäre ich ein Snob, eingebildet und hochnäsig – aber ich kann nichts dafür. Mir wäre es lieber, du würdest irgend etwas anderes tun, ganz gleich, was, wenn du nur nicht Diener wärest.«

»Aber warum? Ich verstehe dich nicht. Ist dieser Beruf so degradierend?«

»Nein, nicht direkt. Es ist auch nicht besser oder schlechter als, sagen wir, die Stellung eines Stewards bei einer Fluggesellschaft. Und doch ist da ein Unterschied; ich kann es nicht erklären, aber so ist es.«

»Also das hat dich so beunruhigt. Meine Liebe, wenn ich gewußt hätte, daß du deshalb auch nur eine Träne vergießt, dann wäre ich natürlich Steward geworden.«

Sie lachte etwas unsicher, und aus ihrer Stimme klang noch immer ein Schluchzen durch.

»Es klingt so lächerlich«, flüsterte sie.

»Nichts ist lächerlich, wenn es dich und mich betrifft«, antwortete er. »Ich bin froh, daß du den Mut hattest, so offen mit mir zu reden. Es wäre viel schlimmer gewesen, wenn du es geschluckt hättest, wenn du dich geweigert hättest, mit mir darüber zu sprechen, wenn es stumm und abweisend zwischen uns gestanden hätte.«

Sie antwortete nicht, und nach einer Weile fragte er leise:

»Steht es wirklich zwischen uns, Elita?«

Sie fühlte, wie bei seinem Tonfall Farbe in ihr Gesicht schoß. Zum ersten Mal, seit er gekommen war, schaute sie zu ihm auf. Der Ausdruck seiner Augen hielt sie gefangen. Wärme durchströmte sie plötzlich, als gäbe er ihr Trost und Kraft und Zutrauen, und noch etwas anderes, etwas, das sie nie zuvor in ihrem ganzen Leben gekannt hatte.

»Ach, Liebling«, hauchte er, »ich liebe dich so sehr.«

»Es ist nicht wichtig!« staunte Elita plötzlich, ganz überrascht über sich selbst. »Es ist wirklich nicht wichtig. Ich dachte, es wäre so, aber es ist nicht wichtig!«

Sie fühlte, wie sie vor Erregung bebte. Dann streckte er die Hände aus, ergriff ihre und küßte sie, eine nach der anderen, mit sanften, ausgedehnten Küssen, die dennoch einen Hauch von Leidenschaft in sich trugen.

»Es ist wirklich nicht wichtig!« sagte Elita wieder.

»Wir sind im Land der Märchen«, erzählte ihr Hans leise, »wo der Kuß der Prinzessin den Frosch in einen hübschen, jungen Mann oder den Schweinehirten in einen Prinzen verwandeln kann. Deine Lippen, Elita, haben aus mir einen Prinzen gemacht, so bescheiden meine Stellung auch sein mag.«

Er warf Geld auf den Tisch, nahm ihren Arm und zog sie aus dem Café. Auf der Straße hielt er ein Taxi an. Es war klein, und der Fahrer hätte jedes Wort ihres Gespräches mitbekommen können. Also blieben sie stumm sitzen, Hand in Hand, bis der Fahrer vor einem großen Brunnen hielt, dessen Wasser in einer gewaltigen Kaskade herabrauschte.

Sie stiegen aus, und als Elita am Brunnen verharren wollte, zog Hans sie mit sich weiter, bis sie den großen Hafen erblicken konnten. Die Sonne glitzerte auf dem Wasser, und sie stiegen hinab bis zur Quaimauer und schauten aufs Meer hinaus.

Schiffe lagen vor Anker, aber sie waren weit entfernt, und niemand konnte beobachten, wie Hans die Arme um Elita legte und sie an sich zog.

»Ich liebe dich«, flüsterte er, und mit einem unartikulierten Laut drehte sie den Kopf und barg ihn an seiner Schulter.

»Ich liebe dich, Elita«, wiederholte er, »und ich habe dich gefunden, nachdem ich sehr lange nach dir gesucht habe, die einzige Frau, von der ich weiß, daß ich sie für alle Zeit lieben kann, die Frau, die für mich geschaffen wurde. Mein Liebling, hier in meinem Land werden Märchen wahr.«

Elita sah in plötzlicher Angst zu ihm auf.

»Du redest, als könnten die Leute versuchen, uns zu trennen.«

Einen Augenblick lang fragte sie sich, ob Hans wirklich wußte, wer sie war, und ob er sich darüber klar war, wie sehr ihr Vater ihn verabscheuen würde.

»Ich habe vor nichts Angst«, antwortete Hans, »außer davor, deine Liebe zu verlieren.«

Er sprach mit einem Ernst, der keine Zweifel zuließ.

»Ich liebe dich wirklich«, sagte sie; es war fast wie ein Schwur vor sich selbst.

»Genug, um mich zu nehmen wie ich bin?« fragte er. »Einen unwichtigen, bescheidenen Kerl in untergeordneter, bescheidener Stelle? Ich kann dir nicht viel bieten, Elita.«

»Das macht nichts«, antwortete sie und spürte dabei, wie sein Herz an ihrem schlug, war sich des herrlichen Gefühls in sich bewußt, das die ganze Welt in Brand zu setzen schien.

Sie sehnte sich so sehr danach, ihn zu küssen, daß sie sich zwang, von praktischen Dingen zu reden, vernünftig zu bleiben.

»Zuerst werden wir beide arbeiten. Ich werde Mr. Burtel natürlich verlassen müssen. Wir können nicht zusammen bleiben. Aber wir werden etwas anderes finden. Ich nehme an, ich könnte in einem Geschäft arbeiten.«

»Darüber sprechen wir später. Im Augenblick reicht es zu wissen, daß du bereit bist, Opfer zu bringen, weil du mich liebst. Könnte irgend jemand wunderbarer sein als du? Mein Liebling! Mein kleines Mädchen mit den besorgten Augen!«

Er neigte den Kopf und fand ihren Mund, und es schien Elita, als stände die ganze Welt still.

»Wir müssen umkehren«, sagte Hans schließlich, und seine Stimme war tief und sonderbar gerührt.

»Zurück?« fragte Elita, und dann erinnerte sie sich, wo sie war und wer sie angeblich war. »Ja, ja, natürlich.«

Einen Moment lang spielte sie mit dem Gedanken, Hans die Wahrheit zu sagen, ihm zu erklären: »Es ist lächerlich, mit diesem Theater weiterzumachen. Ich bin reich. Wir werden zurückfahren und meinem Vater gegenübertreten und ihn zwingen, dich als seinen zukünftigen Schwiegersohn zu akzeptieren. Es ist nicht nötig zu sparen und zu geizen. Es ist nicht nötig, weiterhin Befehle von Mr. Burtel oder sonst jemandem entgegenzunehmen. Wir sind reich, wir sind frei.«

Doch noch während sie das dachte, wußte sie, daß Hans eine solche Situation niemals akzeptieren würde. Wenn er die Wahrheit wüßte, würde sie ihn verlieren. Sie war sicher, obwohl sie ihn kaum kannte, daß er niemals akzeptieren würde, von seiner Frau ausgehalten zu werden.

»Ja, Liebling, wir müssen umkehren«, stimmte sie schwach zu.

Arm in Arm kehrten sie zu dem Brunnen zurück, wo sie ein Taxi fanden, das sie zum Hotel zurückbrachte.

Hans ließ das Taxi jedoch nicht bis zum Eingang fahren. Er hielt es in einer Nebenstraße an, und sie stiegen aus.

»Wir dürfen nicht zusammen ankommen«, erklärte er. »Du gehst direkt ins Hotel und in dein Zimmer hinauf. Ich werde durch den Seiteneingang gehen.«

»Wann sehe ich dich wieder?« Elita stellte die Frage fast verzweifelt.

Ihre Flucht ins Land der Märchen war zu einem abrupten Ende gekommen. Sie konnte es nicht ertragen, daß es vorüber sein sollte. Sie wollte bei ihm sein, nicht nur in diesem Augenblick, sondern in jeder Minute des Tages, für alle Zeiten.

»Ich werde eine Nachricht unter deiner Tür hindurchschieben«, versprach er, »und dir einen Vorschlag machen, wo wir uns treffen können, wenn wir beide frei haben.«

»Und wenn ich keine Gelegenheit habe, mit dir zu sprechen, werde ich eine Nachricht an der Rezeption hinterlassen«, sagte Elita.

Sie sah, daß er einen Moment zögerte, ehe er antwortete:

»Nein. Das möchte ich lieber nicht. Vertraust du mir genug, um nicht zu fragen, warum?«

Sie überlegte kurz, ehe sie sagte:

»Natürlich vertraue ich dir. Du wirst mir eine Menge Dinge erklären, wenn wir Zeit dazu haben, das fühle ich.«

»Nur du konntest eine solche Antwort geben. Ich bete dich an! Jetzt geh schnell, sonst küsse ich dich mitten auf der Straße, und das könnte gefährlich werden.«

»Gefährlich für wen?« fragte Elita.

»Für dich; für mich! Wer weiß?« meinte er ausweichend.

Sie hatte das Gefühl, er hätte absichtlich eine Tür vor ihrer Nase zugemacht. Sie hatte ihm Gelegenheit gegeben, seine Stellung ihretwegen zu wechseln, und er hatte es abgelehnt. Sie war enttäuscht, und doch gab es keinen Grund, warum sie eine andere Antwort hätte erwarten sollen.

»Sieh mich nicht so an«, sagte er schnell. »Bleib so wie gerade eben, lächelnd, glücklich, mit dem Funkeln des Meeres in deinen Augen und deiner Liebe für mich auf deinen Lippen.«

Sie berührte seine Hand, und dann ging sie fort, den Kopf hoch erhoben. Sie wußte die ganze Zeit über, daß sein Blick ihr folgte, aber sie zwang sich, nicht zurückzuschauen.

Sie betrat das Hotel durch den Haupteingang und fuhr im Lift nach oben. Als sie ausstieg, sah sie, daß die Tür zu Mr. Burtels Suite offenstand. Einer der Zwillingsbrüder und Freddie traten gerade auf den Korridor hinaus.

Die beiden bemerkten sie nicht, und Elita sah zu ihrer Überraschung, wie die beiden schnell den Flur in beide Richtungen inspizierten, ehe sie einem anderen Mann winkten, ihnen zu folgen.

Er war klein, einer jener unauffälligen, gewöhnlichen Menschen, wie man sie zu Hunderten die Hauptstraßen in der Stadt entlanggehen sieht. Aber in seinen Bewegungen lag etwas, das Elita skeptisch machte.

Einen Moment lang blieb sie im Schatten in der Ecke neben dem Lift stehen, ging nicht weiter, wartete einfach. Sie rechnete damit, daß die beiden Männer sie jeden Augenblick entdecken und auf sie zukommen würden, gefolgt von dem anderen Mann.

Doch zu ihrem Erstaunen gingen die drei den Gang entlang und verschwanden dann durch die Tür, die zur Dienstbotentreppe führte.

Elita war so überrascht, daß sie zuerst glaubte, sie müsse sich irren, daß die Männer in Wirklichkeit ein anderes Zimmer am Ende des Ganges betreten hatten. Aber eine Sekunde später kamen sie zurück, die schwere Tür schwang hinter ihnen zu, und sie gingen zu Mr. Burtels Suite zurück.

»Merkwürdige Sache«, dachte sich Elita. »Warum konnte der Mann, der sie besucht hat, nicht den üblichen Weg nehmen und mit dem Lift fahren oder über die Haupttreppe gehen? Und selbst wenn es ein Dienstbote war, oder jemand, der gewöhnlich die Hintertreppe benutzte, warum hatten die beiden sich so sonderbar verhalten – den Flur entlanggespäht, um sich zu vergewissern, daß niemand in der Nähe war, und den Mann dann erst aus dem Zimmer gewinkt, als wäre seine Anwesenheit ein großes Geheimnis und niemand dürfte ihn sehen?«

Sie war so in ihre Gedanken versunken, daß sie nicht in ihr eigenes Zimmer ging, wie sie es ursprünglich beabsichtigt hatte, sondern in Mr. Burtels Wohnzimmer. Sie streckte die Hand aus, um die Tür zu öffnen, und stellte fest, daß sie bereits offenstand.

Elita blieb stehen und überlegte, was da wohl geschehen war, als sie Freddies Stimme hörte, laut und aggressiv.

»Ich sage Ihnen, es ist ein Risiko, ein vollkommen überflüssiges Risiko.«

Und Mr. Burtels Antwort: »Vielleicht, aber wenn man älter wird, genießt man das Gefühl, gefährlich zu leben, immer mehr.«

Elita machte kehrt und eilte den Gang entlang. Sie hätte direkt in ihr Zimmer gehen sollen, sagte sie sich. Diese Sätze waren nicht für fremde Ohren bestimmt gewesen, und sie hatte kein Recht gehabt, sie anzuhören.

Und doch konnte sie es nicht vermeiden, daß sie ihr durch den Kopf gingen und eine ganze Reihe neuer Fragen aufwarfen. Warum glaubte Mr. Burtel, er würde ein gefährliches Leben führen? Und wer war der fremde Mann, der ihn besucht hatte, während sie fort war?

Sie hatte plötzlich das Gefühl, der Vorschlag, sie sollte einen Schaufensterbummel machen, war geplant gewesen. Aber niemand wußte, daß sie ihr die glücklichste, herrlichste Stunde ihres Lebens beschert hatten, im Wunsch, sie loszuwerden, – die Stunde mit Hans.

6

Elita hörte auf zu lesen. Mr. Burtel war eingeschlafen, aber sie wagte nicht, sich zu rühren, aus Angst, ihn aufzuwecken. Sie wußte, daß alte Leute leicht einnicken, aber beim leisesten Geräusch ebenso leicht wieder aufwachen.

Sie ließ die Zeitung in ihren Schoß sinken und starrte vor sich hin, ohne die ziemlich stark gemusterten Vorhänge oder die modernen Gemälde an der Wand oder auch nur den Sonnenschein zu sehen, der durch die Fenster fiel. Alles, was sie sah, war Hans' Gesicht, als er sagte, er liebe sie.

Vielleicht könnten sie später am Tag wieder allein beieinander sein. Vielleicht könnten sie morgen ein paar Stunden frei bekommen.

Wie merkwürdig es war, wenn man seine Tage nicht nach seinen eigenen Wünschen und Neigungen planen konnte, sondern nur über die kostbare Zeit, in der man nicht arbeiten mußte, verfügen konnte.

Es schien Elita, als wäre es eine Ewigkeit her, seit sie am Morgen im Claridge im Bett gelegen und sich gefragt hatte, wie sie die Zeit totschlagen sollte. In einem Schaufenster hatte sie eine Nerzkrawatte entdeckt, die sie interessierte. Außerdem wollte sie einen neuen Gürtel für ein Kleid, das sie zu einem schwindelerregenden Preis bei einem Pariser Couturier erstanden hatte, aber das sie hatte ändern lassen müssen, als sie nach London kamen.

Wie trivial ihr diese Dinge jetzt erschienen. Welch eine idiotische Zeitverschwendung das alles gewesen war. Sie ertappte sich dabei, daß sie von dem Tag träumte, an dem sie ein eigenes Heim haben würde; an dem sie putzen und kochen müßte; an dem Hans heimkommen würde...

Sie fuhr erschreckt aus ihren Gedanken. Er hatte niemals von Heirat gesprochen, hatte das Wort nicht einmal erwähnt. Zum ersten Mal war ihr das jetzt bewußt geworden. Plötzliche Furcht, wie sie sie nie gekannt hatte, erfüllte sie.

Wenn er sie nun, trotz allem, nicht heiraten wollte? Und wie konnten sie zusammen sein, wenn er darauf bestand, weiterhin seine Arbeit als Diener auszuführen?

Einen Augenblick lang mußte sie an all die wunderbaren Positionen denken, die ihr Vater ihm würde bieten können. Aber dann erkannte sie, daß sie Hans das niemals antun durfte. Sie durfte ihn niemals beleidigen, indem sie ihm eine Beschäftigung aufzwang, die er nicht wollte oder mochte.

»Ich muß ihn schon sehr lieben«, dachte sie erstaunt. Sie wußte, hätte man ihr vor einer Woche erklärt, ihre Gedanken würden diesen Weg nehmen, dann hätte sie es für verrückt gehalten.

Es schien ihr immer so selbstverständlich und praktisch, daß ein Mann die beste Stellung einnehmen sollte, die sich ihm bot, und mit der besten war die gemeint, die am meisten Geld einbrachte. Jetzt, nachdem sie mit Hans zusammen gewesen war, erschien ihr alles ganz anders.

»Ich habe nichts dagegen, Fußböden zu schrubben. Ich habe nichts dagegen, mich zu unterwerfen, solange Hans mich nur liebt«, sagte sie sich.

Und sie wußte, es war ihr Herz, das so sprach, während ein Teil ihres Verstandes sich immer noch nach dem Luxus, der Bequemlichkeit und Sicherheit sehnte, die Geld mit sich bringen konnte.

Sie schob diese Gedanken entschieden beiseite.

»Ich werde Hans niemals sagen, wer ich wirklich bin«, nahm sie sich vor. »Vater wird mich nie entdecken, und ich werde einfach kühn erklären, daß meine Eltern tot sind. Mit der Zeit werden sie aufhören, nach mir zu suchen. Dann werde ich als Hans' Frau ganz sicher sein, und Miss Gardener aus dem Nichts wird vergessen.«

Sie hatte fast das Gefühl, Hans ihre Entscheidung schon mitgeteilt zu haben. Denn dies war ein wichtiger und bedeutender Schritt für sie. Sie sah den Ausdruck von Stolz auf Hans' Gesicht, die Liebe in seinen Augen, und sie hatte das Gefühl, er beuge sich herab, um sie zu küssen, seine Lippen suchten eifrig nach ihren.

Eine Tür wurde aufgerissen, und Freddie platzte ins Zimmer. Mr. Burtel rührte sich und wachte auf, augenblicklich wachsam und mit dem Aussehen eines Menschen, der es leugnen würde, jemals geschlafen zu haben.

»Ihr seid aber leise hier drinnen«, bemerkte Freddie fast aggressiv, als verabscheue er die Stille.

»Miss Gardener hat mir vorgelesen«, berichtete Mr. Burtel. »Das ist sehr spannend. Du solltest zur Abwechslung auch mal versuchen zuzuhören, Freddie, anstatt immer zu reden.«

Freddie runzelte nur die Stirn. Elita hatte schon erkannt, daß er keinen Sinn für Humor besaß und Kritik jeglicher Art verabscheute.

»Ich dachte, Sie wollten sich ein paar Gemälde ansehen«, meinte er fast vorwurfsvoll.

»Ich war müde«, gestand Mr. Burtel. »Die Reise gestern, die Leute, die ich heute morgen gesprochen habe, alles zusammen, da macht sich mein Alter bemerkbar.«

»Nun, Sie wollten es ja so«, bemerkte Freddie unhöflich.

»Ja, ja, ich weiß. Ihr habt mich alle immer wieder daran erinnert, daß es mein Wunsch gewesen ist. Ich bedaure es auch nicht. Mir gefällt es hier, und wenn ich daheim geblieben wäre, hätte ich auch diese reizende junge Dame nicht kennengelernt.«

Er lächelte Elita zu, die sein Lächeln erwiderte.

»Oh, fast hätte ich es vergessen.« Freddie fummelte in seiner Tasche herum. »An der Rezeption lag ein Brief für Sie. Ich habe ihn mitgebracht.«

Der alte Mann nahm den Umschlag entgegen und warf einen Blick darauf.

»Von Adolph. Er muß ihn noch gestern abend geschrieben und aufgegeben haben.«

»Muß wohl etwas Dringendes sein«, sagte Freddie. Er ließ sich in den Sessel fallen, die Beine weit von sich gestreckt.

Mr. Burtel öffnete den Brief.

»Er hofft, daß wir heil angekommen sind«, berichtete er mit einem Anflug von Freude in der Stimme. »Der liebe Junge macht sich immer solche Sorgen meinetwegen. Er ist so rücksichtsvoll.«

»Sonst noch etwas?« wollte Freddie wissen.

Mr. Burtel antwortete nicht, sagte aber leise zu Elita, fast so, als wollte er nicht, daß Freddie es hörte:

»Holen Sie mir ein Scheckheft? Sie finden es auf dem Tischchen neben meinem Bett.«

Sie stand auf, als Freddie ironisch bemerkte:

»So, dann ist er also wieder hinter dem Geld her, was?«

»Er vergaß, mich um eine Summe zu bitten, die ich ihm bereits versprochen hatte«, erwiderte Mr. Burtel in einem Ton, der keinen weiteren Kommentar duldete.

Freddie lachte nur häßlich. Elita ging ins Schlafzimmer hinüber. Durch die Tür konnte sie hören, wie Freddie mit seiner rauhen Stimme sagte:

»Ich verstehe wirklich nicht, warum Sie ihn so verwöhnen. Wenn diese Geschichte schiefgeht, dann sind Sie in einer Sackgasse.«

»Er ist mein einziger Sohn. Er hat Anspruch auf alles, was ich besitze.«

»Und das wird er auch verlangen!« stieß Freddie hervor.

Elita fand das Scheckbuch und wollte ins Wohnzimmer zurückgehen, als sie Mr. Burtels vor Wut laut gewordene Stimme hörte:

»Welches Recht hast du, Adolph zu kritisieren? Wenn er nicht wäre, wärest du nicht da, wo du jetzt bist. Ich beschäftige dich, damit du die Arbeit tust, für die du bezahlt wirst, und nicht, um meinen Sohn zu kritisieren!«

Verlegen blieb Elita im Schlafzimmer stehen. Wenn es zum Streit kommen sollte, dann wollte sie lieber nicht im Zimmer sein. Doch zu ihrer Überraschung hörte sie Freddie einlenken.

»Boß, nun regen Sie sich nicht gleich auf. Ich hab's nicht bös gemeint. Es ist Ihre Sache, was Sie mit Ihrem Anteil tun.«

Eine kurze Pause entstand. Elita war überrascht, daß Freddie sich so entschuldigen konnte, und dann fand sie es eigentlich typisch für den Mann – er war angriffslustig, bis sich ihm jemand stellte, und dann brach er zusammen und unterwarf sich.

»Wir werden nicht wieder von Adolph sprechen«, erklärte Mr. Burtel würdevoll.

Elita, die das Gefühl hatte, dies wäre der geeignete Augenblick, um den Wortwechsel zwischen den beiden Männern zu unterbrechen, trat mit dem Scheckheft in der Hand ins Wohnzimmer. Sie legte es vor Mr. Burtel, er rollte seinen Stuhl ein wenig näher an den Tisch und zog einen Stift aus der Tasche.

»Auf dem Schreibtisch liegen ein paar Umschläge. Würden Sie mir bitte einen geben, meine Liebe?«

Seine Stimme war ruhig und gelassen. Es schien unglaublich, daß er nur einen Augenblick zuvor in echtem Zorn losgepoltert hatte. Elita holte den Umschlag und legte ihn neben ihn. Freddie hatte sich hinter einer Zeitung vergraben.

Die Tür ging auf, und einer der Zwillingsbrüder erschien aufgeregt. Er bewegte sich zumindest schnell und schien lebhafter und nicht so langsam und phlegmatisch wie sonst.

»Ich komme gerade aus dem Krankenhaus«, erzählte er. »Heinrich ist vergiftet worden!«

»Vergiftet!« riefen Mr. Burtel und Freddie wie aus einem Mund.

Er nickte.

»Willie telefoniert mit London um herauszufinden, ob noch irgendwer sonst im Hotel gestern krank geworden ist. Es kann nichts gewesen sein, was er im Flugzeug gegessen hat, weil wir da alle dasselbe hatten.«

Elita öffnete den Mund, um etwas zu sagen, schloß ihn dann aber wieder. Sie konnte Andrews vor sich sehen, wie er den Teller mit den Sandwiches an Bord brachte.

»Die sind für Mr. Burtels Assistenten«, hatte er gesagt. »Sie sind alle für ihn. Sonst soll keiner sie bekommen.«

Warum hatte Andrews darauf bestanden, daß sie nur für Heinrich waren? fragte sich Elita. Sie meinte, daß sie Mr. Burtel die Wahrheit sagen sollte, aber sie wollte Andrews nicht in Schwierigkeiten bringen. Außerdem war es einfach lächerlich anzunehmen, daß Sandwiches, die in Southend an Bord gebracht wurden, vergiftet sein könnten.

»George, bist du sicher, daß es eine Lebensmittelvergiftung ist?« hörte sie Mr. Burtel fragen.

»Ich habe nicht gesagt, daß es eine Lebensmittelvergiftung ist, oder?« fragte er zurück. »Der Arzt sagt, es war Gift, er war sich nicht sicher, welcher Art. Die Schwestern im Krankenhaus vermuteten eine Lebensmittelvergiftung. Das kommt häufig vor, haben sie mir erzählt. Aber irgendwie habe ich das Gefühl, daß es schlimmer ist als das.«

»Ich glaube, du bildest dir da etwas ein«, meinte Mr. Burtel sanft. »Wer sollte Heinrich schon vergiften wollen?«

»Vielleicht hat Heinrich etwas bekommen, was für jemand anderen bestimmt war«, bemerkte George düster.

Freddie lachte unangenehm.

»Du hast zu viele Krimis gelesen.«

»Mir gefällt das nicht«, erklärte George. »Mir gefällt das einfach nicht, das ist alles.«

Er klang trotzig und fast nervös, wie Elita fand. Er schleuderte seinen Hut auf einen Sessel, durchquerte das Zimmer bis zu einem Beistelltisch, auf dem sich eine Flasche Whisky und ein Soda-Siphon befanden. Er schenkte sich großzügig einen Drink ein und stürzte ihn hinunter.

Freddie zuckte die Achseln und sah Mr. Burtel an.

Dann wandte er sich wieder George zu. »Was glauben sie, wann Heinrich seinen Dienst wieder antreten kann?«

»In ein, zwei Tagen«, antwortete George mürrisch. »Er ist nicht lebensgefährlich krank, fühlt sich nur nicht wohl.«

»So, wie du dich ausgedrückt hast, dachte ich schon, er würde sterben«, meinte Freddie. »Das ist das Dumme an dir und Willie, ihr müßt immer alles dramatisieren.«

»Ich halte nichts davon, Risiken einzugehen«, erklärte George und schenkte sich noch einen Whisky ein.

»Nun, anstatt hier nervös herumzulaufen, hättest du dich lieber vergewissern sollen, wann Heinrich wieder bei uns ist«, fuhr Freddie ihn scharf an. »Hast du ihm gesagt, daß der Boß nach ihm verlangt?«

»Wenn er das getan hätte, wäre es nicht wahr gewesen«, mischte sich Mr. Burtel mit seiner ruhigen Stimme ein. »Ich glaube nicht, daß ich Heinrich wiedereinstellen werde. Er wird für seine Dienste angemessen entlohnt werden, und dann kann er dorthin zurückgehen, woher er gekommen ist.«

»Aber das ist doch lächerlich!«

»Warum ist es das?«

»Weil wir Heinrich alle kennen und wissen, daß wir ihm vertrauen können«, gab Freddie zurück.

»Das stimmt«, bestätigte George von der anderen Seite des Zimmers her. »Wir wissen alle über ihn Bescheid.«

»Er ist kein sehr guter Diener, und er hat mich schon lange wütend gemacht. Er hat ein Gehabe, das ich abstoßend finde, und außerdem langweilt mich seine grausame, griesgrämige Weltanschauung. Ich werde den Mann behalten, der jetzt bei mir ist.«

»Aber was wissen Sie von ihm?« fragten Freddie und George gleichzeitig.

»Alles, was ich wissen will. Er ist ein ausgezeichneter Diener, ein ruhiger, anständiger Kerl, und ich mag ihn. Sind das nicht ausreichend Gründe, um einen Diener anzustellen?«

»Sie wissen nichts über ihn«, wiederholte Freddie scharf.

»Seine Referenzen waren makellos«, erwiderte Mr. Burtel. »Der Hoteldirektor hat persönlich für ihn gebürgt.«

»Das ist nicht gut genug. Großer Gott! Sehen Sie denn nicht, daß das nicht ausreicht?« höhnte Freddie.

»Ich glaube, diese Unterhaltung ist für Miss Gardener sehr langweilig«, sagte Mr. Burtel, und es war offensichtlich – zumindest für Elita –, daß in seiner Stimme ein warnender Unterton mitschwang.

»Ja, natürlich«, stimmte George zu.

»Wir wollen von etwas anderem sprechen«, schlug Mr. Burtel vor. »Aber ehe wir das tun, will ich einen Punkt noch ganz klarstellen: Ich werde Heinrich nicht weiterbeschäftigen.«

George stellte das Glas klirrend auf den Tisch zurück und ging zur Tür.

»Ich werde Willie suchen gehen«, erklärte er. »Er wird das gar nicht mögen.«

Mr. Burtel lächelte ein wenig boshaft. Es war offensichtlich, auch wenn er es nicht in Worte faßte, daß es ihm vollkommen gleichgültig war, ob sie das billigten oder nicht.

In der plötzlichen Stille, die sich nach Georges Fortgehen im Zimmer ausbreitete, öffnete sich die Tür und Hans trat ein. Er trug mehrere neue Zeitungen, die sauber gefaltet waren, ging schweigend zu Mr. Burtel hinüber und legte sie vor ihn.

»Ich dachte, Sie hätten vielleicht gern die *Financial Times*, den *Daily Express* und die *Daily Mail*, Sir«, sagte er. »Sie sind gerade erst eingetroffen. Das Flugzeug hatte Verspätung.«

»Danke, Hans, das war sehr aufmerksam von Ihnen«, bedankte sich Mr. Burtel.

Freddie schaute scharf auf.

»Bringen Sie mir einen Whisky-Soda«, befahl er knapp. »Und beeilen Sie sich. Für meinen Geschmack sind Sie viel zu langsam.«

Seine Stimme war wie eine Peitsche. Elita hielt den Atem an.

»Gewiß, Sir«, meinte Hans höflich. »Möchten Sie ihn mit oder ohne Eis?«

»Ohne, natürlich, Sie Narr«, schnaubte Freddie. »Ich bin kein Amerikaner.«

Zunehmend wütend beobachtete Elita, wie Hans das Zimmer durchquerte, den Whisky einschenkte, ein Tablett nahm, es hinüberbrachte und neben Freddies Sessel abstellte.

»Woher kommen Sie?« fuhr Freddie ihn an, als verhörte er einen Gefangenen.

»Meinen Sie ursprünglich, Sir, oder ehe ich die Ehre hatte, in Mr. Burtels Dienst gestellt zu werden?«

»Beantworten Sie zuerst die erste Frage. Woher kommen Sie ursprünglich?«

»Ich bin Däne. Ich bin in Dänemark geboren, Sir.«

»Wie alt sind Sie?«

»Siebenundzwanzig.«

»Waren Sie immer angestellt?«

»Auf die eine oder andere Art ja«, antwortete Hans und sah Freddie gerade in die Augen. »Aber das kann man wohl von uns allen sagen.«

»Ich habe nicht um Ihren Kommentar gebeten«, blaffte Freddie. »Beantworten Sie meine Fragen.«

»Wenn Sie mich bitte entschuldigen wollen«, sagte Hans. »Ich habe das Eisen angelassen, da ich gerade Mr. Burtels Hose bügeln wollte. Ich möchte nicht gern ein Feuer hier im Hotel verursachen. Ich sollte besser gehen und es abstellen.«

»Eine gute Entschuldigung, was?«

»Nein, Sir, nur eine praktische Erklärung dessen, was zufällig wahr ist«, erwiderte Hans.

Freddie antwortete nicht, und Hans, noch immer ruhig und gelassen, wandte sich Mr. Burtel zu.

»Wünschen Sie noch etwas, Sir?« erkundigte er sich.

»Nein, Hans, nichts. Danke. Und Sie brauchen nicht zurückzukommen«, sagte Mr. Burtel.

»Danke, Sir.«

Ohne Eile verließ Hans das Zimmer. Elita stellte fest, daß sie die Hände so fest geballt hatte, daß die Nägel in ihre Handflächen bohrten. Als sich die Tür hinter ihm schloß, wurde sie vor Erleichterung ganz schlapp.

Gleichzeitig aber war sie wütender als je zuvor in ihrem Leben. Sie haßte Freddie, weil er versucht hatte, Hans zu beleidigen, verabscheute ihn, weil er der dominante, rücksichtslose Kerl war, für den sie ihn gehalten hatte.

Sie bekämpfte ihren Instinkt, das Zimmer augenblicklich zu verlassen, hinter Hans herzulaufen, zu ihm zu sagen: »Wie kannst du das nur ertragen? Wie kannst du zulassen, daß dieser Emporkömmling so mit dir spricht, ein Mann, der gewöhnlich und vulgär ist vom Scheitel bis zur Sohle?«

Sie wollte ihn bitten zu gehen, augenblicklich zu kündigen, irgendwohin zu gehen, wo sie Frieden und Würde und gemeinsames Glück finden würde.

Aber dann begriff sie mit plötzlicher Intuition, daß diejenigen, die anderen dienten und sie bedienten, ihre eigenen Gefühle unweigerlich hinter einer Maske der Ehrerbietung und Höflichkeit verbergen mußten. Hans hatte sich wie ein perfekt ausgebildeter, gut erzogener Diener verhalten, und während sie ihm im Geiste für seine Selbstbeherrschung applaudierte, haßte sie doch die Umstände, die diese Szene notwendig gemacht hatten.

Er sollte frei sein, frei seinen Willen zu äußern und sich zu verhalten, wie er es mochte, fand Elita, und dann fragte sie sich, ob irgend jemand, der angestellt war, jemals frei war so zu handeln. Wieder hing es am Geld – Geld, das alles kaufen konnte, selbst den Stolz eines Mannes.

Sie fragte sich, wie oft man ihrem Vater Haß und Abneigung entgegengebracht hatte. Vielleicht hatte auch sie selbst fremde Gefühle verletzt, weil sie anderen gegenüber nicht so rücksichtsvoll gewesen war, wie sie es hätte sein können.

»Ich lerne eine Menge Dinge, die ich früher gar nicht gewußt habe«, dachte sie.

Freddie trank seinen Whisky aus und erhob sich, um sich selbst einen neuen einzuschenken.

»Ich würde dem Mann nicht zu sehr trauen«, bemerkte er, als hätte er, seit Hans das Zimmer verlassen hatte, nur über sein Urteil nachgedacht.

Elita konnte nicht länger an sich halten.

»Ich stimme nicht mit Ihnen überein«, sagte sie in messerscharfem Ton. »Ich habe noch nie jemanden gesehen, der ehrlicher oder bis aufs Mark vertrauenerweckender ausgesehen hat.«

Freddie starrte sie aus verschleierten Augen an.

»Und Sie haben sicher große Erfahrung auf diesem Gebiet, ja?« höhnte er.

»Ich habe in meinem Leben allerdings schon eine Menge Männer und Frauen gesehen, und ich irre mich selten, wem ich trauen kann und wem nicht.«

»Und würden Sie mir trauen?« erkundigte sich Freddie unerwartet.

»Nein, das würde ich nicht«, antwortete Elita, ehe sie nachgedacht hatte.

Kaum hatte sie die Worte ausgesprochen, als ihr klar wurde, wie unhöflich das war, aber zu ihrer Überraschung warf Freddie den Kopf zurück und lachte.

»So, man hat also Temperament, ja? Wie entzückend. Ich habe mir noch nie etwas aus gleichgültigen Frauen gemacht.«

Sie fühlte, wie sein Blick auf ihr ruhte, als würde er sie im Geiste entkleiden.

Mr. Burtel hatte den Brief seines Sohnes aus dem Umschlag genommen und las ihn erneut. Sie und Freddie hätten allein im Zimmer sein können. Er stolzierte auf sie zu, das Whiskyglas in der Hand.

»Nun, wenn es um eine Frau geht, fragt man natürlich nicht ›Ist sie vertrauenswürdig?‹ sondern ›Ist sie attraktiv?‹«

»Das mag Ihre Einstellung sein«, gab Elita zurück, »aber nicht jeder teilt sie.«

Sie wußte, daß es dumm von ihr war, sich ein Wortgefecht mit Freddie zu liefern. Sie hätte stillbleiben sollen. Sie hätte die Aufmerksamkeit nicht auf sich ziehen dürfen. Aber jetzt war es zu spät. Er stand neben ihr, sah auf sie herab. Ihr Mut verließ sie, als sie begriff, welche Gefühle er ihr entgegenbrachte.

»Ich glaube, es gibt da eine Menge Fragen, die ich Ihnen stellen sollte«, bemerkte Freddie mit einer schrecklichen, seidigen Stimme, die etwas Schleimiges und Feuchtes an sich hatte. »Was halten Sie davon, wenn wir heute abend ein hübsches, ruhiges Abendessen einnehmen, nur wir beiden? Der alte Mann ist müde. Er geht früh zu Bett. Wir gehen aus und machen einen Bummel.«

»Nein, danke«, sagte Elita hastig.

»Angst?«

»Nein, aber ich möchte auch früh zu Bett gehen.«

»Ich glaube nicht, daß das wahr ist.«

Er war so eingebildet, sagte sie sich, daß er sich einbildete, sie ziere sich nur, weil sie so von ihm beeindruckt sei.

»Danke für die Einladung«, erklärte sie bestimmt. »Aber die Antwort lautet ›Nein‹.«

»Das werden wir noch sehen.«

Wieder musterte er sie. Hastig trat sie von ihm zu Mr. Burtel.

»Sollten Sie nicht vielleicht vor dem Abendessen ein wenig schlafen?« schlug sie vor.

Sie sagte es nur, damit sie ihr *tête-à-tête* mit Freddie unterbrechen konnte. Sie erwartete, daß er sich weigern würde, aber er stimmte zu.

»Ich bin wirklich müde. Holen Sie mir Hans, seien Sie so freundlich.«

Elita sah sich im Zimmer um, spähte dann ins Schlafzimmer, aber es war niemand da. Sie nahm das Telefon und bat darum, mit Mr. Burtels Diener verbunden zu werden. Es entstand eine kurze Pause, ehe sie Hans' Stimme antworten hörte. Sein ruhiges »Hallo« gab ihr das Gefühl, daß ihr Zorn und ihr Abscheu Freddie gegenüber völlig unnötig waren. Hans war in der Lage, seine Schlacht selbst auszufechten.

»Mr. Burtel wünscht, daß Sie sofort zu ihm kommen«, sagte sie, bemüht, ihrer Stimme einen unpersönlichen Klang zu geben, weil sie wußte, daß Freddie zuhörte.

»Sehr wohl, Miss, ich komme sofort.«

Sie legte auf.

»Er kommt gleich«, gab sie an Mr. Burtel weiter.

»Ich denke, wir essen heute hier zu Abend«, sagte er. »Freddie, bestelle ein gutes Essen für uns alle, und natürlich auch Champagner. Ich bin sicher, Miss Gardener mag Champagner, nicht wahr, meine Liebe?«

»Bitte, bestellen Sie ihn nicht für mich«, bat Elita.

»Warum nicht?« mischte sich Freddie ein. »Damit können wir auf Sie anstoßen. Die kleine Lady, die unser aller Herz gefangen hält! Das hätten Sie doch sicher gern, oder?«

Er machte sich über sie lustig, dachte Elita, und eine zornige Antwort lag ihr auf der Zunge. Aber dann riß sie sich zusammen. Dieser Mann ist gefährlich, dachte sie. Es ging etwas von ihm aus, das vollkommene Rücksichtslosigkeit verriet.

Wenn er ihr zu nahe käme, könnte sie sich auf die eine oder andere Art vielleicht verraten. Und wenn er ihr Geheimnis erriete, dann wäre sie vollkommen seiner Gnade ausgeliefert.

Mit Mühe zwang sie ein Lächeln auf ihre Lippen.

»Sie sind alle so freundlich zu mir«, sagte sie und sah dabei nicht Freddie, sondern Mr. Burtel an.

»Sie waren auch sehr freundlich zu mir, und eine große Hilfe«, antwortete der alte Mann und tätschelte ihre Hand, und dann reichte er ihr den Brief, den er an seinen Sohn adressiert hatte. »Sorgen Sie dafür, daß er sofort zur Post kommt, ja? Und schicken Sie ihn per Luftpost und Express.«

»Aber natürlich«, sagte Elita, froh, eine Entschuldigung zu haben, um das Zimmer zu verlassen.

Gerade in dem Moment, als Hans den Flur entlangkam, trat sie hinaus. Ihre Blicke trafen sich; einen kurzen Moment lang blieb Elita stehen. Er sagte nichts, aber sie wußte, so klar, als wenn sie es ihn hätte sagen hören, daß er ihr erzählte, wie sehr er sie liebte.

Sie holte tief Luft, ihre Lippen öffneten sich leicht. Sie schaute zu ihm auf, ihr ganzes Herz lag in ihren Augen, leicht für ihn zu sehen. Dann lief sie den Flur entlang zum Lift.

Sie brauchte nicht lange, um den Brief einzuwerfen, aber sie blieb noch ein wenig im Buchladen unten im Hotel, verbrachte sogar noch Zeit damit, die Vitrinen zu betrachten, in denen Porzellan aus Kopenhagen und moderner Schmuck ausgestellt waren. Sie wollte nicht zurückkehren und Freddie sehen, und sie vermutete, daß er in die Bar gehen würde, wenn alle fort waren, damit er nicht allein trinken mußte.

Ihre Vermutung erwies sich als richtig, denn als sie sich von einigen modernen Stoffen abwandte, die ein junger dänischer Künstler entworfen hatte, sah sie seinen Kopf mit dem kurzgeschorenen Haar von hinten. Er durchquerte die Halle, und sobald er außer Sichtweite war, rannte sie auf die Fahrstühle zu.

Im Wohnzimmer war niemand, als sie es erreichte, und die Tür zu Mr. Burtels Schlafzimmer war fest geschlossen. Hastig nahm sie die englischen Zeitungen an sich. Sie hatte solche Angst davor, riesige Schlagzeilen über das Verschwinden von Granite Garsons Tochter zu erblicken, daß sie sich einen Moment lang einbildete, ihr Foto auf der ersten Seite erblickt zu haben. Doch dann erkannte sie, daß es Prinzessin Margaret darstellte.

Erleichtert seufzte sie und legte die Zeitungen zurück auf den Tisch. Dabei hörte sie, wie die Tür zum Flur geöffnet wurde, und als sie sich umwandte, betrat Freddie das Zimmer. Sie hatte geglaubt, vor ihm sicher zu sein, jetzt nahm sie hastig ihre Handtasche an sich.

»Wohin wollen Sie?« fragte er.

»Ich werde mich auch hinlegen. Wie Mr. Burtel hatte auch ich einen anstrengenden Tag.«

»Ich glaube, Sie laufen vor mir davon.«

»Vielleicht«, antwortete sie und stellte enttäuscht fest, daß er zwischen ihr und der Tür stand.

»Es hat keine Eile, daß Sie sich hinlegen. Außer Sie wünschen, daß ich mitkomme.«

»Sie kennen die Antwort darauf«, erwiderte Elita entschieden. Sie gab sich Mühe, leichthin zu sprechen, versuchte, ihn nicht merken zu lassen, daß sie in Wirklichkeit Angst hatte.

Etwas ekelhaft Arrogantes war an ihm, etwas Dominierendes und Überwältigendes. Sie begriff plötzlich, wie klein sie war, wie schwach und schutzlos gegenüber Typen wie ihm.

Er streckte die Hand aus, mit einem, wie er glaubte, gewinnenden Lächeln.

»Kommen Sie. Unterhalten Sie sich mit mir«, schlug er vor. »Sie sind ein hübscher Anblick.«

Elita schüttelte den Kopf.

»Tut mir leid, aber ich möchte in mein Zimmer gehen.«

»Und wenn ich Sie nun nicht gehen lasse?«

»Sie… Sie können mich nicht hier festhalten«, erklärte Elita, und Panik ergriff sie plötzlich, als sie sah, daß er langsam auf sie zukam.

Sie wich vor ihm zurück – sie konnte nicht anders –, bis sie an den Tisch stieß und nicht weiter konnte.

»Sie sind sehr hübsch«, erklärte Freddie mit belegter Stimme, legte die Arme um sie und hielt sie gefangen.

»Lassen Sie mich los!« schrie sie. »Wie können Sie es wagen, mich anzurühren? Ich werde Mr. Burtel rufen.«

»Ich bezweifle, daß er das hören wird, denn ich werde Ihre Schreie mit Küssen knebeln.«

Elita boxte mit aller Kraft gegen seine Brust. Es war vollkommen wirkungslos. Seine Arme hielten sie ganz fest, und entsetzt sah sie, wie sich sein Mund ihren Lippen näherte.

Sie drehte den Kopf von einer Seite zur anderen, versuchte, ihm auszuweichen, aber es war hoffnungslos. Er preßte sie so fest an sich, daß sie kaum noch atmen konnte, und dann fühlte sie seine Lippen heiß und grob auf ihren, stellte fest, daß sie sich nicht rühren konnte.

Sein Kuß ließ ihr übel werden. Er war abscheulich, so, wie sie es noch nie erfahren hatte, und die Gier darin erschreckte und lähmte sie, so daß sie sich nicht länger wehren konnte, sondern das Gefühl hatte, in einen dunklen, tiefen, schleimigen See zu stürzen, aus dem es kein Entrinnen gab.

Und dann rettete das Telefon sie. Es läutete schrill. Freddie hob den Kopf und lockerte seinen Griff. In diesem Moment war sie frei.

Mit einer schnellen, geschmeidigen Bewegung, noch verstärkt durch ihre Angst, stieß sie ihn beiseite und rannte davon. Ihre Füße trugen sie mit unglaublicher Geschwindigkeit durchs Zimmer und zur Tür. Sie riß sie auf, und ohne sich umzudrehen raste sie hinaus und den Korridor entlang. Ihr Atem ging schnell und stoßweise, und Tränen liefen ihr über die Wangen.

Sie hörte, wie Freddie herrisch ihren Namen rief, wie seine Stimme das Schrillen des Telefons übertönte, und dann hatte sie ihr eigenes Zimmer erreicht. Sie zerrte die Schlüssel aus der Tasche, öffnete und eilte hinein.

Dann hastete sie ins Bad, packte ihren Schwamm und wusch sich das Gesicht mit kaltem Wasser, rieb kräftig über ihre Wangen und Lippen, versuchte die Erinnerung an einen Kuß fortzureiben, der wie eine rote, rohe Wunde auf ihrer Seele selbst brannte.

Sie rieb und rieb, bis ihre Lippen brannten und ihr Gesicht

glühte, als wäre sie im Nord-Ost-Wind spazierengegangen. Danach, noch immer hastig atmend, ging sie ins Schlafzimmer.

Die Tür war abgeschlossen. Für den Augenblick war sie sicher. Aber für wie lange? Sie mußte sich diese Frage einfach stellen. Schaudernd dachte sie daran, was in Zukunft noch geschehen könnte, und dann streckte sie die Hand nach dem Telefon aus.

Gerade als sie den Hörer abnehmen wollte, läutete es. Sie hielt ihn ans Ohr und wagte dann nicht, hallo zu sagen, aus Angst, es könnte Freddie sein.

»Elita!«

Es war die Stimme von Hans.

»Ach, Hans!«

Das bloße Wissen, daß er da war, trieb ihr die Tränen in die Augen – Tränen der Erleichterung und Dankbarkeit, weil er in einer Welt, die plötzlich entsetzlich geworden war, einfach da war, ruhig und vernünftig, einfach er selbst.

»Ach, Hans! Hans!«

»Was ist passiert? Geht es dir gut? Ist alles in Ordnung?«

Seine Stimme klang scharf.

»Ja, ja, jetzt geht es.«

»Ich habe angerufen, weil ich hörte, daß du da drin warst.«

»Du… wußtest, daß ich mit… Freddie dort war?«

»Ich habe es vermutet.«

»Warum bist du dann nicht hereingekommen? Warum bist du nicht gekommen?« wiederholte Elita.

»Ich konnte nicht«, antwortete Hans. »Verstehst du denn nicht, Elita, daß er die Gelegenheit ergriffen hätte, mich zu feuern, wenn ich mich eingemischt hätte?«

Plötzliche Stille trat ein. Elita fühlte ihre Tränen verrinnen, fast so, als hätte sie jemand mit einem Wasserhahn abgestellt.

»Willst du damit sagen«, sagte sie schließlich in kaum mehr als einem Wispern, »daß du erraten hast, was Freddie mir antat, und daß du es zugelassen hast? Du hast ihn gelassen!«

»Ich wußte es nicht genau«, antwortete Hans. »Ich wußte nur, was für ein Schwein er ist, und daß du viel zu hübsch bist, um mit einem Kerl dieser Art allein gelassen zu werden. Ich dachte, wenn ich anrufe und du würdest das Telefon beantworten, dann hätte ich sagen können, daß Mr. Burtel nach dir verlangt.«

»Weil das Telefon klingelte, hatte ich Gelegenheit zu fliehen. Aber es wäre mir lieber gewesen, wenn du gekommen wärest und mich persönlich gerettet hättest.«

»Elita, versuch doch zu verstehen«, flehte Hans leidenschaftlich. »Wenn ich hereingekommen wäre, hätte ich den Kerl beleidigt – hätte ihn vielleicht sogar niedergeschlagen. Das konnte ich nicht tun. Ich kann dir nicht erklären warum, aber es gibt Gründe dafür, daß ich es nicht tun konnte.«

»Weil du Angst hattest, deinen Job zu verlieren?« fragte Elita. »Ich dachte, du liebst mich!«

7

Das Telefon klingelte, aber Elita vergrub ihren Kopf nur noch tiefer im Kissen.

»Ich werde es nicht abnehmen«, murmelte sie laut. »Er liebt mich nicht. Er ist ein Feigling.«

So leise sie die Worte auch aussprach, schienen sie doch aus tiefstem Herzen zu kommen, mit einer schrecklichen Wucht. Sie waren gesagt, und jetzt hatte sie Angst, weil sie sich der Wahrheit stellen mußte, und sie wußte, die würde alles zerstören, woran sie in den vergangenen achtundvierzig Stunden geglaubt hatte.

Sie hatte gedacht, Hans wäre anders, er wäre nicht wie die anderen Männer, die sie verachtet hatte, einmal, weil ihr Vater sie für sie ausgesucht hatte, zum anderen, weil sie glaubte, daß sie nur an ihrem Geld interessiert waren.

Hans, so hatte sie gedacht, war nicht so, aber jetzt war auch sein Bild zerstört. Er hatte Angst vor Freddie gehabt, Angst vor der Gewalt, Angst davor, seine Stelle zu verlieren, Angst, sich gegen einen Mann zu stellen, der einen anderen gesellschaftlichen Status einnahm als er.

»Feigling! Feigling! Feigling!«

Das Wort war wie ein Dolch, der ihr jedes Mal eine tiefere Wunde zufügte, wenn sie es aussprach. Aber weil sie so entsetzlich unglücklich war, weil sie im Augenblick vollkommen die Beherrschung verloren hatte, konnte sie es nur wieder und wieder sagen, während das Telefon neben ihr schrillte.

Nach einiger Zeit trat Stille ein, und sie hatte den Eindruck, die Stille wäre wie ihre eigene Einsamkeit. Sie sah sich wie in einem Bild, allein, nur von Wüste umgeben, einer kahlen Dürre, die sich bis an den fernen Horizont erstreckte.

»Ach, Hans, Hans!« schrie es in ihrem Herzen. »Ich liebe dich so sehr. Ich habe dir meine ganze Liebe geschenkt, aber du hast mich zu gering geachtet.«

Die Tränen liefen ihr noch immer über die Wangen, und ihr Atem kam in tiefen Schluchzern durch die halb geöffneten Lippen, als sie von einem Klopfen an der Tür aufgeschreckt wurde.

Es war ein leises Klopfen, und sie wußte sofort, daß es kein Page oder Hotelangestellter war. Sie hielt den Atem an, und da kam es wieder, beharrlich, und doch sonderbar gedämpft, als wollte die klopfende Person nur ihre Aufmerksamkeit auf sich lenken, nicht die eines anderen.

Und dann hörte sie seine Stimme.

»Elita! Laß mich herein. Bitte, laß mich ein!«

Sie fühlte, wie ihr Herz plötzlich schneller schlug. Obwohl sie sich einredete, daß sie ihn haßte und verabscheute, reagierte sie doch immer noch auf den Klang seiner Stimme.

Nur eine kurze Weile lang fühlte sie sich versucht zu öffnen. Es wäre schön, ihn zu sehen, seine Entschuldigung zu hören, seinen Erklärungen zu lauschen. Aber dann wußte sie, daß sie genau das nicht tun durfte. Es war vorbei. Alles war vorbei zwischen ihnen.

Nachdem sie sich das Gesicht gewaschen hätte, würde sie zu Mr. Burtel gehen und ihm sagen, daß sie schlechte Nachrichten von daheim erhalten hatte und unverzüglich nach England zurückkehren müßte. Sie würde ihren Koffer packen und mit dem nächsten Flugzeug nach London fliegen.

So würde sie Hans nie wiedersehen. Er würde sie nicht finden, und selbst wenn, würde ihre wahre Person ihn so sehr einschüchtern, daß er keinen Kontakt zu ihr aufnehmen würde.

Es war vorbei, vorbei, sagte sie sich streng. Mit dem zusammengepreßten Mund ähnelte sie ihrem Vater, und doch fingen plötzlich unerklärlich die Tränen wieder zu fließen an, und sie wußte, sie weinte wie ein Kind, weil sie etwas verloren hatte, das sie so hoch bewertet hatte, und daß sie es niemals würde ersetzen können.

»Elita!«

Sie hörte ihn wieder sprechen und legte die Hände über die Ohren. Sie warf sich in die Kissen, starrte zur Decke empor, versuchte, sich zu fangen, versuchte, sich zu zwingen, ihren neuen Plan gegen ihre Schwäche durchzuführen.

Ihr Körper, schwach und wankend, wollte zu ihm gehen. Aber ihr Verstand, streng und beherrscht, erklärte, daß es unmöglich sei. Er war ein Feigling. Sie spürte, daß sie ihm alles verziehen hätte – Boshaftigkeit, Grausamkeit, vielleicht sogar Unehrenhaftigkeit –, aber niemals Feigheit; ein Mann, der Angst hatte, seine Haut zu riskieren für eine Frau, die er liebte.

Das Klopfen an der Tür hatte aufgehört. Elita hatte das Gefühl, ihr Herz wäre erstarrt, es läge wie ein Stein in ihrer Brust. Sie betete, daß es so bleiben würde, daß sie Hans nicht länger mit diesem schmerzenden Sehnen herbeirufen würde, das ihr das Gefühl gab, ihre Seele ströme ihm entgegen und sie könne ihn selbst dann berühren, wenn sie nicht zusammen waren.

Wenn sie noch heute abend eine Maschine bekommen wollte, gab es keine Zeit zu verlieren, obwohl es vielleicht vernünftiger wäre, am kommenden Morgen zu fliegen. Sie versuchte zu überlegen, was sie Mr. Burtel sagen würde, stellte aber fest, daß ihr Plan dumm und wirr erschien. Sie konnte keinen klaren Gedanken fassen.

Sie drehte sich auf die Seite, um unter ihrem Kopfkissen nach einem Taschentuch zu suchen. Ihre Wangen waren noch feucht, und sie wollte sich die Nase putzen. Dabei fiel ihr Blick auf das Fenster. Eine leichte Brise blähte die Vorhänge.

Sie griff nach dem Taschentuch. Ein leises Geräusch ließ sie überrascht und verängstigt den Kopf heben. Jemand schien durch die Luft geflogen zu kommen, hob sich für einen Moment als dunkle Silhouette vom Himmel ab und landete dann krachend auf dem kleinen Balkon vor ihrem Fenster.

Sie konnte kaum glauben, daß sie nicht träumte, daß er tatsächlich da war. Es war phantastisch. Er mußte sich von einem Hubschrauber herabgelassen haben.

Doch als Hans das Fenster aufstieß und ins Zimmer kam, wußte sie, was er getan hatte. Auf der gesamten Rückseite des Hotels hatten alle Fenster des ersten Stockwerks kleine Balkone, und jeder Balkon war drei bis vier Fuß vom nächsten entfernt.

Mit hörbarem Staunen und zitternden Händen, mit denen sie sich an den Mund fuhr, begriff Elita, daß Hans vom benachbarten Balkon auf ihren gesprungen war!

Es war ein Sprung, den zu machen selbst ein Artist vielleicht aus Angst gezögert hätte, denn wenn man ihn verfehlte, stürzte man tief auf eine Steinterrasse. Jeder, der dort hinabfiel, würde getötet oder zumindest für den Rest seines Lebens verstümmelt bleiben.

»Hans!«

Ihre Kehle war wie zugeschnürt, so daß sie seinen Namen kaum aussprechen konnte. Er durchquerte das Zimmer und legte die Arme um sie, hielt sie ganz fest.

»Liebling! Ach, mein Liebling!« sagte er. »Wie konntest du mich nur so aussperren?«

Einen Moment lang konnte sie nur zittern, bis ein kaum hörbares Flüstern über ihre Lippen kam.

»Wie konntest du... das nur tun? Du hättest umkommen können!«

»Ich mußte dich sehen«, antwortete er einfach. »Du wolltest mich nicht hereinlassen. Ich wußte, daß du weinst.«

»Aber es war verrückt«, beharrte sie. »Du hättest abstürzen können.«

»Ich würde alles, selbst mein Leben, für dich riskieren«, antwortete er.

Schaudernd barg sie ihr Gesicht an seiner Wange. Wie konnte sie ihn einen Feigling nennen, klagte sie sich selbst an, wenn er sogar sein Leben für sie riskieren wollte? Nicht, weil sie in Gefahr war, sondern weil er dachte, daß sie weinte.

»Verzeih mir«, murmelte sie.

»Was denn?«

»Daß ich zugelassen habe, daß du etwas so Verrücktes tust«, antwortete sie aufschluchzend. »Ich schäme mich, weil ich dich dazu getrieben habe, ein solches Risiko einzugehen. Ach, Hans, versprich mir, daß du so etwas niemals wieder tun wirst.«

Er lachte leise und drehte ihr Gesicht zu sich hinauf.

»Dann ist es dir also wirklich wichtig, was aus mir wird«, sagte er.

»Ich... ich dachte, du würdest mich nicht... lieben«, stammelte sie.

»Arme, dumme, kleine Elita«, widersprach er sanft. »Weißt du denn nicht inzwischen, daß ich dich mehr liebe als alles auf der Welt? Ja, du bist meine Welt. Neben dir ist alles leer und ohne Bedeutung. Du bist das einzige, was zählt. Aber aufgrund der Umstände, der Lage, in der wir uns befinden, kann ich nicht immer das tun, was ich gerne tun würde.«

»Du... du hast zugelassen, daß... Freddie mich küßte«, warf ihm Elita vor, und er sah das Entsetzen in ihren Augen, als sie sich daran erinnerte.

»Dafür wird Freddie büßen«, erklärte er grimmig. »Aber wenn ich ihn niedergeschlagen hätte, hätte ich damit das Problem nicht gelöst, meine Liebe. Ich wäre nur gefeuert worden, und dann wärest du mit dem Schurken allein gewesen.«

Elita schloß die Augen.

»Es war falsch von mir, dir böse zu sein«, entschuldigte sie sich. »Und nur deshalb bist du dieses große Risiko eingegangen. Ich glaube, ich kann nie wieder auf einen Balkon hinausgehen, ohne daß ich vor Angst ganz krank werde.«

»So schlimm war es wirklich nicht. Schau, ich mache jedes Jahr eine Reserveübung mit, und da müssen wir viel weitere Sprünge machen.«

»Aber nicht in solcher Höhe«, widersprach Elita.

»Wenn du in mir unbedingt einen Helden sehen willst, werde ich dich nicht daran hindern«, meinte er lächelnd. »Ich will mit dir überhaupt nicht streiten, über gar nichts. Es ist einfach wunderbar, dich in den Armen zu halten.«

Er neigte den Kopf und suchte ihre Lippen, und dann hatte sie das Gefühl, daß sich alles von selbst regeln würde. Wie hatte sie nur an ihm zweifeln können? Wie hatte sie jemals glauben können, er würde sie im Stich lassen?

Lange Zeit später hob er den Kopf und schaute auf ihre geröteten Wangen und die leuchtenden Augen hinab.

»Ich werde dir sagen, was wir tun werden, mein Liebling«, sagte er, und seine Stimme war tief und bewegt von seinen Gefühlen. »Ich gehe jetzt auf der Stelle zum alten Burtel, schlage ihm vor, daß er im Bett zu Abend ißt. Er ist müde, und ich glaube, er wäre froh, wenn ihn jemand überredet zu bleiben, wo er ist. Und dann werde ich ihm erzählen, daß du angerufen und erklärt hast, du hättest schreckliche Kopfschmerzen und er möchte dich bitte von weiteren Pflichten für den heutigen Abend entbinden.«

»Und was dann?« erkundigte sich Elita aufgeregt.

»Dann werden wir beide zum Essen ausgehen. Ich werde dich in ein Restaurant führen, in dem uns niemand sieht. Hättest du Lust dazu?«

»Und ob«, antwortete Elita. Dann schauderte sie. »Es ist doch wohl sicher? Freddie wird nicht dahinterkommen?«

»Selbst wenn, kann er nicht viel unternehmen. Aber hab nur Vertrauen zu mir. Es gibt keinen Grund, warum er es wissen sollte. Ich möchte nur, daß du später am Empfang anrufst und erklärst, daß du nicht gestört werden möchtest, wenn noch Anrufe für dich kommen. Sobald ich es Mr. Burtel dann bequem gemacht und ihm sein Abendessen serviert habe, klopfe ich bei dir und wir schlüpfen über die Hintertreppe davon; das ist sicherer.«

»Ich werde fertig sein.« Elita lächelte.

Hans warf einen Blick auf seine Armbanduhr.

»Ich glaube nicht, daß ich viel eher als neun Uhr frei sein werde. Schlaf doch in der Zwischenzeit ein wenig. Ich wünschte, ich könnte bei dir bleiben, aber ich habe noch einiges zu erledigen.«

»Wie wäre es nur, wenn du nicht da wärest?« rief Elita. »Es sind schon komische Leute, nicht wahr? Ehrlich gesagt, ich bin mir ganz sicher, daß Freddie – und auch die anderen – irgendwie eine Bedrohung darstellen. Weißt du, was ich heute gesehen habe, als ich ins Hotel zurückkam?«

»Was denn?«

Es war nur eine knappe Frage, aber sie wußte, daß Hans wirklich interessiert war. Sie erzählte ihm, wie sie Freddie den Flur hatte untersuchen sehen, als sie aus dem Lift stieg, und wie er und Tweedle Dee dann einen Mann zur Hintertreppe begleitet hatten.

»Es ist schwer zu erklären, aber ich bin überzeugt, daß sie etwas zu verbergen hatten, daß sie nicht wollten, daß der Mann gesehen wird.«

»Wie sah er aus?« erkundigte sich Hans.

»Ich glaube, ich würde ihn erkennen, wenn ich ihn wiedersähe, aber ich bin mir nicht ganz sicher. Er war ein unauffälliger, gewöhnlicher kleiner Mann. Sein Gesicht war wie jedes andere Gesicht, wenn du verstehst, was ich meine. Er trug einen braunen Anzug ohne auffälliges Muster, und er hatte braunes Haar – weder hell noch dunkel. Er war einfach der Herr Jedermann«, schloß sie lächelnd.

»Du sagst, Freddie war dabei und einer von den beiden Männern, von denen du behauptest, daß sie Zwillinge sind?«

»Richtig. Sein Name ist Willie, und er erledigt für gewöhnlich die Anrufe. Dabei fällt mir ein, er hat mit London telefoniert, um herauszufinden, ob sonst noch jemand krank geworden ist. Weißt du, der Arzt sagt, Heinrich sei vergiftet worden, und Mr. Burtel nahm an, daß sie im Flugzeug alle dasselbe zu essen hatten. Aber das stimmt nicht.«

»Stimmt nicht?«

Elita schüttelte den Kopf.

»Nein. Andrews – er war der Steward, der mich in Southend in meine Pflichten einwies – brachte im letzten Augenblick noch eine große Platte mit Schinkenbroten an Bord. Er sagte, sie wären für Mr. Burtels Pfleger, und daß ich sie sonst niemandem anbieten dürfte, und so hatte Heinrich etwas anderes zu essen als alle anderen.«

»Du glaubst also, das Gift ist in den Sandwiches gewesen?«

»Möglicherweise. Ich weiß nicht – woher auch? Aber warum sollte irgend jemand Heinrich vergiften wollen? Ich könnte es verstehen, wenn man versucht hätte, Mr. Burtel oder einen der anderen zu vergiften. Schließlich sind sie international bekannt; die können mit allen möglichen Dingen zu tun haben. Die Kommunisten könnten hinter ihnen her sein oder so etwas. Aber Heinrich ist nur ein Diener.«

»Ja, er war nur ein Diener!« sagte Hans.

Elita stieß einen leisen Schrei aus.

»Oh, Hans, so habe ich das nicht gemeint. Es klingt so überheblich, so eingebildet. Ich hatte für einen Moment vergessen, daß du einer bist – ehrlich gesagt, ich habe überhaupt nicht daran gedacht. Ich meinte bloß, daß er unwichtig ist, noch ein Herr Jedermann.«

Zu ihrer Erleichterung lächelte Hans.

»Ich bin nicht beleidigt. Ich weiß, daß ein Diener für die Außenwelt keine wichtige Stellung hat; aber ich denke einfach, Elita, daß jede Stellung, so niedrig sie auch ist, wichtig sein kann, wenn man sein Bestes gibt. Ich glaube, das ist der Grund dafür, daß so viele Menschen niedrige Positionen geringschätzen: weil diejenigen, die sie innehaben, sie klein und beschämend erscheinen lassen. Was wir sind, zählt, nicht das, was wir nach außen scheinen – oder irre ich mich da?«

Es kam Elita so vor, als wäre die Frage wichtig. Impulsiv streckte sie die Hand aus.

»Was du bist, das ist es, was für mich wichtig ist.«

Sie spürte fast, wie er sich erleichtert entspannte.

»Bist du dir da ganz sicher? Ganz, ganz sicher?«

»Absolut sicher. Ich war mir vorher nicht ganz sicher, aber jetzt bin ich es. Ich liebe dich, weil du Hans bist. Ich liebe dich, was immer du bist, weil… weil dir mein ganzes Herz gehört.«

»Liebling, du bist wunderbar…« Seine Stimme brach, und er ergriff ihre Hände und küßte sie bescheiden und sanft, sein blonder Kopf neigte sich über ihren.

Sie spürte, wie Tränen in ihre Augen traten, Tränen der Zärtlichkeit und der Dankbarkeit, weil er ein ganzer Mann und doch so sanft mit ihr war.

»Ich muß gehen«, erklärte er in verändertem Ton. »Noch eines wollte ich dich fragen. Hat Mr. Burtel mit dir über seine Bilder gesprochen?«

»Welch überraschende Frage. Ja, beim Mittagessen. Er hat mir erklärt, weil ich ihn fragte, warum die Preise so enorm schwanken. Im Augenblick, so sagte er, befinden sich die Impressionisten ganz oben am Markt, aber in ein paar Jahren könnte es bereits etwas ganz anderes sein.«

»Das meinte ich eigentlich nicht«, sagte Hans. »Hat er dir erzählt, was er persönlich besitzt?«

»Ich habe nicht einmal daran gedacht, ihn zu fragen. Ich hatte den Eindruck, er besitzt eine prachtvolle Sammlung.«

»Das denken viele Leute«, bemerkte Hans rätselhaft. Er sah auf seine Uhr. »Auf Wiedersehen, mein Schatz. Vergiß nicht, nachher anzurufen und darum zu bitten, daß dich niemand stört.«

»Bestimmt nicht!« versprach Elita. »Und jetzt mache ich mich schön für dich.«

»Du könntest gar nicht schöner sein als im Augenblick«, antwortete er. Er ging zur Tür, drehte sich noch einmal um, warf ihr eine Kußhand zu, und dann war er fort.

Elita war eine gute halbe Stunde, ehe Hans sie abholen kam, fertig. Sie wünschte jetzt, sie hätte eines ihrer feineren Kleider dabei.

Aber sie besaß jetzt nur ein einfaches Schwarzes, und als sie es anzog, sagte sie sich streng, daß es wohl noch für viele Jahre ihr bestes Kleid sein würde; sie hatte keinen Schmuck, aber ihre Augen blitzten wie Brillanten, ihre Lippen waren rot wie Rubine, und ihre Haut hatte mit dem dunklen Kleid das sanfte Leuchten einer Perle.

Ihr kam es vor, als würden die Minuten Stunden dauern, während sie wartete und wartete. Und dann, um Viertel nach neun, als sie schon anfing zu glauben, er hätte sie vergessen, hörte sie sein Klopfen und eilte zur Tür.

Seine Hand lag unter ihrem Arm und er hatte sie den Gang entlang zur Treppe der Hotelangestellten geführt, ehe sie noch denken konnte.

Sie klapperten über den billigen Linoleumbelag nach unten, der so ganz anders war als die dicken, luxuriösen Teppiche auf der Treppe, die von den Gästen benutzt wurde.

Sie überquerten den Hof und befanden sich in einer der Nebenstraßen hinter dem Hotel. Sie mußten nur wenige Schritte gehen, bis sie an eine belebte, hell erleuchtete Straße gelangten, in der sie ein Taxi anhielten. Hans nannte dem Fahrer den Namen des Restaurants, dann lehnte er sich zurück und wandte sich Elita zu.

»Glücklich?« fragte er.

»Schrecklich glücklich. Ich hatte nur Angst, du hättest mich vergessen.«

»Mr. Burtel hat sehr, sehr langsam gegessen«, meinte Hans und lächelte. »Außerdem hat er beim Essen geredet. Ich glaube, er ist einsam.«

»Das glaube ich auch«, stimmte Elita zu. »Ich glaube, niemand macht sich wirklich etwas aus ihm, außer natürlich, um sich mit Geld zu versorgen. Aber das ist wohl das Schicksal der meisten reichen Männer.«

Sie dachte an ihren Vater, als sie das sagte.

»Vielleicht hat Master Adolph eine Schwäche für Papa«, schlug Hans vor. »Du hast ihn kennengelernt, nicht wahr?«

»Ja, er war im Flugzeug. Aber ich glaube nicht, daß er sich auch nur einen roten Heller um seinen Vater schert, außer wenn er ihm Geld abknöpfen kann. Er hat übrigens heute geschrieben und genau darum gebeten. Mr. Burtel hat ihm einen Scheck geschickt.«

»Ich habe gehört, daß Adolph knapp bei Kasse ist«, bemerkte Hans.

»Das verstehe ich nicht. Denk doch nur daran, was er allein bei seinen Parties ausgeben muß. Seine Villa in Südfrankreich; seine Wohnung in Paris. Er muß enorm reich sein.«

»Das eine ist nicht immer eine Folge des anderen. Aber vergessen wir mal für eine Weile die Burtels und reden wir über uns.«

»Man könnte sagen, wir wären selbstsüchtig und egoistisch«, gab Elita zu bedenken.

»Genau. Ist es nicht angenehm, so zu sein? Solange wir zusammen egozentrisch sind, kann die übrige Welt von mir aus zum Teufel gehen.«

Während des ganzen Abendessens sprachen sie nur über sich. Es war ungewöhnlich, dachte Elita einmal, wieviel es jemandem zu sagen gab, der liebte, ohne daß man irgend etwas über seine Vergangenheit oder darüber, was man getan hatte, bis man sich kennenlernte, zu verraten brauchte.

Es gab soviel zu sagen, ohne Themen anzuschneiden, die gefährlich waren oder gemieden werden mußten; und erst viel, viel später an diesem Abend, als sie wieder in ihrem Bett lag, fiel ihr ein, daß sie Hans überhaupt nicht nach seiner Familie gefragt hatte.

Sie würde vorsichtig sein müssen, denn er könnte ihr seinerseits Fragen stellen. Aber irgendwie hatte es beim Essen so viel zu sagen gegeben, auch ohne eine der beiden Familiengeschichten heranzuziehen.

Nach dem Essen hatte Hans einen Wagen herbeigezaubert.

»Ich habe ihn gemietet, weil ich dir die Hauptstadt meines Landes zeigen wollte, und das geht nicht, wenn man in einem Taxi eingesperrt ist.«

Es war ein offener Wagen, und sie fuhren die hellerleuchteten Boulevards entlang, mit ihren reizenden Geschäften und Unmengen junger Leute, die auf- und abschlenderten und fröhlich, sorglos, glücklich und amüsant aussahen. Sie fuhren aus der Stadt hinaus, über die stillen Straßen, die von Bäumen gesäumt wurden, bis sie in winzige Dörfer kamen, mit weißen Kirchen, die gewöhnlich hoch oben auf einem Hügel standen. Von allem ging ein gewisser Zauber aus, und Elita glaubte wirklich im Land der Märchen zu sein.

Schließlich erreichten sie eine Baumgruppe, die von einer niedrigen Mauer umgeben war. Hans schwieg einen Moment. Dann fragte er:

»Würdest du gern ein Schloß sehen?«

»Sehr gern. Ich glaube, das braucht dieses Land – ein Schloß wie bei Hans Christian Andersen, wo die Königstochter lebt, eingesperrt oder verzaubert, bis sie vom Prinzen gerettet wird.«

»Du bist wohl nie erwachsen geworden, was?« sagte Hans verliebt.

»Ich will nicht erwachsen werden. Ich möchte wieder ein kleines Mädchen sein, das am Feuer sitzt, und möchte meine Mutter hören, die mir die Geschichte von Hänsel und Gretel vorliest.«

»Ich werde dich einmal zu ihrem Haus führen«, versprach Hans. »Es ist eine große Attraktion für die Touristen, aber ich kann mich nur erinnern, daß ich schrecklich enttäuscht war, weil es nicht aus Lebkuchen ist.«

Elita lachte, und sie fuhren eine lange, baumbestandene Allee entlang, bis sie vor sich die Türme und Kuppeln eines Schlosses sehen konnten, das sich vor dem Abendhimmel abzeichnete.

Es war nicht sehr groß, machte aber den Eindruck, als würde es bei der Berührung mit einem Zauberstab schmelzen oder im Meer versinken, das direkt dahinter lag.

»Wer wohnt da?« erkundigte sich Elita. Dann fügte sie hastig hinzu: »Vielleicht sollte ich das nicht fragen. Es muß natürlich dem Prinzen aus dem Märchen gehören.«

»Es ist das Vinterberg-Schloß. Es ist sehr alt, und endlose Legenden und Geschichten ranken sich darum, die dich amüsieren würden.«

»Ich würde es gern im Tageslicht sehen.«

»Ich werde dich herbringen«, versprach Hans, »und vielleicht erhalten wir die Erlaubnis, es zu besichtigen. An bestimmten Tagen im Jahr ist es für die Öffentlichkeit zugänglich.«

Er hielt den Wagen an, stieg aus und half dann Elita.

»Laß uns zur Quaimauer hinuntergehen«, schlug er vor.

»Wird da niemand etwas dagegen haben?« fragte sie.

Er schaute zu den dunklen Fenstern empor.

»Sieht verlassen aus.«

»Schade. Ein leeres Schloß macht mich immer traurig. Es ist so, als hätte es aufgehört, Geschichte zu machen, und die letzten Kapitel wären ungeschrieben geblieben.«

Hans nahm ihren Arm und half ihr über den Kiesweg dorthin. Über eine große Anzahl von Terrassen führte der Weg den steilen Abhang zum Meer hinab. Am Fuße plätscherte das Wasser sanft gegen den grauen Stein. Sie beugten sich über eine Balustrade. Über ihnen kamen die Sterne heraus, und der Mond stieg am Himmel auf.

»Es ist wunderschön«, sagte Elita.

»Genau wie du«, erwiderte Hans. »Liebling, du wirst mich doch heiraten, nicht wahr? Wenn du es nicht tust, ich glaube, dann will ich nicht mehr leben.«

Sie zögerte nur einen Augenblick. Einen Moment lang sah sie das Gesicht ihres Vaters; das große Haus auf dem Lande, wo sie aufgewachsen war; die Schulen, in denen sie ausgebildet worden war; Schmuck, den ihr ihre Mutter hinterlassen hatte, die Diener, die Pferde, die Autos, die ihr alle zur Verfügung standen.

Dann drehte sie sich um und sah Hans an. Der Mondschein fiel auf sein Gesicht, und sie wußte, daß nichts außer ihm wichtig war.

»Willst du mich wirklich? Was weißt du schon von mir?«

»Ich habe mein Leben lang nach dir gesucht, Elita, nach jemandem gesucht, der dem Ideal entsprechen würde, das ich heimlich und heilig in meinem Herzen hielt. Und dann, als ich dich sah, da wußte ich, daß ich dich schon so lange kannte, daß du es warst, die ich gesucht hatte.«

»Mir geht es genauso«, verriet ihm Elita. »Ich kann mich kaum noch erinnern, wie das Leben war, ehe wir uns trafen. Es kommt mir so vor, als wärest du mir immer so nah gewesen.«

»Siehst du«, fuhr Hans fort, »wir haben instinktiv immer gewußt, daß der andere da war. Es war einfach so, als wäre man auf einer langen Reise. Wir sind beide aufeinander zu gereist, und auch, wenn die Welt über uns gelacht haben würde, wir wußten, daß wir uns eines Tages treffen würden.«

Er machte eine kurze Pause, ehe er fortfuhr:

»Es gab da ein Mädchen, von dem meine Familie wollte, daß ich es heirate. Sie war süß, sehr attraktiv, und ich hatte sie sehr gern. Ich konnte nicht verstehen, warum ich sie nicht liebte. Ich habe mir immer wieder gesagt, daß ich ein Narr wäre, und doch war da immer eine Barriere zwischen uns. Ich weiß jetzt, daß du diese Barriere gewesen bist – das Bild von dir, das ich im Herzen trug.«

Elita stieß einen leisen Schrei aus.

»Hans! Stell dir nur vor, wir hätten uns getroffen, nachdem du verheiratet warst!«

»Daran habe ich auch schon gedacht«, gestand er. »Aber wir sind frei, alle beide, haben die freie Wahl. Aber eigentlich gibt es gar keine Wahl – nicht, was mich betrifft.«

Er legte den Arm um ihre Schulter, und sie lehnte sich an ihn, schaute auf das silbrige Wasser hinaus.

»Werden wir immer so glücklich sein wie jetzt?« fragte sie.

»Warum nicht? Hast du vergessen, daß in den Märchen alle immer glücklich sind, bis an ihr Ende?«

»Aber wir müssen zu unserem gewöhnlichen, alltäglichen Leben zurückkehren«, bemerkte Elita mit kindlicher Stimme.

»Ich weiß. Aber nicht für lange. Bald, sehr bald schon, Elita, sind wir verheiratet, und dann wird alles anders sein. Wir werden zusammen sein. Nichts und niemand soll uns verletzen oder unser Glück zerstören.«

»Bist du dir dessen sicher?«

Sie wußte es nicht, aber sie hatte das Gefühl, daß etwas Dunkles, Drohendes direkt hinter ihnen stand. Es überschattete bereits ihr Glück.

»Wir sind so klein«, dachte sie bei sich, »bloß zwei kleine Menschen in dieser großen, erschreckenden Welt.« Die Dunkelheit um sie her war von Schatten erfüllt; der Himmel über ihnen, auch wenn die Sterne funkelten, war riesig und leer und irgendwie übermächtig.

»Hans!« Sie schmiegte sich enger an ihn, und augenblicklich

hielt er sie ganz fest. »Ich habe Angst«, flüsterte sie.

»Angst wovor?« wollte er wissen.

»Ich weiß nicht. Es ist bloß … ich verstehe so viele Dinge nicht.«

»Ich weiß«, tröstete er. »Aber mach dir deshalb keine Sorgen. Überlaß das nur alles mir.«

»Das will ich! Ja, das will ich!« erklärte sie leidenschaftlich. »Ich möchte dir alles überlassen.«

Seine Lippen suchten ihre, und mit einer plötzlichen Geste der Hingabe legte sie die Arme um seinen Hals und zog ihn an sich, stellte sich auf die Zehenspitzen, damit sie seine Lippen erreichte.

»Elita … Elita …« murmelte er, und sie wußte, daß sie ihn erregt hatte, denn seine Küsse kamen schneller, wurden leidenschaftlicher, und sie fühlte das Feuer hinter seinen Augen, spürte, daß sein Körper zitterte wie ihrer.

Irgendwo in weiter Ferne schlug eine Uhr, und sie trennten sich.

»Ich muß dich zurückbringen«, erklärte Hans ein wenig unsicher.

Elita hielt ihn noch immer fest, während sie zu dem Schloß aufblickte, das über ihnen aufragte.

»Ein Märchenschloß«, sagte sie. »Seine Türen schließen sich vor uns. Es will uns nicht hereinlassen.«

»Nicht, Liebling, du machst dir nur selbst Angst.«

»Aber ich habe Angst. Ich habe Angst, daß irgend etwas geschieht, was unser Glück zerstört.«

»Nichts kann es zerstören. Nichts und niemand.«

Elita dachte an ihren Vater. Wenn er sie nun fand? Sie schob den Gedanken weit von sich.

»Niemand!« wiederholte sie tapfer.

Wieder schaute sie zum Schloß auf. Es war sehr dunkel, aber dann, plötzlich, leuchtete oben in einem der höchsten Fenster ein Licht. Ein Diener oder irgend jemand mußte zu Bett gehen, aber für Elita war es wie ein Leuchtfeuer, ein Versprechen, daß alles gut werden würde.

»Sieh nur!« rief sie.

Hans folgte ihrem ausgestreckten Finger.

»Ein Licht«, sagte er lächelnd.

»Es heißt uns willkommen. Wir sind nicht wirklich ausgeschlossen.«

Er hielt sie fest in den Armen.

»Wenn du erst mit mir verheiratet bist, werde ich dir das Gefühl geben, niemals ausgeschlossen zu sein. Du wirst niemals einsam sein, du wirst niemals allein sein. Ich bin immer bei dir.«

»Genau das wünsche ich mir. Du hast keine Ahnung, wie einsam man sein kann, selbst in einer Menschenmenge.«

»Ich glaube, doch«, widersprach er ernst.

Er zog sie von der Balustrade fort, zurück auf die Terrasse und die Auffahrt. Der Wagen stand im Verborgenen, wo sie ihn verlassen hatten. Ehe Elita einstieg, drehte sie sich noch einmal um und sah sich um.

»Das ist für uns ein verzauberter Ort«, sagte sie. »Ich möchte wieder hierherkommen.«

»Ich werde dich jedes Jahr hierherbringen«, versprach Hans, »damit du dein Versprechen, mich zu heiraten, wiederholen kannst. Ich lasse dich niemals gehen.«

»Glaubst du denn, das wollte ich?«

Ihr kam es so vor, als machte er eine Pause, ehe er sagte:

»Ich schwöre dir, daß ich alles in meiner Macht Stehende tun werde, um dich glücklich zu machen. Wenn ich versage, dann nicht, weil ich dich nicht genug geliebt habe, sondern weil ich dich zu sehr geliebt habe.«

»Ach, Hans!«

Tränen standen in Elitas Augen, als sie sich an ihn klammerte, und sie hatte das Gefühl, daß sie beide aus einem Grund, den sie nicht begreifen konnte, ein wenig Angst hatten vor dem, was vor ihnen lag.

8

Elita kam aus ihrem Schlafzimmer und ging zu Mr. Burtels Suite hinüber. Es war Zeit zum Frühstück, und weil sie so glücklich war, wäre sie am liebsten den Gang entlanggerannt, singend und tanzend, und hätte jedem erzählt, wie prächtig sie sich fühlte.

»Ich bin verliebt!« sagte sie sich, als sie aufwachte. »Ich liebe Hans, und er liebt mich.«

All der Kummer des vergangenen Tages, ja sogar die Erinnerung daran, schien vergangen. Sie konnte nur noch daran denken, daß sie verlobt war und einen Mann heiraten sollte, der sie nur um ihrer selbst willen liebte, und den auch sie von ganzem Herzen und aus tiefster Seele liebte.

Selbst die Befürchtungen des letzten Abends waren verflogen. Sie dachte immer wieder an das plötzliche, goldene Licht, das ganz oben im Schloß angegangen war. Es schien wie eine Botschaft der Hoffnung, des Glücks für sie. Es hatte geleuchtet, hell vor dem dunklen Himmel, und jetzt konnte sie sich nicht einmal mehr erinnern, daß die Dunkelheit sie hatte schaudern lassen.

Als sie Mr. Burtels Wohnzimmer erreichte, öffnete sie die Tür zu seinem Schlafzimmer, und Hans kam heraus. Sie hatte nicht erwartet, ihn so früh am Tag zu sehen, und bei seinem Anblick machte ihr Herz einen Satz, und Röte schoß ihr ins Gesicht.

Sie wurde plötzlich schüchtern. Sie war nicht mehr das selbstsichere Mädchen, das die ganze Welt bereist hatte, das eine Unzahl wichtiger Persönlichkeiten kennengelernt hatte und sich in jedem Empfangssaal von New York bis Rom zu benehmen wußte. In diesem Augenblick war sie einfach eine sehr junge Frau, die zum ersten Mal die Liebe kennenlernte.

Schüchtern stand sie dem Ausdruck in seinen Augen gegenüber, dem Lächeln auf seinen Lippen, der Tatsache, daß sein bloßer Anblick ausreichte, damit sich ihr ganzes Wesen nach der Sicherheit und dem Wunder seiner Arme sehnte.

Es war gefährlich zu sprechen, und so stand er nur da und

schaute sie an, und sie schlug die Augen vor diesem Blick nieder. Ihre langen Wimpern berührten die geröteten Wangen, und es kam ihr so vor, als könne sie ihrer beider Herzen schlagen hören, so nah waren sie einander.

Eine Weile regte sich keiner von beiden, dann, langsam, zögernd, als könne er es kaum ertragen, sie gehen zu lassen, streckte Hans die Hand nach dem Griff von Mr. Burtels Wohnzimmertür aus. Seine Lippen bewegten sich.

»Ich liebe dich«, hauchte er fast unhörbar.

Ihre Blicke trafen sich, und wieder spürte sie diese Erregung, als sein Blick sie zu magnetisieren schien. Sie spürte, wie er sie zittern machte. Dann hörten sie durch die Tür, die bereits einen Spalt offenstand, Mr. Burtels Stimme.

»Ich sage dir, Freddie, ich will das nicht – nicht wieder. Diese armen Kerle haben nichts getan. Es war nicht ihre Schuld. Diesmal kommt es nicht in Frage, daß...«

»Schon gut, schon gut«, unterbrach Freddie ihn wütend. »Es war Pech, daß das passierte, aber es ließ sich nicht vermeiden.«

»Ich kenne deine Methoden nur zu gut«, gab Mr. Burtel zurück. »Und das ist jetzt ein Befehl – nie wieder!«

An der plötzlichen Angespanntheit von Hans' Körper erkannte Elita, daß er jedem Wort lauschte. Sie fühlte sich nicht wohl dabei zu lauschen, und so drängte sie sich an ihm vorbei, öffnete die Tür und betrat das Zimmer.

Mr. Burtel blickte auf, als sie eintrat. Sie meinte einen Ausdruck von Erleichterung auf seinem Gesicht zu bemerken, als wäre er froh, daß seine Unterhaltung mit Freddie beendet war. Freddie dagegen wandte sich von dem Frühstückstisch ab, an dem Mr. Burtel saß, stampfte durchs Zimmer, an Elita vorbei ohne ein Zeichen des Erkennens, öffnete die Tür, die Hans leise hinter ihr geschlossen hatte, ging hindurch und warf sie lautstark zu, so daß der ganze Raum unter dem Lärm zu vibrieren schien.

Elita sah ihm überrascht nach.

»Kümmern Sie sich nicht um Freddie«, besänftigte Mr. Burtel. »Er ist heute morgen ein wenig unausgeglichen.«

Elita hielt es für klüger, keinen Kommentar dazu abzugeben, obwohl sie das ganze für eine Demonstration schlechter Manieren hielt.

»Sie haben gut geschlafen, hoffe ich?« fragte sie.

»Ausgezeichnet«, antwortete er. »Und Ihre Kopfschmerzen sind ebenfalls besser, meine Liebe!«

Es war mehr eine Feststellung als eine Frage, und Elita lächelte ihm zu.

»Mir geht es heute morgen sehr gut. Ich hoffe, Sie haben mich gestern abend nicht mehr benötigt.«

Mr. Burtel schüttelte den Kopf.

»Ich muß Ihnen ein Geständnis machen. Ich habe es genossen, im Bett zu Abend zu essen. Am Ende eines langen Tages ist es manchmal wirklich eine Mühe, sich umzuziehen und zu unterhalten, ganz gleich, wie reizend die Gesellschaft auch sein mag, in der man sich befindet.«

»Ich verstehe Sie«, erzählte Elita ihm.

»Es ist schlimm, alt zu werden«, fuhr Mr. Burtel fort. »Ich dachte früher, es würde recht angenehm sein, eine Zeit der Zurückgezogenheit und des Friedens. Jetzt stelle ich fest, daß es nur bedeutet, daß man schneller müde wird, und daß alles, was man tun möchte, ein wenig extra Mühe bedeutet.«

»Sie dürfen nicht so deprimiert sein«, meinte Elita lächelnd. »Ich finde es bewundernswert, daß Sie es schaffen, so viel zu tun.«

»Das ist nett von Ihnen, mein Kind. Jetzt erzählen Sie mir, was gestern an der Londoner Börse geschehen ist – aber natürlich erst, wenn Sie mit dem Frühstück fertig sind.«

Er war immer so außerordentlich höflich und rücksichtsvoll. Elita lächelte ihm zu, ehe sie eine Tasse Kaffee einschenkte und sich knusprige, heiße Brötchen und einen Klecks goldener Butter nahm.

»Graf Klint kommt heute vormittag«, verkündete Mr. Burtel.

»Noch einmal?«

Er nickte.

»Er hat angerufen und erklärt, er hätte da ein paar Bilder und möchte meine Meinung dazu hören – Bilder von einem jungen, dänischen Künstler, in den sie große Hoffnungen setzen.«

»Ihre Meinung wird überall gefragt, oder?«

»Ich habe eine Menge Erfahrung«, antwortete Mr. Burtel. Er überlegte kurz und fügte dann hinzu: »Soll ich sagen, ich habe Erfahrung und dieses unberechenbare Etwas, das man ›Flair‹ nennt? Es hat nichts mit Weisheit zu tun, und man kann es nicht erlernen. Es ist einfach etwas, womit man geboren wird. Man weiß, ein Bild ist gut. Man fühlt es in seinen Knochen und in der Spitze der Finger, und in neunundneunzig von hundert Fällen erweist es sich, daß man recht gehabt hat.«

»Und Sie haben selbst eine prächtige Sammlung von Gemälden.«

Mr. Burtel machte eine Pause, ehe er antwortete.

»Manche Leute sind sehr freundlich gewesen.«

Mehr sagte er nicht, und Elita hatte den Eindruck, daß er nicht über seine Sammlung sprechen wollte. Also nahm sie die *Financial Times* und fing an, die Kurse vorzulesen, die die Aktien am Vortag erzielt hatten.

Ungefähr zwanzig Minuten später las sie, immer noch, als Graf Klint gemeldet wurde. Er schüttelte Mr. Burtel die Hand, dann auch Elita, die sich jetzt eigentlich hätte zurückziehen können, aber Mr. Burtel streckte die Hand aus und hielt sie auf.

»Nein, nein, meine Liebe. Ich möchte, daß Sie bleiben und sich diese Gemälde ansehen. Ich weiß, daß Sie sich für Kunst interessieren. Nun, Sie sollen uns Ihre Meinung sagen. Sie sind jung, genau wie der Künstler. Vielleicht werden der Graf und ich langsam zu alt, um die Art zu verstehen, in der der junge Mann die Welt sieht, in der wir uns alle zu überleben bemühen.«

»Das klingt gar nicht nach Ihnen, Burtel«, bemerkte Graf Klint. »Normalerweise stecken Sie doch voller Optimismus, sprudeln über vor Lebensfreude.«

»Vielleicht werde ich alt«, erwiderte Mr. Burtel.

Elita warf ihm einen besorgten Blick zu. Er machte heute wirklich einen deprimierten Eindruck, und sie fragte sich, warum er immer wieder auf sein Alter zurückkam. Vorher hatte sie ihn nie so sprechen hören.

Der Graf packte die Leinwände aus, die er mitgebracht hatte. Es waren drei. Er hielt das erste zur Überprüfung hoch. Es war sehr modern, sehr bunt, aber Elita war sich darüber im klaren, daß es als Gemälde außergewöhnlich war.

Mr. Burtel und der Graf diskutierten eine Weile darüber, dann zog der Graf ein anderes hervor, offensichtlich von derselben Hand gemalt, aber eine ganz andere Szene darstellend.

»Gut! Gut!« rief Mr. Burtel aus. »Der Junge wird es weit bringen. Was meinen Sie, meine Liebe?«

»Sie haben eine Kraft in sich, die ungewöhnlich ist«, antwortete Elita.

Mr. Burtel betrachtete sie mit Wohlwollen.

»Ausgezeichnet! Genau das hätte ich selbst sagen sollen.«

»Diese hier gehen nach New York, zu einer Ausstellung dänischer Maler«, berichtete Graf Klint.

»Ich würde auf der Stelle anfangen, Bilder von ihm zu kaufen«, erklärte Mr. Burtel lächelnd. »Damit werden Sie kein Geld verlieren.«

»Da Sie gerade von Kaufen sprechen«, sagte Graf Klint leise, »man hat mich gebeten, Ihnen ein Gemälde zu zeigen, das zum Verkauf steht.«

Er nahm das dritte Bild auf, das größer war als die beiden anderen, und hielt es zu Mr. Burtels Inspektion auf den Tisch. Der alte Mann warf nur einen Blick darauf.

»Die Vinterberg-Madonna!« rief er aus.

Graf Klint nickte.

»Ich dachte mir schon, daß Sie sie erkennen würden.«

»Prachtvoll! Prachtvoll!« sagte Mr. Burtel. »Warum können wir heute keinen Maler finden, der diese Farben benutzen kann, der diesen außergewöhnlichen Fleischton trifft?...«

Er brach abrupt ab.

»Sagten Sie, es sei zum Verkauf angeboten?« erkundigte er sich.

Graf Klint nickte.

»Aber man hat nie gehört, daß Vinterberg etwas verkauft hätte. Er hütet seine Schätze wie ein Eichhörnchen seine Nüsse.«

»Er ist bereit, dieses eine an Sie zu verkaufen«, widersprach Graf Klint.

Mr. Burtel setzte sich plötzlich in seinem Stuhl zurück.

»An mich? Warum an mich?«

Seine Stimme klang scharf.

»Ich weiß nicht. So lauten meine Anweisungen. Einfach nur, daß er die Vinterberg-Madonna verkaufen will und wünscht, daß Sie die erste Option darauf haben. Er muß gewußt haben, daß Sie nach Kopenhagen kommen, denn ich erhielt seinen Brief erst gestern.«

»Dann ist er nicht hier?«

»Nein, er ist im Augenblick in Monte Carlo. Es ging ihm nicht gut. Er ist ein alter Mann, aber er hält sich sehr gut auf dem laufenden, was in der Welt der Kunst vor sich geht. Wenn wir ein neues Gemälde in einer der Galerien haben, erfährt er es schon lange, ehe es im Katalog erscheint, und manchmal schreibt er uns böse Briefe, um uns zu zeigen, daß wir eine falsche Wahl getroffen haben.«

Der Graf erzählte es trocken, mit einem leichten Zucken der Mundwinkel. Mr. Burtel lachte.

»Das klingt so ganz nach Vinterberg. Ich habe ihn seit Jahren nicht gesehen... ach, es müssen mindestens dreißig Jahre sein. Ein Mann, der sich seiner immer sehr sicher war, der den Eindruck erweckte, ungeheuer stolz zu sein. Ich dachte immer, daß das der Grund wäre, warum er niemals etwas verkauft hat.«

»Ich denke, das ist die Wahrheit«, stimmte Graf Klint zu. »Trotzdem ist dieses Gemälde zu verkaufen.«

»Wieviel?«

»In unserer Währung?«

»Nein, nein. Ich weiß nie, wieviel Eure Kronen wert sind. Sagen Sie es mir in Sterling.«

»Fünfzigtausend Pfund.«

Mr. Burtel spitzte die Lippen und beugte sich vor, um das Gemälde näher zu betrachten. Der Graf brachte es ihm, und er berührte es ehrerbietig und sehr sanft, fast so, wie ein Mann die Haut der Frau streichelt, die er liebt.

»Das ist keine zu hohe Summe für das, was es ist«, sagte er leise, fast wie zu sich selbst. »Andererseits ist es eine Menge Geld.«

»Ich glaube, ich sollte Ihnen sagen, daß dieses Angebot Ihnen gegenüber nur vierundzwanzig Stunden gültig ist. Ich habe Anweisungen, wie ich mich anschließend verhalten und das Bild veräußern soll.«

»Vierundzwanzig Stunden!« wiederholte Mr. Burtel. »Vinterberg muß mich für einen Krösus halten, wenn er glaubt, das Geld würde hier so herumliegen.«

»Was Sie natürlich auch sind«, bemerkte Graf Klint mit schmeichelndem Lächeln.

»Natürlich, natürlich. Wir sind alle den Preis wert, den die Welt uns gibt.«

Es schien so, als könnte er den Blick nicht von dem Bild wenden.

»Sehen Sie nur, wie der Meister die Falten des Gewandes gemalt hat. Welchem anderen Künstler ist es je gelungen, so die Struktur des Stoffes auf die Leinwand zu bannen? Ich habe schon viele Reproduktionen von diesem Gemälde gesehen, aber ich hätte nie geglaubt, daß es so schön wäre.«

»Als ich es zum ersten Mal sah – ich war damals erst ungefähr fünfundzwanzig«, erzählte der Graf, »stand ich fast eine halbe Stunde davor, sprachlos, nur staunend. Ich dachte damals, daß es eines der schönsten Bilder ist, die ich in meinem ganzen Leben gesehen habe. Ich habe meine Meinung niemals mehr geändert.«

»Fünfzigtausend Pfund!« sagte Mr. Burtel.

Der Graf warf einen Blick auf seine Armbanduhr.

»Es tut mir leid, aber ich muß Sie jetzt verlassen. Im Zusammenhang mit der Ausstellung in Amerika gibt es schrecklich viel Arbeit, unzählige Formulare müssen ausgefüllt, Genehmigungen eingeholt werden.«

Er nahm die beiden Gemälde des jungen Künstlers, dann streckte er die Hand nach dem Rubens aus.

»Soll ich es mitnehmen oder hier lassen?« fragte er.

»Es bei mir lassen natürlich«, brüllte ihn Mr. Burtel fast an. »Es gehört mir schließlich, oder? Ich habe es gekauft.«

»Dann nehmen Sie es also?« fragte Graf Klint. »Das dachte ich mir.«

»Ich sollte es nicht tun, aber ich muß einfach.«

»Ich bin überzeugt, Prinz Vinterberg wird entzückt sein«, sagte der Graf.

Er machte eine kurze Pause, als wartete er darauf, daß Mr. Burtel etwas sagte. Schließlich meinte er fast entschuldigend:

»Würden Sie mir Ihren Scheck jetzt geben?«

Mr. Burtel blickte von dem Bild auf.

»Meinen Scheck?«

»Der Prinz ist nicht der Mann, der auf sein Geld wartet«, erklärte Graf Klint in entschuldigendem Ton. Elita erkannte, daß er peinlich berührt war, weil er nach etwas so Profanem wie Geld fragen mußte.

»Nein, nein, natürlich nicht«, sagte Mr. Burtel. »Aber fünfzigtausend Pfund, da braucht selbst jemand, der so reich ist wie ich, ein wenig Zeit. Wenn ich meinen Scheck nun um – sagen wir – drei, vier Tage vordatiere? Glauben Sie, das wäre in Ordnung?«

»Ich denke, das läßt sich akzeptieren«, erwiderte der Graf ernst.

Ohne abzuwarten, bis man es ihr auftrug, ging Elita ins Schlafzimmer, um Mr. Burtels Scheckheft zu holen. Als sie den Raum wieder betrat, sah sie, wie der Graf Mr. Burtel mit einem sonderbaren Gesichtsausdruck beobachtete. Sie hatte das Gefühl, er hätte Mitleid mit ihm, aber weshalb, konnte sie nicht verstehen, ja, nicht einmal ahnen.

»Vielleicht, weil er so alt und ganz offensichtlich so aufgeregt über das Bild ist«, dachte Elita. »Er ist wie ein Kind, das endlich das Spielzeug bekommen hat, was es sich jahrelang gewünscht hat.«

Mr. Burtel schrieb den Scheck aus. Er reichte ihn dem Grafen, der ihn mit einer leichten Verbeugung entgegennahm.

»Ich werde Ihnen den Rahmen vorbeischicken, sobald ich in mein Büro zurückkomme«, versprach er. »Es war ziemlich unmöglich, ihn mit den anderen Bildern zusammen im Wagen unterzubringen. Ich werde Ihnen auch eine Quittung über Ihr Geld schicken.«

»Sie werden mich nicht dazu bringen, es zweimal zu bezahlen«, erklärte Mr. Burtel lachend.

Elita öffnete dem Grafen die Tür.

»Vielen Dank und auf Wiedersehen!« verabschiedete er sich formell, und sie fand, daß er ruhig freundlicher hätte sein können.

Sie ging zurück und trat neben Mr. Burtel, der noch immer schwärmerisch sein Gemälde betrachtete.

»Es ist wunderschön«, sagte sie. »Ich bin so froh, daß Sie es bekommen haben.«

Er setzte sich abrupt auf.

»Ich brauche Freddie. Er ist zweifellos in seinem Zimmer. Und Willie und George auch, wenn sie im Hotel sind.«

Elita nahm das Telefon und gab die Anweisungen an den Portier weiter. Sie hatte den Hörer gerade erst wiederaufgelegt, als George ins Zimmer kam. Er hatte offensichtlich gehört, daß sie Willies Namen erwähnt hatte, denn er bemerkte:

»Willie werden Sie nicht erreichen. Haben Sie vergessen, daß er André zum Flughafen bringt?«

»Natürlich, natürlich«, rief Mr. Burtel aus. »Das hatte ich ganz vergessen. Wie dumm von mir! Nun, es ist nicht so wichtig. Du und Freddie, das reicht schon.«

»Ich glaube, Freddie ist ausgegangen – ich bin sogar sicher«, antwortete George. »Ich habe ihn gerade eben durch die Halle gehen sehen, als ich eine Zeitung gekauft habe.«

»Verdammt! Warum müssen alle verschwinden, gerade wenn ich sie brauche?« rief Mr. Burtel in plötzlicher Wut. Und dann brüllte er, als hätte er die Beherrschung verloren: »Kupenski will ich. Er soll sofort hierherkommen. Du mußt ihn holen.«

»Sind Sie verrückt?«

George sprach ganz leise, fast als hätte er Angst, belauscht zu werden. Er ging zum Tisch hinüber, und obwohl er Elita den Rükken zuwandte, hatte sie doch das Gefühl, er würde Mr. Burtel mit gerunzelter Stirn ansehen, versuchen ihm zu signalisieren, daß er zuviel sagte und zu laut.

Aber Mr. Burtel befand sich ganz offensichtlich in einem Zustand äußerster Erregung. Er legte das Bild auf den Tisch, und jetzt hatte er den Diamanten aus seiner Westentasche gezogen und drehte ihn zwischen Daumen und Zeigefinger.

Elita hatte ihn dies schon früher tun sehen und wußte, daß er es nur tat, wenn er aufgeregt war. Andere Leute bissen sich die Nägel ab oder klimperten mit ihrem Geld. Mr. Burtel drehte und wendete den Diamanten zwischen den Fingern, so daß er das Licht einfing und blitzte, als wollte er SOS funken.

»Steh nicht da herum. Geh und hol ihn. Mach schnell. Ich muß ihn sprechen.«

»Sie sind verrückt! Das ist unmöglich!«

»Nichts ist unmöglich, sage ich dir. Außerdem ist das ein Befehl. Du mußt nichts weiter tun, als ihn ausführen.«

George sah sich im Zimmer um, vollkommen verwirrt, wie es Elita schien.

»Ich wünschte, Freddie wäre hier«, sagte er schließlich.

»Kümmere dich nicht um Freddie«, fuhr Mr. Burtel ihn an. »Tu, was ich dir sage.«

Er schüttelte den Kopf, als wäre das, was er tun sollte, über alle Maßen verrückt. Dann machte George auf dem Absatz kehrt und verließ das Zimmer. Als er an Elita vorbeikam, die noch immer neben dem Telefon stand, blieb er plötzlich stehen.

»Warum hört sie alldem zu?« fragte er und deutete mit dem Kopf auf sie.

»Wer hört zu?« gab Mr. Burtel zurück und schien erst dann zu begreifen, was George meinte.

»Elita ist ein gutes Mädchen«, sagte er mit veränderter Stimme. »Sie interessiert sich nicht für das, was wir sagen oder tun. Sie interessiert sich für Gemälde.«

Er lächelte ihr mit einem Ausdruck von Zuneigung und Vertrauen zu. Doch noch ehe sie sich sicher sein konnte, wurde Mr. Burtels Stimme wieder scharf und wandte sich wütend an George:

»Geh! Geh endlich! Mach, was ich dir sage. Beeil dich! Es gilt, keine Zeit zu verlieren!«

George verließ das Zimmer, warf die Tür mit einem deutlichen Knall hinter sich zu, wenn es auch in keiner Weise dem Knall ähnelte, der Freddies Abgang gefolgt war.

»O je«, dachte Elita. »Jetzt ist der auch noch wütend.«

Fast schützend trat sie neben Mr. Burtel. Zu ihrer Überraschung streckte er die Hand aus und forderte sie auf, ihre hineinzulegen. Sie gehorchte.

»Sie sind ein gutes Kind, ich vertraue Ihnen. Jetzt möchte ich, daß Sie etwas für mich tun.«

»Natürlich, alles, worum Sie mich bitten«, antwortete Elita.

»Nun, ich möchte, daß Sie sich heute frei nehmen. Sie haben hart gearbeitet.«

»Aber ich habe doch noch nichts getan«, protestierte Elita.

»Sie haben getan, was ich wollte. Jetzt möchte ich, daß Sie ausgehen und sich amüsieren. Schauen Sie sich Kopenhagen an; besichtigen Sie die Kirchen; setzen Sie sich in ein Café und essen Sie die köstlichen Krabben, die man bereits geschält anbietet; und sehen Sie den vorübergehenden Leuten zu. So kann man etwas über ein Land erfahren; in den Kirchen und auf den Straßen.«

Er fummelte in seiner Tasche und zog schließlich einen großen Geldschein hervor. Elita wußte, daß er ungefähr fünf Pfund entsprach.

»Hier, eine Anzahlung auf Ihren Lohn«, sagte er. »Nein, warten Sie! Ich habe zwei davon. So, nun können Sie ein bißchen Geld ausgeben.«

»Aber das ist wirklich zu viel!«

»Nein, nein. Sie können es gebrauchen. Kaufen Sie sich einen neuen Hut, ein dänisches Kleid oder, noch besser, ein dänisches Bild. Das wird eine Erinnerung an Ihren Besuch hier sein.«

Elita lachte.

»Ich hätte lieber das, was Sie da auf dem Tisch haben.«

Sie sah, wie er einen Blick auf die Madonna warf. Seine Augen wurden plötzlich sanft, seine Lippen weich. »Er liebt es tatsächlich«, dachte sie.

Sie stritt nicht länger mit ihm darüber, was sie tun sollte. Sie begriff, daß er Gründe dafür hatte, sie loswerden zu wollen. Er wollte nicht, daß sie Kupenski sah, wer immer das war, und sie hatte bestimmt kein Verlangen danach dazusein, wenn Freddie zurückkam.

»Sind Sie ganz sicher, daß alles in Ordnung ist?« fragte sie.

»Ganz sicher.«

»Nun, dann werde ich gehen. Danke, daß Sie so freundlich sind.«

Elita nahm die Geldscheine und verließ das Zimmer, schloß die Tür leise und vorsichtig hinter sich. Sobald sie draußen war, hatte sie nur noch einen Wunsch: sie wollte Hans finden. Ganz leise klopfte sie an die Tür von Mr. Burtels Schlafzimmer. Als sie keine Antwort erhielt, wußte sie, daß er nicht da war.

Sie lief den Gang entlang zu ihrem eigenen Zimmer, nahm das Telefon ab und bat darum, mit dem Diener von Mr. Burtel verbunden zu werden. Sie mußte eine Weile warten, bis Hans antwortete.

»Hallo!« sagte er. Seine ruhige, ernste Stimme ließ ihr Herz einen Satz machen.

»Ich bin es, Elita«, sagte sie schnell. »Ich habe überraschend frei bekommen.«

Einen Moment lang herrschte Schweigen, und sie bat:

»Bitte, versuch doch, auch bald fortzukommen. Könntest du nicht einfach Mr. Burtel fragen, ob er dich benötigt? Ich weiß nicht, ob er ausgehen will. Er hat nach einem Mann mit einem komischen Namen geschickt, und Tweedle Dum versucht, Freddie aufzutreiben.«

»Wie heißt der Mann?« wollte Hans wissen.

»Kupenski – oder so etwas Ähnliches. Klang ziemlich russisch.«

»Und er hat dir den ganzen Tag frei gegeben?«

»Ja, ist das nicht wunderbar! Bitte, sag, daß du kommen kannst.«

»Ich fürchte, das geht nicht. Es tut mir leid, Liebling, ich täte es lieber als irgend etwas sonst. Aber ich muß arbeiten.«

»Oh!«

Elita war so enttäuscht, daß ihr nichts anderes zu sagen einfiel.

»Mach dir nichts draus. Morgen sieht es vielleicht schon ganz anders aus. Geh einkaufen. Schau dir Schloß Rosenborg an. Das wird dir gefallen, obwohl ich es dir eigentlich selbst zeigen wollte.«

»Ich werde also einkaufen«, meinte Elita bedrückt. »Das scheinen ja alle von mir zu erwarten. Ihr habt scheinbar alle den Eindruck, eine Frau könnte an nichts anderes als an Kleider denken.«

»Liebling! Jeder Gedanke, den du hast, und jeder Atemzug, den du tust, ist wunderbar«, erklärte Hans. »Aber ich muß jetzt gehen. Es tut mir leid. Ich liebe dich! Bitte, vergiß das nicht. Ich liebe dich!«

Er legte auf. Elita schmollte ein wenig und hatte das Gefühl, daß der Tag an Glanz verloren hatte, weil sie Hans nicht sehen würde. Auf jeden Fall war es eine gute Entschuldigung, sich Kopenhagen anzusehen. Sie zog den Mantel an, der zu ihrem Reisekleid gehörte, setzte einen hübschen, kleinen, schwarzen Hut auf und nahm Handschuhe und Tasche.

Im Korridor war niemand zu sehen. Aber sie befürchtete ein Zusammentreffen mit Freddie, und so ging sie nicht über die Vordertreppe, sondern über den Dienstbotenaufgang nach unten, den Hans ihr gezeigt hatte, und trat dann in den Hof auf der Rückseite des Hotels.

Sie hatte jetzt keine Eile. Nichts beanspruchte ihre Aufmerksamkeit, und tatsächlich machte es Spaß, langsam durch die Straßen zu schlendern und festzustellen, welch reizende, unverdorbene, gemütliche kleine Stadt Kopenhagen war.

Sie besichtigte die Kathedrale und stand vor dem Königlichen Schloß, um den Wachwechsel der Soldaten zu beobachten, die der alten Illustrierung eines Märchens entstiegen zu sein schienen. Dann stellte sie fest, daß es bereits Mittagszeit war, und in einem Café, in dem es von jungen Leuten wimmelte, die offensichtlich gerade aus der Universität gekommen waren, aß sie köstliches *Smørrebrød*.

Als sie damit fertig war, warf sie einen Blick auf ihre Armbanduhr. Es war noch immer ziemlich früh. Eine gute Zeit, um eines der Museen zu besuchen, fand sie. Sie hatte es immer schon gehaßt, wenn man sich durch die Mengen drängen mußte, und auf ihren Reisen durch Europa hatte sie gelernt, daß die beste Zeit für einen Museumsbesuch war, wenn der Rest der Welt beim Essen saß.

Sie fragte jemanden nach dem Weg und war entzückt, daß der Mann Englisch sprechen konnte.

»Das Nationalmuseum befindet sich in der Nähe des Frederiksholms Kanal. Aber noch näher ist die Ny Carlsberg Glyptothek. Dort finden Sie die schönste Sammlung von Skulpturen aus ganz Nordeuropa, und auch ein paar sehr schöne Gemälde.«

Elita wollte zuerst das Museum besichtigen. Nachdem sie nur wenige Minuten gegangen war, stieg sie die Treppe zu dem imposanten Eingang empor. Wie erwartet waren nur wenig Menschen da.

Sie spazierte durch einen großen Wintergarten mit riesigen tropischen Pflanzen, die hoch zur Decke emporragten, und mit einem kunstvollen Springbrunnen in der Mitte, und dann weiter in Räume, die angefüllt waren mit feinsten Skulpturen.

Sie mußte sich eine ganze Zeitlang dort aufgehalten haben, denn plötzlich wurde sie sich bewußt, daß mehr und mehr Leute ins Museum strömten, und daß es jetzt nicht mehr so angenehm leer war wie anfangs, als sie gekommen war.

Elita beschloß, in den ersten Stock hinaufzugehen. Anschlagtafeln hatten ihr verraten, daß sie dort die dänischen und flämischen Maler finden würde, die sie gern sehen würde. Die Räume waren groß, und selbst all die Touristen, die die Treppen hinaufströmten, konnten sie nicht füllen.

Elita stand gefesselt vor den Plastiken Rodins, betrachtete dann schöne Beispiele der Malerei von Cézanne, Manet und Corot. Sie stand gerade vor einem Gemälde von Corot und versuchte sich zu erinnern, was sie in der Schule über seine Maltechnik gelernt hatte, als etwas sie veranlaßte, den Kopf zu wenden. Zu ihrem Erstaunen sah sie am anderen Ende der Galerie Mr. Burtel in seinem Rollstuhl.

Sie war so überrascht, daß sie ihn einfach nur anstarrte, ohne auch nur den Versuch zu machen, sich zu rühren oder zu ihm zu gehen. Dann sah sie auch Willie, der ihn schob. In diesem Augenblick wandte er sich scharf nach links und schob ihn durch den Eingang in einen anderen Raum. George ging neben ihnen, stellte sie noch fest, ehe sie alle verschwanden.

Erst dann begriff sie, daß sie sie nicht gesehen hatten. Es war wohl besser, wenn sie nicht hinging, um mit Mr. Burtel zu sprechen. Es gab keinen Grund, warum er nicht auch das Museum besuchen sollte. Es war nur so unerwartet, ihn in seinem Rollstuhl hier zu sehen. Er mußte im Fahrstuhl nach oben gekommen sein.

Sie zögerte noch einen Augenblick, fragte sich immer noch, ob sie ihm nachgehen und ihm sagen sollte, daß sie hier war; aber dann fürchtete sie, er könnte sie für aufdringlich halten.

Er hatte offensichtlich versucht, sie für den ganzen Tag fortzuschicken, und nichts war so ärgerlich, als wenn man von Menschen verfolgt wird, wenn man ausdrücklich allein sein will.

Als sie alle Gemälde dieses Gebäudeflügels gesehen hatte, hätte sie ihren Besuch in die entgegengesetzte Richtung, die Mr. Burtel eingeschlagen hatte, fortsetzen müssen. Dann entschied sie aber, daß es eigentlich das beste sei, wenn sie in ein anderes Museum gehen würde.

Sie schritt den Gang entlang, als sie plötzlich vom Ende der Galerie, die Mr. Burtel gerade verlassen hatte, ein Geräusch wie von einer Explosion hörte, eine Flamme blitzte auf, Rauchwolken stiegen, scheinbar aus dem Nichts, auf.

»Feuer!« hörte sie jemanden rufen, und dann hatte sie den Eindruck, daß alle in dieselbe Richtung rannten, an ihr vorbei auf den Rauch zu hasteten, der mit jeder Minute dichter wurde.

Sie stand und starrte, bis ein Aufseher, der an ihr vorüberlief, sie anstieß und fast zu Boden warf. Er blieb kaum stehen, um sich zu entschuldigen, sondern rannte schon weiter zum Feuer.

»Das ist doch dumm. Ich kann ohnehin nicht helfen. Das beste ist es, wenn ich gehe«, sagte sich Elita.

Entschlossen ging sie in die entgegengesetzte Richtung davon, um sich am Ende der Galerie nach links zu wenden.

Gerade als sie um die Ecke biegen wollte, schoß jemand aus der anderen Galerie und prallte mit ihr zusammen. Nachdem sie bereits mit dem Aufseher zusammengestoßen war, war Elita jetzt auf der Hut und versuchte, dem Mann auszuweichen, der auf sie zustürzte.

Aber es war bereits zu spät, und er wäre mit ihr zusammengeprallt, hätte er nicht die Hände ausgestreckt, um sie aufzuhalten. Im selben Augenblick hörte sie ihn auch schon erstaunt ausrufen:

»Elita!«

»Hans!«

Sie konnte ihn nur anstarren.

»Was machst du hier?« fragte er.

Ihr schien es, als hörte sie einen Vorwurf aus seiner Stimme.

»Was ich hier mache?« wiederholte sie. »Ich... ich habe mir die Bilder angesehen.« Und dann, schnell, weil es ihr gerade wieder einfiel: »Am anderen Ende der Galerie ist ein Feuer ausgebrochen.«

»Ja, ich weiß. Laß es uns anschauen.«

»Nein, nein, Hans, das ist doch lächerlich. Es sind schon genug Leute da, die mithelfen wollen. Wir gehen lieber aus dem Weg.«

»Nein«, erklärte er entschieden. »Nein.«

Zu ihrer Überraschung nahm er sie fest am Arm und zog sie so kräftig mit sich vom Eingang in die seitliche Galerie, daß sie fast gestolpert wäre.

»Aber, Hans...« fing sie an.

»Der Rauch lichtet sich. Es ist besser, das Gebäude über diesen Weg zu verlassen.«

Ihr kam es so vor, als würde der Rauch sie ersticken. Sie hustete und keuchte, konnte aber gleichzeitig sehen, daß Aufseher Eimer mit Wasser und Sand über einer abscheulich wirkenden Masse in der Mitte des Fußbodens entleerten.

Eine Menge Menschen standen herum, alle damit beschäftigt, das Feuer – wenn es das war – unter Kontrolle zu bringen.

Aber Hans schob sie immer noch weiter, blieb erst stehen, als sie eine Treppe erreicht hatten, die nach unten führte. Hier ließ er ihren Arm los und nahm statt dessen ihre Hand.

»Komm, Liebling«, sagte er. »Komm schnell.«

Elita hatte nicht mehr genug Atem, um mit ihm zu streiten. Sie hustete, und ihre Augen brannten noch vom Rauch. Hand in Hand rannten sie die Treppe hinunter ins Erdgeschoß, wo die Luft rein war. Als sie die Eingangshalle erreichten, in die immer noch Menschen strömten, hörte Elita einen Mann fragen:

»Was ist da oben los?«

Ein Tourist, der hinter ihnen hergekommen war, mit seinem Fotoapparat über der Schulter, antwortete mit breitem Cockney-Akzent:

»Irgendein Scherzbold hat eine Stinkbombe geworfen, glaube ich.«

Die beiden Männer lachten, während Elita und Hans durch den Eingang hinaus in die frische Luft eilten.

»Meine Augen tun weh«, beklagte sie sich. »Warum hast du uns nicht den anderen Weg nehmen lassen?«

»Durch diese Galerie wärst du nicht hinausgekommen«, antwortete Hans hastig.

»Aber natürlich«, widersprach Elita. »Ich habe einen Plan des ganzen Gebäudes in meinem Führer. Es ist quadratisch gebaut. Es war vollkommen unnötig, durch den ganzen Rauch zu laufen. Außerdem hätte das Feuer ja auch schlimmer sein können, und dann wären wir verbrannt.«

»Sind wir aber nicht.«

Sie sah Hans an – und lachte.

»Du glaubst wohl, du hättest mich gerettet. So etwas passiert sonst nur in Büchern. Der Held erscheint in der allerletzten Sekunde und rettet die Heldin vor den Flammen. Ich glaube allerdings, du hast mich fast hineingestoßen.«

Hans schien ihr gar nicht zuzuhören, stellte sie überrascht fest. Er winkte ein Taxi herbei, und seine Art zeigte ihr, daß er es eilig hatte.

»Wohin bringst du mich?« fragte sie, als sie einstieg.

»Fort von hier«, erwiderte er. »Ich will nicht, daß du in diese Dinge hineingezogen wirst.«

Wieder lachte Elita.

»Mein lieber Hans, wie ernst du dich anhörst. Ich vermute, es war nur eine Rauchbombe, die einer dieser Dummköpfe aus Spaß gezündet hat. Ich habe schon oft gehört, daß so etwas passiert. Das kann kein ernsthafter Versuch von Brandstiftung gewesen sein.«

»War es auch nicht«, stimmte Hans zu.

»Dachte ich es mir doch. Ob sie ihn wohl bekommen?« überlegte Elita.

»Das halte ich für sehr unwahrscheinlich.«

Elita setzte sich bequem im Taxi zurecht.

»Nun, zumindest lockert es die Monotonie für die Aufseher ein bißchen auf. Muß doch tödlich sein, Tag für Tag eine Menge Gemälde zu bewachen, Leute zu beobachten, die sie angaffen und immer dieselben dummen Fragen stellen. Ein Feuer macht es doch gleich interessanter. Stell dir nur vor, wie sie ihren Frauen alle davon erzählen, wenn sie heute abend heimkommen.«

Hans legte die Arme um sie und zog sie an sich.

»Ich liebe dich, mein Schatz. Du bist immer für Überraschungen gut. Niemals sagst oder denkst du wie andere Leute.«

»Nein?«

»Nein. Du bist einzigartig und bewundernswert«, erklärte er.

Elita zuckte plötzlich zusammen.

»Hans!« rief sie. »Ich habe etwas vergessen. Das kam, weil ich so überrascht war, dich zu sehen. Mr. Burtel ist dort, in der Galerie. Glaubst du, es geht ihm gut?«

»Davon bin ich überzeugt«, antwortete Hans ernst. »Warum sollte es nicht?«

»Ich habe ihn gesehen, ganz kurz, ehe die Bombe hoch ging«, berichtete sie. »Er war mit George und Willie da. Ich glaube, wir hätten wirklich halten und nachsehen sollen, ob mit ihm alles in Ordnung ist.«

»Ich denke, die drei sind ganz gut in der Lage, sich um sich selbst zu kümmern«, meinte Hans nur. »Elita, ich möchte, daß du mir etwas versprichst.«

Er sprach sehr ernst. Elita sah mit großen Augen zu ihm auf. »Und was?«

»Ich möchte, daß du mir schwörst, daß du weder Mr. Burtel noch irgendeinem anderen aus seiner Gruppe erzählst, daß du heute nachmittag in diesem Museum warst, oder daß du mich dort gesehen hast.«

»Natürlich nicht, wenn du das nicht willst. Aber warum nicht?«

»Es würde ihnen nicht gefallen. Nein, ich bin ganz sicher, daß ihnen das nicht gefallen würde.«

»Aber ich verstehe das nicht«, protestierte Elita.

»Ich weiß, mein Schatz. Aber ist das wirklich wichtig?«

Sie konnte ihm nicht antworten, denn kaum hörte er auf zu sprechen, als seine Lippen auch schon ihren Mund fanden. Nur einen kurzen Moment lang beschäftigte sich ihr Gehirn noch mit dem Problem. Da waren Fragen, die sie ihm stellen wollte.

Und dann, als das Wunder seines Kusses alles andere fortwischte, wußte sie, daß es nicht wichtig war. Nichts war wichtig außer Hans.

9

Hans mußte dem Taxifahrer aufgetragen haben, eine Weile herumzufahren, denn als Elita sich der Welt draußen wieder bewußt wurde, waren sie unten am Hafen, sie sah den Sonnenschein auf dem Wasser funkeln und die Schiffe langsam zum Meer auslaufen.

»Ich dachte, du könntest heute nachmittag nicht ausgehen«, murmelte sie.

»Im letzten Augenblick wurden die Pläne geändert«, sagte er. »Ach, Elita, wie sehr ich dich liebe! Du bist in jeder Beziehung besonders. Ich hätte nie gedacht, daß es eine Frau wie dich gibt, außer auf einem Gemälde von Botticelli oder einem anderen der großen Meister.«

Seine Worte erinnerten Elita daran, was gerade geschehen war.

»Glaubst du, die Studenten haben irgendeinen Schaden angerichtet?« fragte sie.

»Studenten?«

»Die die Rauchbombe geworfen haben. Welchen Sinn hat es, so etwas zu tun?«

»Ich habe nicht die geringste Ahnung«, antwortete er. »Laß uns von dir reden. Erzähl mir von dir. Jetzt kennen wir uns schon eine ganze Zeit, Elita, aber ich weiß eigentlich nichts von dir. Erzähl mir von deinen Eltern. Bist du ein Einzelkind oder hast du Brüder und Schwestern? Woher kommst du?«

Elita lachte leise auf.

»Dasselbe könnte ich auch zu dir sagen. Was hast du mir schon von dir erzählt?«

»Ich habe dir gesagt, daß ich dich liebe«, antwortete Hans. »Ist das nicht genug?«

Er legte bei diesen Worten wieder die Arme um sie, und Elita hob das kleine, leuchtende Gesicht zu ihm empor.

»Es bedeutet alles«, wisperte sie. »Alles. Nichts anderes zählt. Es gibt nur uns. Ich habe manchmal das Gefühl, daß wir allein auf einer verlassenen Insel sind, und daß nichts real ist, außer uns selbst.«

»Mir geht es genauso«, antwortete er.

Er küßte sie und nahm dann ihre linke Hand, die an seiner Brust lag, und schaute auf sie herab.

»So eine kleine Hand, und doch hast du sie mir gegeben. Was für einen Ring soll ich dir schenken? Welches ist dein Lieblingsstein?«

Elita dachte schnell nach. Brillanten wären viel zu teuer, die könnte sich Hans nicht leisten. Dasselbe galt für Rubine. Nach einer Pause meinte sie zögernd:

»Ich glaube... es wäre hübsch... einen Aquamarin als Verlobungsring zu haben, wenn du ihn dir leisten kannst. Wenn es nicht sehr große Steine sind, sind sie glaube ich nicht sehr teuer.«

Plötzliche Zärtlichkeit trat in seinen Blick, und sie erkannte an seinem Lächeln, daß er verstand, warum sie einen Aquamarin ausgesucht hatte.

»Ich möchte dir das Beste auf der Welt schenken.«

»Ich weiß«, erwiderte Elita, »aber wir müssen vernünftig sein. Wenn ich im Augenblick auch gut verdiene, so glaube ich doch nicht, daß ich diese Stelle ewig haben werde.«

»Glaubst du wirklich, ich würde zulassen, daß du weiter arbeitest, wenn wir verheiratet sind?« fragte Hans.

Mit großen Augen sah sie ihn an.

»Aber wenn ich nicht arbeite, können wir es uns denn dann leisten… zu heiraten?« fragte sie zögernd, hatte Angst, seinen Stolz zu verletzen und war gleichzeitig doch davon überzeugt, sie müßte die Dinge regeln.

Mit leichtem Bedauern dachte sie an all den Schmuck, den sie im Claridge zurückgelassen hatte – Brillantarmbänder, die ihrer Mutter gehört hatten. Jedes einzelne von ihnen hätte es einem gewöhnlichen, arbeitenden Paar ermöglicht, ein Jahr oder länger von seinem Verkauf zu leben.

Sie wußte auch, daß sich auf ihrem Bankkonto eine beachtliche Summe befand. Aber resolut schob sie diese Gedanken von sich. Das alles gehörte der Vergangenheit an, war vorüber.

Dies hier war ihr neues Leben, in das sie mit leeren Händen gekommen war. Und sie hatte einen Mann gefunden, der sie um ihrer selbst willen liebte. Konnte sie da so kleinlich sein und den Dingen nachtrauern, die sie in ihrem alten Leben zurückgelassen hatte?

Dann erkannte sie, daß sie nicht an sich selbst, sondern an Hans dachte. Sie wollte ihm so viel schenken – ein Haus, oder eine schön möblierte Wohnung, denn das würde ihm gefallen. Sie hatte zwar kaum Zeit gehabt, mit ihm darüber zu sprechen, aber sie wußte, daß er einen guten Geschmack hatte. Sie wollte, daß er schöne Möbel besaß, feine Gemälde, poliertes Silber auf dem Tisch und teure, gutsitzende Anzüge.

Mit einem leisen Seufzer, ähnlich dem einer Mutter, die sich danach sehnt, ihrem Kind die teuersten Spielsachen zu kaufen, die aber weiß, daß es unmöglich ist, verwarf sie ihren Traum wieder.

»Wie können wir zusammen leben, wenn du deine Stelle behältst?« wollte sie wissen.

»Ich werde mir etwas anderes suchen, etwas Besseres. Eine Arbeit, bei der uns wenigstens unsere gemeinsamen Abende gehören«, versprach er.

Elita war entzückt.

»Oh, Hans, wie wundervoll! Was für eine Arbeit denn?«

Er zuckte mit den Schultern, als wäre es unwichtig, und sie hatte plötzlich das Gefühl, eine eisige Hand würde ihr Herz umklammern. Wie oft hatte sie ihren Vater sagen hören:

»Wenn ein junger Mann zu mir kommt und sagt, er wünschte eine bestimmte Arbeit, dann kann ich ihm immer helfen. Er mag Ingenieur werden wollen, Verkäufer oder meinetwegen sogar Busfahrer – der Job ist unwichtig. Was zählt, ist der Ehrgeiz des Mannes.«

Dann hatte Granite Garson gelacht und hinzugefügt:

»Aber ein Mann, der mir erzählt, er kann alles, für den kann ich überhaupt nichts tun. Das bedeutet nämlich unweigerlich, daß er zu gar nichts in der Lage ist.«

»Aber Hans!« rief Elita deshalb jetzt aus, und ihre Stimme klang fast verzweifelt. »Wenn wir bald heiraten wollen, müssen wir planen. Du mußt diese Stellung finden.«

»Hast du kein Vertrauen zu mir?« fragte er leise.

Wieder begriff sie, daß sie zuließ, daß ein Echo aus der Vergangenheit ihre gemeinsame Zukunft verdarb. Was ihr Vater gedacht, gesagt und getan hatte, mußte vergessen werden.

Sie mußte Hans nicht nur Liebe, sondern auch Vertrauen und Treue entgegenbringen, genauso, als wenn sie wirklich ein Mädchen ohne Lebenserfahrung gewesen wäre, ein Mädchen, das sich abmühte, seinen Lebensunterhalt zu verdienen und das ernsthaft und ohne Zynismus daran glaubte, daß hinter der nächsten Ecke immer etwas Besseres wartete.

In diesem Moment kämpfte Elita einen Kampf in ihrem Innern – es war eine Schlacht zwischen ihrem alten Selbst, dem weltgewandten, mit der Philosophie ihres Vaters vertrauten Wesen, und der neuen Elita, jung, sternenäugig und in einen Mann verliebt, der nichts als sich selbst zu bieten hatte.

Einen Moment lang hatte sie das Gefühl, auseinandergerissen zu sein; bescheiden und mit einem leichten Lächeln auf den Lippen sagte sie dann liebevoll:

»Aber natürlich habe ich Vertrauen zu dir, Hans«, und sie meinte es auch so.

Ungefähr zwanzig Minuten später sah Hans wieder auf die Uhr.

»Ich muß dich ins Hotel zurückbringen«, erklärte er.

»O nein!« protestierte Elita. »Das ist nicht nötig. Mr. Burtel hat mir gesagt, ich sollte den Tag frei nehmen; er braucht mich nicht.«

Ihre Stirn umwölkte sich vorübergehend.

»Ich frage mich, warum er mich nicht mit in die Galerie genommen hat. Und warum hat er dich nicht mitgenommen, damit du seinen Rollstuhl schiebst? George sah aus, als schäme er sich, eine solche Arbeit zu verrichten. Aber ich habe sie natürlich nur ganz kurz gesehen.«

»Vergiß, daß du sie überhaupt gesehen hast«, sagte Hans scharf.

»Ich wüßte nicht warum«, gab Elita zurück. »Es gibt keinen Grund, warum ich nicht in ein öffentliches Museum gehen sollte, oder daß sie nicht auch dort sein sollten. Außerdem – du bist ja auch dagewesen. Warum überhaupt?«

Es kam ihr so vor, als machte er bewußt eine Pause, ehe er antwortete.

»Ich hatte eine Nachricht für einen der Museumsdirektoren«, sagte er dann. »Mr. Burtel hat mich geschickt.«

Es war plausibel, und dennoch war Elita in ihrem Herzen überzeugt, daß es nicht die Wahrheit war. Sie schüttelte sich im Geiste und sagte sich, daß sie absurd wäre. Warum sollte Hans lügen? Warum sollte er nun wirklich nicht in die Galerie gehen, wenn er das gerne wollte?

Es war nur so merkwürdig, daß sie alle zur selben Zeit da waren? Und wenn sie schon alle anwesend waren, als die Rauchbombe hochging, was gäbe es Natürlicheres, als das auch zu sagen? Ihre Eindrücke auszutauschen; darüber zu reden, wie gewöhnliche Leute es tun würden.

Hans streckte plötzlich die Hand aus und nahm ihr Kinn zwischen die Finger. Dann drehte er ihr Gesicht zu sich her.

»Sieh mich an, Elita«, befahl er.

Der herrische Ton in seiner Stimme ließ sie erschauern. Sie blickte in seine blauen Augen auf und fühlte, wie sie bebte, weil er ihr so nah war, weil sie seine Lippen so dicht sehen konnte.

»Liebling, du mußt vernünftig sein«, sagte er. »Es ist eine ernste Sache, kein Märchen. Glaube mir, wenn ich dich bitte, nicht zu sagen, daß du heute nachmittag in der Galerie gewesen bist, dann habe ich einen sehr guten Grund dafür.«

»Dann erzähl es mir«, schmeichelte sie. »Ich mag es nicht, wenn man mich wie ein Kind behandelt.«

»Aber du bist eines. Ein Kind, das ich lieben und beschützen und davon abhalten muß, sich in Gefahr zu begeben!«

»Gefahr!«

Sie erstarrte. Warum lief ihr bei diesem Wort ein plötzlicher Schauer den Rücken hinab. Sie hörte Mr. Burtel noch sagen: »Wenn man älter wird, lebt man gern ein wenig gefährlich.«

Wieder schauderte sie.

»Warum sollte es Gefahr geben?« fragte sie laut.

»Ich glaube nicht, daß es welche gibt. Ich wollte dir nur angst machen, damit du mir gehorchst.«

»Glaubst du, das würde ich nicht ohnehin tun?« fragte Elita.

Einen Moment lang schloß sie die Augen und dachte, welche Veränderung es bedeutete, plötzlich herumkommandiert zu werden. Die Männer, die sie mit ihrem Vater kennengelernt hatte, waren immer so unterwürfig gewesen. Sie hatte gewußt, daß es kam, weil sie von ihrem Geld und noch mehr von Granite Garson beeindruckt waren.

Elita öffnete ihre Augen wieder, und ihre Lippen verzogen sich zuckend zu einem kleinen Lächeln.

»Ich mag es, wenn du mir Befehle gibst«, flüsterte sie. »Ich habe nie zuvor jemandem erlaubt, das zu tun.«

»Ich muß sicher sein, daß du mir gehorchen wirst«, sagte er.

»Und wenn ich es nicht tue?« neckte sie ihn.

»Dann muß ich dich in die Höhle eines Menschenfressers verschleppen«, antwortete er, »und dich so lange prügeln, bis du dich unterwirfst. Was dachtest du?«

»Du solltest mich nicht erschrecken«, warnte sie ihn mit vor Erregung zitternder Stimme.

»Du bist so klein und delikat«, antwortete er. »Da ist es nicht schwer, dich einzuschüchtern. Ich glaube, im Herzen sind alle Männer brutale Eroberer, und wenn sie jemanden finden, der so klein und bezaubernd ist wie du, dann fällt es schwer, daran zu denken, daß du von Grobheit zermalmt und von jemandem, der zu stark ist, verletzt werden kannst.«

Elita befreite ihr Kinn aus seiner Hand und legte den Kopf an seine Schulter.

»Ich liebe dich, Hans«, flüsterte sie. »Ich liebe dich so sehr, daß ich Angst habe – Angst davor, wir könnten getrennt werden oder uns irgendwo verirren.«

»Davor brauchst du keine Angst zu haben.« Seine Stimme hatte plötzlich einen tiefen und gerührten Klang. »Wenn du dich jemals verirren solltest, Elita, werde ich dich finden. Und wenn es bedeuten würde, daß ich bis ans Ende der Welt laufen muß, so würde ich dich auch dort noch suchen und finden. Ich glaube, es gibt für keinen von uns mehr ein Entrinnen.«

»Ich will nicht fliehen, will nicht entrinnen«, murmelte Elita. »Ich will nur mit dir zusammen sein.«

»Das will ich auch, aber...«

Sie hörte sein Zögern und blickte schnell zu ihm auf.

»Aber was?« fragte sie fast trotzig.

»Es gibt da ein paar Hindernisse zu überwinden. Nur noch ein paar Tage, dann können wir für immer und ewig zusammen sein.«

»Wie schön sich das anhört«, sagte sie und lachte leise. Einen Moment lang hob sie den Kopf, und dabei sah sie die Summe, die sich auf dem Taxameter angesammelt hatte.

»Hans!« rief sie. »Sieh nur, was wir bereits ausgegeben haben! Halte das Taxi an! Wir müssen zu Fuß heimkehren. Wir müssen verrückt sein, so verschwenderisch zu handeln.«

»Ist ja nur ausnahmsweise«, entschuldigte sich Hans.

»Einmal oder nicht, wir können es uns nicht leisten«, schalt Elita. »Wir müssen sparen, alle beide. Du hast ja keine Ahnung, wie teuer es ist zu heiraten.«

»Und woher weißt du, wie teuer es ist?« fragte Hans lächelnd.

»Nun, jeder weiß doch, was es kostet, auch nur das kleinste Haus, die kleinste Wohnung einzurichten«, antwortete Elita hastig.

»Ja, ich weiß. Und ich verspreche dir, von jetzt an werde ich wirklich sparsam sein«, stimmte Hans zu.

»Laß uns zum Hotel zurückgehen«, bat Elita. Es würde länger dauern, und sie würde deshalb mehr Zeit mit Hans verbringen, dachte sie. Aber er schüttelte den Kopf.

»Ich habe das Gefühl, Mr. Burtel könnte mich brauchen.«

Er beugte sich vor und schob die Glasscheibe beiseite, die sie vom Taxifahrer trennte, ehe er dem Mann Anweisungen gab. Dann schloß er die Scheibe wieder und nahm Elita in die Arme.

»So wenig Zeit, und dann muß ich erneut Stunden und Stunden warten, ehe ich wieder mit dir zusammen sein kann. Ich bin böse über jeden Augenblick, in dem wir nicht zusammen sind.«

»Ich frage mich, ob ich jemals langweilig für dich werde?« fragte Elita.

»Glaubst du das wirklich? Könnte dich das hier jemals langweilen?«

Seine Lippen fanden ihre, und er hielt sie so fest, daß sie das Gefühl hatte, er würde ihr den Atem aus dem Leibe pressen. Einen Moment lang widerstand sie ihm, doch dann gab sie sich vollkommen hin, erwiderte Kuß um Kuß.

Er hielt sie immer fester und fester. Seine Küsse wurden feuriger und verlangender. Sie wußte, daß sie seine Leidenschaft erweckt hatte, so wie er die ihre, und sie hatte das Gefühl, die Flamme in ihr würde zu einem alles verzehrenden Feuer.

In diesem Augenblick kam es ihr so vor, als würde sie vollkommen und ausschließlich zu Hans gehören, als wäre sie keine eigene Persönlichkeit mehr.

Das Taxi wurde im Verkehr langsamer, und Hans hob den Kopf.

»Elita«, sagte er mit tiefer, unsicherer Stimme, »du machst mich wahnsinnig, du vergiftest mich. Ich will dich. Mein Gott, wie sehr ich dich begehre!«

Sie schwelgte in der Macht, die sie über ihn hatte, der Macht, ihn zu rühren, der Macht, seine Stimme vor Begierde vibrieren zu lassen, und vor Liebe. Sie blickte zu ihm auf und stellte fest, daß er hastig atmete, sein Herz hämmerte wild an ihrem.

»Ich möchte dich auf der Stelle mit mir nehmen«, sagte er. »Jetzt sofort, in diesem Augenblick. Ich möchte dich heiraten, möchte wissen, daß du meine Frau bist, meine Liebe. Ich möchte nicht, daß dich irgend jemand sonst sieht oder mit dir spricht. Ich möchte dich ganz für mich allein.«

Elita fühlte, wie sie vor plötzlicher Ekstase zitterte. Abrupt fuhr das Taxi in diesem Augenblick wieder an, und der Zauber war gebrochen. Hans nahm seine Arme von ihr und wischte sich mit dem Taschentuch über die Stirn.

»Ich muß versuchen, klar zu denken«, sagte er mit veränderter Stimme. »Ich darf nicht vergessen, wo wir sind und wer wir sind.«

Elita hätte fast geweint, weil der magische Augenblick vorüber war. Sie waren zu den weltlichen Dingen des Alltags zurückgekehrt, sie sah das Hotel vor sich und wußte, daß auch sie sich zusammenreißen und sich wieder der Welt stellen mußte.

Das Taxi hielt vor dem Hotel, und Elita begriff, daß Hans vergessen haben mußte, dem Fahrer zu sagen, er sollte vor dem Seiteneingang halten, oder aber in einer der Nebenstraßen, wo sie sonst immer angekommen waren.

»Steig aus«, sagte er hastig, als der Portier vortrat, um die Taxitür zu öffnen, »ich werde zu dem anderen Eingang herumfahren.«

Sie tat, wie er ihr geheißen hatte, hörte noch, wie er dem Fahrer neue Anweisungen erteilte, der auch unverzüglich weiterfuhr, während sie durch die offene Tür trat, so daß der Portier nicht sehen konnte, wer sonst noch im Taxi gewesen war.

»Hatten Sie einen schönen Tag, Miss?« fragte der Portier in gutem Englisch, als Elita das Hotel betrat.

»Einen reizenden Tag, vielen Dank«, antwortete sie. »Ich finde Ihre Stadt einfach bezaubernd.«

Darüber schien er erfreut, und sie ging die Treppe hinauf in die große Empfangshalle. Wie üblich war die Halle voller Menschen, und sie wollte gerade zum Lift gehen, als sie hörte, wie ihr Name gerufen wurde.

»Miss Gardener!«

Sie drehte sich schnell um. Dabei wurde sie sich ihrer eigenen Überraschung bewußt, daß sie sich daran erinnern konnte, auf diesen Namen zu hören und nicht auf denjenigen, den sie so viele Jahre lang benutzt hatte.

Es war der Direktor, der sie gerufen hatte – ein eleganter, untersetzter Mann mittleren Alters, höflich und mit einer Ausstrahlung von Autorität, die Elita davon überzeugte, daß er in seiner Position ausgesprochen gut war.

»Miss Gardener«, sagte er noch einmal, als er neben sie trat. »Ich bin froh, daß Sie zurück sind.«

»Warum?« fragte Elita. »Ist etwas passiert?«

»Ja, allerdings. Mr. Burtel war schrecklich aufgeregt. Er hat nach Ihnen gefragt, sobald er im Hotel eintraf. Wir riefen auf Ihrem Zimmer an, aber erhielten keine Antwort, und dann sagte man mir, daß Sie ausgegangen seien.«

»Was ist denn geschehen?

»Mr. Burtel wird es Ihnen selbst sagen. Aber es ist alles sehr unangenehm, nicht nur, daß es überhaupt passiert ist, sondern auch, daß er anwesend war.«

»Was ist denn passiert?« fragte Elita noch einmal.

»Heute nachmittag wurde in der Ny Carlsberg Galerie eine Rauchbombe gezündet. Das allein wäre schon aufregend und schlimm genug gewesen, aber daß ausgerechnet Mr. Burtel zu der Zeit anwesend war, macht es noch schlimmer. Ein so vornehmer Herr, so bekannt und geschätzt in der Kunstwelt. Ich weiß, daß Graf Klint darüber entsetzt sein wird.«

»Aber war es denn so schlimm?« fragte Elita und unterdrückte das natürliche Verlangen zu sagen, daß sie ebenfalls dort gewesen war.

»Schlimm!« rief der Manager aus. »Aber natürlich, Miss Gardener, Sie wissen ja nicht Bescheid. Es wird natürlich alles in den Abendzeitungen stehen. Ein Van Gogh ist gestohlen worden. Eines der berühmtesten Werke, der Stolz unserer Impressionistensammlung.«

»Ein Van Gogh!«

»Ja, allerdings. Das hat Mr. Burtel so mitgenommen. Er war ausgegangen, um sich unsere Sammlung französischer Impressionisten anzusehen, und er sah die Bombe tatsächlich hochgehen. Der Rauch hat ihm furchtbar zugesetzt. Er ist ein alter Herr, Miss Gardener, und Dinge wie diese, die jüngere Menschen im Vorübergehen abschütteln, sind für einen älteren Herrn wie Mr. Burtel einfach zuviel. Ich glaube, Sie sollten ihn unverzüglich aufsuchen.«

Der Manager trat vor, um den Fahrstuhl zu rufen.

»Natürlich werde ich das tun. Hat die Polizei den Mann erwischt, der das Bild gestohlen hat?«

»Nein, nein, natürlich nicht. Es war alles sehr schlau geplant. Die Bombe wurde in der einen Galerie gezündet, und während die Aufseher hinüberstürzten, um das Feuer zu löschen, hat jemand das Gemälde aus seinem Rahmen geschnitten. Es muß eine Sache von Sekunden gewesen sein. Aber ich werde Ihnen etwas verraten, Miss Gardener, was sehr ernst ist.«

»Und was ist das?« erkundigte sich Elita ein wenig atemlos.

»Es ist das dritte oder vierte Mal, daß so etwas in einer berühmten Kunstgalerie passiert«, berichtete der Direktor. »Aber es ist das erste Mal, daß ein Bild gestohlen worden ist.«

»Wie sonderbar.«

»In London ist erst letzte Woche eine Rauchbombe in der Tate Gallery gezündet worden«, fuhr der Direktor fort. »Nichts wurde gestohlen; es gab keinen Schaden abgesehen von einer Stelle auf dem Boden. Aber einer der Aufseher, ein älterer Mann, wurde von hinten auf den Kopf geschlagen. Der Schlag machte ihn bewußtlos.«

»Weiß er, wer es getan hat?« erkundigte sich Elita.

»Aus den Zeitungen weiß ich, daß er noch nicht vernehmungsfähig ist«, erwiderte der Direktor. »Und in Wien ist vor einem Monat etwas viel Schlimmeres passiert.«

»Was war das?«

Noch immer konnte Elita kaum atmen, keuchte, als wäre sie gerannt. Ihr Herz zog sich auf merkwürdige Weise zusammen, und sie hatte das Gefühl, etwas Sonderbares ginge in ihrem Gehirn vor, etwas wurde plötzlich klarer, ordnete sich zueinander wie die Teile eines Puzzles. Und doch konnte sie es noch nicht in Worte fassen, konnte nicht formulieren, was sie dachte und fühlte, nicht einmal vor sich selbst.

Die Tür des Fahrstuhls öffnete sich, und der Direktor bedeutete ihr einzusteigen und folgte ihr.

»In Wien«, erzählte er, während er auf den Knopf für die erste Etage drückte, »wurde ein Aufseher in einer anderen Galerie, ein ganzes Stück entfernt von derjenigen, in der die Bombe explodierte, umgebracht.«

»Umgebracht!«

Elita wiederholte das Wort fast mechanisch. Der Direktor nickte.

»Ja, allerdings«, sagte er. »Ich habe in der Zeitung davon gelesen. Mein Stellvertreter, der erst vor einer Woche aus Wien zurückgekommen ist, hat mich gerade wieder daran erinnert. Sie haben den Täter nicht gefunden. Der Aufseher war ein anständiger Kerl, sehr beliebt in der Galerie, jemand, der scheinbar keine Feinde hatte, ein Mann mittleren Alters. Außerdem waren alle davon überzeugt, daß es kein Akt gegen ihn persönlich war.«

»Aber warum sollte es dann dazu gekommen sein?«

»Das ist eben das Unerklärliche. Weil nichts mitgenommen worden ist.«

»Aber heute ist ein Gemälde gestohlen worden«, bemerkte Elita leise.

»Ein Van Gogh. Aber zerbrechen Sie sich nicht den Kopf, Miss

Gardener. Er wird gefunden werden, davon bin ich überzeugt. Wer immer der Dieb auch sein mag, er wird feststellen, daß es unmöglich ist, ein so bekanntes Bild außer Landes zu bringen. Die Flughäfen werden überwacht. Jeder Schiffsreisende wird durchsucht.«

Er warf einen Blick auf seine Uhr.

»Die Abendzeitungen werden bald erscheinen. Ich werde sie in Mr. Burtels Suite hinaufschicken, sobald sie eintreffen.«

»Danke sehr«, sagte Elita. »Vielen Dank.«

Im ersten Stock stieg sie aus dem Fahrstuhl und eilte zu Mr. Burtels Suite. Sie hatte das Gefühl, es sei sehr dringend. Gleichzeitig empfand sie eine fast überwältigende Enttäuschung.

Sie betrat das Wohnzimmer. Mr. Burtel saß in seinem Rollstuhl am Fenster. George saß auf der Kante des Lehnsessels ihm gegenüber. Er hatte sich vorgebeugt, und Elita hatte den Eindruck, daß er eine leise, fast geflüsterte Unterhaltung abbrach, als sie eintrat.

»Ah, da sind Sie ja, meine Liebe!« sagte Mr. Burtel, der aufgeschaut hatte, als sie das Zimmer betrat. »Ich hatte gehofft, daß Sie nicht zu lange fort bleiben würden.«

»Der Direktor hat mir erzählt, daß Sie sich nicht wohl fühlen«, sagte Elita. »Es tut mir so leid, daß Sie in etwas so Unangenehmes verwickelt worden sind.«

»Er ist zu alt für solche Sachen«, erklärte George ernst.

»Ich bin nicht zu alt für alles, was normal und vernünftig ist«, widersprach Mr. Burtel. »Aber das war ein Verbrechen. Ein Gemälde wie dieses gehört nicht nur einer Nation, sondern der Welt. Es muß wiedergefunden werden.«

»Ich bin sicher, das wird es«, tröstete Elita. Als sie auf ihn zuging und sich bückte, um die Decke über seinen Knien glattzustreichen, hatte sie das sonderbare Gefühl, daß Mr. Burtel nicht im geringsten wütend war.

Er war aufgeregt, und er genoß das Drama. Seine Stimme ließ einen fröhlichen Unterton durchklingen, seine Augen leuchteten, und obwohl seine Hände ein wenig zitterten, als er ihr auf die Schulter klopfte, hatte sie das Gefühl, daß es nicht daran lag, daß er sich schwach fühlte nach allem, was er gesehen hatte.

»Was hat der Direktor sonst noch zu Ihnen gesagt?« fragte er.

»Er erklärte, die Abendzeitungen würden bald erscheinen, und er würde sie unverzüglich hinaufschicken«, berichtete Elita.

»Gut! Gut!« rief Mr. Burtel aus. »Es interessiert mich, was jetzt geschieht, welche Theorien sie entwickeln, wer diesen Nationalschatz gestohlen hat.«

»Der Direktor hat mir erzählt, Sie wären dort gewesen. Haben Sie selbst etwas gesehen?« fragte Elita.

»Etwas gesehen?« wiederholte George wütend. »Wir waren blind vom Rauch. Schlimmer noch, der Boß hier fing an so zu husten, daß wir dachten, es zerreißt ihn.«

»Ein Mann stieß an meinen Rollstuhl und hätte mich fast umgeworfen«, erzählte Mr. Burtel. »Die Leute sollten wirklich die Augen offenhalten und aufpassen, wohin sie laufen.«

»Ich nehme an, sie hatten es eilig und wollten das Feuer löschen«, gab Elita zu bedenken.

»Da war nicht viel Feuer«, wandte George ein. »Ein paar Flammen, und dann der Rauch, der alles einhüllte.«

»Ja, der Rauch hat verhindert, daß man auch nur sah, wo man war«, rief Mr. Burtel aus. »Und was geschah, das konnte man gewiß nicht sehen.«

Es klang fast, als bedauerte er es.

»Sie dürfen sich darüber nicht aufregen«, meinte Elita fröhlich.

»Ich denke nur an Graf Klint«, fuhr Mr. Burtel fort. »Ich nehme an, er wird sich später noch bei mir melden.«

»Sie werden ihn doch nicht hier empfangen wollen«, sagte George, und seine Stimme glich einem Knurren.

»Nicht? Aber er ist mein Freund – einer meiner ältesten Freunde. Erwartet ihr etwa, daß ich in dieser traurigen Angelegenheit nicht mit ihm trauere?«

»Lassen Sie am besten alles auf sich beruhen«, sagte Tweedle Dum.

»Wir dürfen nicht selbstsüchtig sein«, erklärte Mr. Burtel. »Wenn Menschen Kummer und Sorgen haben, muß man immer sein Mitleid ausdrücken und tun, was man kann, um ihnen zu helfen. Ich frage mich, wo sie mit der Suche nach dem Bild anfangen werden.‹

»Der Manager sagt, die Flughäfen würden benachrichtigt, und alle Leute, die mit dem Schiff reisen, durchsucht«, erzählte Elita.

»Das wird schwer für sie werden«, meinte Mr. Burtel nachdenklich. »Da fahren so viele Schiffe hin und her; so viele Flugzeuge fliegen täglich hier ab. Der Van Gogh ist kein großes Bild.«

»Ich wünschte, ich hätte es gesehen, ehe es dazu gekommen ist«, sagte Elita.

Sie fragte sich plötzlich, in welcher Galerie es gewesen sein mochte. Vielleicht gerade in der, von der Hans sie fortgebracht hatte. Vielleicht hätten sie, wenn sie weitergegangen wären, wie sie es gewollt hatte, den Mann gesehen, der das Bild stahl. Sie fragte sich, was sie dann wohl getan hätten.

»Ja, es ist ein Jammer, daß Sie es nie gesehen haben«, sagte Mr. Burtel. »Aber ich werde Ihnen eine Reproduktion davon zeigen. Ich muß irgendwo eine haben. Außerdem gibt es bestimmt Dutzende von Fotos davon in den Zeitungen heute und morgen.«

»Um Himmels willen!« explodierte George plötzlich. »Können wir nicht von etwas anderem sprechen.«

»Tut mir leid, George«, meinte Mr. Burtel sanft. »Du hast dich noch nie für Kunst begeistert, nicht wahr? Du kannst nicht verstehen, was das für Kunstliebhaber wie uns bedeutet. Auf der ganzen Welt werden die Leute heute zueinander sagen: ›Hast du gehört, was mit dem Van Gogh passiert ist?‹ «

»Ich hoffe nur, es ist niemand verletzt worden«, bemerkte Elita.

»Verletzt!« Mr. Burtels Stimme war scharf.

»Ja. Der Direktor hat mir erzählt, daß in London ein älterer Aufseher schwer verletzt wurde, als dort in einer der Galerien eine Rauchbombe explodierte. Soweit ich weiß, ist er immer noch bewußtlos. Und in Wien wurde einer umgebracht.«

Plötzliches Schweigen trat ein, und sie sah, so schien es ihr wenigstens, einen Ausdruck von Abscheu über Mr. Burtels Gesicht ziehen.

»Diese Diebe machen auch vor nichts halt«, murmelte er.

»Aber was so außergewöhnlich war«, fuhr Elita fort, »ist, daß scheinbar nichts gestohlen worden ist, weder in London noch in Wien. Die ganze Sache schien ziemlich sinnlos; und wenn es nur Studenten waren, die Unfug machten, dann hätten sie doch wohl kaum jemandem Schaden zugefügt...«

Sie brach ab.

»Aber natürlich, wie dumm von mir!« fuhr sie nach einem Moment fort. »Die beiden Männer, die verletzt worden sind, müssen den Dieb gesehen und versucht haben, ihn daran zu hindern, das Gemälde zu stehlen.«

»Ja, so muß es wohl gewesen sein«, stimmte George zu. »Und jetzt sprechen Sie bitte von etwas anderem, ja?«

Mr. Burtel lächelte entschuldigend.

»Armer George! Er haßt es, von Verbrechen und Gewalt zu hören. Und ich auch. Hörst du mich, George? Ich hasse das auch.«

Seine Stimme war plötzlich laut geworden. George fuhr zusammen.

»Ich habe Sie gehört«, murmelte er.

»Wie wäre es jetzt mit einer Tasse Tee?« schlug Elita vor. »Oder hätten Sie lieber einen Drink?«

Sie konnte sehen, daß Mr. Burtel jetzt erregt und scheinbar ein wenig gereizt war, auch wenn es nicht der Fall gewesen war, als sie das Zimmer betreten hatte.

»Ja, läuten Sie, man soll uns Tee bringen«, antwortete Mr. Burtel. »Ich nehme an, Sie hätten auch gern, wie alle Engländer, um diese Zeit eine Tasse Tee.«

»Ich hätte wirklich gern eine«, gab Elita lächelnd zu.

Sie schaute zur Uhr hinauf. Es war fünf Uhr.

»Rufen Sie von meinem Schlafzimmer aus an«, schlug Mr. Burtel vor. »Ich glaube, die Leitung hier drinnen funktioniert nicht.«

Bei diesen Worten sah er George an, und Elita war ganz sicher, daß es nur ein Vorwand war, um sie aus dem Zimmer zu bekommen, damit er allein mit ihm reden konnte.

»Ja, natürlich«, antwortete sie nur, öffnete die Verbindungstür und trat in Mr. Burtels Schlafzimmer, schloß die Tür dann wieder hinter sich.

Sie nahm den Hörer ab und bat darum, mit dem Zimmerservice verbunden zu werden. Sie mußte einen Moment warten, und in dieser Zeit sprang die Tür zwischen dem Schlafzimmer und dem Wohnzimmer auf. »Das muß der Wind gewesen sein«, sagte sich Elita und wollte sie gerade schließen gehen, als sich der Etagenkellner meldete.

»Suite Siebenundsechzig«, meldete sie sich. »Ich hätte gern Tee für drei Personen.«

»Tee für drei Personen«, wiederholte der Kellner langsam. »Indischen oder chinesischen?«

»Chinesischen, bitte.«

»Mit Milch oder Zitrone?«

»Sowohl als auch«, antwortete Elita und versuchte sich zu erinnern, was Mr. Burtel vorzog.

»Hätten Sie auch gern Toast und Gebäck?«

»Ja, bitte. Und bringen Sie es bitte so schnell wie möglich.«

»Sehr wohl, Miss.«

Sie legte den Hörer auf, als sie hörte, wie die Außentür zum Korridor aufgerissen wurde.

»Er ist fort! Ich war in seinem Haus, und er ist nicht mehr da!«

Es war Freddies Stimme, laut und aufgeregt, die an ihre Ohren dröhnte.

»Was soll das heißen?« hörte sie Mr. Burtel fragen. Die Frage kam schnell, wie aus einem Maschinengewehr.

»Ich sage Ihnen, er ist weg. Willie und ich haben am vereinbarten Ort gewartet, aber er ist nicht gekommen.«

Freddie stolperte fast über seine Worte. Elita hatte ihn noch nie so erregt sprechen gehört.

»Vielleicht ist er verfolgt worden und ist deshalb nicht aufgetaucht.«

Es war George, der jetzt sprach.

»Das haben wir beide auch gedacht«, antwortete Freddie. »Also sind wir zu seinem Zimmer. Eine Frau hat uns erzählt, daß er eine halbe Stunde vorher dagewesen sei, seine Rechnung bezahlt hat und dann fort ist. Er hat seinen Koffer gepackt und ist gegangen.«

»Und? Warum regt ihr euch so auf?« fragte Mr. Burtel. »Er mag ja auf der Flucht sein, aber in einer Stunde oder so taucht er schon auf. Geh auf deinen Posten zurück. Vielleicht ist er zuerst heimgegangen.«

»Das glaube ich nicht«, schrie Freddie. »Ich glaube, er hat uns reingelegt. Auf jeden Fall hab' ich Willie dagelassen.«

»Das war klug von dir«, lobte Mr. Burtel.

»Ich sag' Ihnen, der hat uns aufs Kreuz gelegt«, wiederholte Freddie seine Meinung.

»Unsinn! Unsinn!« besänftigte Mr. Burtel. »Ich vertraue Kupenski seit vielen Jahren. Außerdem hat er das Geld gebraucht.«

»Es ist Ihre Schuld«, schimpfte Freddie. »Wie sollte er auch mit beiden fertig werden?«

»So leicht wie mit einem«, antwortete Mr. Burtel tröstend. »Ihr hattet doch keine Probleme, oder?«

»Nein, dafür habe ich gesorgt!« erklärte Freddie grimmig.

Die Pause, die seinen Worten folgte, schien Elita fast elektrisch geladen, obwohl sie sich im Nebenzimmer befand, und dann hörte sie Mr. Burtel sehr langsam und deutlich sagen:

»Doch nicht noch ein Mann, Freddie? Ich habe dir gesagt, das darfst du nicht.«

»Was sollte ich denn tun? Daß sie Kupenski erwischen?« fragte Freddie.

Elita holte tief Luft. Plötzlich begriff sie, was sie soeben gehört hatte. Ihr wurde übel; gleichzeitig hatte sie das Gefühl, sie hätte schon die ganze Zeit über gewußt, daß dies die Antwort war.

Sie wurde sich der Gefahr bewußt, in der sie sich befand, und fing an zu zittern. Dann meldete sich ihr Überlebensinstinkt. Sie erkannte, daß die Männer auf keinen Fall wissen durften, was sie gehört hatte.

Sie eilte durchs Zimmer, warf die Verbindungstür zu und öffnete sie gleich wieder, alles in einer einzigen, geschmeidigen Bewegung, so daß es den Menschen im Nebenzimmer so vorkommen mußte, als öffnete sie sie gerade.

»Ihr Tee kommt sofort«, sagte sie mit einer, wie sie hoffte, fröhlich und natürlich klingenden Stimme. Aber sie spürte, daß ihre Beine zitterten und fragte sich, ob sie sie wohl tragen würden.

Elita wußte, daß Freddie, der mitten im Zimmer stand, sie scharf ansah. Sie konnte das Mißtrauen in seinem Blick fühlen, auch ohne ihn anzusehen. Statt dessen lächelte sie Mr. Burtel zu.

»Ich habe dem Kellner gesagt, er soll so schnell wie möglich kommen«, erzählte sie. »Entschuldigen Sie mich bitte kurz? Ich möchte nur in mein Zimmer gehen und den Hut abnehmen.«

Mr. Burtel war sehr blaß, stellte sie fest. Es kam ihr so vor, als hätte er tiefere Falten unter den Augen als zuvor. Sie bemerkte, daß seine Hand, weiß mit blauen Adern, leicht zitterte, als er die Decke mit einer nervösen Bewegung über die Knie zog.

»Er ist zu alt für all das hier«, dachte sie, aber dann verging jegliches Mitleid, das sie für ihn empfinden mochte, weil ihr ihre eigene Lage klar wurde.

Absichtlich langsam ging sie durchs Zimmer, an Freddie vorbei und zur Tür.

»Wie lange war sie da drin?« hörte sie Freddie brummen, als sie die Tür hinter sich schloß.

Sie wartete nicht ab, welche Antwort man ihm gab. Mit der Angst eines gejagten Tieres rannte sie den Korridor entlang und in ihr eigenes Zimmer. Sie schloß die Tür ab und stand dann da. Ihr Herz klopfte wild, mit zitternden Händen fuhr sie sich an die Brust.

Sie hatte es gewußt. Sie hatte es die ganze Zeit über gewußt, sagte sie sich. Alles hatte dazu geführt. Und doch wußte sie, daß sie nichts wirklich gewußt hatte. Das einzige, dessen sie sich sicher gewesen war, war Freddies Brutalität.

Selbst jetzt noch schien es unmöglich. Mr. Burtel war in ganz Europa bekannt; sein Sohn war eine Persönlichkeit, Mitglied der besten Gesellschaft. Nein, es war unmöglich. Sie mußte träumen. Sie mußte etwas in diese Unterhaltung hineininterpretiert haben, was nicht wirklich dagewesen war.

Und doch hatte Hans von Gefahr gesprochen. Hans hatte ihr aufgetragen, nicht zu erzählen, daß sie in der Galerie gewesen war. Was wußte Hans darüber? Und wenn er es wußte, warum hatte er nicht verhindert, daß so etwas geschah?

Sie dachte an die Aufseher, die sie gesehen hatte – freundliche Männer mittleren Alters in blau-roter Uniform – und stellte sich vor, wie einer von ihnen leblos auf dem Boden lag. Freddies Werk, und dasselbe hatte er in London getan, und in Wien einen Mann getötet.

Es war nicht wahr, es konnte nicht wahr sein. All das war ein verrückter Alptraum, aus dem sie bald erwachen würde.

Sie ging zum Telefon.

»Ich möchte Mr. Burtels Diener sprechen«, sagte sie hastig.

Sie konnte es läuten hören. Niemand antwortete.

»Lassen Sie ihn bitte suchen«, befahl sie. »Er soll Miss Gardener in Zimmer neunundsiebzig anrufen, so bald wie möglich.«

Man versprach ihr, ihre Anweisung zu befolgen. Sie setzte sich auf ihr Bett. Es war verrückt, natürlich. Sie mußte es sich eingebildet haben. Es konnte nicht wahr sein. Mr. Burtel – ein ruhiger, sanfter, alter Mann.

Nein, nein! Hans würde ihr sagen, daß es alles ein verrückter Traum war. Hans würde sie beruhigen. Warum rief er nicht an? Und Mr. Burtel und die anderen warteten jetzt darauf, daß sie zurückkam und mit ihnen Tee trank!

10

»Ich muß zu ihnen zurückgehen!«

Elita sprach die Worte laut aus: Danach stand sie ungefähr eine Minute lang in ihrem Schlafzimmer, preßte die Finger an die Schläfen, als bemühte sie sich nachzudenken.

Sie hatte das Gefühl, alles um sie her würde herumwirbeln, und in ihrem Gehirn herrschte ein solches Chaos, daß sie nicht verstehen konnte, nichts von alldem formulieren konnte, was sie intuitiv zu wissen schien.

Die Rauchbombe; die Gemälde; der Aufseher, der niedergeschlagen worden war; die Worte, die Mr. Burtel zu Freddie gesagt hatte; die Bemerkung darüber, gefährlich zu leben.

War er deshalb zu der Galerie gegangen? Und Hans! Hans, der sie warnte. Was hatte er mit alldem zu tun?

Das alles kam zu plötzlich, war zu viel, als daß sie es hätte verstehen können. Und die ganze Zeit über verstrichen die Minuten auf dem kleinen roten Reisewecker, der neben ihrem Bett stand.

Sie durften nicht ahnen, daß sie es erraten hatte, und sie konnte nichts tun, überhaupt nichts, bis sie mit Hans gesprochen hatte.

Verzweifelt griff sie noch einmal nach dem Telefon.

»Haben Sie Mr. Burtels Diener gefunden?« fragte sie, bemüht, langsam und natürlich zu sprechen. Aber sie haßte die Telefonistin, weil sie eine so lange Pause machte, ehe sie antwortete.

»Nein, wir haben ihn bislang noch nicht finden können, tut mir leid. Er wird noch ausgerufen.«

Wohin war Hans gegangen? Warum hatte er ihr nicht gesagt, daß er nicht ins Hotel zurückkommen würde?

»Ich werde zum Nebeneingang weiterfahren.« Das hatte er gesagt. Und hatte es doch nicht getan.

»Hans! Hans!« rief sie nach ihm, wortlos, von einer Angst erfüllt, die eiskalt nicht nur nach ihrem Körper, sondern auch nach ihrem Verstand zu greifen schien.

Es war alles zu absurd, zu lächerlich. Sie mußte einen Fehler gemacht haben. Sie mußte geträumt haben, daß Mr. Burtel, der reiche, einflußreiche, wichtige Mr. Burtel, mit einer solchen Sache zu tun haben konnte. Hans würde sie auslachen, wenn sie ihm das erzählte, würde ihr erklären, wie dumm sie war.

Doch von einem war sie überzeugt – er würde wünschen, daß sie nichts sagte, daß sie in keiner Weise verriet, daß sie auch nur Verdacht geschöpft hatte, was hier vorging. Hatte er sie nicht davor gewarnt zu sagen, daß sie in dem Kunstmuseum gewesen war?

Aber er konnte doch nicht gewußt haben, daß etwas geschah? Er konnte nicht vermutet haben, daß der Van Gogh gestohlen wurde, während sie durch den Rauch der Bombe nach unten flohen.

Es war eine gute Idee, fand Elita. Es war offensichtlich, daß sich alle, einschließlich der Aufseher, auf die Flammen und den Rauch konzentrierten. Und doch war ein Mann auf seinem Posten geblieben und war deshalb niedergeschlagen worden.

Sie versuchte sich zu erinnern, was ihr der Hoteldirektor über den Vorfall in der Tate Gallery in London und den Tod des Aufsehers in Wien erzählt hatte. Mit einem leisen Aufschrei schlug sie die Hände vors Gesicht. Es war alles so wirr, fand sie, und doch... sie mußte zurückgehen und diesem... diesem Mörder Tee einschenken.

Sie war sicher, daß es Freddie war, sicher, daß er die Schläge verteilt hatte, die einen Mann getötet und zwei andere verletzt hatten. Er hatte es wahrscheinlich noch genossen, dachte sie und schauderte, weil er so abstoßend war.

Sie starrte quer durchs Zimmer auf ihr Spiegelbild im Spiegel über dem Ankleidetisch. Ihre Augen waren weit aufgerissen und erschreckt, ihr Gesicht bleich. Verzweifelt rieb sie ihre Wangen. Sie mußte normal aussehen, ohne Angst. Sie mußte so tun, als wäre nichts geschehen. Sie durften ihr gegenüber nicht mißtrauisch werden, auch wenn sie sie verdächtigte.

Sie ging zum Frisiertisch und nahm einen Kamm. Es kostete sie Mühe, irgend etwas zu tun, sich zu zwingen, sich zu bewegen. Einen Moment lang schien sogar ihr Verstand gelähmt vor Entsetzen über ihre eigenen Gedanken.

Und dann war da das Klopfen an der Tür. Sie stieß einen leisen Freudenschrei aus. Endlich war Hans gekommen. Sie lief durchs Zimmer, schloß auf, riß die Tür auf.

»Hans!« rief sie. Das Wort erstarb ihr auf den Lippen.

Es war Freddie, der dort stand, Freddie, der – so schien es ihr – unglaublich groß und bedrohend aussah.

»Der alte Herr wünscht Sie«, sagte er in scharfem Ton und fügte vorwurfsvoll hinzu: »Sie sind lange fort gewesen.«

Einen Moment lang hatte sie nicht die Kraft zu antworten. Sie konnte ihn nur anstarren, und die Worte, die sie sagen wollte, schienen ihr im Halse stecken zu bleiben. Sie konnte nur an seinen erhobenen Arm denken, an die Hand, die schwer auf den Kopf eines stillen, grauhaarigen Mannes niederkam.

»Was ist los? Warum hat es so lange gedauert?« fragte Freddie mißtrauisch.

Ehe sie ihn hindern konnte, ehe sie sich rühren konnte, war er schon an ihr vorbei und ins Zimmer marschiert. Elita fand ihre Stimme wieder.

»Was wollen Sie? Sie können nicht einfach hier hereinkommen.«

Freddie schob sie beiseite wie ein Kind und ging weiter ins Zimmer, sah sich um, als erwartete er jemanden zu sehen, der sich in einer Ecke versteckt hatte. Dann stieß er die Tür zum Badezimmer auf und schaute dahinter.

»Wonach suchen Sie?« erkundigte sich Elita.

Selbst in ihren eigenen Ohren klang ihre Stimme ein wenig hysterisch und vor Angst vibrierend.

»Sie waren lange fort«, wiederholte Freddie.

»Ich... ich habe es gar nicht bemerkt«, stammelte Elita.

Fast unbewußt sah sie zum Telefon hinüber, und mit zwei schnellen Schritten war Freddie durchs Zimmer und packte den Hörer.

»Zimmer neunundsiebzig«, sagte er. »Sind in den letzten zwanzig Minuten von diesem Zimmer Anrufe hinausgegangen?« – Elita hielt den Atem an. So mußten sich die Frauen im Krieg gefühlt haben, wenn sie von der Gestapo verhört wurden. Die Telefonistin sagte etwas. Freddie hörte aufmerksam zu und legte dann wieder auf.

»Warum wollten Sie Hans sprechen?«

»Ich wo... wollte ihm sagen, daß... Mr. Burtel wieder da ist. Er hätte ihn vielleicht gebraucht und... und Hans hat mich gebeten, ihn immer wissen zu lassen, wenn er gebraucht wird.«

Sie sah, wie das Mißtrauen auf Freddies Gesicht ein wenig nachließ.

»Ist das auch die Wahrheit?«

»Warum sollte es etwas anderes sein?« gab Elita zurück.

Er stolzierte zu ihr, baute sich vor ihr auf, die Beine gespreizt, die Hände tief in die Taschen seines Mantels gebohrt.

»Ich frage mich, ob man Ihnen trauen kann«, sagte er, so leise, als spräche er zu sich selbst.

»Warum nicht?«

Es kam ihr so vor, als würde sich etwas, das ihr den Atem abgeschnürt hatte, ein wenig lockern.

»Außerdem«, fügte sie hinzu, »sehe ich nicht, was es Besonderes gibt, warum man mir trauen sollte oder auch nicht.«

»So, tun Sie nicht, he?« brummte Freddie. »Ich frage mich, wieviel Sie mitgehört haben. Lauschen Sie an Schlüssellöchern? Stekken Sie die Nase in Dinge, die Sie nichts angehen, wie es die meisten Frauen tun?«

»Nein, natürlich nicht. Es interessiert mich überhaupt nicht, was Sie tun«, gab Elita schnell zurück.

»Aha!« Sie sah das Flackern in seinen Augen und erkannte, daß er glaubte, sie erwischt zu haben. »Dann glauben Sie also, wir tun etwas, ja? Und was, glauben Sie, ist das?«

»Ich... ich weiß nicht. Ich meine, ich... glaube nicht, daß Sie... irgend etwas tun«, sagte Elita. »Warum sollte ich? Ich bin hier, um zu helfen und um Mr. Burtel vorzulesen. Was Sie tun oder nicht tun, geht mich nichts an.«

Sie bemühte sich, überzeugend zu sprechen, aber selbst in ihren eigenen Ohren klang ihre Stimme flach und ein wenig unrealistisch.

»Ich traue keiner Frau, und Ihnen am allerwenigsten. Sie sind zu plausibel, zu glatt. Sie verbergen etwas. Aber warum? Und was?«

»Was gibt es schon zu verbergen?« fragte Elita.

Sie starrte ihn trotzig an. Plötzlich schien es ihr, als würde seine Spannung, seine drohende Haltung, nachlassen.

»Vielleicht haben Sie recht. Sie sind zu hübsch, als daß Sie es nötig haben könnten, sich den Kopf über etwas anderes als über Männer zu zerbrechen. Das stimmt doch, nicht wahr?«

Sie sah den Ausdruck in seinen Augen und blickte schnell fort.

»Ich interessiere mich nicht für Männer«, erklärte sie.

»Das ist eine Lüge, und Sie wissen es«, erwiderte er. »Und wenn es die Wahrheit wäre, würde ich versuchen, Sie dazu zu bringen, Ihre Meinung zu ändern.«

Elita bewegte sich schnell, so schnell, daß sie der Hand, die er nach ihr ausstreckte, um Haaresbreite entwischte.

»Verschwinden Sie aus meinem Zimmer und lassen Sie mich in Ruhe«, fauchte sie. »Mr. Burtel wird mich erwarten.«

»Sie wehren sich also immer noch gegen mich«, bemerkte Freddie sanft. »Gut! Ich mag Kämpfe, aber besonders dann, wenn es um eine Frau geht und das Ende unausweichlich ist. Sie werden sich mir unterwerfen, meine Liebe. Das tun sie alle.«

»Sie sind eingebildet und unerträglich«, rief Elita.

»Ich mag es, wenn Sie wütend sind«, spottete er. »Sie sind wie eine kleine Wildkatze, die an den Stäben ihres Käfigs zerrt, aber doch weiß, daß sie nicht entkommen kann. Was glauben Sie, wie lange werde ich brauchen, um Sie zu zähmen?«

Er ging auf sie zu, und Elita wich aus, bis sie gegen den Frisiertisch stieß und nicht weiter konnte.

»Lassen Sie mich in Ruhe. Ich werde Mr. Burtel davon erzählen.«

»Dann erzählen Sie es ihm doch, mir ist das egal. Er ist alt und kann sich an die Freuden der Jugend nicht einmal mehr erinnern. Wir sind jung, Sie und ich. Ich werde Ihnen zeigen, wie man das genießen kann.«

Er kam näher und näher.

»Gehen Sie! Lassen Sie mich in Ruhe!« schrie Elita, und jetzt schlug sie ihn mit geballten Fäusten, kämpfte und wehrte sich, als sich seine Arme um sie legten.

Sie hörte ihn über ihrem Kopf lachen und wußte, wie hilflos und ohnmächtig sie war.

»Kleine Tigerkatze«, murmelte er. »Ich werde Sie zähmen, und wenn es das letzte ist, was ich tue.«

Elita drehte den Kopf von einer Seite zur anderen, um seinen

Lippen auszuweichen. Sie fühlte allmählich, wie er ihren Widerstand brach. Seine Arme lagen wie Stahlbänder um sie, preßten sie an ihn. Sie hatte keinen Platz mehr, um sich gegen ihn zu wehren, und jetzt hob er sie zu ihrem Entsetzen hoch.

»Lassen Sie mich runter! Ich hasse Sie! Ich hasse Sie! Lassen Sie mich los! Hilfe!«

Sie schrie, aber seine breite Brust erstickte ihre Stimme, und jetzt trug er sie zu ihrem Bett und legte sie darauf nieder.

Vor Verzweiflung wurde ihr fast übel als sie begriff, wie vollkommen hilflos sie seiner Brutalität ausgeliefert war.

»Hilfe!« schrie sie wieder. Und dann fühlte sie seine Lippen, heiß, bestialisch und kräftig auf ihren, und der Schrei erstickte in ihrer Kehle.

»Ich kann es nicht ertragen. Ich muß sterben; alles andere eher als das hier ertragen«, dachte Elita. Und dann, als sie fast aufgab, als sie seine Hände fühlte, die sie auf dem Bett niederhielten, seinen Körper auf ihrem, da klingelte das Telefon. Schrill zerriß es die Stille, einmal, dann noch einmal, ehe Freddie die Hand ausstreckte und den Hörer abnahm.

»Hans! Hans! Hilf mir!« schrie Elita... »Hilf mir!«

Freddie setzte sich auf und legte seine Hand über ihren Mund, aber in diesem Augenblick riß sie sich los, kletterte über das Bett zur anderen Seite.

»Wer ist da?«

Sie hörte, wie er wütend etwas in den Hörer sagte, aber dann veränderte sich seine Stimme.

»Schon gut, Boß, sie kommt schon. Ich habe ihr gesagt, daß Sie sie sehen wollen.«

Elita wartete nicht länger ab. Sie riß die Tür des Schlafzimmers auf, hörte, wie Freddie ihr nachrief: »Warten Sie! Warten Sie einen Moment!« Aber sie wandte nicht einmal den Kopf.

Sie rannte den Korridor entlang, bis sie die Tür von Mr. Burtels Suite erreichte. Einen kurzen Augenblick lang blieb sie stehen, riß sich zusammen, ordnete mit zitternder Hand ihr Haar.

Sie zitterte am ganzen Körper; ihre Bluse war aus dem Rock gerutscht, und sie steckte sie wieder in den Bund. Ihr Herz hämmerte, und ihr Atem ging stoßweise, aber sie wußte, daß sie Mr. Burtel nicht erzählen würde, was geschehen war.

Sie konnte es nicht ertragen, davon zu sprechen. Es war so entsetzlich, so beschämend, sie konnte es niemandem erzählen. Sie wußte nur eines. Sie mußte fort. Sie mußte diese Leute verlassen.

Wenn sie nur Hans finden könnte. Sie schaute den Korridor hinauf und hinunter, als wenn sie fast erwartete, ihn auf sich zukommen zu sehen. Aber dann brachte die Vorstellung, daß Freddie jeden Augenblick aus ihrem Schlafzimmer auftauchen konnte, sie dazu, die Tür zu öffnen und einzutreten. Wenigstens bei Mr. Burtel war sie sicher vor ihm.

Der alte Mann war allein und saß am Teetisch. Als sie eintrat, schaute er auf.

»Ich fing schon an mich zu fragen, was Ihnen zugestoßen ist«, sagte er. »Die anderen haben mich alle verlassen. Ich dachte schon, Sie ebenfalls.«

»Nein, ich bin hier«, antwortete Elita leise. »Tut mir leid, daß es so lange gedauert hat.«

Sie zwang sich, durchs Zimmer zu gehen. Ihre Beine bebten unter ihr, aber er bemerkte es nicht. Sie setzte sich an den Tisch und schenkte Tee ein. Er sagte einen Moment lang nichts, und als sie aufblickte, sah sie, daß er das Bild der Madonna betrachtete, das ihm gegenüber an der Wand lehnte, auf einem kleinen Beistelltisch.

Elita betrachtete es ebenfalls, und etwas in dem ruhigen, lieblichen Gesicht gab ihr das Gefühl, eine sanfte Hand hätte sich auf ihre Stirn gelegt. Sie spürte, wie ihre Erregung erstarb. Sie spürte, wie das Entsetzen über diese gräßliche Erfahrung von ihr wich, wie sie erschöpft und schlapp, aber weniger ängstlich zurückblieb.

Sie reichte Mr. Burtel seine Teetasse und hielt ihm dann die Brötchen hin. Er schüttelte den Kopf.

»Nichts zu essen, vielen Dank, meine Liebe.«

»Sie ist sehr schön, nicht wahr?« fragte Elita.

»Mein Leben lang habe ich mir gewünscht, dieses Gemälde zu

besitzen«, antwortete Mr. Burtel, »aber ich habe nie geglaubt, daß der Prinz es verkaufen würde.«

»Ich glaube, Bilder wie dieses sollten sich nicht in einer Privatsammlung befinden«, fand Elita. »Sie sollten in Kunstmuseen ausgestellt werden, wo jeder sie sehen und sich an ihnen erfreuen kann.«

Sie hatte es gesagt, nur um überhaupt etwas zu sagen, um so zu sein wie immer, aber jetzt dachte sie, daß es vielleicht ein Fehler gewesen war, in diesem speziellen Augenblick überhaupt ein Kunstmuseum zu erwähnen.

Geistesabwesend rührte Mr. Burtel in seinem Tee. Er war irgendwie aufgeregt, denn mit der anderen Hand spielte er mit seinem Diamanten. Die Kette, an der der Stein hing, baumelte aus seiner Westentasche, und er drehte ihn jetzt wieder und wieder zwischen Daumen und Zeigefinger hin und her.

»Haben Sie sich jemals etwas so sehr gewünscht, daß Sie dachten, Sie würden Ihr Leben geben, um es zu besitzen?« fragte Mr. Burtel.

»Ich… ich glaube nicht. Nein, ich glaube, so habe ich noch nie empfunden.«

»Vielleicht ist es ein Fehler, man sollte keine so starken Emotionen haben, wenn es um etwas geht, das andere Leute nur als bloßes Bild bezeichnen«, fuhr Mr. Burtel fort. »Aber für mich ist sie viel mehr. Diese Madonna bedeutet all die Träume und Hoffnungen, die ich in meinem ganzen Leben gehegt habe. Sie verkörpert sie alle – tatsächlich ist sie ich, und bleibt dennoch sie selbst.«

Elita schaute ihn überrascht an. Irgendwie war es das letzte, was sie von Mr. Burtel zu fühlen oder denken erwartet hatte. Er sah ihren Blick und lächelte entschuldigend.

»Ich bin ein alter Mann. Sie müssen mir meine Phantasien verzeihen. Ehe Sie hereinkamen, saß ich hier und dachte, wie selbstsüchtig ich gewesen bin, sie nur für mich allein haben zu wollen.«

»Selbstsüchtig?«

»Ja, ja, selbstsüchtig«, wiederholte er. »Vor langer Zeit habe ich mir schon gesagt, daß die wenigen Jahre, die mir noch bleiben, für niemanden von großer Bedeutung sind. Adolph ist es, der zählt – Adolph, mein Junge. Er ist jung; er wünscht sich so viele Dinge, und ich wünsche mir so wenig.«

Elita wußte nicht so recht, was sie sagen sollte. Mr. Burtel sprach jetzt leise, unzusammenhängend, und sie hatte das Gefühl, daß er mehr mit sich selbst als zu ihr sprach.

»Sie haben noch keinen Sohn«, fuhr er fort. »Wenn Sie einen haben, werden Sie sich vielleicht einmal an das erinnern, was ich Ihnen erzählt habe. Das ist alles, was zählt: zu wissen, daß Sie jemanden geschaffen haben, der Ihnen gleicht; daß ein Junge Ihren Namen trägt und Ihre Familie und Ihre Traditionen fortleben läßt, wenn Sie schon längst aus der Welt gegangen sind.«

»Sie haben Ihren Sohn sehr gern«, meinte Elita, denn sie hatte das Gefühl, daß er eine Reaktion von ihr erwartete.

»Er ist alles, was ich habe«, antwortete Mr. Burtel ernst. »Meine Frau starb, als er zehn Jahre alt war. Wir haben ihn erst bekommen, als wir beide schon ziemlich alt waren, und hatten keine Hoffnung auf weitere Kinder. Ich war tatsächlich schon ein alter Mann, als er geboren wurde. Aber wir hingen aneinander. Die Leute haben immer gesagt, sie hätten niemals Vater und Sohn gesehen, die sich so geliebt hätten.«

»Wie schön für Sie«, bemerkte Elita.

Sie stand auf und füllte seine Tasse neu, erkannte, daß sie sich zwang, sich auf ihn zu konzentrieren und dabei versuchte, ihre eigenen Gefühle zu vergessen.

»Wir waren immer zusammen. Adolph und ich. Außer natürlich, wenn er in der Schule war. ›Die Semester sind immer so lang, Papa‹, pflegte er zu mir zu sagen. O ja, damals hat er mich noch Papa genannt. Das war, ehe er all diese großen Freunde bekam. Jetzt nennt er mich ›Vater‹, und das gefällt mir nicht so sehr.«

»Sie waren also glücklich zusammen«, hakte Elita nach.

Sie hatte das Gefühl, daß es dem alten Mann Vergnügen machte, mit ihr zu reden, und weil sie Angst vor ihren eigenen Gedanken hatte, wollte sie, daß er weitersprach. Sie wollte ihm nur zuhören. Ganz tief in der hintersten Ecke ihres Kopfes murmelte eine

Stimme Dinge, denen zuzuhören sie nicht wagte, Dinge, denen sie sich nicht stellen wollte.

»Ja, wir waren sehr glücklich«, fuhr Mr. Burtel fort. »In den Ferien fuhren wir fort; wir unternahmen etwas zusammen. Ich sah, wie klug er war, wie sehr er die Kunst und all die Dinge liebte, die mir mein Leben lang wichtig waren. ›Wie der Vater, so der Sohn‹, pflegten die Leute zu sagen. Ich war sehr stolz.«

»Sie müssen immer noch stolz auf ihn sein. Er ist sehr bekannt; jeder hat schon von ihm gehört.«

Sie dachte, daß Mr. Burtels Gesicht sich erhellt hatte.

»Das stimmt! Jeder kennt Adolph Burtel. Fast jeden Tag erscheint sein Name in den Zeitungen. Aber jetzt ist er so beschäftigt, er hat so viele Freunde. Da sehe ich ihn nur noch selten.«

»Er war mit Ihnen in London«, wandte Elita ein.

»Ja, ja, er hat mich dort getroffen. Es gab da etwas, was ich ihm geben sollte. Wir stritten darüber. Das war falsch von mir. Alles, was ich besitze, gehört Adolph. Er muß nur fragen.«

Er fuhr sich plötzlich mit der Hand ins Gesicht.

»Bringen Sie das Bild fort. Stellen Sie es irgendwo ab, wo ich es nicht sehen kann. Wenn Willie zurückkommt, soll er es zu Graf Klint bringen. Ich werde es nicht kaufen.«

»Nicht kaufen!« rief Elita erstaunt aus. »Aber Sie haben es sich doch so sehr gewünscht!«

»Ja, ja, ich habe es mir gewünscht«, stimmte Mr. Burtel zu. »Aber es gehört mir nicht. Nein, es muß zurückgebracht werden. Ich habe meinen Entschluß gefaßt.«

Elita wandte sich dem Gemälde zu.

»Sie wollen es wirklich nicht mehr ansehen? Warum wollen Sie sich nicht daran erfreuen, solange es noch hier ist, selbst wenn Sie es nicht kaufen werden?«

»Nein, nein, legen Sie es mit der gemalten Seite nach unten auf den Tisch«, befahl Mr. Burtel. »Wenn ich es sehe, bekomme ich das Gefühl, ich kann ohne es nicht leben. Ich darf es nicht länger anschauen. Es muß fort von hier, so schnell wie möglich.«

Aus seiner Stimme klang echter Schmerz, und Elita tat, was er ihr aufgetragen hatte. Sie nahm das Gemälde vorsichtig in die Hände und betrachtete es einen Moment, ehe sie es auf den Tisch legte.

Merkwürdig, daß irgend jemand für ein Bild ein so tiefes, überwältigendes Gefühl aufbauen kann, dachte sie. Aber sie wußte auch, daß es Frauen gab, die bei Schmuck dasselbe empfanden, und viele Männer, die dem Geld alles opfern würden.

Irgendwie war es mit einem Gemälde etwas anderes. Sie hatte das Gefühl, daß Mr. Burtel auf seine Art die unaufhörliche Suche der Menschheit nach Schönheit beschrieben hatte. Sie konnte es nicht in Worte fassen. In dem Bemühen, ihm die Sache leichter zu machen, fragte sie statt dessen:

»Möchten Sie noch Tee?«

»Nein«, antwortete er. »Ich möchte nichts mehr.«

Sein Kopf war vorgefallen, zwischen die Schultern gesunken. Es schien so, als hätte ihn mit der Weigerung, das Bild zu kaufen, das letzte Fünkchen Jugend verlassen.

»Dann lasse ich den Teetisch abräumen«, erklärte Elita. Sie hatte das Gefühl, mit dieser sonderbaren Stimmung nicht fertig zu werden.

Er antwortete nicht, und sie läutete dem Kellner.

»Soll ich Ihnen etwas vorlesen?« fragte sie dann.

»Nein«, antwortete er nach kurzer Pause. »Nein, ich muß über einige Dinge nachdenken.«

Elita unterdrückte den Wunsch, ihm zu sagen, daß sie – im Gegenteil – nicht diesen Wunsch hatte. Sie hatte Angst vor ihren Gedanken. Dies war der Augenblick, das fühlte sie, um ihre Kündigung einzureichen, um Mr. Burtel zu erzählen, daß sie wegen Freddies unerwünschter Annäherungsversuche gezwungen war, ihn zu verlassen.

Und dann sah sie, wie blaß und mitgenommen er aussah, erkannte, daß es grausam wäre, ihm dieses in seinem offensichtlichen Kummer auch noch anzutun. Er war mit dem Bild beschäftigt – oder mit dem Problem der beiden anderen Bilder? Sie war sich nicht sicher.

Selbst jetzt konnte sie noch nicht sicher sein, daß ihre Vermutungen überhaupt richtig waren. Wie konnten sie das? Es war alles zu ungewöhnlich, zu merkwürdig, um glaubhaft zu sein.

Ein Kellner kam an die Tür.

»Bitte, räumen Sie den Tisch ab«, bat Elita.

Er stapelte Tassen und Teller ordentlich auf dem Tablett, entfernte die Decke und ging aus dem Raum, wobei er die Tür leise hinter sich schloß.

Mr. Burtel zog seine Uhr hervor. Der Diamant funkelte, als er das tat.

»Sechs Uhr. Ich glaube, meine Liebe, ich wäre jetzt gern allein. Vielleicht kommt mich jemand besuchen; ich weiß es nicht. Aber auf jeden Fall möchte ich denken und vielleicht ein wenig schlafen.«

Elita erhob sich.

»Ja, natürlich. Wünschen Sie sonst noch etwas? Hans, vielleicht?«

Ihre Stimme zitterte bei diesen Worten.

Mr. Burtel schüttelte den Kopf.

»Nein, nein, niemanden«, antwortete er. »Lassen Sie mich einfach allein, bitte. Willie sollte bald zurück sein. Sobald er kommt, werde ich ihn mit dem Bild losschicken.«

Die letzten Worte sprach er mit einem Seufzer, der sich nicht unterdrücken ließ. Impulsiv streckte Elita die Hand nach seiner aus.

»Es tut mir so leid, daß Sie es nicht haben können«, sagte sie.

»Danke, meine Liebe. Danke.«

Diesmal schenkte er ihr kein Lächeln. Es war die Stimme eines alten Mannes ohne Hoffnung. Elita sah sich im Zimmer um. Es gab nichts, was sie hätte tun können, nichts, das auch nur hätte aufgeräumt zu werden brauchen, und doch zögerte sie, ihn zu verlassen.

»Klingeln Sie, wenn Sie mich brauchen?« bat sie.

»Ja, ja, natürlich. Kommen Sie nicht, ehe ich läute.«

»Nein, natürlich nicht.«

Elita ging aus dem Wohnzimmer, schloß die Tür hinter sich und ging den Korridor entlang. Als sie ihr eigenes Zimmer betrat, fürchtete sie plötzlich, Freddie könnte noch dort sein. Sie hatte fast Angst, er würde auf dem Bett liegen und auf sie warten – eine boshafte Spinne, die die Rückkehr der Fliege erwartet.

Aber das Zimmer war leer. Sie versperrte die Tür hinter sich und ging dann zum Fenster, riß es auf. Sie wollte Luft, frische Luft, die die entsetzliche Erinnerung an Freddies Arme vertrieb, die sie gepackt hielten, und an Freddie, der sie zum Bett trug.

Sie trat auf den Balkon hinaus. Konnte Hans tatsächlich den riesigen Sprung vom Nachbarbalkon getan haben, nur weil er sie liebte? Bei dem Gedanken wurde ihr plötzlich warm. Sie brauchte gewiß keine Angst zu haben, wenn Hans da war, oder?

Und dann, wie eine kleine Brise, die sie überlief, fiel ihr wieder ein, daß Hans sie auch nicht gerettet hatte, als Freddie sie das letzte Mal geküßt hatte. Er liebte sie, aber...

Das Wort hing wie ein Damoklesschwert zwischen ihr und ihrem Glück, wenn sie an ihn dachte. Aber! Aber! Aber! Es gab so viele Abers. Und doch liebte sie ihn, liebte ihn mit jeder Faser ihres Körpers, mit jedem Atemzug.

Sie trat vom Balkon zurück und setzte sich aufs Sofa. Sie konnte es im Augenblick nicht ertragen, auch nur in die Nähe des Bettes zu kommen. Sie legte die Füße hoch und versuchte nachzudenken, aber es war ihr unmöglich, still zu sitzen, und nach kurzer Zeit fing sie an, auf und ab zu gehen.

Die Zeit verging nur langsam. Sie war in ihre Gedanken vertieft, wurde von ihnen gequält, versuchte, alles zurechtzurücken, zusammenzufügen, ein Bild dessen zu vervollständigen, was tatsächlich geschehen war.

Aber irgendwie wurde es nicht klar. Schließlich hatte sie nur Gesprächsfetzen mit angehört, die – aus dem Zusammenhang gerissen – etwas ganz anderes bedeuten konnten, als was sie hineinlegte.

Aber da war die höchst verdächtige Verhaltensweise von Freddie und den anderen, nicht nur einmal, sondern bei verschiedenen

Gelegenheiten. Da war Mr. Burtels Anweisung an Freddie, keine Gewalt anzuwenden. Da waren die Worte, die sie gehört hatte, als sie in Mr. Burtels Schlafzimmer war, und die ganz deutlich darauf hinzuweisen schienen, daß sie alle in den Diebstahl des Van Gogh verwickelt zu sein schienen.

Aber wenn das so war, warum dann? Wenn Mr. Burtel auch nur einen Augenblick lang in Erwägung ziehen konnte, die Vinterberg-Madonna zu kaufen, für fünfzigtausend Pfund, warum sollte er sich dann dazu herablassen, ein Gemälde aus dem Museum zu stehlen? Und scheinbar noch mehrere vergebliche Versuche in Gemäldesammlungen anderer Städte hinter sich bringen? Es war alles zu schwierig zu verstehen.

Elita warf sich wieder aufs Sofa und stand nach wenigen Minuten auf. Sie dachte an Mr. Burtel. Er war so blaß, so gebrechlich gewesen, als sie ihn verlassen hatte. Etwas schien aus ihm gewichen zu sein, fast so, als wäre es eine fixe Idee gewesen, die ihn in Gang gehalten hatte.

Er war deprimiert und unglücklich gewesen, davon war sie überzeugt. Vielleicht hätte sie ihn doch nicht verlassen sollen? Er hatte gesagt, er würde nach ihr läuten. Wenn es ihm aber nun zu schlecht ging und er das Telefon nicht erreichte? Es war eine ziemlich weite Strecke quer durchs Zimmer. Und er mußte sich mit seinem Rollstuhl dorthin schieben.

Nein, dachte sie, sie hätte ihn nicht allein lassen dürfen. Sie würde anrufen und fragen, ob er sie benötigte. Und dann beschloß sie, einfach ins Wohnzimmer zurückzugehen. Wenn sie Stimmen hörte, würde sie nicht hineingehen, und mehr noch, sie würde auch nicht lauschen oder versuchen, irgend etwas zu verstehen, was gesagt wurde. Es war zu gefährlich, zu beängstigend für sie.

Nein, sie würde direkt zur Tür gehen. Wenn jemand bei Mr. Burtel war, würde sie in ihr eigenes Zimmer zurückkehren. Wenn er allein war, würde sie sich einfach vergewissern, daß mit ihm alles in Ordnung war.

Sie blieb kurz an der Frisierkommode stehen, um ihr Haar zu ordnen, dann öffnete sie vorsichtig die Tür ihres Schlafzimmers einen Spalt weit. Nie wieder, nahm sie sich vor, sollte Freddie die Chance bekommen, ihr Zimmer zu betreten. Wer immer auch klopfte, sie würde sich erst vergewissern, wer es war, ehe sie die Tür öffnete.

Niemand war zu sehen, außer einem Zimmermädchen, das ein paar saubere Handtücher trug und damit in einem Zimmer verschwand. Elita ging zu Mr. Burtels Suite hinüber. Vielleicht war es falsch, dachte sie, vielleicht mischte sie sich nur ein, vielleicht hätte sie seine Anweisungen – und die waren es ja gewesen – lieber befolgen sollen.

Und doch machte sie sich Sorgen. Nie zuvor war ihr Mr. Burtel so alt erschienen. Sie fragte sich, wie alt er wirklich war. Er könnte leicht achtzig sein. Es war schwer zu sagen, wenn jemand einen bestimmten Punkt im Leben überschritten hatte.

Sie hatte die Tür zum Wohnzimmer fast erreicht, als unerwartet jemand aus der Tür auftauchte, die zu Mr. Burtels Schlafzimmer führte. Instinktiv blieb Elita stehen und sah erst dann, wer es war.

»Hans!«

Es war ein Ausruf reinster, ungebändigter Freude, als sie auf ihn zulief.

»Hans! Hans! Wo warst du nur?«

Sie hatte den Eindruck, daß er nicht erfreut war, sie zu sehen, aber dann lächelte er, und sie dachte, daß sie sich geirrt haben müßte.

»Wohin gehst du?« fragte er leise.

»Ich möchte nachsehen, ob es Mr. Burtel gutgeht. Aber Hans, da ist so viel, was ich dir erzählen möchte.«

Hans nahm ihren Arm.

»Er will dich jetzt nicht sehen«, erklärte er entschieden. »Du wirst jetzt nicht zu ihm hineingehen, nicht in diesem Augenblick.«

»Nun, wenn es ihm gutgeht. Das ist ja alles, was ich wissen wollte«, meinte Elita fast gleichgültig. »Aber Hans, ich habe versucht, dich zu finden.«

»So? Komm zurück in dein Zimmer.«

Er nahm ihren Arm und zog sie schnell den Flur entlang.

»Wo bist du gewesen?« fragte sie. »Ich wollte dich anrufen, und ich habe dich ausrufen lassen. Ich habe wieder und wieder versucht, mit dir zu sprechen. Es war so wichtig, so überaus wichtig.«

Noch immer ihren Arm haltend, drehte Hans mit der freien Hand den Schlüssel in ihrer Zimmertür. Sie ging ihm voraus ins Zimmer, sah, wie er einen Blick über die Schulter warf, ehe er ihr folgte.

Jetzt erst fiel ihr auf, daß sein Verhalten merkwürdig war. Sie war so froh gewesen, ihn zu sehen, hatte es so eilig gehabt, ihm zu erzählen, was passiert war, daß ihr erst jetzt auffiel, daß sein Gesicht hart und müde wirkte, und daß er sie nicht so aufmerksam und liebevoll ansah, wie sie es irgendwie erwartet hatte.

»Was ist los, Hans?«

Er schloß die Tür hinter sich, und als er sich umdrehte, fiel ihr auf, daß seine Jacke reichlich merkwürdig geknöpft war. Sie erkannte, daß er etwas darunter trug.

»Was ist los?« wiederholte sie.

»Da ist etwas, das ich dir sagen möchte, Elita«, fing Hans an.

»Aber hör doch«, unterbrach sie ihn, »ich muß dir so viele Dinge erzählen – Dinge, die ich entdeckt habe, schreckliche Dinge.«

»Dafür ist jetzt keine Zeit«, sagte er ruhig.

Er ging zu ihr und legte ihr beide Hände auf die Schultern.

»Du mußt mir vertrauen, Elita. Du mußt etwas für mich tun, was dir sehr merkwürdig erscheinen wird. Aber es ist absolut unerläßlich, sonst würde ich es nicht von dir verlangen.«

In seinem Ton, seinem Verhalten, lag etwas, das ihr die Worte ersterben ließ, die ihr bereits auf der Zunge lagen.

»Etwas ist nicht in Ordnung!« rief sie.

»Ich fürchte, so ist es. Etwas ist absolut nicht in Ordnung. Aber du kannst helfen.«

»Dann sag mir, was ich tun kann. Ich tue alles für dich, das weißt du ja, Hans. Aber erklär es mir, bitte.«

»Das ist genau das, was ich nicht tun kann«, erwiderte er. »Es bleibt uns keine Zeit. Also, hör mir jetzt gut zu. Folgendes mußt du für mich tun. Du mußt schwören, daß du mich in diesem Augenblick nicht gesehen hast.«

»Dich nicht gesehen habe? Aber warum? Wer soll mich denn danach fragen?«

»Ich habe nicht die Zeit, es dir zu erklären. Aber wenn du mich liebst, und wenn du an meine Liebe zu dir glaubst, dann tu, um was ich dich gebeten habe. Du weißt nicht, wo ich bin. Vielleicht nicht einmal im Hotel.«

»Aber warum denn nur?«

»Liebling, verzeih mir, aber ich muß fort. Vertrau mir, nur noch ein Weilchen länger. Ich kann dir dann alles erklären, alles, verstehst du? Aber nicht in diesem Augenblick.«

Er bückte sich und küßte sie, seine Lippen hefteten sich einen langen Moment auf ihre, und dann ging er durchs Zimmer und öffnete die Tür.

»Hans!«

Elita streckte die Arme nach ihm aus, aber er drehte sich nicht wieder um. Sie sah ihn den Gang entlangblicken, und dann fiel die Tür hinter ihm zu, und sie war allein.

Ganz still stand sie mitten im Zimmer, fuhr sich mit den Händen zum Herzen. Warum benahm sich Hans so sonderbar? Was bedeutete das? Warum mußte sie schwören, daß sie ihn jetzt eben nicht aus Mr. Burtels Zimmer hatte kommen sehen? Schließlich war er sein Diener; daran war nichts Besonderes.

Sie verspürte das instinktive Verlangen, ihm nachzulaufen. Er wird über die Dienstbotentreppe hinabgegangen sein, dachte sie. Er würde kaum unten angelangt sein, und sie könnte ihn noch einholen.

»Sag mir, was das alles zu bedeuten hat, Hans«, könnte sie flehen, und dann hörte sie seine Stimme, ernst, schwer, und sie sah den Ausdruck auf seinem Gesicht. So hatte er sich nie zuvor benommen. Das war nicht der Hans, den sie kannte, ein Mann, der – so schien es ihr – gegen riesige Hindernisse ankämpfte.

Sie vergaß Freddie und alles, was vor kurzem hier geschehen war, und warf sich auf ihr Bett. Nie war sie einsamer gewesen.

Überall um sie herum geschahen merkwürdige Dinge, und sie konnte sie nicht verstehen.

Es mußte einen Grund dafür geben, daß Mr. Burtel, Freddie, Willie und die anderen irgendein Geheimnis hatten; aber warum war Hans so verschlossen? Warum sollte etwas nicht in Ordnung sein, wenn sie ihn in diesem Augenblick im Hotel gesehen hatte?

Sie fühlte sich schmerzlich enttäuscht, denn sie wußte, wenn sie ihn nicht überrascht hätte, als er aus Mr. Burtels Zimmer kam, dann hätte sie nicht einmal gewußt, daß er zurück war.

Elita dachte daran, wie sie nach ihm gerufen hatte, als Freddie sie angegriffen hatte. Was hatte er in diesem Augenblick getan? Bedeutete denn die Liebe, die sie füreinander empfanden, nicht auch, daß es eine Verbindung zwischen ihnen gab, die sie vor einer Gefahr warnte, die den anderen betraf? Scheinbar nicht.

Sie vergrub ihr Gesicht tiefer im Kissen und wünschte, daß sich ihr diese Fragen nicht wieder und wieder stellten, sie quälten und bekümmerten.

Sie hörte die Uhr sechs schlagen, und dann, weil sie soviel durchgemacht hatte, weil der Tag so von beunruhigenden Emotionen erfüllt gewesen war, schlief sie aus schierer Erschöpfung ein.

Es war ein traumloser Schlaf, aber sie wachte erschreckt auf, spürte, daß etwas nicht in Ordnung war. Alles, was geschehen war, stürzte wieder auf sie ein, und sie wußte, daß der Schlaf sie nicht erfrischt hatte.

Elita stand auf und sah, daß es fast sieben Uhr war. Es war sonderbar, daß Mr. Burtel sie noch nicht gerufen hatte, fand sie. Normalerweise nahm er um diese Zeit einen Cocktail.

Automatisch kämmte sie sich das Haar. Wo war Hans jetzt? Sie spürte den plötzlichen Schmerz fast körperlich in ihrem Herzen, als sie daran dachte, wie er sie verlassen hatte – beschäftigt, besorgt und, das wußte sie, ohne an sie zu denken.

Sie strich sich das Haar aus der Stirn, fühlte sich heiß und klebrig nach dem Schlaf. Sie sehnte sich nach einem Bad, meinte aber erst gehen und nachsehen zu müssen, ob Mr. Burtel etwas wünschte und welche Pläne er für den Abend gemacht hatte.

Die Abendzeitungen mußten inzwischen erschienen sein, dachte sie besorgt. Wenn nun etwas darin stand? Irgend etwas, was Mr. Burtel in Mißkredit brachte? Angenommen, die Polizei hatte etwas herausgefunden?

Sie ging den Flur entlang. Die Abendzeitungen lagen vor der Tür der Suite. Der Page mußte sie nach oben gebracht und geklopft haben; niemand hatte ihn hereingerufen, und so hatte er sie dort liegengelassen.

Sie hob sie auf, wünschte, sie wären in Englisch, wünschte, sie könnte sie verstehen. Auf der ersten Seite entdeckte sie ein Foto des Van Gogh. Sie betrachtete es und dachte, daß es ohne die leuchtenden Farben irgendwie langweilig aussah, fast schäbig.

Dann lauschte sie einen Moment an der Tür. Es waren keine Stimmen zu hören, und nach einem Augenblick öffnete sie die Tür und trat ein. Mr. Burtel wandte ihr den Rücken zu. Er saß noch immer am Tisch, hatte aber den Stuhl ein wenig verschoben, so daß er jetzt mit dem Rücken zur Tür saß.

»Ich bringe Ihnen die Abendzeitungen«, sagte Elita fröhlich. »Ist es nicht Zeit für einen Cocktail?«

Sie erhielt keine Antwort. Er mußte eingeschlafen sein, dachte sie, als sie durchs Zimmer ging. Aber als sie dann näher kam, sah sie, daß seine Hände über den Tisch ausgestreckt lagen, als wäre er vorwärtsgefallen. In einer Hand hielt er etwas. Sie schaute darauf, registrierte kaum, was sie sah. Er umklammerte seine Uhr; die Kette hing zwischen seinen Fingern heraus. Sie war zerrissen, und der Diamant fehlte.

Erst jetzt sah sie ihm ins Gesicht, das halb in den Armen verborgen war. Einen Moment lang stand sie ganz still. Dann streckte sie langsam, sehr langsam, die Hand aus und berührte damit seine. Sie war kalt, vollkommen kalt.

Mr. Burtel war tot!

11

»Er ist tot! Er ist tot!«

Elita ertappte sich dabei, daß sie die Worte wieder und wieder vor sich hinflüsterte. Sie hatte das Gefühl, alles wäre stehengeblieben. Sie konnte nicht atmen, nicht denken, sich nicht rühren. Sie konnte nur dastehen und flüstern:

»Er ist tot!«

Sie hatte noch nie einen Toten gesehen; und doch gab es für sie keinerlei Zweifel, sie war überzeugt, daß sie sich nicht irrte, daß im alten Mr. Burtel kein Funken Leben mehr war.

Erst jetzt sah sie hinten an seinem kahlen Kopf ein Mal. Es war Blut, und fast automatisch registrierte ihr Verstand, daß er verletzt worden war, daß man ihn geschlagen haben mußte.

Noch immer ohne ein Gefühl von Panik betrachtete sie ihn genau, die Position, die er einnahm – seine linke Hand auf dem Tisch umklammerte die Uhr, die Kette war zerrissen, dort, wo der Diamant aus seiner Fassung herausgebrochen worden war; die rechte Hand hielt er ausgestreckt, die Finger gespreizt, als hätte er versucht, etwas auf dem Tisch niederzuhalten.

Während Elita ihn noch anstarrte, hörte sie eine Stimme, fast so, als wäre jemand mit im Zimmer, und sie sagte: »Geh nicht zu Mr. Burtel, ehe er nach dir ruft.«

Es war ein Befehl gewesen, und sie hatte es nicht verstanden. Sie hatte ihn nicht befolgt, und deshalb hatte sie das hier gefunden.

Sie wußte, daß sie verschwinden mußte; sie mußte das Zimmer verlassen; sie mußte so tun, als hätte sie niemals gesehen, was da vor ihr lag – ein toter Mann mit auf dem Tisch ausgestreckten Händen.

In dem Gefühl, eine Maschine zu sein und kein Mensch, drehte sich Elita um und ging auf die Tür zu. Sie öffnete sie und trat in den Gang hinaus, ohne sich noch einmal umzudrehen. Sie legte die Zeitungen ordentlich hin, so, wie sie sie gefunden hatte; und dann, ganz ohne Eile, ging sie langsam – jeder Schritt bedeutete eine Anstrengung – und leise über den weichen Teppich und in ihr eigenes Zimmer zurück.

Sie trat ein, schloß die Tür, starrte einen Moment lang blindlings ins Leere, als wäre sie nicht sicher, wo sie war. Mr. Burtel war tot, und er war gestorben, weil ihn jemand von hinten auf den Kopf geschlagen hatte.

Es war Mord!

Das Wort schien schrill im Zimmer widerzuhallen. Mr. Burtel war ermordet worden!

»Nein! Nein! Nein!«

Sie hörte ihre eigene Stimme, als würde sie mit jemandem streiten.

»Das kann nicht wahr sein! Das ist unmöglich! Er war alt. Er ist eines natürlichen Todes gestorben. Er hätte jederzeit sterben können.«

Es war Mord!

Der klar denkende Teil ihres Gehirns zwang sie, den Tatsachen ins Gesicht zu sehen. Es war Mord, und wer immer ihn niedergeschlagen hatte, hatte auch den Brillanten gestohlen – und etwas anderes, das er auf dem Tisch festgehalten hatte.

»Das ist nicht wahr!« protestierte Elita.

»Du hast es doch selbst gesehen«, antwortete ihr Verstand. »Er hat versucht zu verhindern, daß zwei Dinge ihm genommen wurden, der Diamant und etwas anderes, das er festgehalten hat.«

»Was war das? Was konnte es gewesen sein?«

»Ich weiß nicht! Ich weiß es nicht!« stöhnte Elita.

»Du weißt es. Du weißt sehr gut, was es gewesen ist. Du weißt, was er sich in diesem Augenblick angesehen hat; worauf er gewartet hatte – der Van Gogh.«

Elita schlug die Hände vor die Augen und schluchzte leise auf.

»Hans muß gewußt haben, daß Mr. Burtel tot war, als du ihn getroffen hast. Er kam aus dem Wohnzimmer«, fuhr die Stimme in ihrem Kopf weiter. »Er hat es gewußt, und deshalb wollte er nicht, daß du hineingehst. Er hat dir befohlen, hier zu bleiben, bis der alte Mann nach dir fragt. Erinnerst du dich? Er hat angeordnet, daß du hier bleibst, und du hast ihm nicht gehorcht.«

»Er hat versucht, mich zu beschützen«, protestierte Elita.

»Er hätte dich ebensogut retten können, wenn er dir erzählt hätte, was geschehen war, und wenn er den Manager, den Arzt oder die Polizei gerufen hätte.«

»Er muß einen Grund gehabt haben.«

»Denselben Grund, der in ihm auch das Gefühl erweckte, er müßte verschwinden, der ihn dazu brachte, dich schwören zu lassen, daß du ihn nicht gesehen hast?«

Elita durchquerte das Zimmer, die Hände über den Ohren.

»Ich weiß nicht. Warum muß ich so gequält werden? Ich weiß nicht, warum er fortgehen mußte.«

»Hast du es nicht merkwürdig gefunden, daß er etwas unter seiner Jacke verborgen hielt, etwas, das herausstand? Du konntest gerade noch die Spitze sehen, erinnerst du dich?«

»Ja, ja, aber was hat das damit zu tun?« fragte Elita.

»Denk nach, überleg genau, wonach es aussah – es war dünn und gekrümmt. Könnte es möglicherweise der Rand einer Leinwand gewesen sein?«

»Nein! Nein! Nein!« schrie Elita laut. Dann riß sie das Fenster auf, als könnte sie nicht atmen, lehnte den Kopf an den Rahmen, mit geschlossenen Augen, und ihr Atem kam hart und angestrengt über ihre Lippen.

Sie war plötzlich schrecklich erschöpft, als hätte sie gegen eine Woge angekämpft, die sie endlich doch besiegt hatte.

Es war wahr! Sie hatte versucht, nicht darüber nachzudenken, versucht, es nicht zu sehen. Aber es war wahr. Hans hatte etwas getragen, das verdächtig nach Leinwand ausgesehen hatte. Sie hatte sich dagegen gewehrt, sich diese Tatsache selbst einzugestehen. Sie hatte ihre Gedanken in eine andere Richtung gezwungen. Und doch hatte sie es gewußt, hatte gewußt, schon als er sich von ihr verabschiedet hatte, daß etwas an seiner Haltung sonderbar war, so sonderbar wie das, was er trug.

Aber Hans konnte das nicht getan haben. Hans, der so nett und sanft und verständnisvoll war. Wie konnte er einen wehrlosen alten Mann brutal und mitleidlos nur aus Gier erschlagen? Das war unmöglich.

Es fiel ihr leicht, es von anderen Leuten zu glauben – Freddie, Willie oder George. Sie würde es sogar einigen Menschen zutrauen, die sie in der Vergangenheit kennengelernt hatte. Aber nicht Hans; jedem anderen, nur nicht ihm.

Sie erinnerte sich an seine sanften Arme, aber augenblicklich fiel ihr auch wieder ein, wie kräftig sie waren. Sie erinnerte sich, wie er ihr erzählt hatte, daß er ihr einen Ring vom Feinsten schenken wollte.

»Welchen Stein wünschst du dir?« hatte er gefragt.

Er konnte den Diamanten nicht aus einem so trivialen Grund gestohlen haben. Er konnte auch das Gemälde nicht gestohlen haben, nur weil er Geld wollte.

Die Stimme in ihrem Kopf quälte sie erneut.

»Was weißt du schon von ihm – von einem Mann, der dich im Gang eines Hotels aufgegabelt hat? Einem Mann, der dir eine Stelle besorgt hat, weil es seinem Plan zugute kam. Überleg nur mal, wie geheimnisvoll er immer getan hat. Wie wenig er dir von sich erzählt hat. Woher kommt er? Wer waren seine Eltern? Wo ist er zur Schule gegangen? Kannst du auch nur eine dieser Fragen beantworten?«

»Ich kenne ihn«, erklärte Elita trotzig. »Ich weiß, er ist zu einer solchen Tat nicht fähig.«

»Warum kam er dann mit dem Bild unter seiner Jacke aus dem Wohnzimmer? Und zweifellos mit dem Diamanten in der Tasche?«

Warum! Warum? Warum?

Elita kam es vor, als würde die Luft vibrieren, und es gab nur einen Menschen, der ihre Fragen beantworten konnte – Hans selbst.

Sie ertappte sich dabei, daß sie betete.

»Es ist nicht wahr. Bitte, lieber Gott, laß es nicht wahr sein. Laß es einen Traum sein, aus dem ich bald erwache. Laß Hans das nicht getan haben. Bitte, bitte, laß es ihn nicht getan haben. Ich liebe ihn.«

Sie wiederholte diese Worte laut.

»Ich liebe ihn.« Und sie wußte, es war die Wahrheit.

Sie liebte ihn, obwohl es so schien, als wäre er ein Mörder. Sie liebte ihn, obwohl er bestialisch genug war, um den alten Mann zu erschlagen, der ihn eingestellt hatte. Sie liebte ihn, was immer er war oder getan hatte.

Das war Liebe – kein vernünftiger Grund, kein Umstand konnte daran etwas ändern. Liebe, die einmal geschenkt worden war, ließ sich nicht wieder zurücknehmen.

Sie hatte jetzt das Gefühl, als würde ihr Herz bluten, nicht nur wegen dem, was er getan hatte, sondern auch, weil es so unnötig war, so vollkommen sinnlos. Sie waren jung. Sie hatten ihre Kraft und ihren Ehrgeiz. Was spielte Geld da für eine Rolle?

Sie konnte plötzlich Mr. Burtel und seine Sehnsucht nach der Vinterberg-Madonna verstehen. Sie begriff, daß seine Suche nach Schönheit ein Teil von ihm war, daß es nicht nur der Wert des Bildes, sondern sein Liebreiz gewesen war, der ihn sich mit fast anormaler Gier danach sehen ließ.

Aber daß Hans den Van Gogh und den Diamanten nur des Geldes wegen gestohlen haben sollte, erweckte in ihr das Gefühl, die ganze Welt sei aus den Fugen geraten. Er hatte sich scheinbar nie Gedanken um Geld gemacht. Es schien nie eine Rolle für ihn zu spielen. Er hatte in seinem Job sogar einen glücklichen Eindruck gemacht.

Warum also hatte er gerade diesen Augenblick gewählt? War nicht der ganze Plan wie eine militärische Operation aufgestellt und durchgeführt worden? Nein, das stimmte nicht. Wenn das der Fall gewesen wäre, hätte Hans das Gemälde und den Diamanten gestohlen, ohne Mr. Burtel niederzuschlagen. Er ging ständig im Zimmer des alten Mannes ein und aus. Er hätte hineingehen können, während Mr. Burtel schlief, oder hätte die Dinge gleich als erstes am Morgen entwenden können.

»Er hat es nicht getan. Ich bin sicher, er hat es nicht getan«, sagte sich Elita, hatte aber das Gefühl, ihr Protest wäre wie ein Blatt im Wind, etwas ohne Substanz, nur eine Idee, die aus dem Herzen kam und nicht aus dem Kopf.

Was sollte sie tun? Sie ging vom Fenster fort und setzte sich aufs Sofa. Hans hatte nicht gesagt, wann er zurückkehren würde. Sie begriff, daß sie völlig erschöpft und hilflos war. Sie konnte nicht mehr so weitermachen.

Ein Mann war tot, ein Mann, der immer nett zu ihr gewesen war und für den sie, auf eine sonderbare Art, eine tiefe Zuneigung empfand.

Sie dachte daran, was geschehen würde, wenn man seinen Leichnam entdeckte. Jeden Augenblick konnten Freddie und Willie zum Abendessen zurückkommen. Sie fragte sich, ob sie den Manager oder die Polizei rufen würden. Sie war ziemlich sicher, daß sie keine Polizei wünschten, aber es war unvermeidlich, daß sie gerufen wurde. Mr. Burtel war durch Gewalteinwirkung gestorben.

Sie wußte, daß sie es nicht ertragen würde – die polizeilichen Untersuchungen; die Verhöre; die Aussage, die sie würde machen müssen; die Zeitungsreporter, die um Interviews kämpften. Adolph Burtel war ein international bekannter Mann. Sein Vater war jedem ein Begriff, der sich ernsthaft für Kunst interessierte.

All das stimmte, aber Elita wußte, daß sie sich immer noch nicht dem wahren Entsetzen stellte, das in ihrem Herzen begraben lag. Angenommen, Hans würde erwischt? Warum war er fortgegangen? Warum hatte er das Hotel verlassen?

Mit plötzlicher Klarheit erkannte sie, daß der Verdacht sofort auf ihn fallen würde. Der Diener des Mannes, der umgebracht worden war; der Diener, der jederzeit Zugang hatte. Elita war vielleicht nicht die einzige, die ihn aus dem Zimmer hatte kommen sehen. Es konnte noch ein Dutzend oder mehr Leute geben, die gesehen hatten, wie er die Hintertreppe hinabschlich und dann über den Hof.

Hans würde gefunden werden – gefunden und zum Tode verurteilt. Sie hatte keine Ahnung, ob es in Dänemark noch die Todesstrafe gab, aber selbst wenn nicht, selbst, wenn Hans nicht wegen Mordes gehängt wurde, so würde er doch lebenslänglich bekommen: zwanzig Jahre, vielleicht länger, die er hinter Zuchthausmauern verbringen mußte.

Sie stöhnte auf, hatte Angst, verrückt zu werden. Das konnte nicht wahr sein. Das konnte nicht geschehen. Das mußte ein Alptraum sein.

Das Licht der Abendsonne fiel durchs Fenster und zauberte ein goldenes Muster auf den Teppich. Wieder dachte Elita an das goldene Licht im Fenster des Schlosses, als alles andere im Dunkel lag, ein Licht, das ihr in jenem Moment als Führer und Hilfe erschienen war.

Sie sprang auf die Füße. Sie hatte ihren Entschluß gefaßt. Es gab nur eines, was sie tun konnte, wenn sie Hans helfen wollte. Sie griff nach dem Telefon.

»Ich möchte ein Gespräch anmelden, mit Mr. Garson, Claridge Hotel, London, England.«

Sie warf einen Blick auf die Uhr. Es war Viertel nach acht. Ihr Vater würde sich zum Abendessen umziehen, dachte sie. Wenn sie ihn erreichen konnte, dann könnte sie ihm vielleicht übermitteln, ohne dabei etwas Wichtiges zu verraten, wie dringend es war, daß er zu ihr kam, wie sehr sie ihn brauchte.

Sie war selbst überrascht bei dem Gedanken. Ja, sie brauchte ihn. Sie war froh, daß es ihn gab, froh, daß sie jemanden hinter sich hatte, der stark und sicher war. Vielleicht war es das, was Kinder sich wünschten, dachte sie – Sicherheit, das Gefühl, daß sie irgendwohin gehörten, daß ihre Eltern, was immer ihnen auch sonst zustoßen mochte, dieselben blieben.

Man forderte sie auf, aufzulegen. Sie würde angerufen werden, sobald die Verbindung mit Mr. Garson hergestellt worden sei. Sie lief wieder im Zimmer auf und ab. Der Himmel draußen war lebhaft, aber sie sah es nicht. Sie konnte nur die Dunkelheit in sich selbst sehen, die Dunkelheit der Verzweiflung und des Elends.

»Hans! Hans!« flüsterte sie, aber die Wiederholung seines Namens ließ sie nur noch verzweifelter, noch ängstlicher werden.

Wieder und wieder ging sie die Ereignisse des Tages durch – das Treffen mit Hans in der Kunstgalerie; die Fahrt durch die Straßen;

die Rückkehr zum Hotel; Freddies Erklärung, daß Kupenski verschwunden sei. Wer war Kupenski und was hatte er mit alldem zu tun?

Ihr Kopf dröhnte in dem Bemühen, alles zu erraten, was geschehen war, bei dem Versuch, ein klares Bild aus all den unglaublichen, wirren Vorfällen und Gesprächsfetzen zusammenzusetzen. Nur eines war absolut sicher und unbestritten – der alte Mr. Burtel war tot.

Sie kam immer wieder auf denselben Punkt zurück, den Augenblick, als sie die Hand ausgestreckt, seine berührt und festgestellt hatte, daß sie kalt war.

Tot! Tot! Tot! Das Wort war so endgültig, so erschreckend, so entsetzlich in seiner Bedeutung. Sie hatte das Gefühl, vor etwas davonzulaufen, das sie einholte, etwas, das sie zerstören würde, und sie wußte nur zu gut, was es war.

»Ich liebe ihn!« rief sie verzweifelt und fühlte die ewige Ohnmacht der Frauen, die nichts weiter tun können als abwarten und beobachten und zusehen, wie ihre Männer vor ihren Augen zerstört werden.

Das Telefon schrillte, und Elita hastete durchs Zimmer. Sie riß den Hörer hoch.

»Ihre Verbindung mit London. Bleiben Sie bitte am Apparat.«

Sie hörte Klicken, fremde Stimmen, und dann eine sehr vornehme englische Stimme, die sagte:

»Guten Abend! Hier ist das Claridge Hotel.«

Und dann schließlich hörte sie die scharfe Stimme ihres Vaters.

»Hallo! Wer ist da?«

»Daddy!« So hatte sie ihn seit Jahren nicht genannt. »Daddy! Bist du das?«

»Wer ist da? Wer spricht?«

»Ich bin es, Elita. Ach, Daddy! Ich bin so froh, deine Stimme zu hören.«

»Elita!«

Sie hörte, wie sich der Ton seiner Stimme veränderte, und dann, nach einer Pause, die scheinbar vom Schock hervorgerufen worden war, sagte er:

»Wo bist du? Ich kann einfach nicht glauben, daß du es bist.«

Aus seinen Worten klang eine Freude, die sie nie zuvor bei ihm gehört hatte.

»Ich bin in Kopenhagen, und... und... ich habe Probleme!«

»Kopenhagen! Was machst du da, um alles in der Welt? Ich habe dich fast überall sonst auf der Welt gesucht.«

»Es ist eine lange Geschichte. Ich kann das jetzt nicht erklären.«

»Mach dir keine Sorgen. Ich möchte nur wissen, daß du noch lebst. Ach, Elita, komm zurück zu mir. Es tut mir leid, wenn ich dich geärgert habe. Ich bin ein alter Dummkopf. Ich habe es nicht verstanden.«

Elita schluckte krampfhaft. Das konnte nicht wahr sein. Sie konnte ihren Vater nicht so reden hören. Granite Garson, der sich für etwas entschuldigte, was er gesagt oder getan hatte! Granite Garson, der erklärte, daß er sie bei sich haben wollte!

Einen Augenblick lang konnte sie nicht antworten, und er fuhr fort:

»Bitte, Elita, du kannst alles haben, was du willst: tun, was du willst. Du mußt Alan natürlich nicht heiraten. Ich muß alt und idiotisch geworden sein zu glauben, daß ich dir einen Ehemann aufzwingen könnte. Verzeih mir, mein Liebes, und komm zurück. Du bist alles, was ich habe.«

Sie hörte, wie seine Stimme brach, und jetzt waren auch Tränen in ihren eigenen Augen.

»Ach, Daddy, Daddy«, wisperte sie.

Es kam ihr jetzt so vor, als hätte sie gar nicht erkannt, wie einsam sie ohne ihn gewesen war, ohne etwas Vertrautes, ohne dieses Gefühl, irgendwohin zu gehören.

»Warte eine Minute«, hörte sie ihn sagen, fast so, als wollte er ihr die Tränen aus den Augen wischen. »Ich komme zu dir. Wenn in der nächsten Stunde oder so kein Flugzeug nach Kopenhagen geht, chartere ich eines. Wo wohnst du?«

»Daddy!«

Sie wußte nicht, ob sie lachte oder weinte. Es war so typisch für ihn. Sie hatte fast vergessen, wie Granite Garson Dinge regelte.

Sie nannte ihm den Namen des Hotels.

»Ja, ja, das kenne ich. Komm nicht zum Flughafen. Ich komme direkt ins Hotel.«

»Warte mal«, warf Elita hastig ein. »Hör zu, Daddy! Ich wohne nicht unter meinem eigenen Namen. Es ist wichtig, daß niemand erfährt, wer ich bin. Es werden... Reporter dasein... und... solche Dinge.«

»Reporter? Weshalb?«

Sie hörte das Mißtrauen in der Stimme ihres Vaters.

»Nicht meinetwegen«, erklärte sie eilig. »Aber... aber es ist jemand ermordet worden.«

Sie sprach das Wort aus und erkannte, daß sie es besser nicht gesagt hätte. Angenommen, Mr. Burtels Tod wäre selbst zum Zeitpunkt seines Eintreffens noch nicht entdeckt worden.

»Sag nichts dazu, Daddy«, bat sie in plötzlicher Panik. »Komm einfach, komme schnell. Und frag nach Miss Gardener. Sie glauben, ich wäre Elita Gardener, und meine Zimmernummer ist neunundsiebzig.«

»Verstehe. Hab keine Angst.«

Die Erregung in ihrer Stimme mußte ihm verraten haben, in welchem Zustand sie sich befand.

»Keine Angst, Elita«, wiederholte er. »Ich werde alles regeln. Warte nur auf mich, ja? Verschwinde nicht wieder. Ich... ich könnte es nicht ertragen.«

»Ich werde auf dich warten, Daddy«, versprach Elita. »Und... es tut mir leid.«

»Wir haben einander beide eine Menge zu vergeben«, antwortete er.

Sie weinte, als sie den Hörer auflegte; weinte mehr aus Erleichterung als aus irgendeinem anderen Grund. Sie hätte nie erwartet, daß er so sein würde – so verständnisvoll, so nett. Sie war daran gewöhnt, daß er brüllte und schrie, wenn die Dinge nicht so liefen, wie er es wollte.

Jetzt wußte sie, daß er auch zärtlich und sanft sein konnte, und sie hatte das Gefühl, daß alles gut sein würde, wenn er erst einmal da war. Es war fast so, als glaubte sie wie ein Kind, daß er dem toten Körper neues Leben einhauchen könnte, daß er alles wieder so machen könnte, wie es vorher gewesen war.

Jetzt mußte sie nichts weiter tun als warten. Sie ging zur Tür und lauschte. Wenn man Mr. Burtel inzwischen gefunden hatte, würde sie sicher Stimmen auf dem Flur hören, Menschen, die hin- und herliefen, hasteten, klingelnde Telefone. Sie konnte es nicht verstehen.

Weil es nichts weiter zu tun gab, als auf die Stimmen in ihrem Kopf und ihrem Herzen zu hören, zog sie sich aus und nahm ein Bad. Dann zog sie das kleine schwarze Cocktailkleid an, das sie an jenem Abend getragen hatte, als Hans sie zum Dinner ausgeführt hatte.

Wie glücklich waren sie an dem Abend gewesen, und wie schnell war ihr Glück vergangen! Sie war fast böse auf ihn, weil er ihr ganzes Glück aufs Spiel setzte.

»Es würde ihm ganz recht geschehen, wenn ich ihn jetzt hassen würde«, dachte sie, wußte aber gleich, daß das unmöglich war.

Sie liebte ihn, liebte ihn mit jeder Faser ihres Wesens. Sie wußte, wenn das Telefon jetzt klingeln und er sie zu sich rufen würde, dann würde sie gehen; und wenn er vorschlagen würde, sie sollten nach Amerika fliegen oder sonst irgendwohin, dann würde sie blindlings mitgehen, würde sich nicht einmal mehr von ihrem Vater verabschieden.

Es wäre falsch! Es wäre unfreundlich. Aber so war die Liebe nun einmal. Sie hatte Hans ihr Herz geschenkt, und nichts in der Welt konnte das ändern.

Sie war gerade fertig angekleidet und starrte mit leeren Augen auf ihr Spiegelbild, als jemand an die Tür klopfte.

Sie sprang auf, dachte einen Moment lang, es könnte ihr Vater sein, der bereits eingetroffen war; erkannte dann, daß das unmöglich war. Seit sie mit ihm in England gesprochen hatte, waren erst fünfundzwanzig Minuten vergangen.

Es könnte Hans sein, dachte sie. Aber auch Freddie. Sie durchquerte das Zimmer.

»Wer ist da?« fragte sie.

»Der Direktor, Miss Gardener. Ich hätte gern einen Augenblick mit Ihnen gesprochen.«

Sie öffnete die Tür. Der Direktor trat ein, und am Ausdruck seines Gesichtes erkannte sie, daß er von Mr. Burtel erfahren hatte.

»Tut mir leid, ich habe schlechte Nachrichten, Miss Gardener«, fing er an. »Ihr Arbeitgeber, Mr. Burtel, ist plötzlich erkrankt.«

Elita tat überrascht.

»Krank! Will er mich sehen?«

Der Direktor schüttelte den Kopf.

»Der Arzt ist im Augenblick bei ihm«, sagte er. »Er wird dann...« Er zögerte kurz, »...ins Krankenhaus gebracht.«

»Das tut mir schrecklich leid«, murmelte Elita.

»Es ist alles vorbereitet«, fuhr der Manager fort. »Jetzt aber habe ich eine Bitte von Graf Klint. – Sie erinnern sich wohl an ihn, nehme ich an?«

»Ja, natürlich erinnere ich mich. Was möchte er?«

»Er fragt, ob Sie wohl so freundlich wären und das Bild, das als Vinterberg-Madonna bekannt ist, zum Schloß zu bringen. Er hat schon einen Wagen geschickt, aber er hat darum gebeten, daß Sie das Gemälde persönlich begleiten.«

»Warum? Warum wünscht er, daß ich das mache?« fragte Elita.

»Ich weiß nicht. Ich habe angeboten, einen vertrauenswürdigen Angestellten von meinem Personal zu schicken, aber der Graf hat darauf bestanden, daß Sie es persönlich bringen.«

»Natürlich mache ich das.« Elita war froh, eine Entschuldigung zu haben, das Hotel zu verlassen. »Ich weiß, daß das Schloß nicht weit außerhalb von Kopenhagen ist. Es wird nicht lange dauern.«

»Der Wagen des Grafen wartet bereits«, berichtete der Manager.

Sie nahm ihren Mantel aus dem Schrank und legte ihn sich um die Schultern. Dann wandte sie sich der Frisierkommode zu, um ihre Handtasche zu nehmen. Ihr Blick fiel kurz auf ihr Spiegelbild, auf das bleiche, bekümmerte Gesicht, und fast trotzig wandte sie sich ab. Was machte es schon, wie sie aussah? Sie hatte nur Angst, daß jemand, der sie sah, glauben könnte, etwas wäre nicht in Ordnung. Aber vielleicht würde man es auf Mr. Burtels angebliche Krankheit schieben.

Verzweifelt fragte sie sich, was geschehen würde, wenn Hans sie anriefe, während sie unterwegs war. Sie hätte den Direktor gern mehr gefragt. Wer mit Mr. Burtel ins Krankenhaus gefahren war? Was aus Freddie, Willie und George geworden war? Aber sie begriff, daß es gefährlich wäre, Fragen zu stellen.

Sie könnte so leicht etwas verraten, was sie eigentlich nicht wissen durfte. Was Hans anging, so konnte sie nur beten, daß sie nicht bemerkt hatten, daß er nicht da war, wie er es hätte sein sollen.

»Nein, es wird nicht lange dauern«, sagte der Direktor jetzt. »Die Straßen sind um diese Zeit ziemlich leer.«

Sie gingen zusammen den Flur entlang. Als sie am Wohnzimmer vorüberkamen, sah Elita, daß die Tür offenstand, und sie hörte Stimmen von drinnen. Sie glaubte, auch einen Mann in Uniform erblickt zu haben, aber sie konnte sich ebensogut irren.

Der Direktor schien unnötig schnell zu gehen, und der Fahrstuhl wartete bereits, um sie nach unten zu bringen. Das Bild befand sich in der Halle. Der Direktor nahm es fast ehrfürchtig entgegen und trug es persönlich zum Wagen, legte es neben Elita auf den Rücksitz.

»Ich werde den Grafen anrufen und berichten, daß Sie unterwegs sind, Miss Gardener. Er bestand ausdrücklich darauf, daß Sie sofort fahren.«

»Er will das Bild zurückhaben«, dachte Elita. »Die Vorstellung, daß es allein fahren sollte, selbst in seinem eigenen Wagen, hat ihm offensichtlich nicht gefallen.«

Das war nicht weiter verwunderlich, fand sie, nach dem Diebstahl des Van Gogh. Sie hatte genug von Graf Klint gesehen, um zu ahnen, daß alles, was seinen geliebten Gemälden zustieß, ihn ganz persönlich betraf.

Der Wagen fuhr über die hell erleuchteten Straßen und über Brücken, die stille Kanäle überspannten. Und dann waren sie draußen auf dem Lande.

»Als ich das letzte Mal hier entlanggefahren bin, saß Hans neben mir«, erinnerte sich Elita. Sie schloß die Augen und versuchte, ihre Gedanken zu ihm zu schicken. Sie konnte es sich irgendwie nicht vorstellen, daß er sich verstecken sollte, voller Angst gefaßt zu werden. Das war so gar nicht typisch für Hans, der einen so stolzen Gang hatte und der Welt mit einer Sicherheit begegnete, von der Elita immer angenommen hatte, daß sie aus einem Gefühl inneren Zutrauens erwuchs.

Hans konnte unmöglich ein Dieb sein, sagte sie sich, und noch weniger ein Mörder.

Elita fragte sich, wie sie ihrem Vater, wenn er eintraf, die ganze Wahrheit dessen, was geschehen war, erzählen sollte. Wie konnte sie zu ihm sagen: »Ich habe nicht nur Arbeit gefunden, sondern auch den Mann, den ich liebe, den Mann, den ich heiraten möchte. Aber im Augenblick wird er von der Polizei gesucht.«

Sie versuchte sich einzureden, daß es beruhigend war, daß der Hoteldirektor ihr erzählt hatte, daß Mr. Burtel krank war. Aber dann fiel ihr ein, daß man es in allen Hotels verabscheute, wenn einer der Gäste starb. Wenn so etwas geschah, wurden die Ereignisse immer vor den Gästen vertuscht.

Sie erinnerte sich, daß der Direktor von einem der palastartigen Hotels an der französischen Riviera ihr erzählt hatte, daß es ihnen immer gelänge, sollte jemand sterben, ihn noch in ein Pflegeheim oder Ortskrankenhaus zu bringen.

»Wir möchten nicht, daß unser Hotel auf dem Totenschein auftaucht. Das ist schlecht fürs Geschäft«, hatte er erklärt.

Aber diese Menschen waren auf natürliche Weise gestorben. Was geschah, wenn es zum Mord gekommen war? In diesem Fall hätte die Polizei doch gewiß ein Wörtchen mitzureden?

Elita versuchte sich einzureden, daß sie sich geirrt hatte; daß Mr. Burtels Hinterkopf keine Wunde aufwies, sondern nur einen Kratzer. Aber sie wußte, daß sie sich nichts vormachen konnte.

Sie fragte sich, wie es ihr gelang, so ruhig zu bleiben. Der Manager hatte noch nicht bemerkt, wie nervös sie innerlich war, und sie nahm an, daß auch der Graf nichts Auffälliges bemerken würde, wenn sie zum Schloß kam und das Bild überreichte. Es war nur sie selbst, die wußte, daß ihr ganzer Körper in tausend Stücke zerrissen worden war, aus Angst, Sorge und schrecklichem Kummer.

»Hans! Hans! Hans!«

Sie wollte seinen Namen laut hinausbrüllen. Sie wollte ihn finden und ganz fest in die Arme nehmen. Sie wollte um ihn weinen, ihn beschützen, ihn retten, und vor allen Dingen ihm sagen, daß sie ihn immer noch liebte.

Dies war der Augenblick, in dem er sie wirklich brauchte. Der Augenblick, wo sie ihn nicht im Stich lassen durfte. Sie sah, daß sie irgendwie mit ihm in Kontakt kommen mußte. Sie wußte zwar nicht wie, aber sie spürte, daß er ihr früher oder später eine Nachricht zukommen lassen würde, weil er sie auch noch liebte, und sei es nur, um ihr mitzuteilen, daß er lebte und daß es ihm gutging.

Liebe war größer als alles andere, sagte sich Elita; aber als sie in ihren Schoß hinabschaute, stellte sie fest, daß ihre Hände zitterten.

»Das ist der Schock.« Sie wollte vernünftig denken. »Darauf muß ich gefaßt sein. Es dauert lange, bis der Schock einsetzt.« Der Schock darüber, Mr. Burtel tot gefunden zu haben. Der Schock zu wissen, was Hans unter seiner Jacke getragen hatte.

Sie holte scharf Luft, gerade, als der Wagen vor dem Eingang zum Schloß hielt. Sie hatten sich dem großen Gebäude fast unmerklich genähert, und jetzt stand es als dunkle Silhouette vor der untergehenden Sonne.

Die dünnen, spitzen Türme; der graue Stein, aus dem es gebaut war; die hohen Fenster, die die strahlenden Farben des Himmels reflektierten; all das verlieh ihm das Aussehen eines Bildes aus einem Buch von Hans Christian Andersen. Und jenseits lagen die Terrassen, von denen man aufs Meer blicken konnte.

Von dem Wasser ging Ruhe und Schönheit aus, die ihrem unruhigen Herzen ein wenig Trost zu bringen schien. Konnte die Welt tatsächlich so schön sein? Und wenn sie es war, spielten dann die Sehnsüchte kleiner Leute, wie sie es war, eine so große Rolle?

Aber dann erkannte sie, daß die Schönheit an sich niemals genug sein konnte. Es waren die Menschen, die zählten – die Männer und Frauen, die die Welt ausmachten und die kämpften, jeder auf seine Weise, um ihr Leben zu leben, bis der Tod sie dahinraffte.

Ein Diener öffnete die Wagentür. Elita konnte die Stelle auf der Terrasse sehen, wo sie und Hans gestanden hatten, und sie erinnerte sich, wie sein Herz an ihrem geschlagen hatte.

So lebhaft, daß es fast schmerzte, fühlte sie wieder die Berührung seiner Lippen, hörte die Worte, die sie einander gesagt hatten, erinnerte sich an die plötzliche Erregung, als ihr Kuß sie zu einer untrennbaren Einheit hatte werden lassen.

Ach, Hans! Hans! fühlte sie ihr Herz nach ihm rufen, fühlte, wie ihr ganzes Sein sich nach ihm sehnte wie nie zuvor.

»Was immer auch geschieht, ich gehöre dir«, erzählte sie ihm wortlos, fühlte, daß ihre Liebe ihn erreichen mußte, wo immer er auch sein mochte, genau von dem wunderbaren Ort, an dem er sie gebeten hatte, seine Frau zu werden.

»Würden Sie bitte hier entlang kommen, Madam?« bat der Diener in Englisch mit starkem Akzent.

Elita folgte ihm ins Schloß. Es war innen ebenso prächtig wie von außen. An den Wänden hingen Gemälde in geschnitzten Goldrahmen. Elita schien es, als erstreckten sich vor ihr Meilen von auf Hochglanz poliertem und mit weichen bunten Perserteppichen belegtem Parkettboden. Die schweren Möbel waren teilweise mit Elfenbein intarsiert, und schwere, seidene Vorhänge verschlossen die Fenster.

Elita folgte dem Diener über eine geschwungene Eichentreppe nach oben. Im ersten Stock wurde sie einen Gang entlang geführt, und dann wurde eine Tür geöffnet, die in einen länglichen, ideal proportionierten Raum führte, in dem wiederum unzählige Bilder hingen.

Sanftes Licht fiel auf Marmorstatuen und Mosaiken, Gold und Silber, Porzellan und geschliffenes Kristall.

Alles war so kostbar und sehenswert wie in einem Museum. Gleichzeitig aber wirkte es warm und freundlich wie ein Zimmer, in dem gelebt und geliebt wurde.

Blumen standen auf den Tischen. Am anderen Ende brannte ein Kaminfeuer, und Hunde erhoben sich von dem Kaminvorleger und kamen auf sie zu, freundlich, aber gleichzeitig auch neugierig, wer sie war.

Ein Mann hatte mit den Tieren vor dem Kamin gesessen. Elita, ein wenig vom Licht geblendet, meinte, es müsse Graf Klint sein, als sie auf ihn zuging.

Sie hatte kaum gemerkt, daß der Diener ihr das Bild ausgehändigt und die Tür hinter ihr geschlossen hatte, nachdem er sie in die Galerie geführt hatte. Sie war zu sehr in ihre eigenen Gedanken vertieft, um irgendwelche Fragen zu stellen.

Sie war schon fast beim Kaminvorleger angekommen, hielt Graf Klint sogar schon das Bild entgegen, als sie ihn zum ersten Mal direkt ansah. Einen Moment lang glaubte sie zu träumen. Dann blieb sie steif stehen, rührte sich nicht.

»Hans!« rief sie aus. »Was machst du hier?«

Er lächelte, und sie ging zu ihm, vergaß das kostbare Päckchen, vergaß, wo sie war, vergaß sogar die Gefahr, die sie umgab.

»Hans, Hans!« rief sie. »Ich habe an dich gedacht, habe mich gefragt, wo du sein könntest.«

»Ich bin hier. Ich hatte Angst, du würdest nicht kommen.«

»Aber Graf Klint...« fing sie an, erkannte dann aber, daß Erklärungen nur ihre kostbare Zeit vergeuden würden.

Es versetzte ihr einen Stich im Herzen, als sie in diesem Augenblick dachte, daß Hans es nicht wußte. Er konnte nicht dort stehen, so lächeln, wie er es jetzt tat, wenn er es wissen würde. Alles, was sie sich eingebildet hatte, war falsch gewesen. Hans wußte nicht, was geschehen war. Er kannte die Wahrheit nicht.

Er hatte nicht versucht, sie zu berühren, hatte nur dagestanden und sie mit einem Ausdruck im Gesicht angesehen, den sie liebte, mit der Einladung auf den Lippen, nach der sie sich sehnte.

Mit einer verzweifelten Geste warf sie das Bild auf den Stuhl.

»Hör mal, Hans«, rief sie verzweifelt. »Du mußt sofort fort von hier! Ich dachte, du würdest dich irgendwo verstecken! Ich dachte, du wüßtest es bereits!«

»Wüßte was?«

»Daß Mr. Burtel tot ist. Tot, Hans, und... und jemand hat ihn ermordet.«

»Woher weißt du das?«

Seine Stimme klang streng.

»Ich... ich war bei ihm. Ich habe ihn gesehen.«

»Aber ich hatte dich gebeten, das nicht zu tun. Ich hatte dich gebeten zu warten, bis er dich rufen ließe.«

»Ja, ich... ich weiß. Aber ich bin eingeschlafen, und ich dachte, er hat mich vielleicht gerufen, und ich habe es nicht gehört. Aber... aber das hat nichts damit zu tun. Du... du hast gewußt, daß... daß er tot war.«

Es war ein Vorwurf. Sie sah, wie Hans die Lippen zusammenpreßte.

»Ich habe es gewußt«, sagte er ruhig.

»Ja, begreifst du denn nicht, daß sie alle nach dir suchen werden?« fragte Elita.

Eine Pause entstand, ehe Hans antwortete.

»Dann glaubst du also, ich hätte es getan? Ich hätte ihn getötet?«

Elitas Blick begegnete seinem.

»Ich... ich weiß nicht. Ich verstehe überhaupt nichts mehr«, sagte sie. »Ich weiß nur, daß du aus dem Zimmer gekommen bist und mir befohlen hast, nicht hineinzugehen... und als ich dann hinging, war Mr. Burtel... tot. Sein Diamant war verschwunden, und auch... auch das Bild. Er muß es betrachtet haben, als jemand ihn von hinten niedergeschlagen hat.«

»Und du glaubst, ich wäre das gewesen?«

Elita fuhr sich mit den Händen an die Augen.

»Ich sage doch, ich weiß es nicht. Ich weiß nicht, was ich glauben soll. Aber...«

Sie streckte die Hände nach Hans aus.

»Ich... ich weiß nur eins – daß ich dich liebe; und wenn du jetzt fortlaufen mußt, wenn du dich verstecken mußt, dann komme ich mit. Wenn man dich erwischt und... verurteilt, dann werde ich auf dich warten. Ich liebe dich, Hans! Nichts sonst zählt.«

»Heißt das, du liebst mich, selbst wenn ich ein Mörder bin, wenn ich den Mann getötet habe, der mich angestellt hat, den Mann, der mir in gewissem Umfang vertraut hat? Du liebst mich immer noch?«

»Ich liebe dich«, antwortete Elita verzweifelt. »Ich glaube nicht, daß sich so etwas auf die Liebe auswirkt. Liebe ist etwas Großes. Ich liebe dich, weil ich nicht anders kann. Es ist ein Teil von mir, so, wie ich ein Teil von dir bin. Ich liebe dich, und was immer du auch getan haben magst, ich werde dir immer gehören.«

Ihre Stimme war verzweifelt, und doch auch klar und hell. Sie hatte leise sprechen wollen, aber es wurde zu einem Glaubensbekenntnis, und sie sprach die Worte, als wollte sie etwas schwören, das aus der Tiefe ihrer Seele kam.

Lange starrte Hans in ihre Augen nieder. Jegliche Farbe war aus Elitas Gesicht gewichen, aber sie hielt seinem Blick stand. Sie war die Seine. Sie mußte ihm verständlich machen, daß sie ihn immer noch liebte und zu ihm gehörte, was immer er auch getan haben mochte.

»Ich habe das Gefühl, du meinst das wirklich ernst«, sagte er schließlich. »Wie kann ich dich nur überzeugen?« fragte sie. »Laß mich jetzt mit dir kommen. Laß uns fortlaufen, solange es noch geht. Vielleicht können wir nach Amerika entkommen. Ich werde für dich arbeiten. Irgendwie wird es mir gelingen, dich zu schützen. Laß uns keine Zeit verschwenden. Sie wissen, was passiert ist. Man hat Mr. Burtel ins Krankenhaus geschafft.«

Hans holte tief Luft.

»Ich werde nie vergessen, was du zu mir gesagt hast. Ich hätte nicht geglaubt, daß es Frauen wie dich gibt, Frauen, die so wundervoll sind.«

Er ergriff ihre beiden Hände, beugte den Kopf und zog sie an seine Lippen. Er küßte sie scheu, und fast ungeduldig wendete Elita sich ab.

»Wir haben keine Zeit zu verlieren, Hans. Wir müssen jetzt klar denken. Wir müssen die Sache vernünftig angehen.«

»Indem wir fortlaufen?« fragte Hans.

Sie zuckte die Schultern. »Was denn sonst?«

»Ich liebe dich. Ich liebe dich so sehr, daß ich es kaum ertragen kann, hier zu stehen und dich anzusehen. Ich möchte dich auf ein Podest erheben und dich anbeten. Ich möchte Weihrauch zu deinen Füßen verbrennen, Psalmen des Dankes singen, weil du so unbeschreiblich wunderbar bist, daß ich kaum glauben kann, nicht zu träumen.«

»Tätest du es doch nur«, sagte Elita verbittert, noch immer seine Hände haltend.

Sie sah sich im Zimmer um.

»Warum sind wir hier?« fragte sie verwirrt. »Was machst du hier? Der Graf kann dich nicht beschützen, wenn die Polizei kommt.«

»Das ist nicht das Schloß des Grafen«, antwortete Hans.

»Nun, dann eben derjenige, dem es gehört, wer immer das ist«, murmelte Elita ungeduldig.

»Es gehört mir«, erklärte Hans ruhig. »Es ist mein Heim.«

Elita starrte ihn an, als hätte er den Verstand verloren. Hans schien nicht zu wissen, was er sagte, dachte sie.

»Es ist mein Heim«, wiederholte Hans sanft. »Aber ich muß dir erst noch etwas anderes sagen, ehe ich dir alles erkläre. Ich liebe dich, Elita, mehr als jemals eine Frau in der Geschichte der Menschheit geliebt worden ist. Ich liebe dich! Ich liebe dich!«

Er schloß sie fest in die Arme. Sie wollte ein Dutzend Fragen stellen, aber seine Lippen suchten schon die ihren, und weil sie sich so verzweifelt nach seiner Berührung sehnte, schluchzte sie leise auf und ergab sich ihm.

12

Nach langer Zeit hob Elita den Kopf.

»Ich... verstehe nicht«, brachte sie hervor.

Er schaute in ihre Augen hinab, seine Lippen waren den ihren noch immer sehr nah.

»Ich weiß, mein Liebling. Wenn du nur wüßtest, wie schwer es war, dir etwas vorzumachen.«

»Aber… aber Mr. Burtel… ist tot«, stammelte Elita.

»Leider«, gab Hans sanft zu. »Aber ich verspreche dir, ich habe ihn nicht ermordet. Das hat eigentlich niemand getan.«

»Niemand!« Elita riß die Augen auf. »Aber – da war eine Wunde an seinem Hinterkopf.«

»Das stimmt. Kupenski schlug ihn mit der geballten Faust, und der Ring, den er trug, schnitt in den Kopf des alten Mannes. Ich habe gesehen, wie er es getan hat, weil ich in diesem Augenblick ins Zimmer kam.«

»Du hast es gesehen!« rief Elita.

»Es war zu spät, um zu verhindern, daß Mr. Burtel starb. Sein Herz ist schon seit langer Zeit schwach gewesen. Der Schock und die Aufregung, Kupenski daran zu hindern, seinen kostbaren Diamanten und die Bilder zu stehlen, die er auf dem Tisch festhielt… das alles war einfach zu viel. Er starb augenblicklich. Ich habe einen anderen Mann auf genau dieselbe Weise sterben sehen, und ich wußte, daß man nichts tun konnte.«

»Aber Kupenski! Warum hast du ihn nicht festgehalten?«

»Während ich zu Mr. Burtel lief, ließ Kupenski alles fallen und stürzte aus dem Zimmer. Ich hob den Diamanten und die Bilder auf, und dann wußte ich, was ich tun mußte.«

»Die Bilder? Aber es war doch sicher nur eins?«

Hans' Arm legte sich fester um sie.

»Ich glaube, wir sollten lieber von vorne anfangen, Liebling. Es ist eine lange Geschichte. Komm und setz dich ans Feuer. Siehst du, meine Hunde heißen dich willkommen.«

»Ich begreife überhaupt nichts mehr. Wie kann das dein Schloß sein? Es gehört Prinz Vinterberg.«

»Er ist mein Vater, und er hat es mir vor ein paar Jahren überschrieben, weil er wegen seiner empfindlichen Gesundheit in Südfrankreich leben muß. Als ich dich gebeten habe, meine Frau zu werden, wollte ich auf meinem eigenen Grund und Boden stehen, umgeben von den Schätzen, die ich seit meiner Kindheit gekannt und geliebt habe. Verstehst du jetzt, warum ich dich hierher gebracht habe, als ich dich bat, mich zu heiraten?«

Nach einer kurzen Pause sagte Elita:

»Ich hatte in jener Nacht solche Angst. Ich weiß nicht, warum. Ich spürte, daß etwas nicht in Ordnung war, daß irgend etwas uns beide bedrohte. Und dann... dann leuchtete das Licht auf. Es schien mir Hoffnung zu machen, schien ein Versprechen zu sein, daß alles gut werden würde.«

»Es ist alles gut geworden. Du wirst mich heiraten, mein Schatz. Das ist das einzige, woran ich im Moment denken kann.«

Er hätte sie wohl wieder geküßt, aber Elita hielt die Hand hoch und verhinderte, daß seine Lippen ihren Mund erreichten.

»Zuerst muß ich die Wahrheit kennen. Du hast ja keine Ahnung, wie unglücklich ich war, wie ängstlich, wie elend.«

»Meine arme Kleine. Es war gemein und grausam von mir, dich so auf die Folter zu spannen, und doch konnte ich es nicht vermeiden.«

Er nahm ihre Hand und küßte sie leidenschaftlich, und dann erklärte er mit einem plötzlichen Feuer in den Augen:

»Wenn wir wirklich miteinander reden wollen, dann mußt du dich ein bißchen weiter von mir fortsetzen. Im Augenblick kann ich an nichts anderes denken als an dich. Endlich bin ich frei, kann dich in meinen Armen halten, dich küssen, dir erzählen, wie wundervoll und liebenswert du bist, und dir versprechen, daß uns nie mehr etwas trennen wird.«

Elita seufzte tief. Es war herrlich, ihn solche Dinge sagen zu hören, und doch hatte sie das Gefühl, daß es noch sehr viel gab, was erklärt werden mußte.

»Fang bitte von vorne an«, bat sie.

Hans rückte bewußt ein Stück von ihr ab, ehe er lächelnd sagte:

»Wenn ich mein Verslein schnell aufsage, darf ich dann wieder näher kommen?«

Er sah den Ausdruck auf ihrem Gesicht und fügte hastig hinzu:

»Liebling, ich darf dich nicht ärgern. Aber ich bin einfach so glücklich.«

Elita schauderte leicht.

»Es ist schwer zu begreifen, daß alles, was ich von dir dachte, nicht wahr ist. Ich verstehe immer noch nicht...«

»Laß mich erklären«, unterbrach er. »Wie du weißt, hat sich mein Vater immer sehr für Kunst interessiert. Viele Leute suchen seinen Rat, weil er die schönste Gemäldesammlung von ganz Dänemark besitzt.«

Elita sah sich kurz im Zimmer um, überzeugt, daß er die Wahrheit gesagt hatte.

»Vor einer Weile nun«, fuhr Hans fort, »erfuhr er, daß in einer der großen Gemäldegalerien in Rom eine Rauchbombe hochgegangen war. Scheinbar war nichts gestohlen worden, und so tat man es als einen Studentenulk ab. Dann passierte dieselbe Sache im Louvre in Paris. In den französischen Zeitungen schob man die Sache Kommunisten in die Schuhe und sprach von einer Revolte gegen die Regierung; da keines der Gemälde beschädigt zu sein schien, wurde es bald vergessen. Dann passierte vor ein paar Monaten dasselbe in Wien. Diesmal war es ernster.«

»Ich weiß«, unterbrach Elita. »Ein Aufseher wurde getötet.«

»Wer hat dir das erzählt?« erkundigte sich Hans.

»Der Hoteldirektor.«

»Er hatte recht. Ein Aufseher, ein alter Mann, der seit über fünfzig Jahren im Dienst des Museums stand und von allen geliebt und respektiert wurde, wurde brutal auf den Hinterkopf geschlagen. Man stellte fest, daß er einen Schädelbruch erlitten hatte.«

»Aber es wurde immer noch nichts gestohlen?« staunte Elita.

»Das dachten wir damals. Aber ein paar Tage später wurde meinem Vater eine beunruhigende Geschichte erzählt. In Rom hatte man herausgefunden, daß eins der Bilder in der Galerie, in der die Bombe explodiert war, aus dem Rahmen geschnitten und ersetzt worden war. Sie brachten meinem Vater das Bild, und er und mehrere Experten untersuchten es sehr genau. Nach langer Beratung kamen sie zu dem Schluß, daß es sich um eine Fälschung handelte.«

»Eine Fälschung!«

»Ja – sie hatten das Originalgemälde ersetzt. In diesem Moment trat so etwas wie Panik unter den Direktoren der Kunstgalerien und Museen auf. Jedes Bild im Louvre wurde geprüft, und man fand heraus, daß genau dieselbe Sache passiert war. Ein Gemälde – ein recht kleines, aber sehr wertvolles – war mit einem sehr scharfen Messer oder einer Rasierklinge aus dem Rahmen geschnitten und durch eine Fälschung ersetzt worden, so geschickt, daß man es nur bemerkte, wenn das Bild gründlich überprüft wurde.«

»Und es stand nichts davon in der Zeitung?« erkundigte sich Elita.

Hans schüttelte den Kopf.

»Man beschloß sofort, daß die Öffentlichkeit nichts erfahren durfte. Erstens hätte es andere Diebe ermutigen können, und zweitens bestand die einzige Chance, die Diebe zu fangen, darin, sie in dem Glauben zu lassen, daß ihr Coup nicht entdeckt worden war.«

»Das verstehe ich.«

»Weißt du, Liebling«, fuhr Hans fort, »sie erkannten sofort, daß die ganze Geschichte von einem sehr raffinierten Experten angezettelt sein mußte, von einem Menschen, der Gelegenheit hatte, diese Bilder an genau den richtigen Abnehmer zu verkaufen.«

»Aber so jemand ist doch bestimmt schwer zu finden?«

»Natürlich. Man kann ein Gemälde wie die Mona Lisa, oder auch ein bekanntes Werk von Van Gogh oder Cézanne, nicht überall auf der Welt anbieten, ohne daß die Kunstexperten jedes Landes sofort davon erfahren.«

»Wer würde es dann denn noch kaufen?«

»Es gibt in Amerika private Sammler, die darauf erpicht sind, einige der schönsten Gemälde der Welt zu besitzen, und die auch bereit sind, die Tatsache, daß sie sie besitzen, geheimzuhalten, zumindest so lange, bis sich der Aufruhr gelegt hat.«

»Dann mußtest du also herausfinden, wer sie verkaufte.«

»Genau«, stimmte Hans zu. »Und es mußte schnell geschehen. Wir hatten ja keine Ahnung, wo dieser Experte, wer immer es auch sein mochte, als nächstes zuschlagen würde. Von einem war mein

Vater allerdings überzeugt: daß derjenige, der die Bilder kopierte, nur ein Mann sein konnte.«

»Hieß er André?« erkundigte sich Elita.

Hans sah sie überrascht an.

»Woher weißt du das?«

»Willie hat gestern jemanden zum Flughafen gefahren, der André hieß.«

»Wenn wir gewußt hätten, daß er hier war, dann hätte uns das sehr geholfen. Aber er ist schwer zu identifizieren. André Soutrer sieht aus wie die meisten gewöhnlichen Franzosen, und es gibt kein Foto von ihm. Und doch ist er in gewisser Weise einzigartig.«

»Warum?«

»Er ist derzeit der größte Kopist der Welt. Er hat eine regelrechte Kunst daraus entwickelt, die großen Meister zu kopieren. Er benutzt Leinwand aus der damaligen Zeit, die richtigen Farben, und er ist ein hervorragender Maler.«

»Warum gibt er sich dann damit ab, Gemälde zu schlechten Zwecken zu kopieren?«

»Für Geld natürlich. Deshalb wußten wir, daß die Person, die André Soutrer beauftragte, bereit sein mußte, eine Menge Geld dafür zu investieren, denn wir hatten gehört, daß er immer im voraus bezahlt werden müßte.«

»Also heißt das, ihr mußtet jemanden finden, der sehr reich war, große Kenntnisse auf diesem Gebiet besaß und auch in Amerika die richtigen Leute kannte, die die Gemälde kaufen würden, wenn er sie erst einmal in Händen hielt.«

»Genau«, stimmte Hans zu. »Und dann hörte mein Vater durch Zufall etwas, das seinen Verdacht auf Mr. Burtel lenkte. Der alte Mann genoß einen ausgezeichneten Ruf in der Welt der Kunst. Seine Gemäldesammlung war fast ebenso bekannt wie die meines Vaters. Aber ganz unerwartet erfuhren wir dann, daß Mr. Burtel seine Sammlung verkaufte.«

Hans machte eine kurze Pause und schaute zur Wand über dem Kamin hinauf, an der ein wunderschönes Gemälde aus der flämischen Schule hing.

»Ein Mann, der Gemälde liebt, verkauft sie nur aus einem einzigen Grund«, sagte er leise.

»Aus welchem Grund?« fragte Elita, die in diesem Augenblick begriff, daß Hans' Bilder ihm sehr viel bedeuteten.

Ihr schoß ungewollt durch den Kopf, wie perfekt er in diese vornehme Umgebung paßte. Wie hatte sie jemals glauben können, er würde einer anderen Welt angehören? staunte sie, vergaß dann aber alles, als Hans weitersprach.

»Ein Mann verkauft seine Schätze nur, wenn er muß. Und er verkauft sie für Geld. Zuerst war mein Vater fassungslos, konnte es nicht glauben. ›Warum sollte Burtel Geld brauchen?‹ fragte er. ›Er ist ein sehr reicher Mann.‹«

»Ich weiß, warum er Schwierigkeiten hatte«, fiel Elita ein. »Es war sein Sohn, nicht wahr?«

»Du bist klüger, als ich dachte. Ja, es war Adolph. Sein teurer Lebensstil hatte ihn dazu verführt, an der Börse zu spekulieren, um noch reicher zu werden. Adolph spekulierte im großen Stil und verlor eine Menge Geld – die meisten Leute würden es wohl ein Vermögen nennen. Natürlich wandte er sich an seinen Vater, und ich vermute, der Sohn hat den alten Mann ausbluten lassen.«

Elitas Augen umwölkten sich.

»Mr. Burtel hat seinen Sohn sehr geliebt. Er hätte alles für ihn getan. Es war grausam von dem jungen Mann, ihn so zu behandeln.«

»Adolph Burtel ist ein Schwein, ist es immer gewesen«, erklärte Hans wütend. »Außerdem ist er ein Dummkopf; und wenn ich an all die prächtigen Bilder denke, die verkauft worden sind, um seine Orgien zu finanzieren, dann sehe ich rot.«

»Und so wurde Mr. Burtel also zum Gauner, um mehr Geld für seinen Sohn aufzutreiben«, hakte Elita nach.

»So ist es wohl, wenn man es offen ausspricht. Wie gesagt, er war Kenner der Kunstszene, und ich kann mich des Gefühls nicht erwehren, daß es ihn in gewisser Weise amüsierte, wie er alle Leute übers Ohr hauen konnte, wie leicht André Soutrers Fälschungen unentdeckt blieben.«

»Aber warum mußte er Leute wie... wie Freddie einstellen?« Elita schauderte leicht bei dieser Frage.

»Freddie war ein Fehler«, gab Hans zu. »Willie und George waren bloß kleine Gelegenheitsgauner, die bereit waren, Befehle auszuführen, ohne je selbst Initiative zu ergreifen. Aber Freddie war gern grob. Er wollte provozieren; er wollte töten.«

»Ich habe gehört, wie Mr. Burtel ihm befahl, das nie wieder zu tun«, erzählte Elita.

»Nichts hätte Freddie aufhalten können. Seine Rolle in dem ganzen Unternehmen bestand darin, zu verhindern, daß Kupenski gestört wurde, während er das Originalgemälde herausschnitt und durch die Fälschung ersetzte. Der Aufseher in Wien hat vielleicht etwas gesehen, und deshalb mußte er sterben. Danach ging Freddie kein Risiko mehr ein. Er hat den Mann in der Tate Gallery niedergeschlagen, obwohl er in die entgegengesetzte Richtung schaute, obwohl er so gebannt war von Rauch und Verwirrung im nächsten Saal, daß ich bezweifle, daß auch nur die geringste Wahrscheinlichkeit bestand, daß er sah, was Kupenski tat.«

»Woher weißt du das?«

»Wir haben das Bild gefunden, das Kupenski ausgetauscht hat, während Freddie Wache stand, und wir haben auch den Aufseher gefunden«, erklärte Hans grimmig.

»Aber wenn du das alles gewußt hast, warum hast du nichts unternommen?«

»Das war's ja gerade. Wir wußten nicht genug, um irgend jemanden verhaften zu können. Mein Vater war überzeugt, daß André Soutrer die Fälschungen angefertigt hatte. Wir wußten, daß Mr. Burtel seine Sammlung verkauft hatte. Wir vermuteten, daß er auf irgendeine Weise mit den Gemälden zu tun hatte, die in den berühmten Galerien der Welt gestohlen worden waren. Aber wir brauchten einen Beweis. Und obwohl wir vermuteten, daß Freddie ein Mörder war – wir konnten nirgendwo zupacken.«

»Aber jetzt habt ihr einen Beweis?« fragte Elita hastig. »Hast du nicht gesehen, wie er den Mann in der Ny Carlsberg niedergeschlagen hat.«

Hans lächelte.

»Liebling, ich werde dir ein Geheimnis verraten. Du darfst es niemals jemandem verraten, versprichst du mir das?«

»Aber natürlich verspreche ich das. Ich habe all meine Versprechen gehalten, nicht wahr?«

»Ich scheine immer wieder etwas von dir zu verlangen. Aber dies ist das letzte Mal. Danach werde ich dir noch ein Versprechen abnehmen.«

»Und welches ist das?«

»Wenn ich dich bitte zu sagen, daß du mich lieben und ehren wirst, bis daß der Tod uns scheidet«, antwortete er.

Sie errötete angesichts des plötzlichen Feuers in seinen Augen, und dann schüttelte er sich.

»Ich habe etwas bei der Geschichte ausgelassen, und das betrifft, wie du dir vielleicht denken kannst, die Vinterberg-Madonna.«

»Ich habe mich schon gefragt, wann du auf sie zu sprechen kommen würdest.«

»Es war die Idee meines Vaters. Er hat mit Graf Klint telefoniert und gesagt ›Führt ihn in Versuchung‹.«

»Dann wollte dein Vater das Gemälde nicht wirklich verkaufen?«

»Mein Vater würde sich eher die rechte Hand abschneiden, als eins seiner Gemälde zu verkaufen«, gab Hans zurück. »Aber wir mußten etwas unternehmen, um Mr. Burtel ans Licht zu bringen. Ich hatte einen Brief von seinem Sohn Adolph gelesen, in dem er ihn um Geld bat. Ich habe ihn gelesen, während ich den Anzug des alten Mannes ausgebürstet habe – er steckte in der Tasche. Ich wußte, daß es ihm schwerfallen würde, die tausend Pfund aufzubringen, von denen Adolph wohl glaubte, daß er ein Recht darauf hätte.«

»Ich hasse ihn!« rief Elita aus.

»Die Idee meines Vaters war es, Mr. Burtel dazu zu reizen, etwas zu kaufen, was er sich unmöglich leisten konnte«, fuhr Hans fort.

»Er liebte das Bild. Er sehnte sich danach, es zu besitzen, mehr als irgend etwas sonst, was er je gesehen hatte.«

»Jeden Sammler geht es so mit einem Bild, das er wirklich begehrt. Aber ich glaube, Mr. Burtel hatte recht, als er sagte, er hätte immer davon geträumt, es zu besitzen.«

»Ich verstehe immer noch nicht, warum das helfen konnte.«

»Weil er, um Geld aufzutreiben, Kupenski zwang, zwei Bilder zu nehmen, nicht nur eines.«

»Oh, aber natürlich!« rief Elita. »Bis dahin hatte er immer ein einzelnes Bild ersetzt.«

»Das konnte er diesmal nicht tun«, erklärte Hans. »Graf Klint hatte ihm gesagt, daß er innerhalb von vierundzwanzig Stunden eine Entscheidung treffen müßte. Deshalb erhielt Kupenski den Auftrag, zwei Van Goghs zu nehmen, nicht nur den einen zu ersetzen, den André Soutrer kopiert hatte.«

»Und das hat er getan?«

»Ja, das hat er getan. Während Freddie wie üblich einen Mann niederschlug, der sich kaum in den Diebstahl eingemischt hätte, weil er nicht einmal in die Richtung schaute.«

»Dann ist Kupenski verschwunden. Er hat die Bilder gestohlen.«

Hans schüttelte den Kopf.

»Er hat nichts dergleichen getan. Er ging zwar nicht zu der Verabredung, die mit Freddie und Willie getroffen worden war. Er war zu dem Entschluß gekommen, daß er mehr Geld haben wollte. Siehst du, wie alle Gauner hatten sie versucht, auf die lächerlichste Art und Weise zu sparen. Sie hatten André Soutrer ein Vermögen gezahlt, um den ersten Van Gogh zu kopieren, den sie stehlen wollten, aber als es dann darum ging, den zweiten zu nehmen, haben sie Kupenski nichts angeboten, oder jedenfalls nur so wenig mehr, daß er sich gegen die Ungerechtigkeit auflehnte.«

»Das war sehr dumm von ihnen«, gab Elita zu.

»Gauner haben immer ihre Fehler«, erklärte Hans ihr. »Wenn Kupenski mit Freddie gesprochen hätte, hätte er kaum einen Aufschlag bekommen, sondern nur ein paar beleidigende Bemerkungen gehört. Also beschloß er, Mr. Burtel allein aufzusuchen.«

Elita hielt fast den Atem an, während sie zuhörte.

»Er war schlau genug zu begreifen, daß Freddie, Willie und George ihn da suchen würden, wo er gewohnt hatte, solange er sich in Kopenhagen aufhielt, und außerdem an all den Stellen, an denen sich Gauner seines Schlages zu treffen pflegen. Also hat er die Gelegenheit ergriffen, hat sich durch den Hintereingang ins Hotel geschlichen und Mr. Burtel die Bilder gebracht.«

»Über die Hintertreppe«, murmelte Elita.

»Was dann geschah, kann ich nur vermuten«, fuhr Hans fort. »Er hat mehr Geld verlangt – viel mehr, als Mr. Burtel ihm bezahlen konnte.«

»Und deshalb hat er den Diamanten genommen«, vermutete Elita.

»Richtig«, stimmte Hans zu. »Der alte Mann weigerte sich zu zahlen, was er verlangte, und als er aufgeregt und entzückt über den Bildern hockte, hat Kupenski die Geduld verloren und ihn auf den Hinterkopf geschlagen, gerade als ich ins Zimmer kam.«

»Wie abscheulich!«

»Dabei riß er mit einer seiner geschickten Bewegungen – er konnte natürlich blitzschnell arbeiten – den Diamanten von der Kette, die ihn mit der Uhr verband, und zog die Bilder unter Mr. Burtels Hand hervor.

Ich sah den alten Mann vornüber kippen und rief: ›Sie haben ihn umgebracht!‹ Das versetzte Kupenski in Panik. Er ließ die Dinge fallen, die er in den Händen hielt, und rannte zur Tür.«

»Er muß den Gang hinabgelaufen sein, direkt ehe ich aus meinem Zimmer kam«, sagte Elita.

»Ich nehme es an. Ich tastete nach dem Herzschlag des alten Mannes, dann nach seinem Puls, und begriff, daß er tot war. Ich achtete aber sorgfältig darauf, ihn nicht zu bewegen, denn ich hatte plötzlich eine Idee.«

»Welche?«

»Ich wollte ganz sicher sein, daß Freddie vor Gericht gestellt wird«, erzählte Hans ihr grimmig. »Nicht nur, was er dem armen Mann in Wien oder den Aufsehern in London und in unserer eigenen Galerie heute nachmittag angetan hat, war der Grund, nein, er schuldete mir auch persönlich etwas, weil er so häßlich zu dir gewesen ist.«

Seine Kieferknochen traten hervor, und Elita sah einen ganz anderen Ausdruck auf seinem Gesicht, als sie ihn je zuvor dort gesehen hatte.

»Das ist jetzt nicht mehr wichtig«, behauptete sie schnell.

»Doch, weil ich niemals vergessen werde, daß ich unfähig war einzugreifen, obwohl ich wußte, daß er zudringlich wurde. Du hast keine Ahnung, welche Selbstbeherrschung ich aufbringen mußte. Ich wollte ins Zimmer stürzen, ihn niederschlagen. Ich wollte ihm die Prügel verabreichen, die er verdiente. Ich wollte ihn als den Feigling entlarven, der er im Grunde seines Herzens ist.«

»Ich konnte das damals nicht verstehen, aber jetzt ist mir alles klar. Du hattest ganz recht, nichts zu unternehmen.«

»Ich habe mich nie im Leben so verachtenswert gefühlt und gleichzeitig so ohnmächtig. Deshalb war ich entschlossen, daß Mr. Burtel, tot oder lebendig, nicht allein die Schuld für die Diebstähle tragen sollte. Freddie sollte bekommen, was er verdient – und das heißt, daß er wegen Mordes verurteilt wird.«

»Aber wird er das denn? Wie können sie es beweisen?«

Hans seufzte leise, aber zufrieden.

»Freddie«, sagte er leise, »wird erklären müssen, warum die beiden Van Goghs aus der Ny Carlsberg Sammlung und ein kostbarer Diamant aus Mr. Burtels Privatbesitz von der Polizei im falschen Boden seines Koffers gefunden wurden.«

»Hast du sie dort versteckt?« erkundigte sich Elita.

»Ich habe sie dorthin gelegt. Ich habe den falschen Boden entdeckt, als Freddie mich bat – nein, mir befahl –, einige seiner Hemden in die Wäsche zu geben. Ich hatte vermutet, daß er für die Aufbewahrung der Gemälde zuständig sein würde; und als ich dann ein Fach fand, das nur auf sie wartete, da fand ich es nur richtig, sie dort unterzubringen, damit die Polizei sie finden kann.«

»Du hast ihnen erzählt, wo sie sie finden werden?«

»Ja, Liebling, ich habe es ihnen erzählt.«

»Dann wußte die Polizei, wer du bist?«

»Ich habe in der Sache mit Interpol zusammengearbeitet«, erklärte Hans lächelnd. »Möchtest du wirklich mehr über meine persönlichen Heldentaten hören?«

»Natürlich will ich das. Es gibt so viel, was du mir erzählen sollst. Zuerst einmal, warum du damals im Claridge warst.«

»Es war der glücklichste Tag meines Lebens«, sagte Hans leise. »Ich kann dich noch sehen, wie du den Korridor entlanggelaufen bist, ein bißchen wild, und ich dachte – ›Da haben wir aber mal ein besonders hübsches Mädchen.‹ Und dann fiel dein Koffer mir offen vor die Füße, und als ich dir half, deine Sachen wiedereinzupacken, wußte ich, daß in diesem Augenblick etwas sehr Sonderbares mit meinem Herzen geschah.«

»Wie konntest du das wissen?«

»Ich wußte es einfach. Ich war vom ersten Augenblick an, als du zu mir gesprochen hast, einfach überzeugt, daß du der Mensch gewesen bist, nach dem ich mein Leben lang gesucht habe.«

»Hast du mir deshalb den Job besorgt?«

»Ich durfte dich nicht aus den Augen verlieren. Und nachdem ich von meiner Aufgabe wie besessen war, war es das einzige, was mir in diesem Moment eingefallen ist. Siehst du, ich wußte, daß Mr. Burtel nach Kopenhagen flog, wagte es aber nicht, selbst mit der Maschine zu fliegen. Aber ich wollte ihn dort treffen, irgendwie, und es schien alles zu passen.«

»Und hat Mr. Knight wirklich eine Stewardeß gesucht?«

»Ich glaube nicht. Aber er ist ein alter Freund von mir, und ich hatte es eingefädelt, daß Mr. Burtel sich für seine Fluglinie entschieden hatte.«

»Es geschah alles so spontan«, bemerkte Elita.

»Ich glaube, es war einfach Schicksal. Ich wußte, nachdem ich dich einmal gesehen hatte, würde ich dich nie wieder gehen lassen. Und selbst, wenn du vor mir davongelaufen wärest, ich hätte dich wiedergefunden.«

»Ich wünschte, du hättest mir erzählt, daß du in Kopenhagen sein würdest. Ich war so überrascht, dich zu sehen, als ich kam.«

»Und ich war überrascht, dich zu sehen«, erwiderte er. »Ich hatte dich nicht vor dem nächsten Tag erwartet.«

Elita fuhr sich plötzlich mit der Hand an den Mund.

»Hast du… hast du dafür gesorgt, daß Heinrich vergiftet wurde?« fragte sie.

»Leider ja. Aber hab nicht zuviel Mitleid mit ihm. Er war kein sehr angenehmer Zeitgenosse. Er war schon mehrfach im Gefängnis und ist einer von Freddies Helfeshelfern. Freddie hat Heinrich ins Spiel gebracht, als Mr. Burtels Diener starb.«

»Wenn nun ich oder irgend jemand sonst an Bord des Flugzeugs von den Sandwiches gegessen hätte?«

»Das Risiko mußten wir eingehen. Andrews hat dir gesagt, sie wären nur für Heinrich, und wir mußten darauf hoffen, daß du die Anweisungen befolgen würdest. Sie hätten niemanden umgebracht. Heinrich geht es inzwischen wieder sehr gut. Er fühlte sich nur vorübergehend schrecklich krank, so zwei, drei Tage. Und irgendwie mußte ich die Stelle bekommen.«

»Jetzt begreife ich alles. Es erschien ja alles recht merkwürdig, wie du plötzlich aufgetaucht bist und mir erzählt hast, daß ich nicht verraten sollte, dich schon getroffen zu haben. Aber trotzdem hätte ich nie gedacht, daß du nicht wärest, was du zu sein schienst.«

Hans sah sie reumütig an.

»Das ist ein ziemlicher Schlag für meinen Stolz. Ich hatte gehofft, daß man mir mein blaues Blut anmerken würde, selbst unter diesen Umständen.«

»Die Dänen sehen alle so gut und vornehm aus«, bemerkte Elita schnell, »daß jeder von ihnen auf der Straße, hinter einem Verkaufstresen oder in den Hotels aussieht wie ein Prinz. Ich vermute, es liegt daran, daß sie alle von den Wikingern abstammen.«

Hans lachte, streckte die Hand aus, ergriff ihre und küßte ihre Fingerspitzen.

»Du schmeichelst meinen Landsleuten so sehr, daß ich dir vergeben muß…« Er brach ab. »Ich werde dir verzeihen, weil du bereit warst, einen Diener zu heiraten. Hast du jemals das Gefühl gehabt – und jetzt sei ehrlich –, unter deinem Stand zu heiraten?«

Elita errötete leicht.

»Natürlich habe ich daran gedacht«, gab sie zu.

»Und trotzdem warst du dazu bereit.«

»Ich liebe dich, und da schien alles andere irgendwie unwichtig.«

»Alles andere ist unwichtig«, sagte er.

Sie fühlte, wie sie bei dem Unterton in seiner Stimme zitterte, und weil sie schüchtern war, fragte sie hastig:

»Was geschieht jetzt? Wird denn niemand Fragen stellen, weil du verschwunden bist? Die Polizei, die Zeitungsreporter?«

»Ich glaube, unsere Zeitungen verhalten sich etwas taktvoller als in den anderen Ländern Europas. Was die Polizei angeht, so haben sie eine sehr wichtige Notiz in ihren täglichen Aufzeichnungen von Unfällen. Einer der Polizeistreifenwagen hat einen jungen Mann namens Hans Knudsen angefahren, als der hastig über die Straße lief. Er wurde ins Krankenhaus gebracht, wo er wegen seines Schocks behandelt wird. Er wurde jedoch bereits nach einer halben Stunde wieder heimgeschickt.«

»Ist das ein perfektes Alibi?« fragte Elita lächelnd.

»Fast perfekt. Zwischen dem Tod von Mr. Burtel und dem Zeitpunkt, zu dem Hans Knudsen angefahren wurde, liegt nur eine sehr kurze Zeitspanne. Und so ist Hans Knudsen – ein vollkommen unwichtiger Mensch – kein Verdächtiger mehr. Er hat bei der Verhandlung nichts zu tun und nichts zu sagen, aber sie wird sensationell werden.«

»Und du glaubst, daß man Freddie verdächtigen wird, Mr. Burtel umgebracht zu haben?«

»Im Kreuzverhör wird Freddie zusammenbrechen«, sagte Hans zuversichtlich. »Er ist die Art von Kraftprotz, die immer zusammenbricht, wenn man sie anpiekst. Ich bin vollkommen überzeugt, daß Freddie den Mord gestehen wird, den er begangen hat, und auch alles andere, vielleicht viel mehr als nur den armen Kerl in Wien.«

»Und was ist mit Kupenski?«

»Kupenski wird von der Polizei bereits aufgegriffen worden sein. Ihm wird zur Last gelegt werden, daß er die Bilder gestohlen und durch Fälschungen ersetzt hat; aber da er nur eine sehr kleine Rolle gespielt und nur wenig Gewinn aus der ganzen Sache gezogen hat, wird er kein hartes Urteil zu erwarten haben, denke ich.«

»Ich hoffe. Er sah aus wie ein verschrecktes Kaninchen.«

»Ich glaube, er begann seine Karriere als einer der besten Taschendiebe, die jemals durch die Straßen von Berlin gezogen sind«, erzählte Hans ihr.

Er zupfte leicht an Elitas Arm.

»Jetzt kennst du die ganze Geschichte. Es gibt nur noch einen Menschen, dessen Urteil du vergessen zu haben scheinst.«

»Und wer ist das?«

»Ich. Ich bin dazu verurteilt worden, dich lebenslänglich zu lieben, jeden Tag mehr, bis ich sterbe.«

»Ach, Hans!«

Elita rückte zu ihm und barg ihr Gesicht an seiner Schulter. Er hielt sie fest.

»Ich kann immer noch nicht glauben, daß es wahr ist«, sagte er. »Es kommt mir alles vor wie ein Traum, als ob wir alle eine Rolle in einem Film spielen, und nun haben wir das Ende erreicht. Wir wollen sofort heiraten, Elita, und ich werde dir alles das geben, was ich dir geben wollte, seit ich dich zum ersten Mal gesehen habe – wunderbare Kleider, Juwelen, so strahlend wie deine Augen, einen Verlobungsring, der deiner wert ist. Erinnerst du dich, wie du mich gefragt hast, ob ich mir einen leisten kann? Liebling, ich kann. Und ich möchte, daß es der schönste Stein der Welt ist, der an deinem winzigen Finger blitzt.«

Einen Moment lang klammerte sich Elita an ihn. Dann löste sie sich aus seinen Armen und stand auf.

»Hans«, sagte sie leise, »ich muß dir etwas sagen.«

Er schaute sie überrascht an, sah, daß sie zitterte und daß ihr Gesicht ganz bleich war.

»Was ist los? Mach mir nicht solche Angst, mein Schatz. Was ist passiert?«

»Da ist etwas, das ich dir erzählen muß, und ich habe Angst, daß es unser Glück... unser Glück zerstört und alles... verändert.«

»Was könnte unser Glück zerstören?« fragte Hans besorgt. »Elita, mein Liebling, du bist doch nicht verheiratet?«

Sie schüttelte den Kopf. Einen Augenblick lang stand ein schwaches Lächeln auf ihren Lippen.

»Nein, nein, das nicht.«

»Du machst mir angst«, rief Hans. »Nichts, niemand könnte sich zwischen uns stellen, jetzt nicht mehr. Erzähle mir schnell, was dich beunruhigt.«

»Mein Name ist nicht... nicht Gardener.«

»Wie heißt du dann?« fragte er.

»Ich... ich bin Elita Garson.«

Sie wartete einen Moment auf ein Zeichen des Erkennens, an das sie sich gewöhnt hatte, das sie schon erwartete, die Überraschung, für gewöhnlich gefolgt von einem Ausdruck von Neid, Eifersucht oder Gier, der so oft in die Augen des Zuhörers trat. Aber Hans' Gesicht blieb ausdruckslos und leer.

»Garson? Ist damit etwas Besonderes verbunden? Sollte ich den Namen kennen?«

»Ach, Liebling.« Elitas Spannung war wie weggeblasen, und ganz plötzlich fing sie an zu lachen, obwohl Tränen in ihren Augen standen. »Wie wunderbar, daß du es nicht weißt! Nein, natürlich macht es keinen Unterschied, überhaupt keinen Unterschied. Aber mein Vater ist Granite Garson, und die meisten Menschen halten ihn für einen ziemlich reichen Mann.«

»Einen reichen Mann!« wiederholte Hans. »Dann hast du als Gast im Claridge gelebt?«

»Richtig. Ich war nicht entlassen worden, ich bin vor meinem Vater davongelaufen. Wir hatten Streit über Geld und jemanden, von dem er wollte, daß ich ihn heirate.«

Hans sprang auf die Füße.

»Gott sei Dank bist du fortgelaufen«, rief er aus. »Stell dir nur vor, ich hätte dich gefunden und hätte dann feststellen müssen, daß du mit jemand anderem verheiratet bist! Aber du bist frei, mein

Liebes, nicht wahr? Frei, mich zu heiraten – heute, morgen, sobald wir alle Papiere zusammen haben.«

»Mein Vater ist auf dem Weg hierher. Ich habe ihn angerufen, als ich dachte...« Sie zögerte einen Moment.

»Als du was gedacht hast?«

Elita seufzte erleichtert.

»Ach, Liebling, verzeih mir! Als ich dachte, daß du ein Mörder wärest. Ich wollte dich retten. Ich wollte den besten Anwalt, die besten Richter, sie alle sollten dir zur Verfügung stehen, und ich wußte, mein Vater könnte dafür sorgen.«

Hans legte die Arme um sie.

»Dann hat das Märchen also einen anderen Schluß als andere«, meinte er. »Der Prinz heiratet die Prinzessin, aber sie ist gar kein Aschenbrödel.«

»Macht das etwas?« fragte Elita. »Bitte, Hans, es darf nichts machen.«

»Nichts macht noch etwas aus«, erklärte er entschieden. »Und wenn wir beide Schweinehirten wären. Nichts zählt, solange wir nur zusammen sind.«

Er hielt sie noch fester und zog sie immer näher an sich, bis sie kaum noch atmen konnte.

»Ich liebe dich, Elita! Und du liebst mich. Das ist das einzige auf der Welt, das zählt. Unsre Liebe! Ach, Liebling, Liebling, unsere wahre, tiefe, ewige Liebe füreinander!«

Catherine Cookson

Der erste Sohn
8886

Der falsche Vater
8918

Nur eine Frau
9100

Ein Freund fürs Leben
9157

Der Spieler
8967

Die einzige Tochter
8935

GOLDMANN

Jennifer Blake

Nacht über Louisiana
9647

Träume des Südens
9467

Mitternachtswalzer
9675

Bitteres Paradies
9812

Strom der Sehnsucht
9814

Der Kreole
9684

GOLDMANN

Shirlee Busbee

Dem Feuer verfallen
8974

Stürmische See
9132

Wie eine Lilie in der Nacht
9720

Lodernde Herzen
9462

GOLDMANN

GOLDMANN

Kathleen E. Woodiwiss

Ihre wild-romantischen Geschichten von Kämpfen, Verrat und Leidenschaft aus längst vergangenen Zeiten sind die Lieblingslektüre von Millionen Leserinnen, und Kathleen E. Woodiwiss die erfolgreichste Autorin historischer Romane der jüngsten Zeit.

Wie eine Rose im Winter 41432

Der Wolf und die Taube 6404

Shanna 41090

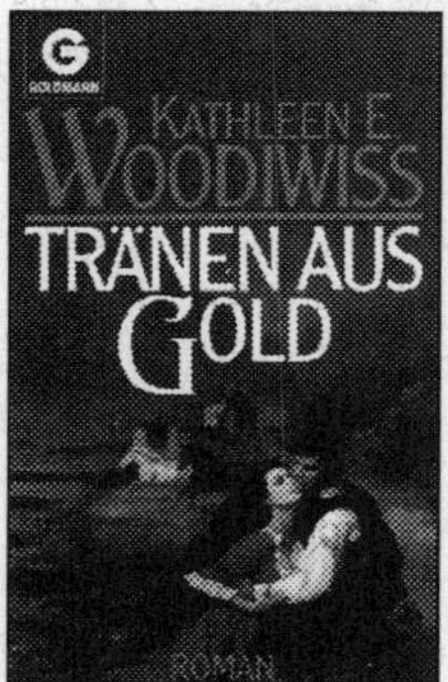

Tränen aus Gold 41340

Goldmann · Der Taschenbuch-Verlag

GOLDMANN

Utta Danella

Ihre Romane haben längst die Traumgrenze von 50 Millionen verkauften Exemplaren überschritten – Utta Danella ist die erfolgreichste deutsche Erzählerin der Gegenwart.

Meine Freundin Elaine 41347

Regina auf den Stufen 41322

Der Maulbeerbaum 41336

Die Reise nach Venedig 41223

Goldmann · Der Taschenbuch-Verlag

GOLDMANN

Charlotte Link

Mitreißende Romane vor historisch exakt recherchiertem Hintergrund sind rar. Bücher von Margaret Mitchell und Collin McCullough haben Maßstäbe gesetzt. Charlotte Link muß den Vergleich nicht scheuen: Ihr ist ein europäisches Pendant gelungen.

Die Sterne von Marmalon 9776

Verbotene Wege 9286

Sturmzeit 41066

Schattenspiel 42016

Goldmann · Der Taschenbuch-Verlag

GOLDMANN

Danielle Steel

Sensible, subtile Töne, lebendige Figuren in vielgestaltigen Welten, mitreißende Geschichten aus dem ganzen Spektrum menschlicher Emotionen sind kennzeichnend für Danielle Steel, eine der erfolgreichsten Autorinnen der Welt.

Der Preis des Glücks 9921

Jenseits des Horizonts 9905

Verborgene Wünsche 9828

Töchter der Sehnsucht 41049

Goldmann · Der Taschenbuch-Verlag

GOLDMANN

Danielle Steel

Sensible, subtile Töne, lebendige Figuren in vielgestaltigen Welten, mitreißende Geschichten aus dem ganzen Spektrum menschlicher Emotionen sind kennzeichnend für Danielle Steel, eine der erfolgreichsten Autorinnen der Welt.

Das Haus hinter dem Wind 9412

Es zählt nur die Liebe 8826

Sag niemals adieu 8917

Schiff über dunklem Grund 8449

Goldmann · Der Taschenbuch-Verlag

GOLDMANN

Alice Hoffman

Mit Alice Hoffman hat die junge amerikanische Literatur eine unverwechselbare Stimme gewonnen: eine hochgradig sensible Erzählerin, die Realitäten magisch verwandeln und Gefühle unbestechlich und doch poetisch wiedergeben kann.

Wo bleiben Vögel im Regen 9379

Die Nacht der tausend Lichter 9378

Das erste Kind 9784

Das halbe und das ganze Leben 41349

Goldmann · Der Taschenbuch-Verlag

GOLDMANN

Bestseller

Tom Clancy und Sidney Sheldon, Utta Danella und Danielle Steel, Heinz G. Konsalik und Marie Louise Fischer, Colleen McCullough und Gillian Bradshaw, Charlotte Link und Irina Korschunow – internationale Weltbestseller garantieren Spannung und Unterhaltung auf höchstem Niveau.

Barbara Taylor Bradford, Des Lebens bittere Süße 9264

Johanna Kingsley, Traumlichter 8975

Judith Krantz, Skrupel 6713

Sandra Paretti, Die Pächter der Erde 9249

Goldmann · Der Bestseller-Verlag

GOLDMANN

Bestseller

Tom Clancy und Sidney Sheldon, Utta Danella und Danielle Steel, Heinz G. Konsalik und Marie Louise Fischer, Colleen McCullough und Gillian Bradshaw, Charlotte Link und Irina Korschunow – internationale Weltbestseller garantieren Spannung und Unterhaltung auf höchstem Niveau.

Jeffrey Archer,
Der perfekte Dreh 9743

Tom Clancy,
Der Schattenkrieg 9880

Nelson DeMille,
In der Kälte der Nacht 41348

Arthur Halley,
Reporter 41331

Goldmann · Der Bestseller-Verlag

GOLDMANN TASCHENBÜCHER

Das Goldmann LeseZeichen mit dem Gesamtverzeichnis erhalten Sie im Buchhandel oder gegen eine Schutzgebühr von DM 3,50/öS 27,–/sFr 4,50 direkt beim Verlag

Literatur · Unterhaltung · Thriller · Frauen heute · Lesetip
FrauenLeben · Filmbücher · Horror · Pop-Biographien
Lesebücher · Krimi · True Life · Piccolo · Young Collection
Schicksale · Fantasy · Science-Fiction · Abenteuer
Spielebücher · Bestseller in Großschrift · Cartoon · Werkausgaben
Klassiker mit Erläuterungen

****

Sachbücher und Ratgeber:
Politik/Zeitgeschehen/Wirtschaft · Gesellschaft
Natur und Wissenschaft · Kirche und Gesellschaft · Psychologie und Lebenshilfe · Recht/Beruf/Geld · Hobby/Freizeit
Gesundheit und Ernährung · FrauenRatgeber · Sexualität und Partnerschaft · Ganzheitlich heilen · Spiritualität und Mystik
Esoterik

****

Ein SIEDLER-BUCH bei Goldmann
Magisch Reisen
ReiseAbenteuer
Handbücher und Nachschlagewerke

Goldmann Verlag · Neumarkter Str. 18 · 81664 München

Bitte senden Sie mir das neue Gesamtverzeichnis, Schutzgebühr DM 3,50

Name: ____________________________

Straße: ____________________________

PLZ/Ort: ____________________________